新潮日本古典集成

宇治拾遺物語

大島建彦　校注

新潮社版

目次

宇治拾遺物語　目録

凡　例

本書は、『宇治拾遺物語』の読みやすい本文を提供するために、おおよそ次のような方針に基づいて、通読の便宜をはかったものである。

〔本　文〕

一、本書の底本としては、宮内庁書陵部蔵の写本『うち拾遺物語』二冊の複製（市古貞次博士編、笠間書院刊）を用いた。

一、本文の作成にあたっては、できるだけ忠実に底本に従うようにつとめた。ただし、その底本が、あきらかに誤っている場合には、諸本との校合などによって、本文そのものを正すとともに、頭注欄にその旨を記した。

一、底本では、二冊のそれぞれのはじめに、全体の目録をまとめているが、本書では、一つ一つの説話の前に、それぞれの題目を掲げて、巻頭にその目録を付した。

一、底本は漢字・仮名交じり文であるが、読み易くするために次の点を考慮した。

1、本文は適宜に行を改め、適当に段落にわけた。
2、底本の仮名の一部に、適当に漢字を宛てるとともに、底本の宛て字などは、正しい漢字に改めた。また、底本の漢字の一部で、代名詞、副詞、接続詞、感動詞、助動詞、助詞などについては、原則として仮名に改めた。
3、本文の漢字については、現代の通行字体を用いた。
4、底本の仮名遣いは、原則として歴史的仮名遣いに統一し、適宜に送り仮名をつけた。
5、中世の諸資料を参照しながら、できるだけ当時の発音にのっとって、必要な濁点をつけた。
6、読解を配慮して、句読点をつけ、会話や引用の部分は、「　」『　』をもって表した。
7、反復記号の「〱」「ゝ」は用いず、同じ漢字を繰り返す場合には、「々」をもって表した。
8、必要に応じて歴史的仮名遣いにより振り仮名をつけたが、原則として見開きページの初出だけにとどめた。

〔注　釈〕

一、注釈は、傍注（色刷り）と頭注とに分れる。傍注には、現代語訳を記した。ただし、スペースの足りない場合には、頭注の方に、これをまわさざるをえなかった。
一、傍注における［　］では、本文にない主語や目的語などを補い、（　）では、会話の話者などを示した。

一、頭注には、本文の理解を助けるために、必要な事項の説明を記し、また読解のために必要なかぎり、伊達家旧蔵写本（伊達本と略記）、陽明文庫蔵写本（陽明本と略記）、古活字本などの異文を引いた。

一、頭注欄には、各説話の段落について、その内容を示す小見出し（色刷り）を入れた。また、必要に応じて＊印をつけて、それぞれの内容について記した。

一、頭注欄で引用した文献名について、次のように略記した。

（例）日本古典文学大系→『大系』　日本古典文学全集→『全集』
伊呂波字類抄→『字類抄』　倭名類聚抄→『和名抄』
類聚名義抄→『名義抄』

〔解　説〕

一、巻末の解説では、説話研究上の問題点にも触れながら、『宇治拾遺物語』の成立過程を中心に記した。

〔付　録〕

一、「鬼に瘤取らるる事」（三話）、および「雀、報恩の事」（四八話）との対比のために、「昔話『瘤取爺』伝承分布表」、および「昔話『腰折雀』伝承分布表」を掲げた。地域による分布の傾向や伝承の相違などを見比べていただきたい。

本書の校注にあたっては、日本古典文学大系の『宇治拾遺物語』(西尾光一、渡辺綱也両氏校注)、日本古典文学全集の『宇治拾遺物語』(小林智昭氏校注)など、先学の論著から、多大の学恩をこうむった。ここに、感謝の意を表する。

宇治拾遺物語

〔宇治拾遺物語序〕

世に、[一]宇治大納言物語《うぢだいなごんものがたり》といふものあり。この[二]大納言は、[三]隆国《たかくに》といふ人なり。[四]西宮殿《にしのみやどの》の孫、[五]俊賢《としかた》大納言の第二の男《なん》なり。年たかうなり《年をとってからは》ては、暑さをわびて《つらく思って》、[六]暇《いとま》を申して《お願いして》、五月より八月までは、[七]平等院《びやうどうゐん》一切経蔵《さいきやうざう》の南の山際《やまぎは》に、[八]南泉房《なんせんばう》といふ所に籠《こも》りゐられけり。さて《それで》、宇治大納言とは聞えけり《申し上げた》。

[九]髻《もとどり》を結《ゆ》ひわげて《ゆがめて結い》、[一〇]をかしげなる姿にて、莚《むしろ》を板に敷きて、涼《すず》みゐ侍《はべ》りて、大きなる団扇《うちは》をもてあふがせなどして、往来《ゆきき》の者、上中下《〔身分の〕》をいはず、呼び集め、昔物語をせさせて、われは《自分は》、内にそひ臥して《寝そべって》、語るにしたがひて、大きなる[一一]双紙《さうし》に書かれけり。

[一二]天竺《てんぢく》の事もあり、大唐《だいたう》《中国》の事もあり、日本の事もあり。それがうち《そのなかには》

一　平安時代の説話集で、源隆国の編著として知られるが、その伝本は、現在まで残っていない。
二　太政官の次官で、大臣に次ぐもの。
三　源隆国。俊賢の次男。正二位権大納言。宇治に隠棲して、宇治大納言と称せられた。承保四年（一〇七七）、七四歳で没。
四　底本の注に「高明也」とある。源高明。醍醐《だいご》天皇の一七男。正二位左大臣。安和の変で、大宰権帥《だざいのごんのそち》に左遷された。天元三年（九八〇）、六九歳で没。

宇治大納言物語の編者

五　源俊賢。高明の三男。正二位権大納言。万寿四年（一〇二七）、六八歳で没。
六　官職を辞して、宇治に隠棲したことをさすか。
七　京都府宇治市にあって、天台・浄土の両宗に属する。はじめは、藤原道長の山荘であったが、永承七年（一〇五二）、その子頼通によって寺とされた。その阿弥陀堂は、鳳凰堂として知られる。「一切経蔵」は、一切経を納める蔵。
八　平等院内の僧房。隆国の『安養鈔』に、「南泉房大納言」と記され、その居住した所と認められる。

宇治大納言物語の採録

九　頭の上で髪を束ねたもの。
一〇　以下の「をかしげなる姿にて」「涼みゐ侍りて」「もて…往来の者」「呼び集め」は、板本によって補う。
一一　紙をとじたもの。
一二　インドの古称。

宇治大納言物語の内容

に、貴《たふと》き事もあり、をかしき事もあり、恐ろしき事もあり、あはれなる事もあり、汚《きたな》き事もあり、少々は[一]空物語《そらものがたり》もあり、[二]利口なる事もあり、さまざまなり。

世の人、これを興じ見る《おもしろがって読む》。十四帖《でふ》なり。その正本《原本は》は伝はりて、[三]侍《じ》従俊貞《じゅうとしさだ》といひし人のもとにぞありける。いかになりにけるにか《どうなってしまったのか》。後《のち》に、さかしき人々《知恵のある》書き入れたるあひだ《書き足していったので》、物語多くなれり。大納言より後の事《後の〔時代の〕ことを》書き入れたる本もあるにこそ《あるのだ》。

さるほどに《そうするうちに》、今の世に、また物語書き入れたる出《〔本が〕》で来たれり。大納言の物語に漏《も》れたるを拾ひ集め、またその後の事など書き集めたるなるべし。名を宇《う》治《ぢ》拾遺《しふゐ》物語《ものがたり》といふ。宇治に遺《のこ》れるを拾ふと付け《名づけ》たるにや《たのか》、また侍従を拾遺《〔唐名で〕》といへば《いうので》、[四]宇治拾遺物語といへるにや《いったのか》、差別《〔命名の〕》知りがたし、おぼつかなし《はっきりしない》。

一 とりとめのない物語。うその物語。
二 巧みな口のきき方で、人を笑わせること。『古今著聞集』一六に、「興言《きようげん》利口」とある。
三 源隆国の玄孫の俊定か、藤原伊通の孫の俊貞か。「侍従」は中務省《なかつかさ》に属して、天皇に近侍する役。
四 以下、底本には「侍従大納言はへるをまなひて、□といふ事しりかたし、□にやおほつかなし」とあって、板本によって補訂する。

宇治大納言物語の原本と増補本

＊以上の文章は、「宇治拾遺物語序」として知られるもので、編者自身の執筆によるものとは認められないが、この説話集の成立について、何らかの歴史上の事実に基づくものと考えられる。『宇治大納言物語』の書名や内容は、『中外抄』『七大寺巡礼私記』『八雲御抄《やくもみしよう》』『愚管抄』『宝物集』『雑談集《ぞうだん》』『真言伝』『異本紫明抄』『河海抄《かかいしよう》』など、諸種の記録に掲げられている。この説話集の説話は、『今昔物語集』『古本説話集』『宇治拾遺物語』など、一聯の説話集にもとられたようである。『宇治大納言物語』の書名だけは、『小世継』『雑々集』など、後代の説話集にもひきつがれている。

宇治拾遺物語の成立

五 藤原道綱の子。天台宗の僧。天王寺の別当。寛仁四年（一〇二〇）、四七歳で没。「阿闍梨」は、梵語《ぼんご》の ācārya に当り、「軌範師」と訳される。天台・真言宗の僧位の一。

〔一〕

道命阿闍梨《だうみやうあじやり》[五]、和泉式部《いづみしきぶ》[六]のもとにおいて読経《どきやう》し、五条《ごでう》[七]の道祖神《だうそじん》、聴聞《ちやうもん》の事

[八]今は昔、道命阿闍梨とて、傅殿《ふどの》[九]の子に、色に《情事に》耽《ふけ》りたる僧ありけり。和泉式部に通ひけり。経をめでたく《りつぱに》読みけり。それが、和泉式部が《和泉式部のもと》り《に》行きて臥《ふ》したりけるに、目覚《めざ》めて、経を心をすまして《しずめて》読みけるほどに、八巻《やまき》[一〇]読み果てて、暁にまどろまんと《うとうとと眠ろうと》するほどに、人のけはひのしければ、「あれは《お前は》誰《たれ》ぞ」と問ひければ、「おのれは《私は》、五条西洞院《にしのとうゐん》[一一]の辺《ほとり》に候ふ《住む》翁《おきな》に候ふ」と答へければ、「こは《これは》何事ぞ」と、道命言ひければ、「この御経を今宵《こよひ》承りぬることの、世々生々《せぜしやうじやう》[一二]忘れがたく候ふ」と言ひければ、道命、「法華経《ほけきやう》[一三]を読み奉ることは、常《つね》の事なり。など《どうして》今宵しも《今宵に限って》言はるるぞ」と言ひければ、五条の斎《さい》言はく《言うには》、「清くて読《身を清めてお》み参らせ給ふ時は《読みになられる時は》、梵天《ぼんてん》[一四]・帝釈《たいしやく》を始め奉りて、聴聞せさせ給へば《ご聴聞になるので》、

道命の読経と道祖神の聴聞

六 大江雅致《まさむね》の女《むすめ》。橘《たちばなの》道貞（和泉守）に嫁して、和泉式部と呼ばれる。藤原道長に召されて、上東門院に仕えた。後に藤原保昌（丹後守）に嫁して、丹後の国に下った。没年未詳。

七 古くからサイノカミともサエノカミとも呼ばれる神が、一般に「道祖神」に当ると認められる。本来は、境界の神としてあがめられ、特に村境や峠などに祀《まつ》られて、悪霊や疫神を退けると信じられた。五条の道祖神は、『京都坊目誌』によると、明治初年にすたれたというが、その名を称するものが、新町通松原下ルに祀られている。

八 今からみると、昔の事であるが。物語や説話の冒頭におかれる句。

九 藤原道綱。兼家の子。母は『蜻蛉《かげろう》日記』の作者。正二位大納言。寛仁四年、六六歳で没。ここの「傅」は、東宮傅で、皇太子を輔導する役。

一〇『法華経』八巻二八品。

一一 京都市下京区。五条大路が西洞院小路と交わる所。

一二 多くの世を経巡《へめぐ》り、何度も生れ変っても。

一三 正しくは『妙法蓮華経』。大乗経典の中で、最も高遠な妙法を説いたものとされる。

一四「梵天」は、古代のインドで、宇宙の創造主と信ぜられた神。「帝釈」は、須弥山《しゆみせん》頂の忉利天《とうりてん》にあって、喜見城の主尊とあがめられる神。ともに仏法の守護神。

翁《おきな》などは、近づき参りて、承るに及び候はず《拝聴することができません》。今宵は、御行水《ぎやうずい》[一]も候は《なさら》ず《ずに》で、読み奉らせ給へば《お読み申されるので》、梵天・帝釈も御聴聞候はぬ隙《ひま》にて、翁参り寄りて、承り候ひぬることの忘れがたく候ふなり」とのたまひけり《おっしゃった》。

されば、はかなく《かりそめに》、さは読み奉るとも《そのようにお読み申し上げるとしても》、清くて《身を清めて》読み奉るべきことなり。「念仏、読経[二]、四威儀《しゐぎ》[三]を破ることなかれ」と、恵心《ゑしん》[四]の御房《ごばう》も戒め《いまし》給ふにこそ。

〔二〕 丹波《たんば》[五]の国篠村《くにしのむら》、平茸《ひらたけ》[六]生ふる事

これも今は昔、丹波の国篠村といふ所に、年ごろ《長い間》、平茸やるかたもなく《どうしようもないほど多く生えた》多かりけり。里村の者、これを取りて、人にも心ざし《贈り》、またわれも《自分も》食ひなどして、年ごろ過ぐるほどに《長い年月が過ぎるうちに》、その里にとりてむねと[七]ある《重だった者の》者の夢に、頭《かしら》[八]をつかみなる《頭髪を少しのばした》法師どもの、二三十人ばかり出で《い》来

一 水で身を洗い清めること。
二 底本に「讃経」とあって、傍注に「読歟」とあるが、諸本によって改めた。
三 行住坐臥の四つの動作と、それらに関する戒律。『恵心僧都四十一箇条起請《きしょう》』に、「念誦読経之間、不ㇾ可ㇾ闕二威儀一」とある。
四 源信。比叡山恵心院の僧都。天台浄土教の主唱者。寛仁元年（一〇一七）、七六歳で没。『往生要集』などの著作で知られる。

＊**不浄の読経に関する戒め** 道命阿闍梨は、読経の名手であったが、また好色をもって知られる。『宝物集』七には、「道命阿闍梨は、和泉式部に落つる不浄の僧なりしかども、法華経を読誦の功徳によりて往生の素懐を遂ぐ」とある。和泉式部は、歌人としてすぐれていたが、やはり好色をもって知られる。道命との交渉は、かならずしも正確な事実とはいえないが、しばしば説話や草子などに引かれる。ここでは、不浄の読経に関する戒めをもって結ばれているが、本来は、道命の読経の功徳について説かれるのに、ことさら和泉式部との情事と結びつけられたものであろう。

篠村の平茸と法師の暇乞い

五 京都府亀岡市。
六 担子菌類のきのこで、食用に供せられる。かさは

て、「申すべきこと候ふ」と言ひければ、「いかなる人ぞ《どういうお方ですか》」と問ふに、「この法師ばらは《われわれ法師どもは》、この年ごろとて《年月の間を限って》、九宮仕《みやづか》ひよくして候ひつるが、この里の縁尽きて《縁がなくなって》、今は、よそへまかりなんずることの《他所へ退出しようと存じますがそのことが》、かつはあ《一方ではなご》はれにも候ふ《り惜しゅうございます》。また、事のよしを申さではと思ひて《退出の事情を申し上げなくてはと思って》、このよしを申すなり」と言ふ《［法師たちが］》と見て、うちおどろきて《目を覚まして》、「こは《これは》何事ぞ」と、妻や子やなどに語るほどに、また、その里の人の夢にも、一〇この定《ぢやう》に見えたりとて、あまた《多くの者が》同様に語れば《語るので》、心も得で《合点がゆかないままに》、年も暮れぬ。

さて、次の年の九、十月にもなりぬるに、さきざき出で来るほど《例年ならば平茸が生えてくる時節》なれば《なので》、［里の者が］山に入りて茸を求むるに、すべて、一一蔬《くさびら》おほかた《まったく》見えず。い《どう》かなることにかと《したことだろうかと》、里国の者思ひて過ぐるほどに、故一二仲胤僧都《ちゆういんそうづ》とて、説法ならびなき人いましけり《たぐいなくすぐれた方がいらっしゃった》。このことを聞きて、「こはいかに《これはどうしたことか》、一三不浄説法する法師、平茸に生《む》まるといふことのあるものを」とのたまひてけり《おっしゃったことだ》。

されば、いかにもいかにも《どう考えても》、平茸は、食はざらんに事欠くまじき《食べなくても別に不自由ではないだろう》

扇形で、茎は短くて太く、肉は厚くて白い。
七 重要な地位にある者。長老格の者。
八 頭髪を剃らずに、少しつかめるほど伸ばしたさま。
九 「宮仕ひ」は、「宮仕へ」の転。宮中または貴人に仕えること。ここでは、篠村の人々に役立ったことをいう。
一〇 このとおりに。さきの長老の夢と同じように。
一一 野菜やきのこの類。ここでは、平茸をさす。
一二 藤原季仲の子。比叡山の僧で、説法の名手として知られる。本書八〇・一八二や『古事談』五などにも現れる。没年未詳。

不浄説法の法師の転生

一三 不浄の身で仏法を説くこと。『景徳伝燈録』二によると、迦那提婆《かなだいば》が毗羅国《びらこく》の長者にむかって、「汝家昔曾供㆓養一比丘㆒。然此比丘道眼未㆑明、以㆔虚霑㆓信施㆒、故報為㆓木菌㆒」と説いたという。すなわち、道眼のあきらかでない僧が、いたずらに供養をうけたので、その報いできのことなったというのである。
＊ 『今昔物語集』二八―一七～一九などによると、この平茸に関することは、おかしな話の種として好まれたようである。本書の場合には、やはり不浄説法というテーマのために、道命の読経の話に続けて、この平茸の話が掲げられたものであろう。

ものなりとぞ。

〔三〕 鬼に瘤《こぶ》取らるる事

翁と鬼との出逢い

これも今は昔、右の顔に大きなる瘤ある翁《おきな》ありけり。[一]大柑子《おほかうじ》の程なり。人に交《まじ》るに及ばねば、薪をとりて世を過ぐるほどに、山へ行きぬ。雨風はしたなくて、帰るに[二]ことよわりて、山の中に、心にもあらず泊りぬ。また[三]木こりもなかりけり。恐ろしさ、すべきかたなし。[四]木のうつほのありけるに這《は》ひ入りて、目もあはず屈《かが》まりてゐたるほどに、はるかより人の音《おと》多くして、[五]とどめき来る音す。いかにも、山の中に、ただ一人《ひとり》ゐたるに、[六]人のけはひのしければ、[七]すこし生き出づるここちして、見出《いだ》しければ、おほかた、[八]やうやうさまざまなるものども、赤き色には青き物を着、黒き色には赤き物を[九]たふさ

一 瘤の大きさを表す。「柑子」は、柑子《こうじ》蜜柑《みかん》で、蜜柑の一種。普通の蜜柑より、実が小さく、皮が薄くて、酸味が強い。「かうじ」は、「かむし」の音便。

二 諸本に「をよはて」とある。

三 木を伐ることを業とする者。

四 中がうつろになっている所。ほら穴。

五 どやどやと騒ぎたてるさま。「とどめく」は、「とど」という擬声語に、「めく」という接尾語のついたもの。

六 目に見えない様子。「けしき」は、視覚によるものであるが、「けはひ」は、直観によるものをいう。

七 われを忘れていたのが、われに返ったような気分。人ごこちのついたさま。

八 さまざまな鬼が、夜中に出歩く形で、世に「百鬼夜行」と呼ばれるものをさす。『打聞集《うちぎき》』一二三に、「火炬物共過ヲ見バ、手ニ付テ□一付物有、面ニ目一付物有、目二付物モ有、早鬼ナリケリト思ニ」とあって、『古本説話集』五一にも、ほぼ同じように記されている。本書一七には、「修行者、百鬼夜行にあふ事」とあって、「見れば、手ごとに火を燈して、人百人ばかり、この堂の内に来集ひたり。近くて見れば、目一つ付きたるなど、さまざまなり。人にもあらず、あさましきものどもなりけり。あるいは、角生《お》ひたり。頭もえもいはず恐ろしげなるものどもなり」と記されている。ここでも、「百人ばかり」ということで、やはり

「百鬼夜行」であったと認められる。
九 陰部をおおう布。ふんどし。
一〇 びっしりと寄りあうさま。おしあいへしあいして混雑するさま。「ひしめく」は、「ひし」という擬態語に、「めく」という接尾語のついたもの。
一一 太陽。また星ともいう。『譬喩尽《たとえづくし》』一に、「灯火《ともしび》、日輪《てんのめ》の如し」とある。
一二 重要な地位にあると。首領格であると。
一三 正面の座。主人の坐る場所。横長に敷物が敷かれるので、特に横座と呼ばれる。
一四 本来は裏《うら》と表《うえ》とをいう。前後または左右に相対するさま。
一五 するとおりである。「定」は、連体語をうけて、「……とおり」の意を表す。
一六 素焼の土器。ここでは、杯のやりとりをさす。
一七 薄く削ったへぎ板で作った四角の盆。
一八 「くどく」は、しきりに思いを訴えること。「くせせる」は、早口に述べることとか。「くどきくせせる」で、くどくどと同じことを繰り返しながら、べらべらと勝手にしゃべりまくるさまであろう。
一九 「笑みこだる」は、笑いころげること。「こだる」は、倒れかかること。
二〇 楽を奏して舞を舞うこと。ここでは、舞そのものをさす。「奏づ」の連用形の名詞化。

鬼の宴と翁の舞

ぎにかき（しに締め）、おほかた（おおよそ）、目一つあるものあり、口なきものなど、おほかた、いかにも言ふべきにあらぬものども（何とも言いようのないものどもが）、[一〇]ひしめき（びっしりと）集まりて（寄りあって）、火を[一一]天の目のごとくに燈《とも》して、わがゐたるうつほ木の前に（翁が坐っているほら穴の木の前に）ゐまはりぬ（輪になって坐った）。おほかた（まったく）、いとどもの覚えず（いよいよわけがわからない）。

[一二]むねとあると見ゆる鬼、[一三]横座にゐたり。[一四]うらうへに二ならびに（向い合って二列に）ゐ並《な》みたる鬼（並んで坐っている）、数を知らず。その姿、おのおの言ひ尽しがたし（どれも言葉では言い尽しにくい）。酒参らせ（酒をさし上げ）遊ぶ有様《ありさま》、この世の人のする[一五]定《ぢやう》なり。たびたび[一六]土器《かはらけ》始まりて、むねとの鬼（首領にあたる鬼は）、ことのほかに（格別に）酔《ゑ》ひたるさまなり。末より、若き鬼一人立ちて、[一七]折敷《をしき》をかざして、何と言ふにか（何を言っているのか）、[一八]くどきくせせることを言ひて、横座の鬼の前に練り出でて（ゆっくりと歩み出て）、くどくめり（くどくどと述べたてるようである）。横座の鬼、盃《さかづき》を左の手に持ちて、[一九]笑《ゑ》みこだれたるさま、ただ（ひとえに）この世の人のごとし。舞ひて入りぬ（〔若い鬼は〕舞って退いた）。次第に下より（順を追って下座から）舞ふ。あしく（下手に舞うのもいれば）、よく舞ふもあり（上手に舞うのもいる）。あさましと見るほどに（あきれたことだと）、この横座にゐたる鬼の言ふやう（言うには）、「今宵《こよひ》の御遊びこそ、いつにもすぐれたれ（いつもよりまさっている）。ただし、さも（いかにも）珍しからん[二〇]奏《かな》でを見ばや（見たいものだ）」

など言ふに、この翁《おきな》[一]、ものの憑《つ》きたりけるにや、また、しかるべく《そのように》神仏の思はせ給ひけるにや、あはれ《ああ》、走り出でて舞はばや《舞いたい》と思ふを、一度は思ひ返しつ。それに《それでも》、何となく、鬼どもがうちあげたる[二]拍子《ひやうし》のよげに《よさそうに》聞えければ、[三]さもあれ、ただ走り出でて舞ひてん《舞ってやろう》、死なばさてありなん《死んだら死んだでそれまでのことよと思い定めて》と思ひとりて、木のうつほ《ほら穴》より、烏帽子《えぼし》[四]は鼻に垂れかけたる翁の、腰に斧《よき》[五]といふ木《き》伐る物さして、横座《正面の座の》の鬼のゐたる前に躍り出でたり《飛び出した》。この鬼ども、躍りあがりて《飛びあがって》、「こは何ぞ《これは何だ》」と騒ぎあへり。翁、伸びあがり、屈《かが》まりて、舞ふべきかぎり《舞えるだけ》、すぢりもぢり[六]、[七]えい声を出《いだ》して、一庭《ひとには》[八]を走りまはり舞ふ。横座の鬼より始めて、集まりゐたる鬼ども、[九]あさみ興ず《驚きあきれおもしろがる》。

横座の鬼の言はく《言うには》、「多くの年ごろ《長い年月にわたって》、この遊びをしつれども、いまだかかる《このような》者にこそ逢はざりつれ《出逢わなかった》。今より、この翁、かやうの《このような》[一〇]御遊びにかならず参れ」と言ふ。翁申すやう、「[一一]沙汰《さた》に及び候はず《仰せには及びません》、参り候ふべし。このたびは、にはかにて《急なことで》、[一二]納めの手も忘れ候ひにたり。

瘤を取られる幸運

一 何かの霊がのりうつったのであろうか。「もの」は、妖怪や怨霊など、その正体はあきらかではないが、恐ろしく感じられるもの。

二 手や物をたたいて歌いはやす拍子が。「拍子」は、旋律の進行に当り、一定の拍をもってくぎったもの。

三 ええままよ、ひとつやってみよう。「さもあらばあれ」と同じ意。何かを思いきってする時にいう言葉。

四 元服した男のかぶりもの。古くは黒の紗《しゃ》または帛《はく》で作ったが、後には紙で作って黒の漆で塗り固めた。平安中期からは、貴人は平服だけに用いたが、無官の者は晴れの時にもかぶった。

五 斧《おの》の小さなもの。手斧。木を伐る道具。

六 さまざまに身をひねりくねらせること。本書七六に、「よぢりすぢりするほどに」とある。

七 「えい」という掛け声。力を入れる時に出す声。

八 庭全体。庭じゅう。「一《ひと》」という言葉がつくと、「一家《ひといへ》」「一国《ひとくに》」というように、それ全体に満ちる、またはそれ全体に及ぶ意を表す。

九 「あさむ」は、驚きあきれる。あっけにとられること。

一〇 自分の遊宴に「御」という尊敬の言葉を用いるとともに、相手の動作に「参れ」という謙譲の言葉を用いるのは、話者が絶対の地位にあることを示す。いわゆる絶対敬語の一つの例に当る。

一一 「沙汰」は、指令、命令。ここでは、「参れ」という指図。

かやうに御覧にかなひ候ひて《お目にかないますならば》、しづかにつかうまつり候はん《〔次には〕ゆっくりと舞ってさし上げましょう》」と言ふ。横座の鬼《正面の座の鬼は》、「いみじく申したり《よくぞ申した》。かならず参るべきなり《参らなければならないぞ》」と言ふ。奥の座の三番にゐたる鬼、「この翁は、かくは《こうは》申し候へども、参らぬことも候はんずらん《あるかもしれませんと思われますので》と覚え候ふに、[一三]質《しち》をや取らるべく候ふらん《お取りになるのがよいでしょうか》」と言ふ。横座の鬼、「しかるべし、しかるべし《もっともだ》」と言ひて、「何をか取るべき《取ったらよいだろうか》」と、おのおの言ひ沙汰する《相談していると》に、横座の鬼の言ふやう、「かの翁が面《つら》にある瘤《こぶ》をや取るべき《取ったらよいだろうか》。[一四]瘤は福の物なれば、それをぞ惜しみ思ふらん」と言ふに、翁が言ふやう、「[一五]ただ目鼻をば召すとも《お取りになっても》、この瘤は許し給ひ候はん《お許しいただきとうございます》。年ごろ《長年》持ちて候ふ物を、故なく召されん《理由もなくお取りになるのは》、[一六]術《ずち》なき事に候ひなん《つらいことでございましょう》」と言へば、横座の鬼、「かう惜しみ申す物なり《〔大事の〕》。ただそれを取るべし」と言へば、鬼寄りて、「さは《それでは》取るぞ」とて、ねぢて《ねじって》引くに、おほかた《まったく》、痛きことなし。さて、「かならずこのたび《次の》の御遊びに参るべし」とて、[一七]暁《あかつき》に鳥など鳴きぬれば、鬼ども帰りぬ。翁、顔を探るに、年ごろ《長年》ありし瘤、跡かたなく、[一八]か

一二 終りの舞い方。「納め」は、それで終りにする、きりをつけること。ここでは、舞納めをいう。「手」は、きまった舞い方。

一三 約束の保証として預かる物品。

一四 当時の俗信と思われる。

一五 本心から瘤を惜しく思ったわけではないが、さきの鬼の言葉をうけて、わざとこれを大事なもののように言ったのである。

一六 どうしようもない。つらくて困ったさま。

一七 夜半過ぎから夜明け近くまでをいう。夜の明ける前のまだ暗い時分。鳥が鳴くことによって、夜が明けるのを知ると、鬼はこの世に留まることができない。

一八 「かい」は、接頭語で、「かき」の音便。「のごふ」は、「ぬぐふ」と同じ意。

一 下に否定の言葉をともなって、いささかも、すこしもの意。
二 医術によって病気を治療する者。医者。
三 そのとおりにして。前の翁のしたとおりにして。
四 どこだ、どこにいるか。所在を尋ねる言葉。
五 生れつきの才能。器用さ。
六 不十分に、不完全に。
七 「たぶ」は、上から下へ物を与えること。
八 隣の爺の失敗を語る昔話は、しばしばこのような教訓の言葉で結ばれる。本書四八にも、「ものうらやみはすまじきことなり」とある。
＊ この「鬼に瘤取らるる事」は、「瘤取爺」の昔話に当るものである。この型の昔話は、ヨーロッパからアジアまで、広く世界の各国に伝えられており、アールネおよびトンプソンの『昔話の型』には、「五〇三 小人の贈り物」としてあげられている。中国の記録では、戦国末から秦代にかけて、『産語』上の「皐風第六」に、瘤取爺の説話が収められており、明代の『笑林評』にも、同じ型の説話が掲げられて、『嬉遊笑覧』の「或問附録」にも引かれている。崔仁鶴氏の『韓国昔話の研究』には、「四七六 瘤取り爺」という型があげられている。日本の記録では、本書とともに、『五常内義抄』に掲げられたものが、かなり古い

い拭《のご》ひたるやうに《ぬぐい去ったように》、[一]つやつや《少しも》なかりければ、木こらんことも《木をきることも》忘れて、家に帰りぬ。妻の姥《うば》、「こはいかなりつることぞ《これはどうしたことですか》」と問へば、しかじか《〔翁は〕これこれの次第だと》と語る。「あさましきことかな《〔姥は〕信じられないことですね》」と言ふ。

隣の翁のものまね

隣にある翁《隣に住んでいる翁も》、左の顔に大きなる瘤《こぶ》ありけるが、この翁、瘤の失せたるを《なくなったのを》見て、「こは《これは》、いかにして《どうして》、瘤は失せ給ひたるぞ《なくなられたのか》、いづこなる《どこにいる》[二]医師《くすし》の取り申したるぞ。われに伝へ給へ《教えて下さい》。この瘤取らん《取ろう》」と言ひければ、「これは、医師の取りたるにもあらず。しかじかのことありて、鬼の取りたるなり」と言ひければ、「われ《自分も》、その[三]定《ぢやう》にして取らん」とて、事の次第をこまかに問ひければ、教へつ。

瘤をつけられる不運

この翁、言ふままにして《言われるとおりにして》、その木のうつほに《ほら穴に》入りて待ちければ、まことに聞くやうにして、鬼ども出で来たり。ゐまはりて《輪になって坐って》、酒飲み遊びて、「[四]いづら《どこだ》、翁は参りたるか」と言ひければ、この翁、恐ろしと思ひながら、ゆるぎ出でたれば《体をゆるがせて出ていったので》、鬼ども、「ここに翁参りて候ふ」と申せば、横座の鬼《正面の座の鬼が》、「こち《こちらへ》参れ、とく《早く》舞へ」と言へば、さき

の翁よりは、天骨《てんこつ》[五]もなく、おろおろ[六]奏《かな》でたりければ（舞ったので）、横座（正面の座の）の鬼、「このたびは、わろく舞ひたり（下手に舞ったぞ）。かへすがへすわろし。その取りたりし質《しち》の瘤[七]返したべ（返してやれ）」と言ひければ、末つ方（末の座から）より、鬼出で来て、「質の瘤返したぶぞ（返してやるぞ）」とて、いま（もう）片方《かたかた》の顔に投げつけたりければ、うらうへに（両方の頰に）瘤つきたる翁にこそなりたりけれ。

[八]ものうらやみは、すまじきことなりとか（してはならないことだとさ）。

〔四〕伴大納言《ばんのだいなごん》[九]の事

これも今は昔、伴大納言善男《よしを》は、佐渡《さど》の国の郡司《ぐんじ》[一〇]が従者《ずさ》なり。かの国にて、善男、夢に見るやう（夢に見るには）、西大寺《さいだいじ》[一一]と東大寺《とうだいじ》[一二]とを跨《また》げて立ちたり（股の間にはさんで立ったと）と見て、妻《め》の女にこのよしを語る。妻の言はく、「そこ（あなたの）の股《また》こそ裂《さ》かれんずらめ（裂かれるのでしょう）」と合《あ》[一三]はするに、善男、おどろきて、よしなきことを（つまらないことを）語（語っ）

事例であったといえよう。それらの二つの記録は、いくらか違っており、本書の方では、翁が山の木のうつほに隠れて、鬼の酒宴に出逢ったというのに、『五常内義抄』では、法師が山の中の古い堂に泊って、鬼の田楽を見かけたと記されている。安楽庵策伝の『醒睡笑』では、巻一の「謂へば謂はるる物の由来」と巻六の「推はちがうた」とに、同じ説話が二つにわけて収められているが、『五常内義抄』の方に近かったようである。現行の昔話の例は、『日本昔話名彙』の完形昔話の「動物の援助」に、「瘤取爺」という型としてあげられ、『日本昔話大成』の本格昔話の「隣の爺」に、「一九四　瘤取爺」という型としてあげられている。

ものうらやみの戒め

九 伴国道の五男。一説に、佐渡の百姓の出身とも、同国の郡司の従者とも伝えられる。正三位大納言まで昇進したが、応天門を焼いた罪が露顕して、貞観八年(八六六)、伊豆に流され、五八歳で没。

一〇 国司の下にあって郡を治める官。大領・少領・主政・主帳の四等官に分れるが、特に大領をさす。

一一 奈良市西大寺町にある真言律宗の総本山。

一二 奈良市雑司町にある華厳宗の総本山。

一三 夢合せに当る。夢の意味を考えて、その吉凶を判断する。

善男の夢見と夢合せ

一 人相見。人の相を見て、その運命を判断する者。
二 酒食を出してもてなして。
三 藁《わら》・菅《すげ》・藺《い》などを渦巻の形に編んだ敷物。
四 太政官の次官で、大臣に次ぐもの。
五 政敵の源信《まこと》を陥れようと、応天門に火を放ったが、かえってその真相が顕《あらわ》れて、伊豆に流されることになったことをいう。その経過は、『伴大納言絵詞』および本書一一四に語られている。

＊『日本書紀』仁徳天皇三八年の条に、「鳴く牡鹿《しか》なれや、相夢《いめあはせ》のままに」とあって、古くから「夢は合わせがら」ということが信じられていた。『大鏡』中によると、藤原師輔《もろすけ》が若い時に、「夢に朱雀門の前に、左右の足を西東の大宮にさしやりて、北向きにて内裏を抱きて立てりとなん見えつる」と言ったのを、ある女房がさし出て、「いかに御股痛くおはしましつらん」と言ったために、その子孫は栄華をきわめたのに、自身は摂政関白に昇れなかったという。『江談抄《ごうだんしよう》』三や『古事談』二にも、本書とほぼ同じように、伴善男の身の上について、この夢合せのことが伝えられている。『三代実録』貞観八年の条に、その父の国道が、しばらく佐渡に流されて、国司の師友となったと記されているが、善男自身が、同国の百姓であって、郡司の従者であったとは思われない。その意外

善男の出世と犯罪

随求陀羅尼を籠めた法師

りてけるかなと恐れ思ひて（てしまったものだと）、主《しゆう》の郡司が家へ行き向かふところに（主人の郡司の家へ向って行ったところが）、郡司、きはめたる（非常にすぐれた）相人《さうにん》[一]なりけるが、日ごろはさもせぬに（ふだんはそうもしないのに）、ことのほかに饗応《きやうおう》[二]して、円座《わらうだ》[三]取り出で、向かひて召しのぼせければ（向いあって上座に招きよせたので）、善男《よしを》、あやしみをなして（疑いをおこして）、われをすかしのぼせて（騙して上座に坐らせて）、妻《め》の言ひつるやうに、股《また》など裂《さ》かんずるやらん（裂こうとするのだろうか）と恐れ思ふほどに、郡司が言はく、「なんぢ（おまえは）、やんごとなき高相の夢見てけり（なみなみでない高貴な相の夢を見たのだ）。それに（それなのに）、よしなき人に語りてけり（つまらない人に語ってしまった）。かならず大位にはいたるとも（高貴な位には昇っても）、事出で来て（事件がおこって）、罪を被《かぶ》らんぞ（こうむるだろうよ）」と言ふ。

しかるあひだ（そのうちに）、善男、縁につきて（縁を頼って）京上《のぼ》りして、大納言《だいなごん》[四]にいたる。されども、なほ（やはり）[五]罪を被る。郡司が言葉に違《たが》はず。

〔五〕随求陀羅尼《ずいぐだらに》[六]、額《ひたひ》に籠《こ》むる法師の事

これも今は昔、人のもとに、ゆゆしくことごとしく（特別にものものしく）、斧《をの》[七]負ひ、法《ほ》[八]

螺《ら》貝《がひ》腰につけ、[9]錫杖《しやくぢやう》つきなどしたる[10]山臥《やまぶし》の、ことごとしげなるが《ものものしい様子のものが》入り来て、[11]侍《さぶらひ》の[12]立蔀《たてじとみ》の内の小庭に立ちけるを、侍《家来が》、「あれは《あなたは》、いかなる御房ぞ《どのような坊さまですか》」と問ひければ、「これは《私は》、日ごろ《ふだん》[13]白山《はくさん》に侍《はべ》りつるが、《〔今度〕》[14]御《み》嶽《たけ》へ参りて、いま《もう》二千日候はんと《修行しようと》仕《つかまつ》り候ひつるが《いたしましたが》、[15]斎料《ときれう》尽きて侍り《なくなりました》。まかりあづからんと《ご寄進をいただきましょうと》《〔ご主人に〕》申し上げ給へ」と言ひて立てり。見れば、額、眉《まゆ》の間の程に、髪際《かうぎは》に寄りて、二寸ばかり傷あり。いまだなまいえにて《十分に治りきらないで》赤みたり。侍、問うて言ふやう《言うには》、「その額の傷は、いかなる事ぞ」と問ふ。山臥、いとたふとたふとしく《いかにもありがたそうに》、声をなして《作って》言ふやう、「これは、随求陀羅尼を籠《こ》めたるぞ《はめこんでいるのだ》」と答ふ。

法師のいかさまの露顕

侍の者ども、「ゆゆしきことにこそ侍れ《これはたいしたことだよ》。足手の指など切りたるは、あまた《数多く》見ゆれども、額破《わ》りて、陀羅尼籠めたるこそ、見るとも覚えね《見ようとは思いもかけないことだ》」と言ひあひたるほどに、十七八ばかりなる小侍《こざむらひ》《若い家来が》の、ふと走り出でて、うち見て《ちょっと見て》、「あな《ああ》、かたはらいたの《はたで見るとおかしくてたまらない》法師や。なんでふ《なんだって》、随求陀羅尼を籠めんずるぞ《籠めようというのか》。あれは、七条町に、[16]江冠者《がうくわんじや》が家の、おほ《ま東に》

な出世と失脚とが、世の人々の関心を集めたために、夢合せの説話と結びつけられたのであろう。

六 『随求陀羅尼経』の呪の部分。衆生の罪障を滅して、これを苦難から救い、これに福徳を授けると信じられる。陀羅尼または呪は、一字ごとに深い意味をもっており、漢語に訳さないで梵語のまま読まれる。

七 木を切り割る道具。山伏も山野を歩くのに、斧を携えていた。底本に「負斧」とある。

八 法螺貝の端に穴をあけ、口金をつけて吹き鳴らすもの。戦場での合図や山伏の行法に用いられる。

九 僧や山伏がもつ杖。頭部は塔婆の形に作り、数個の輪を掛ける。これを突いて、大きな音を出す。

一〇 「山伏」とも記す。民間の遊行《ゆぎやう》宗教家であって、山野で苦行を重ねることによって、神秘な呪力をそなえたものと信じられた。天台・真言などの仏教諸宗と結びついて、本当二派などの修験道を作りあげている。

一一 親王・摂関・大臣家などで、その家務をつかさどる家人《けにん》の詰所。侍 所《さむらいどころ》に当る。

一二 格子の裏に板を張って、家の内が見えないように立てるもの。

一三 石川・岐阜両県にまたがる山岳信仰の霊地。

一四 奈良県吉野郡の金峰山《きんぷせん》。修験道の霊地。

一五 僧の食事に当てる金銭。

一六 「江」は、大江氏。「冠者」は、元服して冠をかぶった者。

東《ひんがし》にある鋳物師《いもじ》[一]が妻を、みそかみそかに《人に隠れて入りこんでは寝とっていたそのうちに》入り臥し入り臥しせしほどに、去年《こぞ》の夏、入り臥したりけるに《入りこんで共寝していたところに》、男の《夫の》鋳物師、帰りあひたりければ《帰りあわせたので》、取る物も取りあへず、逃げて西へ走りしが、冠者が家の前《前》ほどにて《あたりで》、追ひつめられて、鎛《さひづゑ》[二]して《鎛で》、額を打ち破《わ》られたりしぞかし《打ちわられたのだよ》。冠者も見しは《見ていたよ》」と言ふを、あさましと《あきれたと》、人ども聞きて、山臥が《山伏の》顔を見れば、すこしも事と思ひたる《大変だと》気色《けしき》もせず《様子もなく》、すこしまのししたるやうにて[三]《とりすました顔つきをして》、「そのついでに籠めたるぞ」と、つれなう《そしらぬ顔で》言ひたる時に、集まれる人ども、一度に「は」《わあっ》と笑ひたるまぎれに《と笑ったのにまぎれて》、逃げて去《い》にけり。

〔六〕中納言師時《もろとき》[四]、法師の玉茎《たまぐき》[五]検知《けんち》[六]の事

これも今は昔、中納言師時といふ人おはしけり《おいでになった》。その御もとに《その人の邸へ》、ことのほかに色黒き墨染《すみぞめ》[七]の衣の短きに、不動袈裟《ふどうげさ》[八]といふ袈裟掛けて、

一 金属をとかして鍋釜などを作る職人。
二 鍬《くわ》の一種。草を取る道具。
三 諸注では、「目伸し」ととられ、目を見張るさまと解されているが、「間伸し」に当り、顔の寸を伸ばして、まじめくさった、とりすましたさまをさすのであろう。
＊ 民間の遊行《ゆぎよう》宗教家は、一般に「聖《ひじり》」という言葉で表されるが、さまざまな聖の中でも、山野で苦行を重ねて、神秘な呪力《じゆりよく》をそなえたような者が、特に山臥（山伏）という名で呼ばれて、しだいに修験道の枠に組みこまれた。五来重氏の『高野聖』には、それらの聖の特性として、隠遁性・苦行性・遊行性・呪術性・世俗性・集団性・勧進性・唱導性の八条をあげている。この聖の苦行性とは、わざとその身を苦しめることによって、あらゆる罪と穢《けが》れとを贖《あがな》うことができるというものである。はやく「僧尼令」で、焚身捨身《ふんしんしやしん》を禁じており、養老元年（七一七）の詔でも、焚剝指臂《ふんはくしひ》を禁じているのは、そのような聖の苦行が、しきりに行われたためであろう。この焚身捨身のような苦行は、焼身往生や入水往生につながるものであるが、また焚剝指臂に当る苦行は、燃燈供養や腕香と称して、掌に燈明をともし、腕に香をたくという形でもうけつがれた。

煩悩を切り捨てた法師

後代の聖の中には、そのような苦行を売り物にして、世間の人々をあざむ

く者も少なくなかった。本書にも、このほかに、六・一三三・一四五各話など、いかさま聖の所行に関するものがいくつかみられる。

四 源俊房の次男。正三位権中納言まで昇り、歌人として知られる。保延二年（一一三六）、六〇歳で没。

五 男の性器、陰茎。

六 実情をとり調べること。

七 僧の着る衣。黒く染めた衣。

八 山伏の掛ける輪袈裟。結《ゆい》袈裟ともいう。

九 モクゲンジ。ムクロジ科の落葉喬木。花は眼薬や染料に用いられ、種子は数珠玉《ずずだま》に用いられる。

一〇 数珠《ずず》。多くの玉を糸で貫いたもの。称名や念仏などにつまぐって、その回数を数えるのに用いる。

一一 民間の遊行の僧。聖というのは、もともと高徳の僧をも含んでいたが、おおむね半僧半俗であって、堅固な道心をもちながら、世俗の生活をもいとなむ者をさしていた。さまざまな聖の中で、専心に念仏を行ずるものが、特に「念仏聖」として知られる。

一二 初めのない遠い過去。はるかな大昔。

一三 地獄・餓鬼・畜生・修羅・人間・天の六道にわたって、衆生が生れ変り死に変りすること。

一四 衆生の心身を悩まし迷わせるすべての妄念。

一五 諸本に「まめやかのはなくて」とある。

一六 「南無阿弥陀仏」と、念仏を唱えて。

木練子《もくれんじ》[九]の念珠《ねんず》[一〇]の大きなる《大きいのを》繰りさげたる聖法師《ひじりほふし》[一一]、入り来て立てり。中納言、「あれは何する僧ぞ《あなたはどういう坊さまか》」と尋ねらるるに《尋ねられたのに》、ことのほかに声をあはれげになして《作って》、「仮の世《[この世は]》、はかなく候ふを《むなしく生きておりますのに》、忍びがたくて《堪えられませんで》、無始《むし》[一二]よりこのかた、生死《しやうじ》[一三]に流転《るてん》するは、詮《せん》ずる所《つまりは》、煩悩《ぼんなう》[一四]にひかへられて《ひきとめられて》、今に《今なお》、かくて《こうして》憂き世を出でやらぬにこそ《離れられないからです》。これを無益《むやく》なりと思ひ取りて《むだだと心にさとって》、煩悩を切り捨てて、ひとへにこのたび、生死の境を出でなん《離れようと》と思ひ取りたる《心にさとった》聖人《しやうにん》に候ふ」と言ふ。中納言、「さて《それでは》、煩悩を切り捨つとはいかに」と問ひ給へば、「くは《さあ》、これを御覧ぜよ」と言ひて、衣の前をかきあけて見すれば《見せると》、まことに、まめやかにはなくて《本当にはなくて》[一五]、ひげばかりあり《陰毛だけがある》。

法師のいかさまの露顕

こは《これは》、不思議の事かなと見給ふ《[中納言が]》ほどに、下《しも》にさがりたる嚢《ふくろ》の、ことのほかに覚えて《異常に思われて》、「人やある《誰かいるか》」と呼び給へば、侍《家来が》二三人出で来たり。中納言、「その法師ひきはれ《ひっぱれ》」とのたまへば《おっしゃると》、聖、まのしをして《とりすまして》、阿弥陀仏《あみだぶつ》[一六]申して、「とくとく《早く早く》、いかにもし給へ《どうともして下さい》」と言ひて、あ

一 顔の様子。
二 「おろ」は、不十分に、いささか、少し、の意。
三 まじめくさって、とりすましたさまか。三三頁注三参照。
四 その形が似ているので、陰茎をさす。
五 軽くゆれ動くさま。
六 柔らかに物に当るさま。
七 声を合わせて。
八 実は。前からきまっていた事実であるが、改めて説くような場合に用いる。
九 飯粒を練って作った糊《のり》。
一〇 道にはずれたふるまいで、人を惑わすこと。いかさま。いんちき。『下学集』前田本などに、「狂惑《ワウワク》」とあって、「誑惑」「枉惑」とも同義に用いられる。『日葡辞書』では、「ヲウワクナ」という語が、「ヲウチャクナ」と同義に解されている。
* 前話に続いて、同じいかさま聖のことが扱われているが、ここでは、「狂惑の法師にてありける」というように結ばれている。多くの『宇治拾遺物語』の注釈では、この「狂惑」という言葉が、「きやうわく」と訓まれて、「気がふれたようなさま」と解されていたが、田口和夫氏の「中世的人間像」(『説話』一号)によって、「狂惑」の表記のままで、「わうわく」と訓まれて、「人をだますこと」と解されるようになった。それによると、「狂惑の法師」というのは、「人をだますのを業と

はれげなる[一]顔気色《かほげしき》をして、足をうちひろげて、[二]おろねぶりたるを《軽く目をつぶったのを》、ひき中納言、「足をひきひろげよ」とのたまへば《おっしゃると》、二三人寄りて、ひきひろげつ。さて、小侍《こざむらひ》の十二三ばかりなるがあるを召し出でて《若い家来で十二、三歳くらいなのがいるのを呼び出して》、「あの法師の股《また》の上を、手をひろげて、あげおろしさすれ」とのたまへば《おっしゃるので》、そのままに《おっしゃるとおり》、ふくらかなる手して《ふっくらした手で》、あげおろしさする。とばかりあるほどに《しばらくするうちに》、この聖、[三]まのしをして《とりすまして》、「今はさておはせ《もうそのままにして下さい》」と言ひけるを、中納言、「よげに《よさそうに》なりにたり。たださすれ。それそれ」とありければ《言われたので》、聖、「さまあしく候ふ《見苦しゅうございます》。今はさて《もうそのままで》」と言ふを、あやにくに《意地わるく》さすり伏せけるほどに、毛の中より、[四]松茸《まつたけ》の大きやかなる《大きな》物の、[五]ふらふらと《ぶらぶらと》出で来て、腹に[六]すはすはと《すぼっすぼっと》打ちつけたり。中納言をはじめて、そこら《おおぜい》集《つど》ひたる者ども、[七]諸声《もろごゑ》に笑ふ。聖も、手を打ちて、臥しまろび《ころげまわり》笑ひけり。[八]はやう、まめやか物を《本物を》下の嚢《ふくろ》へひねり入れて、[九]続飯《そくひ》にて毛を取りつけて、さりげなくして《なにげないさまを装って》、人をはかりて《だまして》、物を乞《こ》はんと《もらおうと》したりけるなり。[一〇]狂惑《わうわく》の法師にてありける。

する法師」と認められるのである。『雑談集』九には、「誑惑《ワウワク》ノ事」の一条があって、「日本ノ乞食法師ハ、誑惑ヲモテ道トシテ、渡世シ侍ル。シヲホセテハ得分也。シソコナヘバ、我ハ乞食トナノリヌレバ、常ノ人ニモ不ㇾ似過ナシ。ヲヒイダサレ侍リ。昔シヨリカカル習ヒ也」と記されて、それに関する三つの説話があげられている。『定本柳田国男集』巻七の「不幸なる芸術」では、うそをつきながら、人を楽しませる者について説かれているが、この「狂惑の法師」も、そのような生き方につながるといえよう。田口氏の論では、この「狂惑の法師」こそ、みずからの知恵と胆力とによって、乱世を生きぬこうとするものと認められている。

龍門の聖と狩人

鹿の身代り

一一 奈良県吉野郡龍門村。龍門岳の南麓の地。その山上に龍門寺の跡があって、久米仙人の修行の場としても知られる。

一二 一般に民間の遊行の宗教家をいう。ここでは、道心の堅固な高徳の僧をさす。『古事談』三に、「舜見上人」とある。

一三 一般に「しし」とは、その肉を食用にあてる獣をいう。ここでは、「かのしし」で、鹿《しか》に当る。

一四 夏の夜に、火串に松明《たいまつ》をともして、鹿の近寄るのを射とめること。

一五 松明をはさむ木。

〔七〕龍門《りようもん》[一一]の聖《ひじり》[一二]、鹿《しし》に代らんと欲する事

大和《やまと》の国に、龍門といふ所に、聖ありけり。住みける所を名にて《所の名をとって》、龍門の聖とぞ言ひける。その聖の親しく知りたりける男の、明け暮れ鹿《しし》[一三]を殺しけるに、照射《ともし》[一四]といふことをしけるころ、いみじう《たいそう》暗かりける夜、照射に出《い》でにけり。

鹿を求めありくほどに《探しまわるうちに》、目を合はせたりければ《視線を合わせたので》、鹿ありけりとて《鹿がいたぞと思って》、〔松明を〕押しまはし押しまはしするに《振りまわし振りまわししていると》、たしかに目を合はせたり《視線を合わせた》。矢頃にまはし寄りて《矢の届くほどの距離に》、火串《ほぐし》[一五]〔松明を〕に引きかけて、矢をはげて《つがえて》射んとて、弓ふりたて見るに、この鹿の目の間《あひ》の、例の《普通の》鹿の目のあはひよりも《間隔よりも》近くて、目の色も変りたりければ、あやしと《変だと》思ひて、弓を引きさして《引きやめて》、よく見けるに、なほあやしかりければ《やはり変だったので》、矢をはづして、火を取りて見るに、

「鹿《しし》の目にはあらぬなりけり《鹿の目ではないのだな》」と言ひて、起きば起きよと思ひて《起きるならば起きろと》、近くまはし寄せて《〔松明を〕》見れば、身は[一]一定《いちぢやう》の皮にてあり《確かな皮である》。なほ鹿なりとて、また射んとするに、なほ目のあらざりければ《目が違っていたので》、ただうちにうち寄せて《どんどん近づいて》見るに、法師の頭に見なしつ《法師の頭として認めた》。「こはいかに《これはどうしたことか》」と言ひて、おり走りて、火うち吹きて、[二]しひをりとて見れば、この聖の目うちたたき《例の聖がまばたきして》て、鹿の皮をひきかづきて《ひきかぶって》、そひ臥し給へり《寝そべっておられた》。「こはいかに《これはまあどうして》、かくてはおはしますぞ《こうしていらっしゃるのですか》」と言へば、ほろほろと《〔聖は〕はらはらと》泣きて、「わ[三]主《ぬし》が制することを聞かず《おまえが〔わしの〕止めるのを聞かず》、いたく《ひどく》この鹿を殺す。われ、鹿に代りて殺されなば、さりとも《いくら何でも》すこしはとどまりなん《やめるだろうと》と思へば、かくて射られんとして《射殺されようと》をるなり。口惜しう射ざりつ《残念なことにおまえは射なかった》」とのたまふに、この男、臥しまろび《ころげまわり》泣きて、「かくまでおぼしけることを《これほどまで考えて下さったことを》、あなが《無理に押》ちにし侍りけること《しきって殺し続けておりましたよ》」とて、そこにて刀を抜きて、弓打ち切り、[四]胡《やな》籙《ぐひ》みな打ちくだきて《打ちこわして》、[五]髻《もとどり》切りて、やがて聖に具して《そのまま聖のお供をして》、法師になりて、聖のおはしけるかぎり《生きていらっしゃるあいだ》、聖に使はれて、聖失せ給ひければ《おなくなりになってからは》、代

狩人の発心

一「一張の皮」とも解されるが、『大系』によると、「一定の皮」に当り、確かな皮の意。
二「椎折り取りて」とも解されるが、『大系』によると、「芯折り取りて」に当り、松明の火を明るくするために、その芯を折り取ることとか。
三 二人称の代名詞。同輩または目下の者に対して用いられる。「わ」は、「わ殿」「わ女」などと、名詞・代名詞につけて、親しみまたは卑しめる意を表す。
四 矢を入れて背に負う道具。短くて平らな平胡籙《ひらやなぐい》のほかに、筒のような形の壺《つぼ》胡籙があげられる。
五 頭の上で髪を束ねたもの。たぶさ。「髻切る」は、出家すること。
六「おこなふ」は、仏道の修行をすること。

＊ 前話のいかさま聖に対して、ここでは高徳の聖のことが扱われている。『古事談』三に、「舜見作鹿躰教猟者事」とあって、ほぼ同じように伝えられているが、ただ「龍門の聖」というのではなくて、あきらかに「舜見上人」という名があげられている。『醒睡笑』三にも、これと同じ説話がとられているが、やはり「龍門の聖」というだけで、まったく「舜見上人」の名は記されていない。『今昔物語集』一九―一四などには、讃岐《さぬき》の国の源大夫の出家について記されているが、そのように、狩猟の業をいとなむ者が、聖の教化をうけて、仏道の修行に励んだということは、さまざまな形で

伝えられている。後代の記録ではあるが、『雍州府志』四、『筆のすさび』上などには、平定盛が鹿を射殺したので、その皮を身にまとい、その角を杖に挿したと伝えられる。『日本紀略』六などによると、空也のすぐ後にも、行円という聖が現れたが、いつも鹿皮を着けていたので、世に皮聖と呼ばれたという。『梁塵秘抄』二には、「聖の好む物」として、「木の節、鹿角《わさづの》、鹿の皮」があげられており、龍門の聖のように、鹿皮の衣をつけることが、当時の聖の風俗であったと知られる。

女一人の宿

千両の借金

七「食ふ」も「したたむ」も、ともに食事をする意。

八 おまえさん。二人称の代名詞で、目下の者を呼ぶのに用いられる。古活字本などには、「おのれが」とあって、この「おのれ」は、話者自身をいうと解される。

九「両」は、重量の単位。一両は、一銖《しゅ》の二四倍、一斤の一六分の一。

一〇 それはないでしょうよ。「あらしや、さんなめり」で、「まあまあ、そんなこともあろうかね」とも解されているが、『大系』の説に従う。

りてまた、そこにぞ六おこなひてゐたりけると《勤行していたということである》なん。

〔八〕易《えき》の占《うらな》ひして金《こがね》取り出《いだ》す事

旅人の宿《旅人が宿を》求めけるに、大きやかなる《いかにも大きな》家の、あばれたる《荒れはてたのが》がありけるに、寄りて、「ここに宿し給ひてんや《泊めて下さるでしょうか》」と言へば、女声《をんなごゑ》にて、「よき《いいで》こと《すよ》、宿り給へ」と言へば、みなおりゐにけり《腰を下ろして坐った》。屋《家は》大きなれども、人ありげもなし《〔他に〕人はいそうもない》。ただ女一人ぞあるけはひ《様子であった》しける。

かくて《こうして》、夜明けにければ、七物食ひしたためて《食事をとって》、出《い》でてゆくを、この家にある女、出で来て、「え出でおはせじ《お出かけになってはなりません》。とどまり給へ」と言ふ。「こはいかに《これはどうしてですか》」と問へば、「八おのれは金《こがね》九千両負ひ給へり《借りていらっしゃる》。そのわきまへ《つぐないをしてから》してこそ出で給はめ《お出かけ下さい》」と言へば、この旅人の従者《ずんざ》ども笑ひて、「一〇あらじや、讒《ざん》なめり《いいがかりでしょう》」と言へば、この旅人、「しばし」と言ひて、またおりゐて《おりて坐って》、皮籠《かはご》一乞ひ寄せて《取り寄せて》、幕《まく》引きめぐらして、しばしばかり《しばらくたって》ありて、この女を呼びければ、出で来にけり。

旅人問ふやうは、「この親は《あなたの親は》、もし《もしや》易《えき》二の占《うらな》ひといふことやせられ《ことをなさいました》し《か》」と問へば、「三いさ、さや侍りけん《そうかもしれません》。そのし給ふやうなることはし《あなたのなさったようなことはなさいました》給ひき」と言へば、「さるなり《そのはずです》」と言ひて、「さても《それにしても》、何事にて《どうして》、『千両金《こがね》負《お》ひたる《借りた》、そのわきまへせよ《そのつぐないをせよ》』とは言ふぞ」と問へば、「おの《私の》れが親の失せ侍りしをりに《亡くなりました時に》、世の中にあるべきほどの物など《世間を渡ることのできるだけの物などを》得させ《「私に」与えて》おきて《おいて》、申ししやう《申しましたことには》、『四いまなむ十年ありて《今からもう十年たって》、五その月に、ここに旅人来て宿らんとす《泊ることになる》。その人は、わが金を千両負ひたる《借りている》人なり。それに《その人に》、その金を乞ひて《もらって》、たへがたからんをりは《こらえきれない時は》、売りて過ぎよ《暮しを立てよ》』と申ししかば、今までは、親の得させて侍りし《与えてくれました》物をすこしづつも売り使ひて、今年《ことし》となりては、売るべき物も侍らぬままに《なくなりましたので》、六いつしか、わが親の言ひし月日の、とく《早く》来《こ》かし《来てほしいなあと》と待ち侍りつるに、今日にあたりて、おはして宿り給へれば《いらっしゃってお泊りになりましたので》、金負ひ給へる人なりと思ひて《お借りになった人だと》、申すなり」と

一 皮で張った籠。後には、紙張りまたは竹編みの籠をもいう。

二 『易経』の所説に基づいて、算木《さんぎ》と筮竹《ぜいちく》とをもって、万物の吉凶を占うこと。外来の占法であって、複雑な知識を要するが、古くは陰陽寮などで行われて、しだいに民間に広まった。

三 さあ、どうですか。確かでないことを問われて、それに答える言葉。

四 「なむ」は係助詞。

五 しかじかの月に。何月に。実際には、あきらかに一月とかいうように、特定の月をあげたものであろう。

六 「早く早く」と待ち望む意を表す。

言へば、「金の事はまことなり《ほんとうです》。さることあるらん《そのようなこともあるでしょう》」とて、女を片隅に引きてゆきて、人にも知らせで《知らせないで》、柱を叩《たた》かすれば《叩かせると》、[七]うつほなる《うつろな音の》声のする所を、「[八]くは《さあ》、これが中に《この柱のなかに》、のたまふ《おっしゃる》金はあるぞ、あけて、すこしづつ取り出でて使ひ給へ」と教へて、出でて去《い》にけり《いってしまった》。

この女の親の《親は》、易の占ひの上手にて、この女の有様を[九]勘《かんが》へけるに、いま十年ありて、貧しくならんとす、[一〇]その月日、[一一]易の占ひする男来て宿らんずると《泊ることになると判断して》勘へて、かかる金ありと告げては《〔娘に〕》、まだしきに《まだ早いうちに》取り出でて、使ひ失ひては《使ってなくしては》、貧しくならんほどに《貧しくなった時に》、使ふ物なくて、惑ひなむと《途方にくれるだろうと》思ひて、しか言ひ教へて《そのように口上だけ教えて》、《〔親が〕》死にける後《のち》にも、この家をも売り《売って》失はずして《なくすこともしないで》、今日を待ちつけて《待ちうけて》、この人を《この旅人を》かく責めければ、これも易の占ひする者にて、心をみて《わけを知って》、占ひ出《いだ》して教へ、出でて去にける《出ていってしまったの》なり《である》。

易の占ひは、行末《ゆくすゑ》を[一二]掌《たなごころ》の中のやうにさして《〔あきらかに〕》、知ることにてありける《知ることのできるものなの》なり《である》。

七 内部が空洞であることを示す音。
八 さあ。相手の注意をうながす言葉。
九 「勘ふ」は、調べて考えること。ここでは、易の占いによって判断すること。
一〇 しかじかの月日に。三八頁八行の「その月」と同じ言い方。
一一 底本に「やくの」とあるが、古活字本などによって改めた。
一二 「掌をさす」は、きわめて明白なことのたとえ。

易の占いの判断

＊『捜神記』三や『晋書』芸術伝には、隗炤《かいしょう》の故事が掲げられており、この説話の典拠としてあげられている。それによると、隗炤は汝陰《じょいん》の人で、易の占いにすぐれていたが、死の直前に、その妻にむかって、次のように書き残した。すなわち、どのように苦しくても、家を売らないでいれば、五年の後に、龔《きょう》という者がたずねてくるが、自分の金を借りた者であるから、この板を示して、それを返してもらえというのである。はたして、五年の後に、龔という者がたずねてきたが、この板によって、その事情をさとり、屋敷の東の方に、五〇〇斤の金が埋っていると、その妻に教えてくれたと伝えられる。本書では、そのような人名や地名もなくて、いっそうおおらかに作られている。

易の占いの奇特

〔九〕宇治殿《うぢどの》[一]倒れさせ給ひて、実相房《じつさうばう》[二]僧正験者《そうじやうげんざ》[三]に召さるる事

頼通の危難と心誉の祈禱

これも今は昔、高陽院《かやのゐん》[四]造らるるあひだ《造られる時に》、宇治殿、御騎馬《のりうま》[五]にて渡らせ給ふあひだ《お通りになる時に》、倒れさせ給ひて《お倒れになって》、ここち違《たが》はせ給ふ[六]。心誉《しんよ》僧正に祈られんとて《祈ってもらおうとして》、召しに遣はすほどに《お召しの使いを出したところが》、いまだ参らざるさきに《〔僧正が〕まだ参上しないうちに》、女房の局《つぼね》[七]なる小女《こをんな》にもの憑《つ》き[八]て、申して言はく、「別《べち》のことにあらず《ほかのことではない》。きと[九]目見入れ奉るによりて《ちょっと見つめ申し上げたことによって》、かくおはしますなり《このようにおなりになったのです》。僧正参られざるさきに、護法《ごほふ》[一〇]さきだちて参りて、追ひ払ひ候へば、逃げをはりぬ《逃げてしまいました》」とこそ申しけれ《申したことである》。すなはち《そのまますぐに》、よくならせ給ひにけり。心誉僧正いみじかりけるとか《すぐれた方であったとかいう》。

一 藤原頼通。道長の子。氏の長者で、摂政、関白、太政大臣に昇った。宇治に別邸をいとなんで、平等院と称した。承保元年（一〇七四）、八二歳で没。

二 心誉。藤原重輔の子。園城寺の長吏、権僧正（一説に大僧正）に昇り、有験の高僧として知られる。長元二年（一〇二九）、八九歳（五九歳とも）で没。

三 験者《げんじや》と同じ。特異な秘法をもって、病気の平癒などのために、加持・祈禱を行う者。

四 賀陽《かや》親王の邸であったが、藤原頼通の邸となって、後冷泉・後三条両天皇の皇居ともなった。今の京都市上京区で、中御門の南、堀川の東に当る。

五 馬に乗ること。

六 気分がすぐれないで悩むこと。病気のさま。

七 建物の中をいくつかにしきって設けた室。

八 何かの霊がのりうつって。「もの」は、妖怪《ようかい》や怨《おん》霊《りよう》など、その正体はあきらかではないが、恐ろしく感じられるもの。

九 何かの霊がとりつくさまをいう。

一〇 護法童子とも、護法天童ともいう。仏法の守護に当る童形の鬼神。邪鬼や悪霊を退けるために、験者によって使われる。

＊ この説話における心誉は、『信貴山縁起《しぎさんえんぎ》』における命蓮と同じように、みずからその場面に臨まなくとも、ただ護法童子を遣わしただけで、みごとに貴人の病気を治したというのである。本書にさ

きだって、『冨家語《ふけご》』一三六や『古事談』三には、ほぼ同じように記されている。『宝物集』の諸本によると、頼通が具平親王の霊にとりつかれた時に、心誉などの験者や陰陽師は、どうしてもこれを助けることができないで、父の道長が『法華経』を読んで、ようやくその霊を退けることができたという。

兼久の詠歌に対する通俊の批判

一一『袋草紙』『今物語』『撰集抄』などによると、その父の兼方の誤りか。秦兼方は、左府生、左近将監《しょうげん》で、随身の役をつとめたが、詳しい伝記は分らない。

一二 藤原氏。経平《つねひら》の次男。正三位権中納言に昇ったが、歌人としては『後拾遺集』を撰んだ。承徳三年（一〇九九）、五三歳で没。

一三 治部省の長官。

一四『後拾遺和歌集』のこと。第四番目の勅撰和歌集。二〇巻。通俊が白河天皇の命によって、応徳三年（一〇八六）に撰進した。

一五 第七一代の天皇。治暦四年（一〇六八）から延久四年（一〇七二）まで在位。延久五年、四〇歳で崩。

一六 後三条天皇の勅願寺。京都市右京区、仁和寺の南。

一七 去年見たのと色も変らず、美しく咲いている。花というのは、何のもの思いもしないものだ。『金葉集』雑上に、右近将曹秦兼方の歌として載る。

一八「こそ」は、人の名につけて、尊敬の意を表す。

〔一〇〕秦兼久《はたのかねひさ》[一一]、通俊卿《みちとしきやう》[一二]のもとに向かひて悪口の事

これも今は昔、治部卿《ぢぶきやう》[一三]通俊卿、後拾遺《ごしふゐ》[一四]を撰《えら》ばれけるとき、秦兼久行き向かひて、おのづから歌などや入ると思ひて《もしかして［自分の］歌などが［後拾遺集に］入れられるかと》、うかがひけるに、治部卿、出であひて、物語して、「いかなる歌か詠みたる《どのような歌を詠んだのか》」と言はれければ、「はかばかしき歌《これというたいした歌は》候はず。後三条院《ごさんでうゐん》[一五]かくれさせ給ひて《ご崩御になった後に》のち、円宗寺《ゑんしゆうじ》[一六]に参りて候ひしに、花の匂《にほ》ひは《つややかな美しさは》、昔にも変らず侍りしかば、つかうまつりて候ひしなり《詠みましたものです》」とて、

「去年《こぞ》[一七]見しに色も変らず咲きにけり
　花こそものは思はざりけれ

とこそつかうまつりて候ひしか」と言ひければ、通俊卿、「よろし《かなりよ》く《く》詠みたり。ただし、『けれ』『けり』『ける』などいふことは、い《あま》としもなき《りよくもない》言葉なり。それはさることにて《それでよいとしても》、『花こそ』[一八]といふ文字

兼久の悪口に対する通俊の態度

こそ、女《め》の童《わらは》などの名にしつべけれ《女の子などの名にしたらよかろう》」とて、いともほめられざりけ《たいしては》れば、言葉すくなにて立ちて、侍《さぶらひ》どもありける所《家来どものいる》に寄りて、「この殿《ご当家の》は、おほかた《少しも》歌の有様知り給はぬ《ご存じない方なのだ》にこそ。かかる人《こういう人が》の、撰集《せんじふ》承《うけたまは》りておはするは《いらっしゃるのは》、あさましきことかな《あきれたことだよ》。[一]四条大納言《しでうだいなごん》の歌に、

[二]春来てぞ人も訪《と》ひける山里は

花こそ宿のあるじなりけれ

と詠み給へるは、めでたき《すぐれた》歌とて、世の人口《ひとぐち》にのりて申すめるは《評判になってもて囃すようだよ》。その歌に、『人も訪《と》ひける』とあり、また『宿のあるじなりけれ』とあめるは《あるようだよ》。『花こそ』と言ひたるは、それには《その歌とは》同じさまなるに、いかなれば《どういうわけで》、[三]四条大納言のはめでたくて《四条大納言の歌はすぐれていて》、兼久がはわろかるべきぞ《兼久の歌はわるいはずがあろうか》。かかる人の、撰集承りて撰《えら》び給ふ《お選びになるのは》、あさましきことなり《あきれたことだ》」と言ひて、出でにけり《出ていってしまった》。

侍、通俊《みちとし》のもとへ行きて、「兼久こそ、かうかう申して出でぬれ《出ていきました》」と語りければ、治部卿《ぢぶきやう》、うちうなづきて、「さりけり《そうだった》、さりけり《そうだった》。

一 藤原公任《きんとう》。頼忠の子。正二位権大納言に昇ったが、歌人・歌学者として知られ、『和漢朗詠集』『新撰髄脳』などの編著を残した。長久二年(一〇四一)、七六歳で没。

二 『拾遺集』雑春に、右衛門督公任の歌として載る。春が来てはじめて人も訪れてくる山里は、桜の花が宿のあるじのようなものだ。

三 「四条大納言のは」の「の」と、「兼久がは」の「が」とは、ともに所有・所属の関係を示すが、さきの「の」は、尊敬の意を含むもので、あとの「が」は、卑下の意を含むものである。

＊ 藤原通俊撰の『後拾遺和歌集』は、第四番目の勅撰和歌集として撰ばれたが、『古今』『後撰』『拾遺』の三代集とくらべると、それほど重々しい権威をもたないで、むしろとかくの非難をうけがちであった。年功や実力などの面では、歌壇の長老の源経信が、この集の撰者の通俊をしのぐものと認められていた。そこで、この撰集の直後には、『難後拾遺』という論難の書も出ており、一説に経信の著とも伝えられている。頓阿《とんあ》の『井蛙抄《せいあしよう》』によると、津守国基が撰者に小鰺を贈って、自分の歌を多く入れてもらったので、この集に「小鰺集」という異名もつけられていたという。『袋草紙』二や『今物語』には、秦兼方が「花こそ」の歌をそしられて、その撰者にひ

ものな言ひそ《何も言うなよ》」とぞ言はれける。

〔一一〕源大納言雅俊《げんのだいなごんまさとし》[四]、一生不犯《いつしやうふぼん》[五]の鐘《かね》打たせたる事

これも今は昔、京極《きやうごく》の源大納言雅俊といふ人おはしけり《いらっしゃった》。仏事をせられけるに《なさった時に》、仏前にて、僧に鐘を打たせて、一生不犯なるを選びて《一生不犯の僧を選んで》、講《かう》[六]を行はれけるに、ある僧の《ある僧が》、礼盤《らいばん》[七]にのぼりて、すこし顔気《かほげ》色《しき》違《たが》ひたるやうになりて《顔の様子が変ったようになって》、撞木《しもく》[八]をとりて、ふりまはして、打ちもやらで《〔鐘を〕打ちもしないで》、しばしばかりありければ《しばらくたったので》、大納言、いかにと思はれけるほどに《どうしたのかと》、やや久しくものも言はでありければ《言わずにいたので》、人ども、おぼつかなく思ひけるほどに《気がかりに》、この僧、わななきたる声にて《ふるえた声で》、「かはつるみ[九]は、いかが候ふべき《どうでございましょうか》」と言ひたるに、諸人《しよにん》、頤《おとがひ》を放ちて笑ひたるに《下あごがはずれるほどに笑ったが》、一人の侍ありて《家来がいて》、「かはつるみは、いくつばかりにて候ひしぞ《どのくらいでございましたか》」と問ひ

どい悪口を言ったように記されている。本書のこの説話も、それらとほぼ同じであるが、兼方の子の兼久のことに変えられている。『撰集抄』八「兼方歌事」では、兼方がこの「花こそ」の歌について、「上の句はめでたけれども、下の『花こそ』の句、すこし心にもかなはず、ひてふ風情のこちのし侍り」とそしられたので、「花こそ宿のあるじなりけれ」を引いたが、やはり「おちあはれぬ」と退けられたと伝えられる。いずれにしても、源俊頼撰の『金葉和歌集』雑上には、「後三条院かくれさせおはしまして後、またの年の春、さかりなる花を見てよめる　右近将曹秦兼方」とあって、この「花こそ」の歌がとられている。

僧のかわつるみの告白

四　源顕房《あきふさ》の次男。正二位権大納言に昇って、京極大納言と呼ばれた。保安三年（一一二二）、五七歳（一説に五九歳）で没。

五　一生を通じて不淫戒を守り、男女の交わりをしないこと。

六　法華八講などのように、経論などを講ずる法会。

七　法会の時に、導師が上って、仏を拝む高い壇。

八　鐘などを打ち鳴らす丁字形の棒。

九　手淫。一説に男色とも解されている。「つるむ」は、男女や雌雄が交接をすること。

たるに、この僧、首をひねりて、「きと夜べもして候ひき」《ちょっと昨夜もいたしました》と言ふに、おほかたとよみあへり[一]《どっといっせいに笑った》。そのまぎれに《それにまぎれて》、早う逃げにけりとぞ《さっさと逃げてしまったとか》。

〔一二〕 児《ちご》[二]の搔餅《かいもち》[三]するに、空寝《そらね》[四]したる事

児の狸寝入り

これも今は昔、比叡《ひえ》[五]の山に児ありけり。僧たち、宵のつれづれに《所在なさに》、「いざ《さあ》、搔餅《かいもちひ》せん《ぼた餅を作ろう》」と言ひけるを、この児、心寄せに《心頼みに》聞きけり。さりとて《そうかといって》、し出《いだ》さんを待ちて寝ざらんも《作りあげるのを待って寝ないのも》、わろかりなん《ぐあいがわるいだろう》と思ひて、片《かた》方《かた》に寄りて《片隅に寄って》、寝たるよしにて《寝たふりをして》、出で来るを《できてくるのを》待ちけるに、すでにし出したるさまにて《作りあげた様子で》、[六]ひしめきあひたり《がやがやと騒ぎあっていた》。

間の抜けた返事

この児、定めて《きっと》[七]おどろかさんずらん《起してくれるだろうと》と待ちゐたるに、僧の、[八]「もの申し候はん《もしもし》。おどろかせ給へ《目をお覚まし下さい》」と言ふを、嬉しとは思へども、ただ一度にいらへんも《返事をするのも》、待ちけるかともぞ思ふとて《待っていたのかとも思われるだろうと思って》、いま一声《もう一声》呼ばれ

一 大声をあげて騒ぐこと。「とよ」という擬態語に「む」という接尾語の付いたもの。

＊ 一生不犯の聖と称するものが、実は俗人と変りなかったということは、さまざまな説話に伝えられている。ここでは、肝心の聖に当るものが、あえて「かはつるみ」をもちだして、いかにもまじめに応対しているので、いっそうおかしく感じられる。この「かはつるみ」というのは、一般に手淫と解されているが、あるいは男色と解される方が、聖の実態にあっていたかもしれない。

二 社寺などで召し使われた少年。

三 糯米《もちごめ》や粳米《うるちごめ》などの粉をこねて、餅のように煮たものか。また、ぼた餅、おはぎの類をもいう。

四 わざと眠ったふりをすること。

五 比叡山の延暦寺《えんりやくじ》をさす。比叡山は、京都市と滋賀県大津市との境に連なる。延暦寺は、天台宗の総本山に当る。

六 おおぜい集まって騒ぎたてること。「ひし」という擬態語に、「めく」という接尾語の付いたもの。

七 目を覚まさせること。

八 丁寧に呼び掛ける言葉。

ていらへんと、念じて《我慢をして》寝たるほどに、「や《おい》、な起し奉りそ《お起し申すな》。幼き人は寝入り給ひにけり《お眠りになってしまったのだ》」と言ふ声のしければ、あなわびしと思ひて《ああ困ったと思って》、いま一度起せかしと、思ひ寝に聞けば《起してくれよと思いながら寝て聞いていると》、[九]ひしひしとただ食ひに食ふ《むしゃむしゃとさかんに食いに食う》音のしければ、術《ずち》[一〇]なくて、無期《むご》[一一]の後に《久しく経ってから》、「えい」といらへたりければ《はいと返事をしたので》、僧たち笑ふこと限りなし。

〔一三〕田舎《ゐなか》の児《ちご》、桜の散るを見て泣く事

これも今は昔、田舎の児の比叡の山へ登りたりけるが、桜のめでたく《みごとに》咲きたりけるに、風のはげしく吹きけるを見て、この児さめざめと泣きけるを見て、僧のやはら寄りて《そっと寄って》、「などかうは泣かせ給ふぞ《どうしてこのようにお泣きになるのか》。この花の散るを、惜しう覚えさせ給ふか《惜しいとお思いになるのか》。桜ははかなきものにて、かく程なく《こうしてまもなく》[一二]うつろひ候ふなり《散ってゆくのです》。されども、さのみぞ候ふ《それだけのことですよ》」と慰

九 しきりに一事に熱中するさま。
一〇 どうしようもない、困りはてたさま。「ずち」は、「術」の呉音。
一一 際限のないこと。
＊ 児または稚児というのは、一般に幼い子の意味であるが、特に社寺に召し使われるものに限って用いられる。公家や武家の子弟には、幼少の頃に寺院に入って、そこで教育を受けるものが少なくなかった。それらの寺院における児は、女人禁制の生活のために、同性愛の対象にもすえられがちであった。「一児二山王」という流行語には、美しい児に対する大衆の憧憬が表されており、『秋の夜の長物語』などの児物語には、そのような児をめぐる僧侶の葛藤が語られている。ここでは、ことさらに児に対する僧侶の愛欲にまで及んでいないが、おのずから児をめぐる周囲の愛情をうかがうことができる。それに対して、肝心の児の方では、いたって無邪気であって、ただ食物のことを考えている。『醒睡笑』六の「児の噂」にも、やはり餅に対する児の関心が示されている。

児の嘆きの種

一二 移る、変ること。ここでは、花が散ることをいう。「うつる」の継続態。

めければ、「桜の散らんは、あながちにいかがせん《しいてどうということがあろうか》、苦しからず《どうなっても構わない》。わが父《てて》[一]の作りたる麦の花散りて、実《み》の入らざらん思ふがわびしき《みのらないだろうと思うとそれがつらいのです》」と言ひて、さくりあげて《しゃくりあげて》、よよと《おいおいと》泣きければ、うたてしやな[二]《情けないことだよ》。

〔一四〕 小《こ》藤太《とうだ》[三]、聟《むこ》におどされたる事

これも今は昔、源大納言定房《さだふさ》[四]といひける人のもとに、小藤太といふ侍《さぶらひ》[五]ありけり。やがて《そのまま》女房[六]《女房と》にあひ具《ぐ》して《ともに暮していた》ぞありける。女《むすめ》[七]も女房にてつかはれけり《〔大納言家に〕仕えさせられていた》。この小藤太は、殿の沙汰《さた》をしければ《主家の事務をとっていたので》、三とほり四とほり[八]に《ひととおりでなく大きな顔をして》居ひろげてぞありける《いばっていた》。この女の女房に、生良家子《なまりやうけし》[九]の通ひける《通ってきた者があった》ありけり。宵に忍びて局《つぼね》[一〇]へ入りにけり。暁《あかつき》より雨降りて、え帰らで《帰ることができないで》、局《つぼね》に忍びて臥《ふ》したりけり《寝ていた》。この女の女房は、上[一一]へのぼりにけり。この聟《むこ》[一二]の君、屏風《びやうぶ》を立てまはして寝たりける。春雨いつとなく降

一 父《ちち》。「てて」の用例は、平安初期から見られる。
二 「うたて」は、物事が移り進んで、いよいよひどくなってゆくさま。「うたてし」は、その形容詞形。
＊ 都人の僧が、桜のはかないのを詠嘆しているのに、田舎人の児は、麦の実らないのを心配している。ここでは、あきらかに両者の相違をとらえながら、あくまでも都人の立場にたって、あっさりと田舎人の立場を退けているのは、最後の「うたてしやな」の評語にみられるとおりである。貴族の教養の世界では、「今年より春知りそむる桜花散るといふことはならはざらなむ」（紀貫之）、「世の中にたえて桜のなかりせば春の心はのどけからまし」（在原業平）などというように、桜のはかなさに対する詠嘆が、繰り返し詠まれている。しかし農民の現実の生活では、穀物の実りに対する関心だけが、著しく表れてくる。いわゆる「花鎮《はなしず》め」の祭りは、桜の花が飛び散るとともに、疫神も動き回るというので、これを鎮めるために行われた。なお、『醒睡笑』五の「人はそだち」にも、それぞれの立場によって、ものの見方の違ってくることが、おもしろく扱われている。

小藤太とその家族

三 未詳。治承四年の「大納言源定房政所下文写」の署名に、「散位藤原朝臣判」とあるのは、この人物か。
四 源雅定の子。正二位大納言。歌人。文治四年（一

聟の悪ふざけと舅の驚き

りて、帰るべきやうもなくて《帰れそうな様子もなくて寝ていたが》臥したりけるに、この舅《しうと》の小藤太、この聟の君つれづれにておはすらんとて《所在なくていらっしゃるだろうと思って》、[一三]肴折《さかなを》敷《しき》に据ゑて持ちて、いま《もう》片手に《一方の手に》[一四]提《ひさげ》に酒を入れて、縁《えん》より入らんは人見つべしと思ひて《縁側からはいると人の目につくに違いないと思って》、奥の方よりさりげなくて《何の気もなしに》持て行くに、この聟の君は、衣《きぬ》を引きかづきて《ひっかぶって》、のけざまに《あおむけに》臥したりけり。この女房のとくおりよかしと《早くさがってきてほしいものだと》、つれづれに思ひて臥したりけるほどに、奥の方より[一五]遣戸《やりど》をあけければ、疑ひなく、この女房の上よりおるるぞと思ひて《主人の部屋からさがってきたのだと》、衣をば顔にかづきながら《かぶりながら》、あの物を[一六]かき出《いだ》して腹をそらして、けしけしと《むくむくと》起しければ《勃起させたので》、小藤太、おびえてなけされかへりけるほどに《のけぞり返ったので》、肴もうち散らし、酒もさながら《すっかり》うちこぼして、[一七]大ひげをささげて、のけざまに《あおむけに》臥して倒れたり。頭《かしら》をあらう《ひどく》打ちて、まくれ入りて《目がくらんで》臥せりけりとか。

〔一五〕大童《おほわらは》、鮭《さけ》盗みたる事

一八八）に、出家の後に、五九歳で没。

五 主君の側に仕える者。

六 底本に「女な」とあるが、伊達本・陽明本などによって改めた。「女房」は、貴人の家に仕える女。ここでは、大納言家の女房と結婚して、そのまま主家でともに暮していたものである。

七 底本に「女な」とあるが、伊達本・陽明本などによって改めた。

八 いくとおりにも住居をひろげていたとも解されるが、主人の屋敷の内に住む者が、どれだけその住居をひろげることができたか。『大系』の注には、「ゐひろがる」というのが、いばることかと説かれる。

九 若い良家の子弟。「生《なま》」は、若年で未熟なさま。『字類抄』に、「良家子リヤウケシ」とある。

一〇 建物をしきり設けた部屋。ここでは、女房の部屋。

一一 主人の部屋。

一二 前記の「生良家子」をさす。

一三 薄く削ったへぎ板で作った四角の盆。

一四 銀や錫《すず》などで作った、つるのついた銚子《ちょうし》。

一五 左右に開閉する戸。引き戸。

一六 陰茎をさす。

一七 「大ひさげ」の誤脱か。

＊ 大納言に仕えて時めく小藤太が、聟君のあられもない姿におびえて、ひっくり返り目をまわした。小藤太の親切と聟君の錯覚とによって起ったことであるが、ほかの説話集には伝えられていない。

これも今は昔、[一]越後《ゑちご》の国より鮭《さけ》を馬に[二]負《お》ほせて《背負わせて》、二十[三]駄《だ》ばかり、[四]粟田口《あはたぐち》より京へ追ひ入れけり。それに《ところが》、粟田口の鍛冶《かぢ》が居たるほどに《住んでいるあたりに》、頂《いただきは》禿げたる[五]大童子《だいどうじ》の、まみしぐれて《目つきがはっきりしないで》、ものむつかしう《何となくむさくるしく》、うらら《明朗そうに》かにも見えぬが《も見えない者が》、この鮭の馬の中に走り入りにけり。道は[六]狭《せば》くて、馬何かとひしめきける《もみあっていたので》あひだ、この大童子、走り添ひて《〔馬の側に〕走り寄って》、鮭を二つ引き抜きて、懐《ふところ》へ引き入れてけり《押し込んでしまった》。さて《そして》、さりげなくて走り先立ち《なにげない様子で先に立って走って》けるを《いたのを》、この鮭に具《ぐ》したる男見てけり《付きそっていた男が見てしまった》。走り先立ちて、童《わらは》の[七]項《たてくび》を取《つか》りて《んで》、引きとどめて言ふやう《言うには》、「[八]わ先生《せんじやう》は、いかでこの鮭を盗むぞ《どうしてこの鮭を盗むのか》」と言ひければ、大童子、「さることなし《そのようなことはない》。何を証拠にて、かうはの《このようにお》たまふぞ《っしゃるのか》。[九]わ主《ぬし》が取りて、この童に負ほするなり《罪をきせるのだ》」と言ふ。かくひ《このように》しめくほどに《言い合っているうちに》、上《のぼ》り下《くだ》る者、[一〇]市《いち》をなして、行きもやらで見あひたり《通りすぎもしないで皆で見ていた》。さるほどに《そのうちに》、この鮭の[一一]綱丁《かうちやう》、「まさしく《たしかに》、わ先生取りて、懐に引き入れつ《押し込んだぞ》」と言ふ。大童子はまた、「わ主こそ盗みつれ《おまえこそ盗んだのだ》」と言ふとき

一　新潟県。

二　背に負わせること。「負はす」の転。

三　荷を負う馬。一頭の馬に負わせるだけの目方をもいう。

四　京都市東山区。京都から東海道にかかる出入口に当る。平安末期から、この地に、刀鍛冶の家が集まっていた。

五　「童子」は、寺院に召し使われる者。少年とは限らない。「大童子」は、年をとった童子。『貴嶺問答』に、「号㆓大童子㆒者、年齢及㆓七旬㆒、如㆑載㆓露瓶㆒、白髪纔残」とある。

六　「せばし」は、「せまし」の古い形。

七　首の後《うしろ》の方。えりくび。

八　二人称の代名詞。同輩または目下の者に対して用いられる。「わ」は、「わ殿」「わ女」などと、名詞・代名詞につけて、親しみまたは卑しめる意を表す。「先生」は、一般には帯刀《たちはき》の長官。ここでは官名ではなくて、軽侮の意を含んで、相手に呼びかける語。

九　二人称の代名詞。「わ」は、注八の「わ先生」の例と同じ。

一〇　人が多く集まるさま。

一一　調庸などの官物を諸国から京都に運ぶ人夫の長。『延喜式』二五に、「凡諸国貢調、幷雑物綱丁等」とある。

に、この鮭に付きたる男、「詮《結論として》ずるところ、われも人も《わしもおまえも》、懐を見ん」と言ふ。大童子、「さまでやはあるべき《そうまでしなくてもよかろう》」など言ふほどに、この男、袴《はかま》を脱ぎて、懐をひろげて、「[一二]くは《さあ》、見給へ」と言ひて、[一三]ひしひし《はげしく》とす《つめ寄る》。

大童子のわるじゃれ

さて、この男、大童子につかみつきて《つかみかかって》、「わ先生、はや物脱ぎ給へ」と言へば、童、「さまあしとよ《みっともないよ》[一四]。さまであるべきことか《そうまでしなければならないことがあるか》」と言ふを、この男、ただ脱がせに脱がせて、前を引きあけたるに、腰に鮭を二つ腹に添へてさしたり。男、「くはくは《それ見たことか》」と言ひて、引き出《いだ》したりけるときに、この大童子、うち見て《ちらと見て》、「あはれ《ああ》、もつたいな《何とふとどきな》き主《男よ》かな。こがやうに《このように》、裸になしてあさらんには《探しまわるならば》、いかなる[一五]女御后《にょうごきさき》なりとも、腰に[一六]鮭の[一七]一二尺《せき》なきやうはありなんや《ないということがあろうか》」と言ひたりければ、そこら《おおぜい》立ち止りて見ける者ども、一度にはつと《わあっと》笑ひけるとか。

一二 さあ。それ。驚きや催促などを表す声。「こは」の転か。
一三 しきりに一事に熱中するさま。
一四 「とよ」は、本来は「ということだよ」の意であるが、単に感動・強調の意を表す。格助詞「と」に感動助詞「よ」の付いた形。
一五 皇后・中宮に次ぐ高位の女官。天皇の寝所に侍する。
一六 「鮭」に「裂《さけ》」を掛ける。「裂」は、女性の陰部。
一七 鮭の一、二尾と裂目の一、二尺とを掛けて、女陰の寸法を誇張していったもの。「尺」は、「隻」の宛字で、舟・魚・鳥などを数える語。

＊ この主人公の大童子は、自分で鮭を盗んでおきながら、相手にその罪をきせようと言いはる。ついにその悪事をあばきだされても、なおきわどい洒落《しゃれ》できりぬけてしまう。しかも、女御や后という高貴の身の上について、「鮭の一、二尺」という卑俗なものを持ち出して、少しもたじろぐことはない。『今昔物語集』二八などの「物云の上手」ともくらべられるが、本書五・六などの「狂惑の法師」とともに、後代の狂言などの「のさ者」につながるものと見られる。

〔一六〕尼、地蔵《ぢざう》[一]見奉る事

老尼の願い

今は昔、丹後《たんご》[二]の国に、老尼ありけり《年とった尼がいた》。地蔵菩薩《ぼさつ》は、暁《あかつき》[三]ごとにありき給ふといふことを《お歩きになるということを》、ほのかに《ちらっと》聞きて、暁ごとに、地蔵見奉らんとて《地蔵を拝み申そうと思って》、ひと[四]世界を《あたり一帯を》惑ひありくに、博打《ばくち》[五]のうちほうけてゐたるが《ぼんやりしていた者が》見て《〔それを〕見て》、「尼君は、寒きに《寒いのに》、何わざし給ふぞ《何事をしていらっしゃるのか》」と言へば、「地蔵菩薩の暁にありき給ふなるに、あひ参らせんとて《お会い申そうと思って》、かくありくなり」と言へば、「地蔵のありかせ給ふ道は、われこそ知りたれ《自分こそ知っている》。いざ給へ[六]《さあいらっしゃい》、あはせ参らせん《お会わせ申そう》」と言へば、「あはれ《ああ》、嬉しきことかな。地蔵のありかせ給はんところへ、われを率《ゐ》ておはせよ《連れていって下さいよ》」と言へば、「われに物を得させ給へ《何かを与えて下さい》。やがて《すぐにお連れ申そう》率て奉らん」と言ひければ、「この着たる衣《きぬ》奉らん《さし上げよう》」と言へば、「さは《それでは》、いざ給へ《さあいらっしゃい》」とて、隣なるところへ率て行く。

一「地蔵」は、梵語の kṣitigarbhaḥ に当り、大地童児神の意。釈迦仏の付託を受けて、その入滅から弥勒仏の出世まで、無仏の世界に住して、六道の衆生を化導するという菩薩。「菩薩」は、梵語の bodhisattva に当り、「菩提薩埵《ぼだいさった》」の略。仏の次位の行者で、無上の菩提（悟り）を求めて、衆生の教化に努めるもの。

二 京都府の北部。

三「暁」は、夜半から夜明けまで。『延命地蔵経』に、「毎日晨朝入二於諸定一、遊二化六道一、抜レ苦与レ楽」とあり、覚鑁撰の『地蔵講式』に、「毎日晨朝入二諸定一、入二諸地獄一令レ離レ苦、無仏世界度二衆生一、今世後世能引導」とある。

四「ひと」は、「……全体」「……中《じゅう》」の意。「世界」は、世間、世の中。

五 賭博を職とする者。ばくち打ち。

六「いざさせ給へ」と同じ意。

地蔵という童

尼、悦《よろこ》びて急ぎ行くに、そこの子に、地蔵といふ童《わらは》ありけるを、親、それが親を知りたりけるによりて《その子の親を知っていたために》、「地蔵は」と問ひければ、親、「遊びに去《い》ぬ《行った》。今来なん《もう帰るだろう》」と言へば、「くは《さあ》、ここなり。地蔵のおは《おいで》します《になる》ところは」と言へば、尼、嬉しくて、[七]紬《つむぎ》の衣《きぬ》を脱ぎて取らすれば《与えると》、博打は、急ぎて取りて去ぬ《出ていった》。

地蔵とのめぐりあい

尼は、地蔵見参らせんとて《拝み申そうと思って》ゐたれば、親どもは、心得ず《わけがわからず》、などこ《どうして》の童を見んと思ふらんと思ふほどに、十ばかりの童の来たるを、「くは《それ》、地蔵よ」と言へば、尼、見るままに《見るやいなや》、是非も知らず《われを忘れて》、臥し《ころげるよ》まろびて《うにひれ臥して》、拝み入りて《ひたすら拝んで》、土にうつ臥したり。童、[八]楉《すはえ》を持て遊びけるままに、来たりけるが《帰って来たが》、その楉して《若い枝で》、手すさみのやうに《手なぐさみのように》額をかけば《搔くと》、額より顔の上まで裂けぬ。裂けたる中より、えもいはずめでたき《いいようもなくありがたい》地蔵の[九]御顔見え給ふ《お見えになる》。尼、拝み入りて、うち見上げたれば《ちょっと見上げてみると》、かくて立ち給へれば、涙を流して、拝み入り参らせて《ひたすら拝み申して》、やがて《そのまま》[一〇]極楽《ごくらく》へ参りにけり《往生してしまった》。

七 つむぎ糸で織った絹の布。「紬」は、真綿などからつむぎとった糸。

八 細くまっすぐにはえた若い枝。木のむちをもいう。

九 伊達本・陽明本に、「御額」とある。

一〇 阿弥陀仏の主宰する浄土。西方の十万億土のかなたにあり、すべてが満ち足りて、苦しみのない安楽の世界。当時の地蔵信仰は、密接に阿弥陀信仰と結びついていた。『今昔物語集』や『地蔵菩薩霊験記』にも、地蔵を念ずるとともに、念仏を唱えることによって、極楽往生を遂げたという例が、かなり多く認められる。

＊『延命地蔵経』などの説によって、早朝に生身の地蔵とめぐりあえると信じられていた。『今昔物語集』『地蔵菩薩霊験記』『地蔵菩薩感応伝』などにも、そのように生身の地蔵とめぐりあったという例が少なくない。『今昔物語集』一七—一、『霊験記』一—三によると、西京のある僧が、生身の地蔵を訪ねて、諸国の霊場をめぐった末に、常陸の国の牛飼い童と出あって、まさに地蔵の化身とさとり、ついに年来の宿願を果したと伝えられる。いずれにしても、そのような生身の地蔵が、しばしば児童の姿で顕《あらわ》れるのは、むしろ古来の信仰に基づくものかもしれない。

されば《だから》、心にだにも深く念じつれば《せめて心の中でだけでも深く祈念していると》、仏も見え給ふなりけりと信ずべし。

〔一七〕 修行者《しゆぎやうじや》[一]、百鬼夜行《ひやくきやぎやう》[二]にあふ事

今は昔、修行者のありけるが、津《つ》[三]の国まで行きたりけるに、日暮れて、龍泉寺《りゆうせんじ》[四]とて、大きなる寺の古りたるが《大きな寺で古ぼけていて》、人もなきありけり《人もいないものがあった》。これは、人宿らぬ所《人の住まない所であるが》といへども、そのあたりに、また宿るべき所なかりければ《ほかに泊れるような所もなかったので》、いかがせんと《どうしようもないと》思ひて、笈《おひ》[五]うちおろして、内に入りてゐたり《入って坐っていた》。

[六]不動の呪《じゅ》を唱へゐたるに、夜中ばかりにやなりぬらんと思ふほどに《夜中ごろになっただろうかと思う時分に》、人々の声あまたして《多く聞えて》、来る音すなり《来る音がするようである》。見れば、手ごとに火を燈《とも》して、[七]人百人ばかり、この堂の内に来集《つど》ひたり。近くて見れば、目

一 諸国を遊歴して、仏道を修行する者。
二 さまざまな妖怪が、夜中に横行するというもの。本文中に、「百鬼夜行」の語は見られない。
三 摂津の国。大阪府および兵庫県にまたがる。
四 未詳。『全註解』に、河内の国南河内郡の龍泉寺（医王院）があげられている。

津の国の古寺

五 修行者や山伏などが背に負う、短い脚の付いた箱。経巻・仏具・衣類・食料などを入れる。
六 不動明王を祈る呪。不動明王は、五大明王の一。怒りの相を表し、右手に剣を持ち、左手に縄を執り、背に火炎を負うて、魔性や煩悩をうち砕き、真言の行者を守ってくれるという。「呪」は、「陀羅尼《だらに》」ともいって、仏の真実の言葉に当る。一字ごとに深い意味をもっており、梵語《ぼんご》のまま読むしきたりである。これを読む者は、災厄を免れ、功徳を得られるという。

百鬼夜行の出現

七 「百人ばかり」という語で、百鬼夜行であることをさす。『打聞集』一三に、「火炬物共過ヲ見バ、手三付テ□一付物有、面ニ目一付物有、目三付物モ有、早

鬼ナリケリト思ニ」とあって、『古本説話集』五一にも、ほぼ同じように記されている。本書三には、「百鬼夜行」の語はないが、多くの鬼の姿について、「おほかた、目一つあるものあり、口なきものなど、おほかた、いかにも言ふべきにあらぬものども、百人ばかりひしめき集まりて」とある。

八 修行者が不動の呪を唱えていたので、そのまま不動明王に見えたのである。

一つ付きたるなど《ついているなど》、さまざまなり。人にもあらず、あさましきものども《気味のわるい者ども》なりけり。あるいは、角《つの》生《お》ひたり《はえている》。頭もえもいはず恐ろしげな《何ともいえず恐ろしそうな》るものどもなり。恐ろしと思へども、すべきやうもなくて《どうしようもなくて》ゐたれば、おのおのみなゐぬ《坐った》。一人ぞまた所もなくて《一人だけはほかに場所もなくて》、えゐずして《坐れないで》、火をうち振りて、われをつらつらと見て言ふやう《修行者をつくづくと見て言うには》、「わがゐるべき座に《自分の坐るはずの席に》、新[八]しき不動尊こそゐ給ひたれ《お坐りになっている》。今夜ばかりは、外《ほか》におはせ《よそにおいでなさい》」とて、片手してわれを引きさげて《片手で修行者をひっさげて》、堂の軒の下に据ゑつ《置いた》。さるほどに《そうこうするうちに》、「暁《あかつき》になりぬ」とて、この人々、ののしりて帰りぬ《騒いで帰ってしまった》。

見知らぬ広野

まことにあさましく恐ろしかりける所かな、とく夜の明けよかし《早く夜が明けてほしい》、去《い》なんと思ふに《出ていこうと思っていると》、からうじて《やっとのことで》夜明けたり。うち見まはしたれば、ありし《さきの》寺もなし。はるばるとある野の来《〔自分の〕来た》し方《かた》も見えず《方角も分らず》、人の踏み分けたる道も見えず、行くべき方もなければ《分らないので》、あさまし《あきれたことだと》と思ひてゐたるほどに、まれまれ《たまたま》馬に乗りたる人どもの、人あまた具して《供の者を多く連れて》出で来た《あらわれた》り。

いと《たいそう》嬉しくて、「ここは、いづくとか申し候ふ《何と申しますか》」と問へば、「など《どうして》かくは問ひ給ふぞ《このようにお聞きになるのか》。肥前《ひぜん》一の国ぞかし」と言へば、あさましきわざか《あきれたことだと》なと思ひて、ことのやう《事の次第を》くはしく言へば、この馬なる人《馬に乗った人》も、「いと《たいそう》希有《けう》のことかな《珍しいことですね》。肥前の国にとりても《肥前の国の中でも》、これは《ここは》奥の郡《こほり》二なり。これは《私は》、三御館《みたち》へ参るなり」と言へば、修行者、悦《よろこ》びて、「道も知り候はぬに《知りませんので》、さらば《それでは》、道までも参らん《途中まででも参りましょう》」と言ひて行きければ、これより《ここから》京へ行くべき道など教へければ、舟尋ねて《便船を求めて》、京へ上《のぼ》りにけり《上っていった》。

さて、人どもに、「かかるあさましきことこそありしか《このように思いがけないことがあったのですよ》。津の国の龍泉寺といふ寺に宿りたりしを《泊っていたのを》、鬼どもの来て、ところ狭《せば》しとて、『新しき不動尊、しばし雨だり四におはしませ《おいで下さい》』と言ひて、かき抱《いだ》きて《抱きあげて》、雨《あま》だりについ据《す》ゆ五と思ひしに《あらあらしく置いたと思ったのに》、肥前の国の奥の郡にこそゐたりしか《いたのですよ》。かかるあさましきことにこそあひたりしか」とぞ、京に来て語りけるとぞ《語ったということだ》。

一 佐賀県および長崎県にまたがる。

二 中心地から遠い所をいう。

三 領主の御館《やかた》。国司の庁をさす。

四 雨だれの落ちる所。軒下。

五 「つき据ゆ」の音便。「据ゆ」は、「据う」の訛《なま》りで、ヤ行下二段に活用する。

肥前の国の奥の郡

＊平安時代から鎌倉時代にかけて、京都の市中でも、百鬼夜行に遭ったという例は、かなり多く知られている。『大鏡』三によると、藤原師輔《もろすけ》が、あはの辻で、百鬼夜行に遭ったといい、『江談抄』三によると、藤原高藤《たかふじ》も、朱雀門の前で、百鬼夜行に遭ったという。『今昔物語集』一四―四二には、藤原常行《つねゆき》が、夜歩きのうちに、美福門の前で、鬼どもの通るのに遭ったと伝えられる。『打聞集《うちぎきしゅう》』二三や『古本説話集』五一にも、ほぼ同じ説話がとられている。また、『宝物集』三でも、光行という者が、神泉苑の前で、百鬼夜行に遭ったことが、師輔の例とともに掲げられている。しかも、それらの説話を通じて、いずれも尊勝陀羅尼《そんしょうだらに》の功徳で助かったと伝えられる。それに対して、この説話では、津の国の寺で、百鬼夜行に遭ったが、不動の呪を唱えて、その難を免れたというのである。さらに、一瞬の間に、津の国から離れて、肥前の国に移ったというのは、まことに珍しく感じ

修行者の体験談

られる。しかし、はるかに後代まで、民間の世間話などには、あるいは天狗にさらわれ、あるいは神隠しにあって、遠い国に連れてゆかれたということが、かなり多く伝えられている。

六 藤原氏、時長の子、有仁の女婿。従四位下鎮守府将軍。『二中歴』武者の条に、「将軍利仁」と記され、『平家物語』などに、坂上田村麻呂などとともに、武将の代表としてあげられる。

五位の悲願

七 山の芋を薄く切って、甘葛《あまずら》の汁で煮た粥。宮中や貴族の饗宴に用いられた。

八 摂政・関白の別名。朝廷の席次の第一の人の意。

九 摂関・大臣などの家に侍として仕えること。恪《つつし》んで勤める意。

一〇 宮中における盛大な饗宴。ここでは、大臣大饗であって、毎年正月に、大臣に任ぜられた人が、公卿や殿上人を饗応する式か。

一一 饗宴の料理の残りを投げ出したのを、下賤の者が拾って食べること。ここでは、それを拾って食べる者。『今昔物語集』二六―一七に、「取食《トリバミ》」とある。

一二 神仏や貴人の前からおろしさげた米。

一三 板本に、「きうじしたる」とあり、「給仕したる」か。一説に、「窮じたる」とも解される。

一四 五位という地位は、殿上人の末席に当る。

一五 五位の通称。

一六 自分の部屋に下っていること。

利仁の招待

〔一八〕利仁《としひと》[六]、芋粥《いもがゆ》[七]の事

今は昔、利仁の将軍の若かりける時、その時の一《いち》[八]の人の御供に、恪勤《かくご》[九]して候ひけるに、正月に大饗《だいきやう》[一〇]せられけるに、そのかみ《その当時は》は、大饗果てて、とりばみ[一一]といふ者を払ひて入れずして《追い払って入れないで》、大饗のおろし米《ごめ》[一二]とて、給仕したる恪勤の者ども《側近く仕えた侍の者どもが》の食ひけるなり。その所《屋敷に》に、年《とし》ごろ《長年にわたって》になりて、給[一三]したる者の中には、ところ得たる《得意そうにふるまう》五位[一四]ありけり。そのおろし米の座にて、芋粥すすりて、舌打ちをして、「あはれ《ああ》、いかで《何とかして芋粥を》芋粥に飽《あ》かん《腹いっぱい食べたい》」と言ひければ、利仁、これ聞きて、「大夫殿《たいふ》[一五]、いまだ芋粥に飽かせ給はずや《まだ芋粥を腹いっぱい召し上がったことがないのか》」と問ふ。五位、「いまだ飽き侍らず《まだ腹いっぱい食べておりません》」と言へば、「飽かせ奉りてんかし《存分にご馳走して上げましょうよ》」と言へば、「かしこく侍らん《ありがたいことです》」とてやみぬ《そのままになった》。

さて、四五日ばかりありて《四五日ほどたって》、〔五位が〕曹司《ざうし》[一六]住《ず》みにてありけるところへ、利

仁来て言ふ《言うには》やう、「[一]いざさせ給へ《さあいらっしゃい》、湯浴《ゆあ》みに、大夫殿」と言へば、「いとかしこきことかな《本当にありがたいことですよ》。今宵《こよひ》、身の痒《かゆ》く侍りつるに《かゆかったところですのに》、乗物こそは侍らね《ありませんが》」と言へば、「ここに、あやしの馬《粗末な馬を》具《ぐ》して侍り《連れております》」と言へば、「あな、嬉し、嬉し」と言ひて、[二]薄綿《うすわた》の衣《きぬ》二つばかりに、[三]青鈍《あをにび》の[四]指貫《さしぬき》の裾《すそ》破れたるに《破れたものに》、同じ色の[五]狩衣《かりぎぬ》の[六]肩すこし落ちたるに、[七]下の袴《はかま》も着ず、鼻高なるものの、先は赤みて、穴のあたり濡ればみたるは《濡れて見えるのは》、[八]洟《すすばな》をのごはぬなめりと見ゆ《ぬぐわないのであろうと見える》。狩衣の後《うしろ》は、帯に引きゆがめられたるまま《帯によってひき曲げられたままで》に、引きも繕《つくろ》はぬは《直しもしないのは》、いみじう見苦し。をかしけれども《滑稽ではあるが》、［五位を］先に立てて、われも人も《利仁も五位も》、馬に乗りて、[九]河原ざまにうち出でぬ《河原のほうにのり出した》。五位の供には、あやしの童だになし《賤しい召使いの小者すらいない》。利仁が供には、[一〇]調度懸《てうどがけ》、[一一]舎人《とねり》、[一二]雑色《ざふしきひと》一人《り》ぞありける《一人ずついた》。

河原うち過ぎて、[一三]粟田口《あはたぐち》にかかるに《さしかかると》、「いづくへぞ《どこへですか》」と問へば、ただ、「ここぞ、ここぞ」とて、[一四]山科《やましな》も過ぎぬ。「こはいかに《これはどうしたことか》、『ここぞ、ここぞ』とて、山科も過《す》ぐしつるは《過してしまったよ》」と言へば、「あしこ《あそこ》、あ

一 「いざせさせ給へ」の略。
二 薄く綿を入れた着物。
三 青みがかった濃いはなだ色。
四 直衣《なほし》や狩衣などとともにつける袴。裾のまわりに緒を通して、くるぶしの上でくくる。
五 もともと公家が狩りの時に着た服。のちに公家・武家の平服となった。丸いえりで、袖にくくりがついている。下には指貫をつける。
六 底本に「すこし落たるに」とあるが、諸本によって改めた。肩の折目がいくらか崩れている意。
七 指貫の下にはく袴。
八 鼻水。鼻汁。鼻水のたれるのを、すすりあげるさま。
九 賀茂の河原。
一〇 主君の供をして、武具の類を持つ者。
一一 もともと天皇や皇族に近侍する者であったが、後に摂関などの人臣に奉仕することも認められた。さらに、牛車の牛飼い、乗馬の口取りなど、さまざまな雑役に従う者をさす。
一二 蔵人所や摂関家などに属して、雑役をつとめる無位の役。ここでは、雑役に従う下男。

敦賀への道

一三 京都市東山区。京都から東海道へかかる出入口。
一四 京都市東山区。京都から東海道にかかる出入口に当る。

狐の使者

しこ《そこ》」とて、関山《せきやま》[一五]も過ぎぬ。「ここぞ、ここぞ」とて、三井寺《みゐでら》[一六]に知〔利仁の〕りたる僧のもとに《知りあいの僧のところに》行きたれば、ここ[一七]に湯沸《ゆわ》かすかと思ふだにも《思うとそれでさえも》、もの狂ほしう遠かりけりと思ふに《あきれるほど遠くまで来たことだと思うが》、ここにも、湯ありげもなし《ありそうもない》。「いづく《どこですか》、湯は」と言へば、「まことは《本当は》、敦賀《つるが》[一八]へ率《ゐ》て奉るなり《お連れ申すのです》」と言へば、「もの狂ほしうおはしける。京にて、さとのたまはましかば《そうと言って下されば》、下人なども具すべかりけるを《連れてくるはずでしたのに》」と言へば、利仁、あざ笑ひて《大声で笑って》、「利仁一人《ひとり》侍らば、千人とおぼせ《思って下さい》」と言ふ。かくて《こうして》、物など食ひて、急ぎ出でぬ。そこにてぞ《そこでは》、利仁、胡籙《やなぐひ》[一九]取りて負ひける《背に負った》。

かくて《こうして》、行くほどに、三津《みつ》[二〇]の浜に、狐《きつね》の一つ走り出でたるを見て、よき使ひ出で来たりとて《よい使いが出て来たというので》[二一]、利仁、狐をおしかくれば《狐に飛びかかると》、狐、身を投げて逃ぐれども、追ひ責められて《追いつめられて》、え逃げず《逃げきれない》。〔馬から〕落ちかかりて、狐の後《しり》足《あし》を取りて、引きあげつ。乗りたる馬は、いとかしこしとも見えざりつれども《それほどりっぱだとも見えなかったが》、いみじき《すばらしい》逸物《いちもつ》[二二]にてありければ《すぐれた馬だったので》、いくばくものばさずして《いくらものがさないで》捕へたるところに、この五位、走らせて行き着きたれば、狐を引

一五 逢坂山《おうさかやま》。滋賀県大津市の西南。京都市との境に当る。古くから、逢坂の関がおかれたところ。
一六 園城寺。滋賀県大津市。天台宗寺門派の総本山で、比叡山延暦寺と対立した。
一七 大きな寺では、湯を沸《わ》かして人々を入れさせることがあった。
一八 福井県敦賀市。日本海岸の要衝の地。
一九 矢を盛って背に負う道具。
二〇 滋賀県大津市の下坂本あたり。琵琶《びわ》湖《こ》岸。
二一 伊達本・陽明本に、「たより」とある。
二二 群を抜いてすぐれているもの。ここでは、すぐれた馬。

敦賀からの迎え

きあげて言ふやうは《言うには》、「わ狐[一]、今宵《こよひ》のうちに、利仁[二]が家の敦賀《つるが》にまかりて《参って》言はんやうは、『にはかに客人《まらうど》[三]を具して《連れて》下るなり。明日の巳《み》[四]の時に、高島《たかしま》[五]辺に、をのこども迎へに《下男どもが迎えに》、馬に鞍置きて二疋具してまうで来《連れてやって来い》』と言へ。もし言はぬものならば[六]、わ狐《狐よ》、ただ試みよ《ひとつためしてみよ》。狐は変化《へんげ》[七]あるものなれば、今日のうちに行き着きて言へ」とて、放てば《放すと》、「荒涼《くわうりやう》[八]の使ひかな《あてにならない使いですね》」と言ふ。「よし御覧ぜよ《まあ見ておいでなさい》。まからではよにあらじ《参らないことは決してありますまい》」と言ふに《と言うより早く》、はやく、狐、見返し見返しして《ふり返りふり返りして》、前に走り行く。「よくまかるめり《うまく行くようだ》」と言ふにあはせて《と言ううちにもう》、走り先立ちて失《う》せぬ《いなくなった》。

かくて《こうして》、その夜は、道にとどまりて《途中で泊って》、つとめて《あくる朝》、とく出でて行くほどに《早く出て行くうちに》、まことに《本当に》、巳の時ばかりに、三十騎ばかりこりて来る者あり《固まって来る者がある》。何にかあらんと見るに、「をのこどもまうで来たり《下男どもがやって来た》」と言へば、「不定《ふぢやう》のことかな《思いがけないことですね》」と言ふほどに、ただ近に近くなりて《もうどんどん近くなって》、はらはらと《ばらばらと》おるるほどに《「馬から」おりるときに》、「これ見よ。まことにおはしたるは《本当においでになったよ》」と言へば、利仁、ほほ笑《ゑ》みて、「何事ぞ《何事か》」と問ふ。おとなしき[九]郎等《らうどう》[一〇]進み来て、

一 狐を親しんで呼んだ言葉。

二 『今昔物語集』二六―一七に、利仁の将軍について、「越前国ニ□ノ有仁ト云ケル勢徳《セイトク》ノ者ノ聟《ムコ》ニテナム有ケレバ、常ニ彼《カノ》国ニゾ住ケル」とある。利仁の母も、越前の国の秦豊国の娘であり、利仁みずからも、越前守に任ぜられている。

三 来客。「稀人《まれびと》」で、たまに来る人の意。

四 午前一〇時ごろ。

五 滋賀県高島郡高島町。琵琶湖《びわこ》岸の要衝の地。

六 「もし言はぬものならば」の下に、「からき目見せんずるぞ」（ひどい目に合わせるぞ）を補って解すべきであろう。五九頁一二行参照。

七 神仏や動物などが、人間などの姿に化して現れること。ここでは、変化の力をいう。

八 「広量」とも同義に用いられる。『今昔物語集』二六―一七に、「広量ノ御使哉《カナ》」とある。「広量」は、度量の広いことであるが、ここでは、反語のように、確実でない、あてにならないさまをいう。

九 年長の。頭だった。

一〇 従者、家来。「家の子」に対して、武家の家臣で、主人と血縁の関係をもたない者をいう。

「希有《けう》のことの候ひつるなり《珍しいことがありましたのです》」と言ふ。〔利仁が〕まづ、「馬はありや」と言へば、「二疋候ふ」と言ふ。食物《くひもの》などして来ければ《用意して来たので》、そのほどにおりゐて《そのあたりにおりて坐って》、食ふついでに《食べるときに》、おとなしき郎等の言ふやう《年長の家来が言うには》、「夜べ《昨夜》、希有のことの候ひしなり。戌《いぬ》[一一]の時ばかりに、台盤所《だいばんどころ》[一二]の、胸をきりにきりて《ひどく痛めて》[一三]、病《や》ませ給ひしかば《お苦しみになったので》、いかなることにかとて《どうしたことかと思って》、にはかに僧召さん《招こうなどと》[一四]など、騒がせ給ひしほどに《お騒ぎになったときに》、てづから仰せ候ふやう《ご自分から仰せられますには》、『何か騒がせ給ふ《どうしてお騒ぎになるのか》[一五]、おのれは《私は》狐なり。別のことなし《格別のことはありません》。この五日、三津の浜にて、殿の下《くだ》らせ給ひつるに《お下りになられたのに》、あひ奉りたりつるに《お会い申したところが》、逃げつれど、え逃げで《逃げられないで》、捕へられ奉りたりつるに《捕えられ申したときに》、「今日のうちに、わが家に行き着きて、客人具し奉りて《お連れ申して》なん下る。明日巳の時に、馬二つに鞍置きて具して、をのこども《下男どもが》、高島の津に参りあへ《お迎えに来い》と言へ。もし今日のうちに、行き着きて言はずは《言わないと》、からき目見せんずるぞ《ひどい目にあわせるぞ》」と仰せられつるなり《おっしゃったのです》。をのこども、とくとく出で立ちて参れ《大急ぎで出発して行け》。遅く参らば、われは《私は》勘当《かんだう》蒙《かうぶ》り[一六]なん《受けるだろう》』と、怖《お》ぢ騒がせ給ひつれば《恐れ騒ぎなさったので》、をのこどもに召し仰せ候ひつれ《下男どもをよんで仰せつけなさったところが》

一一　午後八時ごろ。
一二　本来は、台盤を置く所。台盤は、食物を盛った器を載せる台。転じて、貴人の奥方、御台所《みだいどころ》に当る。ここでは、有仁の女《むすめ》で、利仁の妻。
一三　きりきりと痛むさま。
一四　加持祈禱をしてもらうための僧。
一五　狐が奥方に憑《つ》いて言う言葉。
一六　本来は、罪を勘《かんが》えて、法に当てて罰すること。ここでは、お叱り、お咎めをいう。

ば、例[一]ざまにならせ給ひにき。そののち、鳥とともに参り候ひつる（鶏の鳴くと同時に参りましたのです）なり」と言へば、利仁、うち笑《ゑ》みて、五位に見合はすれば（五位と顔を見合わせると）、五位、あさまし（思いがけないことだと）と思ひたり。物など（食物などを）食ひ果てて、急ぎ立ちて、暗々《くらぐら》に（暗くなったころに）行き着きぬ。「（〔家の者たちも〕）これ見よ、まことなりけり（本当だったのだ）」とあさみ合ひたり（驚きあきれあっている）。

ゆたかな家のさま

五位は、馬よりおりて、家のさまを見るに、にぎははしくめでたきこと（ゆたかそうで立派なことは）、ものにも似ず（他に比べようもない）。もと着たる衣《きぬ》二つが上に（着物二枚の上に）、利仁が宿衣《とのゐもの》[二]を着せたれども、身[三]の中《うち》しすきたるべければ（身体にはすきまができたようであるから）、いみじう寒げに思ひたるに（ひどく寒そうに思っていると）、長炭櫃《ながすびつ》[四]に火を多うおこしたり。畳厚らかに（厚ぼったく）敷きて、果物《くだもの》[五]、食物《くひもの》し設けて（こしらえてあって）、楽しく覚ゆるに（ゆたかに思われるが）、（「そのうえ」）「道のほど（道中）、寒くおはしつらん」とて（お寒くいらっしゃったでしょうといって）、練色《ねりいろ》[六]の衣綿《きぬわた》厚らかなる（綿のふっくらと厚ぼったいのを）、三つ引き重ねて持て来て、うち覆ひたるに（着せかけてくれたので）、楽しとはおろかなり（ゆたかな気分は言葉に言い尽せないほどである）。

有仁のあいさつ

物食ひなどして、事しづまりたるに（一息ついたところで）、舅《しうと》[七]の有仁[八]、出で来て言ふやう、「こはいかで（これはどうして）、かくはわたらせ給へるぞ（このようにおいでになったのですか）。これにあはせて（これにつけて）、御使ひのさまもの狂ほしうて、上にはかに病ませ奉り給ふ（奥方が急にお苦しみになられる）、希有《けう》の（珍しい）こ

一 狐の憑《つ》いたのが落ちて、ふだんの様子に戻ったこと。

二 宿直のときに用いる衣服や夜具。ここでは、夜着の類。

三 腹のすいたさま。一説に、寒くてぞくぞくするさまともいう。「し」は、強意の助詞。

四 長方形のいろり。

五 草や木の実。酒の肴《さかな》に用いられるもの。

六 薄い黄色。

七 夫の父をも、妻の父をもいう。ここでは、利仁の妻の父。

八 伝未詳。五八頁注二参照。

となり」と言へば、利仁、うち笑ひて、「ものの心みんと思ひて《狐の心をためそうと》、したりつることを、まことにまうで来て《本当にやって来て》、告げて侍るにこそあんなれ《報告をしたのですね》」と言へば、舅も、笑ひて、「希有のことなり」と言ふ。「具し奉らせ給ひつらん人は《お連れ申されたというお方は》、このおはします《ここにおいでになる》殿の御事か」と言へば、「さに侍り《さようです》。『芋粥《いもがゆ》にいまだ飽かず』と仰せらるれば、飽かせ奉らんとて《存分にご馳走してあげようというので》、率て奉りたる《お連れ申しました》」九と言へば、「一〇やすき物にも《そうさもない物にも》、一一え飽かせ給はざりけるかな《満腹なさらなかったのですね》」とて戯《たはぶ》るれば、五位、「一二東山《ひがしやま》に湯沸かしたりとて、人をはかり出でて《だまし連れ出して》、かくのたまふなり《このようにおっしゃるのです》」など言ひ戯れて、夜すこし更けぬれば、舅も〔奥に〕入りぬ。

夜とぎの女

寝所《ねどころ》とおぼしき所に《思われる所に》、五位入りて、寝んとするに、綿《わた》四五寸ばかりある《綿が四五寸ほども入った》一三直垂《ひたたれ》あり。わがもとの薄綿は《自分のそれまでの薄い綿入れは》一四むつかしう《むさ苦しく》、一五何のあるにか《何がいるのか》、痒《かゆ》き所も出で来る衣《きぬ》なれば、脱ぎ置きて、練色《ねりいろ》の衣三つが上に、この一六直垂引き着て、臥したる心《寝ている気分は》、いまだならはぬに《まだ経験したこともないので》、気もあげつべし《のぼせあがってしまいそうだ》。汗水にて臥したるに《汗びっしょりで寝ていると》、また傍《かたはら》に、人のはたらけば《誰かが動いているので》、「誰そ《誰か》」と問へ

九 底本に「と」はないが、諸本によって補った。

一〇 伊達本・陽明本に、「やすき物とも」とある。

一一 底本に「えあかす給はさりけるかなとて」とあるが、諸本によって改めた。

一二 京都市東山区。京都の東方の連峰。『今昔物語集』二六—一七では、はじめから利仁が五位に向って、「去来《イザ》サセ給ヘ、大夫殿、東山ノ辺《ホトリ》ニ湯涌《ワカ》シテ候フ所ニ」と言ったという。

一三 底本・伊達本・陽明本の傍注に「宿衣歟」とあり、古活字本には「宿衣」とある。この「直垂」は、直垂衾《ひたたれぶすま》に当り、襟と袖とを付けた直垂風の夜具をさすか。

一四 底本・伊達本・陽明本に「むかしう」とあり、特に底本では「本ノマヽ」という傍注を加えているが、古活字本などによって改めた。

一五 蚤《のみ》や虱《しらみ》などが連想される。

一六 古活字本に「とのゐ物」とある。注一三参照。

ば、「[一]『御足給へ』《お足をもんでさし上げなさいと言われましたので》と候へば、参りつるなり」と言ふ。けはひ憎から《様子がいとおしいの》ねば《で》、かき臥せて《抱いて寝かせて》、風の透く所に《風の通る所に》臥せたり。

下人への指令

かかるほどに《こうしているうちに》、もの高く《声高く》言ふ声す。何事ぞと聞けば、をのこの《従者が》叫びて言ふやう《言うには》、「この辺《へん》の下人《げにん》[二]、承れ。明日の卯《う》[三]の時に、切口三寸[四]、長さ五尺の芋《いも》、おのおの一筋づつ《一本ずつ》持て参れ」と言ふなりけり。あさましうおほのかにも言ふものかな《あきれたことに大げさにも言うものだなと》と聞きて、寝入りぬ《寝こんでしまった》。

芋粥の用意

暁方《あかつきがた》[五]に聞けば、庭に莚《むしろ》敷く音のするを、何わざするにかあらんと《何事をするのであろうかと》聞くに、小屋《こや》[六]当番《たうばん》より始めて、起き立ちてゐたるほどに《みな起きだして詰めていたころに》、蔀《しとみ》[七]あけたるに《蔀をあけたので》、見れば、長莚をぞ四五枚敷きたる。何の料《れう》[八]にかあらんと見る《何のための物であろうか》ほどに、下衆男《げすをとこ》[九]の、木のやうなる物を肩にうち掛けて来て、一筋《一本》置きて去《い》ぬ。その後、うち続き持て来つつ《ひき続いて持って来ては》置くを見れば、まことに口《切口》三寸ばかりの芋の、五六尺《〔長さ〕》ばかりなるを、一筋づつ持て来て置くと《置くので》すれど《あるが》、巳《み》[一〇]の時まで置きければ、ゐたる屋と《〔五位の〕泊っている家と》等しく置きなしつ《同じ高さに積みあげた》。夜べ《昨夜》叫びしは、はやう《実は》[一一]その辺にある下人のかぎりに《下人のすべてに》、もの言ひ聞かす《命令を言い聞かそうとい》

一 お足をいただきなさいということで、お足をもんでさし上げなさいという意。ここでは、賓客の接待のために、夜のお伽《とぎ》を命ぜられたもの。
二 身分の低い者。
三 午前六時ごろ。
四 「芋」は、山芋をさす。切口三寸（約九センチメートル）、長さ五尺（約一・五メートル）というのは、山芋としては大きいものである。
五 夜半から夜明けまで。
六 底本に「こやたういん」とあり、その注に「本ノマヽ」とあるが、諸本によって改めた。夜警などの小屋に詰める下人の当番か。『大系』の注に、「夜警の初夜と後夜とに交替するものがあるからあるいは『後夜当番』か」とある。
七 格子の裏に板を張ったもの。日光をさえぎり、風雨を防ぐ建具。多くは釣蔀《つりじとみ》、上蔀《あげじとみ》などといって、上下の二枚からできており、下の一枚をつくりつけて、上の一枚を釣りあげるようになっている。
八 材料、用品。
九 身分の低い男。下男。「下衆」は、「上衆《じょうず》」に対する。
一〇 午前一〇時ごろ。
一一 実は。前からきまっていた事実であるが、改めて説くような場合に用いる。

とて《うので》、[一二]人呼びの岡とてある塚の上にて《人呼びの岡といって〔そこに〕ある岡の上で》言ふなり。ただその声の及ぶかぎりの《その声のとどく範囲の》めぐりの下人のかぎりの持て来るにだに《周辺の下人のすべてが持って来るのでさえも》、さばかり多かり《それほどに多い》。まして、立ち退きたる《遠く離れた所に住んでいる》従者《ずさ》どもの多さを思ひやるべし《思いやるがよい》。「あさまし《あきれたことだ》」と言ひたるほどに、[一三]五石なはの《五石入りの》釜を五つ六つ舁《か》き持て来て《かつぎ持って来て》、庭に杭《くひ》[一四]ども打ちて、[一五]据ゑ渡したり《据え並べた》。何の料ぞと見るほどに、[一六]しほぎぬの襖《あを》といふ物着て、帯して《帯をしめて》、若やかにきたなげなき女どもの《若々しくこぎれいな女どもが》、白く新しき桶《をけ》に水を入れて、この釜どもにさくさくと入る《ざあざあと入れる》。何ぞ《何か》、湯沸かすかと見れば、この水と見るは、[一七]味煎《みせん》なりけり。若きをのこどもの、袂《たもと》より手出《いだ》したる、[一八]薄らかなる刀の長やかなる持たるが《薄そうな長めの刀を持った者が》、十余人ばかり出で来て、この芋をむきつつ、[一九]すき切りに切れば、はやく《実は》芋粥煮るなりけりと見るに、[二〇]食ふべきここちもせず《食べたい気持もしないで》、かへりては《それどころか》、うとましくなりにたり《いやになってしまった》。

芋粥のご馳走

さらさらとかへらかして《煮えたぎらせて》、「芋粥出でまうで来にたり《芋粥ができあがりました》」と言ふ。「参らせよ《〔五位に〕さし上げよといって》」とて、まづ大《おほ》きなる[二一]土器《かはらけ》具して《そえて》、[二二]金《かね》の提《ひさげ》の一斗ばかり

一二『今昔物語集』二六—一七に、「人呼《ヒトヨビ》ノ岳《ヲカ》トテ有ル墓《ツカ》」とあり、ここでは小高い岡か。
一三 五石が入るほどの釜。『今昔物語集』二六—一七には「斛納《コクナハノ》釜《カナヘ》共《ドモ》」とあって、一石入りの釜に当る。一石は、一〇斗。五石は、その五倍で約九〇〇リットルに当り、誇張した表現。「なは」は、「納」の字音「ナフ」の転。
一四 地に打ちこむ長い材木。
一五 底本に「すへしわたしたり」とあるが、諸本によって改めた。
一六『今昔物語集』二六—一七に、「白キ布ノ襖《アヲ》」とあって、ここでも、「白絹《しろきぬ》の襖」の誤か。襖は、もともと武官の朝服で、腋《わき》のあいた袍《はう》の類をさした。一般には、袷《あわせ》または綿入れの衣をいう。
一七 甘葛煎《あまずらせん》ともいう。甘葛の茎や葉の汁を煮つめたもので、甘味料に用いられた。
一八 特に長い太刀ではなくて、並より長めの腰刀、または庖丁刀をさすか。
一九 薄くそぐように切ること。『今昔物語集』二六—一七に、「撫切《ナデギリ》」とある。
二〇 あまりにも多くの食物を出されて、すっかり食欲を失って、かえって嫌悪感さえ催したのである。
二一 うわぐすりをかけない素焼の土器。
二二「提」は、銀や錫などで作った、つるのついた銚子。『今昔物語集』二六—一七に、「銀《シロカネ》ノ提《ヒサゲ》ノ斗《ト》納許《ナハバカリ》ナル」とある。

入りぬべきに（入りそうなものに）、三つ四つに入れて、「かつ」（さあどうぞ）とて持て来たるに、飽きて（腹いっぱいになって）、一盛《ひともり》をだにえ食はず（一杯をさえも食べられない）、「飽きにたり」（腹いっぱいになりました）と言へば、いみじう（たいそう）笑ひて、集まりてゐて、「客人殿《まらうどどの》の御徳に（お客さまのおかげで）、芋粥食ひつ」と言ひあへり。

狐の参上

かやうにするほどに（このようにするうちに）、むかひの長屋[一]の軒に、狐のさし覗きてゐたるを、利仁見つけて、「かれ御覧ぜよ（あれをご覧なさい）。候ひし（いつぞやの）狐の見参《げざん》[二]するを（お目通りしますよ）」と言ひければ、「かれにもの食はせよ（あれに何か食べさせよ）」と言ひければ、食はするに、うち食ひてけり（すっかり食べてしまった）。

利仁の実力

かくて、万《よろづ》の事、楽しと言へばおろかなり（万事につけて ゆたかなことは言葉に言えないほどである）。一月ばかりありて、上りけるに（上京した時に）、褻《け》[三]納《をさ》めの装束《さうぞく》どもあまたくだり[四]、また、ただの八丈[五]、綿、絹など、皮籠《かはご》[六]どもに入れて取らせ（贈り）、初めの夜の直垂《ひたたれ》[七]、はたさらなり（またいうまでもなく）、馬に鞍置きながら（置いたまま）、取らせてこそ送りけれ（贈って〔家に〕送りとどけた）。

給者[八]なれども、所につけて（その場に応じて）、年ごろになりて（長い年月を経て）、許されたる者は（〔世間から〕認められた）、さる者[九]の、おのづからあるなりけり（たまたまいるものであった）。

一 細長い形の家。
二 「げんざん」の撥音表記を欠いたもの。対面することの謙譲語。お目にかかること。お目通りすること。
三 「褻」は、「晴れ」に対する言葉。「納め」は、「晴れ」と同じ意。褻納めの装束は、ふだん着と晴れ着。
四 「領」「襲」に当る。揃いの装束などを数える語。
五 八丈絹。その長さが八丈あったので、そのように名づけられた。尾張八丈、美濃八丈などといって、諸国で織り出された。
六 皮で張った籠。後には、紙張りまたは竹編みの籠をもいう。
七 底本・陽明本に「直乗」とあり、古活字本に「もゐ物」とあるが、誤写とみて改めた。
八 ここでは、「給者」に当り、給仕の者、恪勤《かくご》の侍とみられる。一説に、「窮者」に当り、貧窮の者とも解される。「給者」ならば、利仁をさすとも、五位をさすともみられ、「窮者」ならば、五位をさすとみられる。説話の主題を考えると、この「給者」は、利仁をさすと解すべきであろう。『大系』の注、この「給者」は、「給主」「給所」などと一連の語で、利仁・有仁などをさすかという。
九 「給者」が、給仕の者で、利仁をさすとすれば、そのように豪勢な者の意。
＊『今昔物語集』二六―一七に、「利仁将軍若時従レ京敦賀将二行五位一語」という記事があって、これとほぼ同一の説話とみられる。両書のどちらも、

地方の豪族の利仁が、同じ立場の有仁とともに、すばらしい権勢と財産とをもっていたことが、やや神秘化されて伝えられている。『平家物語』や『義経記』などには、この利仁という将軍が、坂上田村麻呂と並んで、武人の典型としてあげられている。『鞍馬蓋寺縁起《がいじ》』によると、下野《しもつけ》の国高《たか》坐山《くらやま》の群盗を鎮めたというが、そのほかにも、多くの説話集などに、この英雄の武功について伝えられている。ここでは、自由に狐を使っていたことが、かなり重要な趣向とみられる。後代まで、民間の伝説などには、狐の使者に関するものが少なくない。それに対して、五位という人物は、いかにもお人好しであって、まことにユーモラスにえがかれているが、それ自身が、この説話の主人公とは思われない。

母の供養

一〇 伝未詳。この聖も、民間の遊行の僧。

一一 京都市右京区嵯峨の北部の山。その山頂に愛宕神社があって、古く愛宕権現としてあがめられた。

母の成仏

一二 千手観音の功徳をのべて、その救済を祈る陀羅尼。「陀羅尼」は、一字ごとに深い意味をもつ言葉。三一頁注六参照。

一三 変成男子《へんじょうなんし》のことをさす。『法華経』などの説に、女は五障をもっているが、仏力によって男に生れ変って、その後に成仏することができるという。

一四 天上界。六道の中で、人間界の上にある世界。

〔一九〕清徳聖《せいとくひじり》[一〇]、奇特《きどく》の事

今は昔、清徳聖といふ聖のありけるが、母の死したりければ、棺《ひつぎ》にうち入れて、ただひとり、愛宕《あたご》[一一]の山に持《も》て行きて、おほきなる石を四つの隅に置きて、その上にこの棺をうち置きて、千手陀羅尼《せんじゅだらに》[一二]を、片時《へんし》休む時もなく《少しも休む時もなく》、うち寝《ぬ》ることもせず、物も食はず、湯水も飲まで、声《こわ》絶《だ》えもせず誦《じゅ》し奉りて《お唱え申し上げて》、この棺をめぐること《棺のまわりをまわる》、三年になりぬ。

その年の春、夢ともなく現《うつつ》ともなく、ほのかに母の声にて、「この陀羅尼を、かく《こうして》夜昼誦《よ》み給へば、われははやく《すでに》男子[一三]となりて、天[一四]に生れにしかども《生れたけれども》、同じくは《同じことならば》、仏になりて告げ申さんとて《お知らせしようと思って》、今までは告げ申さざりつるぞ《お知らせしなかったのです》。今は仏になりて告げ申すなり」と言ふと聞ゆるとき、「さ思ひつることなり《そう思っていたことです》。今ははやうなり給ひぬらん《すでに仏におなりになったのでしょう》」とて、取り出でて《〔なきがらを〕》、そこにて焼きて、骨取り集めて埋みて《埋めて》、上に石の[一]卒塔婆《そとば》など立てて、[二]例のやうにして、京へ出づる道に、[三]西の京に、[四]水葱《なぎ》いと多く生ひたる所あり。

異常な大食

この聖、困《こう》じて《疲れて》、物いと欲しかりければ《食べ物がたいそうほしかったので》、道すがら《途中で》、折りて《〔水葱を〕折って》食ふほどに、主《ぬし》の男《持主の男が》、出で来て見れば、いと貴げなる聖の《まことにありがたそうな》、かくすずろに《このようにむやみに》折り食へば、あさましと思ひて《あきれたことだと思って》、「いかにかくは召すぞ《どうしてこのように召し上がるのか》」と言ふ。聖、「困じて苦しきままに《疲れて苦しいので》食ふなり」と言ふ時に、「さらば《それでは》、参りぬべくは《召し上がれるならば》、いますこしも、召さまほしからんほど召せ《もっといくらでも召し上がりたいだけ召し上がれ》」と言へば、[五]三十筋ばかり《三十本ほど》むずむずと《むしゃむしゃと》折り食ふ。この水葱は、三町ばかりぞ植ゑたりけるに、かく食へば《このように食べるので》、いとあさましく《まったくあきれたことで》、食はんやうも見まほしくて《食べる様子も見たくて》、「召しつべくは《召し上がれるならば》、いくらも召せ《いくらでも召し上がれ》」と言へば、「あな《ああ》貴《たふと》《ありがたや》」とて、うちゐざりうちゐざり折りつつ《坐ったままで動いていって折り取りながら》、三町をさながら食ひつ《すっかり食べてしまった》。主の男、あさましう《あきれるほどに》物食ひつべき聖かなと思ひて、「しばしゐさせ給へ《しばらくお待ち下さい》。物して召させせん《食べ物を作ってさし上げましょう》」とて、白米[六]一石取り出でて、飯《いひ》にして食はせたれば、「年《長年》

一　梵語の stūpa に当る。もともと仏舎利を安置したものであるが、後には死者を供養するために、石や木で高く作ったものをいう。ここでは、石造の五輪塔などをさすか。

二　葬送の儀礼をとり行って。

三　朱雀《すざく》大路より西方の地域。右京ともいう。東の京が、市街地となって栄えていたのに、西の京は、農地となって荒れていた。

四　ミズアオイの小さいもの。水田などに生えて、食用にあてられる。『万葉集』一六に、「なぎのあつもの」と詠まれ、『和名抄』に、「水菜可レ食也」とある。

五　この時代に、一町《ちょう》は三六〇〇歩《ぶ》に当る。一歩は一坪と同じで、約三・三一平方メートル。三町は一万坪余で、三五〇〇〇平方メートル余。

六　一石は一〇斗で、約一八〇リットル。

異形の従者

ごろ《の間》物も食はで、困じたるに」とて、みな食ひて出でて去《い》ぬ。

この男、いとあさましと思ひて、これを人に語りけるを聞きつつ、坊城《ばうじやう》[七]の右の大殿《おほとの》に人の語り参らせければ、いかでかさはあらん《どうしてそのようなことがあろうか》、心得ぬことかな《合点のゆかないことだな》、呼びて物食《食べ》はせてみんと覚えて、「結縁《けちえん》[八]のために物参らせてみん《物をさし上げてみよう》」とて、呼ばせ給ひければ、いみじげなる《ありがたそうな》聖歩み参る、その尻に《その後に》、餓鬼《がき》[九]、畜生《ちくしやう》[一〇]、虎《とら》、狼《おほかみ》、犬、鳥、万《よろづ》の鳥獣ども、千万《ちよろづ》《無数》と歩み続きて来けるを《に続いて歩いて来たのを》、異人《ことひと》の目におほかたえ見ず《ほかの人の目にはまったく見えないで》、ただ聖一人とのみ見けるに《見たのに》、この大臣《おとど》、見つけ給ひて、さればこそ《それだからやはり》、いみじき聖《ありがたい聖であった》にこそありけれ《のだ》、めでたし《すばらしい》と覚えて《思われて》[一一]、白米十石をおものにして《ご飯にして》[一二]、新しき莚薦《むしろこも》に、折敷《をしき》[一三]、桶《をけ》、櫃《ひつ》[一四]などに入れて、いくいくと《いくつもいくつも並べておいて》置きて食はせさせ《お食べさせ》給ひければ《なさったので》、尻に立ちたる《後についている》ものどもに食はすれば、集まりて手をさ《さし》さげて《あげて》みな食ひつ。聖は、つゆ食はで《少しも食べないで》、悦《よろこ》びて出でぬ。さればこそ《それだからやはり》、ただ人にはあらざりけり《普通の人間ではなかったのだ》、仏などの変じてありき給ふにや《姿を変えてお歩きになるのかと》とおぼしけり。異人の目には、ただ聖一人して食ふとのみ見えければ、いと《なお》

七 藤原師輔《もろすけ》。忠平の第二子。正二位右大臣。天徳四年（九六〇）に、五三歳で没。「右の大殿」は、右大臣をさす。
八 仏道の修行に進んで、成仏《じやうぶつ》の因縁を結ぶこと。
九 餓鬼道における亡者。貪欲の報いで、常に飢渇に苦しむという。
一〇 畜生道における牛馬の類。愚痴や悪行の報いで、常に呵責《かしやく》をうけるという。
一一 伊達本・陽明本に、「おほして」とある。
一二 飲食物の敬称。
一三 薄く削ったへぎ板で作った四角の盆。
一四 上に蓋を開けるように作った大形の箱。

一 大便。「まる」は、大小便をすること。
二 身分の卑しい者。
三 何という天皇か、あきらかではない。師輔の在世中であれば、村上天皇に当るとみられる。ただし、前田家本『二中歴』には、「具足小路、依二天喜二年宣旨一、改二名錦小路一」とあって、後冷泉天皇の天喜二年（一〇五四）に、錦小路の改名が行われたと知られる。

錦の小路の由来

四 底本に「向せ給けれは」とあり、傍注に「問」とあるが、伊達本・陽明本などによって改めた。
五 四条通りの南に当る小路。
六 四条通りの北に当る小路。『拾芥抄《しゆうがいしよう》』の「錦小路」の項に、「屎《くそ》、又具足イ」とあるが、もともと「具足小路」であったのが、誤って「屎小路」と解され、ついには「錦小路」と改められたのであろう。注三参照。
＊ 清徳という人物の伝記は何も分らないが、いわゆる優婆塞聖《うばそくひじり》に属するもので、在家のままで仏門に入って、ひたすらに修行に励んで、著しい験力を具えたものとみられる。もっとも重要な場面は、餓鬼や畜生などの異形のものが、この聖の後に従って、多くの食物の施しをうけるくだりであろう。それらの異形のものは、ただ師輔だけに見えており、ほかの人の目には見えなかったという。『大鏡』の師輔伝によると、この大臣も、不思議な眼力を具えており、百鬼夜行の危難を免れたと伝えられ、「おほかた

旱魃《かんばつ》の嘆き

いとあさましきことに（いっそうあきれたことと）思ひけり。

さて、〔聖が〕出でて行くほどに、四条の北なる小路《こうぢ》に、穢土《ゑど》[一]をまる。こ（こ）の尻に具したるもの（の後に連れているものが）、し散らしたれば（たれ散らしたので）、ただ墨のやうに黒き穢土を（糞を）、隙《ひま》もなく（すきまもなく）はるばるとし散らしたれば、下種《げす》[二]などもきたながりて、その小路を糞《くそ》の小路とつけたりけるを（名づけていたのを）、帝《みかど》[三]聞かせ給ひて（お聞きになって）、「その四条の南をば何といふ」と問はせ給ひければ（お尋ねになったので）[四]、「綾《あや》[五]の小路となん申す」と申しければ、「さらば、これをば錦《にしき》[六]の小路といへかし（いうがよい）。あまりきたなき名かな」と仰せられけるよりしてぞ、錦の小路とはいひける。

〔二〇〕 静観《じやうくわん》[七]僧正、雨を祈る法験《ほふげん》の事

今は昔、延喜《えんぎ》[八]の御時、旱魃《かんばつ》したりけり（日照りがおこった）。六十人の貴僧を召して、大般若経《だいはんにやきやう》[九]読ましめ給ひけるに（お読ませになったが）、僧ども、黒煙《くろけぶり》[一〇]を立てて、験《しるし》あらはさ

んと祈りけれども、いたくのみ晴れまさりて、日強く照りければ、帝を始めて、大臣、公卿、[一一]百姓人民、この一事よりほかの嘆きなかりけり。

静観への仰せ

[一二]蔵人頭《くらうどのとう》を召し寄せて、静観僧正に仰せくださるるやう、「ことさらおぼしめさるるやうあり、かくのごとく、方々に御祈りども、させる験《しるし》なし。座を立ちて、別に壁のもとに立ちて祈れ。おぼしめすやうあれば、とりわき仰せつくるなり」と仰せくだされければ、静観僧正、その時は[一三]律師《りつし》にて、上に僧都、僧正、[一四]上臈《じやうらふ》どもおはしけれども、面目かぎりなくて、[一五]南殿《なんでん》の御階《みはし》より下りて、屏《へい》のもとに北向きに立ちて、[一六]香炉《かうろ》とりくびりて、額に香炉をあてて祈請《きせい》し給ふこと、見る人さへ苦しく思ひけり。

祈請の効験

熱日《ねつじつ》のしばしもえさし出でぬに、涙を流し、黒煙を立てて祈請し給ひければ、香炉の煙空へ上《あが》りて、扇ばかりの黒雲になる。[一七]上達部《かんだちめ》は、南殿に並びゐ、[一八]殿上人《てんじやうびと》は、[一九]弓場殿《ゆばどの》に立ちて見るに、上達部の[二〇]御《ご》

この九条殿いとただ人にはおはしまさぬにや。おぼしめし寄る行末のことなども、かなはぬはなくぞおはしましける」と記されている。

七 増命。第一〇代の天台座主。僧正兼法務。法験をもって知られた。延長五年（九二七）に、八五歳で没。

八 「延喜」は醍醐《だいご》天皇の時代の年号（九〇一～九二三）。「延喜の御時」は、ただ延喜年間だけでなく、広く醍醐天皇の治世をさす。

九 『大般若波羅蜜多経』。六〇〇巻。唐の玄奘《げんじよう》の訳。大乗仏教の根本思想を説くもの。特に除災招福のために、さかんにその転読が行われる。

一〇 修法《しゆほう》のために護摩《ごま》をたく煙。護摩は、ヌルデなどの木を焼いて、一切の悪業を滅ぼすという修法。

一一 一般の庶民。

一二 蔵人所の別当に次ぐ職。弁官および近衛《このえの》中将から一人ずつ補せられ、それぞれ頭弁《とうのべん》および頭中将という。

一三 僧正、僧都に次ぐ僧官。

一四 年功を積んだ高僧。「臈」は、一夏九旬の間、籠って修行すること。

一五 紫宸殿《ししんでん》。大内裏の正殿。

一六 香をたく器具。ここでは、柄のついたもの。

一七 公卿。三位以上および四位の参議。

一八 四位、五位および六位の蔵人。

一九 伊達本・陽明本に、「宜陽殿」とある。「弓場殿」は、校書殿の東廂の北。

二〇 前駆の人。

前《ぜん》は、美福門《びふくもん》[一]より覗《のぞ》く。かくのごとく見るほどに、その雲むらなく（一面に）大空にひき塞《ふた》ぎて[二]、龍神[三]震動し、電光大千界[四]に満ち、車軸[五]のごとくなる雨降りて、天下たちまちに潤《うるほ》ひ、五穀[六]豊饒《ほうぜう》にして、万木果を結ぶ。見聞《けんもん》の人、帰服せず（心をよせて従わないものはない）といふことなし。さて、帝、大臣、公卿等、随喜《ずいき》[七]して、〔静観を〕僧都になし給へり。不思議のことなれば、末の世の物語に、かく（このように）記せるなり。

〔二一〕同僧正、大嶽《おほたけ》[八]の岩祈り失ふ事

今は昔、静観《じやうくわん》[九]僧正は、西塔《さいたふ》[一〇]の千手院といふ所に住み給へり。その所は、南向きにて、大嶽をまもる所にてありけり。大嶽の乾《いぬゐ》[一一]の方《かた》のそひに、大《おほき》なる巌《いはほ》あり、その岩の有様、龍の口をあきたるに似たりけり。その岩の筋に向かひて（筋むかいに）住みける僧ども、命もろくして（命がはかなくて）、多く

一 朱雀門の東に当るが、これでは遠すぎる。
二 覆うように閉ざして。
三 仏法の守護神。蛇形の鬼神で、雨水をつかさどる。
四 底本に「大界」とあるが、諸本によって改めた。大千界は、大千世界に当り、ここでは、広い世界の意。一世界とは、日月、四天下、六欲天、梵天《ぼんてん》が、須弥山《しゅみせん》の周囲を囲むもので、小千世界は、この一世界を千個集めたもの、中千世界は、小千世界を千個集めたもの、大千世界は、中千世界を千個集めたものをいう。
五 車軸のように太い。大雨のたとえ。
六 五種の穀物。米・麦・粟《あわ》・黍《きび》または稗《ひえ》・豆をいう。穀類の総称にも用いられる。
七 喜んで帰依して。ありがたく思って。
＊ 清徳聖の験力に続いて、静観僧正の験力に関するものがあげられているが、ここでは、その祈雨の効験について説かれている。『打聞集』四にも、ほぼ同じように伝えられている。このような雨乞のわざは、古くから多くの農民によって、もっとも大きな関心をよせられたもので、きわめて多くの方式で行われてきた。

毒龍の巌

八 比叡山の最高峰の大比叡（八四八メートル）。
九 増命。六九頁注七参照。
一〇「西塔」は、東塔・横川《よかわ》とともに、比叡山の三塔

死にけり。しばらくは、いかにして《どうして》死ぬるやらんと《一二 死ぬのであろうかと》、心も得ざりけるほどに《わけもわからなかったが》、「この岩のある故ぞ」《この岩があるせいだ》と言ひ立ちにけり《うわさがたった》。この岩を毒龍の巌とぞ名づけたりける。これによりて、西塔の有様、ただ荒れに《しだいに荒れに》荒れのみまさりけり《荒れてゆくばかりであった》。この千手院にも、人多く死にければ、住み煩《わづら》ひけり《住みにくく思った》。

この巌を見るに、まことに龍の大口をあきたるに似たり。人の言ふことは、げにもさありけり《いかにもそのとおりであった》と、僧正思ひ給ひて、この岩の方に向かひて、七日七夜加持《一三 かぢ》しければ、七日といふ夜半ばかりに《七日目の夜中ごろに》、空曇り、震動することおびたたし《ものすごい》。大嶽に黒雲かかりて見えず。しばらくありて、空晴れぬ。夜明けて、大嶽を見れば、毒龍巌砕けて散り失せにけり。

それよりのち、西塔に人住みけれども、たたりなかりけり。西塔の僧どもは、くだんの《この》座主《一四 ざす》をぞ、今に至るまで、貴み拝みけるとぞ語り伝へたる。不思議のことなり。

の一。「千手院」については、『叡山要記』に、「今之千手堂是也。今在㆓園城寺㆒。葺檜皮五間。本願伝教大師。安㆓置千手観音聖観音像一躰㆒」とある。増命の止住の所は、『天台座主記』の「増命」の注に、「千光院」とあり、『元亨《げんこう》釈書』の「増命」の伝に、「坐㆓西塔釈迦院北菴㆒」とある。

一一 西北の方のきわ。「そひ」は、きわ、ほとり。

一二 伊達本・陽明本に、「死ぬやらんと」とある。

一三 真言宗の密教で、印を結び、金剛杵《こんごうしょ》をもって、陀羅尼を唱えながら、観念をこらして、仏神を祈ること。「加」は、諸仏の大悲が行者に加えられること。「持」は、それが行者の信心によってたもたれること。

一四 天台座主。比叡山延暦寺の首座にあり、一山の寺務を統轄するもの。

静観の加持

＊ 静観僧正すなわち増命は、歴代の天台座主の中でも、特に加持祈禱にすぐれていたと伝えられる。本書二〇および一〇五にも、その験力に関する説話が掲げられている。本話のように、その加持祈禱によって、毒龍の巌を砕いたということは、『扶桑略記』の寛平三年（八九一）の記事としてあげられているほかに、『日本往生極楽記』『私聚百因縁集』『元亨釈書』にも記されており、もっともよく知られていたものである。

一 箔打。金銀を薄くのばして、箔に打つ職人。
二 京都の七条通り。
三 金峰山に参ること。金峰山は、奈良県吉野郡の吉野山の主峰。古くは「金の御嶽」と呼ばれ、今の青根ヶ峰（八五八メートル）に当る。この山から大峯を経て熊野にいたる一帯は、古くから山岳修行者の集まる霊地であった。特に吉野の金峰山のほうは、醍醐《だいご》寺の聖宝の再興によるものと伝えられ、当山派の修験道の本拠として重んじられた。この地の金峰神社は、古くは金精《こんじよう》明神とも呼ばれ、金山彦命《かなやまびこのみこと》・金山姫命《かなやまびめのみこと》を祭ると伝えられる。

金の御嶽の金

四 金峰山中の地名で、金鉱脈の露頭に当るか。金崩という地名については、『東大寺縁起』に、「天平十九年二月、自リ二下野国一山崩レ金流出之由奏ス之。其後称ス二彼ノ所ヲ金崩一」とある。
五 「行きて」のイ音便。
六 雷。本来は「神鳴」の意。
七 底本・陽明文庫本などに、「地振」とある。
八 「両」は、量目の名。『大宝令』によると、一両は、一斤の一六分の一、すなわち一〇匁で、約三七・五グラムに当る。一八両は、一八〇匁で、約六七五グラム。
九 令外《りようげ》の官で、京中において非法の検索、秩序の維持をつかさどったもの。今の警察官と裁判官とをかねたもの。
一〇 京都市南区九条にある。正しくは、金光明四天王教王護国寺。古義真言宗東寺派の総

金の御嶽の書付

〔一二〕金峯山《きんぶせん》薄打《はくうち》[一]の事

今は昔、七条[二]に薄打あり、御《み》嶽詣《たけまうで》[三]しけり。参りて、金崩《かなくづれ》[四]を行いて[五]見れば、まことの金のやうにてありけり《本物の金のようであった》。嬉しく思ひて、くだんの金を取りて、袖に包みて、家に帰りぬ。おろして《粉にすりおろして》見ければ、きらきらとして、まことの金なりければ、「不思議のことなり。この金取るは、神鳴《かみなり》[六]、地震[七]、雨降《あめふり》などして、すこしもえ取らざんなるに《取ることができないというのに》、これは、さることもなし《そのようなこともない》。こののちも、この金を取りて、世の中を過ぐべし《暮しをたてよう》」と、嬉しくて、秤《はかり》にかけて見れば、十八両[八]ぞありける。これを薄に打つに、七八千枚に打ちつ。
これをまろげて《ひとまとめにして》、みな買はん人もがな《みな買う人でもいればよいと》と思ひて、しばらく持ちたるほどに、「検非違使《けびゐし》[九]なる人の、東寺[一〇]の仏造らんとて《仏像を造ろうというので》、薄を多く買

はんと言ふ」と告ぐる者あり[一一]けり。悦《よろこ》びて、懐《ふところ》にさし入れて行きぬ。「薄や召す《箔をお買いあげになりますか》」と言ひければ、「いくらばかり持ちたるぞ《どのくらい持っているのか》」と問ひければ、「[一二]七八千枚ばかり候ふ《七八千枚くらいございます》」と言ひければ、「持ちて参りたるか」と言へば、「候ふ《ございます》」とて、懐より紙に包みたるを取り出《いだ》したり。見れば、破《や》れず、広く、色いみじかりければ《色もすぐれていたので》、広げて数へんとて《数えようとして》見れば、小さき文字にて、「[一三]金《かね》の御嶽《みたけ》金の御嶽」と、ことごとく書かれたり。心も得で《わけもわからないで》、「この[一四]書付《かきつけ》は、何の料の《何のための》書付ぞ」と問へば、薄打、「書付も候はず、何の料の書付かは候はん《何のための書きつけなどがございましょうか》」と言へば、「現にあり、これを見よ」とて見するに、薄打見れば、まことにあり。あさましきことかなと《あきれたことだなと》思ひて、口もえあかず《口をきくことすらできない》。

金盗みの報い

検非違使、「これは、ただごとにあらず、やうあるべし《わけがあるに違いない》」とて、友を呼び具して《同輩を呼びよせて》、金を[一五]看督長《かどのおさ》に持たせて、薄打具して《箔打を連れて》、[一六]大理《だいり》のもとへ参りぬ。くだんのことどもを語り奉れば《さきほどのことのあれこれを申し上げると》、[一七]別当驚きて、「早く[一八]河原に出で行きて問へ《出ていって問いただせ》」と言はれければ、検非違使ども、河原に行き

本山。延暦一五年（七九六）に、桓武天皇によって創建されたが、弘仁一四年（八二三）に、嵯峨《さが》天皇より空海に授けられてから、真言密教の根本道場として重んじられた。

一一 伊達本・陽明本に、「ありける」とある。

一二 底本に「七八千枚はかりに」とあるが、諸本によって改めた。

一三 金峰山。注三参照。

一四 書きつけた言葉。

一五 検非違使の下役。牢獄の看守や罪人の追捕に当った。

一六 検非違使別当の唐名。

一七 検非違使庁の長官。参議以上の兵衛督などが任ぜられた。

一八 賀茂の河原。当時の処刑の場。

て、よせばし掘り立てて、身をはたらかさぬやうに《動かさないように》はりつけて、七十度の勘《かう》じをへければ《拷問を加えたので》、背中は、紅の練単衣《ねりひとへ》を水に濡らして着せたるやうに、みさみさとなりてありけるを《〔血で〕びしょびしょとなっていたのを》、重ねて獄に入れたりければ、わづかに十日ばかりありて死にけり。薄《はく》をば金峯山《きんぶせん》に返して、もとの所に置きけると語り伝へたり。

それよりして、人怖《お》ぢて《恐れて》、いよいよくだんの金取らんと思ふ人なし。あな恐ろし《ああ恐ろしい》。

〔二三〕用経《もちつね》、荒巻《あらまき》の事

今は昔、左京の大夫《かみ》なりける古上達部《ふるかんだちめ》ありけり。年老いて、いみ《たい》じう古めかしかりけり《そう古風であった》。下《しも》わたりなる家に、ありきもせで《出歩きもしないで》籠《こも》りゐたりけり。その司《つかさ》の属《さくわん》にて、紀《きの》用経といふ者ありけり。長岡になん住

一 寄せ柱。馬などをつなぐための柱。『和名抄』に、「柳、与勢波之良、繋馬柱也」とある。
二 底本に「身を身を」とあるが、諸本により改めた。
三 「勘ず」の名詞形で、拷問、折檻《せっかん》の意。「勘事」に当り、勘当の意とも、「拷事」に当り、拷訊の意とも解されている。
四 練絹の単衣《ひとえ》。薄く柔らかい着物。
＊ 吉野の金峰山は、古くは「金の御嶽《みたけ》」とも呼ばれていたが、どうして金の名が用いられたのか、かならずしもあきらかではない。五来重氏の『山の宗教』によると、さしあたり金の御嶽の金が、神南備《かんなび》にこもる霊のシンボルとしての火または光物に当ると解されている。しかも、そのような宗教上の観念に先だって、おそらくは修験の徒によって、鉱脈の占相が行われており、この金の御嶽についても、金属の存在が信ぜられたものと説かれている。『扶桑略記《ふそうりゃくき》』天慶四年の条に引かれた『道賢上人冥途記』には、この金峰山の浄土の情景をうつして、「黄金光明甚照」と記されている。『三宝絵詞』下―二二には、東大寺の大仏の金を求めて、金の御嶽の蔵王に祈ると、「此山ノ金ハ弥勒ノ世ニ用ヰルベシ。我ハ只守ルナリ。分チガタシ」と告げられたという。

左京職の四等官

五 伝未詳。『今昔物語集』二八―二〇に、「紀茂経」とある。

六 葦《あし》や藁《わら》などで、魚を包んで巻いたもの。
七 左京職の長官。平安京の中で、左京または東の京とは、朱雀大路から東の方をさす。左京職は、その地域の戸籍・租税・司法・警察などをつかさどる。
八 上達部として年数を経た者。六九頁注一七参照。
九 下京のあたりで、内裏から南の方をさす。
一〇 左京職の第四等官。
一一 京都府長岡京市。
一二 『今昔物語集』二八―三〇に、「棍リケル《ヲコツ》」とある。「をこづる」は、機嫌をとる、媚《こ》びへつらうこと。
一三 『今昔物語集』二八―三〇に、「宇治殿ノ盛《サカリ》ニ御《オハシ》マシケル時ニ参《マヰリ》テ」とある。この「大殿」も、「宇治殿」で、藤原頼通をさす。四〇頁注一参照。
一四 貴人の家で、魚鳥などを納めておく所。
一五 源頼親。多田満仲の次男。従四位大和守。
一六 引きうけて世話する者。担当者。
一七 伝未詳。
一八 長押《なげし》の上などに設けた棚のようなもの。
一九 『今昔物語集』二八―三〇に、「棍リ申サム《ヲコツ》」とある。
二〇 母屋の廂《ひさし》の間に設けて、客の接待などに使った室。
二一 底本・陽明本に「ちくわら」、伊達本に「ちくはら」とあり、いずれも傍注に「地火炉」とある。地火炉は、地に設けた炉で、いろりに当る。
二二 摂津の国。大阪府および兵庫県の一部。

みける。司の属なれば、この大夫のもとにも来てなんを[一二]とづりける。

鯛の荒巻の進物

この用経、[一三]大殿に参りて、[一四]贄殿《にへどの》にゐたるほどに、[一五]淡路守頼親《あはぢのかみよりちか》が、鯛《たひ》の荒巻を多く奉りたりけるを《献上したのを》、贄殿にもて参りたり。贄殿の[一六]預《あづかり》[一七]義澄《よしずみ》に、二巻用経乞ひ取りて《もらい受けて》、[一八]間木《まき》にささげて置く《のせて置くというので》とて、義澄に言ふやう、「これ《これを》、人して取りに奉らんをりに《誰かに取りにうかがわせる折に》、おこせ給へ《渡して下さい》」と言ひ置く。心の中に思ひけるやう、これわが司の大夫に奉りて《さし上げて》、[一九]をとづり奉らん《ご機嫌をうかがおうと》と思ひて、これを間木にささげて《のせて》、左京の大夫のもとに行きて見れば、大夫《かむ》の君、[二〇]出居《いでゐ》に客人《まらうど》二三人ばかり来て、あるじせん《もてなそうとして》とて、[二一]地火炉《ちくわろ》に火おこしなどして、わがもとにて《自分の家で》物食はんとするに、はかばかしき《これというような》魚もなし。鯉、鳥など、用ありげなり《使いみちがありそうである》。それに《そこで》、用経が申すやう、「用経がもとにこそ、[二二]津《つ》の国なる下人の、鯛の荒巻三つもて、まうで来たりつるを《参上したのを》、一巻《ひとまき》食べ試み侍りつるが《食べて味を見ましたが》、えもいはずめでたく候ひつれば《いいようもなくおいしゅうございましたので》、いま二巻はけがさで《手をつけないで》置きて候ふ。急ぎてまうでつるに《参ったので》、下人の候はで、持て参り候はざりつる《持って参りませんでした》なり。ただ今取

一『今昔物語集』二八—三〇に、「口脇ヲ下ゲ」とある。緊張または得意の様子を表す。

二『今昔物語集』二八—三〇に、「延上テ《ノビアガリ》」とあり、それと同じ意か。

料理の場の失態

三「真魚《まな》板」で、魚を料理する時に用いる板。

四 料理人。『荘子』養生主に、「庖丁、為二文恵君一解レ牛」とあり、それから出たものという。転じて、料理そのもの、または料理のための刀をもいう。

五「真魚《まな》箸」で、魚を料理する時に用いる大きな箸。料理の度に、新しく削る慣わしであった。

りに遣はさんはいかに《にやろうと思いますがいかがでしょうか》」と、声高く、したり顔《得意顔に》に袖をつくろひて、[一]口脇かいのごひなどして《口もとをかきぬぐいなどして》、[二]ゐあがり覗きて《伸びあがり覗きこんで》申せば、大夫《かみ》、「さるべき物《適当な食べ物》の《が》なきに、いとよきことかな、とく《早く》取りにやれ」とのたまふ。客人《まらうど》ども、「食ふべき物の候はざめるに《ございませんようだが》、九月ばかりのことなれば、この頃、鳥の味はひいとわろし。鯉はまだ出で来ず《出て来ない》。よき鯛は、奇《珍し》異《い》の物なり」など言ひあへり。

用経、馬控へたる童を呼び取りて《馬の口を取っている童を呼び寄せて》、「馬をば御門の脇につなぎて、ただ今走りて、大殿に参りて、贄殿《にへどの》の預《あづかり》の主に、『その置きつる荒巻、ただ今おこせ給へ《渡して下さい》』とささめきて《とささやいて》、時かはさず《時を移さず》持て来《こ》。外《ほか》に寄るな。とく走れ」とてやりつ《使いにやった》。さて《そこで》、「[三]まな板洗ひて持て参れ」と、声高く言ひて、やがて《すぐに》、「用経、今日の[四]庖丁《はうちやう》は仕らん《あい勤めましょう》」と言ひて、[五]まな箸削り、鞘なる刀《鞘に納まる庖丁を》抜いて設《まう》けつつ《用意しながら》、「あな久し。いづら《どこまでいったか》、来ぬや《帰って来たか》」など《などと》、心もとながりゐたり《待ち遠しがっていた》。「遅し遅し」と言ひゐたるほどに、やりつる《使いにやった》童、木の枝に荒巻二つ結《ゆ》ひつけて《結びつけて》持て来たり。「いとかし《本当によくも》

こく、あはれ《まあ》、飛ぶがごと走りてまうで来たる《参上した》童かな」とほめて、取りてまな板の上にうち置きて、ことごとしく《ぎょうぎょうしく》大鯉作らんやうに《料理するように》、左右の袖つくろひ、くくりひき結《ゆ》ひ《括り紐をひきしめ》、片膝立て、いま片膝《もう一方の膝を》伏せて、いみじく《いかにも》つきづきしくゐなして《〔大鯉の料理に〕似あわしく大げさにかまえて》、荒巻の縄を[六]ふつふつと《ぶつりぶつりと》押し切りて、刀して《庖丁で》藁《わら》を押し開くに、ほろほろと《ばらばらと》物どもこぼれて落つる物は、[七]平《ひら》足駄《あしだ》、[八]古ひきれ、[九]古草鞋《ふるわらうづ》、古沓《ふるぐつ》、かやうの物のかぎりあるに《このような物ばかりあるので》、用経あきれて、刀もまな箸もうち捨てて、沓もはきあへず《沓をはく間もなく》、逃げて去ぬ。

一座の者の不興

左京の大夫も、客人も、あきれて、目も口もあきてゐたり。前なる侍どもも、あさましくて《思いがけなくて》、目を見かはして、ゐなみたる《い並んでいる》顔ども、いとあやしげなり《たいそう奇妙である》。物食ひ、酒飲みつる遊びも、みなすさまじくなりて《興ざめになって》、一人《ひとり》立ち、二人《ふたり》立ち、みな立ちて去ぬ《立ち去っていった》。左京の大夫の言はく、「このをのこをば、かくえもいはぬ《このようにいいようもない》[一〇]痴物狂《しれものぐるひ》とは知りたりつれども、司《つかさ》の大夫とて、来睦《きむつ》びつれば《来てなついていたので》、よしとは思はねど、追ふべきこともあらねば《追い返すほどのこともないので》、[一一]さと見てあるに《気にもかけずに扱っていたが》、かかるわざをして謀《はか》らんをば《だますというのは》、いかが《どうし》

六 物を断ち切る音を表す。

七 高足駄に対して、歯の低い足駄。今の普通の下駄に当る。ここには、古い履物ばかりがあげられているが、『今昔物語集』二〇—九、一〇、本書一〇六には、仏法に対する外術によって、そのような履物の類が、犬の子や鯉に変えられたと伝えられる。

八 古活字本などに、「ふるしきれ」とある。『今昔物語集』二八—三〇にも、「旧尻切《フルシリキレ》」とあって、ここでは、「古しきれ」の誤りか。「しきれ」は、「しりきれ」を略したもので、藁で作った草履の類。『類聚名物考』に、「今案尻切は草履の尻の無きもの故に尻切と云ふ。今俗の足半《あしなか》といふものこれなり」とある。

九 「わらうづ」は、「わらぐつ」のウ音便。藁で作った履物。草履、わらじの類。

一〇 伊達本・陽明本に、「ものくるひとは」とある。「痴物狂」は、愚かで、気のふれたような者。

一一 『今昔物語集』二八—三〇に、「只来《キタ》レバ来《キタ》ルト見テ有ツル也」とある。

すべき《たものであろうか》。もの悪《あ》しき人は《運のわるい者は》、はかなきことにつけても《ちょっとしたことにつけても》、かかるなり《このような目にあうのだ》。いかに、世の人聞き伝へて、世の笑ひぐさにせんとすらん《世間のもの笑いの種にしようとすることか》」と、空を仰ぎて、嘆き給ふことかぎりなし。

用経の嘆きと荒巻のゆくえ

用経は、馬に乗りて、馳《は》せ散らして《走らせまわって》、殿に参りて、贄殿《にへどの》の預《あづかり》義澄《よしずみ》にあひて、「この荒巻をば惜しとおぼさば、おいらかに取り給ひて《おだやかなし方でお取りになれば》はあらで《よいのにそうではなくて》、かかることをし出で給へる《おしでかしになるとは》」と、泣きぬばかりに《泣きそうなほどに》恨みのしる《恨み騒ぐ》ことかぎりなし。義澄が言はく、「こは《これは》、いかにのたまふことぞ《何とおっしゃることか》。荒巻は奉りて後《さし上げて後に》、あからさまに宿にまかりつとて《ちょっと宿にさがろうとして》、おのがをのこに《自分の下男に》言ふやう、『左京[一]の大夫《かみ》の主《ぬし》のもとから、荒巻取りにおこせたらば《使いをよこしたならば》、取りて使ひに取らせよ《それに渡せと》』と言ひ置きて、まかでて《退出して》、ただ今、参りて見るに、荒巻なければ、『いづち去ぬるぞ《どこにいったのか》』と問ふに、『しかじかの御使ひありつれば、のたまはせつるやうに《おっしゃられたように》、取りて奉りつる《さし上げた》』と言ひつれば、『さにこそはあんなれ《そうであったのだ》』と、聞きてなん侍る《聞いております》。事のやうを《〔その〕ほかの〔事情を〕》知らず」と言へば、「さらば、かひなくとも《しようがなくても》、言ひ預けつら

一 『今昔物語集』二八―二〇には、「左京ノ属主」とあって、用経とされている。

ん主を呼びて、問ひ給へ」と言へば、男《〔義澄が〕》を呼びて、問はんとするに、
出でて去にけり《出ていってしまった》。[二]膳部《かしはで》なる男が言ふやう、「おのれらが部屋に入り
ゐて、聞きつれば、この[三]若主《わかぬし》たちの、『間木にささげられたる《のせられてある》荒巻
こそあれ。こは、誰《た》が置きたるぞ。何の料ぞ《何のためか》』と問ひつれば、誰《たれ》に《誰》
かありつらん《であったか》、『左京の属《さくわん》の主のなり』と言ひつれば、『さては《それでは》、事《どう》
にもあらず《ということもない》、すべきやうあり《うまいことがある》』とて、取りおろして、鯛をばみな切
り参りて《食べて》、かはりに、[四]古尻切《ふるしりきれ》、平足駄《ひらあしだ》などをこそ入れて、間木に置
かると聞き侍りつれ」と語れば、用経聞きて、叱りののしること《怒り騒ぐ》限
りなし。この声を聞きて、人々、「いとほし」とは言はで《かわいそうだとは言わないで》、笑ひの《笑い騒ぐ》
のしる。用経しわびて《途方にくれて》、かく笑ひののしられんほどは《笑い騒がれる間は》、ありかじと《〔外に〕出歩くまいと》
思ひて、長岡の家に籠りゐたり。そののち、左京の大夫《かみ》の家にも、
え行かずなりにけるとかや《行かれなくなってしまったとか》。

二 食膳のことをつかさどる人。
三 『今昔物語集』二八—三〇に、「此ノ殿ノ若キ侍ノ主《ヌシ》タチノ勇ミ寵《オゴリ》タル」とある。「若主」は、若いお方の意で、若い侍をさす。
四 古活字本などに、「ふるしきれ」とある。さきの「古しきれ」と同じ。七七頁注八参照。

＊ 紀用経という左京の属が、たくみに上司に取りいろうとして、かえって失態をみせてしまうという話である。この下級の官吏のふるまいが、いささかも憐れみの心をかけられずに、もっぱら笑いの種として取り上げられている。『今昔物語集』二八—三〇にも、ほとんど同じように伝えられているが、その結末の部分では、「此ノ事髴《ホノカニ》世ニ聞エニケレバ、其ノ比《コロ》ノ物語ニ、此ノ事ナム語テ人咲《ワラヒ》ケル」と記されている。この説話で、荒巻を取る若侍は、本書一五で、鮭を盗む大童子と同じように、いかにも堂々とふるまっている。これもまた、本書五・六などの「狂惑の法師」とともに、後代の狂言などの「のさ者」につながるものといえよう。

〔二四〕 厚行《あつゆき》[一]、死人を家より出《いだ》す事

昔、右近将監下野《うこんのしやうげんしもつけの》[二]厚行といふ者ありけり。競馬《けいば》[三]によく乗りけり。帝王《みかど》よりはじめまゐらせて、おぼえ《評判がとくによかった》ことにすぐれたりけり。朱雀《しゆじやくの》[四]院《ゐん》[五]の御時より、村上帝《むらかみのみかど》[六]の御時なんどは、さかりに《勢いさかんですばらしい》いみじき舎人《とねり》[七]にて、人々許し思ひけり《認めていた》。年高くなりて《年をとってから》、西京《にしのきやう》[八]に住みけり。

隣なりける人、にはかに死にけるに、この厚行とぶらひに行きて《くやみに行って》、その子にあひて、別れの間のことどもとぶらひけるに《死去の時のことなどについてくやみを言ったが》、「この死にたる親を出《いだ》さんに《送り出すのに》、門《かど》[九]あしき方に《悪い方向に》向かへり。さればとて《そうかといって》、さてあるべきにあらず《そのままでいるわけにはゆかない》。門よりこそ出すべきことにてあれ《送り出さなければならないことだ》」と言ふを聞きて、厚行が言ふやう、「あしき方より出さんこと、ことにしかるべからず《まことによくないことです》。かつは《そのうえに》、あまたの御子たちのため、ことにいまはしかるべし《まことに不吉なことでしょう》。

一 『今昔物語集』二〇—四四に、「右近《ウコン》ノ将監《ゼウ》下毛野ノ敦行《アツユキ》ト云フ近衛舎人有リ」とある。『地下家伝』には、左近衛将監として出ており、『江家次第』一九にも、臨時競馬の条に、その名がみられる。

二 右近衛府の三等官。近衛府《このえふ》は、宮中の警固や行幸の供奉などに当る。

下野厚行という舎人

三 馬場で馬を走らせて、その遅速によって勝負をきめること。五月五日に、武徳殿で天覧の競馬が行われたが、その騎者は近衛の随身の中から選ばれた。

四 第六一代の天皇。醍醐《だいご》天皇の一一男。延長八年（九三〇）から天慶九年（九四六）まで在位。天暦六年（九五二）に、三〇歳で崩。

五 底本に「より」とあるが、諸本によって改めた。

死者を出す門

六 第六二代の天皇。醍醐天皇の一四男。天慶九年に即位。康保四年（九六七）に、四二歳で崩。

七 天皇や皇族などに仕えて雑役に従う者。ここでは、近衛の舎人であって、近衛府の将監《しょうげん》・将曹《しょうそう》・府生《ふしょう》・番長《ばんちょう》などをさす。おもに下級の有位者の子弟が、これに任ぜられた。

八 大内裏《だいだいり》から羅城門《らしょうもん》に至る朱雀大路《すじゃくおおじ》より、西の方の地域。右京ともいう。

九 陰陽道《おんみょうどう》の所説に基づいて、方位の吉凶をいう。

意味のない物忌

厚行が隔ての垣を《厚行の家との境の垣根を》破りて、それより出し奉らん《そこからお出し申そう》。かつは、生き給ひたりしとき、事に触れて《何かにつけて》、情のみありし人なり。かかるをりだにも、その恩を報じ申さずば《その恩にお報いしなければ》、何をもてか報い申さん《何をもってお報いしようか》」と言へば、子どもの言ふやう、「無為《ぶゐ》なる《何事もない》人の家より出さんこと《〔死者を〕》、あるべきにあらず《あってはならない》。[一〇]忌《い》みの方なりとも、わが門よりこそ出さめ《私の家の門から何としても出そう》」と言へども、「僻事《ひがこと》なし給ひそ《まちがったことをなさるな》。ただ厚行が門より出し奉らん」と言ひて帰りぬ。

わが子どもに言ふやう、「隣の主《ぬし》の死にたる、いとほしければ《気の毒なので》、とぶらひに行きたりつるに、あの子どもの言ふやう、『忌みの方なれども、門は一つなれば、これよりこそ出さめ《ここから出そう》』と言ひつれば[一一]、いとほしく思ひて、『中の垣を《境の垣根を》破りて、わが門より出し給へ《お出しなさい》』と言ひつる」と言ふに、妻子ども聞きて、「不思議のことし給ふ親かな《思いもよらないことをなさる親だよ》。いみじき《すばらしい》穀断《こくだ》ち[一二]の聖《ひじり》なりとも、かかることする人やはあるべき《このようなことをする人があろうか》。身思はぬといひながら《自分のことを考えないといっても》、わが家の門より隣の死人出す人やある《人があるか》。返す返すもあるまじきことなり」とみな言ひあへり。厚行、「僻事な言ひ

一〇 忌むべき方角。凶の方角。

一一 伊達本・陽明本に、「わひつれは」とある。

一二 修行や祈願のために、穀類を断って食べないで、木の実などを食べてくらす高徳の僧。

あひそ。ただ厚行がせんやうに《するように》任せてみ給へ。[一]物忌し、くすしく《かたくなに物事》忌むやつは《を忌みさける者は》、命も短く、はかばかしきことなし《たいしたことはない》。ただ《ひとえに》もの忌まぬは、命も長く、子孫も栄ゆ。いたく《ひどく》もの忌み、くすしきは《かたくななのは》、人とい《人間とは》はず《いえないで》、恩を思ひしり、身を忘るるをこそ《自身のことを忘れる者こそ》、人とはいへ《人間といえるのだ》。[二]天道も、これ《この》をぞ恵み給ふらん《ような人に情けをかけて下さるだろう》。よしなきことな言ひあひそ《つまらないことを言いあうな》」とて、下人ども呼びて、中の[三]檜垣《ひがき》をただこぼちにこぼちて《どんどんこわしていって》、それよりぞ出させける《そこから死人を出させた》。

さて、そのこと、世聞えて《世間に知られて》、殿ばらも《高貴の方々も》、あさみほめ給ひけり《あきれたりほめたりなさった》。さて、そののち、九十ばかりまで保ちて《生きながらえて》ぞ死にける。それが《その人の》子どもにいたるまで、みな命長くて、下野《しもつけ》氏の子孫は、舎人《とねり》の中にもおぼえ《評判がよ》あるとぞ《いということだ》。

一 一般に物忌とは、何かの物事につけて、心身を清めて、不浄を避けて慎むこと。

二 天の神。天地を主宰する神。

三 檜《ひのき》の薄い板を斜めに編んだ垣根。

＊ 平安時代の一流の舎人は、しばしば説話の主人公としてもてはやされている。この下野厚行という人物は、下野敦行という名で、『今昔物語集』にも現れてくる。同書一九—二六によると、その子の公助は、右近の馬場の騎射で、見苦しい失態を演じて、八〇余歳の父に、ひどい折檻《せっかん》をうけた。そのことについて、「年をとった父が、追いかけて倒れると困ると思って、逃げないで打たれていた」と分って、その孝心をほめられたという。舎人の下野氏の家には、そのような実直な性格が伝えられたようである。この説話は、『今昔物語集』二〇—四四と同話であるが、それによると、その父に当る厚行が、むやみに物忌にとらわれないで、自分の家の門から、隣の家の死者を出させたという。今日でも、ふだんの出入り口と違って、茶の間や縁側などから、死者の棺を出すしきたりである。また、竹やカヤで仮門をもうけて、死者の棺をくぐらせることも行われる。そのような棺の出口として、自分の家の門を使わせただけに、世の賞讃をうけたものと思われる。

〔二五〕鼻長き僧の事

池の尾の寺の繁昌

昔、[四]池の尾に、[五]禅珍内供《ぜんちんないぐ》といふ僧住みける。[六]真言なんどよく習ひて、年久しく行ひて《修行して》、貴かりければ、世の人々、さまざまの祈りをせさせければ、身の徳《その所得も》ゆたかにて、堂も[七]僧坊も、すこしも荒れたる所なし。[八]仏供《ぶつく》、御燈なども絶えず、折節《をりふし》の[九]僧膳、寺の[一〇]講演、しげく《しきりに》行はせければ、寺中の僧坊に、隙《ひま》なく僧も住みにぎはひけり。[一一]湯屋には、湯沸かさぬ日なく、浴みののしりけり《浴びて騒いでいる》。また、そのあたりに、小家ども多く出で来て、里もにぎはひけり。

内供の鼻の異常

さて、この内供は、鼻長かりけり。五六寸ばかりなりければ、[一二]頤《おとがひ》より下りてぞ見えける。色は赤紫にて、[一三]大柑子《おほかうじ》の膚《はだ》のやうに、粒だちてふくれたり。痒《かゆ》がることかぎりなし。[一四]提《ひさげ》に湯をかへらかして《煮えくりかえして》、[一五]折敷《をしき》を鼻さし入るばかりゑり通して《鼻をさし入れるだけくりぬいて》、火の炎の、顔に当らぬやうにして、その折敷の穴より、鼻をさし出でて、提の湯にさし入れて、よくよく茹《ゆ》でて、引きあげたれば、色はこき紫色なり。それを、そ《かた》ばざまに《わらのほうに》臥《ふ》して《寝て》、下に物をあてて、人に踏ますれば、粒だちたる孔《あな》

四 京都府宇治市池の尾。この地の寺については未詳。
五 『今昔物語集』二八―二〇に、「禅珍内供」「禅智内供」とある。その伝は未詳。内供は、「内供奉」を略したもので、宮中の内道場に仕える僧。
六 仏の真実の言葉。そのような秘密の言葉が、加持《かじ》祈禱《きとう》のために唱えられる。
七 僧の住む家。
八 仏に供えるもの。
九 僧をもてなす食膳。
一〇 経文を講義すること。
一一 浴室。大きな寺が、その設備をもっていた。
一二 下顎《したあご》。
一三 「柑子」はみかんの類。大柑子は今の夏みかんのようなものか。
一四 銀や錫《すず》などで作った、つるのついた銚子《ちょうし》。
一五 薄く削ったへぎ板で作った四角の盆。

ごとに、煙のやうなる物出づ。それをいたく《強く》踏めば、白き虫[一]の孔ごとにさし出づるを、毛抜《けぬき》にて抜けば、四分ばかりなる白き虫を、孔ごとに取り出《いだ》す。その跡は、孔だにあきて見ゆ《穴さえあいて見える》。それをまた同じ湯に入れて、さらめかし[二]沸かすに、茹《ゆ》づれば、鼻小さくしぼみあがり《しぼみきって》て、ただの《普通の》人の鼻のやうになりぬ。また二三日になれば、さきのごとくに腫《は》れて、大きになりぬ。

内供の食事の給仕

かくのごとくしつつ、腫れたる日数は多くありければ、物食ひけるときは、弟子の法師に、平なる板の一尺ばかりなるが、広さ一寸ばかりなるを、鼻の下にさし入れて、向かひゐて《向きあって坐って》、上《かみ》ざまへ持て上《上のほうへ持ち上》げさせて《げさせて》、物食ひ果つるまでは《物を食べおわるまではそうしていた》ありけり。異人《ことひと》《他人に》して持て上げさするをりは、あらく[三]《乱暴に》持て上げければ、腹を立てて、物も食はず。されば、この法師一人を定めて、物食ふたびごとに持て上げさす。

童の失敗と機転

それに《ところが》、ここちあしくて《気分が悪くて》、この法師出でざりけるをりに、朝粥《あさがゆ》食はんとするに、鼻を持て上ぐる人なかりければ、「いかにせん《どうしようか》」なん

一　脂肪のかたまりが、白い虫のように見えたものか。

二　「さらめく」は、「さらさら」と音をたてること。

三　伊達本・陽明本に、「あしく」とある。

ど言ふほどに、使ひける童《わらは》の、「われはよく持て上げ参らせてん《うまく持ちあげてさし上げよう》。さらに《けっして》その御房[四]にはよも劣らじ《よもや劣るまい》」と言ふを、弟子の法師聞きて、「この童のかく申す」と言へば、中大童子[五]にて、みめもきたなげなくありければ《顔つきもこぎれいであったので》、上に召し上げてありけるに、この童、鼻持て上げの木を《鼻を持ちあげるための木を》取りて、うるはしく《行儀よくきちんと》向かひゐて、よきほどに、高からず低《ひき》からずもたげて《持ちあげて》、粥をすすらすれば、この内供、「いみじき上手にてありけり。例の《いつもの》法師にはまさりたり」とて、粥をすするほどに、この童、鼻をひんとて《[六]くしゃみをしようとして》、そばざまに《横のほうに》向きて、鼻をひるほどに《くしゃみをするとたんに》、手ふるひて、鼻もたげの木ゆるぎて《ゆれ動いて》、鼻はづれて、粥の中へ、鼻ふたりとうち入れつ《ぼたりと落しいれてしまった》。内供が顔も、童の顔にも、粥とばしりて、ひとものかかりぬ《いっぱいかかった》。内供、おほきに腹立ちて《たいそう腹を立てて》、頭、顔にかかりたる粥を、紙にてのごひ《ふきとり》つつ《ながら》、「おのれは《おまえは》、まがまがしかりける心持ちたる者かな《憎たらしい心を持った者だな》。心なし《考えなし》のかたゐとは《のもの乞いとは》、おのれがやうなる者をいふぞかし《いうのだぞ》。われならぬやごとなき人の《わしとは違う尊い人の》御鼻にもこそ参れ《お鼻を持ちあげに参るかもしれないが》、それには、かくやはせんずる《このようにするというのか》。うた《あまり》

四 僧の敬称。

五 寺院で召し使う童子は、年齢の別によって、大童子、中童子などに分けられたようである。四八頁注五参照。

六 『和名抄』に、「嚔丁計反、和名波奈比流、噴鼻也」とある。

てなりける《にもひどい》、心なしのしれ者かな《考えなしのおろか者だな》。おのれ、立て立て《出てゆけ出てゆけ》」とて、追ひたてければ、立つままに《出てゆくとともに》、「世の人の、かかる鼻持ちたるがおはし《おいでに》まさばこそ《なるのならば》、鼻もたげにも参らめ《参るだろうが》、をこのことのたまへる御房かな《おろかなことをおっしゃるお坊さまだよ》」と言ひければ、弟子どもは、物のうしろに逃げのきて《物陰に逃げ隠れて》ぞ笑ひける。

〔二六〕晴明[一]、蔵人《くらうど》[二]の少将《せうしやう》封ずる事

晴明の眼力と少将の危難

昔、晴明、陣《ぢん》[三]に参りたりけるに、前《さき》[四]はなやかに《威勢よく》追はせて、殿上人《てんじやうびと》[五]の参りけるを見れば、蔵人の少将とて、まだ若くはなやかなる人の、みめ《顔かたちは》まことに清げにて、車より降りて、内に参りたりけるほどに、この少将の上に、烏《からす》[六]の飛びて通りけるが、穢土《ゑど》[七]をしかけけるを、晴明きと《きっと》見て、あはれ《ああ》、世にもあひ《世間でもうけいれられ》、年なども若くて、みめもよき人《人》にこそあんめれ《であるようだが》、式《しき》[八]にうてけるにか《うたれたのか》[九]、この烏は、式神《しきじん》にこそありけ《式神にちがいない》

＊芥川龍之介の『鼻』の題材として知られるが、当時の説話の主題は、そのような近代の小説とかかわりないものである。この説話は、『今昔物語集』二八―二〇と同話であるが、『今昔』の方では、「此《コ》レヲ思フニ、実《マコト》ニ何《イ》カナリケル鼻ニカ有《アリ》ケム、糸奇異《イトアサマシ》カリケル鼻也。童《ワラハ》ノ糸可咲《イトヲカシ》ク云タル事ヲゾ、聞ク人讃《ホメ》ケルトナム語リ伝ヘタルト也」と結ばれている。すなわち、その重点は、内供の鼻の珍しさとともに、童の言葉のおもしろさにあったとみられる。

一 安倍晴明。資材の子。大膳大夫。穀倉院別当。寛弘二年（一〇〇五）に、八五歳で没。著名な陰陽師で、その神秘な力は、さまざまな説話を通じて伝えられる。

二 蔵人で近衛少将を兼ねる者。

三 陣の座。紫宸殿《ししんでん》の東に当る。宮中の公事のために、公卿のつらなる所。

四 「前追ふ」とは、貴人の前駆をつとめる、先払いをすること。

五 清涼殿に昇ることを許された人。四位・五位および六位の蔵人をさす。

六 底本に「鳥」とあるが、諸本によって「烏」と改めた。

七 糞《くそ》の異名。

八 式神、識神。陰陽師の命によって、不思議な術を

晴明の加持と少将の無事

れと思ふに、しかるべくて《そうなるようにきめられた因縁で》、この少将の生くべき報いやありけん《生きるはずの前世の報いであったのだろうか》、いとほしう《気の毒に》晴明が覚えて、少将のそばへあゆみ寄りて、「御前へ参らせ給ふか《主上の御前へご参上なさるのか》。さかしく《えらそうに》[一〇]申すやうなれど、何か参らせ給ふ《どうしてご参内なさるのか》。殿は今夜え過させ給はじと見奉るぞ《お過しになれないだろうとお見うけしますよ》。しかるべくて《わけがあって》、おのれには見えさせ給ひつるなり《私にはお見えなさるのです》。いざさせ給へ《さあおいでなさい》、もの試みん《一つ試してみましょう》」とて、一つ車に乗りければ、少将わななきて《ぶるぶるとふるえて》、「あさましき事かな《もってのほかのことだよ》。さらば、助け給へ」とて、一つ車に乗りて、少将の里へ出でぬ《少将の私邸へ出ていってしまった》。[一一]申《さる》の時ばかりのことにてありければ、かく、出でなどしつるほどに《退出などしているうちに》、日も暮れぬ。

晴明、少将をつと《しっかりと》抱きて、[一二]身の固めをし《身のまわりを固め》、また、何事にか、[一三]つぶつぶと、夜一夜いもねず《寝もしないで》、声絶えもせず《声の絶えることもなく》、読み聞かせ、[一四]加持《かぢ》しけり。秋の夜の長きに、よくよくしたりければ《加持したので》、[一五]暁《あかつき》がたに、戸をはたはた《とんとんと》と叩きけるに、「あれ、人出《いだ》して聞かせ給へ《お聞かせなさい》」とて聞かせければ、この少将の[一六]あひ聟にて、[一七]蔵人の五位のありけるも《いたのも》、同じ家に、あなたこなた《あちら》に据ゑたりけるが《こちらに住まわせていたが》〔舅は〕、この少将をば、よき聟とてかしづき《大切にし》、

行う神。

九 この「うつ」は、下二段活用で、圧倒される、神罰をうける意。

一〇 伊達本・陽明本に、「申やうなれとも」とある。

一一 午後四時ごろ。

一二 護身の法をいうか。

一三 切れないで細く続くさま。

一四 いわゆる加持祈禱に当る。真言宗の密教で、印《いん》を結んで、金剛杵《こんごうしょ》をもち、陀羅尼《だらに》を唱えながら、観念をこらして、仏神を念ずること。

一五 夜半から夜明けまで。

一六 姉妹の夫どうしを互いにいう言葉。

一七 六位の蔵人が、年功によって、五位に昇りながら、欠員がなくて、殿上を退いた者。位階は昇っても、昇殿を止められることは、さびしく感じられていた。

いま一人をば、ことのほかに《格別に》思ひ落したりければ《見下げていたので》、妬《ねた》[一]がりて、陰陽《おんやう》[二]師《じ》をかたらひて《仲間にして》、式をふせたりけるなり《ひそかに式神をおいたのであった》。

さて、その少将は死なんとしけるを、晴明が見つけて、夜一夜祈りたりければ、そのふせける《式神をひそかにおいた》陰陽師のもとより、人の来て、高やかに、「心の惑ひけるままに《心が迷っていたために》、よしなく《わけもなく》、まもり強かりける人の《守りの強かったお方に対して》御ために、〔依頼人の〕仰せをそむかじとて《お言葉にそむくまいと》、式ふせて《ひそかに式神をおいたが》、すでに式神かへりて《もどって来て》、おのれ、ただ今、式にうてて《式神にうたれて》、死に侍りぬ。すまじかりけることをして《してはならないことをして》」と言ひけるを、晴明、「これ聞かせ給へ《お聞き下さい》。夜べ見つけ参らせざらましかば《昨夜見つけてさし上げなかったならば》、かやうにこそ候はまし《このように死なれたでしょう》」と言ひて、その使ひに人を添へてやりて、聞きければ、「陰陽師は、やがて《そのまま》死にけり」とぞ言ひける。〔少将は〕式ふせさせける聟をば、しうと[三]、やがて追ひ捨てける《すぐに追い出したとかいうことだ》とぞ。〔少将は〕晴明には、泣く泣く悦《よろこ》びて、多くのことどもしても飽かず《多くのお礼をしても飽き足りないほどに》ぞ悦びける。誰とは覚えず《誰とは分らないが》、大納言までなり給ひける《おなりなさったということだ》とぞ。

一 ねたましく思って。

二 陰陽寮に属して、日時や方角などの吉凶を占う者。

三 舅。妻の父。

＊ 安倍晴明の験力に関する説話は、世間に少なからず伝えられているが、本書にも四話までとられている。それらの説話を通じて、晴明のような陰陽師は、式神というものを使って、不思議なわざを行わせたと知られる。『今昔物語集』二四―一六、本書一二七によると、式神を使うことによって、草の葉を投げやって、庭の蛙《かえる》をとり殺したと伝えられる。そして、「家の中に人なきをりは、この式神を使ひけるにや、人もなき蔀《しとみ》をあげおろし、門をさしなどしけり」というのである。

四 橘則光の子。駿河守、従五位上、歌人。康平三年（一〇六〇）没。

五 前の駿河守。「前司」は前任の国司。

六 新参の六位。「生」は未熟、不十分などの意で、軽侮の念をこめる。

七 家に仕える者。家来。

八 「宵」は、日暮れから間もなく、夜ふけにならない時分。「暁」は、夜中から夜明けまで。宵にこの殿に入り、暁にこの殿から出るのである。

九 一般に召使いの少年をいう。

一〇 殿舎の中をしきって設けた部屋。ここでは、女房の部屋。

一一 杖を引きずって歩くこと。ここでは、警固の様子を表す。

一二 泥土で築きかためた塀。

一三 召使いの少女。

若侍の計画と季通の危難

〔二七〕季通《すゑみち》[四]、事に逢はんと欲する事

昔、駿河前司《するがのぜんじ》[五]橘《たちばなの》季通といふ者ありき。それが若かりけるとき、さるべき所なりける女房《相当な家に仕えていた女房のもとに》を忍びて行き通ひけるほどに、そこにあり《その家に仕えて》ける《いた》侍ども、「生《なま》[六]六位の、家人《けにん》[七]にてあらぬが《家来でないものが》、宵暁《よひあかつき》[八]に、この殿へ出で入ることわびし《情けない》。これ、たて籠《こ》めて《閉じこめて》勘《かう》ぜん《こらしめよう》」といふことを、集まりて言ひあはせけり。

かかることをも知らで、例のことなれば《いつものことなので》、小舎人童《こどねりわらは》[九]一人具《ぐ》して、局《つぼね》[一〇]に入りぬ。童をば、「暁迎へに来《こ》よ《来い》」とて、返しやりつ。この打たんとするをのこども、うかがひまもりければ《様子をうかがい見守っていたので》、「例のぬし来て《いつもの男が来て》、局に入りぬるは《女房の部屋に入ったぞ》」と告げまはして《触れまわって》、かなたこなた《あちらこちらの》の門どもをさしま《閉めまわ》はして《って》、鍵《かぎ》取り置きて、侍ども、引き杖《づゑ》[一一]して、築地《ついぢ》[一二]の崩れなどのある所に、立ちふたがりてまもりけるを《立ちふさがって見守っていたのを》、その局の女《め》[一三]の童《わらは》、けしきど《様子を見てと》

りて《って》、主《しゆう》の女房に、「かかることの候ふは《このようなことをしておりますが》、いかなることにか候ふ《どういうわけでしょうか》らん」と告げければ、主の女房も、聞き驚き、[一]二人臥《ふ》したりけるが起きて、季通も装束《さうぞく》してゐたり《身仕度をしていた》。女房、上[二]にのぼりて尋ぬれば、「侍どもの、心合はせてするとはいひながら、主の男も《家の主人の男も》、そら知らずしておはすること《知らないふりをしていらっしゃることで》」と聞き得て、すべきやうなくて《どうしようもなくて》、局に帰りて、泣きゐたり。

季通の脱出の努力

季通、いみじきわざかな《大変なことだよ》、恥をみてんず《恥をかくだろうと》と思へども、すべきやうなし《どうしようもない》。女の童を出《いだ》して、「出でて去ぬべき《出てゆけるような》少しの隙《ひま》やある《すきまがあるか》」と見せけれども、「さやうの隙ある所には、四五人づつ、括《くく》り[三]をあげ、稜《そば》[四]を挟みて、太刀《たち》[五]をはき《帯び》、杖《つゑ》を脇挟みつつ、みな立てりければ《立っていたので》、出づべきやうもなし《出られそうもありません》」と言ひけり。この駿河前司は、いみじう力ぞ強かりける。いかがせん《どうしようもない》、明けぬとも《夜が明けても》、この局に籠りゐてこそは、引き出でに入り来ん者と取りあひて死なめ《引っぱり出しに入ってくる者と組み打ちして死のう》、さりとも《それにしても》、夜明けてのち、われぞ人ぞと知りなんのちには《人の顔が見分けられるようになってからでは》、ともかくもえせじ《どうにもできないだろう》、従者《ずんざ》ども《家来どもを》呼び

一 季通と女房。
二 家の主人のいる所。
三 括《くく》りの紐で指貫をしばりあげ。「括り」は、指貫の裾に通してある結び紐。
四 袴のももだちを取って。
五 腰におびる長い刀。

季通の脱出の成功

にやりてこそ、出でてもゆかめ《出てもゆこうと》と思ひゐたりけり。暁に、この童の来て、心も得ず《わけもわからず》門叩きなどして、わが小舎人童と心得られて《知られて》、捕へ《捕えら》縛られやせんずらん《縛られでもしようかと》と、それぞ不便《ふびん》に覚えければ《かわいそうに思われたので》、女の童を出して、〔小舎人童の来るのを〕もしや聞きつくるとうかがひけるをも《聞きつけるかと様子をうかがったのをも》、侍ども、はしたなく《つれなく》言ひければ、〔女の童は〕泣きつつ帰りて、屈《かが》まりゐたり《うずくまっていた》。

かかるほどに、暁方になりぬらんと思ふほどに《なったろうと思うところに》、この童、いかに《どうして》してか入りけん《入ったのだろうか》、入り来る音するを、侍、「誰《た》そ《誰か》、その童は」と、けしき《様子》どりて《を見てとって》問へば、あしくいらへなんず《へたに答えるだろう》と思ひゐたるほどに、「御読経《どきやう》の僧の童子に侍り」と名のる。さ《そう》名のられて、「とく過ぎよ《はやく通れ》」と言ふ。かしこくいらへつる《うまく答えた》者かな、〔局に〕寄り来て、例《れい》呼ぶ女の童の名《いつも呼ぶ召使いの女の名を呼ぶだろうかと》や呼ばんずらんと、またそれを思ひゐたるほどに《心配していたところが》、寄りも来で《寄っても来ないで》、過ぎて去ぬ。この童も心得てけり《承知しているのだ》、うるせきやつぞかし《気のきくやつだな》、さ心得てば《そう承知しているならば》、さりとも《それでは》、たばかることあらん《思案することがあろうと》と、童の心を知りたれば、頼もしく思ひたるほどに、大路に女声して、「引剥《ひはぎ》[六]ありて、人殺すや《人を殺すよ》」とを《わ》

六 追いはぎ。

めく《めく》。それを聞きて、この立てる《立っている》侍ども、「あれからめよや《つかまえろよ》。けし《さしつ》うはあらじ《かえはあるまい》」と言ひて、みな走りかかりて、門をもえあけあへず《あけきることもできず》、〔築地の〕崩れより走り出でつつ、「いづかたへ去ぬるぞ《どちらへいったか》」、「こなた《こちらか》」、「かな《あちら》た《か》」と尋ね騒ぐほどに、〔李通は〕[一]この童の謀ることよと《たくらんだことだと》思ひければ、走り出でて見るに、門をばさしたれば《しめてあるので》、門をば疑はず《気にかけず》、崩れのもとに、か《一部》たへ《の者は》はとまりて、とかく言ふほどに、〔李通は〕門のもとに走り寄りて、鎖《ぢやう》[二]をねぢて《ねじって》引き抜きて、[三]あくるままに走りのきて《あけるとともに走り去って》、築地《ついぢ》走り過ぐるほどにぞ、この童は走りあひたる《追いついてきた》。

具して《連れだって》、三町ばかり走りのびて《逃げのびて》、例のやうにのどかに《ふだんのようにゆっくりと》歩みて、「いかにしたりつることぞ《どのようにきりぬけたのか》」と言ひければ、「門どもの、例ならず《いつもと違って》さされたるにあはせて《しめてあるうえに》、崩れに、侍どもの立ち塞《ふた》がりて、きびしげに《厳重に》尋ね問ひ候ひつれば、そこにては、『御読経の僧の童子』と名のり侍りつれば、[四]出で侍りつるを、それよりまかり帰りて《そこから帰ってまいりまして》、とかくやせ《あれこれとしよ》ましと思ひ給へつれども《うかと存じましたが》、参りたりと知られ奉らでは《参っていると分っていただかなくては》、あしかりぬ《都合が悪いように》

小舎人童の機智

一 底本に、「童の童のはかる」とあるが、諸本によって改めた。

二 戸が開かないようにかける金具。

三 伊達本・陽明本に、「あくるまに」とある。

四 『今昔物語集』二三―一六に、「入《イレ》テ候《サブラヒ》ツレバ」とある。

五 「めらは」は、「めわらは」を約したもの。

六 「しや」は、接頭語で、卑しめののしる意を持つ。

＊ 『今昔物語集』二三―一六と同話であって、同書の結末の部分には、「童部《ワラハベ》ナレドモ此《カ》ク賢ク奴《ヤツコ》ハ

べく覚え侍りつれば《思われましたので》、声をきかれ奉りて《聞いていただいて》、帰り出でて《〔この屋敷から〕》、この隣なる五女童《めらは》のくそまりゐて侍るを《大便をしていましたのを》、六しや頭《そっ首を》を取りて打ちふせて、衣《きぬ》を剝《は》ぎ侍りつれば、をめき候ひつる《わめきました》声につきて、人々出でまうで来つれば《出てまいりましたので》、今はさりとも出でさせ給ひぬらん《今はもう何でもお出になってしまっただろうと》と思ひて、こなたざまに参りあひつるなり《こちらのほうでお逢いしたのです》」とぞ言ひける。

童べなれども《童子ではあるが》、かしこくうるせき《気のきく》者は、かかることをぞしける。

〔二八〕 七袴垂《はかまだれ》、八保昌《やすまさ》にあふ事

昔、袴垂とて、いみじき《はなはだしい》盗人の大将軍ありけり。十月ばかりに、衣《きぬ》の用なりければ《着物が入用であったので》、衣すこしまうけん《かせごうとして》とて、さるべき《適当な》所々うかがひありきけるに、夜中ばかりに、人皆しづまり果ててのち《寝しずまってしまってから》、月の朧《おぼろ》なるに、衣あまた九着たりけるなる主《ぬし》の《方が》、一〇指貫《さしぬき》の一一稜挟《そばはさ》みて、絹《きぬ》の一二狩衣《かりぎぬ》めき《狩衣》

難有《アリガタ》キ者也。此ノ季通ハ陸奥《ムツノ》前司則光朝臣ノ子也。此モ心太ク力有ケレバ、此《カ》クモ逃《ノガレタル》也トナム語リ伝タル也」と記されている。そのように、季通の沈着とともに、小舎人童の機智によって、ようやくその危機をのがれることができたというのである。

七 伝説上の盗賊で、その伝記は未詳。世に「袴垂保輔」ともいうが、まったく別人を結びつけたとみられる。藤原保輔は、致忠の子、保昌の弟で、右馬助、右京亮、右兵衛尉、正五位下。『尊卑分脈』に、「強盗張本、本朝第一武略、蒙追討宣旨事十五度、後禁獄自害」とある。本書一二五話にも、保昌の弟で、保輔という盗賊が現れる。

八 藤原氏。致忠の子。肥前守、大和守、丹後守、摂津守などを歴任。長元九年（一〇三六）に、七九歳で没。武勇にすぐれ、歌人としても知られる。

九 伊達本では、「きたるなる」とあって、「きたりけなる」と直す。陽明本に、「きたりなる」、古活字本などに、「きたりける」とある。

袴垂という怪盗

一〇 袴の一種。裾につけた紐で、足に括《くく》ってすぼめるもの。

一一 ももだちを取って。

一二 平安時代の公家の略式の服。えりが丸くて、袖に括りがついたもの。指貫の袴をはいて、烏帽子《えぼし》をつける。

たる着て《のようなものを》、ただ一人、笛吹きて、行きもやらず《通り過ぎもしないでゆっくりと歩いてゆくので》練りゆけば、一あはれ《ああ》、これこそ、われに衣《きぬ》得させんとて出でたる人なめりと《着物を与えようとして出てきた人であろうと》思ひて、走りかかりて衣を剝《は》がむと《はぎとろうと》思ふに、あやしくものの恐ろしく覚えければ《不思議に何となく恐ろしく感じられたので》、添《そ》ひて《あとについて》、二三町ばかり行けども、われに人こそ二付きたれと《ついてきていると》思ひたる気色《けしき》もなし《様子もない》。いよいよ笛を吹きて行けば、試みんと《ためしてみようと》思ひて、足を高《足音を》くして走り寄りたるに、笛を吹きながら見かへりたる気色、取りかかるべくも《打ってかかれそうにも思われなかったので》覚えざりければ、走りのきぬ《あわてて逃げさった》。

犯しがたい風格

かやうに、あまたたび《何度も》、とざまかうざまにするに《あれこれとしてみるが》、つゆばかりも《すこしも》騒ぎたる気色なし。希有《けう》の人かなと《珍しい人だなと》思ひて、十余町ばかり具して行く《ついて行く》。さりとて《それにしても》、あらんやはと《このままでいられようかと》思ひて、刀を抜きて走りかかりたるときに、そのたび《今度は》、笛を吹きやみて、立ち帰りて、「こは何者ぞ《おまえは何者か》」と問ふに、心も失せて《気も遠くなって》、われにもあらで《われを忘れて》、ついゐられぬ《思わず坐りこんだ》。また、「いかなる者ぞ」と問へば、今は逃ぐとも、よも逃がさじと《まさか逃がすまいと》覚えければ、「引《ひ》剝《はぎ》に候ふ《追いはぎです》」と言へば、「何者ぞ」と問へば、「三字袴垂《あざなはかまだれ》となんいは《いわれ》

一 感動の意を表す語。ここでは、「しめしめ」くらいの意。

二 底本・伊達本・陽明本に、「付たると」とあり、古活字本などによって改めた。

三 呼び名。通り名。

れ候ふ《ております》」と答ふれば、「さいふ者ありと聞くぞ《そういう者がいるとは聞いているぞ》。危《あやう》げに《物騒で》、希有《けう》のやつかな《とんでもないやつだな》」と言ひて、「ともにまうで来《こ》《いっしょについてこい》」とばかり言ひかけて、また、同じやうに笛吹きて行く。

この人の気色、今は逃ぐとも、よも逃がさじと覚えければ、[四]鬼に神《魂を》取られたるやうにて、ともに行くほどに、家に行き着きぬ。いづこぞと思へば、[五]摂津前司《せっつのぜんじ》保昌《やすまさ》といふ人なりけり。家の内に呼び入れて、綿厚き衣《きぬ》一つを給はりて《下さって》、「衣の用あらんときは《着物が入用である時は》、参りて申せ。心も知らざらん人に《気心も分らない》取りかかりて《打ってかかって》、なんぢ、あやまちすな《失敗するな》」とあり《おっし》しこそ《やったのは》、あさましく《あきれるばかりで》、むくつけく《気味がわるく》、恐ろしかりしか。「いみじかりし《すばらしかった》人の有様なり」と、捕へられてのち、語りける。

保昌という勇士

四 『今昔物語集』二五―七に、「鬼神ニ被取ルト云ラム様ニテ」とあるが、この「神」は、心魂の意と解される。

五 前の摂津守。「前司」は前任の国司。

＊ 藤原保昌というのは、当代一流の勇士であったが、和泉式部の夫に当り、『後拾遺集』の歌人でもあった。この説話は、『今昔物語集』二五―七と同話であって、よくその武人の面目を示している。その弟の保輔は、盗賊の首領として知られている。ある説によると、袴垂と保輔とは、まったく同じ人物であったと伝えられるが、ここでは、保昌と袴垂とが、兄と弟との関係にあったとは考えられない。

〔一二九〕[六]明衡《あきひら》、殃《わざはひ》にあはんと欲する事

六 藤原氏。敦信の子。式部少輔、左衛門尉などを経て、大学頭となり、文章博士を兼ねた。治暦二年（一〇六六）に、七八歳で没。博学をもって知られ、和歌にもすぐれていた。『本朝文粋《ほんちょうもんずい》』『雲州消息』『新猿楽記』など、多くの著作を残した。

下種の家における密会

昔、博士《はかせ》[一]にて、大学頭明衡《だいがくのかみあきひら》[二]といふ人ありき。若かりけるとき、さるべき所に、宮仕へける女房をかたらひて《宮仕えしていた女房と契りあって》、その所に《その局に》入り臥《ふ》さんこと《寝るのは》、便《びん》なかりければ《具合がわるかったので》、その傍《かたはら》にありける下種《げす》[三]の家を借りて、「女房[四]かたらひ出《いだ》して《誘いだして》、臥さん」と言ひければ、男あるじはなくて《男の主人は留守で》、妻ばかりありけるが、「いとやすきこと《たいそう容易なこと》」とて、おのれが臥す《自分が寝る》所よりほかに、臥すべき《寝られそうな》所のなかりければ、わが臥所《ふしどころ》を去りて《寝所を離れて》、女房の局《つぼね》[五]の畳《たたみ》[六]を取り寄せて、寝にけり。家あるじの男、わが妻の密男《みそかをとこ》[七]する《間男をもつ》と聞きて《と聞いて》、「その密男、今宵《こよひ》なん逢はんと構ふる《逢おうとたくらんでいる》」と告ぐる人ありければ、来んを構へて殺さん《来るのを待ちかまえて殺そうと》と思ひて、妻には、「遠く、ものへ《どこかへ》行きて、いま四五日帰るまじき《帰らないつもりだ》」と言ひて、そら行きをして《行ったふりをして》、うかがふ夜にてぞありける《様子をうかがう夜なのであった》。

危機一髪の命拾い

家あるじの男、夜更けて立ち聞くに、男女の忍びてもの言ふ気色《様子で》しけり《あった》。されば《それではやはり》、隠し男来にけりと思ひて、みそかに《ひそかに》入りてうかがひ見るに、わが寝所に、男、女と臥したり。暗ければ、たしかに気

一 大学寮に属する明経博士・明法博士・文章博士、陰陽寮に属する陰陽博士・天文博士などをいう。いずれも専門の学芸にしたがって、学生の教授に当る。ここでは、文章博士をさす。
二 大学寮の長官。大学寮では、官吏の養成のために、明経道・明法道・紀伝道などの六道をおく。
三 身分の卑しい者。
四 底本に「女な」とあるが、諸本によって改めた。
五 殿舎の中でしきりを隔ててもうけた部屋。
六 今の薄縁《うすべり》、むしろのようなもの。平常はたたんでおいて、必要なときだけ敷いて使った。
七 ひそかに男を通わせること。

色見えず。男の鼾《いびき》する方へ、やはらのぼりて《そろそろと》、刀を逆手《さかて》に抜き持ちて、腹の上とおぼしき程を《思われるあたりを》探りて、突かんと思ひて、腕《かひな》を持ち上げて、突き立てんとするほどに、月影の《月の光が》板間より漏《も》りたりけるに、指《さし》[八]貫《ぬき》のくくり、長やかにて《長々として》、ふと見えければ、それにきと思ふやう《それを見てはっと思うには》、わが妻のもとには、かやうに指貫着たる人は、よも来じものを《まさか来ないだろう》、もし人違《たが》へしたらんは《人違いをしたならば》、いとほしく《かわいそうで》不便《ふびん》なるべきことと《具合いがわるいにちがいない》思ひて、手を引き返して《ひきもどして》、着たる衣《きぬ》などを探りけるほどに、女房、ふと驚きて《はっと目を覚まして》、「ここに人の音するは誰《た》そ」と、忍びやかに《ひそやかに》言ふけはひ、わが妻にはあらざりければ、さればよと《はたしてそうだと》思ひて、ゐのきける《立ちのいた》ほどに、この臥したる男も驚きて《目を覚まして》、「誰そ誰そ」と問ふ声を聞きて、わが妻の《あるじの妻が》下《しも》なる《下の》所に臥して《方の部屋で寝ていたが》、わが男の気色のあやしかりつるは《自分の夫の様子が異常であったよ》、それがみそかに《その夫がひそかに》来て、人違《ひとたが》へなどするにやと《人違いでもするのかと》覚えけるほどに、〔あるじの妻が〕驚き騒ぎて、「あれは誰そ、盗人か」などののしる声の《騒ぐその声が》、わが妻にてありければ、異人々《ことひとびと》の《別の人々が寝ていたのだと》臥したるにこそと思ひて、走り出でて、妻がもとに行きて、髪を取

八 袴の一種。裾につけた紐で、足に括《くく》ってすぼめるもの。

りて引き臥《ふ》せて《引き倒して》、「いかなることぞ」と問ひければ、妻、さればよ《やはりそうだと》と思ひて、「かしこういみじきあやまちすらんに《恐ろしいことにひどい間違いをするところだったよ》。かしこには《あそこには》、一上《じやう》臈《らふ》の、今夜ばかりとて、借らせ給ひつれば《お借りになったので》、貸し奉りて《お貸し申して》、われはここにこそ臥したれ《寝ていたのだよ》。希有《けう》のわざする男かな《とんでもないことをする男だよ》」とののしるときにぞ《騒ぎたてるちょうどその時に》、明衡《あきひら》も驚きて、「いかなることぞ《どうしたことか》」と問ひければ、そのときに、男出で来て言ふやう、「おのれは《私は》、二甲斐殿《かひどの》の三雑色《ざふしき》なにがしと申す者にて候ふ。四一家《いつけ》の君おはしけるを知り奉らで《いらっしゃったのを存じ上げないで》、ほとほとあやまちをなん仕《つかまつ》るべく候ひつるに《するところでしたが》、希有に《たまたま》、御指貫《さしぬき》のくくりを見つけて、しか《こうこうと存じまして》思ひ給へてなん、腕《かひな》を引きしじめて候ひつる《引きちぢめましたのです》」と言ひて、いみじう侘《わ》びける《恐縮した》。甲斐殿といふ人は、この明衡の妹の男なりけり《夫であった》。

思ひかけぬ指貫のくくりの徳に《おかげで》、希有の命をこそ生きたりければ《ようやく危ない命を生きながらえたので》、かかれば《そういうわけで》、人は、忍ぶといひながら《忍び歩きをするといっても》、あやしの所には立ち寄るまじきなり《卑しい所には立ち寄ってはならないことである》。

一 高貴な身分の人。下臈に対する言葉。

二 『今昔物語集』二六—四に、「其《ソ》ノ甲斐殿ト云《イフ》ハ、此ノ明衡ノ妹ノ男ニテ、藤原公業《キムナリ》ト云人也ケリ。此ノ男ハ其ノ人ノ雑色《ザフシキ》也ケレバ、常ニ明衡ノ許《モト》ニ使ニ来《キタリ》ケレバ、明暮《アケク》レ見ユル男也ケリ」とある。公業は、有国の子。本名は景能。蔵人、中宮大進。『小右記』によると、治安三年（一〇二三）から万寿二年（一〇二五）まで、甲斐守であったと知られる。『尊卑分脈』によると、その子の経衡の母は、敦信の子であったというので、明衡の姉妹に当るわけである。

三 蔵人所や院の御所などに仕えて、雑役をつとめた無位の者。一般に下男をいう。

四 同じ一族のお方。

＊ この説話は、『今昔物語集』二六—四と同話と認められる。その結末には、指貫の括りのおかげで、かろうじて一命をとりとめたというので、「人は、忍ぶといひながら、あやしの所には立ち寄るまじきなり」と、一つの教訓を示している。『今昔物語集』の方では、その教訓につづけて、「但シ其《ソ》レモ宿世《スクセ》ノ報《ホウ》也。不死《シヌマ》ジキ報《ホウ》ノ有レバコソ、賤《アヤシ》ノ下臈《ゲラフ》ナレドモ、然思《シカオモ》ヒ廻《メグラ》セ。可死《シヌベ》キ報有《アラ》マシカバ、思ヒ廻ス事モ无《ナ》ク突致《ツキコロ》シナマシ」というように、宿報の論で結んでいる。

〔三〇〕唐《もろこし》卒都婆《そとば》[五]に血付く事

卒都婆と老婆

昔、唐に大きなる山ありけり。その山の頂《いただき》に、大きなる卒都婆一つ立てりけり《立っていた》。その山の麓《ふもと》の里に、年八十ばかりなる女の住みけるが、日に一度、その山の峰にある卒都婆をかならず見けり。高く大きなる山なれば、麓より峰へ登るほど、さがしく《けわしく》、はげしく、道遠かりけるを、雨降り、雪降り、風吹き、雷《いかづち》鳴り、しみ氷りたるにも《凍りついた時にも》、また、暑く苦しき夏も、一日も欠かず《欠かさず》[六]、かならず登りて、この卒都婆を見けり。

卒都婆の血の秘密

かくするを、人、え知らざりけるに《知るよしもなかったが》、若き男ども、童部《わらはべ》の、夏暑かりけるころ、峰に登りて、卒都婆のもとにゐつつ涼みけるに、この女、汗をのごひて《ふいて》、腰二重なる者の《腰が二重に曲った》、杖《つゑ》にすがりて、卒都婆のもとに来て、卒都婆をめぐりければ《まわったので》、拝み奉るかと見れば、卒都婆を

五 梵語の stūpa に当る。もともと仏舎利を安置したものであるが、後には死者を供養するために、石や木で高く作ったものをいう。ここでは、石造りの五輪塔などをさすか。

六 伊達本・陽明本に、「かゝさす」とある。

うちめぐりては《まわっては》、すなはち《すぐに》、帰り帰りすること、一度にもあらず《一度だけではなく》、あまたたび《何度も》、この涼む男どもに見えにけり《出会った》。《〔男どもは〕》「この女は、何の心あり《どういうつもりで》て、かくは苦しきにするにか《このように苦しいのに》」とあやしがりて《不思議に思って》、「今日見えば《会ったならば》、[一]このこと問はん」と言ひあはせける《話しあっているうちに》ほどに、常のことなれば、この女、はふはふ《這うようにして》登りけり。男ども、女に言ふやう、「[二]わ女は《あなたは》、何の心によりて、われらが涼みに来るだに《来るのさえ》、暑く、苦しく、大事なる《危険な》道を、涼まんと思ふによりて、登り来るだにこそあれ《登って来るのならばともかく》、涼むこともなし、別《べち》にすることもなくて、卒都婆を見めぐるを事にて《見まわるのを仕事として》、日々に登り降《お》るるこそ、あやしき《不思議な》女のしわざなれ。この故知らせ給へ《このわけをお知らせ下さい》」と言ひければ、この女、「若き[三]主《ぬし》たちは《あなたがたは》、げにあやしと思ひ給ふらん《いかにも変だとお思いなさるでしょう》。かくまうで来《このように参って》て、この卒都婆見ることは、このごろのことにしも侍らず《ことでもありません》、ものの心知り始めてより《もの心がつき始めてから》のち、この七十余年、日ごとにかく登りて、卒都婆を見奉るなり」と言へば、「そのことのあやしく侍るなり《不思議なのです》。その故《そのわけ》をのたまへ《をおっしゃい》」と問へば、「[四]おのれが《私の》親は、百二十にてなん失せ侍りに《なくなりました》

一　伊達本・陽明本に、「此事を」とある。

二　「わ」は、接頭語で、親愛または軽侮の意を表す。

三　二人称の代名詞で、敬意をこめて用いられた。

四　一人称の代名詞。

し。祖父《おほぢ》は百三十ばかりにてぞ失《う》せ給へりし。それがまた父、祖父などは、二百余ばかりまでぞ生きて侍りける。その人々の言ひおか《言い残しておか》れたりけるとて《かれたといって》、『この卒都婆に血のつかんをりになん、この山は崩れて、深き海となるべき』となん、父の申しおかれしかば、麓に侍る身なれば、山崩れなば、うち掩《おほ》はれて《下敷きとなって》、死にぞすると《死ぬかもしれないと》思へば、もし血つかば、逃げてのかんとて《逃げて去ろうとして》、かく日ごとに見侍るなり」と言へば、この聞く男ども、をこがり《ばからしく思い》、あざけりて、「恐ろしきことかな。崩れんときは、告げ給へ」など笑ひけるをも、われをあざけりて言ふとも心得ずして《気がつかないで》、「さらなり《もちろんです》。いかでかは《どうして》、われひとり逃げんと思ひて、告げ申さざるべき《おしらせしないことがありましょうか》」と言ひて、帰り降《くだ》りにけり。

若者の悪戯と嘲笑

この男ども、「この女は、今日はよも来じ《まさか来るまい》。明日また来て見んに、おどして走らせて笑はん」と言ひあはせて、血をあやして《したたらせて》、卒都婆によく塗りつけて、この男ども、帰り降《お》りて、里の者どもに、「この麓なる女の、日ごとに峯に登りて卒都婆見るを、あやしさに《不思議さに》問へば、しかじか《こうこうと》なん言へば、明日、おどして走らせんとて、卒都婆《そとば》に血を塗りつるなり。さぞ崩るらむものや《さぞかし崩れることだろうよ》」など言ひ笑ふを、里の者ども聞き伝へて、をこなることのためしに引き《愚かなことのひきあいに出し》、笑ひけり。

かくて、またの日《つぎの日》、女登りて見るに、卒都婆に血のおほらかに《多量に》つきたりければ、女うち見るままに《ちょっと見るやいなや》、色を違《たが》へて《顔色を変えて》、倒れまろび《倒れころび》、走り帰りて、叫び言ふやう、「この里の人々、とく《早く》逃げのきて、命生きよ。この山はただ今崩れて、深き海となりなんとす《なろうとするぞ》」とあまねく《隅々まで》告げまはして、家に行きて、子孫どもに家の具足ども負ほせ《家財道具の数々を背負わせ》持たせて、おのれも《自分も》持ちて、手惑《まど》ひして《あわてふためいて》、里移りしぬ《引っ越ししていった》。これを見て、血つけし男ども、手を打ちて笑ひなどするほどに、そのこととなく《何ということなく》、一ささめき《ざわめき》、ののしりあひたり《騒ぎあっている》。風の吹きくるか、雷《いかづち》の鳴るかと、思ひあやしむほどに、空もつつ闇になりて《まっ暗闇になって》、あさましく《いいようもなく》恐ろしげにて、この山揺《ゆる》ぎたちにけり《震動しはじめた》。「こはいかに《これはどうしたことか》、こはいかに」とののしりあひたるほどに《騒ぎあっているうちに》、ただ崩れに崩れもてゆけば《どんどんと崩れてゆくので》、「女は《〔里人は〕》、まことしけるもの《本当のことを言ったのに》

一 「ささめく」は、「ささ」と音を立てること。『今昔物語集』一〇—三六には、「世界サラメキ喤《ノノシ》リ合《アヒ》タリ」とある。

天変地異の実現

＊ 中国の古典の中で、『淮南子《えなんじ》』俶真篇、『捜神記』一三、『述異記』上などに、この説話の原拠を求めることができよう。『淮南子』によると、城門の閫《しきみ》に血があると、国が没して湖となろうといい、『捜神記』によると、城門に血があると、城が陥没して湖となろうといい、『述異記』によると、県門の石亀の眼に血が出ると、この地が陥って湖となろうというのであったが、いずれにしても、ある嫗がその予言を信じただけで、ほかの人々がその予言を信じないでいると、その地は水の底に没してしまったと伝えられる。『今昔物語集』一〇—三六は、この説話と同話と認められるが、山頂の卒都婆に血がつくと、山が崩れて深い海となろうというのであって、外国の説話からとられたものと思われないほどに、日本の風土に即した形をそなえている。なお、現行の伝説としては、徳島県小松島港外のお亀磯、大分県別府湾内の瓜生島、長崎県小《お》値賀《じか》島西方の高麗島などに、まったく同じような奇跡が伝えられている。

を」など言ひて、逃げ、逃げ得たる者もあれども、親のゆくへも知らず、子をも失ひ、家の物の具も知らずなどして、をめき《わめき》叫びあひたり。この女ひとりぞ、子孫も引き具《ぐ》《引き連れて》して、家の物の具一つも失はずして、かねて《前もって》逃げのきて、しづかにゐたりける《落ちついていた》。

　かくて、この山みな崩れて、深き海となりにければ、これをあざけり笑ひし者どもは、みな死にけり。あさましきことなりかし《驚くべきことであるよ》。

〔三一〕成村《なりむら》[二]、強力《がうりき》の学士に逢ふ事

　昔、成村といふ相撲《すまひ》[三]ありけり。時に国々の相撲ども上り集まりて、[四]相撲節《すまひのせち》待ちけるほど、朱雀門《すざくもん》[五]に集まりて涼みけるが、その辺《へん》遊びゆくに、大学[六]の東門《ひがしのもん》を過ぎて、南ざまに《南の方に》ゆかんとしけるを、大学[七]の衆ども、あまた東の門に出でて、涼み立てりけるに、この相撲ども

二『今昔物語集』二三―二一に、「陸奥国ニ真髪《マカミ》ノ成村ト云《イフ》老《オイ》ノ相撲人《スマヒビト》有ケリ、真髪為村ガ父、此《コ》ノ有ル経《ツネ》則《ノリ》ガ祖父《オホヂ》也」とあり、同書二三―二五に、「成村ハ常陸国ノ相撲也。村上ノ御時ヨリ取上《トリノボリ》テ手ニ立タル也、大キサ・力、敢テ並ブ者无シ」とある。この文中の「手」は、一本に「最手《ホテ》」とあって、相撲取りの最高位に当るものとみられる。『二中歴』の「一能歴」には、「真井成村」とあって、「真甘成村」を誤ったものといえよう。

三『和名抄』『名義抄』に、「スマヒ」と訓じられているが、後代の『節用集』『日葡辞書』などには、「スマフ」と訓ぜられている。「すまひ」は、「すまふ」の名詞形。ここでは、相撲人、相撲取りをさす。

四 毎年七月下旬に、宮中で行われた儀式。そのために、左右の近衛府から諸国に相撲使をつかわし、相撲人として膂力《りょりょく》のすぐれた者を召し集めた。二日前の内取りと当日の召合せと、翌日の抜出と追相撲とが、盛大に行われ、天覧に供されたものである。

相撲人と大学の衆

五 大内裏《だいだいり》の南面の中央の門。そこから南方に、朱雀大路が通じている。

六 大学寮。式部省の管轄で、官吏養成の最高の学校。朱雀大路の東、二条大路の南に当る。

七 大学寮の学生をさす。

の過ぐるを、通さじとて《通すまいとして》、[一]「鳴り制せん《静かにせよ》。鳴り高し」と言ひて、立ち塞《ふた》がりて、通さざりければ、さすがに《何といっても》、やごつなき所の衆どもの《身分の高い権門の子弟どもの》することなれば、破りても《破って通るわけにもゆかないが》え通らぬに、長《たけ》ひきらかなる《背たけの低い》衆の、冠・[二]袍《うへのきぬ》、異人《ことひと》よりは《ほかの人よりはいくらかましな者が》すこしよろしきが、中にすぐれて《きわだって》出で立ちて、いたく制するが《強くとどめている者が》ありけるを、成村《なりむら》は見つめてけり。〔相撲どもは〕「いざいざ帰りなん《さあさあ帰ろう》」とて、もとの朱雀門に帰りぬ。

相撲人の計画

そこにて言ふ、「この大学の衆、[三]にくきやつどもかな。何の心に《どういうつもりで》、われらをば通さじとはするぞ《通すまいとはするのだ》。ただ通らんと思ひつれども、[四]さもあれ《ともかくも》、今日《けふ》は通らで、明日《あす》通らんと思ふなり。長ひきやかにて《背たけが低くて》、中にすぐれて『鳴り制せん』と言ひて、通さじと立ち塞がる男、にくきやつなり。明日通らんにも、かならず今日のやうにせん。[五]何主《なにぬし》、その男が尻鼻《尻べたを》、血あゆばかり《血がしたたるほどに》かならず蹴《け》給へ」と言へば、さ言はるる相撲《すまひ》、[六]脇を掻きて、「おのれが蹴てんには《おれが蹴ったならば》、いかにも《何としても》、生かじものを《生かしてはおくまいに》。[七]嗷議《がうぎ》にてこそいかめ《力ずくで通ろう》」と言ひけり。この尻蹴よと言はるる相撲

一 「鳴る音を制せん、鳴る音高し」に当り、静かにせよ、やかましいの意。風俗歌に、「鳴り高しや、鳴り高し、大宮近くて、鳴り高し、アハレノ鳴り高し、音なせそや、音なせそ、あなかま、来むとも、あそかなれ」とある。『源氏物語』少女に、夕霧にあざなをつける式で、儒者が「鳴り高し、鳴り止まむ」と制したという。

二 衣冠束帯の正装に着る上着。

三 底本に「やともかな」とあるが、諸本によって改めた。

四 「さもあらばあれ」を約したもの。ええままよ、それはそうとしての意。

五 「誰君」と、特定の相撲人に呼びかけた言葉。

六 得意になっていうさま。『今昔物語集』二五—五に、「極《イミ》ジクシタリ顔ニ脇ヲ掻《カキ》テ云ケルヲゾ」とある。

七 力ずくですること。『日葡辞書』に、「ガウギ、ツヨイコト、ガウギニオヨブ、暴力に及ぶこと」とある。

大学の衆の強力

は、覚えある《うわさに高い》力、異人よりはすぐれ、走りとくなど《走るのが早いなど》ありけるを見て、成村も言ふなりけり。さて、その日は、おのおの家々に帰りぬ。

またの日に《つぎの日に》なりて、昨日参らざりし相撲など、あまた召し集めて、人がちに《多人数に》なりて、通らんとかまふるを《くわだてるのを》、大学の衆も、さや心得にけ《そうと気づいたので》ん《あろうか》、昨日よりは人多くなりて、かしがましう《やかましく》、「鳴り制せん《静かにせよ》」と言ひ立てりけるに、この相撲ども、うち群れて歩みかかりたり《一団となって通りかかった》。昨日、すぐれて制せし《きわだってとどめた》大学の衆、例の《いつもの》ことなれば、すぐれて《めだって》大路《おほぢ》中に立ちて、過《すぐ》さじと《通すまいと》思ふ気色《けしき》したり《様子をした》。成村、「尻蹴よ」と言ひつる相撲に、目をくはせければ《目くばせをしたので》、この相撲、人より長高く大きに、若く勇みたるをのこにて、くくり[八]高やかに《くくり紐を高々と》かき上げて、さし進み歩み寄る。それに続きて、異相撲《ことすまひ》も《ほかの相撲人も》、ただ通りに通らんとするを《ただ一気に通ろうとするのを》、かの衆どもも、通さじとするほどに、尻蹴んとする相撲、かく言ふ衆に走りかかりて、蹴倒さんと、足をいたく《ひどく》もたげたるを、この衆は目をかけ《つけて》て、背をたはめてちがひければ《かがめて身をかわしたので》、蹴はづして、足の高く上りて、の《あお》

八　指貫《さしぬき》の裾を締めるためにつけてある紐《ひも》。

けざまに《のけに》なるやうにしたる足を、大学の衆取りてけり。その相撲を、細き杖《つゑ》などを人の〔軽々と〕持ちたるやうに、引きさげて、かたへの《かたわらの》相撲に走りかかりければ、それを見て、かたへの相撲、逃げけるを、追ひかけて、その手にさげたる相撲をば、投げければ、ふりぬきて《ふり飛ばされて》、[一]二三段《たん》ばかり投げられて、倒れ伏しにけり。身砕けて、起き上るべくもなくなりぬ。それをば知らず《それには目もくれず》、成村がある方ざまへ《成村のいる方へ》走りかかりければ、成村、目をかけて《目をつけて》逃げけり。心もおかず《遠慮もしないで》追ひければ、〔成村は〕朱雀門の方ざまに走りて、脇の門より走り入るを、やがてつめて《すぐに追いつめて》、走りかかりければ、捕へられぬと思ひて《つかまってしまうと思って》、式部省[二]の築地《ついぢ》[三]越えけるを、引きとどめんとて、手をさしやりたりけるに《さしのべたところが》、はやく越えければ、異所《ことどころ》を《ほ》ばえ捕へず《かの所をつかまえられず》、片足すこし下りたりける踵《きびす》[四]を、沓《くつ》加へながら《沓といっしょに》捕へたりければ、沓の踵に足の皮を取り加へて《つけたままで》、沓の踵を、刀にて切りたるやうに、引き切りて取りてけり。成村、築地の内に越え立ちて、足を見ければ、血走りてとどまるべくもなし《とまりそうもない》。沓の踵、切れて失せに

一　一段は六間。『今昔物語集』二三—二一には、「二三丈許《バカリ》」とある。

二　八省の一。宮中の儀式や任官・叙位などをつかさどる。大内裏の南端、朱雀門の東隣に当る。

三　泥土で築きかためた塀。

四　かかと。

けり。われを追ひける大学の衆、あさましく力ある《あきれるほどに力のある》[五]者とてありける《者であったようだ》なめり。尻蹴つる相撲をも、[六]人杖に[七]つかひて、投げ砕くめり。世の中ひろければ、かかる者のあることそ、恐ろしきことなれ。投げられたる相撲は、死に入りたりければ《死んでしまったので》、物にかき入れて《何かにかつぎこんで》、担《にな》ひて持て行きけり。

この成村、方《かた》の次将《すけ》[八]に、「しかじかのこと《こうこうの》なん候ひつる。かの大学の衆は、いみじき《すばらしい》相撲に候ふめり。成村と申すとも、あふべきこち仕らず《取りくもうという気持はいたしません》」と語りければ、方の次将は、宣旨[九]申し下して、「『式部[一〇]の丞《じょう》なりとも、その道に堪へたらんは《すぐれているような者は》』〔召される〕といふことあれば、まして大学の衆は、何でふ事かあらん《何のさしつかえがあろうか》」とて、いみじう《しきりに》尋ね求められけれども、その人とも聞えずして《どの人とも分らないで》、やみにけり《終ってしまった》。

〔三一〕柿の木に仏現ずる事

五 伊達本・陽明本に、「物にて」、古活字本に、「物にてぞ」とある。
六 人を杖のようにあつかって。
七 伊達本・陽明本に、「つかれて」とある。
八 相撲節では、近衛府の官人は、左方と右方とに別れて、それぞれの相撲人を監督する。ここでは、成村の属する方の次将。
九 天皇のお言葉を伝える公文書。詔勅よりも簡略な手続きで出された。
一〇 式部省の第三等官。

成村の感嘆

＊『今昔物語集』巻二三には、強力の人物に関する説話が掲げられているが、同巻の第二五では、永観二年の相撲節に、左右の最手《ほて》どうしで、凄惨な勝負を行ったことが記されている。左最手の真髪成村は、この勝負に負けたが、十余年も生きながらえ、右最手の海常世《あまのつねよ》は、この勝負に勝ちながら、胸の骨を折られて、ただちに死んでしまったというのである。同巻の第二一は、本書の説話と同話とみられるが、それによると、この成村が若い頃に、相撲人の仲間が、大学の衆と争って、ひどい目にあわされ、成村自身も、一人の小男のために、踵の皮のついたまま、片方の沓を取られて、かろうじて逃げのびたと伝えられている。一流の相撲人の見聞を通じて、無名の学生の強力のことが、いくらか神秘化されて取りあげられているといえよう。

一　第六〇代の醍醐《だいご》天皇。宇多天皇の皇子。寛平九年（八九七）に即位。延長八年（九三〇）に、四六歳で崩。

二　京都市下京区西洞院通松原下ルの五条天神社。大己貴命《おおなむちのみこと》・少彦名命《すくなひこなのみこと》をまつると伝えられ、医薬・禁厭の神としてあがめられた。『今昔物語集』二〇―三に、「五条ノ道祖《サヘノ》神《カミ》ノ在《マシ》マス所ニ」とある。

三　『万葉集』二に、「玉葛《たまかづら》実成らぬ樹にはちはやぶる神ぞつくといふ成らぬ樹ごとに」とあって、実のならない木には、神霊がつきやすいと信じられたらしい。『今昔物語集』二八―四〇には、「宇治ノ北ニ、不成《ナラ》ヌ柿ノ木ト云フ木有リ」とあって、そのような神聖な木が、人々の注意を集めていたとみられる。

四　伊達本・陽明本に、「ののしる」とある。

五　源光か。『今昔物語集』二〇―三に、「其時ニ、光《ヒカル》ノ大臣ト云フ人有リ、深草ノ天皇ノ御子《ミコ》也。身ノ才賢《ザイ》ク、智明《サトリアキラ》カ也ケル人ニテ」とある。源光は、仁明天皇の子。右大臣、左大将、正二位。延喜一三年（九一三）に、六八歳で没。

六　末の世で、末法の世か。仏教の説によると、正法・像法・末法というように、三つの時期が区別される。一般には、釈迦の滅後に千年を過ぎると、いよいよ末法の世に入って、仏法の教えがすたれると信じられた。『今昔物語集』二〇―三には、「木ノ末ニ」とある。

七　朝廷の公事に着用する正装。束帯姿。宿直《とのい》の装束に対していう。

柿の木の仏の正体

賢人の右大臣

昔、[一]延喜《えんぎ》の帝《みかど》の御時、[二]五条の天神のあたり、大きなる柿の木の実[三]ならぬあり、その木の上に、仏あらはれておはします《おいでになるのを》、京中の人、こぞりて《一人残らず》参りけり。馬・車も立てあへず《とめきれず》、人もせきあへず《せきとめられないほどに》、拝み[四]ののしり《拝みさわぎ》、かくするほどに《そうこうするうちに》、五六日あるに《過ぎると》、[五]右大臣殿、心得ずおぼし給ひけるあひだ《合点がゆかずお思いになったので》、[六]まことの仏の、世の末に出で給ふべきにあらず、われ行きて試みん《調べてみようとお思いになって》とおぼして、[七]日の装束《さうぞく》うるはしくして《きちんと調えて》、[八]檳榔《びりやう》の車に乗りて、[九]御前多く具して《ご前駆の人々を多く連れて》、集まりつどひたる者ども退けさせて、車かけはづして《車から牛をはずして》、[一〇]榻《しぢ》を立てて、梢《こずゑ》を、目もたたかず《またたきもせず》、あからめもせずして《よそ見もしないで》、まもりて《見まもって》、一時ばかりおはするに《おいでになると》、この仏、しばしこそ《しばらくのあいだは》、花も降らせ、光をも放ち給ひけれ《放っておられたが》、あまりにあまりにまもられて《見まもられて》、しわびて《堪えきれなくて》、大きなる《［正体を現し］》[一一]屎鳶《くそとび》の羽折れたる、土に落ちて、惑ひふためくを《とまどいばたばたするのを》、[一二]童部《わらはべ》ども寄り、打ち殺してけり。さればこそとて《やはりにせものだったというので》、帰り給ひぬ。

さて、時の人、この大臣《おとど》を、「いみじく[一三]賢《かしこ》き人にておはします」

とぞののしり《評判した》ける。

〔二二〕 大太郎[一四]、盗人の事

一晩めの侵入の失敗

昔、大太郎とて、いみじき《すぐれた》盗人の大将軍ありけり。それが京へ上りて、物取りぬべき所《物を取るのによさそうな》あらば、入りて物取らんと思ひて、うかがひ《様子をうかが》ありきける《いまわっていたところが》ほどに、めぐりもあばれ《屋敷のまわりも荒れ》、門などもかたかたは《片一方は》倒れたる、横ざまに《横のほうに》寄せかけたる所の、あだげなるに《もろそうな家に》、男といふ者は一人も見えずして、女のかぎりにて《女ばかりで》、張り物[一五]多く取りちらしてあるにあはせて、八丈[一六]売る者など、あまた呼び入れて、絹多く取り出でて、えりかへさせつつ《選びかえさせながら》、物多かりける[一七]所かなと思ひて、立ち止まりて見入るれば、折しも《ちょうどそのときに》、風の、南の簾《すだれ》を吹きあげたるに、簾の内に、何の入りたりとは見えねども、皮籠《かはご》[一八]の、いと高くうち積《積み》

八 檳榔毛《びろうげ》の車。蒲葵《びろう》の葉を裂いて白くさらした物で、車体や屋根などをおおった牛車。
九 伊達本・陽明本に、「御後前」とある。
一〇 牛車や輿《こし》をとめるときに、轅《ながえ》をのせておく台。乗り降りの時には、踏み台として用いられる。
一一 鷹の一種。マグソトビ、マグソタカともいう。『和名抄』に、「久曾止比、喜食㆑鼠而大目者也」とある。
一二 諸本には、「よりて」とある。
一三 底本・陽明本に、「かこしこき」とあるが、伊達本・古活字本などによって改めた。
＊『今昔物語集』二〇―三は、この説話と同話ではあるが、いくらか異なる記述を含んでいる。たとえば光の大臣が、柿の木の仏について、「実《マコト》ノ仏ノ此ク俄《カ》ニ木ノ末ニ可出給《イデタマフベ》キ様《ヤウ》无シ。此ハ天狗《テング》ナドノ所為ニコソ有メレ。外術《ゲズツ》ハ七日《ナヌカ》ニハ不過《スギ》ズ。今日、我行テ見ム」と思ったというのである。そこでは、この仏の出現が、天狗などの外術によるものと示されている。本書では、「木の末」というのが、「世の末」におきかえられている。
一四 伝説上の盗賊で、その伝記は未詳。
一五 洗濯して糊《のり》をつけ、張り板にはって干したもの。
一六 八丈絹。六四頁注五参照。
一七 古活字本などに、「おほかりける」とある。
一八 皮で張った籠。六四頁注六参照。

まれたる《重ねてある》前に、蓋あきて、絹なめりと《絹のようだと》見ゆる物、取り散らしてあり。

これを見て、嬉しきわざかな、[一]天道の、われに物をたぶなりけりと《下さるのだと》思ひて、走り帰りて、八丈[二]一疋人に借りて、持て来て、売るとて《売るふりをして》、近く寄りて見れば、内にも外《ほか》にも、男といふ者は一人もなし。ただ女どもの《女どもばかりで》かぎりして、見れば、皮籠《かはご》も多かり。物は見えねど、うづたかく、蓋おほはれ、絹なども、ことのほかにあり。布うち散らしなどして、いみじく《たいそう》物多くありける所かなと見ゆ。高く言ひて《値を高く》、八丈をば売らで、持て帰りて、主に取らせて《持ち主に返して》、同類どもに《仲間どもに》、「かかる《このよう》所《な所があるぞ》こそあれ」と言ひまはして、その夜来て、門に入らんとするに、たぎり湯《煮えたぎった湯》を面《おもて》に《顔にかけるように思われて》かくるやうに覚えて、ふつとえ入らず《ちょっと入れない》。「こはいか《これはどうし》なること《たことだ》ぞ」とて、集まりて入らんとすれど、せめて《ひどく》ものの恐ろしかりければ、あるやうあらん《何かわけがあるのだろう》、今宵は入らじとて、帰りにけり。

二晩めの侵入の失敗

つとめて《翌朝》、「さても《それにしても》、いかなりつることぞ《どうしたことか》」とて、同類など具し《従えて》て、[三]売物など持たせて、来て見るに、いかにもわづらはしきことな《すこしも気味のわるいことはない》

一 天地を主宰する神。天帝。
二 反物二反を一疋という。古くは四丈（約一二メートル）、今では鯨尺で五丈六尺（約二〇メートル）に当るといい、時代によって異なる。
三 伊達本・陽明本に、「うる物なと」とある。

し。物多くあるを、女どものかぎりして《女ばかりで》、取り出で、取り納めすれば、事にもあらず《何でもないと》と、かへすがへす思ひ見ふせて《見きわめて》、また暮るれば、よくよくしたためて《準備して》、入らんとするに、なほ恐ろしく覚えて、え入らず《入れなかった》。「わ主《おまえ》[四]、まづ入れ入れ」と言ひ立ちて《互いに言いたてて》、今宵もなほ入らずなりぬ《入らないで終った》。

三晩めの侵入の失敗

またつとめても《翌朝も》、同じやうに見ゆるに、なほ気色《様子の》異《け》なる《違った》者も見えず。ただ、われが臆病にて、覚ゆるなめりとて《恐ろしく思われるのだろうというので》、またその夜、よくしたためて《準備して》、行き向かひて立てるに、日ごろよりも、なほもの恐ろしかりければ、「こはいかなることぞ《これはどうしたことか》」と言ひて、帰りて言ふやうは、「事をおこしたらん人こそは、まづ入らめ《入ろうぞ》。まづ大太郎が入るべき」と言ひければ、「さも言はれたり《よくぞ言われた》」とて、身をなきになして《命を捨てる気で》入りぬ。それにとり続きて[五]、かたへも《仲間も》入りぬ。入りたれども、なほものの恐ろしければ、やはら《そっと》歩み寄りて見れば、あばらなる《荒れている》屋の内に、火ともしたり。母屋《もや》[六]のきはにかけたる簾をば下《おろ》して、簾の外《ほか》に

四 二人称の代名詞。同輩またはそれ以下について用いられる。

五 伊達本に、「とりつきて」、古活字本に、「取つきて」とある。

六 寝殿造りで、庇《ひさし》の内側の部分。家人の住居用の主要な部分。

火をばともしたり。まことに皮籠《かはご》多かり。かの簾の中の、恐ろしく覚ゆるに《思われるとともに》あはせて、簾の内に、矢を[一]爪《つま》よる音のするが、その矢の来て、身に立つここち《体にささる》して、いふばかりなく《何ともいいようがなく》恐ろしく覚えて、帰り出づるも《帰ろうとしても》、背をそらしたるやうに覚えて《後から引きもどされるように思えて》、かまへて《やっとのことで出ることができて》出でえて、汗をの《ふ》ごひて《いて》、「こはいかなることぞ《これはどうしたことか》。あさましく《あきれるほどに》恐ろしかりつる爪よりの音かな」と言ひあはせて《言いあいながら》帰りぬ。

恐ろしいものの正体

そのつとめて《翌朝》、その家の傍《かたはら》に、大太郎が知りたりける者のありける家に行きたれば、見つけて《〔あるじが〕》、いみじく饗応《きやうよう》して《もてなして》、「いつ上《のぼ》り給へるぞ。おぼつかなく侍りつる《気がかりでいました》」など言へば、「ただ今まうで来つる《〔京に〕参りました》ままに《その足で》、まうで来たるなり《〔こちらに〕参ったのです》」と言へば、「土器《かはらけ》[二]参らせん」とて、酒沸《わ》かして、黒き土器の、大きなるを盃にして、土器取りて、大太郎にさして、家あるじ《家の主人が》飲みて、土器渡しつ。大太郎取りて、酒を一土器受《盃にいっぱい》けて、もちながら、「この北には、誰《た》が居給へるぞ《おいでになるのか》」と言へば、驚きたる気色にて、「まだ知らぬか。[三]大矢のすけたけのぶの、この

一　左手の指先に矢をのせて、右手でこれをひねりながら、矢柄や羽・鏃《やじり》などを調べる。

二　素焼きの盃。ここでは、お酒をさし上げようの意。

三　『宇治拾遺物語私註』に、「大矢佐武信」とあるが、その伝記は未詳。弓矢の上手の意で、架空の人物か。『平家物語』四に、「大矢俊長」の名が、やはり剛弓の射手としてあげられる。

頭上りてゐられたるなり」と言ふに、さは《それでは》、入りたらましかば《押し入ったならば》、みな数を尽して《一人残らず》、射殺されなまし《射殺されるであろうに》と思ひけるに、ものも覚えず臆して《わけもわからず気おくれして》、その受けたる酒を、家あるじに頭よりうちかけて、立ち走りける。物は《その場の品は》、うつぶしに《うつむけに》倒れにけり。家あるじ、あさまし《あきれたことだ》と思ひて、「こはいかに《これはどうしたことか》、いかに」と言ひけれど、かへりみだにもせずして《ふりむきさえもしないで》、逃げて去にけり。〔後に〕大太郎がとられて《とらえられて》、武者《むさ》の城の《武士の館の》恐ろしきよしを語りけるなり。

＊大太郎という盗賊の名は、ダイダラボッチという巨人を思わせるように、いかにも神秘な気分をただよわせている。そのような「盗人の大将軍」であったから、まともに相手の姿を見ないでも、ただ爪よりの音を聞いただけで、ただちにその恐ろしさを感じとったものといえよう。本書の二八話と同じように、怪盗と勇士との対決を中心に語られている。

色好みの女房の放屁

〔三四〕藤大納言忠家《とうのだいなごんただいへ》[四]もの言ふ女、放屁《はうひ》[五]の事

今は昔、藤大納言忠家といひける人、いまだ殿上人《てんじやうびと》[六]におはしけるとき、美々《びび》しき《はでに美しい》色好みなりける女房ともの言ひて《言いかわして》、夜ふくるほどに、月は昼よりもあかかりけるに《あかるかったが》、堪へかねて、御簾《みす》をうちかづきて《かぶって》、

四 藤原道長の孫、長家の子。大納言、正二位。寛治五年（一〇九一）に、五九歳で没。『後拾遺集』の作者。二条家の祖。その子の俊忠、孫の俊成、曾孫の定家と続いて、歌道の家として知られる。

五 底本に「放尾」とあるが、諸本によって改めた。

六 清涼殿の殿上の間に昇ることを許された人。四位・五位以上の人および六位の蔵人をいう。

長押《なげし》[一]の上にのぼりて、肩をかきて《肩を掻き抱いて》、引き寄せけるほどに、髪をふりかけて、「あな、さまあし《見ぐるしい》」と言ひて、くるめきける《あわて騒いだときに》ほどに、いと《まことに》高く鳴らし[二]てけり。女房はいふにも堪へず《何もいうこともできず》、くたくたと《へなへなとして》して、寄り臥しにけり。

この大納言、心憂き《情けない》ことにもあひぬるものかな、世にありても、何にかはせん《何になろうか》、出家せんとて、御簾《みす》の裾をすこしかきあげて、ぬき足《忍び足》をして《をして》、疑ひなく《まちがいなく》出家せんと思ひて、二間ばかりは行くほどに、そもそも《いったい》、その女房過《あやま》ちせんからに、出家すべきやうやはある《したからといって〔自分が〕出家しなければならないわけがある》と思ふ心《かと》、またつきて、ただただと《ひたすらに》走りて、出でられにけり。女房はいかが《どう》なりけん《なったであろうか》、知らずとか。

〔三五〕 小式部内侍《こしきぶのないし》[三]、定頼卿《さだよりのきやう》[四]の経にめでたる事

一 鴨居《かもい》の上または敷居の下に横に渡した材。上のものは上長押、下のものは下長押という。ここでは、下長押に当る。

二 「鳴らす」は、音を立てて屁《へ》をひること。「おなら」も、この「鳴らす」とかかわりある言葉。

＊ 放屁《ほうひ》などの話題は、ひろく笑いの種として好まれたものである。ここでは、主人公の男が、「心憂きことにもあひぬるものかな、世にありても、何にかはせん、出家せん」と、大まじめに思いこみながら、

出家の決意と翻意

「そもそも、その女房過ちせんからに、出家すべきやうやはある」と、もっともらしく思い返すので、いっそうおかしく感じられる。

三 橘《たちばな》道貞の女。母の和泉式部とともに、一条天皇の中宮彰子に仕えた。万寿二年（一〇二五）に没したが、没年は未詳。『後拾遺集』などの作者。『古事談』二には、「上東門院有二好色女房一（或説小式部内侍云云）」とある。

四 藤原公任の子。権中納言、正二位。寛徳二年（一〇四五）に、五一歳で没。

五 ここでは、藤原教通をさす。道長の子。頼通・頼

宗の弟。関白、太政大臣、従一位。承保二年（一〇七五）に、八〇歳で没。『古事談』二には、「堀川右府」とあって、その兄の頼宗とされている。
六 殿舎の中でしきりを隔てて設けた部屋。
七 『古事談』二に、「納言読㆓方便品㆒帰了」とある。
八 泣く声を表す。『古事談』二に、「女聞㆓其声㆒不㆑堪㆓感嘆㆒、背㆓右府㆒啼泣」とある。
＊『古事談』二には、この説話の類話が収められているが、そこでは、小式部内侍というのではなく、上東門院に仕える好色の女房とあって、ある説によると、小式部内侍のことかと注されている。また、関白頼通というのではなく、堀川右府すなわち頼宗の名が記されている。中納言定頼という者が、美声で誦経にすぐれていたことは、『古事談』のほかの説話にもうかがわれる。しかも、小式部内侍にものをいいかけて、「大江山」の歌でやりこめられたことは、『十訓抄』や『古今著聞集』などにもとられて、あまりにもよく知られている。そのために、ここでも、定頼の相手として、小式部内侍の名があげられたものかもしれない。さらに、小式部内侍という女が、関白教通に愛されたことは、本書の八一話にも示されたとおりである。そこで、小式部内侍とのかかわりによって、関白教通の名があげられたものと思われる。

すばらしい誦経の声

今は昔、小式部内侍に、定頼中納言もの言ひわたりけり《言いかわし続けていた》。それにまた、[五]時の関白通ひ給ひけり。[六]局《つぼね》に入りて、臥し給ひ《〔内侍と〕》たりけるを、知らざりけるにや《知らなかったのだろうか》、中納言寄り来て、たたきけるを《〔部屋の戸を〕たたいたのを》、局の人、「かく」とや言ひたりけん《言ったのであろうか》、沓《くつ》をはきて行きけるが《出ていったが》、すこし歩みのきて《歩きさって》、[七]経をはたとうちあげて《だしぬけに声をはりあげて》読みたりけり。二声ばかりまでは、小式部内侍、きと《はっと》耳をたつるやうにしければ、この入りて臥し給へる人、あやし《変だ》とおぼしける《とお思いになったときに》ほどに、すこし声遠うなるやうにて《遠ざかるようで》、四声五声ばかり、行きもやらで《行きすぎもしないで》よみたりけるとき、《〔内侍は〕》「う」[八]《わあ》といひて、後《うしろ》ざまに《後むきに》こそ、臥しかへりたりけれ《寝返りをした》。

恥ずかしい気持

この入り臥し給へる人の、「さばかり《あれほどに》堪へがたう、恥づかしかりしことこそなかりしか」と、後にのたまひける《おっしゃったとかいうことである》とかや。

〔三六〕 山伏、舟祈り返す事

山臥のけいとう房

これも今は昔、越前《ゑちぜん》の国甲楽城《かふらき》[一]の渡りといふ所に、渡りせんとて、者ども集まりたるに、山臥《やまぶし》[二]あり、けいたう房[三]といふ僧なりけり。熊《くま》[四]野《の》、御嶽《みたけ》[五]はいふに及ばず、白山《しらやま》[六]、伯耆《はうき》の大山《だいせん》[七]、出雲《いづも》の鰐淵《わにぶち》[八]、おほかた《まったく》修行し残したる所なかりけり。

渡し守の無情

それに《それが》、この甲楽城の渡りに行きて、渡らんとするに、渡りせんとする者、雲霞《うんか》[九]のごとし。〔渡し守は〕おのおの、物を取りて《渡し賃を取って》渡す。このけいたう房、「渡せ」と言ふに、渡し守、聞きも入れで、漕ぎ出づ。そのときに、この山臥、「いかに《どうして》、かくは無下にはあるぞ《このように邪険にするのか》」と言へども、おほかた《まったく》耳にも聞き入れずして、漕ぎ出《いだ》す。そのときに、けいたう房、歯を食ひあはせて《食いしばって》、念珠《ねんず》[一〇]をもみちぎる《もみにもむ》。

山臥の祈禱

この渡し守、見かへりて《ふりかえって》、をこのことと《おろかなことと》思ひたる気色にて、三四町ばかり行くを、けいたう房見やりて《見送って》、足を砂子に《砂に》脛《はぎ》のなからばかり《すねの半分ほどまでめりこませて》踏み入れて、目も赤くにらみなして《にらみつけて》、数珠《ずず》を砕けぬともみちぎり《砕けてしまうほどにもみにも》

一 福井県南条郡河野村。「蕪木」とも記す。

二 「山伏」とも記す。民間の遊行《ゆぎよう》宗教家であって、山野で苦行を重ねることによって、神秘な呪力をそなえたものと信じられた。天台宗・真言宗などの仏教諸宗と結びついて、本山派・当山派などの修験道を作りあげている。

三 伝記は未詳。

四 和歌山県の熊野三山。すなわち、東牟婁《むろ》郡本宮町の本宮、新宮市の新宮、東牟婁郡那智勝浦町の那智をいう。山岳信仰の霊地で、特に本山派修験道の本拠。

五 奈良県吉野郡の金峰山《きんぶせん》。山岳信仰の霊地で、特に当山派修験道の本拠。

六 石川・岐阜両県にまたがる山岳信仰の霊地。

七 鳥取県西伯郡の火山。その山頂に大山寺があって、山岳信仰の霊地。

八 島根県平田市の鰐淵寺。天台宗の古寺。

九 人が多く集まるさま。

一〇 数珠。称名や念仏のときに爪《つま》ぐって、その回数を数えるもの。

渡し舟の転覆

て《んで》、「召し返せ、召し返せ」と叫ぶ。なほ行き過ぐるときに、けいたう房、[一一]袈裟《けさ》と念珠とを取りあはせて、汀《みぎは》近く歩み寄りて、「[一二]護法《ごほふ》、召し返せ、召し返さずは、長く[一三]三宝《さんぼう》に別れ奉らん《お別れ申そう》」と叫びて、この袈裟を海に投げ入れんとす。それを見て、この集《つど》ひゐたる者ども《集まっていた》、色を失ひて立てり《顔色を変えて立っていた》。

かく言ふほどに《このように言っているうちに》、風も吹かぬに、この行く舟の、こなたへ《こちらへ》寄り来《く》。それを見て、けいたう房、「よかめるは《よいようだ》、よかめるは。早う率《ゐ》て《連れて》おはせ《おいで》、率ておはせ」と、[一四]すはなちをして、見る者、色を《顔色を》違《たが》へ《かえ》たり。かくいふほどに、一町がうちに寄り来たり。そのとき、けいたう房、「さて、今は打ち返せ《ひっくり返せ》、打ち返せ」と叫ぶ。そのときに、集ひて見る者ども、一声《ひとこゑ》に、「無慙《むざう》の申しやうかな《無慈悲な言い方だよ》。ゆゆしき《とんでもない》罪に候ふ。さて《その》おはしませ《ままにしておいて下さい》、さておはしませ」と言ふとき、けいたう房、今すこし《いくらか》気色《けしき》変りて《顔色が変って》、「はや打ち返し給へ《さあひっくり返して下さい》」と叫ぶときに、この渡し舟に二十余人の渡る者《者を》、つぶりと投げ返しぬ《ざぶりと海に投げこんだ》。そのとき、けいたう房、

一一 僧が衣の上に肩から掛ける布。

一二 護法童子とも、護法天童ともいう。仏法の守護に当る童形の鬼神。邪鬼や悪霊を退けるために、験者によって使われる。

一三 仏・法・僧の総称。ここでは、仏法から離れようの意。

一四 未詳。『宇治拾遺物語私註』に、「すはなちは、素離にて、独りのけものとなりて、離れて居るを云ふ。ここは、山伏独り岸にのけものになされたるを云ふ」とある。『大系』の注には、「『珠放ち』又は『素放ち』で念珠を片手に持って、空を切る仕草をいうのではないかと思う」とあり、『全集』の注には、「文脈からみて大仰な身振りで喜んで手招きする意らしい」とある。

汗を押《押しぬぐって》しのごひて、「あな《ああ》、いたのやつばらや《ひどいやつらだよ》。まだ知らぬか」と〔仏法の威力を〕言ひて、立ち帰りにけり。

世の末[一]なれども、三宝おはしましけりとなむ《あらたかにおいでになったということだ》。

〔三七〕 鳥羽《とば》[二]僧正、国俊《くにとし》[三]と戯《たはぶ》れの事

これも今は昔、法輪院《ほふりんゐん》[四]大僧正覚猷《かくいう》といふ人おはしけり《おいでになった》。その甥《をひ》に、陸奥前司《むつのぜんじ》[五]国俊、僧正のもとへ行きて、「参りてこそ候へ《参上いたしました》」と言はせければ、「ただ今見参す《対面しよう》べし。そなたにしばしおはせ《そちらにしばらくお待ちなさい》」とありければ、待ちゐたるに、二時《ふたとき》[六]《四時間ほども》ばかりまで出であはねば、なま腹だたしう《何となく腹が立ってき》おぼえて《て》、出でなん《出ようと》と思ひて、供に具したる《連れていた》雑色《ざふしき》[七]を呼びければ、出で来たるに、「沓《くつ》持て来《持ってこい》」と言ひければ、持て来たるをはきて、「出でなん」と言ふに[八]、この雑色が言ふやう、「僧正の御房の、『陸

一 末世。末法の世。一〇八頁注六参照。

＊ 本書の五話などでは、山臥の悪徳について語られていたが、ここでは、山臥の験力について語られている。一般に山臥と呼ばれる者は、山中の難行を重ねることによって、神秘な呪力をそなえていると考えられた。『太平記』二によると、阿新《くまわか》丸《まる》が佐渡をのがれるくだりに、「山臥大ニ腹ヲ立テ柿ノ衣ノ露ヲ結デ肩ニカケ、澳《オキ》行舟ニ立向テ、イラタカ誦珠《ジュズ》ヲサラ〱ト押揉《オシモミ》テ、『一持《イチヂ》秘《ヒ》密呪《ミツジュ》、生々而加護、奉仕《ブジ》修行者、猶如《イウニョ》薄伽梵《バガボン》ト云ヘリ。況《イハンヤ》多年ノ勤行ニ於テヲヤ。明王ノ本誓アヤマラズバ、権現金剛童子・天龍夜叉《ヤシャ》・八大龍王、其《ソノ》船此方《コナタ》ヘ漕《コギ》返テタバセ給ヘ』ト、跳上《ヲドリアガリ》々々肝胆ヲ砕テゾ祈リケル。行者ノ祈リ神ニ通ジテ、明王擁護《オウゴ》ヤシタマヒケン、澳《オキ》ノ方ヨリ俄《ニハカ》ニ悪風吹来テ、此舟忽覆《タチマチニクツガヘ》ラントシケル間、舟人共アハテヽ、『山臥ノ御房、先我等ヲ御助ケ候ヘ』ト手ヲ合《アハセ》膝《ヒザ》ヲカヽメ、手々ニ舟ヲ漕モドス」とある。そのような山臥の奇特が、まじめに信じられたものといえよう。

車の借用と湯槽の工夫

二 源隆国の子。天台宗の高僧。第四七代の延暦寺座主。鳥羽の証金剛院に住んで、鳥羽僧正とも呼ばれた。鳥羽絵の祖と仰がれて、『鳥獣戯画』の筆者とも伝えられる。保延六年（一一四〇）に、八八歳で没。

三 『尊卑分脈』によると、隆国の子で、覚猷の兄に

奥殿に申したれば、とう乗れとあるぞ《すぐに乗れということだ》。その車率《ゐ》て来《連れてこい》』とて、『[九]小《こ》御《み》門《かど》より出でん』と仰せごと候ひつれば、やうぞ候ふらん《事情でもあるのだろうと思って》とて、[一〇]牛《うし》飼《かひ》乗せ奉りて候へば《お乗せ申したので》、『待たせ給へ《お待ち下さいと》と申せ。時の程ぞあらんずる《二時間ほどはかかるだろう》。やがて帰り来むずるぞ《すぐに帰ってこようぞ》』とて、早う奉りて《とうにお乗りになって》、出でさせ給ひ候ひつるにて候ふ《お出かけになったのでございます》。かうて《このようにして》、一時には過ぎ候ひぬらん《過ぎましたでしょう》」と言へば、「[一一]わ雑色は不覚のやつかな《ふゆきとどきなやつだな》。『御車をかく召しの候ふは《このようにお召しになっておりますが》』と、われに言ひて《自分に言ってから》こそ貸し申さめ《お貸しするものだ》。不覚なり《ふゆきとどきだ》」と言へば、「うちさし退きたる人にもおはしまさず《縁の遠い方でもおありになりません》。やがて《すぐに》、御[一二]尻切《しきり》奉りて《おつけになって》、『ききときと《きっときっと》よく申したるぞ』と仰せごと候へば、力及び候はざりつる《どうしようもありませんでした》」と言ひければ、陸奥前司帰り《〔部屋に〕》上りて、いかにせんと思ひまはすに《どうしたことかと思案していたが》、僧正は、定まりたることにて《きまったならわしで》、湯槽《ゆぶね》に藁《わら》をこまごまと切りて、一杯《ひとはた》《いっぱい》入れて、それが上に莚《むしろ》を敷きて、ありきまはりて《動きまわって》、左右《さう》なく《ためらわずに》湯殿へ行きて、裸になりて「[一三]えさい、かさい、とりふすま」と[一四]言ひて、湯槽にさくとのけざまに臥す《さっとあおむけに寝る》ことをぞし給ひける《ことをなさるのだった》。陸奥前司、寄りて、莚を引きあけて見

当る。三河守、陸奥守、従五位上。『本朝世紀』によると、殿上での乱闘のために、殿上の籍を削られたという。康和元年（一〇九九）に没したというが、没年は未詳。

四 僧侶の最上位。

五 前の陸奥守。

六 「一時」は、今の約二時間。

七 雑役に従事する下男。

八 伊達本・陽明本に、「いふを」とある。

九 小門の敬称。小門は、正門以外の門。

一〇 伊達本・陽明本に、「牛飼の者たてまつりて」とある。「牛飼」は、牛飼童。牛車の牛を扱う者。

一一 「わ」は、接頭語で、親愛や軽侮の意を含む。

一二 「しきれ」と同じ。藁《わら》で作った草履《ぞうり》の類。七七頁注八参照。

一三 意味は不明。湯に入る掛け声か、または呪《まじな》いの言葉とも考えられる。

一四 底本に「ひて」とあるが、諸本によって改めた。

れば、まことに藁《わら》をこまごまと切り入れたり。それを湯殿の[一]垂布《たれぬの》を解きおろして、この藁をみな取り入れて、よく包みて、その湯槽《ゆぶね》に湯桶《ゆをけ》を下に取り入れて、それが上に囲碁盤を裏返して置きて、莚《むしろ》を引きおほひて、さりげなくて《何もなかったようにして》、垂布に包みたる藁をば、[二]大門《だいもん》の脇に隠し置きて、待ちゐたるほどに、[三]三時あまりありて、僧正、小門《こもん》より帰る音しければ、違ひ《ゆき違い》、大門へ出でて、帰りたる車呼び寄せて、車の尻に《後ろに》、この包みたる藁を入れて、「家へはやらかにやりて《すみやかにやって》、おりて、この藁を、牛のあちこち《あちらこちら》[四]ありき困じたるに《動きつかれたのに》、食はせよ」とて、牛飼童に取らせつ《与えた》。

僧正は、例のことなれば《いつもの》、衣《きぬ》脱ぐほどもなく《脱ぐのもそこそこに》、例の湯殿へ入りて、「えさい、かさい、とりふすま」と言ひて、湯槽へ躍り入りて《飛びこんで》、のけざまに《あおむけに》、ゆくりもなく臥したるに《なにげなく寝たところが》、碁盤の足の、いかりさし上がりたるに《高く突き出たところに》、[五]尻骨を[六]あしう突きて《ひどく突いて》、年高うなりたる人の死に入りて《年老いた人が死んだようになって》、さしそりて《そりかえって》臥したりけるが、そののち、音なかりければ《何も言わなかったので》、近う使ふ

一 垂れ下げた布。帳《とばり》。
二 正門。「小御門」「小門」に対していう。
三 諸本には、「二時」とある。
四 伊達本・陽明本に、「あかきこうしたるに」とある。
五 底本に「尻骨をあしうつきて、年たかうなりたるに、尻骨をあしうつきて、年たかうなりたる人の」とあるが、衍文と認めて改めた。
六 伊達本・陽明本に、「あらう」、古活字本に、「あらふ」とある。
七 ものもよく言えないさま。

度の過ぎた悪戯

＊ 鳥羽僧正の父の源隆国は、『宇治大納言物語』の作者として知られるが、その大胆なふるまいは、さまざまな説話に伝えられている。『古事談』一によると、主上の御装束に仕えながら、その御玉茎を探って、自分の冠を落とされても、そのいたずらをやめなかったという。同書二によると、関白の別邸にうかがうのに、小馬に乗って出入りしながら、「これは馬にて候はず、足駄にて候へば御免を蒙るべし」と言ってのけ、そのままに捨ておかれたというのである。この隆国の血をうけて、その子の鳥

羽僧正も、鳥羽絵の名手として知られるだけではなく、その奇怪なふるまいが、いくつかの説話に伝えられている。『古今著聞集』一一によると、つむじ風が米俵を吹きあげたさまを描いて、寺の供米に多くの糠《ぬか》を入れたことを諷《ふう》したという。また、弟子の僧にむかって、絵の誇張をとがめると、自身の春画について、陰部の寸法をとがめられたともいうのである。

八 仏画を描くことを業とする者。

九 伝記は未詳。

一〇 伊達本・陽明本に、「ありける」とある。

火焔の描き方

僧、寄りて見れば、目を上《かみ》に見つけて（上の方につりあげて）、死に入りて寝たり。「こは（これはど）いかに（うなさったのか）」と言へど、いらへもせず（答えもしない）。寄りて、顔に水吹きなどして（水を吹きかけたりして）、とばかりありてぞ（しばらくたって）、息の下に（苦しい息の下で）、[七]おろおろ（むにゃむにゃと）言はれける。

このたはぶれ、いとはしたなかりけるにや（あまりにひどかったのではなかろうか）。

〔三八〕絵《ゑ》[八]仏師《ぶつし》良秀《よしひで》[九]、家の焼くるを見て悦《よろこ》ぶ事

これも今は昔、絵仏師良秀といふありけり[一〇]。家の隣より、火出で来て、風おしおほひて（風が押しかぶさって）、責めければ（火が迫って来たので）、逃げ出でて、大路《おほぢ》へ出でにけり。人のかかする（注文して描かせている）仏もおはしけり。また、衣《きぬ》着ぬ妻子なども、さながら（そのまま）内にありけり。それも知らず（それをもかまわず）、ただ逃げ出でたるを事にして（よいことにして）、むかひのつらに立てり（向いの側に立っていた）。見れば、すでに〔火は〕わが家に移りて、煙・炎くゆりけるまで（くすぶりだしたころまで）、おほかた、むかひのつらに立ちてながめければ、

「あさましきこと《大変なことです》」とて、人ども来とぶらひけれど《来て見舞ったが》、騒がず。「いかに《どうなさったのか》」と人言ひければ、むかひに立ちて、家の焼くるを見て、うちうなづきて、時々笑ひけり。「あはれ《ああ》、しつるせうとくかな《もうけものをしたなあ》。一 年ごろは《長年の間》、わろくかきけるものかな《へたに描いていたものだ》」と言ふときに、とぶらひにきたる《見舞いにきた》者ども、「こはいかに《これはどうして》、かくては立ち給へるぞ《このようにして立っていらっしゃるのか》。あさましきことかな《あきれはてたことだな》。二 ものの憑き給へるか《何かの霊がのりうつりなさったか》」と言ひければ、「なんでふ《何だって》、ものの憑くべきぞ《もののつくはずがあろうか》。年ごろ、三 不動尊の火焔をあしくかきけるなり。今見れば、かうこそ燃えけれと《このように燃えるものだと》、心得つるなり。これこそせうとくよ。この道を立てて《この道を大事にして》、世にあらんには《世に立とうとするならば》、仏だによくかき奉らば、百千の家も出で来なむ。四 わたうたちこそ《おまえたちこそ》、させる能もおはせねば《これという才能もおありにならないので》、物をも惜しみ給へ」と言ひて、あざ笑ひてこそ立てりけれ《立っていた》。

そののちにや、良秀がよぢり五 不動とて、今に人々めであへり《ほめあっている》。

一 多くの注に、「所得」を当てているが、『大系』には、「抄徳」ではないかという。
二 人にたたりをする霊。
三 不動明王。五大明王の一。怒りの相を表し、右手に剣を持ち、左手に縄を執り、背に火炎を負うて、魔性や煩悩をうち砕き、真言の行者を守ってくれるという。
四 二人称の代名詞。同輩以下の者に対して用いられる。
五 火炎のよじれ方がみごとに描かれた不動。

よじり不動

* 『十訓抄』六の「可存忠直事」に、この説話と同話に当るものがあって、「をこがましく聞ゆれども、右府のふるまひに似たり」と結ばれている。この右府というのは、藤原実資のことであるが、新築の家が焼けても、すこしも消そうとしないで、そのまま出ていった。そのわけを聞かれて、「わづかなる走り火のおもはざるにもえあがる。ただごとにあらず、天の授るわざはひなり、人力にて是をきほはば、是より大成身の大事出来べし。何によりてかあながちに家一を惜むにたらん」と答えて、世に賢人と仰がれたという。同じように世間の常識と違っていても、実資の場合には、万事に達観していたのに、良秀の場合には、芸道に執着していたことが、まことによくえがかれている。

〔三九〕虎《とら》の鰐《わに》取りたる事

舟をねらう虎

これも今は昔、[六]筑紫《つくし》の人、商《あきな》ひしに[七]新羅《しらぎ》渡りけるが、商ひ果てて帰る道に、山の根に《山の麓に》沿ひて、舟に水汲《く》み入れんとて、水の流れ出でたる所に、舟をとどめて《とめて》、水を汲む。

そのほど《その間》、舟に乗りたる者、舟ばたに《舟べりに》ゐて、うつぶして海を見れば、山の影うつりたり。高き岸の[八]三四十丈ばかり余りたる上に、虎[九]つづまりゐて、物をうかがふ《何かをねらっている》。その影、水にうつりたり。そのときに、人々に告げて《しらせて》、水汲む者を、急ぎ呼び乗せて、手ごとに櫓《ろ》を押して、急ぎて舟を出《いだ》す。そのときに、虎躍りおりて舟に乗るに《乗ろうとするが》、舟はとく出づ《いち早く漕ぎ出た》。虎は、落ち来る程《間が》のありければ、いま一丈ばかりを、え躍りつかで《躍りつくことができないで》、海に落ち入りぬ。

虎と鰐の争い

舟を漕ぎて、急ぎて行くままに、この虎に目をかけて《注視して》見る。しば

六 古くは筑前・筑後の両国をさし、さらに九州の全体をいう。

七 諸本には、「新羅にわたりけるか」とある。新羅は、朝鮮半島の東南部の国名。六世紀には、高句麗《こうくり》・百済《くだら》と並び、七世紀には、それらの両国をあわせ、半島の全域を領したが、一〇世紀に、高麗《こま》のために滅ぼされた。

八 約九〇〜一二〇メートルに当るが、『今昔物語集』二九—三一には、「三四丈許上タル上ニ」とある。

九 底本・陽明本に、「つくまりゐて」とあるが、伊達本・古活字本などによって改めた。「つづまる」は、小さくちぢまること。

しばかりありて、虎海より出で来ぬ。泳ぎて陸《くが》ざまに《陸のほうに》上りて、汀《みぎは》に平《ひら》なる石の上に登るを、見れば、左の前足を膝より嚙《か》み食ひ切られて、血あゆ《したたる》。鰐《わに》[一]に食ひ切られたるなりけりとみるほどに、その切れたる所を水に浸して、ひらがりをるを《体を平たくしているのを》、いかにするにか《どうするのかと》と見るほどに、沖の方《かた》より、鰐、虎の方をさして来ると見るほどに、虎、右の前足をもて《もって》、鰐の頭に爪《つめ》を打ち立てて、陸ざまに《陸のほうに》投げあぐれば、一丈ばかり浜に投げあげられぬ。のけざまになりてふためく《あおむけになってばたばたする》。頤《おとがひ》の下《あごの下を》を、躍りかかりて食ひて《食いついて》、二度《ふたたび》三度《み　たび》ばかりうち振りて《振りまわして》、なへなへと《くたくたにして》なして、肩にうちかけて、手を立てたるやうなる岩の五六丈あるを《手を立てたような五六丈もある岩に》、三つの足をもて《足でもって》、下り坂を走るがごとく登りてゆけば、舟の中なる者ども、これが《これの》しわざを見るに、なからは死に入りぬ《半分は死んだような気になった》。舟に飛びかかりたらましかば《飛びかかったならば》、いみじき《すばらしい》剣《つるぎ》[二]、刀を抜きてあふとも《わたりあっても》、かばかり《これほど》力強く早からんには《すばやくては》、何わざをすべきぞと思ふに《どのようなことができようかと思うと》、肝心《きもごころ》失せて《気も遠くなって》、舟漕ぐ空もなくて《方向もおぼつかないまま》なむ、筑紫《つくし》には帰りけるとかや《帰ったとかいうことだ》。

一　ここでは、サメの類。ワニザメ。『古事記』『風土記』などにも出る。

二　『今昔物語集』二九―三一に、「太刀刀ヲ抜テ」とある。

＊『今昔物語集』二九―三一には、この説話と同話に当るものがあって、「此レヲ思フニ、鰐モ海ノ中ニテハ猛ク賢《サカシ》キ者ナレバ、虎ノ海ニ落入タリケルヲ、足ヲバ咋切《クヒキリ》テケル也。其レニ由无ク、尚虎ヲ咋ハムトテ、陸《クガ》近ク来テ命ヲ失ナフ也。然レバ万《ヨロヅ》ノ事皆此レガ如ク也。人此レヲ聞テ、余リノ事ハ可止《トドムベ》シ、只吉キ程ニテ可有《アルベ》キ也トゾ人語リ伝ヘタルトヤ」と結ばれている。本書では、この死闘のすさまじいさまだけがえがかれて、そのような教訓めいた言葉はそえられていない。虎という猛獣は、まったく日本に棲《す》まないだけに、かえって神秘化されやすかったといってよい。

〔四〇〕木こり歌の事

今は昔、木こりの、山守《やまもり》[三]に斧《よき》[四]を取られて、わびし《つらい》、心うし《情けないと》と思ひて、つら杖うち突きて《ほおづえをついていた》をりける。山守見て、「さるべきことを申せ《それ相応のことを》[五]。取らせん《返してやろう》」と言ひければ、

[六]あしきだになきはわりなき世の中に
よきをとられてわれいかにせむ

と詠みたりければ、山守、返しせん《返歌をしようと》と思ひて、「[七]うう、うう」とうめきけれど、えせざりけり《何もできなかった》。さて、斧返し取らせてければ《〔山守が〕返してやったので》、嬉しと思ひけりとぞ《〔木こりは〕思ったという》。人はただ歌をかまへて詠むべしと見えたり《心がけて詠まなければならないと思われる》。

三 山番。山林の管理人。
四 斧《おの》の小さいもの。手おの。
五 何か気のきいた歌でも詠めという意。

木こりのわびごと

六 悪いものでさえないのは、困る世の中であるのに、よいものすなわち斧をとられて、自分はどうしようか。この歌のおもしろさは、「斧」と「善き」との掛詞、「き」の音の反復、「わりなき」と「われ」との照応、「割なき」と「斧」との縁語の関係などにある。
七 底本に「うら〳〵と」とあるが、伊達本・陽明本によって改めた。

歌詠みのすすめ

＊『古本説話集』一八に、この説話と同話に当るものがあって、一聯の和歌説話に属するものとみられる。本書の四三・一一一話などと同じように、それぞれの場面に応じて、巧みに歌を詠むことによって、ようやく危難をのがれたというものである。この説話の歌は、「斧」と「善き」との掛詞を中心に、無理につくられたものといってよい。それでも、三十一字の歌の形だけで、ありがたく思われたのである。

〔四一〕 伯《はく》[一]の母の事

今は昔、多気大夫《たけのたいふ》[二]といふ者の、常陸《ひたち》より上りて、うれへする《訴訟をする》ころ、むかひに《向いの家で》、越前守[三]といふ人のもとに《ところに》、きやくすしけり[四]。この越前守は、伯の母とて、世にめでたき人《まことにすばらしい人》、歌よみの親なり。妻は伊勢大輔《いせのたいふ》[五]、姫君たちあまたあるべし《多くあるであろう》。多気大夫、つれづれに覚ゆれば《退屈に思われるので》、聴聞《ちやうもん》[六]に参りたりけるに、御簾《みす》を風の吹きあげたるに、なべてならず《なみなみでなく》うつくしき人の、紅《くれなゐ》の一重《ひとへ》[七]がさね着たるを見るより、この人を妻《め》にせばやと、いりもみ思ひければ《はげしく身をもみくだいて思いこがれたので》、その家の上童《うへわらは》[八]を語らひて、問ひ聞けば、「大姫御前[九]の紅は奉りたる《紅をば召しておいでになる》」と語りければ、それに語らひつきて《その童女をうまくてなずけて》、「われに盗ませよ《ひそかにあわせよ》」と言ふに、「思ひかけず《とんでもない》。えせじ《できませんよ》」と言ひければ、「さらば、その乳母《めのと》[一〇]を知らせよ」と言ひければ、「それは、さも申し《そうも申して》

盗まれた姉姫

一 高階《たかしな》成順の女。神祇伯康資王の母。はじめに四条宮寛子に仕えて、四条宮筑前と呼ばれた。二人の妹、筑前乳母と源兼俊の母とともに、『後拾遺集』の作者。その家集に『康資王母集』がある。

二 平維幹《これもと》。国香の孫、繁盛の子、維茂の弟。従五位下。常陸の国多気邑（茨城県筑波郡）に住み、多気大夫と称して、常陸大掾《だいじょう》の祖となった。

三 高階成順。明順の子。筑前守、正五位下。越前守というのは誤か。長久元年（一〇四〇）没。

四 古活字本などに、「経誦しけり」とあるが、未詳。「逆修しけり」で、生前に自分の冥福を祈る仏事をいとなんだことか。

五 大中臣輔親の女。一条天皇の中宮彰子に仕えて、「いにしへの奈良の都の八重桜けふ九重ににほひぬるかな」の詠歌で、その歌才を認められたという。その家集に『伊勢大輔集』がある。

六 説教や読経をきくこと。

七 表着《うわぎ》の下に単衣《ひとえ》を重ねて着るもの。

八 宮中または貴族の家に召し使われる童女。

九 姉の姫。「御前」は、女の敬称。

一〇 貴人の子を守り育てる女。

てん《みましょう》」とて、知らせてけり《教えてしまった》。さて、いみじく《たくみに》語らひて、金《かね》百両取ら《与えな》せなど《どして》して、「この姫君を盗ませよ」と責め言ひければ、さるべき《そうなるはず》契りにやありけん《の因縁でもあったのか》、盗ませてけり。

歌のおとずれ

やがて《そのまま》、乳母うち具して《乳母をつれて》、常陸へ急ぎ下りにけり。〔越前守の家では〕跡に泣き悲しめど、かひもなし《どうしようもない》。程経て、乳母おとづれたり《便りをよこした》。あさましく《つらく》、心憂《情けな》し《いと》と思へども、いふかひなき《いってもしかたのない》ことなれば、時々うちおとづれて《便りをよこして》過ぎけり。〔妹の〕伯の母、常陸へかく言ひやり給ふ。

一一 にほひきや都の花は東路《あづまぢ》に
　　こちの返しの風のつけしは

返し、姉、

一二 吹きかへすこちの返しは身にしみき
　　都の花のしるべと思ふに

わすれがたみの娘

年月隔たりて、伯の母、一三 常陸守の妻《め》にて下りけるに、姉は失せに《亡くなっ》けり《ていた》。女《むすめ》二人ありけるが、かくと聞きて《叔母が来たと聞いて》参りたりけり。田舎人《ゐなかびと》とも

一一 東風の返しの西風がつけて送った都の花は、東国の地に咲きにおったことでしょうか。『後拾遺集』雑五に、「あづまに侍りけるはらからの許にたよりにつけてつかはしける」という詞書で、源兼俊の母の作として出ている。この歌は、伯の母の作ではなくて、その妹の兼俊の母の作とみられる。

一二 都の花にゆかりのあるものと思うと、吹きかえす東風の返しの西風は身にしみました。『後拾遺集』雑五に、前の歌の「かへし」ということで、康資王の母の作として出ている。この歌は、康資王の母の作とみられ、その姉の作ではないであろう。『尊卑分脈』には、伯の母の姉はあげられていないが、その妹として、源兼俊の母などがあげられている。

一三 藤原基房か。『勅撰作者部類』に、この基房について、「四位常陸介、中納言藤原朝経男、至康平七年」とある。

見えず、いみじくしめやかに《たいそうしとやかで》、恥づかしげによかりけり《りっぱで美しかった》。常陸守の上を《奥方を》、「昔の人に似させ給ひたりける」《亡くなった母に似ていらっしゃることだ》とて、いみじく泣きあひたりけり《ひどく二人で泣きあっていた》。四年が間、〔常陸守の縁者であることを〕名聞《みやうもん》にも思ひたらず《名誉とも思っていないで》、用事なども言はざりけり《頼みごとなども言ってこなかった》。任《にん》果てて上るをりに《任期が終って都へ帰るとき》、常陸守、「無下なりける者どもかな《まったくあきれた娘どもだよ》。かくなん《今はもう》上ると言ひにやれ」と、男に[一]《夫に》言はれて、伯の母、上るよし言ひにやりたりければ、「承りぬ《承知しました》。参り候はん《参上いたしましょう》」とて、明後日《あさて》上らんとての日《上京しようという日に》、参りたりけり。えもいはぬ《何ともいえないりっぱな》馬、一つを宝にするほどの《一疋だけでも宝といえるほどの》馬十疋づつ、二人して、また、皮籠《かはご》[二]負ほせたる《せおわせた》馬ども百疋づつ、二人して奉りたり《さし上げた》。何とも思ひたらず《別にどうということもなく》、かばかりのこととしたりとも思はず《これほどすばらしいことをしたとも思わぬ様子で》、うち奉りて《さし上げて》帰りにけり。常陸守の、「ありける常陸四年が間の物は何ならず《これまでの常陸在住の四年間の収入は何ということもない》。その皮籠の物どもしてこそ《品々によってこそ》、万《よろづ》の功徳《くどく》[三]も何もし給ひけれ《おできなさったのだ》。ゆゆしかりける《人なみはずれた人々の》者どもの心の大きさ、広さかな」と語られけるとぞ。

この伊勢大輔《いせのたいふ》の子孫は、めでたきさいはひ人《すばらしい幸福な人が》、多く出で来給ひたるに、大姫君のかく田舎人《ゐなかびと》になられたりける、あはれに心憂くこそ《気の毒なことである》。

すばらしいみやげ

一 伊達本・陽明本に、「男にはいはれて」とある。
二 皮で張った籠。後には紙張りや竹製のものをもいう。
三 仏教で、現世・来世の幸福をもたらすもととなるよい行い。
＊『古本説話集』二〇にも、この説話と同話に当るものがあって、伯の母をめぐる和歌説話として取りあげられている。しかも、その後段に至って、多気の大夫の一族が、豪勢な生活を送っていたさまについて語られるのは、本書の一八話の利仁将軍のことと通ずるようである。それにもかかわらず、「大姫君のかく田舎人になられたりける、あはれに心憂くこそ」というように、あからさまな都人の意識をもって結ばれている。

情けない田舎ぐらし

四 康資王の母。一二六頁注一参照。
五 仏像の完成に当って行う法要。開眼供養。

〔四二〕同人、仏事の事

今は昔、伯[四]の母、仏供養《ほとけくやう》[五]しけり。永縁僧正《やうえんそうじやう》[六]を請《しやう》じて《お招きして》、さまざまの物どもを奉る《さし上げる》中に、紫の薄様《うすやう》[七]に包みたる物あり。あけて見れば、

朽《く》[八]ちにける長柄《ながら》の橋の橋柱《はしばしら》
法《のり》のためにも渡しつるかな

長柄の橋の切《きれ》なりけり。

またの日《つぎの日》、またつとめて《朝早く》、若狭阿闍梨隆源《わかさのあじやりりゆうげん》[九]といふ人、歌よみなるが来たり。あはれ《ああ》、このことを聞きたるよと、僧正おぼすに《お思いになるが》、懐《ふところ》より名簿《みやうぶ》[一〇]を引き出でて奉る。「この橋の切給はらん《いただきましょう》」と申す。僧正、「かばかりの《これほどの》希有《けう》の物は《珍しく貴い物は》、いかでか《どうしてお渡ししましょうか》」とて、「何しにか取らせ給はん《どうしてお渡しくださいましょうか〔やむをえませんが〕残念です》。くちをし」とて帰りにけり。

六 藤原永相の子。興福寺別当、権僧正。「初音」の名歌によって、初音の僧正と呼ばれた。『堀河院百首』『金葉集』などの作者。天治二年（一一二五）に、七八歳で没。

七 鳥の子紙を薄くすいたもの。

長柄の橋柱

八 朽ちてしまった長柄の橋の橋柱を、仏の法のために布施としてお渡しすることだ。長柄の橋は、大阪市大淀区の長柄近辺にあったと伝えられ、古くから歌枕として知られる。『日本後紀』弘仁三年六月己丑の条に、「遣レ使造ニ摂津国長柄橋一」とあり、『文徳実録』仁寿三年十月戊辰の条に、「摂津国奏言、長柄三国両河、頃年橋梁断絶、人馬不レ通、請准ニ堀江川一、置ニ二隻船一、以通ニ済渡一、許レ之」とある。「渡す」は、「橋」の縁語であるが、済度の意味を掛けている。

隆源の願い

九 底本に「若狭あさりうくゑん」とあり、伊達本・陽明本に、「若狭あさりこくゑん」とあり、古活字本などに、「若狭阿闍梨覚縁」とあるが、『古本説話集』二一によって改めた。同書の本文には、「うくゑん」とあり、傍注の書入によって、「りうくゑん」と直している。隆源は、藤原通宗の子、三井寺の僧。『尊卑分脈』に、「若狭阿闍梨」とある。

一〇 家人または門弟になるために、主人または師にさし出す名札。ここでは、長柄の橋の切れをもらうかわりに、師弟の契りを結ぼうというのである。

すきずきしく《歌道に熱心で》、あはれなる《感動させられる》ことどもなり。

〔四三〕藤六《とうろく》[一]の事

今は昔、藤六といふ歌よみありけり。下種《げす》[二]の家に入りて、人もなかりけるをりを見つけて、入りにけり。鍋に煮ける物をすくひ食ひけるほどに、家あるじの女、水を汲みて、大路《おほぢ》の方《かた》より来てみれば、かく《このように》すくひ食へば、「いかに《なんだって》、かく人もなき所に入りて、かくはする物をば参るぞ《このように煮ている物を召し上がるのか》。あなうたてや《ああひどいことだ》、藤六にこそいましけれ《藤六でいらっしゃったのか》。さらば《それでは》、歌詠み給へ」と言ひければ、

　[三]昔より阿弥陀仏《あみだぼとけ》のちかひにて
　　煮ゆる物をばすくふとぞ知る

とこそ詠みたりけれ《詠んだのであった》。

*『古本説話集』二二にも、この説話と同話に当るものがあって、伯の母にかかわる和歌説話としてあげられている。歌枕の長柄の橋については、『袋草紙』や『愚秘抄』に、能因法師が錦の袋にその削り屑を入れたと伝えられ、『古今著聞集』や『明月記』などに、後鳥羽院がその橋柱で文台を作ったと伝えられる。そのように、歌人の仲間では、この橋の切れ端までを重んじたのであって、隆源の執心についても、「すきずきしく、あはれなることどもなり」と評されている。

一 藤原輔相。弘経の子。無官で、藤六と号した。その家集に、『藤六集』があって、多くの物名歌を残している。

藤六のざれ歌

二 身分の低い者。

三 昔から阿弥陀仏の衆生を救うという誓いで、釜の中で煮える物をすくうのだと承知している。阿弥陀仏は、一切衆生を救うために、四八願をたてたという。「誓ひ」に「匙《かひ》」を掛けて、「救ふ」に「掬ふ」を掛けたもの。

*『古本説話集』一五にも、この説話と同話に当るものがあって、一聯の和歌説話に属するものとみられる。それにしても、むやみに留守の家に入りこんで、勝手に鍋の煮物を食うのは、まことに横着なふるまいといえよう。そのお詫びのために、即座に俳諧体の歌を詠むのであるが、「あなうたてや、藤六にこそいましけれ。さらば、歌詠み給

へ」という口ぶりから、かなりその名をうたわれていたと察せられる。この藤六の作歌は、ほとんど物名歌で占められている。たとえば、「うるかいり」という食物をあげて、「この家はうるかいりてもみてしがな主もさながらかはむとぞ思ふ」と詠んでいるが、いかにも不遠慮ないいぐさであって、この説話のおもむきにも通ずるようである。山口博氏の『王朝歌壇の研究』には、この藤六の本質が、貴族圏外の沈淪歌人としてとらえられている。藤原の一門とはいいながら、無官の六位であった才人に、そのような「をこ」のわざがふさわしかったとみられる。後代まで、同じ藤六という名が、おどけ者の通り名としてもてはやされている。

四 源満仲。経基の子。鎮守府将軍、正四位下。摂津の国多田郡に住み、多田新発意《しんぼち》と称した。『拾遺集』の作者。長徳三年（九九七）に八五歳で没。

五 家来。中世の武士の家臣で、主人と血縁の関係がなく、自身で所領をもたない者。

六 仏教で、よい結果を招くもととなる行為。

七 地蔵菩薩。五〇頁注一参照。

八 仏や神にしたがって、絶対にこれを信ずること。

九 死者の魂が行くという暗黒の世界。

一〇 梵語の yama-rāja に当る。冥府の王で、亡者の魂をつかさどり、罪の軽重によって、その賞罰をきめると信じられる。

〔四四〕多田新発意《ただのしんぼち》[四]郎等の事

郎等の悪業

これも今は昔、多田満仲のもとに、たけくあしき（あらあらしく悪い）郎等《らうどう》[五]ありけり。物の命を殺すをもて業《わざ》とす（仕事とする）。野に出で、山に入りて、鹿を狩り、鳥を取りて、いささかの（わずかの）善根《ぜんごん》[六]することとなし。

帰依の心

あるとき、出でて狩するあひだ、馬を馳《は》せて（走らせて）鹿を追ふ。矢をはげ（つがえ）、弓を引きて、鹿にしたがひて（鹿のあとを追って）、走らせてゆく道に、寺ありけり。〔郎等は〕その前を過ぐる程に、きと（ちらと）見やりたれば、内に地蔵[七]立ち給へり。左の手をもちて弓を取り、右の手して笠を脱ぎて、いささか（わずかばかり）帰依《きえ》[八]の心をいたして（おこして）、馳せ過ぎにけり（走り過ぎていった）。

閻魔の裁き

そののち、いくばくの年を経ずして（何年もたたないで）、病つきて（病気にかかって）、日ごろよく（幾日もひどく）苦しみわづらひて、命絶えぬ。冥途《めいど》[九]に行きむかひて（出かけていって）、閻魔《えんま》[一〇]の庁《ちやう》に召されぬ。見れば、多くの罪人、罪の軽重にしたがひて、打ちせため《責めさいなまれ》、罪せらるること、いといみじ《まことにひどい》。わが一生の罪業《ざいごふ》[一]を思ひ続くるに、涙落ちて、せん方なし《どうしようもない》。

かかるほどに《こうしているうちに》、一人の僧出で来たりて、のたまはく、「なんぢを助けんと思ふなり。早く故郷に帰りて、罪を懺悔《さんげ》[二]すべし」とのたまふ。僧に問ひ奉りて言はく、「これは誰《たれ》の人の、かくは《このように》仰せらるるぞ」と。僧答へ給はく、「われは、なんぢ、鹿を追ひて、寺の前を過ぎしに、寺の中にありて、なんぢに見えし地蔵菩薩なり。なんぢ、罪業深重《じんぢゆう》なりといへども《深く重いといっても》、いささか《すこしばかり》、われに帰依《きえ》の心をおこしし業《ごふ》によりて、われ、今、なんぢを助けんとするなり」とのたまふと思ひて、よみがへりてのちは、殺生《せつしやう》[三]をながく断ちて《たやめて》、地蔵菩薩に仕うまつりけり《お仕え申した》。

〔四五〕因幡《いなば》[四]の国の別当[五]、地蔵[六]造りさす事

一　苦の報いをうけるもととなる行為。

二　過去の罪悪を悔いて、仏菩薩などに詫びること。

三　生きものを殺すこと。

地蔵の救い

＊『今昔物語集』一七―二四、一四巻本『地蔵菩薩霊験記』九―一に、この説話と同話に当るものがみられる。地蔵菩薩の霊験譚の一つで、重い罪業を負うた人が、わずかな信心によって救われるというもの。『今昔物語集』一九―一四などのように、特に殺生を好む者が、ついに仏道に入るという説話は、少なからず伝えられている。

四　鳥取県の東部。

五　大寺や大社の長官で、その事務の総轄に当る者。

六　地蔵菩薩。五〇頁注一参照。

七　鳥取県鳥取市。『今昔物語集』一七―二五に、「因幡ノ国高草ノ郡野坂ノ郷」とある。『和名抄』には、高草郡の郷名として、「野坂乃佐加」があげられてい

る。

八 僧侶が住んで、仏道を修行する所。寺。

因幡の国隆寺

九 寺そのものは現存しない。『因幡志』高草郡の「国隆寺之地蔵」の項に、「小原村ノ辻堂ニ安置ス是也、長二尺五寸余木像ナリ、寺跡ハ小原村ノ後ノ山上ニアリ」とある。『大系』の注によると、鳥取市小原の小堂に、鎌倉期の地蔵の木像が現存するという。

地蔵の木作り

一〇 『今昔物語集』一七—二五に、「彼ノ国ノ前《サキ》ノ介《スケ》□□千包《チカネ》ト云フ人」、『地蔵菩薩霊験記』一—四に、「因幡ノ前司介親」とある。『権記』寛弘四年一〇月二九日の条に、因幡介千兼という者が、百姓の愁訴のために、因幡守橘行平に殺されたとあって、この人に当るか。

一一 仏像を彫刻する者。

一二 梵語の dāna-pati に当り、施主の意。財物を施す信者。

一三 寺の雑務に使われた妻帯の僧。

一四 必要な形に材木を削ること。

一五 胡粉を下塗りして、絵具で色どること。

一六 仏像の頭・首・胸などにかけて飾るもの。

専当法師の蘇生

一七 午後二時ごろ。

これも今は昔、因幡[七]の国高草郡《たかくさのこほり》さかの里に伽藍《がらん》[八]あり、国隆寺《こくりゆうじ》[九]と名づく。[一〇]この国の前の国司ちかなが造れるなり《造ったのである》。

そこに、年老いたるもの語り伝へて言はく、この寺に別当《べつたう》ありき。家に仏師《ぶつし》[一一]を呼びて、地蔵《ぢざう》を造らするほどに、別当が妻、異男《ことをとこ》《別の男》に語らはれて《に誘われて》、跡をくらうして失せぬ《ゆくえをくらましていなくなった》。別当心を惑はして《驚きあわてて》、仏の事をも、仏師をも知らで《かまわないで》、里村に、手を分ちて尋ね求むる《手わけをしてさがし求める》あひだ、七八日を経ぬ。仏師ども、檀那《だんな》[一二]を失ひて、空を仰ぎて、手をいたづらにして《手をむなしくこまぬいていた》ゐたり。その寺の専当《せんたう》[一三]法師、これをみて、善心をおこして、食物《くひもの》を求めて、仏師に食はせて、わづかに《かろうじて》、地蔵の木作り[一四]ばかりをし奉りて、綵色《さいしき》[一五]、瓔珞《やうらく》[一六]をばえせず《できないでいた》。

そののち、この専当法師、病つきて命終りぬ。妻子、悲しみ泣きて、棺に入れながら、捨てずして置きて《葬地に送らないでそのままに置いて》、なほこれを見るに《なおこの棺を見ていると》、死にて六日といふ日の、未《ひつじ》[一七]の時ばかりに、にはかにこの棺はたらく《動く》。見る人おぢ恐れて《こわがり恐れて》、逃げ去りぬ。妻、泣き悲しみて、あけて見れば、法師よみがへりて、水を口に入れ、やうやう程経て、[一]冥途《めいど》の物語す。「大きなる鬼二人来たりて、われを捕へて、追ひ立てて、広き野を行くに、白き衣《きぬ》着たる僧出で来て、『鬼ども、この法師とく《早く》許せ。われは地蔵菩薩なり。因幡の国の国隆寺《こくりゆうじ》にて、われを造りし僧なり。仏師等、食物なくて、日ごろ経しに《何日も過したときに》、この法師、信心をいたして、食物を求めて、仏師等を[二]供養《くやう》して、わが像を造らしめたり。この恩忘れがたし。かならず許すべきものなり』とのたまふほどに、鬼ども許しをはりぬ。ねんごろに《ていねいに》道教へて帰しつと見て、生き返りたるなり」と言ふ。

　そののち、この地蔵菩薩を、妻子ども、綵色《さいしき》し、供養し奉りて、ながく[三]帰依《きえ》し奉りける。今、この寺におはします。

一 死者の魂が行くという暗黒の世界。

二 仏法僧の三宝や死者の霊などに対して、香花・燈火・飲食・財物などを供えること。

三 仏や神に従って、絶対にこれを信ずること。

＊『今昔物語集』一七—一五、一四巻本『地蔵菩薩霊験記』一—四に、この説話と同話に当るものがみられる。前の説話と同じように、地蔵に助けられて、地獄からよみがえるというもので、ここでは、国隆寺の地蔵の縁起としてまとめられている。

地蔵の供養

四 藤原俊綱。頼通の子。母は源祇子。はじめ橘俊遠の子として、橘氏を名のったが、後に藤原氏にもどった。修理大夫、正四位上。伏見の地に住んで、伏見修理大夫と称した。『後拾遺集』などの作者。嘉保元年

（一〇九四）に、六七歳で没。「修理大夫」は、修理職の長官。修理職は、宮中の修理・造営をつかさどる。
五 藤原頼通。四〇頁注一参照。
六 貴族の子息をいう。
七 橘俊済の子。讃岐守、東宮亮、従四位下。生没年は未詳。
八 蔵人所の職員。はじめは機密の文書などを扱ったが、後に天皇の側近にあって、伝宣、進奏、儀式など、宮中の大小の諸事をつかさどり、名誉の職として重んじられた。

尾張国司の素姓

九 尾張の国は、愛知県の西部。
一〇 名古屋市熱田区の熱田神宮。神体は草薙剣、祭神は日本武尊。

熱田大宮司の威勢

一一 『字類抄』に、「ムライ」とよまれていたが、『節用集』などには、「ブレイ」とよまれている。
一二 伊達本・陽明本に、「ものを」とある。
一三 大きな神社の神職の長。
一四 六十六国および壱岐《いき》・対馬《つしま》におかれた地方官。ここでは、尾張守。

国司の立腹と大宮司の処罰

一五 「見参らする」こと。面会、対面の謙称。
一六 伊達本・陽明本・古活字本に、「我らに」とある。

〔四六〕[四]伏見修理大夫《ふしみのしゅりのだいぶ》俊綱《としつな》の事

これも今は昔、伏見修理大夫は、[五]宇治殿《うぢどの》の御子にておはす。あまり[六]公達《きんだち》多くおはしければ《おいでになったので》、やうを《様子を》変へて、[七]橘俊遠《たちばなのとしとほ》といふ人の子になし申して、[八]蔵人《くらうど》になして、十五にて、[九]尾張守《をはりのかみ》になし給ひてけり。

それに、尾張に下りて、国行ひける《国政をとったが》に、そのころ、[一〇]熱田《あつた》の神いち《あらた》はやくおはしまして《かできびしくいらっしゃって》、おのづから《たまたま》笠をも脱がず、馬の鼻を向け、[一一]無《む》礼《らい》をいたす者をば、[一二]やがて《そのままただちに》たち所に、罰せさせおはしましければ《神罰をお加えになったので》、[一三]大宮司《だいぐうじ》の威勢、[一四]国司にもまさりて、国の者どもおぢ恐れたりけり《こわがり恐れていた》。

それに《ところで》、この国司下りて、国の沙汰ども《国政の処理などをする》あるに、大宮司、われはと《自分こそはと》思ひてゐたるを、国司咎めて、「いかに大宮司ならんからに《大宮司だからといって》、国《この》にはらまれては《国に生れた者としては》、[一五]見参《げんざん》にも参らぬぞ」と言ふに、「さきざきさること《これまでにそのようなことはない》なし」とてゐたりければ、「国司も《〔俊綱は〕国司といっても》、国司にこそよれ《国司によるのだ》、[一六]わが身に《自分にむ》

あひては《かって》、からは言ふぞ《このように言うのか》」とて、いやみ思ひて《いやがり憎んで》、「知らん所ども《領治する土地を点検して》点ぜよ《没収せよ》」など言ふときに、人ありて、大宮司に言ふ。「まことにも《いかにも》、国司と申すに《国司と申しても》、かかる人おはせず《このような人はおいでにならない》。見参に参らせ給へ《お目通りにうかがって下さい》」と言ひければ、「さらば」と言ひて、衣冠《いくわん》[一]に衣出《きぬいだ》[二]して、供の者ども三十人ばかり具して《つれて》、国司のがり《国司のもとへ》向かひぬ。国司出であひ、対面して、人どもを呼びて、「きやつ《あいつめ》、たしかに召し籠めて《ひっ捕え押しこめて》、勘当《かんだう》[三]せよ《処罰せよ》。神官といは《神官だからと》んからに《いって》、国中にはらまれて《この国の中に生まれて》、いかに奇怪をばいたす《どうしてけしからぬことをするのか》」とて、召し《呼びだし》たてて《引きたてて》、ゆふね[四]に籠めて《押しこめて》、勘当す《処罰する》。

国司と大宮司との前生

そのとき、大宮司、「心憂き事に候ふ《つらいことでございます》。御神はおはしまさぬか《おいでになりませんか》。下臈《げらふ》[五]の無礼《むらい》をいたすだに、たち所に《ただちに》罰せさせおはしますに、大宮司をかくせさせて御覧ずるは《このようなめに合わせてご覧になっているとは》」と、泣く泣くくどきて《泣きながら訴えて》、まどろみたる夢に、熱田の仰せらるるやう、「このことにおきては、わが力及ばぬなり。その故は、[昔]僧ありき。法華経《ほけきやう》[六]を千部読みて、われに法楽《ほふらく》[七]せんとせしに、百余部は読み奉りき。国の者ども貴《たふと》がりて、この僧に帰《き》[八]

一 束帯につぐ略式の礼装。冠・袍《うえのきぬ》・指貫《さしぬき》をつけて、笏《しやく》のかわりに檜扇《ひおうぎ》をもつ。

二 直衣《なおし》の下、指貫の上に衣の裾を出して。出し衣《いだ》と称する着方。

三 罪を勘《かん》えて、法にあてて罰すること。

四 諸本には、「ゆふほとに」とある。「ゆふ」は、縛ること。底本のままならば、「湯槽に」に当るか。

五 身分や地位の低い者。本来は、安居《あんご》の功を積むことの少ない僧をいう。

六 『妙法蓮華経』。二一頁注一三参照。

七 神仏の前で、誦経、奏楽などをして、神仏を楽しませること。

八 仏や神に従って、絶対にこれを信ずること。

依《え》しあひたりしを、なんぢ《おまえは》、むつかしがりて《いやがって》、その僧を追ひ払ひて《追い払ってしま》き《った》。それに、僧、悪心をおこして、『われ、この国の守となりて、この答へをせん《し返しをしよう》』とて生れきて、今、国司になりてければ、わが力及ばず。その[九]先生《せんじやう》の僧を俊綱《すんがう》といひしに、この国司も俊綱《としつな》といふなり」と、夢に仰せありけり。

人の悪心はよしなきことなりと《つまらないことだという》。

〔四七〕 [一〇]長門前司《ながとのぜんじ》の女《むすめ》、葬送のとき本所に帰る事

今は昔、長門前司といひける人の、女二人ありけるが、姉は人の妻にてありける。妹は、いと若くて宮仕へぞしけるが、後には、家にゐたりけり。わざとありつきたる男もなくて《とりたててきまった夫もいなくて》、ただ時々通ふ人などぞありける。[一一]高辻室町《たかつじむろまち》わたりにぞ、家はありける。父母もなくな

九 前生。この世に生れる前の世。

＊『今鏡』藤波の上、九巻本『宝物集』六には、この説話の類話が掲げられている。『宝物集』によると、はじめに、俊綱《しゆんどう》という聖人がいて、熱田の大宮司に水をかけられたが、後に、俊綱《としつな》という国司となって、この大宮司に水をかけた。そのことについて、大明神の示現に、「われ、俊綱聖人存生のとき、多く法施を得たりき。故に、神罰に及ばず」と示されたという。因果応報の業には、熱田大明神の力も、どうしようもなかったというのである。

長門前司の妹娘

一〇 前の長門の国司。その伝は未詳。「長門」は、山口県の西北部。

一一 京都市下京区。高辻通りと室町通りとの交叉するあたり。

りて、奥の方には、姉ぞゐたりける。南[一]の表の、西の方なる妻戸《つまど》口にぞ、常に人に逢ひ、ものなどいふ所なりける。

消えうせた遺体

二十七八ばかりなりける年、いみじく《ひどく》わづらひて、失せにけり《死んでしまった》。奥はところせし《狭くるしいというので》とて、その妻戸口[二]にぞ、やがて臥したりける《そのまま横たわっていた》。さて《そのま》あるべきことならねば《まにしておかれることではないので》、姉などしたてて《用意して》、鳥部野《とりべの》[三]へ率《ゐ》て去ぬ《運んでいった》。さて、例の作法にとかくせんとて《葬儀のしきたりでとにかくしようというので》、車より取りおろすに、櫃《ひつ》[四]かろがろとして、蓋《ふた》いささか《すこし》あきたり。あやしくて《変に思って》、あけて見るに、いかにもいかにも《何とも何とも》、つゆ物なかりけり《まったく何もなかった》。道などにて、落ちなどすべきことにもあらぬに《落ちなどするはずもないのに》、いかなることにかと心得ず《納得がゆかず》、あさまし《あきれたことだ》。すべき方もなくて《どうしようもなくて》、さりとてあらんやはとて《そうかといってこのままにしておけようか》、人々走り帰りて、道におのづからや《ひょっとして落ちて》と見れども《いないかと見るが》、あるべきならねば《あるはずもないので》、家へ帰りぬ。

家の中の埋葬

「もしや」と見れば、〔妹の死体は〕この妻戸口に、もとのやうに候ひて、うち臥したり《横たわっていた》。いと《たいそう》あさましくも恐ろしくて、親しき人々集まりて、「いかがすべき《どうしたらよいか》」と言ひあはせ《話しあい》騒ぐほどに、夜もいたく《たいそう》更けぬれば、

一 寝殿の南面の間の西側に当る妻戸の口。「妻戸」は、殿舎の四隅に設けた両開きの戸。

二 伊達本・陽明本に、「妻戸口にて」とある。

三 京都市東山区の清水谷・西大谷から、阿弥陀ガ峰につらなる一帯。平安時代から、京都の墓所、火葬場として知られた。

四 上にむかって蓋のあく大きな箱。ここでは、ひつぎ。

「いかがせん《どうしようもない》」とて、夜明けて、また櫃に入れて、このたびはよくまことにしたためて《しっかりと納めて》、五夜さりいかにもなど思ひて《夜になったら何とでもしようなどと》あるほどに、夕つかた《夕方に》見るほどに、この櫃の蓋、細めにあきたりけり。いみじく《たいそう》恐ろしく、ずちなけれど《どうしようもないが》、親しき人々、「近くて《近くに寄って》よく見ん」とて、寄りて見れば、棺《ひつぎ》より出でて、また、妻戸口に臥したり。「いとどあさましきわざかな《いよいよあきれはてたことだな》」とて、また、かき入れん《かつぎ入れようとして》とて、よろづに《さまざまに》すれど、さらにさらにゆるがず《いっこうにいっこうに動かない》。土よりおひたる《生え出た》大木などを、引きゆるがさん《引き動かそうとする》やうなれば《ようなので》、すべき方なくて《どうしようもなくて》、ただ、ここにあらんとてか《いたいのでもあろうかと》と思ひて、おとなしき人《おもだった人が》、寄りて言ふ、「ただ、ここにあらんとおぼすか《いようとお思いになるのか》。さらば《それでは》、やがて《そのまま》ここにも置き奉らん《置いてあげよう》。かくては《このままでは》、いと見苦しかりなん《いかにも見苦しいだろう》」とて、妻戸口の板敷をこぼちて《こわして》、そこに下《おろ》さんとしければ、いとかろらかに《まことにかろやかに》下されたれば、すべなくて《いたしかたなく》、その妻戸口一間を、板敷など取りのけこぼちて《こわして》、そこに埋みて《埋めて》、高々と塚にてあり。家の人人も、さてあひゐて《そのようにしていっしょに住んでいるのは》、ものむつかしくおぼえて《何となく気味わるく思われて》、みなほかへ

五　夜になること。「さり」は、「さる」の連用形で、やって来ること。

渡りにけり。さて、年月経にければ、寝殿《しんでん》[一]もみなこぼれ失せにけり《こわれてなくなってしまった》。

いかなることにか《どういうわけであろうか》、この塚の傍《かたはら》近くは、下種《げす》[二]などもえゐつかず《住みつく[三]ことができず》、むつかしきことありと《気味のわるいことがあると》見伝へて[四]、おほかた《まったく》、人もえゐつかねば、そこはただその塚一つぞある。高辻《たかつじ》よりは北、室町《むろまち》よりは西、高辻表《おもて》に六七間ばかりが程は《六七間ぐらいの間は》、小家もなくて、その塚一つぞ高々としてありける。いかにしたることにか《どうしたことであろうか》、塚の上に、神の社《やしろ》をぞ、一ついはひ据ゑてあなる《まつり建ててあるということだ》。このごろも、今にありと《あるという》なん。

〔四八〕雀《すずめ》、報恩の事

今は昔、春つかた《春の頃》、日うららかなりけるに、六十ばかりの女のありけるが、虫[五]うち取りてゐたりけるに、庭に雀のしありきけるを《はねまわっていたのを》、

一 寝殿造りの正殿。主人の居住する所。
二 身分の低い者。
三 伊達本・陽明本に、「えゐかす」とある。
四 古活字本などに、「云つたへて」とある。

たたりやすい塚

＊『雍州府志』二に、「繁昌宮、在二五条北高辻一元所レ祭二針才女一而実弁財天也」とあって、「一説、昔有二出雲前司某者一住二斯宮地一、前司有二一女一、死時将レ葬二鳥戸山一、然其屍不二敢動一、不レ得レ已而直葬二其処一、然後建レ社祭レ之云」と記されている。今日でも、京都市下京区高辻通室町西入北側の繁昌町には、繁昌神社という社がまつられている。その北西の斑女塚にも、別に小さな祠《ほこら》があって、縁切りの神として知られ、この妹娘を葬った所と伝えられる。そのほかの地方でも、クセチ、ケチダ、ヤマイダなどといって、人が持ったり作ったりすると、何かよくないことがおこるという土地が、少なからず知られている。それらの土地には、何か恐ろしい神霊がしずまるとも考えられるが、かならずしもあきらかとはいえない。この説話では、そのようなクセチのいわれについて、かなりあきらかに説かれている。

腰を折られた雀

五 虱《しらみ》などをさす。

六 『和漢三才図会』に、「自然銅」について、「治《シ》二折傷《ヲ》一散《ジ》レ血《ヲ》止《メ》レ痛《ヲ》能《ク》接《グ》レ骨《ヲ》、有《リ》レ人以《テ》二自然銅《ヲ》一飼《フ》二折《リタル》レ翅《ヲ》胡雁《ニ》一後遂《ニ》飛《ビ》去《ル》」とある。
七 伊達本・陽明本に、「女なとしは」、古活字本に、「女としは」とある。
八 老女の尊称。『和名抄』に、「古語謂二老母一為レ負、……今案和名度之」とある。

よい女の世話

童部《わらはべ》、石を取りて打ちたれば《投げつけると》、あたりて、腰をうち折られにけり。羽をふためかして惑ふほどに《ばたばたさせてうろたえるうちに》、烏のかけりありければ《飛びまわっていたので》、「あな心《ああかわい》憂《そうに》、烏取りてん《取ってしまうだろう》」とて、この女、急ぎ取りて、息しかけなどして《息を吹きかけなどして》、物食はす。小桶に入れて、夜はをさむ《しまう》。明くれば、米食はせ、銅《あかがね》[六]、薬にこそげて《薬として削って》、食はせなどすれば、子ども、孫など、「あはれ《ああ》、女[七]房刀自《とじ》[八]は、老いて、雀飼はるる」とて、憎み笑ふ《嫌って笑う》。

かくて、月ごろ《幾月も》よくつくろへば《治療すると》、やうやう躍りありく《しだいにはねまわるようになった》。雀の心にも、かく養ひ生けたるを《養い生かしてくれたのを》、いみじく《たいそう》嬉し嬉しと思ひけり。あからさ《ちょっと》まにものへ行くとても《よそへ行くときにも》、人に《家人に》「この雀見よ《世話せよ》。物食はせよ」など言ひおきければ、子孫など、「あはれ、なんで《どうして》ふ、雀飼はるる」とて、憎み笑へども、「さはれ《とにかく》、いとほしければ《かわいそうなので》」とて、飼ふほどに、飛ぶほどになりにけり。「今は、よも烏に取られじ《まさか烏に取られることもあるまい》」とて、外《ほか》に出でて、手に据ゑて、「飛びやする《飛びでもするか》、見ん」とて、ささげたれば《さしあげたところが》、ふらふらと飛びて《飛んで》去《い》ぬ《いった》。女、多くの月ごろ日ごろ、暮るれば《日が暮れるとしまい》をさめ、明くれば《夜が明けると》

よい女のもらい物

物食はせならひて《物を食わせるならわしであったので》、「あはれや《ほんにまあ》、飛びて去ぬるよ《飛んでいったよ》。また来やすると《来るであろうかと》見ん《待っていよう》」など、つれづれに《手持無沙汰に》思ひて言ひければ、人に笑はれけり。

さて、二十日ばかりありて、この女のゐたる方に、雀のいたく《ひどく》鳴く声しければ、雀こそいたく鳴くなれ《ひどく鳴いている》、ありし《さきの》雀の来るにやあらん《来たのであろうか》と思ひて、出でてみれば、この雀なり。「あはれに《ほんにまあ》、忘れず来たるこそ、あはれなれ《感心なことだ》」といふほどに、女の顔をうち見て、口より、つ《ほん》ゆばかりの《の小さな》物を落しおくやうにして、飛びて去ぬ。女、「何にかあらん《何であろうか》、雀の落して去ぬる物は」とて、寄りて見れば、瓢《ひさご》[一]の種をただ一つ落しておきたり。「持て来たる《もってきたのは》、やうこそあらめ《わけがあるのだろう》」とて、取りて持ちたり。「あないみじ《まあいやだ》、雀の物《雀のくれた物を》[二]得て《もらって》、宝にし給ふ」とて、子どもも笑へば、「さはれ《とにかく》、植ゑてみん」とて、植ゑたれば、秋になるまに《頃には》、いみじく多くおひひろごりて《生えひろがって》、なべての《普通の》瓢にも似ず、大きに多くなりたり。女、悦び《よろこ》興じて《おもしろがって》、里隣《さとどなり》[三]の人にも食はせ、[四]取れども取れども、尽きもせず多かり《限りなく多くある》。笑ひし子孫も、これを明け暮れ食ひて

一 ヒョウタン、フクベ、ユウガオの類。『和名抄』に、「瓢和名奈利比佐古……可レ為二飲器一者也」とある。
二 伊達本・陽明本に、「取て」とある。
三 伊達本・陽明本に、「人〳〵も」とある。
四 伊達本・陽明本に、「とれにも〳〵」とある。

雀の恩返し

あり。一里《ひとさと》[五]配りなどして《里じゅうに配ったりして》、はてには《しまいには》、まことにすぐれて大きなる七つ八つは、瓢[六]にせんと思ひて、内につりつけて《ぶらさげて》おきたり。

さて、月ごろへて《幾月もたって》、「今はよくなりぬらん《ほどよくなっているだろう》」とて見れば、よくなりにけり。取りおろして、口あけんとするに、すこし重し。あやしけれども《変ではあるけれども》、切りあけて見れば、物一はた入りたり《物がいっぱいはいっている》。「何にかあるらん《何だろうか》」とて、移して見れば、白米の入りたるなり。思ひかけずあさましと《驚いたことだと》思ひて、大きなる物に、みなを《全部を》移したるに、同じやうに入りてあれば、「ただごとにはあらざりけり。雀のしたるにこそ《したことに違いない》」と、あさましく《驚いたことで》嬉しければ、物に入れて隠しおきて《しまっておいて》、残りの瓢どもを見れば、同じやうに入りてあり《はいっている》。これを移し移し使へば、せん方なく《どうしようもないほど》多かり。さて、まことにたのしき《ゆたかな》人にぞなりける。隣里《となりざと》の人も見あさみ《驚きあきれ》、いみじきこと《すばらしいことと》にうらやみけり。

隣の女のたくらみ

この隣にありける女の子どもの言ふやう、「同じことなれど《同じ年寄であるけれども》、人《隣の人は》はかくこそあれ《あのようにすばらしいことだ〔自分の家では〕》。はかばかしきことも《とりたててよいことも》、えし出で給はぬ《おできにならない》」など言は

五 「一《ひと》」は接頭語で、「……全体」「……じゅう」の意を表す。

六 ここでは、瓢簞《ひょうたん》などの実を乾かし、中身を取りのぞいて作った容器。米・酒などを入れるのに用いた。

れて、隣の女、この女房のもとに来たりて、「さてもさても、こは《これは》、いかなりしことぞ《どうしたことなのですか》。雀のなどはほの聞けど《雀がどうとかしたとうすうすは聞きましたが》、よくはえ知らねば《知ることができないので》、もとありけんままにのたまへ《はじめからあったとおりに話して下さい》」と言へば、「瓢の種を一つ落したりし《落していったのです》、植ゑたりしよりあることなり《それを植えたことからこのようになったのです》」とて、こまかにも言はぬを、なほ、「ありのままに、こまかにのたまへ」と切に《しきりに》問へば、心せばく隠す《隠さな》べきことかは《ければならないことであろうかと》と思ひて、「かうかう、腰折れたる雀のありしを、飼ひ生けたりしを《養っていたのを》、嬉しと思ひけるにや、瓢の種を一つ持ちて来たりしを、植ゑたれば、かくなりたるなり」と言へば、「その種、ただ一つたべ《下さい》」と言へば、「それに入れたる米などは参らせん。種はあ《上げ》るべきことにもあらず《てよいものでもありません》。さらに《けっして》、えなん散らすまじ《よそに出すことはできないでしょう》」とて、取らせ《与えない》ねば《ので》、われもいかで《自分も何とかして》腰折れたらん雀見つけて、飼はんと思ひて、目をたてて《みはって》見れど、腰折れたる雀、さらに《いっこうに》見えず。

つとめてごとに《早朝ごとに》、うかがひ見れば、[一]背戸《せど》の方に、米の散りたるを食ふとて、雀の躍りありくを《はねまわるのを》、石を取りて、もしやとて打てば、あ《たく》

腰を折られた雀

一　家の裏口。

またの中にたびたび打てば《さんいる雀の中にたびたび投げ打てば》、おのづから《たまたま》打ちあてられて、え飛ばぬ《よく飛べないのが》あり《いる》。悦《よろこ》びて寄りて、腰よく打ち折りてのちに《腰をさらによく折ってから》、取りて物食はせ、薬食はせなどしておきたり。

わるい女の世話

一つが徳をだにこそみれ《一羽のためにあれだけ得なめにあったのだ》、まして、あまたならば《たくさんの雀ならば》、いかにたのしからん《どんなにゆたかになるだろう》、あの隣の女にはまさりて《女よりすぐれて》、子どもにほめられんと思ひて、戸《と》の内に《入口の内側に》米撒《ま》きて、うかがひゐたれば、雀ども集まりて食ひに来たれば、また打ち打ちしければ、三つ《三羽》打ち折りぬ。「今は、かばかり《これくらいで》にてありなん《よかろう》」と思ひて、腰折れたる雀三つばかり、桶《をけ》に取り入れて、二銅《あかがね》こそげて《削って》食はせなどして、月ごろふるほどに《幾月もたつうちに》、みなよくなりにたれば、悦びて、外《と》に取り出でたれば、ふらふらと飛びて、みな去《い》ぬ。いみじきわざしつ《すばらしいことをしたと》と思ふ。雀は腰打ち折られて、かく月ごろ《このように幾月も》籠《こ》めおきたるを《とじこめておいたのを》、よにねたしと《まことにくやしいと》思ひけり。

わるい女のもらい物

さて、十日ばかりありて、この雀ども来たれば、悦びて、まづ口に物やくはへたると《何かくわえているかと》見るに、瓢の種を一つづつ、みな落して去ぬ。

二 銅は、骨折などに効くとされている。一四一頁注六参照。

されば《思ったとおりだと》よと嬉しくて、取りて、三所に急ぎ植ゑてけり。例よりもするすると《普通よりも》生ひたちて《生長して》、いみじく《たいそう》大きになりたり。これはいと多く《それほど》もならず、七つ八つぞなりたる。女、笑みまけて《笑みこぼれて》見て、子どもにいふやう、「はかばかしきことし出でず《とりたててよいことをしでかさないと》といひしかど、われはこの隣《隣の》の女にはまさりなん《女よりはえらいだろう》」と言へば《〔子どもたちは〕》、げに《いかにも》、さもあらなむ《そうあってほしいものと》と思ひたり。これは数のすくなければ、米多くとらんとて、人にも食はせず、われ《自分も》も食はず。子どもがいふやう、「隣の女房は、里隣《さとどなり》の人にも食はせ、われも食ひなどこそせしか《自分も食べたりしたものだ》。これは、まして三つが種なり。われも《自分も食べ》人にも食はせらるべきなり《他人にも食べさせられたらよいのだ》」と言へば、さもと《それもそうだと》思ひて、近き隣の人にも食はせ、われも子どもにも、もろともに《いっしょに》食はせんとて、おほらかに《たっぷりと》煮て食ふに、にがきこと物にも似ず《たとえようもなく》、黄蘗《きはだ》[一]などのやうにて、ここち惑ふ《気分が悪くなる》。食ひと食ひたる人々も《およそこれを食べたかぎりの人々は》、子どももわれも、物をつきて惑ふほどに《食べた物をはきだして苦しむうちに》、隣の人どもも、みなここちを損じて《気分を悪くして》、来集まりて、「こは《これは》、いかなる《どのような》物を食はせつるぞ、あな《ああ》恐ろし。つゆばかり《すこしばかり》けふん[二]の口に《口に近》

一　ミカン科の落葉喬木。その樹皮は、黄色で苦く、染料や健胃剤として用いられる。

二　「けぶり」で、発散する気か、未詳。

寄りたる者《づいたものも》も、物をつき惑ひあひて《食べた物をはきだし苦しみあって》、死ぬべくこそあれ《死にそうな様子であったぞ》」と、腹たちて、言ひせためんと思ひて《責めたてて言おうと》来たれば、主《ぬし》の女をはじめて、子どももみなもの覚えず《わけがわからず》、つき散らしてふせりあひたり《はき散らして横たわりあっている》。いふかひなくて《どうしようもなくて》、[三]とも帰りぬ。二三日も過ぎぬれば、誰々もここち直りにたり。女思ふやう、みな米にならんとしけるものを、急ぎて食ひたれば、かく《このよ》あやしかりける《うに変になったのであろうと》なめりと思ひて、残りをばみなつりつけておきたり《つりさげておいた》。

さて《そこで》、月ごろ過ぎて《幾月かたって》、「今はよくなりぬらん」とて、移し入れん《移し入れるための》料の桶《をけ》ども具して《もって》、部屋に入る。嬉しければ、歯もなき口して耳のもとまで《「大きくあけて」》一人笑《ゑ》みして、桶を寄せて移しければ、虻《あぶ》・蜂《はち》・むかで・とかげ・蛇《くちなは》など出でて、目鼻ともいはず、一身《ひとみ》に《体じゅうに》取りつきて、刺せども、女、[四]痛きも覚えず《痛いのも感じないで》、ただ米のこぼれかかるぞと思ひて《米があふれ出るだろうと》、「しばし待ち給へ、雀よ。すこしづつ取らん、取らん」といふ。七つ八つの瓢より、そこらの《たくさんの》毒虫ども出《いで》て、子どもをも刺し食ひ、女をば刺し殺してけり。

雀のし返し

三 古活字本などに、「ともに」とある。

四 古活字本などに「いたさも」とある。

＊ この説話は、「腰折雀」の昔話として、広く知られるものである。エバハルトの『中国昔話の型』によると、二二および二四の型に当ると考えられる。二四の型は、燕《つばめ》を助けて財宝に恵まれ、燕を傷つけて罰をこうむったというものである。二二の型は、よい人が神から瓢簞《ひょうたん》の種をさずかり、それに実がなって宝が入っていたが、ほかの者が神から瓢簞の種を与えられ、それから火が出て何もかも焼けてしまったというものである。モンゴルの例は、鳥居きみ子氏の『土俗学上より観たる蒙古』に掲げられ、朝鮮の例は、高橋亨氏の『朝鮮の物語集附俚諺』など、多くの文献にとられているが、崔仁鶴氏の『韓国昔話の研究』では、「四五七、ホンブとノルブ」としてあげられている。日本の「腰折雀」は、本書の例を除いて、あまり古い文献に見当らないが、その変型に当る「舌切雀」が、江戸時代の赤本などによって、かなり広い範囲に知られている。現行の昔話の例は、柳田国男氏の『日本昔話名彙』では、完形昔話の「動物の援助」の「腰折雀」にまとめられ、関敬吾氏の『日本昔話大成』

雀の、腰を打ち折られて、ねたし《くやしい》と思ひて、万《よろづ》の虫どもを語らひ《仲間にして》入れたりけるなり。隣の雀は、もと腰折れて、鳥の食ひぬべかりし《食ってしまいそうであ》を《ったのを》、養ひ生けたれば、嬉しと思ひけるなり。

されば《だから》、ものうらやみはすまじきことなり《人をうらやんだりしてはならないことなのだ》。

〔四九〕[一]小野篁《をののたかむら》、広才の事

今は昔、小野篁といふ人おはしけり。[二]嵯峨帝《さがのみかど》の御時に、内裏《だいり》に札を立てたりけるに、「無悪善」と書きたりけり。帝、篁に「読め」と仰せられたりければ、「読みは読み候ひなむ《読むことは読みましょう》。されど、恐れにて《恐れ多いこと》候へば《でございますから》、え申し候はじ《申し上げることはできますまい》」と奏しければ、「ただ申せ《とにかく申せ》」とたびたび仰せられければ、「[三]『さがなくてよからん』と申して候ふぞ《申しておりますぞ》。されば《それで》、君をのろひ《のろい》[四]参らせて候ふなり《申し上げておるのでございます》」と申しければ、「これは、おのれ放《おまえをおい》

では、本格昔話の「隣の爺」の「一九二、腰折雀」にまとめられている。それによると、奥羽から九州まで、ほぼ日本の全国にわたって、本書の例と同じように、一定の型によって伝えられているといえよう。

ものうらやみの戒め

一 小野岑守の子。参議左大弁、従三位。遣唐副使に任ぜられたが、その船に乗らなかったので、隠岐に流されて、数年後に許された。漢学、和歌、書道にすぐれていたが、かならずしも世に容れられなかった。仁寿二年(八五二)に、五一歳で没。

二 第五二代の天皇。桓武天皇の皇子。大同四年(八〇九)に即位。弘仁一四年(八二三)に譲位。詩文、書道にすぐれて、三筆の一人にあげられる。承和九年(八四二)に、五七歳で崩。

三 「さが」は、生れつきの性であって、善悪のどちらにも通ずる。易林本『節用集』に、「無レ悪」を「サガナシ」と読んでいる。ここでも、「悪《さが》なし」と読んで、「嵯峨なし」に掛けている。

小野篁のなぞとき

四 伊達本・陽明本に、「まいらせてなり」とある。

五 当時の片仮名では、「ネ」とともに「子」が用いられた。「子」の音はシで、その訓はコ、ネである。

六 猫の子の子猫、獅子の子の子獅子の意。

＊ 小野篁の学才と結びつけて、文字のなぞを取りあげている。『江談抄』三、『十訓抄』七、『東斎随

ちては《てほかには》、たれか書かん《だれが書こうか》」と仰せられければ、「さればこそ《それだからこそ》、申し候《申し上げ》はじとは申して候ひつれ《ますまいと申したのでございます》」と申すに、帝、「さて《それでは》、何も書きたらん物は《何でも書いてある物は》、読みてんや《たしかに読めるのか》」と仰せられければ、「何にても、読み候ひなん」と申しければ、片仮名の子文字《ねもじ》[五]を十二書かせ給ひて《お書きになられて》、「読め」と仰せられければ、「[六]ねこの子の子ねこ、ししの子の子じし」と読みたりければ、帝ほほゑませ給ひて、事なくてやみにけり《何のおとがめもなくて終った》。

〔五〇〕 平貞文《たひらのさだふん》[七]、本院侍従《ほんゐんのじじゆう》[八]等の事

今は昔、兵衛佐《ひやうゑのすけ》平貞文をば、平中《へいちゆう》[九]といふ。色好みにて、宮仕へ人はさらなり《いうまでもなく》、人の女《むすめ》など、忍びて見ぬはなかりけり《ひそかにあわない者はなかった》。思ひかけて、文《ふみ》やるほどの人の《手紙をやるほどの人で》、なびかぬはなかりけるに《その意に従わない者はなかったが》、本院侍従といふは、[一〇]村上の御母后《ははきさき》の女房なり。世の色好みにてありけるに、文やるに、

筆』などでも、小野篁が、「無悪善」を読みといて、天皇からおとがめをうけようとしたという。ただし、『江談抄』では、天皇が篁にむかって、別に八つのなぞを示したというのである。また、『十訓抄』や『東斎随筆』では、それらのなぞの中で、「一伏三仰不来待書暗降雨恋筒寝」をあげて、「月よにはこぬ人またるかきくらし雨もふらなん侘つつもねん」と読ませている。それについては、「わらはべのうつむきさいといふ物に、一つふして三あふぬけるを月よと云也」と説かれている。それに対して、本書と同じように、『世継物語』や『きのふはけふの物語』でも、「子」の字を十二または六つ書いて、「ねこのこのこねこ、ししのこのこじし」と読ませたというのである。

七 平定文とも記す。平好風の子。左兵衛佐、従五位上。『古今集』の作者。生没年は未詳。在原業平とともに、色好みの名声をうたわれ、『平中物語』の主人公として知られる。

色好みの二人

八 在原棟梁《むねやな》の女。藤原国経に嫁して、滋幹を生んだ後に、藤原時平に嫁して、敦忠を生んだ。その家集に『本院侍従集』がある。

九 「平仲」とも記すが、平中将の略称であって、父好風の官名に基づくものか。

10 藤原穏子。基経の女。醍醐《だいご》天皇の皇后。朱雀・村上両天皇の母。天暦八年（九五四）に七〇歳で没。

憎からず返事《かへりごと》はしながら、逢ふことはなかりけり。しばしこそあら《しばらくはそうしているだろう》め《が》、つひにはさりともと思ひて《ついにはそれでも何とかなるだろうと》、もののあはれなる《しみじみと趣の深い》夕暮の空、また、月の明《あか》き《明るい》夜などに、[一]艶《えん》に《優美で》、人の目とどめつべきほどをはからひつつ《人が目をとめそうなころあいを見はからって》、おとづれければ、女も見知りて、情はかはしながら《情をこめてつきあいながら》、心をば許さず《心からうちとけないで》、つれなくて《なにげない様子で》、はしたなからぬほどにいらへつつ《あたりさわりのない程度に返事をしては》、人ゐまじり《人がいあわせ》、苦しかるまじき《さしつかえないような》所にては、もの言ひなどはしながら、めでたくのがれつ《上手にかわしながら》つ、心も許さぬを、男はさも知らで《そうとも知らないで》、かくのみ過ぐる、[二]心もとなく《気がかりで》、常よりもしげくおとづれて《頻繁に便りをして》、「参らん」と言ひおこせたりけるに《言ってよこしたが》、例の《いつものように》、はしたなからずいらへたれば《あたりさわりなく返事をしていたので》、[三]四月の晦《つごもり》ごろに《末日ごろに》、雨おどろおどろしく《すさまじく》降りて、もの恐ろしげなるに《なんとなく恐ろしそうなときに》、かかるをりに行きたらばこそ、あはれとも思はめと思ひて出でぬ《身にしみて感ずるであろうと思って出かけていった》。

道すがら《途中で》、堪へがたき雨を、これに行きたらんに《この中を行ったならば》、逢はで帰すことよもと《逢わないで帰すことはよもやあるまいと》、頼もしく思ひて《心強く思って》、[四]局《つぼね》に行きたれば、人出で来て、「[五]上になれば《あがっているので》、案内申さん《おとりつぎいたしましょう》」とて、端の方に入れて去《い》ぬ《出てゆく》。見れば、物の後《うしろ》

一　伊達本・陽明本に、「みんに」とある。

二　諸本には、「心もとなくて」とある。

三　『今昔物語集』三〇―一に、「五月ノ廿日余ノ程ニ成テ、雨隙《ヒマ》无ク降《フリ》テ極《イミジ》ク暗ガリケル夜」とある。

四　殿舎の中で仕切りを隔ててもうけた部屋。

五　貴人の座に近い所。

に、火ほのかにともして、[六]宿直物《とのゐもの》とおぼしき《思われる》衣、[七]伏籠《ふせご》にかけて、[八]たき物しめたる《しみこませた》にほひ、なべてならず《なみなみでなく》、いとど心にくくて《いよいよおくゆかしくて》、身にしみていみじ《すばらしい》と思ふに、人帰りて、「ただ今《もうすぐに》、おりさせ給ふ《おさがりなさいます》」と言ふ。嬉しさかぎりなし。すなはちおりたり《すぐにさがってきた》。(女房)「かかる雨には、いかに《どうして》」など言へば、(平中)「これにさはらんは《この雨に妨げられるようでは》、むげにあさきことにこそ《まったく情愛のうすいことです》」など言ひかはして、近く寄りて、髪を探れば、[九]氷をのしかけたらんやう《のばしかけたように》に、ひややかにて、あたりめでたきことかぎりなし《手ざわりのすばらしいことは》。何やかやと、えもいはぬ《いうにいわれない》ことども言ひかはして、疑ひなく思ふに《疑いなく身をまかすだろうと思うと》、「あはれ《ああ》、[一〇]遣《やり》戸《ど》をあけながら、[しめるのを]忘れて来にける。つとめて《朝早く》、『誰か《誰が》、あけながら《あけたままで出》は出でにけるぞ《ていったのか》』など、わづらはしきことになりなんず《面倒なことになりそうです》。たてて帰《しめて来まし》らん《よう》。程もあるまじ《いくらもかかりますまい》」と言へば、さることと思ひて《もっともなことと》、かばかりうち《これほどに》解けにたれば、心やすくて《安心して》、[一一]衣をとどめて参らせぬ《残してゆかせた》。まことに、遣戸たつる《しめる》音して、[一二]こなたへ来らんと《こちらへ来るだろうと》待つほどに、音もせで、奥ざま《奥のほうへ》へ入りぬ。それに、心もとなく《気がかりで》、あさましく《あきれたことで》、うつし心も失せはてて《正気もなくなってしまって》、

六 宿直のときに用いた衣服や夜具など。

七 伏せておいて、衣服をかわかし、香をたきしめるのに用いる籠。

八 種々の香を練り合せたもの。

九 『今昔物語集』三〇—一に、「凍《コホリ》ヲ延ベタル様《ヤウ》ニ氷《ヒヤ》ヤカニテ当ル」とある。

一〇 左右にあけたてする戸。

一一 『今昔物語集』三〇—一に、「女起テ上ニ着タル衣ヲバ脱置《トキオキ》テ、単衣《ヒトヘキヌ》・袴許《バカリ》ヲ着テ行《ユキ》ヌ」とある。

一二 底本に「こなへ」とあるが、諸本によって改めた。

しくまれた皮籠

はひも入りぬべけれど《はい入りもしたいが》、すべき方もなくて《どうしようもなくて》、やりつる《女をゆかせた》くやしさを思へど、かひなければ《しかたがないので》、泣く泣く暁近く出でぬ《出ていった》。

家に行きて、思ひあかして、すかしおきつる心憂さ《[平中を]だまして置いていったつらさを》、書き続けてやりたれど、「何しにか《(女房)どうして》、すかさん《だましましょうか》。帰らんとせし[一]に、召ししかば《お呼びがあったので》、後にも《後にでも》」など言ひて《[参りましょうと思いまして]》過しつ。おほかた《およそ》、ま近きことはあるまじきなめり《そばに近づくことは見込みがないようだ》。今はさは《それでは》、この人のわろくうとましからん《いやらしい》ことを見て、思ひうとまばや《忌みきらいたいものだ》、かくのみ心つくしに《このようにばかり気を使って》思はでありなん《思い焦がれないでいたいと》と思ひて、随身《ずいじん》[二]を呼びて、「その人の樋《ひ》[三]すましの、皮籠《かはご》[四]持ていかん《持っていくのをば》、奪ひ取りて《奪いとって》、われに見せよ」と言ひければ、日ごろ添ひて《毎日つき添って》うかがひて、からうじて《やっとのことで》[五]逃げけるを追ひて奪《ば》ひ取りて、主《しゅう》に取らせつ《主人に渡した》。

平中悦《よろこ》びて、隠れに《ものかげに》持てゆきて、見れば、香《かう》[六]なる薄物《うすもの》[七]の、三重がさねなるに《三重にかさねたものに》包みたり。香ばしきこと《よいにおいのすることは》たぐひなし《並ぶものもない》。引き解きてあくるに、香ばしき、たとへん方なし《たとえようもない》。見れば、沈《ぢん》[八]・丁子《ちやうじ》[九]を濃く煎《せん》じて《煮つめて》入

一 伊達本・陽明本に、「をしこめししかは」とある。
二 貴人の外出に、勅命をこうむり、護衛に当った近衛の舎人。弓矢を負い、刀をおびた。
三 便所や便器の清掃にあたる下女。「樋」は便器。
四 皮で張った籠で、紙張りや竹製のものをもいう。
五 底本に「にけらるを」とあるが、伊達本・陽明本によって改めた。
六 香色。黄色がかった薄赤色。
七 紗や羅のような薄い織物。
八 沈香の材から取った香料。
九 丁子の実から作った香料。
一〇 種々の香を練り合せたもの。
一一 底本に「ゆかしけに」とあるが、諸本によって改めた。
一二 諸注に、意味不明で誤記かというが、「あの人に対して」とも解される。
一三 伊達本・陽明本に、「人と」とある。
＊ 色好みの平中については、しきりに恋の遍歴を重ねながら、かえってみじめな失態を演じたことが、少なからず伝えられている。はやく『伊勢集』では、しばしば懸想文を送りながら、何の返事ももらえない男が、「などかみつとだにのたまはぬ」と言ってやると、ただ「みつ」という返事をもらったと記されている。『平中物語』一でも、「この奉る文を見給ふものならば、賜はずとも、ただ『見つ』とばかりはのたまへ」と言ってやる

平中の恨みごと

れたり。また、[一〇]たき物を多くまろがしつつ《丸めては》、あまた入れたり。さる《そうい》ままに《うわけで》、香ばしさ、推しはかるべし《推量されるであろう》。見るに、いとあさまし《まったくあきれたことだ》。「[一一]ゆゆしげにしおきたらば《ひどいさまに大小便をしておいたらば》、それに見あきて、心もや慰むとこそ思ひつ《心も鎮められるかもしれないと思った》れ《のに》、こはいかなることぞ《これはどうしたことか》。かく心ある人やはある《このように心遣いをする人がいるのか》。ただ人とも覚え《普通の人とも思われな》ぬ有様かな《い様子だな》」と、いとど《ますます》死ぬばかり思へど、かひなし《どうしようもない》。「わが見ん《自分が見よう》としもやは思ふべきに《とはまさか思うはずもないのに》」と、かかる心ばせ《このような心づかいを》を見てのちは、いよいよほけほけしく《心がぼけてしまうほどに》思ひけれど、つひに逢はでやみにけり《おわってしまった》。

「わが身ながらも、[一二]かれに、よに恥ぢがましく《まことに恥ずかしく》、ねたく覚えし《いまいましく思われた》」と、平中、みそかに《ひそかに》[一三]人に忍びて語りける《かくれて語ったという》とぞ。

〔五一〕 [一四]一条摂政、歌の事

一条摂政のかりの名

今は昔、一条摂政とは、[一五]東三条殿の兄におはします。御かたちよ《ご容貌をはじめと》

と、やはり「見つ」という返事をもらったというのである。そのような伊勢との関係が、後に本院侍従との関係におきかえられたといえよう。『今昔物語集』三〇―一では、この「見つ」の問答の後で、その寝所まで入りながら、さりげなくぬけ出され、その樋筥《ひばこ》を奪ってみると、みごとにしくまれていたというように、くり返しうまくあしらわれたと作られている。そして、この思いのために、「平中病付ニケリ。然テ悩ケル程ニ死ニケリ」と結ばれている。本書では、『今昔物語集』三〇―一の中で、第二段と第三段とに当るものが取りあげられている。『十訓抄』一でも、「ある時はたま〳〵出あひたりけれ共、えもいはずすかしをきて、身ははひかくれなどして、すべて聞えざりけるに、貞文心うく覚えて、せめておもひうとみぬべき便を、やうやうに案じめぐらして、有がたきことまでおもひよりたれど、いとふかく用意して、つゐにこころおとりせられず、いやまさりにおぼえけるとなん。色をこのむといふはかやうのふるまひなり」と記されている。

一四 藤原伊尹《これまさ》。師輔の子。摂政、太政大臣、正二位。天禄三年（九七二）に、四九歳で没。

一五 藤原兼家。師輔の子。摂政、関白、太政大臣、従一位。永祚二年（九九〇）に、六二歳で没。

り《して》はじめ、心用ひなどめでたく《心づかいなどもすばらしく》、才《ざえ》《学識》・有様、まことしくおはしまし《立派でおありになり》、また、色めかしく、女をも多く御覧じ興ぜさせ給ひけるが《女とも多くお逢いになりお戯れになったが》、すこし軽々《きやうきやう》に覚えさせ給ひければ《かるがるしいこととお思いになったので》、御名を隠させ給ひて、二大蔵丞豊蔭《おほくらのじようとよかげ》と名のりて、上ならぬ女のがりは《身分の高くない女のもとには》、御文《ふみ》も《お手紙をも》遣はしける。懸想《けさう》せさせ給《思いをおか》ひ《けになり》、逢はせ給ひもしけるに《お逢いにもなったが》、皆人、さ心得て《そのように心得て》、知り参らせたり《存じ上げていた》。

女の父とのやりとり

やむごとなくよき人の《高貴で立派な人の》姫君のもとへ、おはしましそめにけり《お通いになりはじめた》。三乳母《めのと》・母などを語らひて《味方につけて》、父には知らせさせ給はぬほどに《お知らせにならないうちに》、聞きつけて、いみじく《たいそう》腹立ちて、母をせため《責めさいなみ》、爪弾《つまはじ》きをして《非難をして》、いたくのた《ひどくおっしゃ》まひければ《ったので》、「さることなし《そのようなことはございません》」とあらがひて《と言い争って〔豊蔭に〕》、「まだしきよしの文《まだ逢っていないという手紙を》、書きてたべ《書いて下さい》」と、母君のわび申したりければ《困って申し上げたので》、

四人知れず身は急げども年を経て
など越えがたき逢坂《あふさか》の関

とて、遣はし《〔姫君に〕》たりければ、父に《〔その文を〕》見すれば、さては《それでは》、そらごとなりけりと《うそだったのだと》思ひて、返し《返事を》、父のしける、

一 伊達本・陽明本に、「給けるに」とある。

二 伊尹の家集に、『一条摂政御集』があって、『豊蔭』という名でも知られる。その前半は、大蔵史生倉橋豊蔭に仮託して、歌物語風に構成したものである。大蔵丞は、大蔵省の第三等官。

三 母親にかわって、乳児に母乳を与えて育てる女。

四 ひそかに逢いたいと、わが身は急いでいるのに、何年たっても、男女の逢うという逢坂の関は、どうして越えるのがむずかしいのかの意。逢坂は、滋賀県大津市の南方の坂で、延暦一四年（七九五）まで、ここに逢坂の関がおかれていた。

五 東国に往き来する人ではないわが身は、いつ逢坂の関を越えて逢うことがあろうかの意。

六 『一条摂政御集』をさす。注二参照。

＊『後撰集』一一には、「女のもとにつかはしける、これまさ朝臣」とあって、「人しれぬ身はいそげども年をへてなどこえがたき逢坂の関」と記され、「かへし、小野好古朝臣女」とあって、「東路に行かふ人にあらぬ身はいつかはこえんあふ坂のせき」と記されている。それによると、この二首の歌は、藤原伊尹と小野好古女との贈答であったと知られる。それに対して、『一条摂政御集』で

東路《あづまぢ》に[五]ゆきかふ人にあらぬ身は
いつかは越えん逢坂《あふさか》の関

豊蔭見て、ほほゑまれけんかしと《ほほえまれたであろうよと》、御集《ぎよしふ》[六]にあり、をかしく。

〔五二〕狐、家に火つくる事

侍に射られた狐

今は昔、甲斐《かひ》[七]の国に、館《たち》[八]の侍《さぶらひ》なりける者の、夕暮に館を出でて、家ざまに《家の方に》行きけるに、道に、狐のあひたりけるを《狐と出会ったので》、追ひかけて、引《ひき》[九]目《べ》して射ければ、狐の腰に射あててけり。狐、射まろばかされて《射ころがされて》、鳴きわびて《鳴いて苦しがって》、腰を引きつつ《引きずりながら》草に入りにけり。この男、引目を取りて行くほどに、この狐、腰を引きて、さきにたちて行くに、また射んとすれば、失せにけり《いなくなってしまった》。

火をつける狐

家、いま四五町と見えて《もう四五町先と思われて》行くほどに、この狐、二町ばかり先だち

は、「をんなのおやききて、いとかしこういふとききて、とよかげ、まだしきさまのふみをかきてやる」とあって、「ひとしれぬ」の歌があげられ、「これを、おやに、このことしれる人のみせければ、おもひなほりてかへりごとかかせけれ。はは、女にはらへをさへなむさせける」とあって、「あづまぢに」の歌があげられ、「心やましなにとしもへたまへとかかす、女、かたはらいたかりけんかし、人のおやのあはれなることよ」とつけ加えられている。本書でも、やはり同じように、伊尹と女の父との贈答として取りあげられている。

七 山梨県。

八 貴人の宿舎。ここでは、国守の官邸か。

九 朴《ほお》・桐《きり》などで作った中空のやじり。数個の穴があいており、そこから風が入って、しきりに音を立てるので、魔性のものをしりぞけるという。また、射る物に傷をつけないために、犬追物や笠懸などにも用いられた。

て、火をくはへて走りければ、「火をくはへて走るは、いかなることぞ」とて、馬をも走らせけれども、家のもとに走りよりて、人になりて、火を家につけてけり《つけてしまった》。人のつくるにこそありけれ《人がつけるのであったと思って》とて、矢をはげて《つがえて》〔馬を〕走らせけれども、つけはててければ《つけおわったところで》、狐になりて、草の中に走り入りて失《う》せにけり《いなくなってしまった》。さて、家焼けにけり。

かかるものも、たちまちに仇《あた》を報《むく》ふなり《返すのだ》。これを聞きて、かやうのものをば、かまへて《けっして》調《てう》ずまじきなり《懲らしめてはならないのである》。

〔五三〕狐、人に憑きて[一]しとぎ食ふ事

昔、[二]もののけ煩《わづら》ひし所に、[三]もののけ[四]渡ししほどに、もののけ、[五]ものつきに憑きて言ふやう、「おのれは、[六]たたりのもののけにても侍らず。うかれてまかり通りつる《さまよいあるいて通りかかった》狐なり。[七]塚屋に《塚穴の家に》子ども侍るが、物を

＊狐という獣は、人家の近辺に住みながら、一定の季節ごとに、特異な行動をとるというので、神の使者としてあがめられていた。しかも、その信仰の衰退とともに、不思議な通力をもって、もっぱら人間を化かすものと恐れられている。狐のともすという火は、狐火という言葉で知られ、しばしば豊凶をしらせるものと認められているが、ここでは、むしろ仇を返す種としてあげられている。

一 米などの粉でつくった餅の一種。水に米などをひたして、それをつき砕いてつくる。

しとぎを食べたがる狐

二 人にとりついて悩ます霊。死霊や生霊など。

三 験者の祈禱によって、よりましにもののけをのりうつらせること。

四 伊達本・陽明本に、「わたし候程に」とある。

ほしがりつれば、かやうの《このような》所には、食物《くひもの》ちろぼふ《散らばっているものだよと思って》ものぞかしとて、まうで来つる《やって来たのだ》なり。しとぎばし食べてまかりなん《しとぎをば食べて帰ろう》」と言へば、しとぎをせさせて《作らせて》、[八]一折敷《ひとをしき》取らせたれば、すこし食ひて、「あなむまや《ああうまいな》、あなむまや」と言ふ。「この女の、しとぎほしかりければ、そらもの憑き《もののけの憑いた》てかく言ふ《ふりをしてこのように言う》」と憎みあへり。

「紙給はりて《いただいて》、これ包みて、まかりて《帰って》、[九]専女《たうめ》や子どもなどに食はせん」と言へば、紙を二枚ひき違へて《ひき違いにして》、包みたれば、大きやかなる《大きめの方を》を、腰につい《ちょっと》挟み《はさ》たれば《挟んだので》、胸にさしあがりてあり《さしあがっている》。かくて《こうして》、「追ひ給へ《追って下さい》。まかりなん《帰りましょう》」と[一〇]験者《げんじゃ》に言へば、「追へ、追へ」と言へば、立ちあがりて、倒れ伏しぬ。しばしばかり《しばらくたって》ありて、やがて《まもなく》起きあがりたるに、懐《ふところ》なる物、さらになし《まったくない》。失せにける《なくなってしまったのは》こそ不思議なれ。

〔五四〕 佐渡《さど》[一一]の国に金《こがね》ある事

五 よりまし。そばにいさせて、霊をのりうつらせるこどもや女。

六 神や霊があらわれて、わざわいをもたらすこと。

七 諸本には、「子ともなと侍るか」とある。

八 折敷いっぱいに。「折敷」は薄いへぎ板でつくった角盆。

九 老女。「いがたうめ」の略で、老狐の異称であったが、老女の異称にも用いられた。『和名抄』の「専」の項に、「太宇女者、毛波良之古語也。今呼ニ老女一為ニ太宇女一」とある。

一〇 修験者。秘法をもって加持祈禱などを行う行者。

しとぎをもち帰る狐

＊ 何かもののけがついたといっても、死霊や生霊のしわざではなくて、うかれ狐のいたずらであったというものである。今日でも、この狐の類が、イズナ、オサキ、クダ、トウビョウ、ニンコ、ヤコなどと称して、しばしば人にとりついて、奇怪なふるまいをさせると信じられる。しかも、どこかある家でこれを飼っており、思いのままに人につけることができると恐れられ、かなり深刻なわざわいをおこしがちである。ここでは、もっとユーモラスな行為ではあるが、実際にしとぎをもち帰ったことによって、その場の人々を驚かせたものであろう。

一一 新潟県の離島。

佐渡に遣わされた男

能登《のと》[一]の国には、鉄《くろがね》といふ物の、素鉄《すがね》[二]といふほどなるを取りて、守《かみ》に取らする《国守にさし出す》者、六十人[三]ぞあんなる。実房《さねふさ》[四]といふ守の任《にん》に《任期中に》、鉄取り六十人が長《をさ》なりける者の、「佐渡《さど》の国にこそ、金《こがね》[五]の花咲きたる所はありしか《金が多く出る所がありましたよ》」と人に言ひけるを、守伝へ聞きて、その男を、守呼び取りて《呼びよせて》、物取らせなどして《物を与えたりして》、すかし問ひければ《だまして尋ねたところが》、「佐渡の国には、まこ[六]とに金の侍るなり。候ひし所を見おきて侍るなり《金のあった所を見とどけてあります》」と言へば、「さらば《それでは》、行きて、取りて来なんや《取って来ないか》」といへば、「遣はさばまかり候はん《遣わされるならば参りましょう》」と言ふ。「さらば、舟を出《いだ》したてん《したてよう》」と言ふに、「人をば給はり候はじ《いただきますまい》。ただ小舟一つと、食物《くひもの》すこしとを給はり候ひて、まかりいたりて《参りついて》、もしやと《うまくいったらば》、取りて参らん《取ってきてさし上げましょう》」と言へば、ただこれが言ふにまかせて《この男の言うとおりにして》、人にも知らせず、小舟一つと、食ふべき物すこしとを取らせたりければ《与えたので》、それをみて[七]、佐渡の国へ渡りにけり。

金を持ち帰った男

一月ばかりありて、うち忘れたるほどに、この男、ふと来て、守

一 石川県の東北部。
二 まだ鍛えない鉄。
三 『今昔物語集』二六―一五には、「其鉄取ル者六人有ケルガ」とある。
四 藤原氏。方正の子。蔵人頭、式部丞、能登守、従五位上。
五 金がさかんに出るさま。『万葉集』一八に、「天皇《すめろぎ》の御代栄えむと東なるみちのく山に金《こがね》花咲く」とある。
六 伊達本・陽明本に、「まことの金の」とある。
七 古活字本などに、「もて」とある。

に目を見あはせたりければ《目くばせをしたので》、守、心得て、人づてには取らで《他人を通じて受け取らないで》、みづから出であひたりければ、袖うつし八に、黒ばみたるさいで九に包みたる物を取らせたりければ《渡したので》、守重げに引きさげて、懐《ふところ》にひき入れて帰《ひっ》り入りにけり《こんでしまった》。

そののち、その金《かね》取り男は、いづちともなく失せにけり《どこともなくいなくなってしまった》。よろづに尋ねけれども、行方も知らず《ゆくえもわからず》、やみにけり《おわってしまった》。いかに思ひて失せたりといふことを知らず《どのように思っていなくなったのかということはわからないが》、金のあり所を、問ひ尋ねやすると《問い尋ねでもするのかと》思ひけるにやとぞ、疑ひける。一〇その金は、千両ばかりありけるとぞ、語り伝へたる。かかれば《こういうわけで》、佐渡の国には、金ありけるよし《あったということを》と、能登の国の者ども語りけるとぞ。

〔五五〕薬師寺一一の別当一二の事

八 自分の袖から相手の袖へと、他人に見られないように物を渡すこと。

九 布のたちきれ。布きれ。

一〇 陽明本・古活字本に、「その金八千両はかり」とある。

＊『今昔物語集』二六―一五には、これと同話に当るものが収められている。それによると、能登の鉱夫が、佐渡の金鉱を知っていたとみられる。江戸の初期には、相川町の相川の金山が開かれたのであるが、それ以前から、真野町の西三川の金山が開かれていた。しかも、この西三川の一帯は、そのような砂金とともに、多くの砂鉄がとれる所であった。『佐渡風土記』によると、港の船頭が、西三川の農民から、畠の韮《にら》を買いとり、その韮の根から、わずかな砂金を見つけた。そこで、畠主に代価をはらって、その土から砂金を取ったということから、この地の金山が開かれたと伝えられる。

一一 奈良市西の京町にあって、法相宗の大本山。天武天皇の勅願によって、はじめに藤原京につくられたが、後に平城京に移された。

一二 大寺の法務を統轄する僧職。

薬師寺の別当僧都

今は昔、薬師寺《やくしじ》の一別当僧都といふ人ありけり。別当はしけれども、ことに寺の物も使はで、二極楽《ごくらく》に生れんことをなん願ひける。

地獄の迎えと極楽の迎え

年老い、病《やまひ》して、死ぬるきざみになりて《死ぬまぎわになって》、念仏して消え入らんとす《息を引きとろうとする》。無下《むげ》にかぎりと見ゆるほどに《まったくこれで最期と思われるときに》、よろしうなりて《いくらかよくなって》、弟子を呼びて言ふやう、「見るやうに《〔おまえも〕見知っているように》、念仏は他念なく《一心に》申して死ぬれば、極楽の迎へ、いますらんと待たるるに《おいでになるだろうと待たれるが》、極楽の迎へは見えずして、三火の車を寄す《よこした》。『こは何ぞ《これは何事か》、かくは思はず。何の罪によりて、地獄の迎へは来たるぞ』と言ひつれば、車につきたる鬼どもの言ふやう、『この寺の物を一年《ひととせ》五斗借りて、いまだ返さねば《まだ返さないので》、その罪によりて、この迎へは得たるなり』と言ひつれば、われ言ひつるは、『さばかりの《それくらいの》罪にては、地獄に堕つべきやうなし《堕ちなければならないはずはない》。その物を返してん《返そう》』と言へば、火の車を寄せて待つなり。されば《そこで》、とくとく《早く早く》四一石誦経《ずきやう》にせよ」と言ひければ、弟子ども、手惑ひをして《あわてふためいて》、言ふままに誦経にしつ。五その鐘の声のするをり、火の車帰りぬ。さて《そこで》、とばかりありて《しばらくたって》、

一 別当である僧都の意。僧都は、僧正の次位の僧官。『今昔物語集』一五―四に、「薬師寺ニ済源僧都ト云フ人有ケリ」とある。済源は、俗姓源氏。薬師寺別当、権少僧都。天徳四年(九六〇)に、七六歳で没。

二 阿弥陀仏の主宰する極楽浄土。

三 地獄にあるという、火の燃えている車。罪のある亡者をのせて、これを苦しめるというもの。

四 米一石を誦経料として寄進せよ。五斗を借りて、一石を返すというので、それだけの利息をはらうわけである。「一石」は約一八〇リットル。

五 その誦経にあわせて鐘《かね》をたたく音。

六 僧の住む所。

七 『今昔物語集』一五―四に、「薬師寺ノ東ノ門ノ北ノ脇ニ有ル房」とある。

八 伊達本・陽明本に、「寺の物を」とある。

「火の車帰りて、極楽の迎へ、今なんおはする《今こそおいでになる》」とて、手をすりて悦びつつ、終りにけり《なくなった》。

その坊は、[六]薬師寺の大門の北の脇にある坊なり。今にそのかた《その形は》、失せずしてあり《なくならないである》。さばかりほどの物《それほどわずかな物を》使ひたるにだに、火の車迎へに来《き》たる。まして、寺物《じもつ》[八]を心のままに使ひたる諸寺の別当の、地獄の迎へこそ思ひやらるれ《思いやられることだ》。

〔五六〕妹背島の事[九]

[一〇]土左《とさ》の国幡多郡《はたのこほり》にすむ下種《げす》[一一]ありけり。おのが《自分の》国にはあらで、異国《ことくに》に田を作りけるが、おのがすむ国に苗代《なはしろ》[一二]をして、植うべきほどになりければ《植えるべき時分になったので》、その苗を舟に入れて、植ゑん《田植えをする》人どもに食はすべき物より はじめて、鍋《なべ》・釜《かま》・鋤《すき》・鍬《くは》・犂《からすき》[一三]などいふ物にいたるまで、家の具を《家財道具を》

＊『日本往生極楽記』九には、「僧都済源、心意潔白不レ染二世事一、一生之間、念仏為レ事、命終之日、室有二香気一。空有二音楽一、常所レ騎白馬、跪以涕泣。陳曰、我昔捨二米五石一、就二薬師寺一、令レ修二諷誦一。為二寺別当一、所二借用一是而已、今臨レ終以報レ之」というように、いたって簡略に記されている。『今昔物語集』一五―四にも、これと同話に当るものがあって、「彼ノ往生シタル日ハ、康保元年ト云フ年ノ七月ノ五日ノ事也、僧都ノ年八十三也。薬師寺ノ済源僧都ト云フ、此レ也トナム語リ伝ヘタルトヤ」と結ばれている。この説話の重点は、寺物を私用にあてると、地獄に堕ちて苦報を受けるということである。『日本霊異記』をはじめ、往生伝の類にも、寺物犯用の罪について説かれているが、本書一一二話にも、これと同じ観念を認めることができる。

寺の物を使う罪

九 高知県宿毛市の沖の島にあてられている。この島は、宿毛市の沖合にある半農半漁の島。「妹背」は、夫妻をいう。一六四頁注一参照。

舟に乗せおかれた子

一〇 高知県の西南部。

一一 身分の低い者。

一二 稲の種をまいて苗を育てる田。

一三 柄が曲って刃が広いすき。牛馬にひかせて、田畑を耕すのに用いられる。

沖に吹きだされた舟

舟に取り積みて、十一二[一]ばかりなる男子《をのこご》・女子《をんなご》二人の子を、舟のまもりめ[二]に乗せおきて、父母は、「植ゑんといふ《田植えをしようという》者雇《やと》はん」とて、陸《くが》にあからさまに《ちょっと》のぼりにけり。舟をば、あからさま[三]《ちょっとの間》と思ひて、すこし引き据ゑて《〔陸に〕引きあげておいて》、つながずしておきたりけるに、この童部《わらはべ》ども、舟底《ふなぞこ》に寝入りにけり。

潮の満ちければ、舟は浮きたりけるを、はなつきに[四]、すこし吹き出《いだ》されたりけるほどに、干《ひ》潮《しほ》に《引き潮に》引かれて、はるかに湊[五]《みなと》へ出でにけり。沖にては、いとど風吹きまさりければ《いよいよ風が吹きつのったので》、帆《ほ》をあげたるやうにてゆく《〔速く〕》。そのときに、童部起きて見るに、かかりたる方もなき《停泊する所もない》沖に出できければ、泣き惑《まど》へども、すべき方もなし《どうしようもない》。いづかたとも知らず《どこへ行くともわからず》、ただ吹かれて行きにけり。

さるほどに《そうしているうちに》、父母は、人[六]ども雇《やと》ひ集めて、舟に乗らんとて来てみるに、舟なし。しばしは風隠《かざがく》れ[七]にさし隠したるかと見るほどに、呼び騒げども、誰かはいらへん《誰が答えようか》。浦々求めけれども、なかりければ、

一 『今昔物語集』二六—一〇に、「十四五歳許有《バカリアル》男子、其ガ弟ニ十二三歳許有女子ト、二人ノ子ヲ」とある。
二 守る役の人。番人。
三 諸本に、「あからさまに」とある。
四 「鼻突きに」で、出あいがしらに、まともにとも解されているが、『今昔物語集』二六—一〇に、「放ツ風ニ」とあって、突風にの意か。
五 ここでは、湊の沖か。『今昔物語集』二六—一〇では、「南ノ澳《オキ》ニ」とあり、南の沖に当る。
六 『今昔物語集』二六—一〇に、「殖女《ウヱメ》モ不雇得《ヤトヒエズ》シテ」とある。
七 風の当らない所。

沖の島でのくらし

いふかひなくてやみにけり《どうしようもなくてそのままになってしまった》。

　かくて、この舟は、は[八]るかの南の沖にありける島に吹きつけて《吹きつけてしま》けり《った》。童部ども、泣く泣くおりて、舟つなぎてみれば、いかにも《まったく》人なし。帰るべき方もおぼえねば《帰るべき方向もわからないので》、島におりて言[九]ひけるやう、「今はすべきかたなし《どうしようもない》。さりとては《そうかといって》、命を捨つべきにあらず。この食物のあらんかぎりこそ、すこしづつも食ひて生きたらめ《生きておられよう》。これ尽きなば《これがなくなったならば》、いかにして命はあるべきぞ《どうして命をたもつことができようか》。いざ《さあ》、この苗の枯れぬさきに《枯れない前に》植ゑん」と言ひければ、「[一〇]げにも」とて、水の流れのありける所の、田に作りぬべきを求め出して《田に作れそうな所を探し出して》、[一一]鋤《すき》・鍬《くは》はありければ、木伐《き》りて、[一二]庵《いほり》など作りけり。[一三]なり物の木の、折になりたる《季節に応じてなったのが》多かりければ、それを取り食ひて、明し暮すほどに、秋にもなりにけり。さるべきにやありけん《そうなるべき因縁でもあったのだろうか》、作りたる田のよくて、こなたに作りたるにも《こちらで作ったのよりも》、ことのほかまさりたりければ、多く刈りおきなどして、さりとてあるべきならねば《だからといってそのままでもいられないので》、[一四]妻男《めをとこ》になりにけり。男子《をのこご》・女子《をんなご》あまた産《う》み続けて、また、それが妻男にな

八　伊達本・陽明本に、「はるかの沖に」とある。

九　『今昔物語集』二六―一〇に、「女子ノ云ク」とある。

一〇　『今昔物語集』二六―一〇に、「男子、只何《イカ》ニモ汝ガ云《イハ》ンニ随《シタガハ》ム、現《ゲ》ニ可然《サルベキ》事也トテ」とある。

一一　『今昔物語集』二六―一〇に、「鋤鍬ナド皆有ケレバ、苗ノ有ケル限リ、皆殖テケリ。然《サ》テ、斧《ヲノ》・鐇《タツギ》ナド有ケレバ、木伐《キリ》テ庵《イホリ》ナド造テ居タリケルニ」とある。

一二　粗末な小屋。

一三　果物のなる木、果樹。

一四　『今昔物語集』二六―一〇に、「妹兄《イモセ》夫婦《メヲト》ニ成ヌ」とある。

りなりしつつ、大きなる島なりければ、田畠も多く作りて、この頃は、その妹背《いもせ》一が産み続けたりける人ども、島に余るばかりになりて《満ちあふれるほどになっている》ぞあんなる《という》。妹背《いもせ》二島《じま》とて、土左の国の南の沖にあるとぞ、人語りし。

女につきまとう蛇

〔五七〕石橋の下の蛇《くちなは》三の事

この近くのことなるべし《近頃のことであろう》。女ありけり。雲林院《うりんゐん》四の菩提講《ぼだいこう》五に、大宮六を上りに参りけるほどに、西院《さいゐん》七の辺《へん》近くなりて、石橋ありけり。水のほとりを、二十《はたち》あまり、三十ばかりの女房、中結《ゆ》八ひて歩みゆくが、石橋を踏み返して過ぎぬるあとに《通り過ぎたあとに》、〔その〕踏み返されたる橋の下に、斑《まだら》なる小蛇《くちなは》の、きりきりとして《くるくるととぐろをまいて》ゐたれば、石の下に蛇のありけると見る《蛇がいたのだなと思って見て》ほどに《いるうちに》、この踏み返したる女のしりに立ちて《後について》、ゆらゆらと《にょろにょろと》この蛇のゆけば、しりなる《後ろの》女の見るに、あやしくて、いかに思ひて行くにか《どのように思って行くのだろうか》

一 「妹」と「背」とで、夫と妻とをさす。古語で、「妹」は、男から女をいい、「背」は、女から男をいうのに用いられる。

二 高知県宿毛市の沖の島か。一六一頁注九参照。

＊ 『今昔物語集』二六―一〇に、これと同話に当るものが収められている。それによると、やむをえない事情で、兄妹どうしが結ばれて、多くの子孫をもうけたというように、部族の始祖に関する説話であって、近親相姦のモティーフをそなえている。これまでの研究によると、イザナキ・イザナミの国生みの物語も、東南アジアの兄妹相姦の神話に通ずるものと説かれており、そのような類例との比較によっても、本来は人間の始祖の伝承に属すると認められるようである。そのような近親相姦の伝承は、兄妹相姦、父娘相姦、母子相姦などの類型に分けられるであろうが、わが国の事例としては、兄妹相姦の類型に属するものが、もっとも多く伝えられている。この妹背島の事例のほかに、奄美《あまみ》・沖縄・宮古・八重山などの諸島では、人間の始祖に関する兄妹相姦の伝承が、きわめて多く知られており、山下欣一氏の「南西諸島の兄妹始祖説話をめぐる問題」(『昔話伝説研究』一号)、伊藤清司氏の「沖縄の兄妹婚説話について」(『沖縄学の課題』)などに、かなりこまかに論ぜられている。それに対して、八丈島のタナバの伝説だ

けは、母子相姦の類型に属するものであって、石田英一郎氏の『桃太郎の母』に、もっともよく説かれている。

三 「くちなは」は、蛇の異名。

四 京都市北区紫野の大徳寺の東南にあった寺。もともと淳和天皇の離宮であったが、のちに元慶寺の別院とされ、やがて荒廃に帰した。今では、紫野雲林院町に、観音堂一宇をとどめるだけである。

五 毎年三月二十一日に、雲林院で行われた法会。菩提すなわち仏果を願うために、『法華経』を講ずるもの。

六 大宮大路。東大宮大路は、大内裏の東側に接して、西大宮大路は、大内裏の西側に接して、いずれも南北に通じていた。通説には、西院の位置から、西大宮大路に当るという。「上りに」は、南から北にむかうさま。

七 京都市右京区四条西大路付近にあった寺。もともと淳和天皇の離宮であったが、のちに淳和院と称する寺とされた。『拾芥抄《しゅうがいしょう》』によると、この淳和院は、「四条北、西大宮東」にあったという。しかし、今の西院淳和院町は、西大宮大路の西に当る所である。

八 着物をすこし引きあげて、腰のあたりを帯で締めあげることか。

家に入りこむ蛇

あらん《〔石橋の下から〕》、踏み出《いだ》されたるを、あしと思ひて《憎いと思って》、それが報答せんと思ふにや《そのし返しをしようと思うのであろうか》、これがせんやう見むとて《このしようとするさまを見ようと思って》、しりに立ちて行くに《後ろについて行くと》、この女《前に行く女は》、時時は見返りなどすれども、わが供に、蛇のあるとも知らぬげなり《知らない様子である》。また、同じやうに行く人あれども、蛇の、女に具して《ついて》行くを、見つけ言ふ人もなし。ただ、最初見つけつる女の目にのみ見えければ、これがしなさんやう《たくらんでするさまを》見んと思ひて、この女のしりを離れず歩み行くほどに、雲林院に参りつきぬ。

寺の板敷《いたじき》に上りて、この女ゐぬれば《すわったので》、この蛇も上りて、傍《かたはら》にわだかまり伏したれど《とぐろをまいてうずくまっていたが》、これを見つけ騒ぐ人なし。希有《けう》のわざかなと《珍しいことだなと》、目を放たず《離さないで》見るほどに、講果てぬれば《終ってしまうと》、女、立ち出づるに従ひて《立って出てゆくのにつれて》、蛇も続きて出でぬ。この女《後ろの女》、これがしなさんやう見んとて、しりに立ちて、京ざまに《京の方に》出でぬ。下《しも》ざまに行きとまりて《下京の方に行ってそのはずれに》家あり、その家に入れば、蛇も具して入りぬ。これぞこれが家なりけると思ふに、昼はする方もなきなめり《何事もしないとみえるが》、夜こそ、とかくすることもあらんずらめ《何かすることもあるであろう》、これが夜の有様を見ばや《見たいと》と思ふに、見るべきやうもなければ《見られるてだてもないので》、その家に歩み寄りて、「田舎より上る人の、行き泊るべき所も候はぬを、今宵《こよひ》ばかり宿させ給ひなんや《今晩だけ泊めさせていただきたいものですよ》」と言へば、この蛇《くちなは》のつきたる女を、家主《いへあるじ》と思ふに、〔前の女〕「ここに宿り給ふ人あり《お泊りになるという方がおりますよ》」と言へば、老いたる女出で来て、「誰かのたまふぞ《どなたがおっしゃるのですか》」と言へば、これぞ家主なりけると思ひて、「今宵ばかり、宿借り申すなり《宿をお借りしたいのです》」と言ふ。「よく侍りなん《ようございましょう》。入り《入ってい》ておはせ《らっしゃい》」と言ふ。嬉しと思ひて、入りて見れば、板敷のあるに上りて、この女ゐたり《すわっている》。蛇《くちはな》は、板敷の下《しも》に、柱のもとにわだかまりて《とぐろを巻いている》あり。目をつけて見れば、この女をまもりあげて《目を離さず見あげて》、この蛇はゐたり。蛇つきたる女、「殿にあるやうは《御殿にお仕えする様子は》」など、物語しゐたり。宮仕へする者なりとみる。

かかるほどに《こうしているうちに》、日ただ暮れに暮れて《どんどん暮れていって》、暗くなりぬれば、蛇の有様を見るべきやうもなくて《見られるてだてもなくて》、この家主とおぼゆる《思われる》女にいふやう、「かく宿させ給へる《お泊めいただいた》かはりに、麻《を》一やある、績《う》二みて奉らん。火ともし給へ」

一　麻《あさ》や苧《からむし》の皮からつくった繊維。
二　「績む」とは、繊維を細く裂いて、それを長くつないで、糸によりあわせること。

蛇の恩返し

と言へば、「嬉しくのたまひたり《うれしいことをおっしゃったことです》」とて、火ともしつ。麻取り出《いだ》して、あづけたれば、それを績みつつ見れば、この女臥しぬめり《寝てしまったようだ》。今〔蛇は〕や寄らんと見れども、近くは寄らず。この事、やがても告げばや《すぐにも知らせたいと》と思へども、告げたらば、わがためもあしくやあらん《自分のためにも悪いことであるかもしれないと》と思ひて、ものも言はで、しなさんやう《たくらんでするさまを》見んとて、夜中の過ぐるまでまもりゐたれ《見守っていたが》ども、つひに見ゆる方もなきほどに、火消えぬれば、この女も寝ぬ。

明けてのち、いかがあらん《どうであったろうかと》と思ひて、惑《まど》ひ起きて《あわてて起きて》見れば、この女、よきほどに寝起きて《適当なころに起き出して》、ともかくもなげにて《何ともなさそうで》、家主と覚ゆる女に言ふやう、「今宵、夢をこそ見つれ」と言へば、「いかに見給へるぞ」と問へば、「この寝たる枕上《まくらがみ》《枕もとに》に、人のゐると思ひて見れば、腰より上《かみ》は人にて、下《しも》は蛇《くちなは》なる女の、清げなるが《清らかなのが》ゐて言ふやう、『おのれは《私は》、人を恨めしと思ひしほどに《思ったばかりに》、かく[三]蛇の身を受けて、石橋の下に、多くの年を過《す》ぐして、わびしと思ひゐたるほどに《つらいことと思っていたところが》、昨日、おのれが《私をおさえてい》重しの石を《た重しの石を》ふみ返し給ひしに助けられて、石のその苦をまぬかれて、

三 輪廻転生によって、蛇身に生れ、畜生道に堕ちることをいう。

嬉しと思ひ給へしかば《存じましたので》、この人のおはしつかん《お着きになる》所を見おき奉りて《お見とどけ申して》、よろこび《お礼も》も申さむと思ひて、御供に参りしほどに、菩提講《ぼだいこう》の庭《場に》に参り給ひければ、その御供に参りたるによりて、あひがたき[一]法《仏法を》を承りたるによりて、多く罪をさへ滅ぼして、その力にて、人に生れ侍るべき功徳《くどく》[二]の近くなり侍れば、いよいよよろこび《うれしい気持になって》をいただきて、かくて参りたるなり。この報《むく》ひには、物よくあらせ奉りて《しあわせにしてさし上げて》、よき男など《よい夫などにめ》あはせ奉るべきなり《あわせてさし上げましょう》』と言ふとなん見つる」と語るに、あさましく《あきれるほどに》なりて《驚いて》、この宿りたる女の言ふやう、「まことは、おのれ《私は》は田舎《ゐなか》より上りたるにも侍らず、そこそこに侍る者《これこれの所におります者です》なり。それが、昨日菩提講に参り侍りし道に、その程に行きあひ給ひたりしかば《その途中でお会いいたしましたので》、しりに立《後について》ちて歩みまかりしに《歩いてきましたが》、大宮の、その程の川の石橋を、踏み返されたりし下より、斑《まだら》なりし小蛇《こくちなは》の出で来て、御供に参りしを《お供してついて行ったのを》、かくとつ《こうとお知》げ申さん《らせしようと》と思ひしかども、告げ奉りては《おしらせしては》、わがためもあしきことに《自分のためにも悪いことになるかも》てもやあらんずらん《しれないと》と恐ろしくて、え申さざりしなり《申し上げることができなかったのです》。まことに、

一　いくつかの経典で、人間に生れるのはむずかしく、仏法にあうのはむずかしいと説かれる。『六道講式』に、「人身難受、仏法難値」とある。
二　幸福をもたらすもととなるよい行い。

講の庭にも、その蛇侍りしかども、人もえ見つけざりしなり《誰も目に見ることができなかったのです》。果て《講が》て出で給ひしをり《終ってお出になった時に》、また具し奉りたりしかば《お供におつきしてゆきましたので》、なりはてんやうゆかしくて《どうなるのかということが知りたくて》、思ひもかけず、今宵《こよひ》ここにて夜を明し侍りつるなり。この夜中過ぐるまでは、この蛇柱のもとに侍りつるが、明けて見侍りつれば、蛇も見え侍らざりしなり《見えなかったのでございます》。それにあはせて《それとともに》、かかる夢語りをし給へば、あさましく《あきれたことで》、恐ろしくて、かくあらはし申すなり《おうちあけいたすのです》。今よりは、これをついでにて《機会にして》、何事も申さん」など言ひ語らひて《語りあって》、後はつねに行き通ひつつ《行き来をしては》、知る人に《知りあいに》なんなりにける[三]。

さて、この女《蛇を助けた女は》、よにものよくなりて《たいそうしあわせになって》、この頃は、何とは知らず《何という人かはわからないが》、大殿《おほいどの》[四]の下家司《しもけいし》[五]の、いみじく徳ある《たいそうゆたかな者の》が妻になりて、よろづ事叶ひてぞ《すべて思いのままに暮して》ありける《いた》。尋ねば、隠れあらじかしとぞ《すぐに分るだろうよということだ》。

〔五八〕東北院《とうぼくゐん》[六]菩提講《ぼだいこう》[七]の聖《ひじり》[八]の事

三 伊達本・陽明本に、「成にけり」とある。

四 大臣家。

五 家司の中の下級の者。「家司」は、親王家、摂関家、三位以上の家で、家政をつかさどる者。原則として、四位、五位の者から任ぜられるが、下級の家司は、六位、七位の者から任ぜられた。

＊ 不気味な蛇の尾行は、その怨念のためかと思われたが、実は報恩のためであったと結ばれる。『法華経』の提婆品には、同経の功徳によって、八歳の龍女が、男子の身に変って、成仏の姿を示したとあるが、ここでも、仏法の功徳で、蛇体の身をまぬかれて、人間の姿に生れると説かれている。

六 法成寺の東北にあった寺。上東門院彰子によって創建された。上東門院は、藤原道長の女で、一条天皇の中宮。『東北院供養記』によると、長元三年（一〇三〇）に、その落慶供養が行われたという。『今昔物語集』一五―二二に、雲林院のこととある。

七 菩提を願うために、法華経を講ずる法会。

八 高徳の僧。その伝は未詳。『今昔物語集』一五―二二に、この聖について、「本鎮西《モトチンゼイ》ノ人也。極《キハメ》タル盗人也ケレバ、被捕《トラヘラ》レテ獄《ヒトヤ》ニ七度被禁《キンゼラレ》タリケルニ」とある。

足斬りに処せられる人

東北院の菩提講始めける聖は、もとはいみじき《ひどい》悪人にて、獄《ひとや》に《牢獄に》七度《ななたび》ぞ入りたりける。七度といひける《七度目のときに》たび、検非違使《けびゐし》[一]ども集まりて、「これは、いみじき悪人なり。一二度獄にゐんだに《いてさえも》、人として[二]よかるべきことかは《よいはずがあろうか》。まして、いくそばくの犯しをして《幾度もの罪を犯して》、かく七度[三]までは、あさましくゆゆしきことなり《あきれたとんでもないことだ》。このたび、これが足斬りてん《こいつの足を斬ってしまおう》」と[四]、足斬りに率《ゐ》[五]て行きて《連れていって》、斬らんとするほどに、いみじき《すぐれた》相人《さうにん》[六]ありけり。

往生の相をそなえた人

それが、ものへ《ある所へ》行きけるが、この足斬らむとする者に寄りて言ふやう、「この人、おのれに許されよ《自分に免じてお許し下さい》。これは、かならず往生《わうじやう》[七]すべき相ある人なり」と言ひければ、「よしなき《つまらない》こと言ふ、ものも覚えぬ《わけもわからない人》相する御房かな《相を見る坊様よ》」と言ひて、ただ斬りに斬らんとすれば、その斬らんとする足の上にのぼりて、「この足のかはりに、わが足を斬れ。往生すべき相ある者の足斬らせては、いかでか見んや《どうして見ておられようか》。おうおう」

一 京中の非法の検察、秩序の維持をつかさどった職。

二 諸本に、「人としては」とある。

三 『今昔物語集』一五—二二に、「七度マデ獄ニ被禁ム事ハ、世ニ難有ク極タル公《オホヤケ》ノ御敵《カタキ》也」とある。

四 諸本に、「とさためて」とある。

五 底本に「いてゆきて」、伊達本・陽明本に、「出ゆきて」、古活字本に、「ゐてゝ」とある。

六 人相を見る人。『今昔物語集』一五—二二に、この相人について、「人ノ形ヲ見テ善悪ヲ相スルニ、一事トシテ違《タガ》フ事无《ナ》カリケリ」とある。

七 「往生」とは、けがれたこの世を去って、清らかな仏の国に生れること。特に浄土教の立場から、阿弥陀仏の極楽浄土に往生するのが、もっとも望ましいことと考えられた。

とをめき[八]ければ《わめいたので》、斬らんとする者ども、しあつかひて《もてあまして》、検非違使に、「かうかうのこと侍り《これこれのことがあります》」と言ひければ、やんごとなき《尊い》相人の言ふことなれば、さすがに用ひずもなくて《受け入れないわけにもゆかないで》、別当[九]に、「かかることと《このようなことが》なんある」と申しければ、「さらば《それでは》、許してよ《許してやれ》」とて許されにけり。

そのとき、この盗人、心おこして《道心を》、法師になりて、いみじき《すぐれた》聖になりて、この菩提講は始めたるなり。まことにかなひて《人相のとおりで》、いみじく《りっぱに》終《をはり》とりてこそ失せにけれ《往生をとげて亡くなった》。

かかれば《こういうわけで》、高名《かうみやう》[一〇]せんずる人は《名をあげるような人は》、その相ありとも、おぼろけの相人の見ることにてもあらざりけり《いい加減な人相見が見られることでもないのであった》。始めおきたる講《〔聖が〕》も、今日まで絶えぬは、まことにあはれなることなりかし《感慨の深いことであるよ》。

〔五九〕三河入道《みかはのにふだう》[一一]、遁世《とんせい》の間の事

八 「を」と声をあげること。

九 検非違使の別当。検非違使庁の長官。

一〇 『今昔物語集』一五―二二に、「往生可為キ人ハ、必ズ其相有ナルヲ」とある。

菩提講を始めた聖

＊『今昔物語集』一五―二二に、これと同話に当るものが、雲林院の菩提講のいわれとして掲げられている。『中右記』の承徳二年五月一日の条には、この雲林院の菩提講のいわれについて、「此講筵者、故源信僧都為結縁所被始行也。其後、無縁聖人行来日久。或有夢想告行此講筵。或発菩提心来此堂舎、如此間法会之趣随及末代、弥以繁昌歟」と記されている。この記事の後半の部分が、『今昔物語集』などの説話とかかわるものかもしれない。

一一 大江定基。斉光の子。三河守、従五位下。寛和二年（九八六）に、出家して法名を寂照と称した。長保五年（一〇〇三）に、入宋して円通大師の号を賜った。長元七年（一〇三四）に、七三歳で杭州に没した。

三河入道《みかはのにふだう》、いまだ俗（俗人で）にてありけるをり、一もとの妻をば去り（本妻を離縁して）つつ、若二くかたちよき（容貌の美しい）女に思ひつきて（思いをよせて）、それを妻にて、三三河へ率《ゐ》て（連れて）下りけるほどに、その女、久しくわづらひて、よかりけるかたちも衰へて、失せにけるを（死んでしまったのを）、悲しさのあまりに、とかくもせで（葬式もしないで）、夜も昼も語らひ四臥して、口を吸五ひたりけるに、あさましき香の（ひどい匂いが）、口より出できたりけるにぞ、疎《うと》む（忌みきらう）心出で来て、泣く泣く葬《はふ》りてける。

それより、世は憂《う》きものにこそありけれと思ひなりける（つらいものなのであったと思うようになったが）に、三河の国に、六風祭《かざまつり》といふことをしけるに、七生贄《いけにへ》といふことに、猪を生けながらおろしける（切りわけたのを）を見て、この国退《の》きなむと（去ろうと）思ふ心つきてけり。〔そこで〕雉《きじ》を生けながら（生かしたまま）捕へて、人の出で来たりけるを、〔定基が〕「いざ（さあ）、この雉、生けながら作りて（料理して）食はん。いますこし、味はひやよき（味がよいかどうかと）と試みん」と言ひければ、いかでか（何とかして）、心に入らん（気に入られよう）と思ひたる八郎等《らうどう》の、ものも覚えぬが（わけもわからないものが）、「いみじく侍りなん（結構でしょう）。いかでか（どうして）、味はひまさらぬやうはあらん（味のすぐれないはずがありましょうか）」など、はや九し言ひけり。すこしものの心知りたる者は、あさましき（ひどい）

女の死体の変化

一 『今昔物語集』一九—二に、「本ヨリ棲《スミ》ケル妻《メ》ノ上《ウ》ヘニ、若ク盛ニシテ形チ端正《タンジヤウ》也ケル女ニ思ヒ付テ、極テ難去《サリガタ》ク思テ有ケルヲ、本ノ妻強《アナガチ》ニ此レヲ嫉妬《シツト》シテ、忽ニ夫妻《メヲト》ノ契ヲ忘レテ相ヒ離《ハナレ》ニケリ」とある。

二 『源平盛衰記』七、『三国伝記』一一—二四には、赤坂の遊君の力寿とある。

三 愛知県の東部。

四 『今昔物語集』一九—二に、「抱テ臥《フシ》タリケルニ」とある。

五 接吻をさす。西欧流の親愛の表示ではなくて、むしろ閨房の秘戯に属する。

生きた雉の料理

六 秋の収穫をひかえて、荒い風を鎮めるために、風の神を祭ること。大和の龍田の風神祭は、古くから知られるが、民間の行事としても、広く行われている。

七 神に対する贄として、生きたまま生物を供えること。

八 従者。家来。

九 『今昔物語集』一九—二に、「勧メ云ケレバ」とある。

ことをも言ふなど思ひけり。

かくて、前にて、生け《生かしたまま》ながら毛をむしらせければ、しばしは、ふた《ばたば》ふたとするを《たとするのを》、抑へて、ただ[一〇]むしりにむしりければ、鳥の、目より血の涙をたれて《流して》、目をしばたたきて《しきりにまたたきをして》、これかれに《あちらこちらに》見合はせけるを見て、え堪へずして《堪えられないで》、立ちて退《の》く者もありけり。「これが、かく《このように》鳴くこと」と、興じ笑ひて、いとど《ますます》情なげにむしる者もあり。むしり果てて、おろさせければ《切りわけさせたので》、刀にしたがひて《庖丁を使うにつれて》、血のつぶつぶと《どくどくと》出で来けるを、のごひのごひ《ふきながら》おろしければ、あさましく堪へがたげなる《ひどく堪えられそうもない》声を出して、死に果てければ、おろし果てて、「炒《い》り焼きなどして試み《味をみよ》よ」とて、人に試みさせければ《味をみさせたところが》、「ことのほかに侍りけり《格別によい味です》、死したるおろして、炒り焼きしたるには、これはまさりたり《すぐれています》」など言ひけるを、《〔定基は〕》つくづくと見聞きて、涙を流して、声を立ててをめきけるに《わめいたので》、「うまし」など言ひける《〔定基におもねって〕》者ども、したく違ひにけり《あてがはずれてしまった》。さて、やがて《すぐに》その日、[一一]国府《こふ》を出でて、京に上りて、法師になりにけり。[一二]道心のおこり

一〇 古活字本などに、「むしりにむしりければ」とある。
一一 国司の役所。三河の国府は、愛知県豊川市国府町にあった。
一二 仏道に帰依する心。

ければ、よく心を固めんとて、かかる希有《けう》《珍しい》のことをして見けるなり。

[一]乞食《こつじき》といふことしけるに、ある家に、食物えもいはずして《何ともいえないほどに調えて》、庭に[二]畳《たたみ》を敷きて、物を食はせければ、この畳にゐて《坐って》食はんとしけるほどに、簾《すだれ》を巻き上げたりける内に、よくしやうぞきたる《りっぱに衣装をつけた》女のゐたるを見ければ、わが去りにし《自分の離縁した》古き妻なりけり。「あの《〔古い妻は〕》[三]乞児《かたゐ》、かくてあらんを見んと思ひしぞ《こういうざまになるのを見ようと思っていたぞ》」と言ひて、見あはせたりけるを《目を見あわせたが》、恥づかしとも、[四]苦しくとも思ひたるけしきもなくて《様子もなくて》、「あなたふと《ああありがたいこと》」と言ひて、物よくうち食ひて、帰りにけり。

ありがたき《珍しく尊い》心なりかし。道心をかたくおこしてければ《おこしていたので》、さることにあひたるも、苦しとも思はざりけるなり。

〔六〇〕[五]進命婦《しんのみやうぶ》、[六]清水詣《きよみづ》りの事

一 食物をもらい歩くこと。僧の托鉢に当る。

二 うすべり、むしろの類。

三 乞食。ものもらい。ここでは、定基を侮蔑して言ったもの。

四 諸本に、「くるしとも」とある。

もとの妻との再会

＊『今昔物語集』『続本朝往生伝』『今鏡』『発心集』『宝物集』『撰集抄』『古事談』『十訓抄』『古今著聞集』『沙石集』『元亨釈書』『三国伝記』など、かなり多くの書物に、大江定基の出家のことが取りあげられている。それらの書物の中でも、『今昔物語集』一九—二では、本書と同じように、愛人の死にあって、はじめて道心をおこし、雉の料理をさせて、いっそう道心をかため、本妻との再会に当っても、まったく道心をかえなかったということが、ほかの二、三の説話とともに記されている。この死体の変化を見まもるくだりは、仏教の九相観の影響をうけたとも考えられる。また、離別した本妻とめぐりあうくだりは、『大和物語』などの芦刈の説話と通ずるものといえよう。なお、『十訓抄』一〇、『古今著聞集』五、『沙石集』五には、たまたま鏡の箱に、「けふまでとみるに涙のます鏡なれぬる影を人に語るな」と書かれていたので、いっそう道心をかためたように作られている。

五 源祇子。敦平親王の女。因幡守種成の養女。藤原頼通に嫁して、師実、覚円、寛子を生む。天喜元年

聖の愛欲の業

今は昔、進命婦若かりけるとき、つねに清水《きよみづ》へ参りけるあひだ、師の僧清[七]かりける。八十の者なり。法華経《ほけきやう》[八]を八万四千余部読み奉りたる者なり。この女房を見て、欲心をおこして《愛欲の心をおこして》、たちまちに病になりて、すでに死なんとするあひだ《もはや死のうとするときに》、弟子どもあやしみをなして《不審に思って》、問ひて言はく、「この病の有様、うちまかせたることにあらず《そのままにしておけるものではありません》。おぼ《思って》しめす《いらっしゃる》ことのあるか。仰せられずは、よしなきことなり《よくないことです》」と言ふ。このとき、語りて言はく、「まことは、京より御堂へ参らるる女房に近づきなれて《近づき親しんで》、ものを申さばやと思ひしより、この三ケ年、不食《ふしよく》[九]の病になりて、今はすでに蛇道[一〇]に堕ちなむずる。心憂《う》きことなり《つらいことです》」と言ふ。

聖の祝福の言葉

ここに、弟子一人、進命婦のもとへ行きて、このことを言ふときに、女房程なく来たれり。病者頭《かしら》も剃《そ》らで、年月を送りたる《送っていたので》あひだ、鬚《ひげ》・髪、銀《しろがね》の針を立てたるやうにて、鬼のごとし[一一]。されども《しかし》、この女房恐るるけしきなくして《様子もなくて》言ふやう、「年ごろ《長年》、頼み奉る《お頼り申し上げる》志あさか

(一〇五三)に没。同二年に従二位を贈られた。命婦は、五位以上の女官。

六 京都市東山区の清水寺。本尊は十一面観音。坂上田村麻呂の創建にかかる。

七 諸本に、「きよかりけり」とある。ここは、一生不犯で童貞を守ったこと。『古事談』二には、この「師僧」について、「浄行八旬者也、於法花経転読八万四千部」とある。

八 『妙法蓮華経』。大乗経典を代表するものとして知られる。

九 食物の食べられない病気。

一〇 畜生道に属する蛇身の世界。色欲をおこして蛇身に変じた例は少なくない。

一一 諸本に、「鬼のごとく」とある。

らず。何事《何事でありましても》に候ふとも、いかでか《どうして》仰せられんこと、そむき奉らん《おそむき申しましょうか》。御身くづほれさせ給はざりしさきに《お弱りなさらない前に》、などか仰せられざりし《どうして仰せられなかったのですか》」と言ふときに、この僧かきおこされて、[一]念珠《ねんず》を取りて、押しもみて言ふやう、「嬉しく来たらせ給ひたり《嬉しくもおいで下さった》。八万余部読み奉りたる[二]法華経の最第一の文《もん》をば、御前に奉る。[三]俗を生ませ給はば《お生みなさるならば》、[四]関白・[五]摂政を生《お生》ませ給へ《み下さい》。女を生ませ給はば、[六]女御《にょうご》・后を生ませ給へ。僧を生ませ給はば、[七]法務の大僧正を生ませ給へ」と言ひ終りて、すなはち《そのまま》死にぬ。そののち、この女房、[八]宇治殿に思はれ参らせて《寵愛をおうけして》、はたして、[九]京極大殿・[一〇]四条宮・[一一]三井の覚円座主を生み奉れりとぞ。

〔六一〕 [一二]業遠朝臣《なりとほのあそん》、蘇生の事

僧正の加持の効験

これも今は昔、業遠朝臣死ぬるとき、[一三]御堂《みだう》の入道殿仰せられける

一 数珠。
二 『法華経』の中でもっとも功徳のある文言。『法華経』普門品に、「若有ニ女人一設欲レ求レ男、礼ニ拝供養観世音菩薩一、便生ニ福徳智慧之男一、設欲レ求レ女、便生ニ端正有相之女一、宿植ニ徳本一、衆人愛敬」とあるをさすか。
三 俗人。出家していない普通の人。
四 天皇を輔《たす》けて、すべての政務をとった最高の職。
五 天皇に代って、すべての政務をとった最高の職。
六 皇后・中宮につぐ高位の后。
七 興福寺や延暦寺などの大寺にあって、さまざまな寺務を統轄した最高の僧。
八 藤原頼通。道長の子。摂政、関白、太政大臣、従一位。宇治の別業をもうけて、平等院と称した。承保元年（一〇七四）に、八三歳で没。
九 藤原師実。頼通の子。太政大臣、摂政、関白、従一位。康和三年（一一〇一）に、六〇歳で没。
一〇 藤原寛子。頼通の女。後冷泉天皇の后。大治二年（一一二七）に、九二歳で没。
一一 頼通の子。園城寺長吏。延暦寺座主。承徳二年（一〇九八）に、六八歳で没。
＊『古事談』一に、これと同話に当るものがみられる。老僧の色欲の強さとともに、『法華経』の功徳の大きさが取りあげられている。
一二 高階氏。敏忠の子。丹波守、東宮亮。寛弘七年（一〇一〇）に、三六歳で没。
一三 藤原道長。兼家の子。関白、

は、「言ひおくべきことあらんかし《あるだろうよ》。不便《ふびん》のことなり《かわいそうなことだ》」とて、解脱《げだつ》[一四]寺《じ》の観修《くわんじゆ》[一五]僧正を召して、業遠が家にむかひ給ひて、加持《かぢ》[一六]するあひだ、死人、たちまちに蘇生して《生きかえって》、用事を言ひてのち、また目を閉ぢてけりとか。

〔六二〕 篤昌《あつまさ》[一七]・忠恒《ただつね》[一八]等の事

これも今は昔、民部大輔《みんぶのたいふ》[一九]篤昌といふ者ありけるを、法性寺殿《ほふしやうじどの》[二〇]の御時、蔵人所《くらうどどころ》[二一]の所司に、義助《よしすけ》[二二]とかやいふ者ありけり。くだんの篤昌を[二三]役に催しけるを《夫役に出るように召し出したが》、「われは、かやうの役はすべき者にもあらず」とて、参らざりけるを、所司、小舎人《こどねり》[二四]をあまたつけて、苛法《かはふ》に催しければ《てきびしく責めたてたので》、参りにけり。さて、まづ、〔篤昌が〕所司に「もの申さん」と呼びければ、出[二五]であひけるに《出ていって会ったが》、この世ならず《ひととおりでなく》腹たちて、「かやうの役に催し給ふは《召し出されるのは》、

摂政、太政大臣。万寿四年（一〇二七）、六二歳で没。

一四 京都市左京区長谷御殿町にあったという。一条天皇の母に当る藤原詮子の建立。観修僧正の開山。

一五 紀氏。園城寺長吏。寛弘五年（一〇〇八）に、六四歳で没。

一六 真言宗の密教で、印を結んで陀羅尼を唱え、観念をこらして仏神を念ずること。

＊『古事談』三に、これと同型に当るものがみられる。『元亨釈書』四、『本朝高僧伝』四九などに、観修が加持にすぐれていたことは、くわしく説かれているが、その没年の上で、業遠に加持をほどこしたというのは、あきらかな矛盾を含んでいる。

一七 藤原氏。範綱の子。伊予守、従五位下。

一八 伝未詳。『兵範記』仁平二年（一一五二）一〇月五日、同年一一月一五日、保元三年（一一五八）四月二〇日の条に、「近衛忠常」「随身忠常」などとある。

篤昌のありよう

一九 民部省の次官。

二〇 藤原忠通。忠実の子。太政大臣、摂政、関白、従一位。長寛二年（一一六四）に、六八歳で没。

二一 蔵人所は、天皇の側近に仕えて、機密の文書をあずかる者の属する役所。所司は、その職員か。

二二 伝未詳。

二三 夫役。労役。

二四 蔵人所に属して、殿上の雑用に従事した者。

二五 伊達本・陽明本に、「出あひにけるに」とある。

いかなることぞ《どういうわけか》。まづ篤昌《あつまさ》をば、いかなる者と知り給ひたるぞ《どのような者と存じていらっしゃるのか》。承一らん」と、しきりに責めければ、しばしは《しばらくは》ものも言はでゐたりけるを、叱りて《声をあらげて》、「のたまへ《おっしゃって下さい》。まづ、篤昌がありやうを承らん《篤昌の立場についてうかがいましょう》」と、いたう《ひどく》責めければ、「別のこと候はず《格別のわけもありません》。民部大輔《みんぶのたいふ》二五位、鼻赤きにこそ知り申したれ《鼻の赤いことで存じ上げています》」と言ひたりければ、「をう」と言ひて逃げにけり。

また、この所司がゐたりける《坐っていた》前を、忠恒《ただつね》といふ随身《ずいじん》三、異様《ことやう》《変った様》にて練り通りけるを《子でゆっくりと通ったのを》見て、「四わりある随身の姿かな」と忍びやかに《ひそかに》言ひけるを、耳とく《耳ざとく》聞きて、随身、所司が前に立ち帰りて、「わりあるとは、いかにのたまふことぞ《どういうわけでおっしゃったことか》」と咎《とが》めければ、「われは、人のわりのありなしもえ知らぬに《ようわかりませんが》、ただ今、武正府生《たけまさふしやう》五の通られつるを、この人々、『わりなき者の様体《やうだい》かな《姿よ》』と言ひあはれつるに、《〔あなたは〕》すこしも似給はねば、さては、もしわりのおはするかと《もしかしたらわりがおありになるのかと》思ひて、申したりつるなり」と言ひたりければ、忠恒「をう」と言ひて逃げにけり。

この所司をば、「荒所司《あらしよし》六」とぞつけたりける《名づけたとかいうことである》とか。

一 底本・伊達本・陽明本に、「奉らん」とあるが、古活字本などによって改めた。

二 諸本に、「民部大輔五位の」とある。

三 貴人の外出に、護衛として従った近衛の舎人。

四 「わりなし」に対して、「わりある」といったもの。「わりなし」は、この上なくすぐれている意。

五 下野武正。武忠の子。藤原忠通の家司。「府生」は、六衛府や検非違使の下級武士。

六 あらあらしい所司。遠慮なく言ってのける所司。

わりある随身の姿

＊ 篤昌と忠恒との二人は、ひどい侮辱をうけたというので、はげしく詰めよったが、この義助という所司は、それぞれの実体にふれることによって、さりげなくきりぬけるのである。そのものおじしない態度は、まさに荒所司という名にふさわしいものといえよう。なお、篤昌の赤鼻については、『古今著聞集』一六によると、「有レ花有レ花、敦正山之春霞紅ナリ」という秀句に作られたといい、「此敦正は鼻のおほきにて赤かりけるを、をこづきてかくかきてけり」と記されている。また、武正の容儀については、「わりなき者の様体かな」と示されているが、この舎人に関することは、本書一〇〇をはじめ、『古事談』『十訓抄』『古今著聞集』などにも、少なからず伝えられている。

七 第六九代の天皇。一条天皇の皇子。母は、藤原道長の女彰子。長元九年（一〇三六）に即位。寛徳二年

〔六三〕 後朱雀院《ごしゆじやくのゐん》[七]、丈六[八]の仏作り奉り給ふ事

これも今は昔、後朱雀院、例ならぬ《ご病気が》御こと、大事におはしましけ《重くてあらせられた》るとき、後生《ごしやう》[九]のこと、恐れおぼしめしけり《恐ろしくお思いになった》。それに《ところが》、御夢に、御堂《みだう》[一〇]入道殿参りて、申し給ひて言はく、「丈六の仏を作れる人、子孫において、さらに悪道[一一]へ堕ちず。それがし《私は》、多くの丈六を作り奉れり《お作り申し上げた》。御菩提《ぼだい》[一二]において、疑ひおぼしめすべからず《お疑いなさいますな》」と《〔後朱雀院は〕この言葉に従って》。これによりて、明《めい》[一三]快座主《くわいざす》に仰せあはせられて、丈六の仏を作らる。くだんの仏《ここに記した仏は》、山[一四]の護仏院《ごぶつゐん》に安置し奉らる。

〔六四〕 式部大輔《しきぶのたいふ》[一五]実重《さねしげ》、賀茂《かも》[一六]の御体拝見の事

（一〇四五）に譲位して、三七歳で崩。
八 一丈六尺の仏像。仏は普通の人よりすぐれて、その二倍の身長をもつと説かれる。
九 死後の来世にどのような世界に生れるかということ。
一〇 藤原道長。一七六頁注一三参照。
一一 地獄・餓鬼・畜生の三悪道。
一二 仏果を得て、極楽に往生することが、おできになる意。「菩提」は、さまざまな煩悩を断って、不生不滅の真理をさとった境地。
一三 第三二代の天台座主。藤原俊宗の子。延久二年（一〇七〇）に、八六歳で没。
一四 比叡山の子院。

丈六の仏の功徳

＊『古事談』五にも、これと同話に当るものがみられる。そのような造仏の功徳が、何よりも後生の菩提に役立つと考えられたのである。『後拾遺集』一七には、後朱雀院の死にあたって、明快座主が上東門院に奉った歌が、「雲の上に光かくれし夕よりいく夜といふに月をみつらむ」というように伝えられている。
一五 平氏。昌隆の子。従五位上。「式部大輔」は式部省の次官。
一六 京都市の賀茂神社。北区上賀茂本山町の賀《か》茂別《ものわけ》雷《いかずち》神社と、左京区下鴨泉川町の賀《か》茂《もの》御《み》祖《おや》神社とからなる。王城鎮護の神として、朝野の崇敬を集めていた。

式部大輔実重の運

これも今は昔、式部大輔《しきぶのたいふ》実重《さねしげ》は、賀茂へ参ること、ならびなき《たぐいのない》者なり。[一]前生《ぜんしやう》の運おろそか《つたなくて》にして、身に過ぎたる[二]利生《りしやう》にあづからず《利益をこうむらない》。

賀茂大明神の本地

人の夢に、大明神、「また実重来たり、実重来たり」とて、嘆か《嘆いて》せおはしますよし《おいでになるさまを》見けり。実重、[三]御本地を見奉るべきよし《拝み奉りたいむねを》祈り申すに、ある夜、下《しも》の御社に[四]通夜《つや》したる夜、上《かみ》へ参るあひだ、[五]半木《なからぎ》のほとりにて、行幸にあひ奉る。百官供奉《ぐぶ》常のごとし《お供することは》。実重、片藪《片側の藪に》に隠れゐて見れば、[六]鳳輦《ほうれん》の中に、[七]金泥《こんでい》の経一巻立たせおはしましたり《立っていらっしゃった》。その外題《げだい》に、「[八]一称南無仏《いつしようなむぶつ》、皆已成仏道《かいいじやうぶつだう》」と書かれたり。夢すなはち《そのまま》ち覚めぬとぞ《さめたということだ》。

〔六五〕 [九]智海法印、癩人法談の事

一 前世の因縁によって定められた運。前生は、前世と同じで、現世に生れる前の世。

二 神仏が衆生に与える利益。

三 御本体。ここでは本地垂迹説《ほんじすいじやくせつ》に基づいて、賀茂大明神の本地仏は何かと尋ねたもの。

四 仏堂に籠って夜どおし祈ること。

五 「流木」とも書く。中賀茂ともいって、上社と下社との中間にある小社。

六 屋形の上に金の鳳凰《ほうおう》をつけた輿《こし》。晴れの儀式に、天皇の乗る物。

七 金粉を膠《にかわ》の液にとかしたもの。

八 『法華経』方便品の偈《げ》の一句。「一たび南無仏と称せば、皆已《すで》に仏道を成ぜむ」と訓ずる。

＊『古事談』五に、これと同話に当るものがみられる。『千載集』一二〇には、賀茂と実重との関係について、「蔵人にならぬことを嘆きて年来賀茂の社にまうで侍りけるを、二千三百度にもあまりける時、貴船の社にまうでて柱にかきつけける、平実重、今までになど沈むらむきぶね川かばかり早き神を頼むに」と記されている。

九 澄豪の弟子。承安三年（一一七三）に、法橋に叙せられた。

一〇 僧の職名。『拾芥抄《しゆうがいしよう》』に、「已講《いこう》、内供《ないぐ》、阿闍梨《あじやり》、之を有職と謂ふ」とある。

白癩人の法談の神秘

これも今は昔、智海法印[一〇]有職《うしき》のとき、[一一]清水寺《きよみづでら》へ百日参りて、夜ふけて下向《げかう》しけるに《帰ったときに》、橋の上に、「[一二]唯円教意《ゆいゑんけうい》、逆即是順《ぎやくそくぜじゆん》、自余《じよ》三教《さんけう》、逆順定故《ぎやくじゆんぢやうこ》」といふ文《もん》を誦《じゆ》する《よむ》声あり。貴きことかな、いかなる人の誦するならん《よむのだろうか》と思ひて、近う寄りて見れば、[一三]白癩人《びやくらいにん》なり。傍《かたはら》にゐて、[一四]法文《ほふもん》のことを言ふに、智海、ほとほと言ひまはされけり《ほとんど言いまくられた》。[一五]南北二京に、これほどの[一六]学匠《がくしやう》あらじものを《いないであろうにと》と思ひて、「いづれの所にあるぞ」と問ひければ、「この坂に候ふなり」と言ひけり。後に、たびたび尋ねけれど、尋ねあはずしてやみにけり《終ってしまった》。もし[一七]他人にやありけんと思ひけり。

義家朝臣の弓の威力

〔六六〕 [一八]白河院《しらかはのゐん》御寝のとき、ものにおそはれさせ給ふ事

これも今は昔、白河院、御殿籠《とのごも》りて《おやすみになってから》のち、ものにおそはれさせ給

一一 京都市東山区にある寺。
一二『法華文句記』釈提婆《だいば》達多《だつた》品《ほん》で、「理順即円教、事逆即三教」に続く一句。天台の四教の中で、ただ円教だけには、逆縁がすなわち順縁に当るものであると説かれ、そのほかの蔵教・通教・別教には、逆縁と順縁とがもともときまっていると説かれるという意。
一三 膚の色が白くなる癩病の患者。
一四 仏法を説いた文章。
一五 奈良と京都。
一六 学者。仏道を修めて師匠の資格をもつ者。
一七『古事談』三に、「化人」とあるのが正しい。化人は、神仏が人の姿をとって、この世に現れたもの。
*『古事談』三に、これと同話に当るものがみられる。『古事談』三、『発心集』一、『閑居友』上、『撰集抄』五、同書七などには、この説話とは別に、高僧が賤僧と出あって、その法談に驚かされたことが記されている。さかのぼって、『日本霊異記』上四などに、聖徳太子が片岡の飢人と問答したと伝えられるが、それと同じように、「凡夫之肉眼見㆓賤人㆒、聖人之通眼見㆓隠身㆒」というものである。
一八 第七二代の天皇。後三条天皇の皇子。延久四年(一〇七二)から応徳三年(一〇八六)まで在位、大治四年(一一二九)に、七七歳で崩。

ひける。「しかるべき《適当な》武具を、御枕の上《もと》に置くべし」と、沙汰《さた》あり《命令が》て、[一]義家朝臣《よしいへあそん》《あってのを》に召されければ、[二]檀弓《まゆみ》の黒塗《くろぬ》りなるを、一張《いつちやう》参らせたりける《さし上げた》を、御枕に立てられてのち、おそはれさせおはしまさざりけ《おうなされなさることがなかったので》れば、御感《ご感心なさって》ありて、「この弓は、[三]十二年の合戦のときや持ちたりし《持っていたのか》」と[四]御尋ねありければ、覚えざる《覚えていないむねを》よし申されけり。上皇、しきりに御《ご》感ありけるとか《感心なさったとかいうことだ》。

魚を奉った家

〔六七〕 [五]永超僧都《やうてうそうづ》、魚《うを》食ふ事

これも今は昔、[六]南京の永超僧都は、魚なきかぎりは、[七]時《とき》・非時《ひじ》も、すべて食はざりける人なり。[八]公請《くじやう》勤めて、在京のあひだ、久しくなりて、魚を食はで、くづほれて《衰え弱って》下るあひだ、[九]梨間《なしま》の丈六堂の辺にて、[一〇]一一昼破子《ひるわりご》食ふに、弟子一人、近辺の[一二]在家《ざいけ》にて、魚を乞ひて《もらって食べさせた》勧めたりけ

一 源義家。頼義の子。陸奥守、鎮守府将軍。嘉承元年（一一〇六）または天仁元年（一一〇八）に、六八歳で没。武勇神のごとしと称された名将。

二 檀《まゆみ》の木で作った弓。檀は、ニシキギ科の落葉灌木。

三 前九年の役。永承六年（一〇五一）から康平五年（一〇六二）まで、源頼義・義家父子が、安倍頼時・貞任父子を討った戦い。

四 底本に「……は尋ありけれは」とあるが、諸本によって改めた。

＊『古事談』四に、これと同話に当るものがみられる。『平家物語』四の「鵼《ぬえ》」にも、「去る寛治の比《ころ》ほひ、堀河天皇御在位の時、しかのごとく主上よなよなおびえさせ給ふ事ありけり。其時の将軍義家朝臣、南殿の大床に候はれけるが、御悩の剋限に及で、鳴絃する事三度の後、高声に『前陸奥守源義家』と名のつたりければ、人々皆身の毛よだつて、御悩おこたらせ給ひけり」とある。

五 橘俊孝の子。大僧都、法隆寺別当。大和の斉恩寺を開いて倶舎宗を唱えた。嘉保二年（一〇九五）に、八二歳で没。

六 奈良の都。

七 仏家では、定時すなわち午前の食事を「時」といい、それ以外すなわち午後の食事を「非時」という。

八 勅命によって法会の講師に召されること。

九 京都府城陽市奈島。

一〇 『山城名勝志』に、「奈良の巽《たつみ》街道の傍に松ひとむ

り。

疫病を免れた家

くだんの魚の主《ぬし》、後に夢に見るやう、恐ろしげなる者ども、その辺の在家をしるしけるに《書きつけたが》、わが家をしるし除きければ《書きつけるのをやめたので》、尋ぬるところに、使ひの言はく、「永超僧都に贄《にへ》[一三]奉る所なり《さし上げた》。さてしるし除く」と言ふ。

その年、この村の在家、ことごとく疫《えやみ》[一四]をして、死ぬる者多かり。この魚の主が家、ただ一宇《いちう》《一軒》、そのことを《その疫病を》免《まぬか》る。よりて、僧都のもとへ参りむかひて《うかがって》、このよしを申す。僧都、このよしを聞きて、被物《かづけもの》[一五]一重《ひとかさね》賜びて《賜って》ぞ帰されける。

実因の霊との問答

〔六八〕了延房《れうえんばう》[一六]に実因《じちいん》[一七]、湖水の中より法文の事

これも今は昔、了延房阿闍梨《あじやり》、日吉《ひえ》[一八]の社《やしろ》へ参りて帰るに、唐崎《からさき》[一九]の

らあり、丈六堂の旧跡なり、土人誤て十六芝と呼ぶ」とある。『吉記』治承五年（一一八一）五月四日の条に、この堂について、「不嫌穢気不浄、上下諸人所寄宿也」とある。

一一 昼の弁当。「破子」は、檜《ひのき》の白木で作った折箱。

一二 在俗の人の家。

一三 朝廷にさし上げ、また神仏に供える魚鳥の類。

一四 疫病、流行病。

一五 人の労をねぎらい、ほうびとして与える物。

＊『古事談』三、『雑談集』三、『三国伝記』四に、これと同話に当るものがみられる。『十訓抄』七における林懐僧都など、魚食を好みながら験徳を顕したものは少なくないが、この永超僧都というのは、通力によって疫病を動かしたことに注意したい。『備後国風土記』逸文の疫隅国社の条には、武塔の神が一夜の宿を求めたときに、巨旦将来がその宿を貸さなかったのに、蘇民将来がその宿を貸してやった。そこで、蘇民の子孫だけを助けて、巨旦の一族をとり殺したという。この説話も、やはり蘇民将来型に通ずるものといえよう。

一六 伝記は未詳。

一七 橘敏貞の子。弘延の弟子。大僧都。極楽寺座主。長保二年（一〇〇〇）に、五六歳で没。

一八 滋賀県大津市の日吉《ひえ》神社。延暦寺の鎮守神で、山王権現として知られる。

一九 滋賀県大津市。琵琶湖《びわこ》の西岸。

辺を過ぐるに、「有[一]相安楽行《うさうあんらくぎやう》、此依観思《しいくわんし》」といふところを誦《じゆ》したりければ、浪中に、「散心誦法花《さんしんじゆほふけ》、不入禅三昧《ふにふぜんさんまい》」と末の句を誦する声あり。不思議の思ひをなして、「いかなる人のおはしますぞ《どのような人がおいでになるのか》」と問ひければ、「具[二]房僧都《ぐばうそうづ》実因」と名のりければ、汀《みぎは》にゐて、法[三]文を談じけるに、少々僻事《ひがこと》どもを《まちがったことを》答へければ、「これは僻事なり。いかに《どうか》」と問ひければ、「よく申すとこそ思ひ候へども《思っておりますが》、生を隔てぬれば、《この世とあの世と境を隔てているので》力及ばぬことなり。われなればこそ《私だからこそ》、これほども申せ」と言ひけるとか。

大豆を挟む賭

〔六九〕 慈[四]恵僧正《じゑそうじやう》、戒壇《かいだん》[五]築きたる事

これも今は昔、慈恵僧正は近江《あふみ》[六]の国浅井《くにあさゐ》郡《ごほり》の人なり。叡山《えいざん》[七]の戒壇を、人夫かなはざりければ《人足が十分に集められなかったので》、え築《つ》かざりけるころ《築くことができなかった頃》、浅井の郡司《ぐんじ》[八]は親

一 南岳の慧思《えし》禅師の『法華経安楽行義』に、「有相行、此是普賢勧発品中、誦法華経散心精進、知是等人不修禅定不入三昧」とあって、その意をとったもの。本文の第二句は、『古事談』三に、「此依勧発品」とあって、その方が正しい。ここで有相安楽行というのは、身口意《しんくい》の三業にあらわして『法華経』を誦すること。そのような有相安楽行は、『法華経』の普賢勧発品によるものであって、散乱の心をもって『法華経』を誦しても、ついに禅定の境に入ることはできないの意。

二 実因は、はじめ具足坊に住み、後に小松寺に移った。一八三頁注一七参照。

三 仏法について説いた文章。

＊『古事談』三に、これと同話に当るものがみられる。小松僧都実因は、誦経の名手としても知られ、『今昔物語集』一四―三九によると、『涅槃経』供養の法会で、源信に講師を譲ったと伝えられるが、この説話では、幽明の境を隔てながら、了延と問答を行い、自身の学識を誇ったというのである。

四 良源。木津氏。第一八代天台座主。大僧正。永観三年（九八五）に、七四歳で没。

五 僧に戒を授けるために、特に土を盛って設けた壇。奈良の東大寺、下野の薬師寺、筑紫の観世音寺にあって、後に延暦寺にも建てられた。

六　滋賀県の東部。明治以後は、東西の浅井郡に分れ、西浅井郡は、伊香郡と合併した。
七　京都府と滋賀県とにまたがる比叡山の延暦寺。天台宗の総本山。
八　郡を治める官。二九頁注一〇参照。
九　師匠と檀越との関係。檀家、施主。
一〇　本文のとおり、大豆を炒って、あたたかなうちに、酢をかけたもの。「むつかる」は、機嫌のわるくなることで、皺のよることをさす。

*『古事談』三にも、これと同話にあるものがみられる。慈恵大師良源は、延暦寺の堂塔の再建に尽して、比叡山の中興の祖と仰がれたものである。ここでは、延暦寺の戒壇を築くために、郡司に炒り豆を投げさせて、一度も落さずに挟むという、まことにみごとな曲技をみせたというものですむつかるという食物のいわれとも結びつけられている。今日でも、栃木県などの各地では、初午などの食物として、シモツカレ・シミツカレなどというものが作られる。オニオロシという道具で、ダイコンやニンジンをおろして、酒粕・鮭の頭・大豆などをまぜて、よく煮て作るもので、このすむつかりに当るものといえよう。

一二　ユズの実。

宇治拾遺物語

しきうへに、師檀にて仏事を修するあひだ、この僧正を請じ奉りて、僧膳の料に、前にて大豆を炒りて酢をかけけるを、僧正の言はく、「あたたかなるとき、酢をかくるぞ」と問はれければ、郡司言はく、「何のために酢をばかけてしまうぞ」とにがみてよく挟まるなり。しからざれば、すべりて挟まれぬなり」と言ふ。僧正の言はく、「いかなりとも、などかは挟まぬやうはあるべき。投げやるとも、挟み食ひてん」とありければ、「いかでかさることあるべき」とあらがひ給へ」とありければ、「やすきこと」とて、炒大豆を投げやるに、一間ばかりのきてゐ給ひて、一度も落さず挟まれけり。柚の実の、ただ今しぼり出したるをまぜて、挟みすべらしなさったけれども、まずといふことなし。見る者あさましきことに思ひあさみけり。異事はあるべからず、戒壇を築きて投げやりたりけるをぞ、挟みすべらかし給ひたりけれど、落しもはてず、やがてまた、挟みとどめ給ひける。郡司、一家広き者なれば、人数をおこして、不日に戒壇を築きてけりとぞ。

〔七〇〕四宮《しのみや》[一]河原《かはら》[二]地蔵の事

これも今は昔、山科《やましな》[三]の道づら《道筋に》に、四宮河原といふ所にて、袖《そで》[四]くらべといふ、商人《あきびと》集まる所あり。その辺《へん》に下種《げす》[五]のありける、地蔵菩薩《ぢざうぼさつ》を一体造り奉りたりける《お造り申し上げたのを》を、開眼《かいげん》[六]もせで、櫃《ひつ》[七]にうち入れて、奥の部屋などおぼしき《思われる》所に納め置きて、世の営みに《世渡りの仕事に》紛れて、程経にければ《時がたったので》、忘れにけるほどに《忘れてしまっているうちに》、三四年ばかり過ぎにけり。

ある夜、夢に、大路を過ぐる者の、声高《こわだか》に人呼ぶ声のしければ、「何事ぞ」と聞けば、「地蔵《地蔵さん》[八]こそ、地蔵こそ」と高くこの家の前にて言ふなれば、奥の方より、「何事ぞ」といらふる声すなり《答える声がするようだ》。「明日、天帝釈《てんたいしやく》[九]の地蔵会《ぢざうゑ》[一〇]し給ふには、参らせ給はぬか《おいでになりませんか》」と言へば、この小家の内より、「参らんと思へど、まだ目のあかねば、え参るまじきな《参れそうもないのです》

一 京都市山科区四宮。今では河原はない。『拾遺都名所図会』に、その地名の由来について、「仁明帝第四宮の旧蹟なるゆゑ此名あり」とある。
二 釈迦仏の付託を受けて、六道の衆生を化導するという菩薩。五〇頁注一参照。
三 京都市山科区山科。
四 品物の売買に当って、売り主と買い主とが袖をさしあわせ、その中で手を握って価をきめること。
五 身分の低い者。

忘れられた地蔵

六 新作の仏像や仏画を供養して、仏の霊を迎え入れる儀式。
七 上にむかって蓋をあける大形の箱。
八 敬意をもって呼びかけるのに用いる語。
九 帝釈天。二一一頁注一四参照。
一〇 地蔵菩薩を供養するために行う法会。
＊『籠耳』五―四には、この説話と同じように記された上で、「この地蔵を開眼しけるに、たびたびきどくありてなに事にてもいのりてかなはずといふ事なし。今は十禅寺におはしましてたふとくをがまれさせ給ふとかや」と結ばれている。この十禅寺は、京都市山科区四宮にあって、人康親王の開基によるものと伝えられる。その人康親王は、仁明天皇の第四皇子に当り、琵琶法師の祖神と仰がれる方である。四宮河原の地蔵堂は、この十禅寺の近辺にあって、京都の六地蔵の一つにあげられて

目のあかない地蔵

り」と言へば、「構《かならず》へて参り給へ」と言へば、「目も見えねば、いか《どうし》でか参らん《て参りましょうか》」といふ声すなり《するようである》。うちおどろきて《目を覚まして》、何の、かくは夢に《このように夢に》見えつるにか《見えたのかと》と思ひまはすに《思いめぐらすと》、あやしくて《不思議に思って》、夜明けて奥の方をよく見れば、この地蔵を納めて置き奉りたりける《お置き申したことを》を思ひ出でて、見出《いだ》したりけり。これが見え給ふにこそ《お見えになったのだと》とおどろき思ひて、急ぎ開眼《かいげん》し奉りけりとなん。

〔七一〕伏見修理大夫《ふしみのしゅりのだいぶ》[一]のもとへ殿上人《てんじゃうびと》[二]ども行き向かふ事

これも今は昔、伏見修理大夫のもとへ、殿上人二十人ばかり押し《おしか》寄せたりけるに《けていったが》、にはかに騒ぎけり《急なことであわて騒いだ》。肴物《さかなもの》とりあへず《まにあわないで》、沈地《ぢんぢ》[三]の机に、時の物ども《季節の食べ物を》いろいろ《〔取り揃えた様子を〕》、ただ推し量るべし《まあおしはかってほしい》。盃たびたびになりて《何度もかわして》、おのおの戯《たはぶ》れ出でけるに、廐《うまや》に、黒馬の額《ひたひ》すこし白きを、二十疋立て

いる。『都名所図会』によると、小野篁が冥途におもむいて地蔵尊を拝したが、蘇生後に六地蔵を作って大善寺にまつったと伝えられる。さらに、平清盛が西光に命じて、都の入口ごとに六角堂をいとなみ、それぞれこの六地蔵をまつらせたというのである。『源平盛衰記』六には、西光が後生を祈るために、「七道の辻ごとに六体の地蔵菩薩を造奉り、卒都婆の上に道場を構て、大悲の尊像を居奉り、廻り地蔵と名て七箇所に安置して」と伝えられている。琵琶法師の伝書『当道要集』には、「人康親王御出家遂させ給ひて法性禅師と申す事は地蔵菩薩の化身にてまします御故也。かるがゆゑに徳林庵の南惣門の両脇に地蔵堂有、此地蔵は定朝の作也。御頭には小野の篁卿の作り給へる一寸八分地蔵尊を納め奉ると地蔵伝記に見えたり。昔山科の四ツの辻にましましけるを保元年中に西光法師御堂を建立して入れ奉る。則人康親王の御尊体も葬たりし霊石龜の上に此堂を移すともいへり。依て地蔵堂の後に御しるしの霊石龜現在す。是王城守護まします六地蔵の一ケ所也」とあって、さまざまな所伝がおりあわされている。

不意の客のもてなし

一 藤原俊綱。一三四頁注四参照。

二 四位、五位および六位の蔵人。

三 沈香の木地で作った机。

たりけり。移《うつし》[一]の鞍《くら》二十具、鞍掛《くらかけ》[二]にかけたりけり。殿上人酔《ゑ》ひ乱れて、〔修理大夫は〕おのおのこの馬に移の鞍置きて、乗せて返しにけり《返してやった》。つとめて《翌朝》、「さても、昨日いみじくしたるものかな《すばらしくもてなしたものだな》」と言ひて、「いざ《さあ》、また押し寄せん」と言ひて、また二十人押し寄せたりければ、このたびは、さる体にして《しかるべきように準備して》、にはかなるさまは《あたふたする様子は》、昨日にかはりて、炭櫃《すびつ》[三]を飾りたりけり。厩《うまや》を見れば、黒栗毛《くろくりげ》[四]なる馬をぞ、二十疋まで立てたりける。これも額白かりけり。

おほかた《およそ》、かばかりの《これほどの》人はなかりけり。これは、宇治殿《うぢどの》[五]の御子におはしけり《いらっしゃった》。されども、公達《きんだち》多く《ご子息が》おはしましければ、橘俊遠《たちばなのとしとほ》[六]といひて、世の中の徳人《とくにん》[七]ありけり。その子になして、かかるさまの人にぞなさせ給ひたりけるとか。

〔七二〕以長《もちなが》[八]、物忌《ものいみ》[九]の事

一　未詳。移し馬に用いる鞍、唐鞍に模して作った鞍などという。移し馬は、諸国の牧から馬寮に徴せられ、官吏が公用に給せられる馬。
二　鞍をかけておく台。

二度目の客のもてなし

三　いろり、または角火鉢。
四　黒みがかった栗毛の馬。
五　藤原頼通。四〇頁注一参照。
六　橘俊済の子。讃岐守、従四位下。
七　富裕な人。富豪。

豪勢な徳人のくらし

＊　本書四六話には、橘俊綱が尾張の国司として、熱田の大宮司を罰したとあって、その強烈な性格がうかがわれる。この説話では、二度にわたる饗応を通じて、その豪奢な生活が示されている。本書一八話には、有仁や利仁の生活について伝えられており、その富裕な財力にも通ずるものといえよう。

八　橘広房の子。蔵人、大膳亮、筑後守、従五位上。嘉応元年（一一六九）に没。

家臣の物忌

これも今は昔、[一〇]大膳亮大夫《だいぜんのすけのたいふ》橘以長《たちばなのもちなが》といふ[一一]蔵人《くらうど》の五位ありけり。[一二]宇治左大臣殿より召しありけるに、「今明日は、かたき《重い》物忌《ものいみ》を仕ること候ふ」と申したりければ、「こはいかに《これはどうしたことか》、世にある者の《世の中に出ている者が》、物忌といふことやはある《物忌などということがあるものか》。たしかに《かならず》参れ」と、召しきびしかりければ、恐れながら参りにけり。

主君の物忌

さるほどに、十日ばかりありて、左大臣殿に、世に知らぬかたき《めったにない重い》[一三]御物忌出で来《もちあがった》にけり。[一四]御門の狭間《はざま》に[一五]垣楯《かいだて》などして、[一六]仁王講行はるる僧も、[一七]高陽院《かやのゐん》の方の[一八]土戸より、[一九]童子なども入れずして、僧ばかりぞ参りける。「御物忌あり」と、この以長聞きて、急ぎ参りて、土戸より参らんとするに、[二〇]舎人《とねり》二人ゐて、「『人な入れそ』と候ふ《人を入れるなという仰せです》」とて立ちむかひたりければ、「やうれ《こらこら》、おれらよ《おまえたち》。召されて参るぞ」と言ひければ、これらもさすがに[二一]職事《しきじ》にて、常に見れば《いつもあっているので》、力及ばで《しかたなく》入れつ。

九 一定の期間、飲食や行為を慎んで、家の中に籠ること。陰陽道の説によって、天一神《なかがみ》などのふさがりを避けて、家の中に籠ることが行われた。

一〇「大膳亮」は、大膳職の次官。大膳職は宮内省に属して、臣下に賜る膳部などをつかさどる役所。「大夫」は、五位の通称。

一一 六位の蔵人が、年功によって、五位に昇りながら、欠員がなくて、殿上を退いた者。

一二 藤原頼長。忠実の子。太政大臣、従一位。保元元年(一一五六)、保元の乱に敗れて、三七歳で自尽。烈しい性格をもって、悪左府と呼ばれた。

一三 底本に「か物忘」とあるが、伊達本などによって改めた。

一四 ご門のすきま。

一五 多くの楯を並べて垣のようにしたもの。

一六『仁王経』を読誦する法会。この経典は、災害を除くために読誦された。

一七 表門を閉じて、裏門から通したのである。高陽院は、頼長邸の西北に当る。四〇頁注四参照。

一八 土や漆喰《しっくい》を塗った引き戸。築地に設けた門。

一九 寺に入ってまだ得度しないで、仏道の修行とともに、法会の雑役、高僧の給仕などに当る少年。

二〇 天皇・皇族・摂関などの貴族に仕えて、雑事をつかさどる者。

二一 蔵人頭および五位、六位の蔵人の総称。

参りて、蔵人所《くらうどどころ》[一]にゐて、何ともなく声高《こわだか》にもの言ひゐたりけるを、左府《さふ》[二]聞かせ給ひて、「このもの言ふは誰《たれ》ぞ」と問はせ給ひければ《お聞きになったので》、盛兼《もりかね》[三]申すやう、「以長《もちなが》に候ふ」と申しければ、「いかに《なんと》、かばかりか《これほど重い物》たき物忌には《忌というのに》、夜べより参り籠りたるかと尋ねよ」と仰せければ、行きて、仰せの旨を言ふに、蔵人所は御所より近かりけるに、「くはくは《これはこれは》」と大声して、憚《はばか》らず申すやう、「過ぎ候ひぬるころ、[四]わたくしに物忌仕りて候ひしに、召され候ひき。物忌のよしを申し候ひしを、物忌といふことやはある《物忌ということがあるか》、たしかに参るべきよし仰せ候ひしかば、参り候ひにき。されば、物忌といふことは候はぬと知りて候ふなり」と申しければ、聞かせ給ひて、うちうなづきて、ものも仰《何とも仰せに》せられでやみにけりとぞ《ならないですんでしまったということだ》。

〔七三〕 範久阿闍梨《はんきうあじやり》[五]、西方《さいはう》を後《うしろ》にせざる事

一 ここでは、大臣家の蔵人所。
二 左大臣。ここでは、頼長。
三 伝未詳。
四 公に対して、私の意。

以長の直言

＊ 左大臣の頼長は、世俗に悪左府と呼ばれたように、まことに気性の激しい人であった。それに対して蔵人の五位の以長は、あらあらしくそのあげ足をとって、みごとにこの権力者をいいまかしたというのである。本書九九話でもまた、蔵人の五位の以長が、すらすらと故実をあげて、同じようにこの権力者をやりこめたと伝えられる。

五 伝未詳。「阿闍梨」は、梵語の ācārya に当り、「軌範師」と訳される。天台・真言宗の僧位の一。
六 比叡山。四四頁注五参照。
七 「首楞厳院」の略。比叡山の横川《よかわ》の中堂。嘉祥元年（八四八）に、慈覚大師によって開かれた。
八 阿弥陀仏の主宰する浄土。西方の十万億土離れた所にあるという。五一頁注一〇参照。
九 日常の四つの動作。それらの動作に関する戒律は、一般に四威儀として重んじられた。一二頁注三参照。
一〇 西坂本（京都市左京区）から比叡山にいたる坂。
一一 死に臨んで、心を乱すことなく、往生を信じて疑わないこと。
一二 大江匡房の『続本朝往生伝』。康和三年（一一〇一）から天永二年（一一一一）までの成立。『日本往生極楽記』の後をうけて、四二人の往生人の行業を記

したもの。

＊これと同じ説話が、『続本朝往生伝』二〇にも出ており、その記事を読み下したものとみられる。このような範久の生き方は、まさに世俗の常識を超えたもので、念仏の行者の理想として仰がれたものである。

極楽往生の願い

一三 神楽の管絃に従う地下《じげ》の楽人。賀茂・石清水などの祭りや、内侍所の神楽の折に、琴を弾き、笛を吹き、歌を歌うなど、さまざまな役をつとめた。

一四 藤原氏。実範の子。蔵人、兵庫頭、信濃守、正五位下。

一五「さもこそはあれ」の略。ここでは、滑稽な言動によって、人を笑わせるものだという意。

一六 唐の散楽から出たという芸能。平安時代の猿楽は、演者の即興によって、滑稽な演技を行ったもので、後代の能狂言の源流をなしている。ここでは、猿楽を演ずるものの意。

一七 第七三代の天皇。白河天皇の皇子。応徳三年（一〇八六）に即位。嘉承二年（一一〇七）に、二九歳で崩。

一八 宮中の温明殿《うんめいでん》にあって、神鏡を安置する所。今の賢所《かしこどころ》に当る。一二月の吉日に、その庭前で、内侍所の神楽が行われていた。

猿楽の兄弟

一九 蔵人頭および五位・六位の蔵人の総称。

これも今は昔、範久阿闍梨といふ僧ありけり。六山の七楞厳院《りやうごんゐん》に住みけり。ひとへに八極楽《ごくらく》を願ふ。九行住座臥《ぎやうぢゆうざぐわ》、西方《さいはう》を後《うしろ》にせず、唾《つばき》をはき、大小便、西に向かはず（向ってはせず）、入日を背中に負はず、一〇西坂より山へ登るときは、身をそばだてて（横むきにして）歩む。常に言はく、「植ゑ木の倒るること、かならず傾く方にあり。心を西方にかけんに（心を西方の浄土にかけていると）、なんぞ志を遂げざらん（どうして往生の望みを遂げないことがあろうか）。一一臨終正念《りんじゆうしやうねん》疑はず」となん言ひける。一二往生伝に入りたりとか。

〔七四〕一三陪従《べいじゆう》家綱《いへつな》一四兄弟、たがひに謀《はか》りたる事

これも今は昔、陪従はさもこそはといひながら（一五 そのようなものなのだとはいっても）、これは世になきほどの一六猿楽《さるがく》なりけり。一七堀河院の御時、一八内侍所《ないしどころ》の御神楽の夜、仰せにて、「今夜《こよひ》珍しからんこと仕《つかまつ》れ」と仰せありければ、一九職事《しきじ》、家綱を

召して、このよし仰せけり。承りて《承知して》、何事をかせましと案じて《何事をしようかと思案して》、弟行綱を片隅に招き寄せて、「かかること仰せ下されたれば、わが案じたることのあるは、いかがあるべき《どうであろうか》」と言ひければ、「いかやう《どのようなこ》なることをせさせ給はんずるぞ《とをなさろうとするのか》」と言ふに、家綱が言ふやう、「庭《には》[一]火《び》しろく《明るく》焼《た》きたるに、袴《はかま》を高く引き上げて、細脛《ほそはぎ》を出《いだ》して、『より[二]によりに夜の更けて[三]、さりにさりに寒きに、ふりちうふぐり[四]を、ありちうあぶらん』と言ひて、庭火を三《三まわりほど》めぐりばかり、走りめぐらん《走りまわろうと》と思ふ、いかがあるべき」と言ふに、行綱が言はく、「さも侍りなん《それもよいでしょう》。ただし、おほやけ[五]の御前にて、細脛かき出して、ふぐりあぶらんなど候はんは、便なくや候ふべからん《不都合ではないでしょうか》」と言ひければ、家綱、「まことに、さ言はれたり《もっともなことを言われた》。さらば、異事《ことごと》をこそせめ《別のことをしよう》。かしこう申しあはせてけり《よくも相談したものだ》」と言ひける。

殿上人《てんじやうびと》[六]など、仰せを承《うけたまは》[七]りたれば、今夜いかなることをせんずらん《どのようなことをしようとするのかと》と、目をすまして《目をみはって》待つに、人長《にんぢやう》[八]、「家綱召す」と召せば、家綱出で

一 庭で焚《た》いてあかりとする火。特に宮中の神楽の夜に、庭で焚くかがり火をいう。
二 『十訓抄』七に、「よりちう夜更て、さりけふさむきに、ふりけうふぐりう、ありけうあぶらん」とある。「よりによりに」「さりにさりに」「ふりちう」「ありちう」は、それぞれつぎの語頭音をひきだして、語調をととのえ意味を強める囃し言葉。
三 伊達本・陽明本に、「ふけ」とある。
四 陰嚢。睾丸。
五 天皇や皇后をいう。
六 四位、五位および六位の蔵人。
七 底本・伊達本・陽明本に、「奉りたれば」とあるが、古活字本などによって改めた。

行綱のたくらみ

て、させることなきやうにて入りぬれば《たいしたこともない所作をしてひっこんでしまったので》、上[九]よりも、[一〇]そのこととなきやうに《何ということもないように》おぼしめすほどに、人長、また進みて、「行綱召す」と召すとき、行綱、まことに寒げなる気色をして、膝《ひざ》を股《もも》までかき上げて、細脛を出して、わななき寒げなる声にて《ふるえて寒そうな声で》、「よりによりに夜の更けて、さりにさりに寒きに、ふりちうふぐりを、ありちうあぶらん」と言ひて、庭火を十まはりばかり走りまはりたりけるに、上より下ざまにいたるまで、おほかたどよみたりけり《どっと声をあげた》。家綱片隅に隠れて、きやつに《あいつに》、悲しう《残念にも》謀《はか》られぬることとて《あざむかれたことだと思って》、中違《たが》ひて《仲違いして》、目も見あはせずして過ぐるほどに、家綱思ひけるは、謀られたるは憎けれど、さてのみやむべきにあらずと《ただそのままで終るべきではないと》思ひて、行綱に言ふやう、「このこと、さのみぞある《それだけのことだ》。さりとて、兄弟の中違ひはつべきにあらず《兄弟の仲違いを続けるべきではない》」と言ひければ、行綱喜びて行き睦《むつ》びけり《仲よくした》。

家綱のしかえし

[一一]賀茂《かも》の臨時の祭りの還立《かへりだち》[一二]に、御神楽のあるに、行綱、家綱に言ふやう、「人長召したてんとき、竹台《ちくだい》[一三]のもとに寄りて、[一四]そそめかんず《ざわざわとする》

八 宮中の神楽の舞人の長。近衛の舎人がつとめた。
九 ここでは、堀河天皇。
一〇 底本に「そのことく」とあるが、伊達本によって改めた。

一一 京都市北区上賀茂本山町の賀茂別雷《かものわけいかずち》神社と、同市左京区下鴨泉川町の賀茂御祖《かものみおや》神社。その例祭は四月中の酉《とり》の日、臨時の祭りは一一月下の酉の日に行われた。
一二 賀茂や石清水の祭りの後に、舞人や楽人が宮中にかえって、神楽を奏し宴を賜ること。
一三 清涼殿の東庭に植えた竹の台。南側のものは河竹の台、北側のものは呉竹の台という。
一四 底本に「そゝめんするに」とあるが、諸本によって改めた。「そそめく」はざわざわと音をたてること。

るに《ときに》、『あれはなんする者ぞ』と囃《はや》い給へ《はやして下さい》。そのとき、『一竹豹《ちくへう》ぞ、竹豹ぞ』と言ひて、豹のまねを尽《つく》さん《あるかぎりしよう》」と言ひければ、家綱、「こと《何でも》にもあらず《ない》、二てのきい囃さん」と事うけ《承知した》しつ。

さて、人長立ち進みて、「行綱召す」と言ふときに、行綱、やを《そっと》ら立ちて、竹の台のもとに寄りて、三這《は》ひありきて《はいまわって》、「あれは何するぞや」と言はば、それにつきて、「竹豹ぞ」と言はんと待つほどに、家綱、「かれはなんぞの竹豹ぞ」と問ひければ、四詮《せん》といはんと思ふ《結局は言おうと思う》竹豹を、先に言はれにければ、言ふべきことなくて、ふと逃げて、走り入りにけり。

このこと、上まで五きこしめして、なかなかゆゆしき興にてぞあり《かえってすばらしくおもしろがられたというこ》けるとかや《とである》。さきに、行綱に謀られたりけるあたり《しかえし》とぞ言ひける。

〔七五〕六陪従清仲《べいじゅうきよなか》の事

一 豹の毛皮の、斑紋の大きなものをいう。『物具装束鈔』に、「竹豹、小豹よりも勝物也。上臈・上達部用之」とある。『百錬抄』寛治二年一〇月一七日の条に、「宋人張仲所レ献竹豹廻却官符請印」とあって、その毛皮が大陸からもたらされたと知られる。

二 伊達本・陽明本に、「てのきははやさん」とある。「てのきは」は、「手の際」に当るか。『十訓抄』七に、「手の限はやさん」とある。「てのきい」は、「てのきり」の音便で、「手の限り」の意か。

三 底本・伊達本・陽明本に、「はいありきて」とあるが、古活字本などによって改めた。

四 伊達本・陽明本に、「詮に」、古活字本に、「たれと」とある。

五 伊達本・陽明本に、「きこしめし候て」とある。

＊『十訓抄』七「可専思慮事」にも、この記事とほぼ同じように記されている。『今鏡』四「藤波の上」には、同じ行綱の失敗として、鞠《まり》の遊びに出かけながら、女のもとに立ちよって、馬の上から振り落とされ、前の堀に落ちこんだと伝えられている。

六 神楽の管絃に従う地下の楽人。一九一頁注一三参照。清仲は、伝未詳。

邸の破壊のいいわけ

これも今は昔、[七]二条の大宮と申しけるは、[八]白河院《しらかはのゐん》の宮、[九]鳥羽院《とばのゐん》の[一〇]御母代《おははしろ》におはしましける《おありになった》、二条の大宮とぞ申しける。二条よりは北、堀川よりは東におはしましけり。その御所[一一]破れにければ、[一二]有賢大蔵卿《ありかたおほくらのきやう》、[一三]備後《びんご》の国を知られける《治めておられた》[一四]重任《ぢゆうにん》の功に、修理《しゆり》しければ、宮もほかへおはしましにけり《お移りになった》。

それに、陪従清仲といふ者、常に候ひける《お仕えしていた》が、宮おはしまさねど《おいでにならないが》も、なほ、[一五]御車宿《みくるまやどり》の[一六]妻戸《つまど》にゐて、古き物はいはじ《いうまでもなく》、新しうしたる[一七]束柱《つかばしら》・[一八]立蔀《たてじとみ》などをさへ、破り焼きけり。このことを、有賢、鳥羽院に訴へ申しければ、清仲を召して、「宮わたらせおはしまさぬに《おいでにならないのに》、なほとまりゐて《やはり留まっていて》、古き物、新しき物こぼちたくなるは《こわして焚くというのは》、いかなることぞ。修理する者訴へ申すなり。まづ宮もおはしまさぬに、なほ籠りゐたるは、何事によりて候ふぞ。子細《しさい》を申せ《わけを申せ》」と仰せられければ、清仲申すやう、「別の事に候はず《どうということはございません》。薪《たきぎ》に尽きて候ふなり《薪がなくなったからです》」と申しけ

七 令子。白河天皇の皇女。斎院、准三后、鳥羽天皇の准母、太皇太后。二条堀川に住んで、二条の大宮という。天養元年（一一四四）に、六七歳で没。
八 第七二代の天皇。一八一頁注一八参照。
九 第七四代の天皇。堀河天皇の皇子。嘉承二年（一一〇七）から保安四年（一一二三）まで在位。保延七年（一一四一）に出家して、空覚と号した。保元元年（一一五六）に、五四歳で崩。
一〇 母にかわって母のように世話する人。天皇の母代は准母と称する。
一一 底本に「所」とあるが、諸本によって改めた。
一二 宇多源氏。政長の子。従三位、大蔵卿。保延五年（一一三九）に出家して、七〇歳で没。大蔵卿は、大蔵省の長官。
一三 広島県の東部。
一四 四年の任期の後、ふたたび国司に任ぜられること。重任の功とは、宮廷の造営費などを奉って、その再任を許されることをいう。
一五 貴族の屋敷で、車を入れておく建物。中門の傍にある。
一六 伊達本・陽明本に、「妻に」とある。「妻戸」は、両開きの板戸。殿舎の四隅にある。
一七 梁《はり》と棟《むね》との間や縁側の下などに立てる短い柱。
一八 縦横に細い木を組んで、裏面に板を張ったもの。屋外に目隠しとしておき、屋内に衝立《ついたて》としておく。

神馬の使いのほうび

れば、おほかた《およそ》、これほどのこと、とかく仰せらるるに及ばず《あれこれ仰せられるまでもなく》、「すみやかに追ひ出《いだ》せ」とて、笑はせおはしましけるとかや《笑っていらっしゃったとかいうことだ》。

この清仲は、法性寺殿《ほふしやうじどの》[一]の御時、春日《かすが》[二]の乗尻《のりじり》[三]の立ちけるに、神馬《じんめ》[四]つかひ、おのおのさはりありて《さしつかえがあって》、事欠けたりけるに《その役が欠けていたときに》、清仲ばかり、かう勤めたりし者なれども《このように勤めた者であるが》、「事欠けにたり《神馬づかいが欠けている》。相構へて《よく注意して》勤めよ。せめて京ばかりをまれ《京の町だけでも》、事なきさまにはからひ《無事に通るように》勤めよ」と仰せられけるに、「畏《かしこま》りて承《うけたまは》[五]りぬ」と申して、やがて《そのまま》社頭《しやとう》に参りたりければ、かへすがへす感じおぼしめす《ご感嘆なされる》。「いみじう《みごとに》勤めて候ふ」とて、御馬を賜《た》びたりければ、ふし転《まろ》び《ころげまわり》悦《よろこ》びて、「この定《ぢやう》[六]に候はば、定使《ぢやうづかひ》[七]を仕《つかまつ》り候はばや《お勤めしたいものです》」と申しけるを、仰せつぐ者《仰せを伝える》も、候ひあふ《いあわせる》者どもも、ゑつぼに入りて笑ひののしりける《おもしろがり喜んで笑い騒いでいたのを》を、「何事ぞ」と御尋ねありければ、「しかじか《これこれ》」と申しけるに、「いみじう申したり《うまく申したものだ》」とぞ仰せごとありける。

一 藤原忠通。一七七頁注二〇参照。
二 奈良市の春日神社。その祭日は、二月および一一月の上の申《さる》の日であって、神馬とともに走馬を奉納することが行われた。
三 祭りの走馬をいい、またその騎手をさした。
四 神馬を扱う者。神馬は、神社に奉納する馬。
五 底本・伊達本・陽明本に、「奉りぬ」とあるが、古活字本などによって改めた。
六 このようにいつも馬をいただけるものでしたら。
七 臨時の役ではなく、常任の使いをいう。
＊ 前話に続いて、陪従の風変りな逸話が取りあげられている。貴人に対して勝手にふるまいながら、機智をもってそれを認めさせてしまうというのは、後代の曾呂利新左衛門のようなお伽《とぎ》の衆の言動にも通ずるものといえよう。

風変りな暦

大便の禁

〔七六〕仮名暦《かなごよみ》[八]誂《あつら》へたる事

これも今は昔、ある人のもとに、[九]生《なま》女房のありけるが、人に紙乞《こ》ひて（もらって）、そこなりける（近くにいた）若き僧に、「仮名暦書きてたべ（書いて下さい）」と言ひければ、僧、「[一〇]やすき事（たやすいことだ）」と言ひて、書きたりけり。はじめつかた（はじめのほうは）はうるはしく（きちんと）、「神仏《かみほとけ》によし」、「[一一]坎日《かんにち》」、「[一二]凶会日《くゑにち》」など書きたりけるが、やうやう末ざまになりて（終りのほうになって）、あるいは「物食はぬ日」などかき、また、「これぞあれば、よく食ふ日」など書きたり。

この女房、やうがる（風変りな）暦かなとは思へども、いとかうほどには思ひよらず（まさかこれほどいいかげんなものとは思いもよらず）、さることにこそ（何かわけがあるのであろうと思って）と思ひて、そのままに違《たが》へず。また、ある日は、「[一三]はこすべからず（大便をしてはいけない）」と書きたれば、いかにとは（どうかとは）思へども、[一四]また、さこそはあらめ（何かわけがあるのだろうと思って）と思ひて、念じて（こらえて）過《す》ぐすほどに、長《なが》凶会日のやうに、「はこすべからず、はこすべからず」と続け書きたれば、二

八 おもに女性むけの仮名書きの暦。

九 新参の若い女房。「生《なま》」は、未熟の意。

一〇 伊達本・陽明本に、「やすき事に」とある。

一一 万事に凶として、外出を忌む日。

一二 陰陽の相剋《そうこく》によって、万事に凶とする日。

一三 「はこ」は、かわやにおいて大便をうける器、便器をさす。転じて、大便をいう。

一四 諸本には、「また」はない。

三日までは念じゐたる《こらえていたのだが》ほどに、おほかた堪ゆべきやうもなければ《まったく我慢ができそうもないので》、左右の手して、尻をかかへて、「いかにせん、いかにせん《どうしようか》」と、よぢりすぢりするほどに《体をひねりくねらせるうちに》[一]、物も覚えず《思わず知らず》、してありけるとか《もらしてしまったとかいう》。

〔七七〕実子にあらざる人に実子のよししたる事

これも今は昔、その人の、一定《いちぢやう》《確かに》、子とも聞えぬ《実子とも思われない》人ありけり。世の人はそのよしを知りて、をこがましく《ばかばかしく》思ひけり。その父《てて》と聞ゆる《いわれる》人[二]失《う》せにけるのち《亡くなったのちに》、その人のもとに、年ごろありける《長年仕えていた》侍の、〔主人の死後に〕妻《め》に具して《妻とともに》田舎へ去《い》にけり。その妻失《う》せにければ、すべきやうもなくなりて《どうしようもなくなって》、京へ上りにけり。よろづ《すべて》[三]あるべきやうもなく《どうしようもなく》、便りなかりけるに《つてもなかったので》、「この子といふ人こそ、一定のよし言ひて《確かに実子であると言って》、親の家にゐたなれ《住んでいるという》」と聞きて、この侍参りたりけり。「[四]故殿《こどの》に年ごろ候ひし《長年仕えていた》なにがしと申

一 大便をこらえるさま。

＊ 古くから、漢文の具注暦が、貴族の間で、さかんに用いられていたが、後には、仮名暦というものが、庶民の間でも、しきりに求められるようになった。その初期のものは、僧侶《そうりよ》などによってつくられ、女官などにも用いられたようである。現存最古のものとしては、嘉禄二年（一二二六）の仮名暦が、宮内庁書陵部に残されている。もっとも、この説話によると、かなりいかがわしいものも行われたとみられる。

故殿に仕えた者

二 伊達本・陽明本に、「失にけり」とある。

三 伊達本・陽明本に、「あるへきやうもなくて」とある。

四 亡くなった殿様。

す者こそ参りて候へ。御見参《げんざん》に入りたがり候ふ《お目にかかりたがっております》」と言へば、この子、「さることありと覚ゆ《そういうことがあると聞いている》。しばし候へ《しばらく待っていよ》。御対面あらんずるぞ《お会い下さろうぞ》」と言ひ[五]出《いだ》したりければ、侍、しおほせつ《うまくいった》と思ひて、ねぶりゐたる《目をつぶっている》ほどに、近う召し使ふ侍出で来て、「御出居《でゐ》[六]へ参らせ給へ《参って下さい》」と言ひければ、悦びて参りにけり。この召次しつる《取り次ぎをした》侍、「しばし候はせ給へ《しばらくお待ち下さい》」と言ひて、あなたへ《むこうへ》行きぬ。

故殿に違わぬさま

見まはせば、御出居のさま、故殿《こどの》のおはしまししつらひに《いらっしゃったころのかまえと》つゆ《すこしも》変らず《変らない》。御障子《さうじ》[七]などは、[八]すこし古《ふ》りたる《古くなった》ほどにやと見るほどに、中の障子をひきあくれば、きと見あげたるに、この子と名のる人歩み出でたり。これをうち見るままに《ちょっと見るとともに》、この年ごろの侍、さくりもよよ《しゃくりあげておい》に泣く《おいと泣く》。袖もしぼりあへぬ《しぼりかねる》ほどなり。このあるじ、いかにかくは泣《どうしてこのように泣》くならんと思ひて《くのであろうかと》、ついゐて《片膝をついて坐って》、[九]「とはなどかく泣くぞ《これはどうしてこのように泣くのか》」と問ひければ、「故殿のおはしまし候ふ《生きておいでになったのと》に違《たが》はせおはしまさぬ《違っていらっしゃらないのが》が、あはれに覚えて」と言ふ。さればこそ《だからこそ》、われも故殿には違はぬやうに覚ゆるを、

五 取り次ぎの者に言わせたので。

六 寝殿造りで、母屋の外、廂《ひさし》の間の内にある室。

七 室と室とをしきるためにたてる建具。ここでは、襖障子《ふすましょうじ》。唐紙《からかみ》。

八 底本に、「すこしふりたる程に、この子となのる人あゆみ出たり」とあるが、伊達本・陽明本などの諸本によって改めた。

九 「とは」は、「こは」の誤写か。

この人々の《世の人々が》、「あらぬ《そうでない》」など言ふなる《言うそうだ》、あさましきことと《心外なことと》思ひて、この泣く侍に言ふやう、「おのれこそ《おまえも》、ことのほかに老いにけれ《年をとってしまった》。世の中はいかやうにて過ぐるぞ《どのようにして暮しているか》。われはまだ幼くて、母のもとにこそありしかば、故殿《こどの》のありやう《様子は》、よくも覚えぬなり《覚えていないのだ》。おのれをこそ、故殿と頼みてあるべかりけれ《頼みにしてゆくつもりだ》。何事も申せ。またひとへに頼みてあらんずるぞ《〔おまえを〕ひたすら頼みにしようぞ》。まづ当時《当面》寒げなり。この衣《きぬ》着よ」とて、綿ふくよかなる衣一つ脱ぎて賜《た》びて、「今は左右《さう》[一]なし。これへ《当家へ》参るべきなり」と言ふ。この侍、しおほせてゐたり《うまく調子をあわせていた》。昨日今日《きのふけふ》の者の《新参の者が》、かく言はんだにあり《このように言うのさえそうなのに》、いはんや《まして》、故殿の年ごろの者の《亡くなった殿様に長年仕えた者が》、かく言へば、家主《いへぬし》笑《ゑ》みて、「この男《をのこ》の、年ごろ《長年くらしに》術《ずち》なくてありけん《困っていたようだが》、不便《ふびん》のことなり《かわいそうなことだ》」とて、後《うしろ》[二]見《み》召し出でて、「これは、故殿のいとほしくし給ひし《かわいがっていらっしゃった》者なり。まづ、かく京に旅立ちたるにこそ《旅立ってきたのだ》。思ひはからひて《取りはからって》沙汰《さた》しやれ《処置をとってやれ》」と言へば、[三]ひげなる声にて、「む《うむ》[四]」といらへて《答えて》立ちぬ。この侍は、「そらごとせじ《うそをつくまい》」といふことをぞ、仏に申し切りてける《誓いをたてていた》。

一 とやかく言うまでもない。

二 背後にいて世話をする人。

三 「ひくげなる」の誤りで、低く沈んだとも、相手を賤しんだようなとも解されている。

四 返答の声。

証人の呼び出し

さて、このあるじ、われを不定《ふぢやう》げに言ふなる《あてにならないように言っているという》人々呼びて、この侍に、事の次第《しだい》言はせて《なりゆきを言わせて》聞かせんとて、後見《うしろみ》召し出でて、「明後日《あさて》、これへ人々わたらんと言はるるに《お出でになろうと言われるので》、さるやうにひき繕ひて《しかるべきように体裁をととのえて》、もてなしすさまじからぬやうにせよ《興をそぐことがないようにせよ》」と言ひければ、「む」と申して、さまざまに沙汰しまうけたり《手配して用意した》。この得意《とくい》の人々《親しい友だち》、四五人ばかり来集まりにけり。あるじ、常よりもひき繕ひて《身なりを調えて》、出で合ひて、御酒たびたび参りてのち《お飲みになってから》、言ふやう、「わが親のもとに年ごろ《長年》生《お》ひ立ちたる者候ふをや《おりますのに》、御覧ずべからん《お逢いになりましょうか》」と言へば、この集まりたる人々、ここちよげに《気持よさそうに》、顔さき赤めあひて《赤くしあって》、「もとも召し出さるべく候ふ《いかにもお呼び出しになるがよかろう》。故殿に[五]候ひけるも《お仕えしていたのも》、かつは《一方では》あはれに候ふ」と言へば、「人やある《誰かいるか》。なにがし《誰それ》参れ」と言へば、ひとり立ちて召すなり。見れば、[六]鬢禿《びんは》げたるをのこの、六十余ばかりなるが、まみのほどなど《目つきのぐあいなど》、そらごとすべうもなきが《うそを言いそうもない者が》、[七]打ちたる白き狩衣《かりぎぬ》に、[八]練色《ねりいろ》の衣《きぬ》のさるほどなる《かなり立派なのを》着たり。これは賜はりたる衣と覚ゆ。召し出されて、事うるはしく《折目正しく》、扇を[九]笏《しやく》に

五 伊達本・陽明本に、「似けるも」とある。
六 結髪の左右両側の部分。
七 砧《きぬた》で打ってつやを出した白い狩衣。「狩衣」は、公家の平服。五六頁注五参照。
八 淡黄色。
九 象牙《ぞうげ》または木の薄い板。束帯を着るときに、右手にもつもの。もと備忘用に、文字を書いた紙片を貼ったが、後に容儀をととのえ、敬意を表すために用いられた。

故殿と似たところ

取りて、うずくまりゐたり。

家主の言ふやう、「[一]やや、ここの父《てて》のそのかみより、おのれは生[二]ひ立ちたる者ぞかし」など言へば、「む」と言ふ。「見えにたるか、いかに」と言へば、この侍言ふやう、「そのことに候ふ。故殿には、十三より参りて候ふ。五十まで夜昼離れ参らせ候はず、故殿の『小[三]冠者、小冠者』と召し候ひき。無下に候ひしときも、御跡に臥せさせおはしまして、夜中、暁、大壺《おほつぼ》[四]参らせなどし候ひし、そのときは、わびしう、堪へがたく覚え候ひしが、おくれ[五]参らせてのちは、などさ覚え候ひけんと、くやしう候ふなり」と言ふ。あるじの言ふやう、「そもそも、一日《ひとひ》、なんぢを呼び入れたりしをり、われ、障子《しやうじ》を引きあけて出でたりしをり、うち見あげて、ほろほろと泣きしは、いかなりしことぞ」と言ふ。そのとき、侍が言ふやう、「それも、別の事に候はず、田舎に候ひて、故殿失《う》せ給ひにきと承りて、いま一度参りて、御有様をだにも、拝み候はんと思ひて、恐る恐る参り候ひ

一 伊達本・陽明本に、「やく」とある。「やや」は、呼びかける語。
二 底本・伊達本・陽明本に、「老たちたる」とある。
三 小さい冠者。「冠者」は、元服して冠をつけた若者、または年の若い召使い。
四 便器。『和名抄』に、「褻器謂㆓清器虎子之属㆒也」とあり、同書の掖斎注に、「今案俗語虎子、於保都保」とある。
五 「おくる」は、人の死んだ後に生き残ること。

し。左右《さう》なく《やすやすと》御出居《でゐ》へ召し入れさせおはしまし《お召し入れになられました》て候ひし。おほかた《まったく》、かたじけなく候ひしに《ありがたく存じましたが》、御障子を引きあけさせ給ひ候ひしを、きと《ふと》見あげ参らせて候ひしに、御烏帽子《えぼうし》[六]の、ま黒にて、まづさし出でさせ《さし出ておいで》おはしまして候ひしが《になりましたが》、故殿の、かくのごとく出でさせおはしましたりしも《こうしてお出ましになった時も》、御烏帽子は、ま黒に見えさせおはしまし候ふが、思ひ出でられおはしまして、覚えず《思わず》涙のこぼれ候ひしなり」と言ふに、この集まりたる人々も、笑《ゑ》みを含みたり。また、このあるじも、気《け》色《しき》変りて《顔色が変って》、「さて、またいづくか、故殿には似たる《どこが亡くなった殿様に似ているのか》」と言ひければ、この侍、「そのほかは、おほかた似させおはしましたる所おはしまさず《まったく似ておいでになるところはおありになりません》」と言ひければ、人々ほほゑみて、一人二人づつこそ逃げ失せにけれ。

〔七八〕御室戸僧正《みむろどのそうじやう》[七]の事・一乗寺僧正《いちじようじのそうじやう》[八]の事

六 元服した男子のかぶりもの。黒い紗《しゃ》または紙で作り、黒漆で塗り固めたもの。

＊ 藤原鎌足の子の定恵、平忠盛の子の清盛などは、実はその父の子ではなくて、高貴な方の血をひくものと伝えられ、そのために、かえって神秘な人のように考えられている。それに対して、この説話の主人公は、日ごろからおのれの出生について気にかけており、たまたまでごろな証人と出あったものの、ついにははかない期待を裏切られてしまうというものである。その主人公の複雑な気持が、まことにいきいきと写されている。

七 藤原隆明。隆家の子。経輔の弟。大僧正、三井寺長吏。山城国宇治郡の御室戸寺に住んで、御室戸僧正と号した。長治元年（一一〇四）に、八四歳で没。

八 底本・伊達本・陽明本に、「一乗子僧正事」とあるが、古活字本などによって改めた。一乗寺僧正は、増誉。藤原経輔の子。法務大僧正、天台座主、三井寺長吏、熊野三山検校。山城国愛宕郡の一乗寺に住んで、一乗寺僧正と号した。永久四年（一一一六）に、八五歳で没。

二人の僧正

これも今は昔、一乗寺僧正《いちじようじのそうじやう》、御室戸僧正《みむろどのそうじやう》とて、三井《みゐ》[一]の門流にやんごとなき《貴い》人おはしけり《おいでになった》。御室戸僧正は、隆家帥《たかいへのそち》[二]の第四の子なり。一乗寺僧正は、経輔大納言《つねすけのだいなごん》[三]の第五の子なり。御室戸をば隆明といふ。一乗寺をば増誉といふ。この二人、おのおの貴《たふと》くて、生き仏[四]なり。

清貧の生活

御室戸は太りて、修行《しゆぎやう》[五]するに及ばず《修行することができない》。ひとへに《ひたすら》本尊の御前を離れずして、夜昼行ふ《勤行する》鈴《れい》[六]の音、絶ゆる時なかりけり。おのづから《たまたま》人の行き向かひたれば《出向いてみると》、門をば常にさしたる《閉めてある》。門を叩くとき、たまたま人の出で来て、「誰ぞ」と問ふ。「しかじかの《これこれの》人の参らせ給ひたり」、もしは、「院[七]の御使ひに候ふ」など言へば、「申し候はん《お取りつぎいたしましょう》」とて、奥へ入りて、無期《むご》[八]《「そのまま」》にあるほど、鈴の音しきりなり。さて、とばかりありて《しばらくたって》、門の関木《くわんのき》[九]をはづして、扉、片つかたを《片方を》、人ひとり入るほどあけたり。見入るれば、庭には草繁《しげ》くして、道踏みあけたる跡もなし。露を分けて入りてのぼりたれば、広庇《ひろびさし》[一〇]一間あ

一 滋賀県大津市の園城寺。天台宗寺門派の総本山。
二 藤原氏。道隆の子。按察使《あぜち》、皇后宮大夫、中納言、大宰権帥、正二位。長久五年（一〇四四）に、六六歳で没。
三 藤原氏。隆家の子。大宰帥、太皇太后宮大夫、権大納言、正二位。永保元年（一〇八一）に、七六歳で没。
四 現世に生きる仏の意で、高徳の僧をいう。
五 この場合は、行脚すること。巡礼すること。
六 仏具の一つで、振って鳴らすもの。鐘よりも小さく、上に柄がつき、内に舌がたれている。
七 上皇または法皇。
八 長い時間。際限のないこと。
九 門戸をさしかためる金具。門扉の左右の金具にさし通して用いる。
一〇 寝殿造りで、母屋の外側、簀子《すのこ》の内側にある部屋。

り。妻戸《つまど》[11]にあかり障子[12]立てたり。煤《すす》け通りたること、いつの世に貼りたりとも見えず《よごれきっていることは　いつごろ貼ったかも分らない》。

勤行の時刻

しばしばかりありて《しばらくたって》、墨染着たる僧、足音もせで《しないで》出で来て、「しばしそれにおはしませ。行ひのほどに候ふ《勤行の時間でございます》」と言へば、待ちゐたるほどに、とばかりありて《しばらくして》、内より、「それへ入らせ給へ」とあれば、煤けたる障子を引きあけたるに、香《かう》の煙くゆり出でたり《くすぶり出てきた》。萎《な》え通りたる衣に《皺だらけでくたくたの》、袈裟《けさ》[13]なども所々破れ[14]たり。ものも言はでゐられたれば《坐っておられるので》、この人も、いかにと思ひて向かひゐたるほどに《どうしたのかと思って向きあって坐っている間に》、こまぬきて《手を組み合せて》、すこしうつぶしたるやうにて《うつむいた様子で》、ゐられたり《坐っておられた》。しばしあるほどに、「行ひのほど《勤行の時刻に》、よくなり候ひぬ《ちょうどなりました》。さらば、とく《早く》帰らせ給へ」とあれば、言ふべきことも言はで出でぬれば、また門やがてさしつ《すぐに閉じてしまう》。これは、ひとへに居行《ゐおこな》[15]ひの人なり。

豪奢な生活

一乗寺僧正は、大峯[16]は二度通られたり。蛇[17]を見らる。また、龍[18]の駒などを見などして、あられぬ有様をして《普通でない様子をして》、行ひたる人なり《修行をした人である》。その

[11] 建物の四隅にある両開きの戸。
[12] 今の障子のように、明り取りの紙などを張った障子。
[13] 僧が衣の上に肩から掛ける布。
[14] 伊達本・陽明本に、「やぶれたる」とある。
[15] 行脚しないで、籠居して修行する人。
[16] 奈良県吉野郡の山地。山上ガ岳を中心に、修験道の霊地として知られる。
[17] 蛇や龍を見ても、これに犯されないように、強い眼をそなえていたことか。
[18] 龍馬で、龍のようにすぐれた馬か、または、馬のように四足の龍か、よく分らない。

[一]坊は、一二町ばかり寄りひしめきて《寄り合い押し合って》、[二]田楽《でんがく》・猿楽《さるがく》などひしめき、[三]随身《ずいじん》・[四]衛府《ゑふ》のをのこどもなど、出で入りひしめく。物売りども入りきて、鞍《くら》・太刀、さまざまの物を売るを、かれが言ふままに、価《あたひ》を賜びければ《下さったので》、[五]市をなしてぞつどひける。さて、この僧正のもとに、世の宝はつどひ集まりたりけり。

美童の寵愛

それに、[六]呪師《じゅし》小院といふ童《わらは》を愛せられけり。[七]鳥羽《とば》の田植ゑに[八]みつきしたりけり。さきざきは、[九]くひにのりつつ、みつきをしけるを、この田植ゑに僧正言ひあはせて、このごろするやうに、肩に立ち立ちして、[一〇]こはより出でたりければ、おほかた、見る者も驚き驚きしあひたりけり。この童、あまりに寵愛して、「よしなし《（このままでは）つまらない》。法師になりて、夜昼離れず付きてあれ」とありけるを《おっしゃったのを》、童「いかが候ふべからん《どうしたらよいものでしょうか》。いましばし、かくて候はばや《こうしていたいものです》」と言ひけるを、僧正なほいとほしさに《かわいさに》、「ただなれ《とにかく法師になれ》」とありければ、童、しぶしぶに法師になりにけり。

さて過ぐるほどに、春雨うちそそぎて、つれづれなりけるに《所在のないおりに》、僧

一 僧の住む所。僧坊。
二 田楽や猿楽を職業とする者。「田楽」は、もと田植えのときに、笛や鼓を鳴らして歌い舞ったもの。後に社寺の芸能となって、腰鼓《こしつづみ》・笛・銅鈸子《どうばっし》・ささらなどを用い、遊芸化の方向をたどった。「猿楽」は、一九一頁注一六参照。
三 貴人の外出に、勅命をこうむり、護衛に当った近《この》衛《ゑ》の舎人《とねり》。弓矢を負い、刀をおびた。
四 宮中の警備に当る役所。左右の近衛府、兵衛府、衛門府をさす。
五 「市をなす」は、人が多く集まること。
六 加持祈禱をする法師で、法会のときに、呪願の読誦にあたる。さらに、法会の後に、幻術や雑芸を行う。
七 鳥羽は、京都市下京区上鳥羽のあたりか。『大系』に、「とば」は、「外端」であって、家の外まわりの田かという。このあたりの本文は、誤脱でもあるのか、まことに解しがたい。
八 未詳。一種の演技か。『大系』に、後見の意かともいう。
九 「杙」「杭」で、田楽の高足のようなものか。つぎに「肩」とあるから、「首」に当るかもしれない。
一〇 未詳。『日本古典全書』には、「小幅」で、「幅幕」と解されている。

正、人を呼びて、「あの僧の装束《さうぞく》[一一]はあるか」と問はれければ、「納殿《をさめどの》[一二]にいまだ候ふ」と申しければ、「取りて来《こ》」と言はれけり。持て来たりけるを、「これを着よ」と言はれければ、この呪師小院、「見苦し《見苦しゅ》う候ひなん《うございましょう》」といなみけるを《ことわったのを》、「ただ着よ」と責めのたまひければ、かたかたへ《片隅へ》行きて、さうぞきて《装束をつけて》、兜《かぶと》[一三]して出で来たりけり。つゆ《すこしも》昔に変らず。僧正うち見て、[一四]かいを作られけり《泣き顔をなさった》。小院、また面変《おもがは》り《顔つきが変って》して立てりけるに、僧正、「いまだ《まだ》[一五]走りては覚ゆや《舞の走り手は覚えているか》」とありければ、「覚え候はず。ただし、[一六]かたささはのてうぞ、よくしつけて候ひし《練習しました曲ですので》ことなれば、すこし覚え候ふ」と言ひて、[一七]せうのなかわりて通るほどを走りて飛ぶ。兜持ちて、[一八]一拍子に渡りたりけるに《飛びわたったので》、僧正声を放ちて《あげて》泣かれけり。さて、「こち来よ《こちらへ来い》」と呼び寄せて、うちなでつつ、「何しに《どうして》出家せさせけん」とて泣かれければ、小院も、「さればこそ《だからこそ》、いましばし《〔このままでいたい〕》と申し候ひしものを」と言ひ、装束脱がせて、障子《しやうじ》[一九]の内へ具《ぐ》して入られにけり。

一一　ここでは、出家前の装束。
一二　衣服・調度などを納めておく所。
一三　舞楽などで用いる鳥兜。鳳凰《ほうおう》の頭にかたどって、頂は前方にとがり、錏《しころ》は後方に出ている。
一四　口をへの字形にして泣き出しそうな顔をするさま。べそをかくさま。
一五　舞の手の一種。はなばなしく勇ましく舞うこと。呪師は呪師走《じゆしばしり》と称して、華麗な装束をつけて、勇壮な所作をみせる。
一六　未詳。舞の手の一種か。
一七　未詳。各地の田楽の型に、粧・中割などの名がみられる。『大系』には、「粧《しよう》の中割手を終りまでやり通すほど舞い跳《は》ねた」と解され、『全集』には、「簫《しよう》の中を割って通るほどの狭い所を走って飛ぶ」と解されている。
一八　一拍子で一方から他方に飛んで渡ったことか。
一九　室と室とをしきるためにたてる建具。ここでは、襖《ふすま》障子、唐紙《からかみ》。

そののちは、いかなることかありけん《あったのだろうか》、知らず。

〔七九〕ある僧、人のもとにて氷魚《ひを》盗み食ひたる事

これも今は昔、ある僧、人のもとへ行きけり。酒など勧《すす》めけるに、氷魚《ひを》はじめて出で来たりければ《食膳にのぼったので》、あるじ《主人は》、珍しく思ひてもてなしけり。あるじ、用の事ありて、内へ入りて、また出でたりけるに、この氷魚の、ことのほかに少なくなりたりければ、あるじ、いかにと《どうしたのかと》思へども、言ふべきやうもなかりければ、物語しゐたりけるほどに、この僧の鼻より、氷魚の一つ、ふと出でたりければ、あるじ、あやしう《不審に》覚えて、「その御鼻より、氷魚の出でたるは、いかなることに《どういうことですか》か」と言ひければ、とりもあへず《〔僧は〕すかさず》、「このごろの氷魚は、目鼻より降り候ふなるぞ《降ってくるものですよ》」と言ひたりければ、人皆、「は」と笑ひけり。

＊隆明と増誉とは、同じ時代の高僧であって、叔父と甥《おい》との間柄でもあった。『寺門伝記補録』には、「明誉一双、希代之例者歟」と評されているが、『比良山古人霊託』には、「御室戸僧正ハ、得脱シテヤラン、不レ被レ見也。一乗寺僧正ハ、当時第二ノ威徳人也。近ハ吉水大僧正コソ、威勢多人ニテ被レ坐、此人皆居二愛太護山一也」とあって、天狗道との関係にもふれられている。いずれにしても、この説話では、二人の高僧が、ともに「生き仏なり」と認められながら、それぞれ異なる態度をとったと記されている。すなわち、隆明の方は、清貧の生活に甘んじていたが、増誉の方は、豪奢な生活を楽しみ、呪師の美童を愛していたという。そこには、寺院における男色の風習が、かなりあきらかに示されている。

氷魚の盗み食い

一 半透明の白色の小魚。鮎《あゆ》の稚魚。秋から冬にかけて、琵琶湖《びわこ》や宇治川などでとれる。

＊多くの氷魚を盗み食った僧が、鼻から一つ出てきたのをとがめられて、「このごろの氷魚は、目鼻から降ってくるものですよ」と答えたという。「氷魚」に「雹《ひょう》」を掛けたともみられ、くだらない弁明のようであるが、とっさの発言によって、人々の笑いをひきおこし、その場をきりぬけたというのは、やはり咄《はなし》の上手であったといえるかもしれない。

〔八〇〕 [二]仲胤僧都《ちゅういんそうづ》、[三]地主権現説法《ぢしゅごんげんせつぽふ》の事

これも今は昔、仲胤僧都を、[四]山の[五]大衆《だいしゅ》、[六]日吉《ひえ》の二宮《にのみや》にて、[七]法華経《ほけきやう》を供養しける[八]導師《だうし》に請《しやう》じたりけり。説法えもいはずして《いいようもなくりっぱで》、はてがた《終りのほうに》に、「地主権現の申せと候ふは《おっしゃるのは》」とて、「[九]此経難持《しきやうなんぢ》、若暫持者《にやくざんぢしゃ》、我即《がそく》歓喜《くわんぎ》、諸仏亦然《しよぶつやくねん》」といふ文をうち上げて《一段と声を高くして》誦《ず》して《唱えて》、「諸仏」といふところを、「地主権現の申せと候ふは、『我即歓喜、諸神亦然』」と言ひたりければ、そこら集まりたる大衆《おおぜい》、異口同音《いくどうおん》にあめきて《あっと声をあげて》、[一〇]扇を開き使ひたりけり《〔ほめたたえた〕》。

これを、ある人、日吉社の[一一]御正体をあらはし奉りて、おのおの御前にて、[一二]千日の講を行ひけるに、[一三]二宮の御料《れう》のをり、ある僧、この句をすこしも違《たが》へずしたりけるを《唱えたのを》、ある人、仲胤僧都に、「かかる《このような》

二 藤原季仲の子。比叡山の僧で、説経の名手として知られる。本書二・一八二話や『古事談』五などにも現れる。没年未詳。
三 土地の守護神。ここでは、日吉の二宮の神。権現とは、仏が衆生を救うために、権《かり》に神とあらわれること。本地垂迹説《すいじゃくせつ》に基づいて、熊野三所権現、日吉山王権現など、権現号で呼ばれるものが少なくない。
四 比叡山延暦寺。四四頁注五参照。
五 貴族の出身でない一般の僧徒。

仲胤僧都の説法

六 滋賀県大津市の日吉神社の二宮。最澄は、延暦寺の鎮守として、大宮に三輪の大物主神を祀《まつ》り、比叡山の地主神として、二宮に大山咋神《おおやまくいのかみ》を祀った。
七 『妙法蓮華経』。二一頁注一三参照。
八 法会などで、願文や表白を読み、一座の衆僧を導く僧。
九 『法華経』巻四、見宝塔品第十一の偈《げ》の文。「此経は持《たも》つこと難し。若し暫くも持つ者は、我則ち歓喜す、諸仏も亦然なり」と訓ずる。
一〇 ほめたたえる所作。
一一 ご神体を一般に拝ませる、すなわちご開帳を行うことをいう。

犬の糞説経

一二 千日間法華経を講説する法会。
一三 二宮の御ためにいとなむおりに。「料」は、ため、ためのものの意。

ことこそありしか《ことがございました》」と語りければ、仲胤僧都《ちゅういんそうづ》、きやうきやう《からからと》と笑ひて、「これは、かうかうのとき《〔二宮の法華経供養のときに〕》、仲胤がしたりし句なり。[一]えいえい」と笑ひて、「おほかたは、このごろの説経をば、犬の糞説経《くそぜつきやう》といふぞ。犬は人の糞を食ひて、糞をまるなり《ひるのだ》。仲胤が説法をとりて《真似して》、このごろの説経師はすれば、犬の糞説経といふなり」とぞ言ひける。

〔八一〕 大二条殿[二]に小《こ》[三]式部内侍《しきぶのないし》歌読みかけ奉る事

小式部内侍の歌

これも今は昔、大二条殿、小式部内侍おぼしけるが《愛しておられたが》、絶え間がち《逢うこともとだえがちになったころに》になりけるころ、例《れい》ならぬことおはしまして《病気におなりになって》、久しうなりて、よろしくなり給ひて《快くおなりになって》、上東門院[四]へ参らせ給ひたるに、小式部、台盤所《だいばんどころ》[五]にゐたりけるに、出でさせ給ふとて《〔大二条殿は〕お帰りになろうとして》、「死なんとせしは《死ぬところであったよ》、など問はざりしぞ《どうして見舞ってくれなかったのか》」と仰せられて過ぎ給ひける。〔小式部は〕御直衣《なほし》[六]の裾を引きとどめつつ、

一 ここでは、笑う声。

＊ この仲胤という僧は、本書二にも、「説法ならびなき人」として現れる。また、本書一八二によっても、その機知にすぐれていたことがうかがわれる。

二 藤原教通。道長の子。関白、太政大臣。一一四頁注五参照。

三 橘道貞の女。母の和泉式部とともに、一条天皇の中宮彰子に仕えた。一一四頁注三参照。

四 彰子。藤原道長の女。一条天皇の中宮。後一条・後朱雀両天皇の母。承保元年（一〇七四）に、八七歳で没。

五 台盤を置いて調理を行う所。「台盤」は、食物を盛った器を載せる台。

六 高貴な人々の通常の服。袍《うえのきぬ》に似ているが、幅が狭く丈が短くて、位による色のきまりがない。

七 伊達本・陽明本には、第二句が、「歎にこそ」とある。生きている間に、はれておたずねすることのできる身ではありませんので、ひとり死ぬほどの思いで、嘆きに嘆いておりました、の意。「生きて」に「行きて」を掛ける。

八 長い建物をいくつにもしきり隔てた室。

申しけり。

　死[七]ぬばかり嘆きにこそは嘆きしか
　　生きて問ふべき身にしあらねば

堪へずおぼしけるにや（たえがたくお思いになったのか）、かき抱《いだ》きて局《つぼね》[八]へおはしまして、寝させ給ひにけり。

〔八二〕 山の横川《よかは》[九]の賀能地蔵《かのうぢざう》の事

これも今は昔、山の横川[一〇]に、賀能知院[一一]といふ僧、きはめて破戒無《はかいむ》[一二]慚《ざん》の者にて、昼夜に仏の物を取り使ふことをのみしけり。〔この僧は〕横川の執《しゆ》[一三]行《ぎやう》にてありけり。政所《まんどころ》[一四]へ行くとて、塔のもとを常に過ぎありきければ、塔[一五]のもとに、古き地蔵[一六]の、物の中に捨て置きたるを、きと見奉（ちらと拝見して）りて、時々、衣被《きぬかぶ》[一七]りしたるをうち脱ぎ、頭を傾《かたぶ》けて、すこしすこし（ほんの少し）

＊『後拾遺集』一七に、「二条前大いまうち君、日頃わづらひて怠りて後、など訪ざりつるぞといひ侍りければよめる　小式部内侍」とあって、この「死ぬばかり」の歌が載せられている。また、『袋草紙』三にも、本書とほぼ同じように記されている。小式部内侍という女は、母の多情と才知とを受け継いだもので、『宝物集』一にも、「大二条殿の思人にて、殊の外にもてなし給ひけり。万の人、心をつくし思ひをかけたりけれ共、御子静円僧正など出来給ひて、おもくもめでたくて過ける程に」と伝えられている。ここでは、歌の徳によって、男の愛を取り戻したというのである。

九　比叡山の三塔の一。その中堂は、首楞厳院《しゆりようごんいん》といって、円仁の建てたもの。
一〇　比叡山延暦寺。
一一　伝未詳。『元亨釈書』二九に、「役夫賀能」とある。
一二　仏の戒律を破って、良心に恥じないこと。

破戒無慚の僧

一三　寺の事務をつかさどる役僧。
一四　社寺で所管の事務を取りあつかう場所。
一五　『元亨釈書』二九に、「役夫賀能者、過ニ睿山横川般若谷一、逢レ雨寄ニ一破宇一、中有ニ地蔵像一」とある。
一六　地蔵菩薩。五〇頁注一参照。
一七　女の「きぬかづき」に似たかぶりもの。僧侶などの用いたもの。

敬《うやま》ひ拝《をが》みつつ行くときもありけり。

かかるほどに《そうこうするうちに》、かの賀能、はかなく失せぬ《死んでしまった》。師の僧都《そうづ》[一]、これを聞きて、「かの僧は、破戒無慚《はかいむざん》の者にて、後世《ごせ》定めて地獄に堕《お》ちんこと疑ひなし」と心憂《こころう》がりあはれみ給ふことかぎりなし。

地獄に入った地蔵

かかるほどに、「塔のもとの地蔵こそ、このほど見え給はね《このごろお見えにならない》。いかなることにか」と、院内の人々言ひあひたり。「人の修理《しゅり》し奉らんとて、取り奉りたるにや」など言ひけるほどに、この僧都の夢に見給ふやう、「この地蔵の見え給はぬは、いかなることぞ」と尋ね給ふに、傍《かたはら》に僧ありて言はく、「この地蔵菩薩、はやう《前に》、賀能知院が無間《むけん》[二]地獄《ぢごく》に堕ちしその日、やがて《ただちに》助けんとてあひ具《ぐ》して《連れだって》入り給ひしなり」と言ふ。夢ごこちにいとあさましくて《まことに思いがけなくて》、「いかにして、さる罪人には具して入り給ひたるぞ」と問ひ給へば、「塔のもとを常に過ぐるに、地蔵を見やり申して、時々拝み奉りしゆゑなり」と答ふ。

足の焼けた地蔵

夢覚めてのち、みづから塔のもとへおはして《いらっしゃって》見給ふに、地蔵まこ

一 僧正につぐ僧官。

二 八大地獄の一。阿鼻地獄ともいう。五逆罪などを犯した者がおちて、間断なく苦しみを受けるという。

とに見え給はず。さは《さては》、この僧にまことに具しておはしたるにやとおぼすほどに、そののち、また、僧都の夢に見給ふやう、塔のもとにおはして見給へば、この地蔵立ち給ひたり。「これは、失《う》せさせ《いなくなら》給ひし《れた》地蔵、いかにして出で来給ひたるぞ《どうしてまたここにお出でになったのか》」とのたまへば、また人の言ふやう、「賀能具して地獄へ入りて、助けて帰り給へるなり。されば、御足の焼け給へるなり」と言ふ。御足を見給へば、まことに、御足黒う焼け給ひたり。夢ごこちに、まことにあさましきことかぎりなし。

さて、夢覚めて、涙止まらずして、急ぎおはして、塔のもとを見給へば、うつつにも《現実にも》地蔵立ち給へり。御足を見れば、まことに焼け給へり。これを見給ふに、あはれに悲しきことかぎりなし。さて、泣く泣くこの地蔵を抱《いだ》き出し奉り給ひてけり。「今におはします《今もそこにいらっしゃる》。二尺五寸ばかりのほどにこそ《背丈である》」と人は語りし。これ語りける人は、拝み奉りけるとぞ。

＊『元亨釈書』二九の「役夫賀能」にも、ほぼ同じように記されている。破戒無慚の僧侶であったが、ささやかな善根を積んだために、地蔵菩薩の慈悲によって、無間地獄の苦患から救われたというものである。いったん地獄に堕ちながら、ふたたびこの世によみがえったという説話は、かなり古くから知られている。『日本霊異記』にさかのぼると、『般若経』や放生や略饗《ろきょう》など、さまざまな功徳によって、地獄の苦をまぬかれたように伝えられている。平安時代中期からは、『法華経』の功徳によるもののほかに、地蔵の利益によるものが、きわめて多く現れてくる。本書の中にも、四四・四五・八三の各話など、地蔵霊験譚に属するものが、少なからず収められている。

〔八三〕広貴《ひろたか》[一]、妻の訴《うた》へにより閻魔《えんま》[二]王宮へ召さるる事

これも今は昔、藤原広貴といふ者ありけり。死にて閻魔の庁《ちやう》に召されて、王の御前とおぼしき（思われる）所に参りたるに、王のたまふ（おっしゃるには）やう、「なんぢが子を孕《はら》みて、産をしそこなひたる女、死にたり。地獄に[三]堕《お》ちて苦を受くるに、うれへ申す（嘆き訴える）ことのあるによりて、なんぢをば召したるなり。まづ、さること（そのようなことがあるのか）あるか」と問はるれば、広貴、「さること候ひき」と申す。王のたまはく、「妻の訴へ申す心は、『われ、男に具して（夫に連れられて）、ともに罪を作りて、しかも、かれ（夫の）が子産み[四]そこなひて、死して地獄に堕ちて、かかる堪へがたき苦を受け候へども、いささかも（夫は）、わが後世をも弔《とぶら》ひ候はず。されば、われ一人苦を受け（受けな）候ふべきやうなし（ければならないいわれはありません）。広貴をも、もろともに召して、同じやうにこそ

地獄に堕ちた妻

一 伝未詳。『日本霊異記』に、「藤原朝臣広足」とある。

二 閻魔大王の法廷。閻魔は、梵語の yama-raja に当る。地獄の王で、亡者の魂をつかさどり、罪の軽重によって、その賞罰をきめると伝えられる。

三 『血盆経』の説をうけながら、産褥《さんじよく》で死んだ女は、血の池地獄に堕ちるとも伝えられる。

四 底本に「産なひて」とあるが、諸本によって改めた。

苦を受け候はめ《受けさせて下さい》』と申すによりて召したるなり」とのたまへば、広貴が申すやう、「この訴へ申すこと、もつともことはりに候ふ《まことにもっともです》。公《おほやけ》私《わたくし》、世を営み候ふあひだ《暮しをたてておりますので》、思ひながら、後世をば弔ひ候はで、月日はかなく過ぎ候ふなり。ただし、今におき候ひては《今になりましては》、ともに召されて苦を受け候ふとも、かれがために《妻のために》、苦の助かるべきに候はず《助かるはずのものではありません》。されば、このたびは、暇《いとま》を賜はりて、[五]娑婆《しゃば》にまかり帰りて、妻のために、万《よろづ》を捨てて、仏経を書き供養して、弔ひ候はん」と申せば、王、「しばし候へ《しばらくお待ちなさい》」とのたまひて、かれが妻を召し出でて、[六]なんぢが夫、広貴が申すやう《申し分について》を問ひ給へば、「[七]げに《いかにも》経仏をだに書き供養せんと申し候はば、とく《はやく》許し給へ」と申すときに、また広貴を召し出でて、申すままのことを仰せ聞かせて、「さらば、このたびはまかり帰れ。たしかに、妻のために、仏経を書き供養して、弔ふべきなり《弔わなければならないぞ》」とて帰し遣はす。

広貴、かかれども、これはいづく《ここはどこであって》、たれがのたまふぞとも知らず《誰がおっしゃっているのかも分らない》。

五 梵語の sahā に当り、忍土、忍界と訳される。多くの衆生がさまざまな苦悩に堪えて生きる所。人間界をさす。

六 この前後の文脈はととのわない。「なんぢが夫」と、直接話法で書きはじめて、途中から地の文に変っている。

七 伊達本・陽明本に、「実ゝ」、古活字本に、「けに〳〵」とある。

許されて、[一]庭を立ちて帰る道にて思ふやう、この玉《りっぱな》の簾《すだれ》の内にゐさせ給ひて《おいでになられて》、かやうに物の沙汰《さた》して《裁決をして》、われを帰さるる人は、誰にかおはしますらんと、いみじくおぼつかなく覚えければ《たいそう心もとなく思われたので》、また参りて、庭にゐたれば、簾の内より、「あの広貴《ひろたか》は、帰し遣はしたるにはあらずや《帰してやったのではないか》。いかにして、また参りたるぞ」と問はるれば、広貴申すやう、「はからざるに《思いがけないことに》御恩をかうぶりて、帰りがたき本国へ帰り候ふことを、いかにおはします人の仰せともえ[二]知り候はで《どういうお方の仰せとも知ることができませんで》、まかり帰り候はんことの《帰ってゆきますことが》、きはめていぶせく《たいそう気がかりで》、口惜《くちを》しく候へば、恐れながら、これを[三]承りに、また参りて候ふなり」と申せば、「なんぢ不覚なり《迂闊である》。さは《それでは》、[四]閻浮提《えんぶだい》にしては、われを[五]地蔵菩薩と称す」とのたまふを聞きて、さは、閻魔王と申すは、地蔵にこそおはしましけれ《地蔵でいらっしゃったのだ》、この菩薩に仕《つかまつ》らば《お仕えすれば》、地獄の苦をば免《まぬか》るべきにこそあんめれ《まぬかれることができるのであろう》と思ふほどに、三日といふに生きかへりて、そののち、妻のために仏経書き供養してけりとぞ。[六]『日本法華験記《にっぽんほっけげんき》』に見えたるとなん。

一 閻魔の庁の前庭。
二 伊達本・陽明本に、「えしり候はん」とある。
三 伊達本・陽明本に、「うけ給はり候」とある。
四 梵語の Jambu-dvipa に当り、Jambu（閻浮樹）の生えている洲の意。須弥山《しゅみせん》の南方にあって、南閻浮提、南瞻部洲《なんせんぶしゅう》とも呼ばれる。もともとインドをさしたが、後に中国・日本を含めて、広く人間世界をさす。
五 釈迦仏の付託を受けて、六道の衆生を化導するという菩薩。五〇頁注一参照。
六 『大日本法華験記』『本朝法華験記』ともいう。三巻。鎮源著。長久年間（一〇四〇～四四）の成立。唐の義寂の『法華験記』にならって、日本の『法華経』利益譚を集録したもの。ただし、現在の『大日本法華験記』に、この説話は見られない。
＊『日本霊異記』下九に、これの類話に当るものが掲げられている。そこにもまた、「我閻羅王、汝国称二地蔵菩薩一是也」と述べられているが、この説話と違って、「閻魔王と申すは、地蔵にこそおはしましけれ、この菩薩に仕らば、地獄の苦をば免るべきにこそあんめれ」などとは記されていない。それについて、『大乗大集地蔵十輪経』には、地蔵が地獄に入って、閻羅王に身をかえると説かれている。日本偽撰の『地蔵菩薩発心因縁十王経』では、冥府の十王について、それぞれ本地仏が定められているが、閻羅王の本地としては、やはり地蔵が当てられている。

〔八四〕世《せ》尊寺《そんじ》[七]に死人を掘り出《いだ》す事

塚の中の死体

今は昔、世尊寺と言ふ所は、桃園《ももぞの》[八]の大納言住み給ひけるが、大将[九]になる宣旨《せんじ》[一〇]かうぶり給ひにければ、大饗《だいきやう》[一一]あるじ[一二]の料《ために》に修理《しゆり》し、まづは祝ひし給ひしほどに、明後日《あさて》[一三]とてにはかにうせ給ひぬ《お亡くなりになった》。使はれ人みな出で散りて《散り散りに去って》、北の方[一四]、若君ばかりなん、すごくて《ものさびしいさまで》住み給ひける。その若君は、主殿頭《とのもりのかみ》[一五]ちかみつ[一六]といひしなり。この家を一条摂政殿[一七]取《お取》り給ひて《り上げになって》、太政大臣[一八]になりて、大饗行はれける。坤《ひつじさる》[一九]の角《すみ》に塚のありける、築地《ついぢ》[二〇]もつき出《いだ》して、その角は襪形《したうづかた》[二一]にぞありける。殿、「そこに堂を建てん。この塚を取り捨てて、その上に堂を建てん」と定められぬれば、人にも、「塚のために、いみじう《たいそう》功徳《くどく》[二二]になりぬべきことなり」と申しければ、塚を掘り崩すに、中に石の唐櫃《からびつ》[二三]あり。あけ

七 京都の一条の北、大宮の西にあった寺。もと清和天皇の皇子の桃園親王の邸であったが、後に摂政の藤原伊尹《これまさ》の邸となった。長保三年（一〇〇一）に、伊尹の孫の行成によって、この寺が建てられた。

八 藤原師氏。忠平の子。東宮傅、大納言、正二位。天禄元年（九七〇）に、五五歳で没。

九 近衛大将。近衛府の長官。

一〇 勅旨を伝えること。またはその公文書。

一一 底本に「大将」とあり、傍注に「饗歟」とあるが、諸本によって改めた。任官祝賀の饗宴。五五頁注一〇参照。

一二 「あるじまうけ」で、客を迎えてもてなすこと。

一三 明後日に饗宴が行われるという日に。

一四 貴人の妻の敬称。

一五 主殿寮の長官。主殿寮は、天皇の輿輦《よれん》・湯沐《とうもく》、宮中の掃除・燈燭などをつかさどった。

一六 近信か。近信は、師氏の子。主殿頭、従四位上。

一七 藤原伊尹。一五三頁注一四参照。

一八 太政官の最高の官。

一九 西南。陰陽道では、この方角を裏鬼門という。

二〇 諸本に、「筑地を」とある。筑地は、泥土で築き固めた土塀。

二一 「したうづ」は、「したぐつ」の音便。束帯のときに、くつの下にはく絹製の足袋。

二二 現世・来世の幸福をもたらすもととなる善行。

二三 死骸を入れる棺。

塚を掘った祟り

て見れば、尼の年二十五六ばかりなる、色美しうて、唇の色などつ《すこ》ゆ変らで《しも変らないで》、えもいはず《いいようもなく》美しげなる、寝入りたるやうにて臥したり。いみじう美しき衣の、色々なる《さまざまな色をしたのを》をなん着たりける、若かりける者の、にはかに死にたるにや《死んだのであろうか》。金《こがね》の坏《つき》[一]うるはしくて《きちんと》据ゑたりけり。入りたる物、何も《どれも》香ばしきこと類《たぐひ》なし。あさましがりて《おどろきあきれて》、人々立ちこみて《多く入りこんで》見るほどに、乾《いぬゐ》[二]の方より風吹きければ、色々なる《さまざまな》塵《ちり》になんなりて《塵になって》失《う》せにけり《なくなってしまった》。金の坏よりほかの物、つゆとまらず《まったく残らない》。「いみじき昔の《ずっと昔の》人なりとも、骨髪の散るべきにあらず《散るはずはない》。かく風の吹くに、塵になりて、吹き散らされぬるは、希有《けう》の物なり《珍しい》」と言ひて、そのころ、人あさましがりける。

摂政《せつしやう》殿、いくばくもなくて失せ給ひにければ、この祟《たた》りにやと、人疑ひけり。

一　飲食物を盛る器。

二　北西。三谷栄一『日本文学の民俗学的研究』によると、神霊の出現する神聖な方角とみられる。

＊　桃園大納言師氏は、天禄元年七月に没しており、一条摂政伊尹は、天禄三年一一月に没している。わずか二年の間に、この邸の主人が、二人も続いて死んだのは、死者の霊の祟《たた》りによると考えられたようである。この事件については、『冨家語《ふけご》』一〇五に、「世尊寺ハ一条摂政家也。……件家南庭ニ墓ノアリケルヲクツサレタリケレハ、タケ八尺ナル尼公ノ色〳〵衣著タルヲ人〳〵見驚ケルホトニ、随風テ散失ニケリ。其後摂政□衰ヘタチ家モアセニケリトソ」と記されている。『今昔物語集』二七―三には、同じ邸の柱の穴から、小さな子が手をさし出して、人を招くことがあったと伝えられる。

〔八五〕留志《るし》[三]長者《ちやうじや》の事

物を惜しむ長者

今は昔、天竺《てんぢく》[四]に、留志長者とて、世にたのしき《まことにゆたかな》長者ありけり。おほかた《およそ》、蔵もいくらともなく持ち、たのしきが、心の口惜《くちを》しくて《けちくさくて》、妻子にも、まして従者にも、物食はせ、着することなし。おのれ《自分が》、物のほしければ、人にも見せず、隠して食ふほどに、物《食べ物が》の飽《あ》かず《むやみに》多くほしかりければ、妻に言ふやう、「飯《いひ》・酒・くだ物[五]どもなど、おほらかに《たっぷりと》して賜《た》べ。われに憑きて《とりついて》、物惜しみする《もの惜しみをさせる》慳貪《けんどん》[六]の神祭らん」と言へば、「物惜しむ心失はんとする《なくそうとする》、よきこと」と喜びて、いろいろに調《てう》じて《ととのえて》、おほらかに取らせければ《与えたので》、受け取りて、人も見ざらん所に行きて、よく食はんと思ひて、行器《ほかゐ》[七]に入れ、瓶子《へいじ》[八]に酒入れなどして、持ちて出でぬ。

「この木のもとには鳥あり」「かしこには雀《すずめ》あり」など選《え》りて《えらんで》、人

三 『盧至長者因縁経』『法苑珠林《ほうおんじゆりん》』七七、『今昔物語集』三—二二に、「盧至」とあり、『古本説話集』『宇治拾遺物語』の諸本には、「留志」とある。長者は、富裕な人。
四 インドの古称。
五 草木の実で食用となるもの。
六 物を惜しみむさぼること。仏教語で、『法華経』にも、「慳貪嫉妬」とある。
七 食物を盛って運ぶ器。丸く高くて、外にそった足が三本ついている。
八 酒を入れる器。狭い口のついた細長い瓶。

離れたる山の中の木の陰に、鳥獣もなき所にて、ひとり食ひゐたる、心のたのしさ、物にも似ずして《何にたとえようもなくて》、誦《ずん》ずるやう《口ずさむには》、「[一]今曠野中《こんくわうやちゆう》、食飯飲酒《じきばんおんじゆ》大安楽《だいあんらく》、猶過毘沙門天《いうくわびしやもんてん》、勝天帝釈《しようてんたいしやく》」。この心は、「今日、人なき所に一人ゐて、物を食ひ、酒を飲む、安楽なること、毘沙門[二]・帝釈[三]にもまさりたり」と言ひけるを、帝釈きと御覧じてけり《たしかにご覧になった》。

憎しとおぼしけるにや、留志長者が形に化《け》し給ひて《お化けになって》、かの家におはしまして《おいでになり》、「われ、山にて物惜しむ神を祭りたる験《しるし》にや、その神離れて、物の惜しからねば《惜しくなくなったので》、かくするぞ《こうするのだ》」とて、蔵どもをあけさせて、妻子を始めて、従者ども、それならぬ《そのほかの》よその人ども、修行者《しゆぎやうじや》、乞食《こつじき》にいたるまで、宝物《たからもの》どもを取り出《いだ》して、配り取らせければ《配り与えたので》、皆悦《よろこ》びて、分け取りけるほどにぞ、まことの長者は帰りたる。

蔵どもみなあけて、かく宝ども皆人の取りあひたる、あさましく《あきれたさまで》、悲しさ、いはん方なし。「いかにかくはするぞ《どうしてこのようにするのか》」とののしれども《騒ぎたてるが》、われとただ同じ形の人出で来て、かくすれば、不思議なることかぎ

一『盧至長者因縁経』『法苑珠林』七七、『今昔物語集』三—二二に、「我今節慶際、縦酒大歓楽、踰過毘沙門、亦勝天帝釈」とあり、『古本説話集』五六に、「今日曠野中、飲酒大安楽、猶過毗沙門、亦勝天帝釈」とある。

二 毘沙門天。四天王の一つで、北方を守り、福徳を授ける神。

三 帝釈天。須弥山頂の忉利《とうり》天《てん》にあって喜見城の主尊とあがめられる神。

同じ形の人

りなし。「あれは変化《へんげ》四のものぞ。われこそ、そよ《本物だ》」と言へども、聞き入るる人なし。帝《みかど》に愁《うれ》へ申せば《お訴え申すと》、「母に問へ」と仰せあれば、母に問ふに、「人に物くるるこそ、わが子にて候はめ《わが子でありましょう》」と申せば、す《どう》る方なし《しようもない》。「腰のほどに、はわくひといふもの五の跡ぞ候ひし。それをしるしに《証拠に》御覧ぜよ」と言ふに、あけてみれば、帝釈、それをまな《おまね》ばせ給はざらんやは《にならないことがあろうか》。二人ながら《二人そろって》同じやうに、ものの跡あれば、力《しよ》なくて《うがなくて》、仏の御もとに、二人ながら参りたれば、そのとき、帝釈、もとの姿になりて、御前におはしませば、論じ申すべき方なしと思《〔これではもう〕何も申し上げることはでき》ふほどに《ないと思っていると》、仏の御力にて、やがて《すぐに》須陀洹果《しゅだをんくゎ》六を証《しよう》七したれば《得たので》、あしき心離れたれば、物惜しむ心も失《う》せぬ《なくなった》。

かやうに、帝釈は、人を導かせ給ふこと《お導きになることは》はかりなし《はかりしれない》。そぞろに《むやみに》、長者が財を失はんとは《なくそうとは》、何しにおぼしめさん《どうしてお思いになるだろうか》。慳貪《けんどん》の業《ごふ》によりて、地獄に堕つべきを《堕ちなければならないのを》、あはれませ給ふ御志によりて、かく構へさせ給《このようにおはからいに》ひけるこそめでたけれ《なったのはありがたいことだ》。

四 化け物。動物などが姿を変えて現れるもの。

五 ほくろやあざ。『和名抄』に、「黒子和名波々久曾」とある。『盧至長者因縁経』に、母の言葉として、「我児左脇下、有小豆許瘢」とある。

六 梵語の srota-āpanna に当り、「預流」「入流」などと訳される。声聞の四果中の初果で、見惑を断って聖道に入ること。

七 「証果」とは、修行によって悟りの果を得ること。

帝釈の嘆き

＊『盧至長者因縁経』に基づくもので、『法苑珠林』七七にも引かれている。『今昔物語集』三―二二には、いくらか簡略に説かれており、『古本説話集』五六には、本書と同様に伝えられている。仏陀および帝釈天のすばらしさが、人間の物欲の強さとともに、まことにいきいきと示されている。

〔八六〕清水寺《きよみづでら》(一)に二千度参詣する者、双六《すぐろく》に打ち入るる事

双六の賭け物

今は昔、人のもとに宮仕へしてある生侍《なまさぶらひ》(二)ありけり。することのなきままに、清水《きよみづ》へ、人まねして、千度詣《せんどまうで》(三)を二度したりけり。そののち、いくばくもなくして《いくらもたたないうちに》、主《しゆう》のもとにありける同じやうなる侍と、(四)双六を打ちけるが、多く負けて、渡すべき物なかりけるに、いたく《はげしく》責めければ《催促したので》、思ひわびて《思い悩んで》、「われ持ちたる物なし。ただ今貯へたる物とては、清水に二千度参りたることのみなんある。それを渡さん」と言ひければ、傍《かたはら》にて聞く人は、謀《はか》るなりと《だますのだと》、をこに《ばからしく》思ひて笑ひけるを、この勝ちたる侍、「いとよきことなり。渡さば得ん《渡すならばもらおう》」と言ひて、「いな《いや》、かくては(五)請け取らじ《このままでは受け取るまい》。三日して、このよし申して《神仏に》、おのれ《おま》渡すよしの文書きて渡さばこそ《えが渡すという内容の証文を書いて渡すならば》、請け取らめ」と言ひければ、

一 京都市東山区の清水寺。本尊は十一面観音。坂上田村麻呂の創建にかかる。

二 官位などの低い侍。年の若い侍。

三 神社や寺院に、千度参って祈願をこめること。

四 室内の遊戯で、博奕《ばくえき》として行われた。一般には、竹筒からふり出した賽《さい》の目の数によって、盤の上で白黒の各一五個の駒を動かし、早く敵陣に全部を入れた方が、勝ちとなるというもの。

五 伊達本・陽明本に、「からては」とある。

「よきことなり」と契《ちぎ》りて、その日より精進[六]《しやうじん》して、三日といひける《三日たった日に》日、「さは《それでは》、いざ《さあ》清水へ」と言ひければ、この負け侍、この痴者[七]《しれもの》に《愚か者もいたものだと》あひたると、をかしく思ひて、悦《よろこ》びて、連れて参りにけり。言ふままに文書きて、御前にて、師[八]の僧呼びて、事のよし申させて、「二千度参りつること、それがしに双六に打ち入れつ《誰それに双六で賭物として打ち入れた》」と書きて取らせ《与えたので》ければ、〔勝ち侍は〕請け取りつつ悦びて、伏し拝みてまかり出でにけり《退出していった》。

そののち、いくほどなくして、この負け侍、思ひがけぬことにて捕へられて、獄[九]《ひとや》にゐにけり。取りたる侍は、思ひがけぬたよりある妻《頼りになる妻》まうけて《をめとって》、いとよく徳[一〇]つきて、司[一一]《つかさ》などなりて、たのしく《ゆたかで》てぞありける。「目に見えぬものなれど、誠の心をいたして請け取りければ、仏、あはれとおぼしめしたりける《お思いになったのであろう》なんめり」とぞ、人は言ひける。

二千度詣の功徳

六 この場合は、身を清めて心を慎むこと。特に肉食をしないで菜食をすること。

七 『今昔物語集』一六—三七に「嗚呼ノ」、『古本説話集』五七に「おこの」とある。

八 祈りの師に当る僧。

九 牢獄。

一〇 富、財産。

一一 官職。

＊『今昔物語集』一六—三七、『古本説話集』五七には、これと同じ説話が収められており、特に『古本説話集』の方では、ほとんど同じ文章で記されている。博奕の賭け物に、観音参りの功徳をゆずりうけるのは、まことにばかげたことと思われるが、誠の心さえもっていれば、仏の利益をこうむるものと信じられたのである。なお、清水寺の観音は、古くから妻観音と呼ばれており、この観音を信ずる者は、よい妻に恵まれると信じられていた。ここでも、賭けに勝った侍が、よい妻をめとったというのは、その霊験にふさわしいものであったといえよう。

〔八七〕観音経、蛇に化《け》し人を輔《たす》け給ふ事

底知れない谷

今は昔、鷹《たか》[一]を役にて過ぐる者ありけり。鷹の放れたるを《逃げたのを》取らんとて、飛ぶに随《したが》ひて行きける《ついて行ったところが》ほどに、はるかなる山の奥の谷の片岸《がけのふち》に、高き木のあるに、鷹の巣くひたる《かまえているのを》を見つけて、いみじきことを見置き《すばらしいことを見とどけたと》たると、嬉しく思ひて、帰りてのち、今はよきほどになりぬらん《成長しただろうと思》とおぼゆるほどに《われるころに》、「子をおろさん《取りおろそう》」とて、また行きて見るに、えも《何とも》いはぬ《いえない》深山《みやま》の深き谷の、底ひも知らぬ上に《底も知れない深い谷の上に》、いみじく《たいそう》高き榎《え》[二]の木の、枝は谷にさし掩《おほ》ひたる片枝《かたえ》[三]に、巣をくひて子を生みたり。鷹、巣のめぐりにしありく《まわりを飛びまわる》。見るに、えもいはずめでたき《何ともいえずみごとな》鷹にてあれば、子もよかるらんと思ひて、万《よろづ》も知らず登るに《何もかも忘れて木に登ると》、やうやう《ようやく》、今巣のもとに登らんとするほどに、踏まへたる枝折れて、谷に落ち入りぬ。

一 鷹狩りのための鷹をとるのを職とする者。

二 ニレ科の落葉喬木。山地に生じて、高さ二〇メートルに至る。

三 一方の枝。「片方《かたへ》」ならば、片側の意。諸本に、「かゝみに」とあって、「が上に」とも解される。

四 底本・伊達本・陽明本に、「そこゐも」とあるが、古活字本などによって改めた。

五 底本・伊達本・陽明本に、「そこゐも」とあるが、古活字本などによって改めた。

死ぬべきさだめ

谷の片岸にさし出でたる木の枝に落ちかかりて《ひっかかって》、その木の枝をとら《つかま》へてありければ《えていたので》、生きたるここちもせず、すべき方なし《どうしようもない》。見おろせば、底[四]ひも知らず深き谷なり。見あぐれば、はるかに高き岸なり。かき登るべき方もなし《よじ登れるようなすべもない》。

従者どもは、〔主人が〕谷に落ち入りぬれば、疑ひなく死ぬらんと思ふ。さ《それ》るにても《にしても》、いかがあると《どうなっているのかと》見んと思ひて、岸のはたへ《ふちへ》寄りて、わりな《無理に》く爪立《つまだ》てて、恐ろしけれど、わづかに《ようやく》見おろせば、底ひも知らぬ谷の底に、木の葉《木の葉がいっぱいに》繁《しげ》く隔てたる下なれば《繁って間を隔てている下なので》、さらに見ゆべきやうもなし《いっこうに見えるべきはずもない》。目くるめき《目がくらみ》、悲しければ、しばしも《しばらくの間も》え見ず《見ていられない》。すべき方なければ、さ《そう》りとてあるべきならねば《かといってそのままにしていられないので》、みな家に帰りて、「かうかう」と言へば、妻子ども泣き惑《まど》へども、かひなし《しようがない》。あはぬまでも、見に行かまほし《行きたいのだが》けれど、「さらに《いっこうに》道も覚えず。また、おはしたりとも《おいでになっても》、底[五]ひも知らぬ谷の底にて、さばかり《あれほど》覗《のぞ》き、万《よろづ》に見しかども《いろいろと見てみたが》、見え給はざりき」と言へば、「まことに、さぞあるらん《そのとおりであろう》」と、人々も言へば、行かず

大蛇の導き

なりぬ。

さて、谷にはすべき方なくて《谷ではどうしようもないので》、石[一]のそばの《かどの》、折敷《をしき》[二]の広さにて、さし出でたる片そばに《片端に》尻をかけて、木の枝をとらへて《つかまえて》、すこしもみじろぐべき方なし《身動きすることのできるすべもない》。いささかもはたらかば《すこしでも動けば》、谷に落ち入りぬべし《落ちこんでしまうだろう》。いかにも《何としても》いかにもせん方なし《どうしようもない》。かく[三]鷹飼《たかがひ》[四]を役にて《仕事として》世を過《すぐ》せど、幼くより観音経[五]を読み奉り、たもち[六]奉りたりければ、助け給へと思ひ入りて、ひとへに頼み奉りて、この経を、夜昼いくらともなく《何度となく》読み奉る。「弘誓深如海《ぐぜいじんにょかい》[七]」とあるわたりを《あたりを》読むほどに、谷の底の方より、物のそよそよと《がさがさと》来るここちのすれば、何にかあらんと《何であろうかと》思ひて、やをら《おもむろに》見れば、えもいはず《何ともいえず》大きなる蛇《くちなは》なりけり。長さ二丈ばかりもあるらんと見ゆるが、さしにさして《ひたすらにこちらをめざして》這ひ来れば、われは、この蛇に食はれなんずるなめりと《食われてしまおうとするのであろうと》[八]、悲しきわざかな、観音[九]助け給へとこそ思ひつれ、こはいかにしつることぞと《これはどうしたことかと》思ひて、念じ入りてあるほどに《深く念じているうちに》、ただ来に来て《どんどんこちらに来て》、わが膝のもとを過ぐれど、われをのまんとさらにせず《いっこうにしない》、

一 底本に「右の」とあるが、諸本によって改めた。
二 薄く削ったへぎ板で作った角盆。
三 底本に「〳〵」とあるが、諸本によって改めた。
四 鷹狩りのために鷹をとって飼うこと。
五 『法華経』巻八の観世音菩薩普門品第二五をいう。観世音菩薩が、衆生の諸難・苦悩を救済することを説く。
六 この「たもつ」は、仏の教えを心にもって身に行うこと。
七 『法華経』普門品の偈《げ》の一句。「弘誓の深きこと海のごとし」の意。「弘誓」は、仏菩薩が衆生を救おうとする広く大きな願い。
八 「と」は、諸本にあるが、衍字か。
九 観世音菩薩。慈悲をもって衆生の救済に当る。大勢至菩薩とともに、阿弥陀如来の脇侍。

観音のお助け

ただ谷より上ざまへ《上の方へ》登らんとする気色なれば《様子なので》、いかがせん《どうしようか》、ただこれに取りつきたらば、登りなんかしと《登れるであろうよと》思ふ心つきて、腰の刀をやは《おもむ》ら《ろに》抜きて、この蛇の背中に突き立てて、それにすがりて《すがって》、蛇の行くままに引かれて行けば、谷より岸の上ざまに、こそこそと《ずるずると》登りぬ。そのをり《上に登りついたときに》、この男離れて退く《の》に、刀を取らんとすれど、強く突き立てにければ、え抜かぬほどに《抜くことができないうちに》、〔男を〕引きはづして、背に刀さしながら、蛇は、こそろと《ずるりと》渡りて、むかひの谷に渡りぬ。この男、嬉しと思ひて、家へ急ぎて行かんとすれど、この二三日、いささか身をもはた《動かさ》ら《ず》かさず、物も食はず過ごしたれば、影のやうに痩せさらぼひ《やせおとろえて》つつ、かつがつと《やっとのことで》、やうやうにして《何とかして》家に行きつきぬ。

さて、家には、「今はいかがせん《もうどうしようもない》」とて、跡とふべき経仏の《なき跡をとむらうべき》営《いとな》みなどしけるに、かく思ひがけずよろぼひ来たれば《よろめいて来たので》、驚き泣き騒ぐことかぎりなし。かうかうのこと《これこれのことと》も語りて、「観音の御助けにて、かく生きたるぞ《こうして生きていたのだ》」と、あさましかりつる《思いもかけなかった》ことども、泣く泣く語りて、物など食ひて、その夜はやすみて、つとめて《翌朝》とく《早く》起きて、手洗ひて、いつも読み奉る経を読まんとて引きあけたれば、あの谷にて、蛇の背に突き立てし刀、この御経に「弘誓深如海」の所に立ちたり。見るに、いとあさましなどはおろかなり《まったく驚きあきれたなどとは言うまでもない》。こは《これは》、この経の蛇に変じて、われを助けおはしましけり《お助け下さったのだと》と思ふに、あはれに貴く、かなし《感銘深い》、いみ《なみな》じ《みでないと》と思ふことかぎりなし。そのあたりの人々、これを聞きて見あさ《見て驚き》みけり《あきれた》。

今さら申すべきことならねど、観音を頼み奉らん《おすがり申すならば》に、その験《しるし》なしといふことは、あるまじきことなり《あるはずがないことである》。

〔八八〕[一]賀茂社《かもやしろ》より[二]御幣紙《ごへいがみ》、米等給ふ事

尽きない紙と米

今は昔、[三]比叡山《ひえいざん》に僧ありけり。いと貧しかりけるが、[四]鞍馬《くらま》に七日

＊『本朝法華験記』下—一一三、『今昔物語集』一六—一六、『古本説話集』六四、金沢文庫本『観音利益集』三五には、これと同じ説話が収められている。特に『古本説話集』では、これとほぼ同じ文章で記されている。『本朝法華験記』や『今昔物語集』では、いくらか異なる構成によって、隣の男にだまされて、谷の底に残されたようにつくられている。『観音経』の所説によって、ひたすら観音を念ずると、さまざまな危難から救われると信じられていた。この説話は、観音の霊験譚として、もっとも整ったものといえよう。

一 京都市の賀茂神社で、上下の二社をあわせていう。上社は、北区上賀茂本山町の賀茂別雷神社、下社は、左京区下鴨泉川町の賀茂御祖神社。王城鎮護の神として、古くから宮廷にあがめられ、ひろく民間にも信じられた。

二 御幣にするための紙。御幣は、神に祈るときに奉る物。古くは麻や木綿《ゆう》などが用いられて、後に紙にも代えられた。

三 比叡山延暦寺。四四頁注五参照。

四 京都市左京区の鞍馬山の鞍馬寺。本尊は毘沙門天で、これに福徳

を祈るものが少なくなかった。

五 京都市東山区の清水寺。本尊は十一面観音。坂上田村麻呂の創建にかかる。

六 「わ」は、親しんで呼ぶことばで、対等またはそれ以下の者に用いられる。

七 散米。神を拝むときにまく米。陰陽師は、悪神をしりぞけるために、これをまき散らした。

八 京都市の東部を貫通する川。

九 僧坊。僧の住居。

参りけり。夢などや見ゆるとて《夢などが見えるかと思って》参りけれど、見えざりければ、いま七日とて参れども、なほ《やはり》見えねば、七日を延《の》べ延べ《つぎつぎと延ばして》して、百日参りけり。その百日といふ夜《百日目に当る》の夢に、「われはえ知らず《よくわからない》。清水《きよみづ》[五]へ参れ」と仰せらるると見ければ、明くる日より、また清水へ百日参るに、また「われはえこそ知らね《よくわからない》。賀茂《かも》に参りて申せ」と夢に見てければ《見てしまったので》、また賀茂に参る。七日と思へども、例の夢見んと《例のとおり夢を見ようと》参るほどに、百日といふ夜の夢に、「わ僧[六]が《おまえが》かく参る、いとほしければ《かわいそうなので》、御幣紙《ごへいがみ》、打[七]ち撒《ま》きの米ほどの物、たしかに取らせん《きっと与えよう》」と仰せらるると見て、う《はっ》ちおどろきたるここち《と目が覚めた心持は》、いと《なんとも》心憂く、あはれに悲し。所々参りありきつるに《方々お参りをしてまわったのに》、ありありて《そうしたあげくに》かく仰せらるるよ、打ち撒きのかはりばかり《打ち撒きのかわりの米ぐらいを》賜はりて《いただいたところで》、何にかはせん《何になろうか》。わが山へ帰り登らむも、人目恥づかし。賀[八]茂川にや落ち入りなまし《賀茂川にでも飛びこんでしまおうかなど》など思へど、またさすがに身をもえ投げず《投げることもできず》、いかやうに計らはせ給ふべきにか《どのようにおとりはからいなさるおつもりか》と、ゆかしき方も《心ひかれるところも》あれば、もとの山の坊[九]に帰りてゐたるほどに、知りたる所より、「もの申し候はん《おたずね申します》」

と言ふ人あり。「誰《た》ぞ」とて見れば、[一]白き長櫃《ながびつ》を担《にな》ひて、縁《えん》に置きて帰りぬ。いとあやしく思ひて《たいそう不思議に思って》、使ひを尋ぬれど《使いの者を探すが》、おほかたなし《まったく見当らない》。これをあけて見れば、白き米とよき紙とを一《ひと》長櫃《長櫃にいっぱい》入れたり。これは見し夢のままなりけり、さりともとこそ思ひつれ《いくら何でもと思っていたが》、これぱかりをまことに賜《た》びたるに《下さったので》、いと心憂く思へど《実に情けなく思うが》、いかがはせんとて《まあしかたがないと思って》、この米を万《よろづ》に使ふに、ただ同じ多さにて、尽くることとなし《なくなることがない》。紙も同じごと《同じように》使へど、失《う》することなくて、いと《それほど》別《べち》にきらきらしからねど《格別にはなやかではないが》、いとたのしき《たいそう裕福な》法師になりてぞありける。なほ、心長く《気長に》物詣ではすべきなり。

〔八九〕信濃《しなの》の国筑摩《つくま》[二]の湯に観音沐浴の事

霊夢のさとし

今は昔、信濃の国に、筑摩の湯といふ所に、万《よろづ》の人の浴《あ》みける薬《くすり》湯《ゆ》あり。そのわたりなる《そのあたりにいる》人の夢に見るやう、「明日の午《うま》[三]の時に、[四]観音

一 白木作りの長方形の櫃。「櫃」は、上に蓋をあけるようにした木の箱。長持のように、二人で棒でかつぐもの。

＊『古本説話集』六六に、これと同じ説話が収められている。一般に原始宗教では、信仰の質よりも作善の量を重んずるので、百日参りのようなことを求めるのである。さらに、鞍馬・清水・賀茂というように、いくつかの神仏をめぐり拝するのも、ごく自然な道筋であったといえよう。

二 長野県松本市里山辺湯の原の白糸温泉。『日本書紀』天武紀に、「束間温湯」として出ており、『枕草子』の「湯は」にも、「つかまのゆ」としてあげられ、古くからよく知られていた。

三 昼の一二時ごろ。

四 観世音菩薩。二一六頁注九参照。

湯浴《あ》み給ふべし《ご入浴になるだろう》」と言ふ。「いかやうにてか《どのようなお姿で》、おはしまさんずる《おいでになるのでしょうか》」と問ふに、いらふるやう《答えるには》、「年三十ばかりの男の、鬚《ひげ》黒きが、綾藺《あやゐ》[五]笠《がさ》着て、節黒《ふしぐろ》[六]なる胡籙《やなぐひ》、皮巻きたる弓持ちて、紺の襖《あを》[七]着たるが、夏[八]毛の行縢《むかばき》はきて、葦毛《あしげ》[九]の馬に乗りてなむ候ふべき[一〇]。それを観音と知《存じ》り奉るべし《あげるがよい》」と言ふと見て、夢さめぬ。おどろきて、夜明けて、人人に告げまはしければ、人々聞きつぎて、その湯に集まることかぎりなし。湯をかへ、めぐりを《まわりを》掃除《さうぢ》し、しめ[一一]を引き、花香を奉りて、ゐ集まりて待ち奉る。

やうやう《ようやく》午《うま》の時過ぎ、未《ひつじ》[一二]になるほどに、ただ《まったく》この夢に見えつるにつゆ違《たが》はず見ゆる男の、顔より始め、着たる物、馬、何かにいたるまで、夢に見しに違はず。万《よろづ》の人、にはかに立ちて額《ぬか》をつく《礼拝をする》。この男、おほきに《おおいに》驚きて、心も得ざりければ《わけもわからないので》、万の人に問へども、ただ拝みに拝みて、そのことと《こういうわけだと》言ふ人なし。僧のありけるが、手をすりて、額《ひたひ》にあてて、拝み入りたるがもとへ《そばへ》寄りて、「こは《これは》、いかなる

五 藺草で編んで、裏に絹を張った笠で、中央が突き出ているもの。武士の遠出や流鏑馬《やぶさめ》などに用いられた。
六 矢幹の節の下を黒く漆で塗った矢を盛った胡籙。「胡籙」は、矢を盛って背に負う道具。
七 狩衣にあたり、狩襖とも呼ばれる。公家の略式の服であったが、のちに武家の礼服として用いられた。えりが丸くて、袖にくくりがある。
八 夏の鹿の毛で作った行縢。夏の季節には、鹿の毛が黄色になって、白い斑があざやかに出る。「行縢」は、馬に乗るときに、腰につけて前にたらしたもの。
九 馬の毛色。白い毛に黒色・濃褐色などのさし毛のあるもの。
一〇 諸本に、「くへき」とある。
一一 しめ縄。内外の境界を示すために、また不浄の侵入を防ぐために張りまわす縄。特に神事の場を区切るのに用いられる。
一二 午後二時ごろ。

人の姿の観音

ことぞ。おのれを《自分を》見て、かやうに拝み給ふは」と、[一]こなまりたる《すこしなまった》声にて問ふ。この僧、人の夢に見えけるやうを語るとき、この男言ふやう、「おのれは、さいつころ《さきごろ》、狩をして、馬より落ちて、右の腕をうち折りたれば、それをゆでんとて《湯気で蒸そうとして》、まうで来たるなり《やって来たのだ》」と言ひて、と行きかう行きするほどに《あちらに行きこちらに行きするうちに》、人々、しりに立ちて《後について》、拝みののしる《拝み騒ぐ》。

ばとうぬしの出家

男しわびて《処置に困って》、わが身は、さは観音にこそありけれ《それでは観音であったのだ》、[二]ここは法師になりなんと思ひて、[三]弓・胡簶《やなぐひ》・太刀《たち》・刀切り捨てて、法師になりぬ。かくなるを見て、万《よろづ》の人泣きあはれがる。さて、見知りたる人出で来ていふやう、「あはれ《ああ》、かれは《あの人は》[四]上野《かんつけ》の国におはする、[五]ばとうぬしにこそいましけれ《いらっしゃったよ》」と言ふを聞きて、これが名をば、[六]馬頭観音とぞ言ひける。

法師になりてのち、[七]横川《よかは》に登りて、[八]かてう僧都の弟子になりて、横川に住みけり。そののちは、[九]土佐《とさ》の国に去《い》にけりとなむ。

一 『今昔物語集』一九—一一に、「横ナハレタル」、『古本説話集』六九に、「よこなまりたる」とあり、「よ」の脱したものか。「よこなまる」は、言葉のなまること。

二 『今昔物語集』一九—一一に、「同ク」、『古本説話集』六九に、「ことは」とある。

三 『今昔物語集』一九—一一に、「弓箭《キウセン》ヲ弃テ、兵杖ヲ投テ忽ニ髻《モトドリ》ヲ切テ法師ト成ヌ」、『古本説話集』六九に、「ゆみ、やなぐひ、たち、かたなをゝりて」とある。

四 群馬県。

五 『今昔物語集』一九—一一に「王藤《ワトウ》大主」、『古本説話集』六九に、「わとうぬし」とある。「わ」と「ば」とは通ずるので、「馬頭観音」に当てられたか。

六 六観音の一。忿怒《ふんぬ》の相を表し、一切の魔をほろぼし、衆生の苦を救うという。頂上に馬頭をいただき、三面六臂、四面八臂など、さまざまな形で表される。

七 比叡山の三塔の一。その中堂は、首楞厳院《しゅりょうごんいん》といって、円仁の建てたもの。

八 『今昔物語集』一九—一一に、「覚朝僧都」とあり、覚超にあたるか。覚超は、源信の弟子で、ながく兜率院《とそついん》に住み、後に首楞厳院に移った。長元七年（一〇三四）に、七五歳で没。

九 高知県。

＊ 『今昔物語集』一九—一一、『古本説話集』六九に

は、これと同じ説話が収められている。特に『古本説話集』の方では、ほぼ同じ文章で記されている。上野の国の武者が、信濃の国の筑摩の湯に来て、観音の化身と仰がれ、そのまま出家を遂げたというものである。観音という菩薩は、現世において利益を与えるということから、地蔵などと同じように、人間として眼前に現れると信じられたのであろう。

賢人との出会い

一〇 おきな、老人。『荘子』八漁父三一には、「漁父」とだけ記されているが、『列子』一天瑞一、『淮南子《えなんじ》』九主術訓、『説苑』一七雑言には、「栄啓期」という名があげられている。『今昔物語集』一〇―一〇には、はじめにただ「翁」として現れるが、後に「此ノ翁ノ名ヲバ栄啓期トナム云ヒケルト人ノ語リ伝ヘタルトヤ」とある。

一一 中国春秋時代の思想家。名は丘、字は仲尼。儒家の祖で、政治の基《もと》として、仁の道を説いた。周敬王四一年（前四七九）に、七四歳で没。

一二 心まかせにぶらぶらと歩くこと。

一三 役人。

〔九〇〕帽子《ぼうし》の叟《そう》[一〇]、孔子《こうし》[一一]と問答の事

今は昔、唐《もろこし》に孔子、林の中の岡だちたるやうなる所にて《岡のようになった小高い所で》、逍遥《せうえう》[一二]し給ふ。われは《自分は》琴を弾き、弟子どもは書《ふみ》を読む。ここには、舟に乗りたる叟の帽子したるが、舟を蘆《あし》につなぎて、陸《くが》にのぼり、杖をつきて、琴の調べの終るを聞く。人々、あやしき《変な》者かなと思へり。この翁、孔子の弟子どもを招くに、一人の弟子、招かれて寄りぬ。叟言はく、「この琴弾き給ふは誰《たれ》ぞ。もし《もしかしたら》国の王か」と問ふ。「さもあらず《そうでもない》」と言ふ。「さは《それでは》国の大臣か」、「それにもあらず」。「さは国の司《つかさ》[一三]か」、「それにもあらず」。「さは、何ぞ」と問ふに、「ただ国の賢き人として、政《まつりごと》をし、悪しきことを直し給ふ賢き人なり」と答ふ。翁あざ笑ひて、「いみじき《ひどい》痴者《しれもの》かな《ばか者だな》」と言ひて去りぬ。

御弟子、不思議に思ひて、聞きしままに《聞いたとおりに》語る。孔子聞きて、「賢き人にこそあなれ《人であるようだ》。とく《早く》呼び奉れ」。御弟子走りて、今舟漕ぎ出づるを呼び返す。呼ばれて、出で来たり。孔子のたまはく、「何わざ《何のわざを》し給ふ《なさる》人ぞ」。叟《そう》の言はく、「させる者にも侍らず《たいした者でもありません》。ただ舟に乗りて、心をゆかさんがために《気をはらそうとするために》、まかりありくなり《歩きまわる者です》。君はまた何人ぞ」、「世の政《まつりごと》を直さんためにまかりありく人なり」。叟の言はく、「きはまりて《きわめて》はかなき人にこそ《つまらない人だな》。[一]世に影を厭《いと》ふ者あり、晴《はれ》に《日当りに》出でて離れんと走るとき、影離るることなし。陰《かげ》に《日陰に》ゐて、心のどかにをらば、影離れぬべきに《離れるはずであるのに》、さはせずして《そうはしないで》、晴に出でて離れんとするときには、力こそ尽くれ《力が尽きるかもしれないが》、影は離るることなし。また、犬の屍《しかばね》の、水に流れて下る、これを取らんと走る者は、水に溺《おぼ》れて死ぬ。かくのごとくの無《む》益《やく》のことをせらるるなり《役に立たないことをなされるのだ》。ただ、しかるべき居所《ゐどころ》を占《し》めて、一生を送られん《送られるというのが》、これ今生《こんじやう》の望みなり。このことをせずして、心を世に染めて、騒がるることは、きはめてはかなきことなり《まったくつまらない》」と言ひて、返

一 『荘子』八漁父三一に、「人有二畏レ影悪レ迹、而去レ之走者一。挙レ足愈数、而迹愈多。走愈疾、而影不レ離レ身。自以為二尚遅一、疾走不レ休、絶レ力而死。不レ知下処レ陰以休レ影、処レ静以息上レ迹。愚亦甚矣」とある。

* 『荘子』八漁父三一によると、孔子が漁父にあって、無為自然の道について説かれたという。そこでは、犬の屍の例には触れられていないが、人間の八疵《はつし》や四患について、きわめて詳細に説かれている。『列子』一天瑞一、『説苑』一七雑言などによると、孔子と栄啓期との間で、人の三つの楽し

答も聞かで帰り行き、舟に乗りて漕ぎ出でぬ。孔子その後《うしろ》を見て、二度《ふたたび》拝みて、棹《さを》の音せぬまで、拝み入りてゐ給へり。音せずなりてなん、車に乗りて帰り給ひにけるよし、人の語りしなり。

みについて、いくらか簡略に論じられている。『今昔物語集』一〇―一〇にも、これと同じ説話が収められているが、犬の屍の例のほかに、『列子』や『説苑』などと同じように、人の三つの楽しみにも及んでいる。

〔九一〕僧伽多《そうかた》[二]、羅刹《らせつ》の国の事

羅刹女の出現

昔、天竺《てんぢく》[三]に僧伽多といふ人あり。五百人の商人《あきびと》を船に乗せて、かねの津[四]へ行くに、にはかに悪《あ》しき風吹きて、舟を南の方へ吹きもてゆくこと《吹きよせてゆくことは》、矢を射るがごとし。知らぬ世界に《土地に》吹き寄せられて、陸《くが》に寄りたるをかしこきことにして《よいことにして》、左右《さう》なく《ためらいなく》、みな惑《まど》ひおりぬ《あわてておりた》。しばしばかりありて《しばらくたって》、いみじくをかしげなる《まことに美しい風情の》女房十人ばかり出で来て、歌をうたひて渡る《通る》。知らぬ世界に来て、心細く覚えつるに、かかる《このような》めでたき《すばらしい》女どもを見つけて、悦《よろこ》びて呼び寄す。呼ばれて寄り来ぬ。

二 『大唐西域記』一一には、「僧伽羅」とあって、「大商主僧伽」の子とされている。『今昔物語集』五―一にも、「僧迦羅」とある。僧伽羅国は、獅子国ともいって、今のスリランカに当る。
三 インドの古称。
四 金銀財宝のゆたかな港か。『大唐西域記』一一には、「入海采宝」、『今昔物語集』五―一に、「財ヲ求ムガ為ニ南海ニ出デ、行クニ」とある。

羅刹女の歓待

[一]近まさりて《近くで見るといっそう美しく》、らうたきこと物にも似ず《愛らしいことはたとえようもない》。五百人の商人《あきびと》、目をつけて、めでたがる《いとおしく思う》ことかぎりなし。

商人、女に問ひて言はく、「われら、宝を求めむために出でにしに、[二]悪《あ》しき風にあひて、知らぬ世界に来たり《来てしまった》。堪へがたく思ふあひ《堪えがたく思っていたところ》だに《が》、人々の御有様《あなたがたの》をみるに、愁《うれ》ひの心みな失《う》せぬ。今はすみやかに《早く》具しておはして《つれていって下さって》、われらを養ひ給へ《何か食べさせて下さい》。舟はみな損《そん》じたれば《こわれたので》、帰るべきやうなし」と言へば、この女ども、「さらば《それでは》、いざさせ給へ《さあいっしょにおいで下さい》」と言ひて、前に立ちて導きて行く。家に来着きて見れば、白く高き築[三]地《ついぢ》を遠く築《つ》きまはして《築きめぐらして》、門をいかめしく立てたり。その内に具して入りぬ。門の錠《ぢやう》をやがて《すぐに》さしつ。内に入りて見れば、さまざまの屋ども、隔て隔て《離れ離れに》作りたり。男一人もなし。

羅刹女の正体

さて、商人ども、[四]みなとりどり《めいめいに》妻にして住む。かたみに《たがいに》思ひあふことかぎりなし。片時《へんし》も離るべきここちせずして《わずかの間も離れられる気がしないで》住むあひだ、この女、日ごとに昼寝をすること久し。顔、をかしげながら《愛らしい様子であるが》、寝入るた

一 諸本に、「ちかまさりして」とある。
二 伊達本・陽明本に、「あらき」とある。
三 泥土で築き固めた塀。
四 諸本に、「とり〳〵に」とある。

びに、すこしけうとく《気味わるく》見ゆ。僧伽多《そうかた》、このけうときを見て、心得ず《理解しにくく》、あやしく覚えければ《不思議に思われたので》、やはら《そっと》起きて、方々《かたがた》を見れば、さまざまの隔《くぎ》て隔てあり《られたところがある》。ここに、[五]一つ隔てあり。築地を高く築きめぐらしたり。戸に錠を強くさせり。そばより《かどから》登りて内を見れば、人多くあり。あるいは死に、あるいは[六]によふ声す《うめく声がする》。また、白き屍《かばね》、赤き屍多くあり。僧伽多、一人の生きたる人を招き寄せて、「これは、いかなる人の、かくてはあるぞ《こうしているのか》」と問ふに、答へて言はく、「われは[七]南天竺《なんてんぢく》の者なり。商《あきな》ひのために、海をありきしに、悪しき風に[八]放たれて《吹き流されて》、この島に来たれば、よにめでたげなる《まことにすばらしい》女どもにたばかられて《だまされて》、帰らんことも忘れて住むほどに、産みと産む子は《産む子も産む子も》、みな女なり。かぎりなく思ひて《深く愛して》住むほどに、また異商人《ことあきびと》舟より来ぬれば、もとの男をば、かくのごとくして、日の食に《日ごとの食料に》あつるなり。御身どもも、また舟来なば、かかる《この》目をこそは見給はめ《ような目におあいなさるでしょう》。いかにもしても《何としてでも》、とくとく《早く》逃げ給へ。この鬼は、昼[九]三時ばかりは昼寝をするなり。そのあひだに、よく逃げ

五 諸本に、「ひとつの」とある。
六 底本に「にようはうこゑす」とあるが、伊達本・陽明本に「にようこゑす」、古活字本に「によう声す」とあって、「によふ声す」と改めた。「によふ」は、うめく、うなる意。
七 東西南北中の五天竺の一。「天竺」は、インドの古称。
八 伊達本・陽明本に、「はなれて」とある。
九 一時は二時間。

羅刹国からの脱出

ば、逃げつべきなり《逃げることができるのです》。この籠《こ》められたる四方は、鉄《くろがね》にて固めたり。そのうへ、[一]よをろ筋《すぢ》を断《た》たれたれば、逃ぐべきやうなし《逃げられるすべもない》」と、泣く泣く言ひければ、「あやしとは思ひつるに《変だとは思っていたが》」とて帰りて、のこりの商人《あきびと》どもに、このよしを語るに、みなあきれ惑《まど》ひて、女の寝たるひまに、僧伽多《そうかた》をはじめとして、浜へみな行きぬ。

はるかに[二]補陀落《ふだらく》世界の方へむかひて、もろともに《いっせいに》声をあげて、観音を念じけるに《祈っていると》、沖の方より、おほきなる白馬、波の上を游《およ》ぎて、商人らが前に来て、うつぶしに伏しぬ。これ、念じ参らする《お祈り申し上げた》験《しるし》なり《き》と思ひて《きめがあったと思って》、あるかぎりみな《一人残らず》取りつきて乗りぬ。

さて、女どもは、寝起きて見るに、男ども一人もなし。「逃げぬるにこそ《逃げてしまったのだ》」とて、あるかぎり《一同みな》浜へ出でて見れば、男みな[三]葦毛なる馬に乗りて、海を渡りて行く。女ども、たちまちに長《たけ》一丈ばかりの[四]鬼になりて、[五]四五十丈高く躍りあがりて、叫びののしるに《大声で騒ぎたてると》、この商人の中に、女の、世にありがたかりし《世にもまれで愛らしかった》ことを思ひ出づる者一人ありけ

一 膝の後の筋。「よほろ」と同じ。

二 梵語の Potalaka に当る。インドの南海岸にあって、観世音菩薩の住む世界と信じられる。

三 馬の毛の色。白い毛に黒色・濃褐色などのさし毛のあるもの。

四 仏教では、羅刹、夜叉《やしゃ》などに当る。恐ろしい形相をもって、人を害するという怪物。

五 『今昔物語集』五―一に「四五丈ト」とある。

るが、とりはづして《〔馬から手を〕》海に落ち入りぬ。羅刹《らせつ》[六]、ばひしらがひて《奪い争って》、これを破り食ひけり。

さて、この馬は、南天竺《なんてんぢく》の西の浜にいたりて伏せりぬ。商人ども、悦《よろこ》びておりぬ。その馬、かき消《け》つやうに失《う》せぬ。僧伽多、深く恐ろしと思ひて、この国に来てのち、このことを人に語らず。

羅刹女との再会

二年を経て、この羅刹女の中に、僧伽多が妻にてありしが、僧伽多が家に来たりぬ。見しよりも《前にあったときよりも》、なほいみじく《たいそう》[七]めでたくなりて《すばらしくなって》、いはんかたなく《いいようもなく》美し。僧伽多に言ふやう、「君をば、さるべき昔の契りにや《そうなるべき前世の約束でしょうか》、ことに睦《むつ》ましく《慕わしく》思ひしに、かく捨てて逃げ給へるは、いかにおぼすにか《どのようにお思いになっているのですか》。わが国には、かかるものの、時々出で来て、人を食ふなり。されば、錠《ぢやう》をよくさし、築地《ついぢ》を高く築《つ》きたるなり。それに、かく人の多く浜に出でてののしる《騒ぎたてる》声を聞きて、かの鬼どもの来て、怒《いか》れるさまを見せて侍りしなり。あへてわれらがしわざにあらず《けっして私どものしたことではありません》。帰り給ひてのち、あまりに恋しく、[八]悲しく覚えて、殿は同じ心にも

六 梵語の rāksasa に当り、速疾鬼などとも訳される。神通力をもって人を惑わし、または人を食うという。

七 底本・伊達本・陽明本に、「目出なりて」とある。

八 底本に「かなし心にもおほさぬにや」とあるが、諸本によって補った。

おぼさぬにや《お思いにならないのですか》」とてさめざめと泣く。おぼろけの《いいかげんな》人の心には、さも《そうもあろう》やと思ひぬべし《かと思ってしまうだろう》。されども、僧伽多《そうかた》おほきに瞋《いか》りて、太刀《たち》[一]を抜きて殺さんとす。かぎりなく恨みて、僧伽多が家を出でて、内裏《だいり》[二]に参りて申すやう、「僧伽多は、わがとしごろの《長年の》夫なり。それに《それなのに》、われを捨てて、住まぬことは《いっしょに暮さないのを》、誰にかは訴へ申し候はん《どなたにお訴え申し上げましょうか》。帝王、これをことわり《判定》給へ《して下さい》」と申すに、公卿《くぎやう》[三]・殿上人《てんじやうびと》、これを見て、かぎりなくめで惑はぬ《夢中で愛さない》人なし《人はいない》。帝《みかど》、きこしめして《お聞きになって》、覗《のぞ》きて御覧ずるに、いはんかたなく《いいようもなく》美し。そこばくの《おおぜいの》女御《にようご》[四]、后《きさき》を、御覧じくらぶるに、みな土くれのごとし。これは《この女は》、玉のごとし。かかるものに住まぬ《このような女と連れ添わない》僧伽多が心、いかなるらんとおぼしめしければ《どんなものであろうかとお思いになったので》、僧伽多を召して問はせ給ふに、僧伽多申すやう、「これは、さらに御内へ入れ見るべきものにあらず《けっして内裏の中へ入れて慈しむべき者ではございません》、かへすがへす恐ろしきものなり。ゆゆしき《いまわしい》僻事《ひがこと》出で来候はんずる《事件がおこってくるでしょう》」と申して出でぬ。

帝、このよしきこしめして、「この僧伽多は、いひがひなき《ふがいない》者か

一 腰におびる長い刀。古くは、片刃の刀に対して、諸刃《もろは》のものをさしたが、後には、片刃のものをさす。

二 『大唐西域記』一一に、「訴王」、『今昔物語集』五—一に、「王宮ニ参リヌ」とある。

三 「公卿」は、摂政・関白・大臣・大納言・中納言・参議および三位以上をさす。「殿上人」は、四位・五位および六位の蔵人をいう。インドの王宮のことであるが、日本の宮廷にあてはめている。

四 皇后・中宮につぐ高位の后。これも、日本の宮廷にあてはめたもの。

な。よしよし後《うしろ》[五]の方より入れよ」と、蔵人《くらうど》[六]して仰せられければ、夕暮がたに参らせつ。帝、近く召して御覧ずるに、けはひ《そぶり》・姿・みめ《顔かたち》・有様、かうばしくなつかしき《匂うようでいとしい》ことかぎりなし。さて、二人臥《ふ》させ給ひてのち、二三日まで起きあがり給はず。世の政《まつりごと》をも知らせ給はず《おとりにならない》。僧伽多参りて、「ゆゆしきこと《いまわしいことがおこってきそうです》と出で来たりなむず。あさましき《嘆かわしいことで》わざかな《すよ》。これは、すみやかに殺され給ひぬる《とっくにお殺されなさったのです》」と申せども、耳に聞き入るる人なし。かくて、三日になりぬる朝、御格子《みかうし》[七]も、いまだあがらぬほどに、この女、夜の御殿《おとど》より出でて、立てるを見れば、まみ《目つき》も変りて、よに《まことに》恐ろしげなり。口に血つきたり。しばし、世の中を見まはして、軒より飛ぶがごとくして、雲に入りて失《う》せぬ。人人、このよし申さんとて、夜の御殿に参りたれば、御帳《みちやう》[八]の中より血流れたり。あやしみて、御帳の内を見れば、赤き首《かうべ》一つ残れり。そのほかは物なし《何一つない》。さて、宮の内ののしることたとへんかたなし《騒ぎたてることはたとえようもない》。臣下男女、泣き悲しむことかぎりなし。

五『大唐西域記』一一に、「必棄此女、今留後宮」とある。

六 蔵人所の職員。機密の文書を預かり、天皇の側近に仕えた者。

七 底本に「御かうも」とあるが、諸本によって改めた。「格子」は、縦横に細い角材を組んで、柱と柱との間ごとにはめるもの。上下の二枚の中で、上の一枚を吊りあげる。

八 御座所のとばり。ここでは、御帳台か。

御子の東宮《とうぐう》、やがて《すぐに》位につき給ひぬ。僧伽多《そうかた》を召して、事の次第を召し問はるるに、僧伽多申すやう、「さ候へばこそ《そういうわけで》、かかるもの《このように不吉》にて候へば《なものですから》、すみやかに追ひ出《いだ》さるべきよしを申し候ひつるなり。今は宣旨《せんじ》[一]を蒙《かうむ》りて、これを討ちて参らせむ《討伐いたしましょう》」と申すに、「申さんまま《おまえの申す》に仰せたぶべし《とおりにご命令を下されるであろう》」とありければ《言われたので》、「剣《つるぎ》[二]の太刀《たち》はきて候《つけております》はん兵《つはもの》百人、弓矢帯《たい》したる百人、早舟《はやぶね》[三]に乗せて出し立てらるべし《出立させられるがよい》」と申しければ、そのままに《そのとおりに》出し立てられぬ《出陣させた》。僧伽多、この軍を具《ぐ》して《ともなって》、かの羅刹《らせつ》の島へ漕ぎ行きつつ、まづ商人《あきびと》のやうなる者を十人ばかり、浜におろしたるに、例のごとく、玉の《美しい》女ども、歌をうたひて来て、商人をい《誘》ざなひて《って》、女の城へ入りぬ。その尻に立ちて《後について》、二百人の兵、乱れ入りて、この女どもを打ち斬り、射るに、しばしは恨みたるさまにて《恨めしそうな様子で》、あはれげなるけしきを《わびしそうなそぶりを》見せけれども、僧伽多、おほきなる声を放ちて《はりあげて》、走り廻りて掟《おき》てければ《指図したので》、そのときに、鬼の姿になりて、大口をあきてかかりけれども、太刀にて頭をわり、足手を打ち斬りなどし

一　天皇の勅《みことのり》をしるした文書。ここでは、王の命令。

二　両刃のよく切れる刀。

三　艣《ろ》を多く立てた早く走る舟。二挺立《ちょうだて》から八〇挺立までの軍船。

＊　『六度集経』六、『増一阿含経《あごんきょう》』四一、『仏本行集経』四九、『大乗荘厳宝王経』三、『護国尊者所問大乗経』二、『法苑珠林』三一、『経律異相』四三などに、商人が羅刹女にあったことが記されており、特に『増一阿含経』と『経律異相』とには、帝王が羅刹女に殺される記事も含まれているが、

ければ、空を飛びて逃ぐるをば、弓にて射落しつ。一人も残る者なし。家には火をかけて焼き払ひつ。さてむなしき国となし果てつ《誰もいない国としてしまった》。さて帰りて、おほやけに《朝廷に》このよしを申しければ、僧伽多にやがて《そのまま》この国を賜びつ《賜った》。二百人の軍を具して、その国にぞ住みける。いみじくたのしかりけり《たいそうゆたかであった》。

今は、僧伽多が子孫、かの国の主にてありとなん、申し伝へたる。

〔九二〕五色の鹿の事

これも昔、天竺《てんぢく》[四]に、身の色は五色[五]にて、角《つの》の色は白き鹿一つありけり。深き山にのみ住みて、人に知られず。その山のほとりにおほきなる川あり。その山に、また鳥[六]あり。このかせぎ[七]を友として過す。あるとき、この川に男一人流れて、すでに死なむとす。「[八]われを

これと同一の説話とは認められない。さしあたり、『大唐西域記』一一に、「僧伽羅伝説」の一条が掲げられており、この説話の原拠と認められる。そこでは、「僧伽羅者、則釈迦如来本生之事也」とあって、釈迦の本生譚として説かれている。また、羅刹国からのがれるのに、観音とかかわりなく、天馬が現れたように記されている。『今昔物語集』五―一にも、これと同一の説話が掲げられているが、本書の記事のように、観音を念じていると、白馬が出てきたと記されており、観音の霊験譚として扱われている。

四 インドの古称。

五 『仏説九色鹿経』、『今昔物語集』五―一八に、「九色」とある。

六 伊達本・陽明本・古活字本などに「烏」とある。

五色の鹿

七 鹿。その角が桛《かせ》に似ているので、そのように呼ばれる。

八 『仏説九色鹿経』に、「山神諸天龍神、何不愍傷於我」とあり、『今昔物語集』五―一八に、「山神・樹神・諸天・龍神、何ゾ我レヲ不助《タスケ》ザルベキ」とある。

助けられた男

人助けよ《誰か助けてくれ》」と叫ぶに、このかせぎ《鹿は》、この叫ぶ声を聞きて、悲しみにたへずして、川を泳ぎ寄りて、この男を助けてけり《助けてやった》。男、命の生きぬることを悦《よろこ》びて、手をすりて《もみ手をして》、鹿にむかひて言はく、「何事をもちてか、この恩を報ひ奉るべき《この恩にお報い申したらよいか》」と言ふ。かせぎの言はく、「何事をもちてか、恩をば報はん《恩に報いようか》。ただ、この山にわれありといふことを、ゆめゆめ《けっして》人に語るべからず《語ってはならない》。わが身の色、五色なり。人知りなば《人が知ったならば》、皮を取らんとて、かならず殺されなむ《殺されてしまうだろう》。このことを恐るるによりて、かかる深山《みやま》に隠れて、あへて人に知られず《まったく人に知られないでいるのだ》。しかるを、なんぢが叫ぶ声を悲しみて、身のゆくへを忘れて《わが身の前途を忘れて》、助けつるなり」と言ふときに、男、「これ、まことに理《ことわり》なり《もっともだ》。さらに《けっして》もらすことあるまじ」と、かへすがへす契《ちぎ》りて《約束して》去りぬ。もとの里に帰りて、月日を送れども、さらに人に語らず。

男の裏切り

かかるほどに、国の后《きさき》、夢に見給ふやう、おほきなるかせぎあり、身は五色にて、角白し。夢覚めて、大王に申し給はく、「かかる夢

一 大変に感謝しているさま。

をなん見つる。このかせぎ、定めて世にあるらん《きっとこの世にいるのでしょう》。二大王かならず尋ね取りて、われに与へ給へ」と申し給ふに、大王宣旨《せんじ》三を下して、「もし、五色のかせぎ尋ねて奉らん《さし上げる》者には、金銀、珠玉等の宝、ならびに一国等を賜《た》ぶべし《とらせよう》」と仰せ触れらるるに、この助けられたる男、内裏《だいり》に参りて申すやう、「尋ねらるる色のかせぎは、その国の深山に候ふ。あり所《居場所を》を知れり。狩人を賜《たま》ひて、取りて参らすべし」と申すに、大王、おほきに《おおいに》悦び給ひて、みづから多くの狩人を具《ぐ》して《つれて》、この男をしるべに《道案内に》召し具して、行幸なりぬ。その深山に四入り給ふ。このかせぎ、あへて《すこしも》知らず、洞《ほら》の内に臥《ふ》せり《寝ていた》。かの友とする烏、これを見て、おほきに驚きて、声をあげて鳴き、耳を食ひて《くわえて》引くに、鹿驚きぬ《目を覚ました》。烏告げて言はく、「国の大王、多くの狩人を具して、この山を取りまきて、すでに殺さんとし給ふ。今は逃ぐべき方なし《逃げられるすべはない》。いかがすべき《どうしようか》」と言ひて五、泣く泣く去りぬ。

かせぎ、驚きて、大王の御輿《みこし》六のもとに歩み寄るに、狩人ども、矢

二『仏説九色鹿経』に、「我思得其皮作坐褥、欲得其角作払柄、王当為我覓之、王若不得者我便死矣」とあり、『今昔物語集』五―一八に、「彼ヲ得テ皮ヲ剥ギ角ヲ取ラムト思フ、大王必ズ彼ヲ尋取テ我ニ与ヘ給ヘ」とある。
三 勅旨をのべ伝える文書。
四 底本に「深に」とあるが、諸本によって改めた。
五 伊達本・陽明本に、「みて」とある。
六 乗り物の一。二本の轅《ながえ》の上に屋形をおいて、人を乗せるもの。肩でかつぎあげ、または腰のあたりにささえてゆく。

をはげて《つがえて》射んとす。大王のたまふやう、「かせぎ《鹿が》、恐るることなくして来たれり。定めて様《やう》あるらん《わけがあるのだろう》。射ることなかれ《射てはならない》」と。そのとき、狩人ども、矢をはづして見るに、御輿の前にひざまづきて申さく、「われ、毛の色を恐るるによりて、この山に深く隠れ住めり《住んでいます》。しかるに、大王、いかにしてわが住む所をば知り給へる《お知りになったのですか》ぞや」と申すに、大王のたまふ、「この輿のそばにある、顔に[一]痣《あざ》のある男、告げ申したるによりて来たれるなり」。かせぎ見るに、顔に痣ありて、御輿の傍《かたはら》にゐたり。われ助けたりし男なり。かせぎ、かれに向かひて言ふやう、「命を助けたりしとき、この恩何にても報じ尽《つく》しがたきよし言ひしかば《報いきれないようなことを言ったので》、ここにわれあるよし《私がいることを》、人に語るべからざるよし《語ってはならないということを》、かへすがへす契りしところなり《約束したことだ》。しかるに、今その恩を忘れて、殺させ奉らんとす。いかに《どうだ》なんぢ、水に溺《おぼ》れて死なんとせしとき、わが命をかへりみず、泳ぎ寄りて助けしとき、なんぢかぎりなく悦《よろこ》びしことは、覚えずや」と、深く恨みたる気色《けしき》にて、涙をたれて《流して》泣く。その

一 『仏説九色鹿経』には、男が王に鹿のことを告げると、その面上に癩瘡《らいそう》が生じたとある。『今昔物語集』五—一八・本書では、はじめから、その顔に痣があったとされている。

二 梵語の tiryañc に当り、人に飼われるものの意で、鳥獣虫魚の類をいう。「畜生道」は、六道の一つで、地獄道・餓鬼道とともに、三悪道に数えられる。

三 人類、人間。

＊ この説話の原拠は、『仏説九色鹿経』の記事であって、『経律異相』一一—一一、『法苑珠林』五〇—五二などに引かれている。その末には、仏の言

ときに、大王、同じく涙を流してのたまはく、「なんぢは[二]畜生《ちくしやう》なれども、慈悲《じひ》をもて、人を助く。かの男は、欲《よく》にふけりて、恩を忘れたり。〔これこそ〕畜生といふべし。恩を知るをもて、[三]人倫《じんりん》とす」とて、この男を捕へて、鹿の見る前にて、首を斬らせらる。またのたまはく、「今よりのち、国の中にかせぎを狩ることなかれ《狩ってはならない》。もし、この宣旨をそむきて、鹿の一頭にても、殺す者あらば、すみやかに死罪に行はるべし」とて、帰り給ひぬ。

そののちより、天下安全に、国土豊かになりけりとぞ。

〔九三〕[四]播磨守為家《はりまのかみためいへ》の侍《さぶらひ》、佐多《さた》の事

今は昔、播磨守為家といふ人あり。それが内に、させることもな《たいしたこともない》き侍あり。[五]字《あざな》佐多《さた》となんいひけるを、例の《普通の》名をば呼ばずして、主

葉として、「爾時九色鹿者我身是也。爾時烏者今阿難是。時国王者今悦頭檀是。時王夫人者今先陀利是。時溺人者今調達是」と記されており、やはり本生譚の形態を示している。この調達というのは、提婆達多《だいばだった》に当り、つねに釈尊に敵対したものと伝えられる。『今昔物語集』五―一八にも、これと同じ説話が掲げられているが、やはり「彼ノ九色鹿《クシキノシカ》ハ今ノ釈迦仏ニ在《マシ》マス、心ヲ通ゼシ烏ハ阿難也、后ト云ハ今ノ孫陁利《ソンダリ》也《ナリ》、水ニ溺レタリシ男ハ今ノ提婆達多也トナム語リ伝ヘタルトヤ」と結ばれている。本書では、そのような仏教色を失って、一つの動物説話に変えられ、おもに慈悲報恩について説かれている。野村純一氏の『昔話伝承の研究』に示されたように、この系統の説話は、後代まで説教師によって語られたようであり、栃木県芳賀郡（『下野昔話集』）、富山県婦負郡（『富山県明治期口承文芸資料集成』）、宮崎県西都市（『続日向の民話』二）、鹿児島県曾於郡（『手無し娘』）などに、昔話の形態をとって伝えられている。

四 高階成章の子。備中守、近江守、蔵人、正四位下。承暦元年（一〇七七）に、法勝寺造営の功によって、播磨守重任の宣旨を賜った。嘉承元年（一一〇六）に、六九歳で没。「播磨」は兵庫県の西南部。

佐多という侍

五 通称、通り名。

も、傍輩《はうばい》[一]も、ただ「佐多《さた》」とのみ呼びける。さしたることはなけれ《これといってとりえはないけれども》ども、まめに《まじめに》使はれて、年ごろ《長年に》になりにければ、あやしの《小さな》郡の収納《すなふ》[二]などせさせければ、喜びてその郡に行きて、郡司[三]のもとに宿りにけり。なすべきものの沙汰《さた》《処置などを指図して》などいひ沙汰して、四五日ばかりありて上《上京》りぬ《した》。

京の美女

この郡司がもとに、京よりうかれて《あてもなく出かけて》、人にすかされて《だまし誘われて》来たりける女房のありけるを、いとほしがりて《気の毒に思って》養ひ置きて、物縫はせなど使ひければ、さやうのことなども心得てしければ、あはれなる《いとしい》者に思ひて置きたりけるを、この佐多に、従者が言ふやう、「郡司が家に、京の女房といふ者の、かたちよく《容貌が》髪長きが候ふを、隠し据《す》ゑて、殿にも知らせ奉らで、置きて候ふぞ」と語りければ、「ねたき《憎らしい》ことかな。わ男《おまえ》[四]、かしこにありしときは言はで《言わないで》、ここにてかく言ふは、憎きことなり」と言ひければ、「そのおはしまし《あなたが》し傍《かたはら》に、切懸《きりかけ》[五]の侍りしを隔てて、それがあなたに《そのむこうに》候ひしかば、知らせ給ひたるらんとこ《ご承知でいらっしゃるだろうと存じ》

一 仲間、友だち。
二 納殿《おさめどの》の役人で、租税取りたての役。納殿は、金銀、調度などを納めておく所。
三 国司の下にあって郡を治める官。大領・少領・主政・主帳の四等官に分れるが、特に大領をさす。
四 この「わ」は、「わが」の意味であるが、「男」「女」のような名詞にかぶせて、親愛や軽侮の気持をこめながら、二人称の代名詞に用いられる。
五 目隠しの板塀。板と板とを重ねながら、その間をすかして、柱にとりつけたもの。

そ思ひ給へしか《ておりました》」と言へば、「このたびは、しばし行かじと《しばらく行くまいと》思ひつるを、暇《いとま》申して《お願いして》、とく《早く》行きて、その女房かなしうせん《かわいがってやろう》」と言ひけり。

さて、二三日ばかりありて、為家に、「沙汰《さた》[六]すべきことども《指図しなければならない》の候ひしを、沙汰しさして《処置を中途でやめて》参りて候ひしなり。暇賜《たま》はりてまからん《いただいて参りましょう》」と言ひければ、「事を沙汰しさしては、何せんに上りけるぞ《どうして上京したのか》。とく行けかし《早く行けよ》」と言ひければ、喜びて下りけり。

行き着きけるままに《行き着いたらすぐに》、とかくのこともいはず《とやかく挨拶の言葉もいわず》、もとより見馴れな《いつもあってなじんでいる》どしたらんにてだに《ような間でさえも》、疎《うと》からん程はさやはあるべき《うちとけていない間はそのようにしてよいものか》、従者などにせ《する》んやうに《ように》、着たりける水干《すいかん》[七]のあやしげなりけるが《粗末なものが》、ほころび絶えたるを《縫い目の切れているのを》、切懸の上より投げこして《投げやって》、高やかに《声高らかに》、「これがほころび、縫[八]《縫い》ひておこせよ《縫ってよこせよ》」と言ひければ、程もなく《まもなく》投げ返したりければ、「物縫はせごとさす《物をさせていると》と聞くが、げに《なるほど》とく縫ひておこせたる女人かな」と、あららかなる《あらあらしい》声してほめて、取りて見るに、ほころびをば縫はで、陸奥紙《みちのくにがみ》[九]の文を、そのほころびのもとに結びつけて、投げ返したるな

さたが衣

六 主人公の「佐多」にからませて、繰り返し「沙汰」という語を用いたものか。

七 水干狩衣ともいう。菊とじという菊形の飾りを、前に一個所、後に四個所つける。また、丸組の紐を、前領《えり》の上部と、後領の中央とにつける。

八 底本・伊達本・陽明本に、「ぬいて」とあるが、古活字本などによって改めた。

九 陸奥産の紙で、檀紙《だんし》をいう。

りけり。あやし《変だと》と思ひて、広げて見れば、かく書きたり。

[一]われが身は竹の林にあらねども
　さたが衣を脱ぎかくるかな

と書きたるをみて、あはれなりと思ひ知らんことこそなからめ《みごとだと感じ入ることはないであろうが》〔それどころか〕、見るままに《見るとすぐに》おほきに腹を立てて、「目つぶれたる女人かな。ほころび縫ひにやりたれば、ほころびの絶えたる《切れた》所をば、見だにえ見つけずして《見つけることさえできないで》、『佐多《さた》の[二]』とこそ言ふべきに、かけまくもかしこき《口に出すのも恐れ多い》守殿《かうのとの》だにも、まだそこそこら《多くの》の年月ごろ、まだしか召さね《そのようにお呼びにならない》。なぞ《どうして》、わ女め[三]、『佐多が』に言ふべきことか《佐多がと言ってよいものか》。この女人にもの習はさん《思い知らせてやろう》」と言ひて、よにあさましき所をさへ《まったく言うのもはばかられる所までも》、何せん、かせんと《どうだろう　こうだろうとの》罵りのろひければ《ひどく悪口を言ったので》、女房はものも覚えずして《わけもわからないで》泣きけり。腹立ち散らして、郡司をさへ罵りて《悪口を言って》、「いで《さあ》、〔守殿に〕これ申して、事にあはせん《罰を加えてやろう》」と言ひければ、郡司も、「よしなき《つまらない》人をあはれみて《いたわって》置きて、その徳には《おかげで》、はては勘当《かんだう》かぶるにこそあなれ《お咎めをうけることになるのだ》」と言ひければ、かたがた《あれやこれやで》、女、恐ろしう、わびしく《つらく》思

一　私の身は竹の林ではありませんが、さたが衣を脱いでかけることです。薩陲《さた》太子に佐多を掛けて詠んだもの。この薩陲太子は、釈迦の前身であったが、虎の母子の餓えたのを救うために、竹の林に衣を脱ぎかけて、みずからその餌食《えじき》となったという。この釈迦の前生譚は、『金光明経』捨身品に基づくもので、わが国では法隆寺の玉虫厨子《ずし》に描かれ、さらに『三宝絵詞』上―一一などにもとられて、かなりよく知られていた。

二　同じ用法の格助詞でも、「の」は敬意を含むのに対して、「が」は敬意を欠くものであることが知られる。ロドリゲスの『日本大文典』には、この「が」について、「他人を軽んじ侮る時にも用ゐる。多くはその前に『め』『ら』等の助辞を挿入する」とも、「一人称及び低い身分の三人称に対して、又、時には、主としてその人を軽蔑した場合に、二人称に対して使ふ」と記されている。

三　女をののしって言う。二四八頁注四参照。

四 侍所に当る。親王・摂関・大臣家などで、その家務をつかさどる家人《けにん》の詰所。

無学のそしり

ひけり。

かく腹立ち叱りて《怒って》、帰り上りて、侍《さぶらひ》[四]にて、「やすからぬことこそ《おもしろくないことだ》あれ。ものも覚えぬ《わけもわからない》腐《くさ》り女に《つまらない女に》、かなしう《ひどく》言はれたる。守殿《かうのとの》だに『佐多』とこそ召せ、この女め、『佐多が』といふべき故やは《言ってよい法があろうか》」とただ腹立ちに腹立てば《むやみに腹を立てるので》、聞く人どもえ心得ざりけり《わけがわからなかった》。「さても、いかなることをせられて、かくは言ふぞ」と問へば、「聞き給へよ。申さん。かやうのことは、誰も同じ心に《私と同じ気持で》守殿にも申し給へ《申し上げてくれ》。さて、君だちの名だてにもあり《名折れでもある》」と言ひて、ありのままのことを語りければ、「さてさて」と言ひて、笑ふ者もあり、憎がる者も多かり。女をば、みないとほしがり《気の毒に思い》、やさしがりけり《上品に思った》。このことを為家聞きて、前に呼びて問ひければ、わが愁《うれ》へなりにたりと《愁訴がかなったと》悦《よろこ》びて、ことごとしく《おおげさに》伸《得意》びあがりて言ひければ、よく聞きてのち、そのをのこをば追ひ出《いだ》してけり。女をばいとほしがりて、物取らせなどしけり。心から《心がけから》身を失ひけるをのこなりとぞ。

＊自分の心がけによって、自分の身を滅ぼしたというのは、本書の前話に通ずるものといえよう。『今昔物語集』二四―五六にも、これと同じ説話が収められているが、「播磨ノ国ノ郡司ノ家ノ女、和歌ヲ読メル語《コト》」という題のように、歌の徳に関する説話として扱われている。

〔九四〕 三条中納言[一]、水飯《すいはん》[二]の事

これも今は昔、三条中納言といふ人ありけり。三条右大臣[三]の御子なり。才《ざえ》かしこくて《学才がすぐれて》、唐《もろこし》のこと、この世のこと、みな知り給へり。心ばへ《気だてが》かしこく、胆《きも》太く、おしがらだちてなんおはしける《押しが強くていらっしゃった》。笙《しやう》[四]の笛をなん、きはめて《上手に》吹き給ひける。長《たけ》高く、大きに太りてなんおはしける。

太りのあまり《太ったあげく》、せめて《ひどく》苦しきまで肥《こ》え給ひければ、薬師《くすし》[五]重秀《しげひで》を呼びて、「かくいみじう《たいそう》太るをば、いかがせんとする。立居《たちゐ》などする《立ったり坐ったりするのに》が、身の重く、いみじう苦しきなり」とのたまへば、重秀申すやう、「冬は湯漬け[六]、夏は水漬けにて物を召すべきなり《ご飯を召し上がるとよいのです》」と申しけり。そ《その》のままに《言葉のとおりに》召しけれど、ただ同じやうに肥え太り給ひければ、せん方《しようが》

太った中納言

一 藤原朝成。定方の子。皇太后宮大夫、中納言、従三位。天延二年（九七四）に、五八歳で没。

二 古くは、冷水に乾飯《ほしいい》を浸したもの。後には、冷水で柔らかに飯を洗いしらげたもの。水漬けの飯をいう。

三 藤原定方。高藤の子。東宮傅、右大臣、左大将、従二位。承平二年（九三二）に、五八歳で没。

四 雅楽に用いる管楽器。木製の壺に十数本の竹管を立て、その管の下端に金属の簧《した》をつけ、壺の脇の吹き口から吹き鳴らすもの。

水飯のすすめ

五 「薬師」は医師。『今昔物語集』二八―二三に、「医師和気《ワケ》ノ□」とあり、『大系』の注に、茨田滋秀かという。この滋秀は、典薬頭《てんやくのかみ》で、長徳四年（九九八）に没。また、丹波重季かともいう。この重季は、丹波忠俊の子で、典薬権助であったが、その年代については、あきらかではない。

六 湯漬けは、飯に湯をかけて食べるもの。水漬けは、飯に水をかけて食べるもの。

なくて《なくて》、また重秀を召して、「言ひしままにすれど、その験《しるし》も《ききめも》なし。水飯食ひて見せん」とのたまひて、をのこども召すに、侍《さぶらひ》一人参りたれば、「例のやうに、水飯して持て来《こ》」と言はれければ、しばし《しばらく》ばかりありて《たって》、御台《だい》[七]持て参るを見れば、御台片具《かたよろひ》[八]持て来て、御前に据《す》ゑつ。

水飯の食べ方

御台に、箸の台ばかり据ゑたり。続きて、御盤《ばん》[九]捧げて参る。御まかなひ[一〇]の台に据うるを見れば、中の御盤に、白き干瓜[一一]三寸ばかりに切りて、十ばかり盛りたり。また、鮓鮎《すしあゆ》[一二]の、おせぐく[一三]に広らかなるが、尻頭《しりかしら》ばかり押し[一四]て、三十ばかり盛りたり。大きなる鋺《かなまり》[一五]を具《ぐ》し《そえて》たり《ある》。みな御台に据ゑたり。いま一人の侍、大きなる銀《しろがね》の提《ひさげ》[一六]に、銀の匙《かひ》[一七]を立てて、重たげに持て参りたり。鋺[一八]を給ひたれば《さし出されたので》、匙に御物《おもの》[一九]《ご飯を》をすくひつつ、高やかに盛りあげて、そばに水をすこし入れて参らせたり《さし上げた》。殿、台を引き寄せ給ひて、鋺を取らせ給へるに、さばかり大きに《それほど大きな》おはする《お方でいらっしゃる》殿の御手に、《［普通ならば］》大きなる鋺かなと見ゆるは《見えるのも》、けしうはあ《不似合いでない》

七 台盤のことで、食物を盛った盤をのせる台。
八 片方。「具」は、対《つい》のものを数える語。
九 食物を盛る器。皿の類。
一〇 まかないの侍。食事の給仕をする人。
一一 底本に「爪」とあるが、諸本によって改めた。
一二 すしにした鮎。塩をふって漬け、酸味の出たものを食べる。
一三 『今昔物語集』二八—二三に、「大キニ」とある。「おせぐみ」と同じで、背のいくらか曲ったさまか。
一四 ここでは、「押鮎《おしあゆ》」に当り、鮎を塩で押したさま。
一五 金属性の椀。
一六 銀や錫《すず》などで作る、つるのある銚子。
一七 杓子、さじ。
一八 『今昔物語集』二八—二三に、「中納言鋺《カナマリ》ヲ取《トリ》テ、侍ニ給《タマヒ》テ、『此レニ盛レ』ト宣ヘバ、侍匙《カヒ》ニ飯《イヒ》ヲ救《スクヒ》ツ、、高ヤカニ盛上テ、喬《ソバ》ニ水ヲ少シ入レテ奉タレバ」とある。
一九 天皇・貴人の召し上り物。特にご飯。

らぬほどなるべし《くらいの大きさであろう》。干瓜《ほしうり》を三切《きり》ばかり食ひ切りて、五つ六つばかり参りぬ《召し上がった》。つぎに、鮎《あゆ》を二切ばかりに食ひ切りて、五つ六つばかりやすらかに《たやすく》参りぬ。つぎに、水飯を引き寄せて、二度《ふたたび》ばかり箸をまはし給ふと見るほどに、御物《おもの》みな失《う》せぬ。「また《もう一つ》」とてさし給はす《おさし出しになる》。さて、二三度に、提《ひさげ》の物みなになれば《からになると》、また提に入れて持て参る。重秀これを見て、「水飯を役《やく》と《もっぱら》召すとも《召し上がっても》、この定《ぢやう》に《このとおりに》召さば、さらに《いっこうに》御太り直るべきにあらず《直るはずはありません》」とて逃げて去《い》にけり。されば、いよいよ一相撲《すまひ》などのやうにてぞおはしける。

〔九五〕検非違使《けびゐし》二忠明《ただあきら》三の事

これも今は昔、忠明といふ検非違使ありけり。それが若かりけるとき、四清水《きよみづ》の橋のもとにて、五京童部《きやうわらんべ》どもにいさかひをしけり《けんかをした》。京童

一 相撲取り。

＊『今昔物語集』二八—二三に、これと同じ説話が収められている。かなりの身分の公家が、できるだけ痩《や》せたいと思いながら、やはりむやみに食べていたという話である。今日まで、民間の世間話では、そのような大食に関するものがもてはやされている。

二 京中の非法の検察、秩序の維持をつかさどった職。

三 伝未詳。『権記』長徳三年（九九七）五月二四日の条には、盗賊を捕えるために、近江の国に遣わされた者の中に、忠明という名が挙げられている。

四 京都市東山区の清水寺。一七五頁注六参照。

五 諸本に、「京童部ともと」とある。「京童部」は、京の若者。特に無頼の者をさす。

谷に飛びおりた男

部、手ごとに刀を抜きて、忠明を立ちこめて《立ちふさがり閉じこめて》、殺さんとしければ、忠明も太刀《たち》[六]を抜きて、御堂ざまに《お堂のほうに》上るに、御堂の東のつまにも《端にも》、あまた《おおぜい》立ちて向かひあひたれば、内へ逃げて、蔀《しとみ》[七]のもとを《下部を》脇に挟みて、前の谷へ躍り落つ。蔀、風にしぶかれて《支えられて》、谷の底に、鳥のゐるやう《とまるように》に、やをら《しずかに》落ちにければ、それより逃げて去《い》にけり。京童部ども、谷を見おろして、あさましがりて《驚きあきれて》、立ちなみて《立ち並んで》見けれども、すべきやうもなくて《どうしようもなくて》、やみにけりとなん《終ってしまったということだ》。

〔九六〕長谷寺《はせでら》[八]参籠の男、利生《りしやう》に預かる事

たよりない男

今は昔、父母《ちちはは》・主《しゅう》もなく、妻も子もなくて、ただ一人ある青侍[九]ありけり。すべき方もなかりければ《どうしようもなかったので》、「観音助け給へ」[一〇]とて、長谷に参りて、御前にうつぶし伏して申しけるやう、「この世にかくてあ《こうして生きていく》

六 腰におびる長い刀。

七 格子の裏に板を張ったもの。ここでは、立蔀であって、目隠しのために立てたものか。

＊『今昔物語集』一九―四〇には、これと同話に当るものが掲げられている。そこには、「忠明、京童部ノ刀ヲ抜テ立向《ムカヒ》ケル時、御堂ノ方ニ向テ、『観音助ケ給ヘ』ト申ケレバ、『偏《ヒトヘ》ニ此レ其ノ故也』トナム思ヒケル」とつけ加えられているが、本書では、観音の霊験に関することが取りあげられていない。『古本説話集』四九には、「清水の利生に依りて谷底に落し入れたる少き児を生けしむる事」とあって、これと同話に当るものに続けて、女が谷底に子どもを落してしまったが、観音に祈って無事に助かったということが記されている。

八 奈良県桜井市の長谷寺。新義真言宗豊山派の総本山。平安中期から、観音の霊場として知られる。

九 身分の低い若侍。

一〇 観世音菩薩。二二六頁注九参照。

るべくは《というならば》、やがて《このまま》、この御前にて干死《ひじ》にに死なん《飢えて死のう》。もしまた、おの《万一の》づからなる便りもあるべくは《よい寄る辺でもあるならば》、そのよしの夢を見ざらんかぎりは《そのような験しの夢を見ないうちは》出づまじ《出るまい》」とて、うつぶし伏したりけるを《うつむけに伏していたのを》、寺の僧見て、「こは《これは》、いかなる者の、かくては候ふぞ《こうしているのか》。物食ふ所も見えず、かくうつぶし伏したれば、寺のため、穢《けが》[一]らひ出で来て、大事になりなん。誰《たれ》を師[二]にはしたるぞ。いづくにてか物は食ふ《どこで物を食べるのか》」など問ひければ、「かく便りなき者は《このような寄る辺のない者には》、師もいかでか侍らん《どうしておりましょうか》。物食《た》ぶる所もなく、あはれと申す人もなければ、仏の賜《たま》はん《下さる》物を食べて、仏を師と頼み奉りて候ふなり《お頼み申しているのです》」と答へければ、寺の僧ども集まりて、「このこと、いと不便《ふびん》のことなり《不都合なことだ》。寺のために、あしかりなん《よくないだろう》。観音をかこち申す人にこそあんなれ《恨みがましくぐちを言う人なのだ》。これ、集まりて養ひて候はせん《養ってあげよう》」とて、かはるがはる物を食はせければ、持て来る物を食ひつつ、御前を立ち去らず候ひけるほどに、三七日[三]になりにけり。

観音のお告げ

三七日果てて、明けんとする夜の夢に、御帳《みちやう》[四]より人の出でて、

一 死の穢れ。
二 祈りの師。祈禱を頼む法師。
三 二十一日。願を掛ける時の区切りの日数。
四 帳は几帳、とばり。

「このをのこ、前世の罪の報ひをば知らで、観音をかこち申して、かくて候ふこと、いとあやしき《けしからぬ》ことなり。さはあれども《さりながら》、申すことのいとほしければ《気の毒なので》、いささかのこと計《はか》らひ給はりぬ《お取りはからい下さった》。まづ、すみやかにまかり出でよ《退出せよ》。まかり出でんに、何にもあれ、手にあたらん《触れる》物を取りて、捨てずして持ちたれ《持っておれ》。とくとく《早く早く》まかり出でよ」と、追はると[五]見て、はひ起きて、[六]約束の僧のがり《僧のもとに》行きて、物うち食ひて、まかり出でけるほどに、大門《だいもん》にてけつまづきて、うつぶしに倒れにけり《うつむけに倒れてしまった》。

藁から柑子へ

起きあがりたるに、あるにもあらず《思わず知らず》、手に握られたる物を見れば、[七]藁《わら》すべといふ[八]物ただ一筋握られたり。〔これが〕仏の賜《た》ぶ物にてあるにやあら《下さる物であるのであろうかと》んと、いとはかなく《まことに頼りなく》思へども、仏の計らはせ給ふやうあらん《わけもあろう》と思ひて、これを手まさぐりにしつつ《手でもてあそびながら》行くほどに、虻《あぶ》一つ、ぶめきて《ぶんと音を立てて》、顔のめぐりにあるを《まわりに飛びまわるのを》、うるさければ、木の枝を折りて払ひ捨つれども《追い払ったが》、なほただ同じやうにうるさくぶめきければ、捕へて、〔虻の〕腰をこの藁筋にてひき括《くく》りて、枝の先につけて持たりければ《持っていたので》、腰を括られて、ほ

五 底本に「云て」とあるが、諸本によって改めた。

六 『今昔物語集』一六―二八に、「哀《カナシ》ビケル僧ノ房《バウ》ニ寄《ヨリ》テ」、『古本説話集』五八に、「あれといひける僧のもとに寄りて」とある。

七 藁しべ。藁の穂の芯。

八 伊達本・陽明本に、「物を」とある。

一 女の乗る牛車。簾の内側に下簾をかける。

二 「柑子」は、柑子蜜柑で、蜜柑の一種。普通の蜜柑より、実が小さく、皮が薄くて、酸味が強い。「かうじ」は、「かむし」の音便。

三 陸奥産の紙で、檀紙をいう。

四 『今昔物語集』一六―二八に、「打係《ウチカケ》テ」とあり、伊達本・古活字本などに、「うちかけて」とある。

五 『今昔物語集』一六―二八に、「只垂《タリ》ニ垂居タルヲ見レバ」とある。『名義抄』に、「[illegible]」の字が、「ツカ

かへはえ行かで《行けないで》、ぶめき《ぶんぶんと》飛びまはりけるを、長谷に参りける女車[一]の、前の簾《すだれ》をうちかづきて《かぶるようにあげていた》ゐたる児《ちご》の、いとうつくしげなるが、「あの男の持ちたる物は何ぞ。かれ乞ひて《あれを求めて》われに賜《た》べ《下さい》」と、馬に乗りて供にある侍《さぶらひ》に言ひければ、その侍、「その持ちたる物、若君の召すに参らせよ《さし上げよ》」と言ひければ、「仏の賜びたる物に候へど、かく仰せごと候へば、参らせ候はん」とて、取らせたりければ《与えたので》、「この男、いとあはれなる《たいそう感心な》男なり。若君の召す物をやすく《たやすく》参らせたること」と言ひて、大柑子《おほかうじ》[二]を、「これ、喉《のど》乾くらん、食べよ」とて、三つ、いとかうばしき《たいそう上等な》陸奥国紙《みちのくにがみ》[三]に包みて、取らせたりければ、侍取り伝へて《受け取って渡す》取らす。

柑子から布へ

藁《わら》一筋が大柑子三つになりぬることと思ひて、木の枝に結《ゆ》ひつけて、肩にうちて掛けて[四]行くほどに、故《ゆゑ》ある《由緒のある》人の、忍《しの》びて参るよと見えて、侍などあまた具《ぐ》して《連れて》、かちより《徒歩で》参る女房の、歩《あゆ》み困《こう》じて《歩き疲れて》、ただ[五]たりにたりゐたるが、「喉の乾けば、水飲ませよ」とて、消え入る《息が絶えそう》

ル、サハク、ワツラフ、タル」と訓ぜられている。「たる」とは、疲れなやむ、苦しみわずらう意か。

六「旅籠」は、旅行用の食物や手回り品を入れる籠。「旅籠馬」は、その旅籠を運ぶ馬。

七 底本に「しあつかうを」とあるが、諸本によって改めた。

やうにすれば《なので》、供の人々、手惑《てまど》ひをして《あわてまよって》、「近く水やある《水があるか》」と走り騒ぎ求むれど、水もなし。「こは《これは》、いかがせんずる《どうしたものか》。御六旅籠馬《はたごうま》にや、もしある《もしかしてあるか》」と問へど、「はるかに後《おく》れたり」とて見えず。ほとほと《もうほとんど》しきさまに《死にそうな様子に》見ゆれば、まことに騒ぎ惑ひて七しあつかふを《もてあますのを》見て、喉乾きて騒ぐ人よと見ければ《〔男が〕》、やはら《そろそろと》歩み寄りたるに、「ここなる男こそ、水のあり所は知りたるらめ《知っているであろう》、この辺《あたり》近く水の清き所やある《所があるか》」と問ひければ、「この四五町が内には、清き水候はじ《ありますまい》、いかなることの候ふにか」と問ひければ、「歩み困ぜさせ給ひて、御喉の乾かせ給ひて、水ほしがらせ給ふに、水のなきが大事なれば《水がなくて大変こまるので》、尋ぬるぞ」と言ひければ、「不便《ふびん》に候ふ御事かな《お気の毒でいらっしゃることですね》。水の所は遠くて、汲みて参らば、程経《へ》候ひなん《時間がかかるでしょう》。これはいかが」とて、包みたる柑子を、三つながら《三つとも》取らせたりければ、悦《よろこ》び騒ぎて食はせたれば、それを食ひて、やうやう《ようやく》目を見あけて、「こは《これは》、いかなりつることぞ《どうしたことか》」と言ふ。

「御喉乾かせ給ひて、『水飲ませよ』と仰せられつるままに、御殿《との》籠《ごも》り入らせ給ひつれば《お眠りになったので》、水求め候ひつれども、[一]清き水に候はざりつるに、ここに候ふ男の、思ひがけぬに、その心を《事情を》見て、この柑子《かうじ》を三つ奉りたりつれば、参らせたるなり《さし上げたのです》」と言ふに、この女房、「われは、さは《それでは》、喉《のど》乾きて絶え入りたりけるに《気を失ってしまったのですね》こそありけれ。『水飲ませよ』と言ひつるばかりは覚ゆれど、そののちのことは、つゆ《すこしも》覚えず。この柑子得ざらましかば《手に入れなかったならば》、この野中にて消え入りなまし《息が絶えたでしょう》。嬉しかりける男かな。この男いまだあるか《まだいますか》」と問へば、「かしこに候ふ《あそこにおります》」と申す。「『その男、しばしあれ《しばらくいよ》』と言へ。いみじからんことありとも《〔これから先〕すばらしいことがあっても》、絶え入り果《は》てなば、かひなくてこそやみなまし《何のかいもなくて終ってしまうでしょう》。男の嬉しと思ふば《思うほど》かりのことは《の十分なことは》、かかる旅にてはいかがせんずる《どうしてできましょうか》ぞ。食物《くひもの》は持ちて来たるか。食はせてやれ」と言へば、「あの男、しばし候へ《いよ》。御旅《はた》籠馬《ごうま》など参りたらんに《参ったならば》、物など食ひてまかれ《さがれ》」と言へば、「承りぬ《承知しました》」とてゐたるほどに、旅籠馬、[二]皮籠《かはご》馬《うま》など来着きたり。「など、かくはるかに後《おく》れては参るぞ。御旅籠馬などは、常に先立つ《先にいるのがよいのだ》こそよけれ。

一　伊達本・陽明本に、「清き水も」、古活字本に、「清き水の」とある。

二　「皮籠」は、皮で張った籠。後には、紙張りや竹製のものをもいう。「皮籠馬」は、その皮籠を運ぶ馬。

とみのことなどもあるに《急な用事などもあるというのに》、かく後《おく》るるはよきことかは《このようにおくれてよいものか》」など言ひて、やがて《すぐに》幔《まん》[三]引き、畳《たたみ》[四]など敷きて、「水遠[五]かんなれど、困《こう》ぜさせ給ひたれば《お疲れになっているので》、召し物は《お食事は》、ここにて参らすべきなり」とて、夫《ぶ》[六]どもやりなどして、水汲ませ、食物し出《いだ》したれば《ととのえたので》、この男に、清げにして《きれいに整えて》食はせたり。物を食ふ食ふ《食べながら》、ありつる《さきほどの》柑子何にかならんずらん《何になるのだろうか》、観音計らはせ給ふ《お取りはからいになる》ことなれば、よもむなしくてはやまじ《まさかむだには終るまいと》と思ひゐたるほどに、白くよき布《ぬの》を三匹《むら》[七]取り出でて、「これ、あの男に取らせよ。この柑子の喜びは《お礼は》、言ひ尽すべき方《かた》もなけれども、かかる旅の道にては、嬉しと思ふばかりのことはいかがせん《どうしてできようか》。これは、ただ志の初め《感謝の一端を》をみするなり。京のおはしまし所はそこそこになん《おすまいはこれこれの所である》。かならず参れ。この柑子のよろこびをばせんずるぞ《しようぞ》」と言ひて、布三匹取らせたれば、悦《よろこ》びて布を取りて、藁筋《わらすぢ》[八]が布三匹になりぬることと思ひて、腋《わき》に挟みてまかるほどに、[九]その日暮れにけり。

布から馬へ

道づらなる《道ばたにある》人の家にとどまりて、明けぬれば、鳥とともに《鳥の声とともに》起きて

三 幔幕。
四 薄縁《うすべり》、蓆《むしろ》の類。
五 「遠くあるなれど」から転じたもの。
六 「夫役」という労役のために徴発された人夫。
七 「匹」「疋」「段」は、「むら」と訓ぜられる。布を巻いたものを数える語。
八 伊達本・陽明本に、「わらすち一筋か」、古活字本に、「藁すち一すちか」とある。
九 伊達本・陽明本に、「其日は」とあり、古活字本に、「その日は」とある。

行くほどに、日さしあがりて、辰《たつ》[1]の時ばかりに、えもいはず《何ともいえず》よき馬に乗りたる人、この馬を愛しつつ、道も行きやらず《どんどん道を進みもせず》ふるまはするほどに《馬を乗りまわすうちに》[2]、まことに、えもいはぬ馬かな《何ともいえずよい》、これをぞ千貫[3]がけなどはいふ《いう》にやあらん《のであろうか》と見るほどに、この馬、にはかに倒れて、ただ死にに死ぬれば《そのまま死んでしまったので》、主、われにもあらぬ気色《けしき》にて《われを忘れた様子で》、おりて立ちゐたり。手惑ひして《あわてふためいて》、従者どもも、鞍《くら》おろしなどして《はずしたりして》、「いかがせんずる《どうしようか》」と言へども、かひなく死に果てぬれば、手を打ち、あさましがり《驚きあきれ》、泣きぬばかりに思ひたれど、すべき方なくて《どうしようもなくて》、あやしの《粗末な》馬のあるに乗りぬ。「かくてここにありとも、すべきやうもなし。われらは去《い》なん《行こう》。これ、ともかくもして、ひき隠せ」とて、下種男《げすをとこ》を《身分の低い男を》一人とどめて去ぬれば、この男見て、この馬、わが馬にならんとて、死ぬるにこそあんめれ《死んだのであろう》、藁《わら》一筋が、柑子《かうじ》三つになりぬ、柑子三つが、布三匹《むら》になりたり、この布の馬になるべきなめりと思ひて、歩み寄りて、この下種男に言ふやう、「こはいかなりつる馬ぞ《これはどうした馬か》」と問ひければ、「陸奥国《みちのくに》[4]

一 午前八時ごろ。
二 底本に「ふりまはする程に」とあるが、諸本によって改めた。『今昔物語集』一六—二八に、「翔《フルマ》ハセテ」とある。
三 銭千貫をかけるような名馬。
四 東北地方の一部。明治初年に、磐城・岩代・陸前・陸中・陸奥の五国にわかれた。今日の福島・宮城・岩手・青森の四県に当る。この地方は、古くから名馬の産地として知られる。

より得させ給へる《手にお入れになった》馬なり。万《よろづ》の人のほしがりて、価《あたひ》も限らず《値段にかまわず》買はんと申しつるをも、惜しみて放ち給はずして《お手放しにならないで》、今日かく死ぬれば、その価少分《せうぶん》をも取らせ給はずなりぬ《すこしもお取りにならないで終った》。おのれも、皮をだに剝《は》がばや《せめて皮でも剝ぎたいと》と思へど、旅にてはいかがすべき《どうしたらよいかと》と思ひて、まもり《見守り》立ちて侍るなり」と言ひければ、「そのことなり。いみじき《すばらしい》御馬かなと見侍りつるに、はかなく、かく死ぬること、命あるものはあさましき《嘆かわしい》ことなり。まことに、旅にては、皮剝ぎ給ひたりとも、え干し給はじ《お干しになれますまい》。おのれは《自分は》、この辺に侍れば、皮剝ぎて、使ひ侍らん。得させておはしね《私に譲っておいでなさい》」とて、この布を一匹《むら》取らせたれば、男、思はずなる《思いがけない》所得《しやうとく》したり《もうけものをしたと》と思ひて、思ひもぞ返すとや思ふらん《考え直しでもするとと思うのであろうか》、布を取るままに《取るとすぐに》、見だにも返らず《ふり返りさえしないで》、走り去《い》ぬ《走り去った》。

男、よくやり果ててのち《十分にやり過してのち》、手かき洗ひて、長谷《はせ》の御方に向かひて、「この馬生けて給はらん《生き返らせて下さい》」と念じゐたるほどに《祈っているうちに》、この馬、目を見あ《見開く》くるままに《とすぐに》、頭をもたげて《もちあげて》起きんとしければ、やはら《そっと》手をかけて起しぬ。嬉しきことかぎりなし。遅れて来る人もぞある《人があるかもしれない》、また、ありつる男もぞ来るなど《さきほどの男が来るかもしれないなど》、危《あやふ》く覚えければ、やうやう隠れの方に《ようやく陰のほうに》引き入れて、時移るまで《時がたつまで》休めて、もとのやうにここちもなりにければ、人のもとに引きもてゆきて《引いて連れていって》、その布《ぬの》一匹《むら》して、[一]轡《くつわ》やあやしの《粗末な》鞍《くら》にかへて、馬に乗りぬ。

馬から田へ

京ざまに《京の方に》上《のぼ》るほどに、[二]宇治わたりにて《宇治あたりで》日暮れにければ、その夜は人のもとに泊りて、いま一匹の布して、馬の草、わが食物などにかへて、その夜は泊りて、つとめていととく《あくる朝たいそう早く》、京ざまに上りければ、[三]九条わたりなる人の家に、ものへ行かんずるやうにて《どこかへ行こうとする様子で》立ち騒ぐ所あり。この馬京に[四]率《ゐ》て行きたらんに《引いていったならば》、見知りたる人ありて、盗みたるかなど言はれんもよしなし《つまらない》、やはら《そろそろ》これを売りてばや《売ってしまいたいと》と思ひて、かやうの所に馬など用なるものぞかし《必要なものだよと思って》とて、[五]おり走りて寄りて、「もし馬などや買はせ給ふ《もしや馬などをお買いになりますか》」と問ひければ、馬がなと思ひけるほどにて《馬がほしいと思っていたところで》、この馬を見て、「いかがせん《どうしようか》」と騒ぎて、「ただ今、かはり絹などは《交換用の絹などは》

一 馬の口にかませて、手綱をつける金具。

二 京都府宇治市。

三 京都市の九条通。平安京の南端。

四 底本・伊達本・陽明本に、「いて」とあるが、古活字本などによって改めた。

五 伊達本・陽明本に、「おり立て」とある。

六 京都市南区上鳥羽から、伏見区下鳥羽にかけて。

七 『今昔物語集』一六―二八に、「九条ノ田居《タヰ》ノ田一町、米少《ヨネスコシ》ニ替ヘツ」とある。

八 伊達本・陽明本に、「ゐ給つれ」とある。

九 伊達本に、「みたりける」とあって、この「み」の傍注に、「え歟」とあり、古活字本に、「えたりける」とある。

＊『今昔物語集』一六―二八、『古本説話集』五八、『雑談集』五には、これと同話に当るものが収められている。それによると、まず稾一本からはじまって、柑子三個、布三匹、馬一頭、田と家というように、つぎつぎに別の品物と取りかえて、ついにはすばらしい長者となったというのである。特に『今昔』では、この説話の末尾に、「其ノ後ハ、長谷ノ観音ノ御助ケ也ト知テ、常ニ参ケリ。観音ノ霊験ハ此《カ》ク難有《アリガタ》キ事ヲゾ示シ給ケルトナム語リ伝ヘタルトヤ」と記され、あくまでも観音の利生を中心に説かれている。『宇治拾遺』の方では、いちおう観音

徳人の身の上

なきを、この六鳥羽《とば》の田や米などにはかへてんや《かえてくれないか》」と言ひければ、なかなか《かえって》絹よりは第一のことなりと思ひて、「絹や銭などこそ用には侍れ《必要ではありますが》。おのれは旅なれば《私は旅の途中ですので》、田ならば何にかはせんずると思ひ給ふれど《何になろうかと存じますが》、馬の御用あるべくは、ただ仰せにこそ従はめ《仰せに従いましょう》」と言へば、この馬に乗り試み《ためし》、馳せなどして《走らせなどして》、「ただ思ひつるさまなり《まったく思ったとおりです》」と言ひて、七この鳥羽の近き田三町、稲すこし、米など取らせて《与えて》、やがて《そのまま》この家を預けて、「おのれ《自分が》、もし命ありて帰り上りたらば、その時返し得させ給へ《返して下さい》。上らざらんかぎりは、かくて《こうして》八ゐ給へれ《おいで下さい》。もしまた、命絶えてなくもなりなば《死にでもしたら》、やがてわが家にしてゐ給へ《そのままご自分の持ち家にしてお住み下さい》。子も侍らねば、とかく申す人もよも侍らじ《よもやありますまい》」と言ひて、預けて、やがて《そのまま》下《くだ》りにければ、その家に入りゐて、九みたりける《もらった》米稲など取り置きて、ただ一人なりけれど、食物ありければ、傍《かたはら》、その辺《へん》なりける下種《げす》など《身分の低い者など》出で来て、使はれなどして、ただありつきにゐつきにけり《住みついて落着いてしまった》。

二月ばかりのことなりければ、その得たりける田を、なからは《半分は》人

に作らせ、いまなからは《もう半分は》わが料に《自分のために》作らせたりけるが、人の方《かた》のも《分も》よけれども、それは世の常にて《世間なみで》、おのれが分とて《自分の分として》作りたるは、ことのほか多く出で来たりければ《収穫があったので》、稲多く刈り置きて、それよりうち始め、風の吹きつくるやうに徳つきて《吹きつけるように富が身について》、いみじき《すばらしい》徳人《とくにん》にてぞありける《金持になった》。その家あるじも《家主も》、音せずなりにければ《たよりがなくなってしまったので》、その家もわが物にして、子孫など出で来て、ことのほかに栄えたりけるとか。

小野宮殿の大饗

〔九七〕 小野宮大饗《をののみやだいきやう》[1][2]の事、付西宮殿《にしのみやどの》[3]・富小路《とみのこうぢの》[4]大臣等

大饗の事

今は昔、小野宮殿の大饗に、九条殿[5]の御贈物にし給ひたりける女の装束《さうぞく》に添へられたりける紅《くれなゐ》[6]の打ちたる細長《ほそなが》[7]を、心なかりける御前《ごぜん》[8]の、取りはづして、遣水《やりみづ》[9]に落し入れたりけるを、すなはち《すぐに》取りあげて、うち振るひければ、水は走りて《飛び散って》乾きにけり。その濡れたりける

の霊験について触れながら、むしろ事件の展開を中心にまとめられている。民間の「藁しべ長者」の昔話では、それらの文献と通ずる「観音祈願型」よりも、「三年味噌型」または「宝剣退治型」と名づけられるものが、いっそう多く伝えられている。それによると、やはり藁一本からはじまって、木の葉、味噌、刀というように、つぎつぎに別の品物と取りかえて、この刀をもって豊かな身となったというものである。

一 藤原実頼。忠平の子。右大臣、蔵人所別当、左大臣、太政大臣を経て、関白、摂政をつとめ、従一位に至る。天禄元年（九七〇）に、七一歳で没。

二 宮中における盛大な饗宴。ここでは、大臣大饗か。五五頁注一〇参照。

三 源高明。一九頁注四参照。

四 藤原顕忠。時平の子。検非違使別当、左右大将などを経て、右大臣、従二位に至る。康保二年（九六五）に、六八歳で没。

五 藤原師輔。忠平の子、実頼の弟。検非違使別当、右大臣、右近衛大将、正二位に至る。天徳四年（九六〇）に、五三歳で没。

六 砧《きぬた》で打ってつやを出した。

七 女子の衣服で、小袿《こうちぎ》の上に着るもの。袿に似て、大領《おおくび》がない。

方の袖《そで》の、つゆ《すこしも》水に濡れたるとも見えで《見えないで》、同じやうに打目《うちめ》[10]などもありける。昔は、打ちたる物は、かやうになんありける[11]。

西宮殿の大饗

また、西宮殿の大饗に、小野宮殿を、「尊者《そんじゃ》[12]におはせよ」とありければ、「年老い、腰痛くて、庭の拝《はい》[13]えすまじければ《できそうもないので》、え詣《まう》づまじ《うかがえ》きを《ないでしょうが》、雨降らば、庭の拝もあるまじければ、参りなん《参りましょう》。降らずは、えなん参るまじき」と御返事のありければ、雨降るべきよし、いみじ《たいそう》く祈り給ひけり。その験《しるし》にやありけん、その日になりて、わざとは《自然に》なくて、空曇りわたりて《一面に曇って》、雨そそぎければ、小野宮殿は脇より上《のぼ》りておはしけり。中島[14]に、大きに木高《こだか》き松一本《ひともと》立てりけり。その松を見と見る人《見る人はみな》、「藤《ふぢ》のかかりたらましかば《かかっていたらなあ》」とのみ見つつ言ひければ、この大饗の日は、睦月《むつき》[15]のことなれども、藤の花いみじくをかしく《美しく》作りて、松の梢《こずゑ》より隙《ひま》なう《すきまもなく》かけられたるが、時ならぬもの《時季にはずれたものは興ざめではあ》はすさまじきに《るが》、これは空の曇りて、雨のそぼ降るに《しとしとと降るので》、いみじくめでたう《たいへんにすばらしく》、をかしう見ゆ。池の面《おもて》に影の映《うつ》りて、風の吹けば、水の上もひとつに《一緒になって》

八 『今昔物語集』二四―二に、「前駈」とある。ここでは、従者をさす。
九 庭などに水を導いて流すようにしたもの。
一〇 砧で打ったあと。
一一 底本に「ありけ」とあるが、諸本によって改めた。
一二 大饗などで、主賓として上座にすわる客。おもに年長、高位の者があたる。
一三 尊者が中庭まできて座につく前に、主客の間でおこなう迎接の礼。主人と尊者とは、この礼をすませてから、並んで階段を上って、それぞれの座につくのである。
一四 寝殿の前の池の中の島。
一五 陰暦正月。藤の開花は陰暦四月に当る。

なびきたる、まことに藤波[一]といふことは、これをいふにやあらん《いうのであろうか》とぞ見えける。

また後の日、富小路《とみのこうぢ》の大臣《おとど》の大饗に、御家のあやしくて《粗末で》、所々のしちらひ[二]《設備も》、わりなく構へてありければ《ふゆきとどきな造りであったので》、人々も、見苦しき大饗かなと思ひたりけるに、日暮れて、事やうやう果《は》て方になるに《終りごろになると》、引出物《ひきでもの》[三]の時になりて、東の廊《らう》[四]の前に曳きたる幕の内に、引出物の馬[五]を引き立ててありけるが、幕の内ながらいななきたりける声、空を響かしけるを、人々、いみじき《すばらしい》馬の声かなと聞きけるほどに、幕柱を蹴折《けを》りて、口取り[六]を引きさげて《引きずって》出で来るを見れば、黒栗毛《くろくりげ》[七]なる馬の、た[八]け八寸《やき》あまりばかりなる、ひらに見ゆるまで《ひらたく見えるほどに》、身太く肥えたる、か[九]いこみ髪なれば、額《ひたひ》の望月《もちづき》のやうにて《満月のようで》白く見えければ、見てほめののしりける声《大声でほめそやした》、かしがましきまで《やかましいほどに》なん聞えける。馬のふるまひ、面《おも》だち《顔だち》、尻ざし、足つきなどの、ここはと見ゆる所なく《ここは欠点と見える所もなく》、つきづきしかりければ《〔大饗の引出物に〕ふさわしかったので》、家のしちらひの《造作の》、見苦しかりつるも消えて、めでたう《りっぱであっ》

一 藤の花の風になびき動くのを波に見たてていう。

富小路の大臣の大饗

二 伊達本・陽明本に、「しちらひも」、古活字本に、「しつらひも」とある。
三 饗宴などの終りに、主人から客へ出す贈り物。もともと馬を引き出して贈ったという。
四 東の対屋から泉殿に通ずる廊。
五 底本に「引出物馬」とあるが、諸本によって改めた。
六 牛馬のくつわを取って引く人。
七 馬の毛色。体は黒みをおびた栗色で、たてがみや尾に赤褐色の毛をまじえたもの。
八 たけが四尺八寸以上の大きな馬。馬のたけは、肩から足もとまで四尺を基準として、それ以上を「何寸」と表した。
九 「掻き籠み髪」で、頭の毛を掻きこんで編んだもの。『古事談』二には、「毛ツルメナル馬」とある。
＊ 三つの説話から成っているが、第一の小野宮殿のことは、『今昔物語集』二四―三にも記されており、第三の富小路大臣のことは、『古事談』二にも記されている。第一には贈り物の打衣のりっぱさ、第二には作り物の藤の花のみごとさ、第三に

なんありける《たということだ》。さて、世の末までも語り伝ふるなりけり。

〔九八〕式成《のりなり》[一〇]・満《みつる》[一一]・則員《のりかず》[一二]等三人召され、滝口《たきぐち》[一三]弓芸《げい》の事

的弓の上手

これも今は昔、鳥羽院位《とばのゐんくらゐ》[一四]の御時、白河院[一五]の武者所《むしやどころ》[一六]の中に、宮道《みやぢの》式成、源満、則員、ことに的弓《まとゆみ》[一七]の上手なりと、そのとき聞えありて《評判が高くて》、鳥羽院位の御時の滝口に、三人ながら《三人ともに》召されぬ。試みあるに《試射が》、おほかた一度もはづさず。これをもてなし興ぜさせ給ふ《これを興がりお喜びなさる》。あるとき、三尺五寸の的を賜《た》びて、「これが第二の黒み、射落して持て参れ」と仰せあり。巳《み》[一八]の時に賜はりて、未《ひつじ》[一九]の時に射落して参れり。いたつき[二〇]三人の中に三手[二一]なり。「矢取り[二二]て、矢取りの帰らんを待たば、程経《時間が》ぬべし《たってしまうだろう》」とて、残りの輩《ともがら》、われと《自分で》矢を走り立ちて《走って行って》、取り取りして《矢を取り取りして》、立ちかはり立ちかはり《入れかわり入れかわり》射るほどに、未の時のなかちばかりに、第二

は引出物の馬のすばらしさについて説かれているが、いずれも大饗のことを中心にまとめられている。

一〇 左馬少允。伝未詳。

一一 源伝の子。滝口右馬允。伝未詳。

一二 伝未詳。

一三 清涼殿の東北の御溝水《みかわみず》の落ちる所。そこに詰めていた武士は、蔵人所に属しており、禁中の警固に当っていた。特に武勇のすぐれた者が、この滝口の武士に任ぜられた。

一四 第七四代の天皇。堀河天皇の皇子。嘉承二年（一一〇七）から保安四年（一一二三）まで在位。保元元年（一一五六）に、五四歳で崩。

一五 白河上皇の御所。京都市左京区丸太町の辺にあったという。

一六 院の御所を警固する北面の武士の詰所。

一七 的を射る弓術。

一八 午前一〇時ごろ。

一九 午後二時ごろ。

二〇 稽古用の矢で、先をとがらせないで、丸く作ったもの。『和名抄』に、「平題箭」で「いたつき」とよまれている。

二一 三対で、六本の矢。

二二 矢を取る者。ここでは的にささった矢や、あたりに飛び散った矢を取って、弓引く者の手許に戻す者。

の黒みを射めぐらして（黒みの周りを射ぬいて）、射落して[一]射落して持て持て参れりけり。

「これ、すでに養由《やういう》[二]がごとし」と、時の人ほめののしりけるとかや（ほめそやしたとかいうことだ）。

〔九九〕 大膳大夫以長《だいぜんのたいふもちなが》[三]、前駆《ぜんく》の間の事

これも今は昔、橘大膳亮《たちばなのだいぜんのすけ》大夫以長といふ蔵人《くらうど》[四]の五位ありけり。法勝寺《ほふしようじ》[五]千僧供養[六]に、鳥羽院《とばのゐん》[七]御幸《ごかう》ありけるに、宇治左大臣[八]参り給ひけり。先に、公卿《くぎやう》[九]の車行きけり。後《しり》より左府[一〇]参り給ひければ、車をおさへてありければ（とどめていたので）、御前《ごぜん》[一一]の随身《ずいじん》[一二]降りて通りけり。それに（ところが）、この以長（〔お供をしていた〕）一人降りざりけり。いかなることにかと（どういうわけかと）見るほどに、通らせ給ひぬ（お通りになった）。さて帰らせ給ひて（〔左大臣は〕）、「いかなることぞ。公卿あひて、礼節して（礼儀をつくして）車をおさへたれば、御前の随身みな降りたるに、未練の者こそあらめ（未熟者ならばとにかく）、以長降りざりつるは（降りなかったとは）」と仰せらる。以長申すやう、「こは、いかなる（何という仰せ）

一 諸本に、「いおとして持てまいれりけり」とある。
二 中国春秋時代の楚《そ》の人。弓術の名人で、百歩を隔てて、楊の葉に射あてたという。
＊ 三人の弓の上手について説かれる。『椿説弓張月』前編一に、「この二人の滝口（式成《のりしげ》・則員《のりかず》）は、原《はじめ》白河院の武者所にて、的弓の上手也。鳥羽院御位を伝へ給ひて後、滝口にめされぬ。ある時三尺五寸の的を給りて、これが第二のくろみを射おとして、持てまゐれよと仰あり。巳の時に給はりて、未の時に射おとしてまゐれり。これ既に養由に等しとて人みな嘗のゝしりけり」と記されている。

牛車のとりさばき

三 橘広房の子。一八八頁注八、一八九頁注一〇参照。
四 六位の蔵人が、年功によって、五位に昇りながら、欠員がなくて、殿上を退いた者。
五 京都市左京区岡崎にあった寺。白河天皇の建立になり、六勝寺の一つにあげられる。
六 千僧会。千人の僧を招いて行う供養。
七 第七四代の天皇。一九五頁注九参照。
八 藤原頼長。一八九頁注一二参照。
九 三位以上および四位の参議。
一〇 左大臣の唐名。
一一 前駆の者の敬称。
一二 貴人の外出に、勅命をこうむり、護衛に当った近衛の舎人《とねり》。
一三 底本に「候て」とあるが、諸本によって改めた。

仰せにか候ふらん《でございましょうか》。礼節と申し候ふは、前にまかる人《前に参る身分の低い人が》、後《しり》より御出でなり候はば《〔身分の高い人が〕》[一三]、車を遣《や》り返して、御車にむかへて《御車の方にむけて》、牛をかきはづして《牛を車からはずして》、榻《しぢ》[一四]に軛《くびき》[一五]を置きて、通し参らするをこそ《お通し申し上げるのを》、礼節とは申し候ふに、先に行く人、車をおさへ候ふとも、後《しり》を向け参らせて通し参らするは、礼節にては候はで、無礼《ぶれい》をいたすに候ふとこそ見えつれば、さ《そう》らん人には《いうような人には》、なんでふ《どうして》、降り候はんずるぞと《降りることがあろうかと》思ひて、降り候はざりつるに候ふ《降りなかったのでございます》。誤りて、さも候はば《間違ってそうなさったのでしたら》、うち寄せて《そばに寄って》一言葉申さばやと思ひ候ひつれども、以長、年老い候ひにたれば、おさへて《がまんして》[一六]候ひつるに候ふ《いたのでございます》」と申しければ、左大臣殿、「いさ《さあ》、このこと、いかがあるべからん《どうしたものであろうか》」とて、あの御方に[一七]、「かかることこそ候へ《こういうことがございます》。いかに候はんずることぞ《どのようにしたものでございましょうか》」と申させ給ひければ、「以長、古侍《ふるさぶらひ》[一八]に候ひけり」とぞ仰せごとありける。昔は、かきはづして、榻をば轅《ながえ》[一九]の中に降りんず[二〇]るやうに《降りようとするときのように》置きけり。これぞ礼節にてはあんなる《礼節であるということだ》とぞ。

一四 牛車から牛を外《はず》したときに、轅《ながえ》の軛《くびき》を支える台。

一五 車の轅の端につけて、牛の後頸《うしろくび》にかける横木。

一六 底本に「うつるに候」とあるが、諸本によって改めた。

一七 底本の傍注に、「富家殿歟」とある。藤原忠実か。忠実は、師通の子、忠通・頼長の父。摂政、関白、従一位。応保二年（一一六二）に、八五歳で没。

一八 底本に「ふりささふらひ」とあって、この「り」の傍注に「る歟」とある。諸本には、「ふるさふらひ」とある。「古侍」は、老練な侍。

一九 牛車などの車の軸から、前方に長く出ている二本の柄。その先に、軛をつけて牛に引かせる。

二〇 伊達本に、「をかんする」、陽明本に、「おかんする」とある。

＊ 学識にすぐれた頼長も、故実に通じた以長にはかなわなかったというものである。牛車に関する礼節は、『法曹至要抄』中に、「一 車礼事、世俗説云、親王大臣共相逢者各留レ車前駆下馬。納言逢二親王大臣一抑レ車。大臣前駆下。参議遇二親王大臣一者参議放レ牛立レ榻。納言以下遇二親王一者放レ牛可レ立レ榻。二省丞逢二大臣以下一以レ笏令二出見一。弾正同レ之。四位以上逢二公卿一者抑レ車。五位逢二大臣一下。外記史逢二納言以上一下」と記されており、かなりむずかしいものであったと知られる。本書七二にも、やはり頼長が以長にやりこめられたと伝えられる。

〔一〇〇〕[一]下野武正《しもつけたけまさ》、大風雨の日[二]法性寺殿《ほふしやうじどの》に参る事

これも今は昔、下野武正といふ[三]舎人《とねり》は、法性寺殿に候ひけり《お仕えしていた》。ある折、大風、大雨降りて、京中の家みな壊《こぼ》れ破れけるに《こわれいたんだが》、[四]殿下《てんが》、[五]近衛《このゑ》殿《どの》におはしましけるに、[六]南面《みなみおもて》の方《かた》に、ののしる《騒ぎたてる》者の声しけり。誰ならんとおぼしめして、見せ給ふに、武正、[七]赤香《あかかう》の[八]上下《かみしも》に蓑笠《みのかさ》を着て、蓑の上に縄《なは》を帯《おび》にして、[九]檜笠《ひがさ》の上をまた[一〇]頤《おとがひ》に縄にてからげつけて、[一一]鹿杖《かさづゑ》をつきて、走りまはりて行ふなりけり《処置をとるのであった》。おほかたその姿おびただしく《大げさで》、似るべきものなし。殿、南面《みなみおもて》へ出でて、御簾《みす》より御覧ずるに、あさましく《思いがけないこととお思いになって》おぼしめして、御馬をなん賜《た》びけり。

一 下野武忠の子。藤原忠通の家司。一七八頁注五参照。
二 藤原忠通。一七七頁注二〇参照。
三 もともと天皇や皇族に近侍する者であったが、後に摂関などの人臣に奉仕することも認められた。
四 皇族・摂政・関白などの敬称。ここでは、忠通をさす。
五 藤原氏の北家の邸。京都の近衛通の北、室町通の東にあった。

大風雨のとりさばき

六 貴人の邸の正殿。
七 香色の濃いもの。香色は、黄色に赤みをおびたもの。
八 狩衣《かりぎぬ》・水干《すいかん》・直垂《ひたたれ》・素襖《すおう》などの上衣と袴《はかま》との一対、ここでは、直垂の上下。
九 檜《ひのき》を薄くはいで作った笠。
一〇 下あご。
一一 末端が二股になった杖。または、頭部がT字形をした杖。

＊『続古事談』五「諸道」に、「近衛舎人ハヨキ人ノチカク召仕モノニテ、事ニフレテナサケアリ、ミメヨク芸能フルマヒ人ニコトナルベキモノ也」と記されているが、『古今著聞集』一六「興言利口」には、下野武正に関する二つの説話があげられて、「此武正は容儀などもよかりければ、ゆゆしき名誉のものにてぞ侍ける」と記されている。そのように、一流の舎人に関する話題は、多くの

人々にこのまれたものであるが、特にこの武正の挙動は、人々の目をひいたものとみられる。本書六二話でも、この武正の姿について、「わりなき者のやうだいかな」と評され、本書一八八話でも、この武正のふるまいについて、「なほ術なき者の心ぎはなり」とほめられたと記されている。

〔一〇一〕信濃《しなの》[一二]の国の聖《ひじり》[一三]の事

今は昔、信濃の国に法師[一四]ありけり。さる田舎にて法師になりにければ、まだ受戒《じゅかい》[一五]もせで、いかで《何とかして》京に上《のぼ》りて、東大寺[一六]といふ所にて受戒せんと思ひて、とかくして上りて、受戒してけり。さて、元の国へ帰らじ《帰るまい》と思ひけれども、よしなし《つまらない》、さる無仏世界[一七]のやうなる所に帰らじ、ここにゐなんと思ふ心つきて《いようと思う心がつのって》、東大寺の仏の御前に候ひて《ひかえていて》、いづくにか行ひしてのどやかに住みぬべき所あると《どこかに修行をしてゆっくりと住めるような所があるかと》、万《よろづ》の所を見まはしけるに、未申《ひつじさる》[一八]の方《かた》に当りて山かすかに見ゆ。そこ[一九]に行ひて住まむと思ひて行きて、山の中にえもいはず行ひて過すほどに《いいようもないほど修行をして》、すずろに《何となく》小さやかなる厨子仏《づしぼとけ》[二〇]を行ひ出したり《修行をして手に入れた》。毘沙門《びしゃもん》[二一]にてぞおはしましける《いらっしゃった》。

そこに小さき堂を建てて据ゑ奉りて、えもいはず行ひて、年月を経るほどに、この山の麓《ふもと》に、いみじき《すばらしい》下種徳人《げすとくにん》[二二]ありけり。そこに、

信貴山の聖

一二 長野県。
一三 一般に民間の遊行の僧をいう。
一四『今昔物語集』一一―三六に、「仏ノ道《ダウ》ヲ修行スル僧有ケリ、名ヲバ明練ト云フ、常陸《ヒタチ》ノ国ノ人也」とある。『信貴山縁起』に、「命れむ」という名がみられる。
一五 仏弟子が師匠から戒律をうけること。在家の信者は五戒をうけ、沙弥《しゃみ》・沙弥尼は十戒をうけ、比丘《びく》・比丘尼は具足戒をうけるものであった。奈良の東大寺、筑紫《つくし》の観世音寺、下野《しもつけ》の薬師寺、後には、比叡山の延暦寺にも、そのための戒壇が設けられていた。
一六 奈良市雑司町にある華厳宗の総本山。
一七 仏のいない地。
一八 西南、裏鬼門の方角。
一九 伊達本・陽明本に、「そこらに」とある。
二〇 厨子に安置する仏像。「厨子」は、舎利《しゃり》や仏像を安置する堂形の仏具。
二一 毘沙門天。四天王の一つで、北方を守り、福徳を授ける神。
二二 身分の低い富裕な者。

鉢の奇蹟

聖《ひじり》の鉢《はち》[一]は常に飛び行きつつ《いつも飛びかよっては》、物は入れて来けり《〔中に〕物を入れてもらっては帰ってきた》。大きなる校倉《あぜくら》[二]のあるをあけて、物取り出《いだ》すほどに、この鉢飛びて、例の《いつものように》物乞ひに来たりけるを、「例の鉢来にたり。ゆゆしくふくつけき《ひどく欲の深い》鉢よ」とて、取りて、倉の隅に投げ置きて、とみに《すぐに》物も入れざりければ、鉢は待ちゐたりけるほどに、〔主は〕物どもしたため果てて《処理しおわって》、この鉢を忘れて物も入れず、取りも出さで《取り出しもしないで》、倉の戸をさして《戸をしめ錠をかけて》、主《ぬし》帰りぬるほどに、とばかりありて《しばらくたって》、この倉すずろにゆさゆさと《何ということなくぐらぐらと》揺《ゆる》ぐ《ゆれる》。「いかにいかに」と見騒ぐほどに、揺ぎ揺ぎて《ゆれにゆれて》、土より一尺ばかり揺ぎあがるときに、「こはいかなることぞ」とあやしがりて騒ぐ。「まことまこと[三]《そうそう》、ありつる《さきほどの》鉢を忘れて、取り出でずなりぬる《取り出さないでしまったのは》、それがしわざにや《それのしわざであろうか》」など言ふほどに、この鉢、倉より漏《も》り出でて《抜け出して》、この鉢に倉乗りて、ただ上りに《ぐんぐん上って》、空ざまに《空の方に》一二丈ばかり上る。さて飛び行くほどに、人々見ののしり《見騒ぎ》、あさみ《あきれ》騒ぎあひたり。倉の主も、さらにすべきやうもなければ《まったくどうしようもないので》、「この倉の行かん所を見ん」とて、後《しり》に立ちて《ついて》行く。そのわた《あたり》

一 梵語の pātra に当り、応器と訳される。インドの食器で、托鉢僧のもつ容器。験徳の高い僧は、鉢を飛ばすことができると信じられた。

二 木材を井の字型に組んで外壁を作った倉。その遺構は、正倉院のほかに、東大寺・唐招提寺・教王護国寺などにみられる。

三 伊達本・陽明本に、「まことに〳〵」とある。

四 「河内」は、大阪府の一部。ここは、実は大和の国で、奈良県に当る。二七六頁注五参照。
五 僧の住む所。
六 伊達本・陽明本に、「あさましく」とある。
七 一石は一〇斗で、約一八〇リットル。一斗は一〇升で、約一八リットル。

り《の》の人々も、みな走りけり。さて見れば、やうやう《しだいに》飛びて、河内《かはち》[四]の国《くに》に、この聖の行ふ《修行する》山の中に飛び行きて、聖の坊《ばう》[五]の片端にどうと落ちぬ。

いとど《いよいよ》あさまし[六]と思ひて《あきれたことだと思って》、さりとてあるべきならねば《そうかといってそのままにしておけないので》、この倉主、聖のもとに寄りて申すやう、「かかるあさましきことなん候ふ《ことがございます》。この鉢の常にまうでくれば《やってくるので》、物入れつつ参らするを《さし上げているのに》、今日紛《まぎ》らはしく《忙しさにと》候ひつるほどに《りまぎれておりますうちに》、倉にうち置きて忘れて、取りも出さで、錠《ぢやう》をさし《かけて》て候ひければ《おりましたところが》、この倉ただ揺ぎに揺ぎて、ここになん飛びてまうで《飛んでまいって》きて落ちて候ふ、この倉返し給ひ候はん《お返しいただきたい》」と申すときに、「まことにあやしき《不思議な》ことなれど、飛びて来にければ《飛んできてしまったので》、倉はえ返し取らせじ《返してあげられまい》。ここにかやうの物もなきに《倉のような物もないから》、おのづから物をも置かんによし《どちらにしても物でも置くのに都合がよい》。中なら《中にある》ん物は、さながら取れ《そっくり持ってゆけ》」とのたまへば、主の言ふやう、「いかにし《どのようにして「私》てか《の家まで」》、たちまちに運び取り返さん《ただちに運び返すことができましょうか》。千[七]石《ごく》積みて候ふなり」と言へば、「それはいとやすき《やさしい》ことなり。たしかにわれ運びて取らせん《私が運んで上げよう》」とて、この鉢に一俵を入れて飛ばすれば、雁《かり》などの続きたるやうに、残りの俵ども続きたり。群雀《むらすずめ》一などのやうに、飛び続きたるを見るに、い《いっ》とどあさましく《そうあきれたことで》貴ければ、主《ぬし》の言ふやう、「しばし《しばらく》、皆な遣はしそ《おやりなさるな》二。米二三百《二三百石は》は、とどめて使はせ給へ《残してお使い下さい》」と言へば、聖、「あるまじきこ《とんでもない》となり。それここに置きては、何にかはせん《何にしようか》」と言へば、「さらば、ただ使はせ給ふばかり《お使いなさるだけ》、十二十をも奉らん」と言へば、「さまでも、《それほども必》入るべきことのあらばこそ《要なことがあるはずはない》」とて、主の家にたしかに皆落ちゐにけり《落ち着いてしまった》。

帝の加持

かやうに貴く行ひて《修行をして》過すほどに、その頃、延喜《えんぎ》三の帝《みかど》、重く煩はせ給ひて《重い病気におかかりなさって》、さまざまの御祈りども、御修法《しほふ》四、御読経《どきやう》など、万《よろづ》にせらるれ《さまざまに》ど、さらにえおこたらせ給はず《いっこうによくおなりにならない》。ある人の申すやう、「河内《かはち》五の信貴《しぎ》と申す所に、この年ごろ《長年の間》行ひて、里へ出ることもせぬ聖六候ふなり。それこそいみじく《まことに》貴く験《しるし》ありて《祈りのききめがあって》、鉢を飛ばし、さてゐながら《そうしてすわったまま》、万ありがたき《またとなく尊い》ことをし候ふなれ《するのです》。それを召して祈りせさせ給はば、おこた《よくおなり》

一 群をなした雀。

二 伊達本・陽明本に、「みな〳〵つかはし候そ」とある。

三 第六〇代の醍醐天皇。宇多天皇の皇子。寛平九年（八九七）に即位。その治世は、理想の聖代としてたたえられた。延長八年（九三〇）に、四六歳で崩。

四 「すほふ」「しゆほふ」ともよむ。密教の加持祈禱の法。壇を設け、本尊をすえて、護摩《ごま》をたき、供物をささげて、真言を唱え、印を結んで、息災・増益・降伏などを祈る。

五 『信貴山縁起』に、「やまとにしきといふところに」とあって、大和の国が正しい。奈良県生駒郡平群《へぐり》町の信貴山。その中腹の朝護国孫子寺は、真言宗高野

らせ給ひなんかし《になるでしょうよ》」と申せば、さらばとて《それではといって》[七]蔵人《くらうど》を御使にて召しに遣《つか》はす。行きて見るに、聖のさま、ことに貴くめでたし《りっぱである》。かうかう《これこれと》[八]宣《せん》旨《じ》にて召すなり、とくとく《早く早く》参るべきよし言へば、聖、「何しに《何のために》召すぞ」とて、さらに動きげもなければ《まったく動きそうもなかったので》、「かうかう、御悩《ごなう》大事におはします《ご病苦が重くていらっしゃる》。祈り参らせ給へ《お祈り申して下さい》」と言へば、「それは、参らずとも《参内しなくても》、ここながら《ここにいたまま》祈り参らせ候はん《お祈り申して上げましょう》」と言ふ。「さては、もしおこたらせおはしましたりとも《よくおなりになったとしても》、いかでか《どうして》聖の験《しるし》とは知るべき《知ることができようか》」と言へば、「それは、誰《た》が験《しるし》といふこと、知らせ給はずとも《お分りにならなくても》、ただ御ここちだにおこたらせ給ひなば《ご気分さえよくおなりになれば》、よく候ひなん《それでよいでしょう》」と言へば、蔵人、「さるにても《それにしても》、いかでか《何としてでも》あまたの御祈りの中にも《種々のお祈りの中でも》、その験と見えんこそよからめ《聖のお祈りのききめと分るほうがよいでしょう》」と言ふに、「さらば《それでは》、祈り参らせんに《お祈り申すのに》、[九]剣《けん》の護法《ごほふ》を参らせん。おのづから《もしかして》御夢にも幻《まぼろし》にも御覧ぜば、さとは知らせ給へ《そうとお知り下さい》。剣を編みつつ衣《きぬ》に着たる護法なり。われはさらに《まったく》京へはえ出でじ《出られますまい》」と言へば、勅使帰り参りて、かうかうと申すほどに、三日といふ昼つかた、ちとまどろませ《すこしうとうととなさる》

派に属して、聖徳太子の開基、明練の中興と伝えられる。

六 伊達本・陽明本に、「聖也」とある。

七 蔵人所の職員で、天皇の側近に仕えた者。一三五頁注八参照。

八 勅旨をのべ伝えること。

九 次行に、「剣を編みつつ衣に着たる護法なり」とある。「護法」は、護法童子、護法天童ともいう。仏法の守護に当る童形の鬼神。邪鬼や悪霊を退けるために、験者によって使われる。

給ふともなきに《というほどでもないのに》、きらきらとある物の見えければ、いかなる物にかとて御覧ずれば、あの聖の言ひけん剣《けん》の護法《ごほふ》なりとおぼしめすより《お思いになるとたんに》、御ここちさはさはとなりて《さわやかになって》、いささか《すこしも》心苦しき御事もなく、例ざま《ふだんの》にならせ給ひぬ《ようにおなりになった》。

人々悦《よろこ》びて、聖を貴がりめであひたり《尊く思いほめあった》。帝《みかど》もかぎりなく貴くおぼしめして、人を遣《つか》はして、「僧正《そうじやう》[一]、僧都《そうづ》[二]にやなるべき《なったらよいか》、また、その寺に庄《しやう》[三]などや寄すべき《寄進したらよいか》」と仰せ遣はす。聖承りて、「僧都、僧正、さらに候ふまじきことなり《まったく必要ではないことです》。また、かかる所に、庄など寄りぬれば《寄進されると》、[四]別当なにくれなど《何やかやなどと》出で来て、なかなかむつかしく《かえって煩わしく》罪得がましく《罪を得ることになりそうです》候ふ。ただかくて候はん《このままでおりましょう》」とてやみにけり《おわってしまった》。

かかるほどに、[五]この聖の姉ぞ一人ありける。この聖受戒せんとて、[六]上り《京に》しまま見えぬ、かうまで年ごろ《長年の間》見えぬは、いかになりぬるやらん《どうなってしまったのであろうか》、おぼつかなきに《気がかりなので》尋ねてみんとて、上りて、東大寺、山階寺《やましなでら》[七]のわたりを「命蓮小《まうれんこ》院《ゐん》[八]といふ人やある《人がいるか》」と尋ぬれど、「知らず」とのみ

一 最高の僧官。
二 僧正につぐ僧官。
三 寺領の荘園。
四 荘園の事務をつかさどる役。
五 『信貴山縁起』に、「しなのにはあねそ一人ありける」とあり、二七九頁一一行にも、「信濃なりしわが姉なり」とある。
六 伊達本・陽明本に、「のぼり候まゝ」とある。
七 興福寺。法相宗の大本山。奈良市登大路町にある。山城の山科の邸に、藤原鎌足の夫人によって建てられ、はじめは山階寺《やましな》と呼ばれていた。その後に、大和の飛鳥に移されて、厩坂寺《うまやさか》と改められ、さらに、奈良の都に移され、興福寺と改められたが、藤原氏の氏寺として栄えた。
八 『信貴山縁起』に、「命れむこゐ」とある。『今昔物語集』一一―三六に、「明練」、『諸寺略記』に、「明蓮」とあるが、『信貴山資財宝物帳』などには、「命蓮」とある。

言ひて、「知りたる」と言ふ人なし。尋ねわびて《尋ねあぐんで》、いかにせん《どうしようか》、これが行方《ゆくへ》聞きてこそ帰らめ《聞いたうえで帰ろうと》と思ひて、その夜、東大寺の大仏の御前にて、「この命蓮があり所、教へさせ給へ《お教え下さい》」と、夜一夜申して、うちまどろみたる《うとうとした時の》夢に《夢に》、この仏仰せらるるやう、「尋ぬる僧のあり所は、これより九未申《ひつじさる》の方に山あり、その山に雲たなびきたる所を行きて尋ねよ」と仰せらるると見て覚《さ》めたれば、暁方《あかつきがた》になりにけり。

いつしか、とく夜の明けよかし《早く夜があけてほしいものだと》と思ひて見ゐたれば、ほのぼのと明け方になりぬ。未申の方を見やりたれば、山かすかに見ゆるに、紫の雲たなびきたり。嬉しくて、そなた《そちらを》をさして行きたれば、まことに堂などあり。人ありと見ゆる所へ寄りて、「命蓮小院やいまする《命蓮小院はいらっしゃるか》」と言へば、「誰《た》ぞ」とて出でて見れば、信濃《しなの》なりし《信濃にいた》わが姉なり。「こはいかにして尋ねいましたるぞ《これはどうして尋ねていらっしゃったのか》。思ひがけず」と言へば、あり《さきほ》つる《どの》有様を語る。「さて、いかに寒くておはしつらん。これを着せ《お着せ》奉らんとて持たりつる物なり《しようと思って持ってきたものですよ》」とて、引き出でたるを見れば、一〇ふく

九 西南。

一〇「服体」「服帯」などと解されているが、あきらかではない。『古本説話集』六五、『信貴山縁起』には、「たいといふものを」とある。「たい」は、「衲」で、僧衣をさす。「衲」について、『和名抄』に、「俗云能不、一云太比」とあり、『名義抄』に、「ノフ 一云ダヒ」とある。

たいといふ物を、なべてにも似ず《普通とは違い》、太き糸して、あつあつと、こまかに強げにしたるを持て来たり。悦《よろこ》びて、取りて着たり。もとは、一紙衣《かみぎぬ》一重をぞ着たりける。さて、いと《たいそう》寒かりけるに、これを下に着たりければ、暖かにてよかりけり。さて、多くの年ごろ《長年の間》行ひけり《修行をした》。さて、この姉の尼君も、元の国へ帰らず、とまりゐて、そこに行ひてぞ二ありける。

さて、多くの年ごろ、このふくたいをのみ着て行ひければ、果て《しまい》には《には》、破《や》れ破《や》れと着なしてありけり《ぼろぼろになったのを着こんでいた》。鉢に乗りてきたりし倉をば、飛倉《とびくら》とぞいひける。その倉にぞ、ふくたいの破《や》れなどは《破れたものなどは》納めて、まだあんなり《あるのだ》。その破れの端をつゆばかり《すこしばかりでも》など、おのづから縁にふれ《たまたま何かの縁で手に入れ》て得たる人は《た人は》、守りにしたり。その倉も朽《く》ち破れて、いまだあんなり。その木の端《はし》をつゆばかり得たる人は、守りにし、毘《び》沙門《しゃもん》を作り奉りて持ちたる人は、かならず徳つかぬはなかりけり《裕福にならないものはなかった》。されば、聞く人、縁を尋ねて、その倉の木の端をば買ひ取りける。

一 紙子《かみこ》。紙の着物。厚手の紙に渋を塗り、乾かしてもみ柔らげ、露にさらして臭みを抜いたもので作る。

二 底本に「その」とあるが、諸本によって改めた。

＊ 信貴山の命蓮に関する説話であるが、信貴山の開基と飛倉、延喜の帝《みかど》の加持、信濃の尼の来訪というように、大きく三つの部分からなっている。本話の発端には、「今は昔、信濃国に法師ありけり」と記され、第二部の会話で、さりげなく「信貴」という名があげられ、第三部の会話で、ようやく「命蓮」という名が用いられている。『今昔物語集』一一—三六に、明練という僧が、信貴山を開いたと記され、その飛鉢のことにも触れられているが、本書の記事とつながるものではない。『信貴山縁起絵巻』の詞書《ことばがき》には、本話とほぼ同文の記事が認められるが、第一部のほとんど全文が欠けている。『古本説話集』六五にも、本話とほぼ同文の記事が収められている。『諸寺略記』の信貴山の条にも、きわめて簡略な記事ではあるが、飛鉢や飛倉のことに触れられている。さらに、本話の主要な趣向は、信貴山の縁起を離れても、広い範囲に認められるものである。『今昔物語集』二〇—三九や本書一七三の清滝川の聖、『発心集』四や『古事談』三の浄蔵貴所など、瓶や鉢を飛ばす聖のことは、少なからず知られている。『本朝神仙伝』の比良山の僧の伝、『元亨釈書』一五の泰澄の伝、同書一八の法道の伝は、いずれも第一

さて、信貴《しぎ》とて、えもいはず《いいようもなく》験《しるし》ある所《霊験のある》にて、今に人々明け暮れ参る。この毘沙門は、命蓮聖《まうれんひじり》の行ひ出し奉りけるとか《修行して入手し申し上げたとかいうことである》。

不浄写経の報い

〔一〇二〕 [三]敏行朝臣《としゆきあそん》の事

これも今は昔、敏行といふ歌よみは、手をよく《文字を上手に》書きければ、これ《だれか》かれが言ふに従ひて《れが注文するのに従って》、[四]法華経を二百部ばかり書き奉りたりけり。かかるほどに、にはかに死にけり。われは死ぬるぞとも思はぬに、にはかに搦《から》めて引き張りて《捕えて引っぱって》率《ゐ》て行けば《連れてゆくので》、わればかりの人を《自分ほどの者を》、おほやけ《天皇であって》《も》と申すとも、かくせさせ給ふべきか《このようになさってよいだろうか》、心得ぬわざかな《わけのわからないことだなと》と思ひて、搦めて行く人に「これはいかなることぞ、何事の過《あやま》ちにより、かくばかりの目をば見るぞ《ひどい目にあうのか》」と問へば、「いさ《さあ》、われは知らず。『たしかに召して来《こ》』と仰せを承りて、[五]率て参るなり。そこは法華経や書き奉《あなたは法華経をお書き申したか》

部の飛倉と通ずるものとして注目される。それによると、比良山の僧や臥行者や法道は、水上の船に鉢を飛ばして供を求めたが、船頭がまったくとりあわなかったので、米俵は空を飛んで山頂に運ばれ、船頭が深く詫びたところが、米俵は空を飛んで船中に返されたというのである。『扶桑略記』延長八年八月の条に、尊意僧正が醍醐《だいご》天皇を加持したと記され、その記事の裏書には、「召二河内国志貴山住沙弥命蓮一、令レ候二左兵衛陣一、為二加持一候二御前一」とあって、命蓮が御前まで参ったとされ、本話の第二部の記事と異なっている。しかし、前記の『元亨釈書』一五では、泰澄が天皇の加持に召されたとあって、その弟子の浄定行者が、師匠の命令をうけて、わずか一日の間に、都と越知峰とをゆききしたというのは、第二部の護法童子と通ずるようである。本書以外の記録には、第三部の尼のことは認められないが、当時の信貴山では、倉の木の端とともに、聖の衣の切れがもてはやされたので、おもにそのいわれとして語られたものであろう。

三 藤原氏、富士麻呂の子。従四位上、右近衛督。延喜元年（九〇一）または七年（九〇七）没。『今昔物語集』一四―二九に、「右近ノ少将橘ノ敏行」とある。

四 『妙法蓮華経』。大乗経典の一。

五 底本・伊達本・陽明本に、「いて」とあるが、古活字本などによって改めた。

りたる」と問へば、「しかじか《こうこう》書き奉りたり」と言へば、「わがため《自分自身のた》にはいくらか書きたる《めにはどれほど書いたか》」と問へば、「わがためとも侍らず、ただ人の書かすれば、二百部ばかり書きたるらんと覚《おぼ》ゆる」と言へば、「そのことの愁《うれ》へ出で来て《訴えがおこって》、沙汰《さた》のあらんずるにこそあめれ《裁きが行われようとするのであろう》」とばかり言ひて、また異事《ことごと》も言はで《ほかのことも言わないで》行くほどに、あさましく人の向かふべくもなく《気味わるく面とむかうことができないで》、恐ろしといへばおろかなる者の《恐ろしいということばでは言いつくせない者の》、眼をみれば、稲光《いなびかり》のやうに《電光のように》ひらめき、口は炎《ほむら》などのやうに《火炎などのように》、恐ろしき気色《けしき》したる軍《いくさ》[一]の、[二]鎧甲《よろひかぶと》着て、えもいはぬ《いいようもない》馬に乗り続きて、二百人ばかりあひたり。見るに肝惑《きもまど》ひ《心が迷い》、倒れ伏しぬべきここちすれども、われにもあらず《心にもなく》、引き立てられて行く。

さて、この軍は先立ちて去《い》ぬ。われ搦《から》めて《捕えて》行く人に、「あれは、いかなる軍ぞ」と問へば、「え知らぬか《分らないのか》。これこそなんぢに経あつらへて《頼んで》書かせたる者どもの、その経の功徳《くどく》[三]によりて、天[四]にも生れ、帰るとも、よき身とも生る[五]べかりしが《生れるはずであったのが》、なんぢがその経書き奉ると

一 軍兵。軍勢。
二 底本に「鎧男」とあるが、諸本によって「鎧甲」と改めた。
三 現世・来世の幸福をもたらすもととなるよい行い。
四 伊達本・陽明本に、「天にもむまれ極楽にもまいり又人にむまれ帰るとも」とあり、古活字本などに、「天にも生れ極楽にも参り又人に生かへるとも」とある。天は、六道の一つで、人間界の上にある清浄な世界。
五 同じ人間でも、前世の行いによって、それぞれの

て、魚をも食ひ、女にも触れて、清まはる[六]こともなくて、心をば女のもとに置きて、書き奉りたれば、その功徳のかなはずして、かくいかう《このようにいかめしく》武《たけ》き身に生れて《たけだけしい身に生れて》、なんぢを妬《ねた》がりて《恨めしがって》、『呼びて給はらん《呼んで下さい》。その仇《あだ》報ぜん《返そう》』と愁へ申せば《お訴え申すので》、このたびは、道理にて召さるべきたび《筋道どおりに召されるはずの時期で》にあらねども《はないが》、この愁へによりて召さるるなり」と言ふに、身も切[七]るるやうに、心もしみ凍りて《こおりついて》、これを聞くに、死ぬべきここちす。

さて、「われをばいかにせんとて《私をどうしようというので》、かくは申すぞ《このように言うのですか》」と問へば、「おろかにも問ふかな。その持ちたりつる太刀[八]《たち》、刀にて、なんぢが身をば、まづ二百に切り裂きて、おのおの一切れづつ取りてんとす《取ってしまおうとする》。その二百の切れに、なんぢが心も分れて、切れごとに心のありて、せためられん《責めさいなまれる》に従ひて《につれて》、悲しくわびしき目を見んずるぞかし《つらい目にあおうとするのだ》。堪へがたきこと、たとへん方あらんやは《たとえようがあろうか》」と言ふ。「さて、そのことをば、いかにしてか助かるべき《どうしたら助かることができるのか》」と言へば、「さらに[九]われも心も及ばず《まったく自分も考え及ばない》。ましてか助かるべきことは[一〇]あるべきにあらず《あるはずがない》」と言ふに、歩[一一]《あゆ》むそらなし。

境涯に生れると信じられた。

六 底本に「きよまいる」とあるが、諸本によって改めた。「清まはる」は、物忌をして心身を清める、潔斎すること。

七 伊達本・陽明本に、「きる」とある。

八 腰におびる長い刀。

九 伊達本に、「更〱」、陽明本に、「更々」とある。

一〇 伊達本・陽明本に、「身は」、古活字本に、「ちからは」とある。

一一 足も地につかない、うわのそらの状態をさす。

また行けば、大きなる川あり、その水を見れば、濃くすりたる墨の色にて流れたり。あやしき《不思議な》水の色かなと見て、「これはいかなる水なれば、墨の色なるぞ」と問へば、「知らずや、これこそなんぢが書き奉りたる法華経の墨の、かく流るるよ《このように流れるのだ》」と言ふ。「それはいかなれば《どうして》、かく川にては流るるぞ《川として流れるのか》」と問ふに、「心のよく誠をいたして《心をこめ誠を尽して》、清く書き奉りたる経は、さながら《そのまま》王宮[一]に納められぬ。なんぢが書き奉りたるやうに、心きたなく、身けがらはしうて書き奉りたる経は、広き野に捨て置きたれば、その墨の雨に濡れて、かく川にて流るるなり。この川は、なんぢが書き奉りたる経の墨の川なり」と言ふに、いとど恐ろしともおろかなり《いよいよ恐ろしいとも何とも言いようがない》。「さても、このことは、[二]いかにしてか助かるべきことある。教へて助け給へ」と、泣く泣く言へば、「いとほしけれ《かわいそうだが》ども、よろしき《ひととおりの》罪ならばこそは、助かるべき方《かた》をも構へめ《方法をも考えよう》。これは心も及び《考えも及ばない》、口にても述ぶべきやうもなき罪《言葉でも述べられないような重い罪なので》なれば、いかがせん《どうしようもない》」と言ふに、ともかくも言ふべき方なうて《もう何も言いようもなくて》行く

一　閻魔王宮。『今昔物語集』一四―二九に、「龍宮ニ納マリヌ」とある。

二　底本に「いかにしか」とあるが、諸本によって改めた。

三 伊達本・陽明本に、「程も」とある。
四 底本・伊達本・陽明本に、「いて」とあるが、古活字本などによって改めた。
五 『今昔物語集』一四―二九に、「前《サキ》ニ立テヽ」とある。
六 底本・伊達本・陽明本に、「いて」とあるが、古活字本などによって改めた。
七 くびかせ。刑具の一つで、鉄や木で作り、首にはめて自由に動けないようにするもの。
八 底本に「あやまりて」とあるが、諸本によって改めた。
九 『金光明経《こんこうみょうきょう》』。四巻一八品からなる。
一〇 閻魔の庁。

写経供養の願

[三]ほどに、恐ろしげなるもの走りあひて《走り寄ってきて》、「遅く率《ゐ》[四]て参る《連れてきたぞ》」と戒め言へば、それを聞きて、〔敏行を〕[五]さげたてて《ひっさげて》率て参り[六]ぬ。大きなる門に、わがやうに引き張られ《自分と同じように引いてこられ》、また頸枷《くびかし》[七]などいふ物をはげられて《はめられて》、結ひかがめられて《ぐるぐる巻きに体を曲げられて》、堪へがたげなる目ども見たる者どもの《たえられそうもない目にあっている者どもは》、数も知らず、十方より出で来たり《方々から集まって出てきた》。[八]集まりて門に所なく入り満《み》ちたり。門より見入るれば、あひたりつる《さきに出あった》軍《いくさ》ども、目をいからかし、舌なめづりをして、われを見つけて、とく出《い》で来かし《出てこいよと》と思ひたる気色にて、立ちさまよふを見るに、いとど土も踏まれず《いよいよ足が地につかない》。「さてもさても、いかにし侍らんとする」と言へば、その控《ひか》へたるもの《引き押えている者》、「[九]四巻経書き奉らんといふ願を発《おこ》せ」とみそかに《ひそかに》言へば、今門入るほどに《ちょうど門を入るときに》、この科《とが》は《罪は》、四巻経書き、供養してあがはん《つぐなおう》といふ願を発《おこ》しつ。

さて、入りて庁[一〇]の前に引き据ゑつ。事沙汰する人《裁きをする人が》、「かれは敏行か」と問へば、「さに侍り《さようでございます》」と、この付きたるもの答ふ。「愁へどもしきりなるものを《訴えがたびたびかさなるのに》、など《どうして》遅くは参りつるぞ」と言へば、「召し捕りたるまま、滞《とどこほ》りなく《すぐさま》率《ゐ》[一]て参りて候ふ《連れて参ったのです》」と言ふ。「娑婆《しやば》[二]にて何事かせし《どんなことをしたか》」と問はるれば、「仕《つかま》りたることもなし《これといってたいしたこともありません》。人のあつらへに従ひて《人の頼みによって》、法華経を二百部書き奉りて侍りつる」と答ふ。それを聞きて、「なんぢはもと受けたるところの命は《もともと授けられている寿命は》、いましばらくあるべけれども《あるはずであるが》、その経書き奉りしことの、けがらはしく清からで書きたる《清らかな心ではなくて書いたという訴えが》愁への出で来て、搦《から》められぬるなり《ひっ捕えられたのだ》。すみやかに愁へ申すものどもに出《いだ》し賜《た》びて《身がらを渡してやって》、かれらが思ひのままにせさすべきなり」とあるときに、ありつる《さきほどの》軍《いくさ》ども悦《よろこ》べる気色《けしき》にて請《う》け取らんとするとき、わななくわななく《ぶるぶると震えながら》、「四巻経書き、供養せんと申す願の候ふを、そのことをなんいまだ遂《と》げ候はぬに、召され候ひぬれば、この罪重く、いとどあらがふ方候はぬなり《ますます抗弁する余地もございません》」と申せば、この沙汰《さた》する人《裁きをする人が》聞き驚きて、「さることやはある《そういうことがあるのか》。まことならば不便《ふびん》なりけることかな《かわいそうなことだな》。帳[三]を引きて《ひらいて》見よ」と言へば、また人《別の人が》、大きなる文《ふみ》を《文書を》取り出でて、引く引く見るに《くりひろげながら》、わがせしことどもを一事もおとさず、記《しる》しつけたる中に、罪のこと

一 底本・伊達本・陽明本に、「いて」とあるが、古活字本などによって改めた。
二 伊達本・陽明本・古活字本に、「娑婆世界」とある。人間界をさす。梵語の sahā に当り、忍土、忍界と訳される。多くの衆生がさまざまな苦悩に堪えて生きる所。
三 底本に「十」、伊達本・陽明本に「丁」、古活字本に「帳」とある。ここでは、閻魔王の帳簿。亡者の生前の善行悪行が記されているという。

のみありて、功徳《くどく》のこと一つもなし。この門入りつるほどに発《おこ》しつる願なれば、奥の《奥書の》果《はて》に記されにけり《おわりに記されていたのだった》。文引き果てて、今はとする《もうおわりという》と四きに《ときに》、「さること侍り《そういうことがございます》。この奥にこそ記されて侍れ」と申し上げければ、「さては、いと不便のことなり。このたびの暇《いとま》をば、許し給《た》びて《許し与えて》、その願遂げさせて《遂げさせておいて》、《〔その上で〕》ともかくもあるべきことなり《どうともするのがよいのだ》」と定められければ、この目を怒《いか》らかして《いからして》、われをとく得んと、手をねぶりつる《手につばをつけて待っていた》軍どもも失《う》せにけり。「たしかに娑婆世界に帰りて、その願かならず遂げさせよ」とて、許さるると思ふほどに、生き返りにけり。

妻子泣きあひてありける二日《二日目に》といふに、夢の覚《さ》めたるここちして、目を見あけたりければ《見開いたので》、生き返りたりとて、悦びて、湯飲ませなどするにぞ、さは《それでは》、われは死にたりけるに《死んだのであったと》こそありけれと心得て、勘《かんが》へられつることども《問いただされたことなど》、ありつる有様、願を発して、その力にて許されつることなど、明らかなる鏡に向かひたらんやうに覚えければ《覚えていたので》、いつしか《いつか早く》、わが力付きて清まはりて《自分の体力がついて潔斎して》、心清く四巻経書き、供養し奉

四 伊達本に、「ほとに」とあり、陽明本に、「程ニ」とある。

らんと思ひけり。

一 やうやう日ごろ経《へ》（しだいに何日も経ち）、頃過ぎて、例のやうにここちもなりにければ（ふだんのような気分にもなったので）、いつしか四巻経書き奉るべき紙、経師《きやうじ》二にうち継がせ（継ぎあわせさせ）、鎅《け》三掛けさせて書き奉らんと思ひけるが、なほもとの心の色めかしう（生れつきの心が色好みで）、経仏の方に心の至らざりければ（ゆかなかったので）、この女のもとに行き、あの女懸想《けさう》四し（思いをかけ）、いかで（何とかして）よき歌詠まんなど思ひけるほどに、［経を書く］暇《いとま》もなくて、はかなく（むなしく）年月過ぎて、経をも書き奉らで、この受けたりける（生きると約束された）齢《よはひ》の限りにやなりにけん（限りとなってしまったのか）、つひに失《う》せにけり（死んでしまった）。

写経供養の功徳

その後一二年ばかり隔てて、紀友則《きのとものり》五といふ歌詠みの夢に見えけるやう、この敏行と覚《おぼ》しき（思われる）者にあひたれば、敏行とは思へども、さまかたちたとふべき方もなく（たとえようもなく）、あさましく恐ろしうゆゆしげにて（いまわしい様子で）、うつつにも（生前にも）語りしことを言ひて、「四巻経書き奉らんといふ願によりて、しばらくの命を助けて、［この世に］返されたりしかども、なほ心のおろかに怠りて、その経を書かずして、つひに失せにし（死んでしまった）罪によりて、たと（たとえ）

一『今昔物語集』一四―二九に、「漸ク月日過テ」とある。「頃過ぎて」は、「月ごろ過ぎて」かとも考えられる。

二 経巻の書写に当るもの。また、経巻の表装に当るもの。後には、広く表具師をいう。

三 文字の行間の界線。

四 底本・伊達本・陽明本に、「けしやうし」とあるが、古活字本によって改めた。

五 紀有友の子。大内記、正六位。没年未詳。歌人で、『古今集』撰者の一人。

ふべき方もなき《られそうもない》苦を受けてなんあるを《おりますのを》、もしあはれと思ひ給はば、その料《れう》の紙はいまだあるらん《用紙はまだあることと思います》、その紙尋ねとりて《探し出して》、三井寺《みゐでら》六にそれが《何とかと》しといふ《いう》僧にあつらへて《頼んで》、書き供養をさせて給べ《た》《下さい》」と言ひて、大きなる声をあげて泣き叫ぶと見て、汗水《あせみづ》になりておどろきて《汗みどろになって目を覚まして》、明くるや遅きと《夜が明けるとともに》、その料紙尋ね取りて《尋ね出して》、やがて《すぐに》三井寺に行きて、夢に見つる僧のもとへ行きたれば、僧見つけて、「嬉しきことかな。ただ今人を参らせん《さし上げよう》、みづからにても参りて申さんと思ふことのありつるに《自分でもうかがって申し上げようと思うことがございましたのに》、かくおはしましたることの嬉しさ《おいで下さったのは嬉しいことです》」と言へば、［友則は］まづわが見つる夢をば語らで《語らないで》、「何事ぞ」と問へば、「今宵《こよひ》の夢に、故敏行七朝臣《あそん》の見え給ひつるなり《お見えになったのです》。四巻経書き奉るべかりしを《お書き申し上げるはずであったが》、心の怠りに、え書き供養し奉らずなりにし《書写し供養し申し上げることができないでおわってしまった》、その罪によりて、きはまりなき《限りない》苦を受くるを、その料紙は御前のもとになんあらん《あなたの所にあるだろう》、その紙尋ねとりて、四巻経書き、供養し奉れ。事のやうは《くわしい事情は》、御前に問ひ奉れとありつる《お尋ねせよということであった》。大きなる声を放《はな》ちて、叫び泣き給ふと見つる」と語るに、あはれなる

六 園城寺《おんじようじ》。滋賀県大津市。天台宗寺門派の総本山で、比叡山延暦寺と対立した。

七 底本に「右敏行朝臣」とあるが、諸本によって改めた。

＊『今昔物語集』一四—二九に、本話と同話に当るものが収められている。また、『十訓抄』六にも、「右兵衛督敏行不浄にて、人のあつらへける経を数多書けるを、清書の料紙《れうし》を書けがしけるとて、料帋《れうし》をば帝釈宮《たいしやく》におさめ

ことおろかならず、さし向かひて、さめざめと二人泣きて、「われもしかじか《こうこう》夢を見て、その紙を尋ねとりて、ここに持ちて侍り」と言ひて取らするに、いみじうあはれがりて、この僧まことをいたし《真心を尽して》て、手づから《自分の手で》みづから書き、供養し奉りてのち、また二人が夢に、この功徳《くどく》によりて、堪へがたき苦少し免《まぬが》れたるよし、ここちよげに《気持よさそうで》て、かたちも初め見しには変りて、よかりけりとなん見けり。

〔一〇三〕 東大寺[一]華厳会《けごんゑ》[二]の事

これも今は昔、東大寺に恒例《こうれい》の大法会《だいほふゑ》[三]あり、華厳会とぞいふ。大[四]仏殿の内に高座《かうざ》[五]を立てて、講師《こうじ》[六]上《のぼ》りて、堂の後《うしろ》[七]よりかい消つやうに《かき消すようにして》して逃げて出づるなり。古老伝へて言はく、「御寺建立《こんりふ》のはじめ、鯖《さば》を売る翁来たる。ここに本願[八]の上皇[九]召しとどめて、大会の講師と

られたり。文字をあらひ捨たる水、黒大河と成て、敏行のよみぢのあだとなりけるこそよしなくおぼゆれ。結縁はいみじけれども、不信ならば其かひなかるべきにや」とあって、やはり不浄の写経の報いについて説かれている。なお、『古今集』一六に、「藤原敏行朝臣の身まかりけるときに、詠みてかの家に遣はしける、紀友則」と題して、「寝ても見ゆ寝でも見えけり大方はうつせみの世ぞ夢にはありける」と詠まれており、敏行と友則との関係が示されている。

一 奈良市雑司町にある華厳宗の総本山。

二 華厳経を講説する法会。『建久御巡礼記』に、「此寺ニ三月十四日恒例ノ法会トシテ華厳会ト云」とある。

三 法会は、仏法を説き、死者の供養をいとなむ会合。

四 東大寺の盧遮那仏《るしゃなぶつ》を安置した仏殿。天平勝宝三年(七五一)に完工、治承四年(一一八〇)に焼失、その後に再建された。

五 論議や説法をする僧のために設けた高い席。

六 法会などで、左の高座に上って仏典の講説をする僧。右の高座は読師《どくし》の席。

七 『建久御巡礼記』に、「会ノ中間ニ高座ヨリ下リテ、堂ノ後戸ヨリ逃出ル也」とある。

八 寺院などを創立し、法会などを発起した人。

九 ここでは、聖武天皇。神亀元年(七二四)から天平二一年(七四九)まで在位。東大寺を建立して、丈

す。売るところの鯖を経机に置く。変じて[一〇]八十華厳経となる。すなはち、講説のあひだ、[一一]梵語《ぼんご》をさへづる《しゃべる》。法会《ほふゑ》の中間に、高座にして《高座にいながら》たちまちに失せをはりぬ《見えなくなってしまった》」。また言はく、「鯖を売る翁、杖《つゑ》を持ちて鯖を担《にな》ふ。その鯖の数八十、すなはち変じて八十華厳経となる」。くだんの《そのときの》杖の木、大仏殿の内、[一二]東回廊の前に突き立つ。たちまちに枝葉をなす。これ[一三]白榛《びやくしん》の木なり。今[一四]伽藍《がらん》の栄え衰へんとするにしたがひて、この木栄え枯るといふ。かの会《ゑ》の講師、このころまでも《今の世までも》、中間に高座よりおりて、後戸よりかい消つやうにして出づること、これをまなぶなり《まねるのである》。

かの鯖の[一五]杖の木、三四十年がさきまでは、葉は青くて栄えたり。そののち、なほ枯木にて立てりしが《立っていたが》、このたび、[一六]平家の炎上に焼けをはりぬ。世の末の仕儀《しぎ》口惜《くちを》しかりけり《なりゆきは残念であった》。

六の盧遮那仏を鋳造した。天平勝宝八年（七五六）に、五六歳で崩。

一〇『大方広仏華厳経』。華厳宗の所依の経典。東晋の仏陀跋陀羅の旧訳（六十華厳）、唐の実叉難陀の新訳（八十華厳）、唐の般若の貞元訳（四十華厳）というように、三種の訳本が伝えられる。

一一 古代インドの文語に当るサンスクリット。原始仏典を訳すのに用いられた。

一二『東大寺要録』一一、『建久御巡礼記』に、「東近廊前」、『古事談』三に、「東面廊前ニ」、『今昔物語集』一一―七に、「堂ノ前ノ東ノ方ニ」とある。

一三 松杉科の常緑喬木。

一四 僧が集まり住んで仏道を修行する所。

一五 底本には、「杖の木」から「栄えたり」まで脱落。伊達本・陽明本などによって補う。

一六 治承四年に、平重衡が南都を攻めて、東大寺を焼き払ったこと。

鯖の杖の木

＊『東大寺要録』一一、『建久御巡礼記』『古事談』三に、これと同話に当るものが掲げられ、『今昔物語集』一一―七にも、これと類話に当るものが収められている。本書の成立年代を論ずるのに、「かの鯖の杖の木」以下の部分が引かれるが、後藤丹治氏の「建久御巡礼記を論じて宇治拾遺の著述年代に及ぶ」（『文学』四）に説かれたように、この記事そのものが、『建久御巡礼記』に基づくものと認められる。

〔一〇四〕猟師、仏を射る事

聖と猟師

昔、愛宕《あたご》[一]の山に、久しく行ふ《修行をする》聖《ひじり》[二]ありけり。年ごろ《長年の間》行ひて、坊《ばう》[三]を出づる事なし。西の方に猟師あり。この聖を貴みて、常にはまうでて《日頃は参って》、物奉りなどしけり《物をさし上げたりしていた》。久しく参らざりければ、餌袋《ゑぶくろ》[四]に干飯《ほしいひ》[五]など入れて、まうでたり。聖悦《よろこ》びて、日ごろのおぼつかなさなどのたまふ《〔逢わずに過した〕日々の心細さなどをおっしゃる》。その中にゐよりて《近づき坐って》のたまふやうは、「このほど《この頃まことに》いみじく貴きことあり。この年ごろ、他念なく《一心に》経[六]をたもち奉りてある《信じてお読み申し上げている》験《しるし》やらん《お蔭であろうか》、この夜ごろ《幾晩もの間》、普賢菩薩《ふげんぼさつ》[七]、象に乗りて見え給ふ。《〔あなたも〕》今宵《こよひ》とまりて《とまって》、拝み給へ」と言ひければ、この猟師、「よに貴きことにこそ候ふなれ《まことに尊いことでございますね》。さらば、泊りて拝み奉らん」とて、とどまりぬ。

普賢菩薩の出現

さて、《〔猟師は〕》聖の使ふ童《わらは》のあるに《いたのに》問ふ、「聖のたまふやう、いかなること《どういうことか》

一 京都市左京区嵯峨の北部の山。その山頂に愛宕神社があって、古く愛宕権現としてあがめられた。
二 民間の遊行の僧。三三三頁注一一参照。『今昔物語集』二〇—一三に、「持経者ノ聖人」とある。
三 僧の住む所。
四 鷹の餌を入れてもちあるく袋。後には、食物を入れてもちあるくもの。
五 干して乾かして貯えておく飯。水に浸して食べた。『今昔物語集』二〇—一三に、「可然菓子《シカルベキクダモノ》ナド入テ」とある。
六 『今昔物語集』二〇—一三に、「法花経ヲ」とある。
七 文殊菩薩とともに、釈迦如来に侍して、右の脇侍に立つ。六牙の白象に乗る。法華の持経者を守るという。

とぞや。おのれも《おまえも》、この仏をば拝み参らせたりや《お拝み申し上げたのか》」と問へば、童は「五六度ぞ見奉りて候ふ《お拝み申し上げました》」と言ふに、猟師、われも見奉ることもや《こともあるか》あるとて《もしれないというので》、聖の後《うしろ》に、いねもせずして起きゐたり。九月二十日のことなれば、夜も長し、今や今やと待つに、夜半《よは》過ぎぬらんと思ふほどに、東の山の峰《みね》より、月の出づるやうに見えて、峰の嵐もすさま《ものすご》じきに《いおりに》、この坊の内、光さし入りたるやうにて、明《あか》くなりぬ《あかるくなった》。見れば、普賢菩薩白象《びやくざう》に乗りて、やうやうおはし《しずしずとおいでになり》て、坊の前に立ち給へり。

聖泣く泣く拝みて、「いかに、ぬし殿は拝み奉るや《あなたはお拝み申したか》」と言ひければ、「[八]いかがは、この童も拝み奉る。をいをい《おうおう》、いみじう貴し」とて《「そう》、猟師思ふやう《言いながら」》、聖は、年ごろ、経をもたもち《身に備え》、読み給へばこそ、そ《その》の目ばかりに見え給はめ《目だけにはお見えになるだろうが》、この童、わが身などは、経の向きたる方《かた》も知らぬに《方向もわからないのに》、見え給へるは、心得られぬことなり《合点のゆかない》と、心のうちに思ひて、[九]このこと試《こころ》みてむ、これ罪得《う》べきことにあらず《罪となるようなことではなかろうと思って》と思ひて、尖《とが》[一〇]

普賢菩薩の正体

八「いかがは拝み奉らざらん」の略で、どうしてお拝み申し上げないことがありましょうかの意。『今昔物語集』二〇—一三に、「極《キハメ》テ貴ク礼《ヲガ》ミ奉ル」とある。

九『今昔物語集』二〇—一三に、「此ヲ試ミ奉ラムニ、信ヲ発《オコ》サムガ為ナレバ、更ニ罪可得《ウベキ》事ニモ非《アラジ》」とある。

一〇 やじりの鋭くとがっている矢。「やじり」は、矢《や》柄《がら》の先につけられて、物に突き刺さる部分。

り矢を弓につがひて《つがえて》、聖の拝み入りたる上よりさし越して《のしかかるようにして》、弓を強く引きて、ひやうと射たりければ、御胸《普賢菩薩の》のほどに当るやうにて、火をうち消つごとくにて《うち消すようにして》、光も失《う》せぬ。谷へとどろめきて《鳴りひびいて》、逃げ行く音す。聖、「これはいかにし給へるぞ《どうなさったのか》」と言ひ、泣き惑《まど》ふこと限りなし。男申しけるは、「聖の目にこそ見え給はめ《聖の目にお見えになることがあっても》、わが罪深き者の《私のように罪深い者の》目に見え給へば《目にお見えになるので》、試み奉らむと思ひて《「おかしいと思い」》、射つるなり。まことの仏ならば、よも《まさか》矢は立ち給はじ。されば《矢が立つのだから》、怪しきものなり」と言ひけり。

夜明けて、血をとめて行きて《血の跡をつけていって》見ければ、一町ばかり行きて、谷の底に、大きなる狸《たぬき》の、胸より尖《とが》り矢を射通されて、死して伏《ふ》せりけり。

聖なれど、無智なれば、かやうに化かされけるなり。猟師なれども、慮《おもんぱかり》ありければ、狸を射殺し、その化けをあらはしける《化けの皮をはいだのである》なり。

＊『今昔物語集』二〇―一三に、これと同話に当るものが収められている。また、殺生を犯す猟師が、徳の高い聖に導かれたという説話は、少なからず伝えられている。本話のように、分別のある猟師が、思慮のない聖よりまさっていたという説話も、それらとかかわりあうものであろうか。

〔一〇五〕千手院《せんじゆゐん》僧正《そうじやう》、仙人《せんにん》に逢ふ事

仙人の読経聴聞

昔、山[一]の西塔《さいたふ》[二]千手院に住み給ひける静観《じやうくわん》[三]僧正と申しける座主《ざす》[四]、夜ふけて、尊勝陀羅尼《そんしようだらに》[五]を夜もすがら見て明かして《夜通し読みあかして》、年ごろ《長年に》になり給ひぬ。聴く人も、いみじく《たいそう》貴みけり。陽勝《やうしよう》[六]仙人と申す仙人、空を飛びて、この坊[七]の上を過ぎけるが、この陀羅尼の声を聞きて、おりて、高欄《かうらん》[八]の矛木《ほこぎ》[九]の上にゐ給ひぬ《お坐りになった》。僧正怪しと思ひて、問ひ給ひければ、蚊の声のやうなる声して《蚊の鳴くような細い声で》、「陽勝仙人にて候ふなり。空を過ぎ候ひつるが、尊勝陀羅尼の声を承りて、参り侍るなり」とのたまひければ《おっしゃったので》、戸をあけて請《しやう》ぜられければ《招かれたところが》、飛び入りて、前にゐ給ひぬ《お坐りになった》。年ごろの《長年の》物語して「今はまかりなむ《もうおいとましましょう》」とて、立ちけるが、人気《ひとけ》《人のけはいに》におされて《圧せられて》、え立たざりければ《立てなかったので》、「香炉《かうろ》[一〇]の煙を近く寄せ給へ」とのたまひければ、僧正香炉を近くさし寄せ給ひける。その煙に乗りて、空へ昇

一 比叡山延暦寺。四四頁注五参照。
二 西塔は、東塔・横川とともに、比叡山の三塔の一。『今昔物語集』一三―三には、「西塔ノ千光院」とある。七〇頁注一〇参照。
三 増命。六九頁注七参照。
四 天台座主。延暦寺の住持として、天台宗の総監に当る職。
五 『仏頂尊勝陀羅尼経』。善住天子が七度まで畜生道に堕ちるのを救うために、帝釈天が釈尊から教えられたという呪言。これを唱えると、苦難病悩を免れ、長寿安楽を得ると信じられた。
六 紀氏。能登の国の人。元慶三年(八七九)に、一一歳で、比叡山に登り、修行を重ねた。その後に、大和の国吉野山に移って、延喜元年(九〇一)に、ついに仙人に化したという。「仙人」は、人間界を離れ、不老不死で、神変の術を得たという人。
七 僧の住む所。
八 堂舎の周囲にめぐらした欄干。
九 高欄の柱で、矛の形に似たもの。
一〇 香をたく器。

りにけり。この僧正は、年を経て（年久しく）、香炉《かうろ》をさしあげて、煙を立ててぞおはしける。この仙人は、（僧正が）もと使ひ給ひける僧の、行ひして（修行して）失《う》せにけるを、年ごろ怪しとおぼしけるに（長年不思議だとお思いになっていたが）、かくして参りたりければ、あはれあはれとおぼしてぞ（心にしみじみとお感じになって）、常に泣き給ひける。

〔一〇六〕 滝口道則《たきぐちみちのり》[一]、術を習ふ事

昔、陽成院《やうぜいのゐん》[二]位にておはしましけるとき（御位についていらっしゃったときに）、滝口道則、宣旨《せんじ》[三]を蒙《かうむ》[四]りて、陸奥《みちのく》[五]へ下るあひだ、信濃《しなの》[六]の国ひく《くに》[七]にといふ所に宿りぬ。郡の司《つかさ》[八]に宿をとれり。設《まう》けし侍りもてなして（食事を用意して）のち、あるじの（主人の）郡司は、郎等《らうどう》[九]引き具《ぐ》して（ひき連れて）出でぬ。いも寝られざりければ（眠られなかったので）、やはら（そっと）起きて、たたずみありくに（さまよいあるくうちに）、見れば、屏風《びやうぶ》を立てまはして、畳《たたみ》など清げに（こぎれいに）敷き、火燈《とも》して、よろづめやすきやうにしつらひたり（すべて体裁のよいようにととのえられている）。そら薫物《だきもの》[一〇]するやらんと、香《かう》ば

＊『今昔物語集』一三—一、『真言伝』四には、これと同話に当るものが認められる。本書二〇・二一でも、静観僧正の霊験について伝えられているが、特に本話では、陽勝仙人の奇特と結びつけられている。大東急記念文庫蔵『陽勝仙人伝』をはじめ、『扶桑略記』延喜元年八月、『本朝法華験記』中—四四、『本朝神仙伝』陽勝伝、『元亨釈書』一八などにも、この仙人の伝が掲げられており、かなりよく知られたものといえよう。

陰茎の喪失

一 『今昔物語集』二〇—一〇に、「道範ト云滝口」とある。伝記は未詳。「滝口」は、禁中の警固に当る武士。二六九頁注一三参照。

二 第五七代の天皇。清和天皇の皇子。貞観一八年（八七六）から元慶八年（八八四）まで在位。天暦三年（九四九）に、八二歳で崩。

三 天皇の勅旨をのべ伝える文書。

四 伊達本・陽明本に、「承て」とあり、古活字本に、「承」とある。

五 奥羽地方の東部で、おおむね青森・岩手・宮城・福島の四県に当る。

六 長野県。

七 未詳。古活字本などに、「ひくう」とあり、『今昔物語集』二〇—一〇では、欠字とされている。

八 郡司。二九頁注一〇参照。

九 家来。従者。

しき香しけり。いよいよ心にくく覚えて《おくゆかしく思われて》、よく覗《のぞ》きて見れば、年二十七八ばかりなる女一人ありけり。みめことがら《顔だちや体つき》、姿、有様、ことに《格別に》いみじかりけるが《美しい人が》、ただ一人臥《ふ》したり。見るままに、ただあるべきここちせず《そのまま見過すべき気もしないし》、あたりに人もなし。火は几帳《きちやう》[一一]の外に燈《とも》してあれば、明《あか》くあり《あかるい》。さて、この道則思ふやう、よによにねんごろにもてなして《まことに丁重にもてなしてくれて》、志ありつる《好意を示した》郡司の妻を、うしろめたなき心つかはんこと《うしろぐらい心を抱くことは》、いとほしけれど《気の毒であるが》、この人の有様を見るに、ただあらむことかなはじ《そのまま見過すことはできまいと》と思ひて、寄りて傍《かたはら》に臥《ふ》すに、女、けにくくも《そっけなくも》驚かず、口おほひをして《袖で口をおおって》、笑ひ臥したり。言はむ方《かた》なく《いいようもなく》嬉しく覚えければ、九月《ながつき》十日ごろなれば、衣《きぬ》もあまた着ず、一襲《かさね》[一二]ばかり男も女も着たり。香ばしきこと限りなし。わが衣をば脱ぎて、女の懐《ふところ》へ入るに、しばしは〔着物を〕引き塞《ふた》ぐやうにしけれども《引き合せて前をおおうようにしたが》、あながちにけにくからず《しいて憎らしいそぶりでもなく》、懐に入りぬ。男の前の[一三]痒《かゆ》きやうなりければ、探りて見るに、物なし。驚き怪しみて、よくよく探れども、頤《おとがひ》[一四]の鬚《ひげ》を探るやうにて、すべて跡形《あとかた》なし。おほきに《おおいに》

一〇 どこからともわからないように、香をたきくゆらすこと。

一一 室内のしきりに用いた道具。台の上に二本の柱を立て、横木を渡してとばりをかけたもの。

一二 『今昔物語集』二〇—一〇に、「紫苑《シヲニ》色ノ綾《アヤ》ノ衣一重、濃キ袴ヲゾ着タリケル」とある。

一三 『今昔物語集』二〇—一〇に、「男ノ閛《マラ》ヲ痒《カユ》ガル様ニスレバ」とある。閛は男根をさす。

一四 あご。

驚きて、この女のめでたげなるも忘られぬ《よさそうなのも忘れられてしまった》。この男の探りて、怪しみくるめくに《あわて騒ぐと》、女、すこし[一]ほほゑみてありければ、いよいよ心得ず《合点のゆかない》覚えて《ことに思われて》、やはら《そっと》起きて、わが寝所《ねどころ》へ帰りて探るに、さらになし《まったくない》。あさましくなりて《あきれかえって》、近く使ふ郎等《らうどう》を《家来を》呼びて、かかるとは言はで《こういう目にあったとは言わないで》、「ここにめでたき女あり。[二]われも行きたりつるなり」と言へば、悦《よろこ》びてこの男去《をとこい》ぬれば《出かけてゆくと》、しばしありて《しばらくたって》、よによにあさましげにて《何ともあきれたさまで》、この男出で来たれば、これもさるなめりと思ひて《そういう目にあったようだと》、また異男《ことをとこ》を《別の男を》勧《すす》めて遣《や》りつ。これもまたしばしありて出で来ぬ。空を仰ぎて、よに心得ぬ気色《けしき》にて《様子で》帰りてけり。かくのごとく、七八人まで郎等を遣るに、同じ気色に見ゆ。

陰茎の返還

かくするほどに、夜も明けぬれば、道則思ふやう、宵にあるじの《主人が》いみじうもてなしつるを、嬉しと思ひつれども、かく心得ずあさましきことのあれば《このようにわけもわからないあきれたことがあったので》、とく出でむと思ひて《早く出かけようと》、いまだ明け果てざるに《夜も明けきらないうちに》、急ぎて出づれば、七八町行くほどに、後《うしろ》より呼ばひて《呼びかけて》、馬を馳《は》せて《走らせ》

一　底本に「ほうえみて」とあり、伊達本・陽明本に、「ほゝえみて」とあるが、古活字本などによって改めた。

二　『今昔物語集』二〇—一〇に、「我モ行タリツルヲ、何事カ有ラム、汝モ行《ユケ》」とある。

来《て》る者あり。走りつきて、白き紙に包みたる物を差し上げて持て来《く》《もってくる》。馬を控《ひか》へて《引き止めて》待てば、[三]ありつる《さきほどの》宿に通ひしつる《給仕していた》郎等なり。「これは何ぞ」と問へば、「これ、郡司の参らせよと候ふ物にて候ふ《さし上げよと申す物でございます》。かかる物をば、いかで捨てておはし候ふぞ《どうして捨てておいでになるのですか》。形《かた》のごとく《きまりのように》、御まうけして《朝食のお支度をし》候へども《ておりましたが》、[四]御いそぎに、これをさへ落させ給ひてけり《これまでもお落しになられました》。されば《そこで》、拾ひ集めて参らせ候ふ《さし上げます》」と言へば、「いで《さあ》、何ぞ《何か》」とて、取りて見れば、松茸《まつたけ》を包み集めたるやうにてある[五]物九つあり。あさましく覚えて、八人の郎等どもも、怪しみをなして《不思議に思って》見るに、まことに九つの物あり。一度にさつと失《う》せぬ。さて《そこで》、使ひはやがて《そのまま》馬を馳せて《走らせて》帰りぬ。そのをり、わが身よりはじめて、郎等ども、みな[六]「ありあり」と言ひけり。

郡司との約束

さて、[七]奥州《あうしう》にて、金《こがね》受け取りて帰るとき、また信濃のありし《例の》郡司のもとへ行きて宿りぬ。さて、郡司に金[八]、馬、鷲《わし》[九]の羽など多く取らす《与える》。郡司、よによに《非常に》悦《よろこ》びて、「これはいかにおぼして《どのようにお思いになって》、かくはし給《このようにな》

三 『今昔物語集』二〇―一〇に、「有ツル所ニ物取テ食セツル郎等也ケリ」とある。

四 『今昔物語集』二〇―一〇に、「急ガセ給ケル程ニ」とある。

五 『今昔物語集』二〇―一〇に、「男ノ閛《マラ》九ツ有リ」とある。

六 『今昔物語集』二〇―一〇に、「我モ然《サ》ル事有ツト云出《イヒイデ》テ、皆捜《サグ》ルニ、閛本ノ如ク有テ」とある。

七 古活字本などに、「陸奥」とある。二九六頁注五参照。『今昔物語集』二〇―一〇では、はじめに、「滝口ヲ以テ、金ノ使ニ、陸奥ノ国ニ遣ケルニ」とあったが、本書では、それに当る記事がなくて、ここに、「金受け取りて」と記されている。

八 『今昔物語集』二〇―一〇に、「馬、絹ナド様々ニ多《オホク》取スレバ」とある。

九 矢をはぐ材料。

ふぞ《さるのか》」と言ひければ、近く寄りて言ふやう、「かたはらいたき《きまりのわるい》申しことなれども、はじめこれに参りて候ひしとき《こちらに伺いました時に》、怪しきことの候ひしは、いかなることにか」と言ふに、郡司、物を多く得てありければ、さりがたく《ことわりにくく》思ひて、ありのままに言ふ。「それは若く候ひしとき、この国の奥《おく》の郡《こほり》に候ひし郡司の、年よりて候ひしが《年とっておりましたが》、妻の若く候ひしに、忍びてまかり寄りて候ひしかば《忍んで通っておりましたところが》、[一]かくのごとく失《う》せて《なくなって》ありしに、怪しく思ひて《不思議に思って》、その郡司にねんごろに《ていねいに》志を尽して、習ひて《「お願いし」》候ふなり。もし習はんとおぼしめさば、このたびは、[二]おほやけの御使ひなり。すみやかに上《のぼ》り給ひて、またわざと《改めて》下り給ひて、習ひ給へ」と言ひければ、その契《ちぎ》りをなして《約束をして》上りて、金《こがね》など参らせて《さし上げて》、また暇《いとま》を申して《いただいて》下りぬ。

妖術の伝授

郡司にさるべき物など持ちて《相当な土産物などを持参して》、下りて取らすれば《与えると》、郡司おほきに《おおいに》悦びて、心の及ばんかぎりは《思いおよぶかぎりのことは教えようと》教へんと思ひて、「これは、おぼろけ《いいかげんな》の心にて《気持で》習ふことにては候はず。七日水を浴《あ》み、[三]精進《しやうじん》をして習ふこ

一 『今昔物語集』二〇―一〇に、「閛ヲ失ヒテ侍シニ」とある。
二 天皇。朝廷。
三 身を清め心を慎むこと。潔斎すること。

となり」と言ふ。そのままに清まはりて《精進潔斎して》、その日になりて、ただ二人《ふたり》連れて《連れだって》、深き山に入りぬ。大きなる川の流るるほとりに行きて、さまざまのことどもを、えもいはず《何ともいえず》[四]罪深き誓言《せいごん》ども《誓いのことばの数々を》立てさせけり。さて、かの郡司は水上へ入りぬ。「その川上より流れ来ん物を、いかにもいかにも《何としても》、鬼にてもあれ《鬼でもよい》、何にてもあれ《何でもよい》、抱《いだ》け」と言ひて行きぬ。しばしばかりありて《しばらくたって》、水上の方《かた》より、雨降り風吹きて、暗くなり、水まさる《水かさがふえる》。しばしありて、川より、頭《かしら》一抱《ひといだ》きばかりなる《一かかえほどある》大蛇《だいじや》の、目は[五]金椀《かなまり》を入れたるやうにて、背中は青く[六]紺青《こんじやう》を塗りたるやうに、首の下は紅《くれなゐ》のやうにて見ゆるに、「まづ来ん物を抱け」と言ひつれども、せん方なく《どうしようもなく》恐ろしくて、草の中に伏しぬ。しばしありて、郡司来たりて「いかに《どうですか》、取り給ひつや《お取りつきになりましたか》」と言ひければ、「からから覚《おぼ》えつれば、取らぬなり」と言ひければ、「[七]よく口惜《くちを》しきことかな。さては、このことはえ習ひ給はじ《お習いになれないでしょう》」と言ひて、「いま一度試みん」と言ひて、また入りぬ。しばしばかりありて、[八]やをばかりなる猪《ゐ》の

四 『今昔物語集』二〇—一〇に、「永ク三宝ヲ不信《シン》ゼジト云フ願発《オコ》シテ、様々ノ事共ヲシテ、艶《エモイハ》ズ罪深キ誓《セイ》言《ゴン》ヲナム立ケリ」とあって、仏法にそむいて外道《げどう》に入ることを誓わせたとみられる。

五 金属製の椀。

六 あざやかな藍色の顔料。

七 古活字本などに、「かく」とある。

八 「八尺」の誤写か。『今昔物語集』二〇—一〇に、「長《タケ》ハ四尺許《バカリ》有ル」とある。

ししの出で来て、一石をはらはら《ばりばりと》と砕けば、火きらきらと出づ。毛をいらかして《逆だてて》走りてかかる。せん方なく《どうしようもなく》恐ろしけれども、これをさ《これまでも抱》へと思ひきりて《けないようではと》、走り寄りて抱《いだ》きて見れば、朽木《くちき》の三尺ばかりあるを抱きたり。二妬《ねた》く悔《くや》しきこと《しゃくでくやしいことは》限りなし。初めのも、かかる物にて《このようなしろもので》こそありけれ《あったのだ》、などか抱かざりけん《どうして抱かなかったのであろうかと》と思ふほどに、郡司来たりぬ。「い《ど》かに《うか》」と問へば、かうかうと言ひければ、「三前の物失ひ給ふことはえ習ひ給はずなりぬ《お習いになれないでしまった》。さて、異事《ことごと》の、はかなき《ちょっとした》物を物になすことは、習はれぬめり《習えるようです》。されば、それを教へむ」とて、教へられて、帰り上りぬ。口惜《くちを》しきこと限りなし。

大内《おほうち》に《宮中に》参りて、四滝口《たきぐち》ども《滝口の武者たちが》のはきたる沓《くつ》どもを、あらがひをして《争いをして》、みな犬子になして走らせ、古き五藁沓《わらぐつ》を三尺ばかりなる鯉《こひ》になして、六台盤《だいばん》の上に躍《をど》らすることなどをしけり。帝《みかど》、このよしをきこしめし《お聞きになって》て、七黒戸《くろど》の方《かた》に召して、習はせ給ひけり。御八几帳《きちやう》の上より、九賀茂《かも》祭《まつ》りなど渡し給ひけり《お通しになった》。

一 『今昔物語集』二〇―一〇に、「石ヲハラ〳〵ト食《クヘ》バ」とある。
二 底本に「ねたくやしき」とあるが、諸本によって改めた。
三 『今昔物語集』二〇―一〇に、「前《サキ》ノ閇《マラ》失フ事ハ」とある。
四 滝口の武士。蔵人所に属して、宮廷の警固に当った。
五 藁で作った履物。
六 食物を盛った器をのせる台。
七 黒戸の御所。清涼殿の北、滝口の陣の西に当る細長い部屋。煙にすすけていたので、黒戸と呼ばれていたという。
八 室内の仕切りに用いた道具。台に二本の柱を立てて、横木にとばりをかけたもの。
九 京都市の賀茂神社のまつり。賀茂神社は、北区上賀茂本山町の賀茂別雷神社と、左京区下鴨泉川町の賀茂御祖神社とをあわせていう。そのまつりは、古くは四月中の酉《とり》の日、今では五月一五日に行われる。葵《あおい》かずらを飾るので、葵祭として知られる。
＊『今昔物語集』二〇―一〇に、これと同話に当るものが収められている。その結末には、陽成天皇が道範に魔術をならったために、世間から批判をうけたことが記されており、「此レハ天狗《テング》ヲ祭《マツリ》テ、三宝ヲ欺《アザム》クニコソ有《アル》メレ。人界《ニンガイ》ハ難受《ウケガタ》シ、仏法ニ値《ア》フ事又其ヨリモ難シ。其レニ、適《タマタマ》人界ニ生レ

テ、仏法ニ値ヒ奉リ乍ラ、仏道ヲ弃《ステ》テ、魔界ニ趣カム事、此、宝ノ山ニ入テ手ヲ空クシテ出、石ヲ抱テ深キ淵ニ入テ命ヲ失フガ如シ。然レバ、努々《ユメユメ》可止《トドムベ》キ事也トナム語伝《カタリツタヘ》タルト也」と結ばれている。

一〇 梁《りよう》代の禅僧。宝誌または保誌とも記す。道林寺にあって、僧倹に師事した。住所が定まらず、奇行も多かった。梁の武帝に崇敬されて、広済・妙覚などの大師号をうけた。天監一三年（五一四）に、九七歳で没。

一一 えすがた、画像。

一二 正しくは「たがふる」。ハ行下二段活用が、ヤ行下二段活用に誤られたもの。

一三 帝王の勅を記した文書。

一四 僧の正式の服装、法衣。

菩薩の相

〔一〇七〕宝志和尚《ほうしくわしやう》[一〇]、影《えい》[一一]の事

昔、唐《もろこし》に、宝志和尚といふ聖《ひじり》あり。いみじく貴くおはしければ《きわめて尊くていらっしゃったので》、帝、「かの聖の姿を影に書きとどめむ」とて、絵師三人を遣はして、「もし一人しては、書き違《たが》[一二]ゆることもあり《かき違えることもあるだろう》」とて、三人して面々《めんめん》に《めいめいに》写すべきよし仰せ含められて、遣はさせ給ふに《お遣わしになると》、三人の絵師、聖のもとへ参りて、かく宣旨《せんじ》[一三]を蒙《かうぶ》りてまうでたる《うかがったことを》よし申しければ、「しばし《しばらく》」と言ひて、法服[一四]の装束《さうぞく》して出で合ひ給へるを、三人の絵師、おのおの書くべき絹を広げて、三人並びて筆を下《くだ》さんとするに、聖、「しばらく、わがまことの形あり。それを見て書き写すべし」とありければ、絵師、左右《さう》なく書かずして《すぐにかかないで》、聖の御顔を見れば、大指《親指の》の爪《つめ》にて、額《ひたひ》の皮をさし切りて、皮を左右へ引きのけてある《ひきのけた中から》より、金《こん》

色《じき》の菩薩《ぼさつ》[一]の顔をさし出でたり。一人の絵師は、十一面観音[二]と見る。一人の絵師は、聖観音《しやうくわんおん》[三]と拝み奉る。おのおの見るままに《見るとおりに》、写し奉りて、持ちて参りたりければ、帝《みかど》驚き給ひて、別《べち》の使ひを遣《や》らせ給ひて問はせ給ふに、かい消つやうにして失せ給ひぬ《かき消すようにして見えなくおなりになった》。それよりぞ、「ただ人にてはおはせざりけり《普通の人ではいらっしゃらなかった》」と申し合へりける《言い合っていた》。

〔一〇八〕越前敦賀《ゑちぜんつるが》[四]の女、観音助け給ふ事

越前の国に、敦賀といふ所に住みける人ありけり。とかくして《あれこれして》、身一つばかり《自分ひとりだけは》、わびしからで《貧しくなく》過《す》ぐしけり。女《むすめ》一人よりほかに、また子もなかりければ、この女をぞ、またなきものにかなしくしける《またとないものとしてかわいがっていた》。「この女を、わがあらんをり《自分の生きているうちに》、頼もしく見置かむ《ゆたかにくらせるように》」とて、男あはせけれど《めあわせたが》、男もたまらざりければ《いつかなかったので》、これやこれやと、四五人まではあ

一 梵語。bodhisattva（菩提薩埵《ぼだいさつた》）に当る。仏の次の位にあるもの。無上の菩提を求めて、衆生の教化につとめる修行者。

二 七観音または六観音の一。本体の一面のほかに、さらに頭上の九面と、その頂上の一面とをそなえて、慈悲・忿怒《ふんぬ》・嘲笑《ちようしよう》など、さまざまな相を現す。『打聞集』一〇に、「千手観音」とある。

三 七観音または六観音の一。正観音ともいう。千手・十一面・如意輪などの観音に対して、正体本身の観音に当る。円満な相好《さうがう》をもって、如来の大慈悲心を現す。

＊『打聞集』に、これと同話に当るものが収められている。この僧のことは、『梁高僧伝』一〇に「保誌」として、『景徳伝燈録』二七に「宝誌」として出てくる。特に『梁高僧伝』の方には、「有二陳御虜者一。挙レ家事レ誌甚篤。誌嘗為レ其現二真形一。光相如二菩薩像一焉」というように、菩薩の相を現じたことが記されている。本書一六にも、童子が額をさいた中から、地蔵の顔を現した記事がみられる。

わびしい女の身

四 福井県敦賀市。古くから日本海岸の要港として知られる。『古本説話集』五四に、「つのくにのわた」、七巻本『宝物集』三（九巻本『宝物集』四）に、「越前国金崎」とある。

はせけれども、なほたまらざりければ、思ひわびて《思い悩んで》、のちにはあはせざりけり。ゐたる家の後《うしろ》に堂を建てて、「この女助け給へ」とて、五観音を据《す》ゑ奉りける。六供養《くやう》し奉りなどして、いくばくも経《へ》ぬほどに《いくらもたたないうちに》、父失《う》せにけり《亡くなってしまった》。それだに思ひ嘆くに、引き続くやうに、母も失せにければ、泣き悲しめども、いふかひもなし《どうしようもない》。

観音のお告げ

知る所なども《所領なども》なくて、かまへて《工夫して》世を過しければ、やもめなる女一《やもめの女が一人で暮》人あらんには《すのでは》、いかにしてか《どうして》、はかばかしきこと《とりたててよいことがあろうか》あらん。親の物のすこしありけるほどは、使はるる者四五人ありけれども、物失せ果《は》ててければ、使はるる者一人もなかりけり。物食ふこと難《かた》く《むずかしく》なりなどして《なったりして》、おのづから求め出でたるをりは《たまたま探し出したときは》、七手づから《自分の手で料理して》といふばかりにして、食ひては、「わが親の思ひしかひありて《お願い申しました甲斐があるように》、助け給へ」と、観音に向かひ奉りて、泣く泣く申しゐたるほどに《お祈りしていたところが》、夢に見るやう、この後《うしろ》の堂より老いたる僧の来て、「いみじういとほしければ《まことに気の毒なので》、男あはせんと思ひて、〔男を〕呼びにやりたれば、明日《あす》ぞここに来つかんずる《到着するであろう》。

五 観世音菩薩。慈悲をもって衆生の救済に当る。大勢至菩薩とともに、阿弥陀如来の脇侍。

六 仏法僧の三宝または死者の霊などに対して、香花や飲食などをそなえ、読経や礼拝をすること。

七 『今昔物語集』一六—七に、「自《ミツカラ》シテ食フ」とある。『大系』の注によると、「『いふばかりにして』の『いふ』は『食ふ』意味の語」という。『名義抄』には、「啖噉」の訓に、「クラフ、ハム、イフ、スフ、フフム」とある。

それが言はんに随《したが》ひて《その人の言うとおりに》あるべきなり《しているのがよいであろう》」とのたまふと見て覚めぬ。この仏の助け給ふべきなめり《お助け下さるのであろうと》と思ひて、水うち浴《あ》みて《浴びて》参りて、泣く泣く申して《お祈りして》、夢を頼みて、その人を待つとて、うち掃《は》きなどしてゐたり。家は大《おほ》きに造りたりければ、親失《う》せてのちは《［女の身には］》、住みつき《すみぐあいが》あるべかしきことなけれど《ふさわしくはないが》、屋《や》ばかりは大きなりければ、片隅にぞゐたりける。敷くべき莚《むしろ》だになかりけり。

旅の男との契り

かかるほどに《こうしているうちに》、その日の夕方になりて、馬の足音どもして、あまた入り来るに、人[一]そと《そっと》覗《のぞ》きなどするを見れば、旅人の宿借るなりけり。「すみやかにゐよ《早く坐れ》」と言へば、みな入り来て、「ここよかりけり、家広し、『いかにぞや《いかがですか》』などもの言ふべきあるじもなくて《言いかけてくるような主人もいなくて》、わがまま《自分で勝手》にも宿りゐるかな《に泊りこんでしまったよ》」など言ひあひたり。覗きて見れば、あるじは三十ばかりなる男の、いと清げ[二]なるなり。郎等《らうどう》[三]二三十人ばかりあり、下種《げす》[四]など取り具《ぐ》して《ひき連れて》、七八十人ばかりあらむとぞ見ゆる。ただゐ[五]にゐるに、莚畳《たたみ》[六]を取らせばや《さし上げたいと》と思へども《［それもなくて］》、恥づかしと思ひてゐたるに、

一 『今昔物語集』一六—七に、「臨《ノゾキ》テ見レバ」とあって、その主語は、家主の女とされている。
二 底本に「なよけなる也」とあるが、諸本によって改めた。
三 家来、従者。
四 下人、召使。
五 おおぜいひしめきあって坐っているので。『大系』の注によると、「ただゐ」は「直居」で、敷物なしで直接に板の上に坐ることと解される。
六 うすべり、莚の類。

七 皮籠《かはご》莚を乞《こ》ひて《とりよせて》、皮に重ねて敷きて、幕引きまはしてゐぬ。そそめ《ざわざわ》くほどに《しているうちに》、八 日も暮れぬれども、物食ふとも見えぬは、物のなきにや《食物がないのであろ》あらむとぞ見ゆる《うかと思われる》。物あらば取らせてましと思ひ《さし上げたいものだ》ゐたるほどに、夜うち更けて、この旅人のけはひにて《様子で》、「このおはします人《ここにおいでになる方》、寄らせ給へ。もの申さん《お話ししましょう》」と言へば、「何事にか侍らん《何事でございましょうか》」とて、いざり寄《坐ったまま近》りたるを《づいたのを》、九 何の障《さは》りもなければ《妨げるものもないので》、ふと《すっと》入り来て控《ひか》へつ《引きとめた》。「こはいか《これはまあ》に」と言へど《何をなさるのですか》、言はすべくもなきにあはせて《ものを言わせそうもないうえに》、夢に見しこともあり《見たという事情もあっ》しかば《たので》、とかく思ひ言ふべきにもあらず《とやかく思い煩うまでもない》。

この男は、一〇 美濃《みの》の国に一一 猛将《まうしやう》ありけり、それが一人子《ひとりご》にて、その親失せにければ、万《よろづ》の物受け伝へて、親にも劣らぬ者にてありけるが、思ひける妻《愛していた》に後《おく》れて《死にわかれて》、やもめにてありけるを、これかれ、聟に取らむ、妻にならんといふ者、あまたありけれども、ありし妻《もとの》に似たらむ人をと思ひて、やもめにて過《す》しけるが、一二 若狭《わかさ》に沙汰《さた》すべきことあ《処置しなければなら》りて《ない用があって》行くなりけり。昼宿りゐるほどに、片隅にゐたる所も《隠れていた所も》、何の

七 『今昔物語集』一六—七に、「皮子裹《カハゴツツミ》タル莚ヲ敷皮ニ重《カサネ》テ敷テ居ヌ、廻《メグリ》ニハ屛縵《ヘイマン》ヲ引キ廻シタリ」とある。「皮籠」は、皮を張った籠。

八 『今昔物語集』一六—七に、「日暮レヌレバ、旅籠《ハタゴ》ニテ食物《ジキモツ》ヲ調《トトノヘ》テ持来《モテキタリ》テ食《クラ》ヒツ」とある。

九 以下は、夢のお告げを信じて、旅の男と契りを結ぶさま。

一〇 岐阜県の南部。

一一 勇猛な武将。『今昔物語集』一六—七に、「勢徳有ケル者」とある。

一二 福井県の西部。

隠れもなかりければ《さえぎるものもなかったので》、いかなる者のゐたるぞと《隠れているのかと》、覗きて見るに、[一]ただありし妻のありけると《妻がいたのだと》覚《おぼ》えければ《思われたので》、目もくれ《くらみ》、心も騒ぎて、いつ《なんとか》しかとく暮れよかし《早く日が暮れてほしいよ》、近からん《近づいた》気色《けしき》も試みんとて《様子もよくみようと》、入り来たるなりけり。ものうち言ひたるよりはじめ《何かちょっと言ったのをはじめ》、つゆ《〔亡き妻と〕》違《たが》ふ所なかりければ、あ《思い》さましくかかりけることもありけりとて《がけなくこのようなこともあるのだと思って》、若狭へと思ひ立たざらま《行くことを思い立たなかっ》しかば《たならば》、この人を見ましやはと《この人に逢えたであろうかと》、嬉しき旅にぞありける。

ゆかりの女の助け

若狭《わかさ》にも十日ばかりあるべかりけれども《いるはずであったが》、この人のうしろめたさ《この人のことが気がかりなので》に、「明《あ》けば行きて、またの日帰るべきぞ《つぎの日に帰ってこようぞ》」と、かへすがへす契《ちぎ》り置きて、[二]寒げなりければ、衣も着せ置き、郎等《らうどう》四五人ばかり、それが従者など取り具《ぐ》して《あわせて》、二十人ばかりの人のあるに、物食はすべきや《てだ》うもなく《てもなく》、馬に草食はすべきやうもなかりければ、《〔女主人は〕》いかにせましと《どうしようかと》思ひ嘆きけるほどに、親の[三]御厨子所《みづしどころ》に使ひける女の女《むすめ》の、ありとば《いるというこ》かりは《とだけは》聞きけれども、来通ふ《通って来る》こともなくて、よき男して《よい夫をもって》、事かなひ《豊かに暮して》てありとばかりは聞きわたりける《いるとだけは聞きおよんでいたが》が、《〔その女が〕》思ひもかけぬに来たりけるが、

一 『今昔物語集』一六―七に、「只失《ウセ》ニシ妻《メ》ノ有様ニ露違フ事无《ナ》カリケリ、只、其レゾト思エテ」とある。

二 『今昔物語集』一六―七に、「女ノ着《キル》物ノ无キヲ見テ、衣共着セ置テ、超《コエ》ニケリ。郎等四五人ガ従者《トモノ》共、取リ加ヘテ、廿人許ノ人ヲゾ置タリケル」とある。

三 台所。本来は、宮中で食事を調えた所。

誰にかあらむ《誰であろうかと》と思ひて、「いかなる人の来たるぞ」と問ひければ、「あな《ああ》心憂《こころう》や《情けないことよ》。御覧じ知られぬは《お見知りおきいただけないのは》、わが身の咎《とが》にこそ候へ。おのれは《四私は》、故上《こうへ》のおはしましをり《亡くなったご主人様がおいでになったところ》、御厨子所仕《つかまつ》り候ひし者の《お仕え申した者の》女《むすめ》に候ふ。年《長年》ごろ《の間》いかで参らんなど《何とかしてお伺いしようなどと》思ひて過ぎ候ふを、今日は万《よろづ》を捨てて《すべてを投げうって》参り候ひつるなり《参上しましたのです》。かく便《たよ》りなくおはしますとならば《たよるものもなくておいでになるのでしたら》、あやしくとも《粗末であっても》、ゐ《私の》て候ふ所にもおはしまし通ひて《住んでおります所にも通っておいで下さって》、四五日づつもおはしませかし《おいで下さいませよ》。志は思ひ奉れども、よそながらは明け暮れとぶらひ奉らんことも《お見舞い申し上げることも》、お《十分》ろかなるやうに思はれ奉りぬべければ《にはできないように存ぜられますので》」など、こまごまと語らひて、「この候ふ人々は《ここにいらっしゃる方々は》いかなる人ぞ」と問へば、「ここに宿りたる人の、若狭へとて去ぬるが《い出かけたのが》、明日《あす》ここへ帰り着かんずれば《帰りつくことになっているので》、その程とて《その間といって》、このある《ここにいる》者どもをとどめ置きて去ぬるに、これにも《この人々の方でも》食ふべき物は具《ぐ》せざりけり《もっていませんでした》。ここにも《私の方でも》食はすべき物もなきに、日は高くなれば、い《気》とほしと《の毒だと》思へども、すべきやうもなくて《どうしようもなくて》ゐたるなり」と言へば、「知り扱ひ奉るべき人にやおはしますらん《五特におもてなし申し上げなければならない人でいらっしゃるでしょうか》」と言へば、「わざとさは《ことさらにそうは》

四『今昔物語集』一六—七に、「我ハ君ノ祖《オヤ》ニ被仕《ツカハレ》シ女ノ娘也」とある。「故上」は、ここでは、女の親をさす。

五『今昔物語集』一六—七に、「知リ奉ラセ可給《タマフベ》キ人ノ御共人ニヤ」とある。

思はねど、ここに宿りたらむ人の、物食はで《物を食べないでいるのを》ゐたらんを見過《すぐ》さんも、うたてあるべう《情けないことでしょうし》、また思ひ放つべきやうもなき《うち捨てておくこともできない》人にてあるなり」と言へば、「さては[一]いとやすきことなり《たいそうたやすいことです》。今日しもかしこく参り候ひにけり《ちょうど今日にも都合よくお伺いしたものです》。さらばまかりて《それではちょっと行って》、さるべきさまにて《しかるべき用意をして》参らむ」とて、たちて去《い》ぬ《立ち去った》。いとほしかりつることを《みじめであったところに》、思ひかけぬ人の来て、頼もしげに言ひて去ぬるは、とかく《何にせよ》ただ観音の導かせ給ふなめりと《お導き下さるのであろうと》思ひて、い《いっ》とど《そう》手を摺《す》りて念じ奉るほどに《お祈り申し上げるうちに》、すなはち《すぐに》、物ども持たせて来たりければ、食物《くひもの》どもなど多かり、馬の草までこしらへ《用意し》持ちてきたり。いふかぎりなく《いいようもなく》嬉しと覚ゆ。この《（その女は）》人々もて饗応《きやうよう》し《もてなし》、物食はせ、酒飲ませ果《は》てて、入り来たれば、《（女主人は）》「こはいかに《これはどうしたことか》、わが親の生き返りおはしたるなめり。とにかくにあさましくて《おどろくばかりで》、すべき方なく《どうしようもなく》、いとほしかりつる恥《はぢ》を隠し給[二]へること《（ありがたくて）》」と言ひて、悦《よろこ》び泣きければ、女もうち泣きて言ふやう、「年ごろも《長年の間も》、いかでかおはしますらんと《どうしていらっしゃるであろうかと存じながら》思ひ給へながら、世の中《世の中を》過《すぐ》し候ふ人は《渡っております身は》、心と違《たが》ふやうにて《思うとおりにならないで》過ぎ候ひつるを、

一『今昔物語集』一六―七に、「糸《イト》、不便《フビン》ニ候ケル事カナ」とある。

二 伊達本・陽明本に、「給ふる」とある。

女へのお礼

今日《けふ》かかるをりに参りあひて、いかでか、おろかには思ひ参らせん。若狭《わかさ》へ越え給ひにけん人は、いつか帰り着き給はんぞ。御供人はいくらばかりか候ふ」と問へば、「いさ、まことにやあらん。明日の夕さり、ここに来《く》べかんなる。供にはこのある者ども具して、七八十人ばかりぞありし」と言へば、「さては、その御設《まう》けこそ仕《つかまつ》るべかんなれ」と言へば、「これだに思ひかけず嬉しきに、さまでは、いかがあらむ」と言ふ。「いかなることなりとも、今よりは、いかでか仕らであらむずる」とて、頼もしく言ひ置きて去ぬ。この人々の夕さり、つとめての食物まで沙汰《さた》し置きたり。覚えなくあさましきままには、ただ観音を念じ奉るほどに、その日も暮れぬ。

またの日になりて、このある者ども、「今日は殿おはしまさんずらむかし」と待ちたるに、申《さる》[三]の時ばかりにぞ着きたる[四]。着きたるや遅きと、この女、物ども多く持たせて来て、申しののしれば[五]、もの頼もし。この男、いつしか入り来て、おぼつかなかりつることなど

三 午後四時ごろ。
四 底本に「つきたるやをそきと」とあるが、諸本によって改めた。
五 『今昔物語集』一六—七に、「上下ノ人ヲ皆饗応《アルジ》シツ」とある。

言ひ臥《ふ》したり。暁《あかつき》はやがて《そのまま》具《ぐ》して行くべきよしなど言ふ《連れてゆこうということなどを言う》。いかなる《どういうこと》べきことにかなど《になるであろうかなどと》思へども、仏の「ただ任《まか》せられてあれ《人のするままにされていよ》」と、〔一同が〕夢に見えさせ給ひしを《お見えになったのを》頼みて、ともかくも言ふに随《したが》ひてあり。この女、暁発《た》たむずる設けなども《出発するための用意なども》しにやりて、急ぎくるめくがいとほしければ《忙しくあわてふためくのが気の毒なので》、一何がな取らせん《何かお礼にやろうと》と思へども、取らすべき物なし。おのづから人《ひょっとして必要な》ることもやあるとて《こともあるかというので》、紅《くれなゐ》なる生絹《すずし》二の袴《はかま》ぞ一つあるを、これを取らせてむと《与えようと》思ひて、われは男の脱《ぬ》ぎたる生絹の袴をきて、この女を呼び寄せて、「年ごろは《長年の間は》、さる人あらんとだに知らざりつるに《そういう人がいようとさえ知らなかったのに》、思ひもかけぬをりしも来あひて《思いもかけないときにちょうど来あわせて》、恥ぢがましかりぬべかりつることを《恥をかかなければならなかったようなことを》、かくしつることの《このようにして下さったのが》、この世ならず嬉しきも、何につけてか知らせむと《〔その気持を〕何によって表そうかと》思へば、志ばかりにこれを」とて取らすれば、「あな心憂《こころう》や、あやまりて人の見奉らせ給ふに《たまたま何かのおりにご主人さまがお目をおとめになるときに》、御さまなども心憂く侍れば《お気の毒でございますから》、奉らんとこそ思ひ給ふるに《さし上げようと存じておりましたのに》、こは何しにか給はらん《これはどうしていただけましょうか》」とて取らぬを、「この年ごろも、三誘ふ水あらばと思ひわたりつるに《思い続けていたが》、思ひもかけず『具し《連れて》

一 『今昔物語集』一六―七に、「不思係《オモヒカケ》ヌニ此許《カクバカリ》ノ恩ヲ蒙《カウブ》リヌ、此ノ女ニ何ヲカ取《トラ》セマシト思ヒ廻《メグラ》セドモ」とある。

二 練らない生糸《きいと》の織物。

三 誘ってくれる人があったら、どこにでも行こうの意。『古今集』一八に、「文屋康秀が三河掾になりて、県見《あがたみ》にはえいでたたじやと言ひやれりける返事によめる、小野小町」とあって、「わびぬれば身をうき草の根を絶えて誘ふ水あらばいなむとぞ思ふ」とある。

て去《い》なん《ゆこう》』と、この人の言へば、明日《あす》は知らねども、随ひなんずれ《ついてゆくつもりな》ば《ので》、形見《かたみ》ともし給へ」とて、なほ取らすれば《与えようとすると》、「御志のほどは、かへすがへすもおろかには思ひ給ふまじけれども《おろそかには存じますまいが》、形見など仰せらるるが、かたじけなければ《もったいないので》」とて、取りなんとするをも、程なき《遠くもない》所なれば、この男聞き臥《ふ》したり《寝ていた》[四]。

観音のお助け

鳥鳴きぬれば、急ぎ立ちて、この女のし置きたる《用意しておいた》物食ひなどして、馬に鞍《くら》置き、引き出《いだ》して、乗せむとするほどに、人の命知らねば《わからないので》、また拝み奉らぬやうもぞあるとて《ふたたびお拝み申し上げないようになるかもしれないというので》、旅装束しながら、手洗ひて、後《うしろ》の堂に参りて、観音を拝み奉らんとて、見奉るに、観音の御肩[五]に、赤き物かかりたり。怪《あや》しと思ひて見れば《不思議に思って見ると》、この女に取らせし袴なりけり。こはいかに《これはどうしたことか》、この女と思ひつるは、さは《それでは》、この観音のせさせ《なさった》給ふなりけり《ことであったのだと》と思ふに、涙の雨雫《しづく》と降りて、忍ぶとすれど《こらえようとするが》、伏しま《ころげま》ろび《わり》泣く気色《けしき》を《様子を》、男聞きつけて、怪しと思ひて走り来て、「何事ぞ」と問ふに、泣くさまおぼろけならず《ひととおりでない》。「いかなることのあるぞ」と

四 『今昔物語集』一六—七に、「虚寝《ソラネ》シテ、此《カク》云フヲ聞キ、臥《フシ》タリ」とある。

五 「かづけもの」の作法によって、肩に袴をかけたのが、そのままになっていたことを示す。

て、見まはすに、観音の御肩に、赤き袴かかりたり。これを見るに、「いかなることにかあらん《どういうことであろうか》」とて、有様を問へば、この女の思ひもかけず来て、しつる《してくれた》有様をこまかに語りて、「それに取らすと思ひ《その女に与えたと思った》つる袴の、この観音の御肩にかかりたるぞ」と、言ひもやらず、声を立てて泣けば、男も空寝《そらね》して聞きしに《寝たふりをして聞いていたので》、女に取らせつる袴にこそ《袴であったの》あんなれ《だと》と思ふが悲しくて、同じやうに泣く。郎等《らうどう》どもも、ものの《ものの道》心知りたるは《理をわきまえた者は》、一手を摺《す》り泣きけり。かくて、たて納め奉りて《戸を閉じてお納め申して》、美濃《みの》へ越えにけり。

そののち、思ひかはして《愛しあって》、また横目《よこめ》することなくて住みければ《ほかに心を移すこともなくて暮したので》、子ども産《う》み続けなどして、この敦賀《つるが》にも常に来通ひて《通ってきて》、観音にかへすがへすつかまつりけり《お仕えしていた》。ありし《さきの》女は、「二ものやある《そのような者がいるか》」とて、近く遠く尋ねさせけれども、さらに《いっこうに》さる女なかりけり。それよりのち、またおとづるることも《ふたたび訪れてくることも》なかりければ、ひとへに《まったく》この観音のせさせ給へる《なさったこと》なりけり《であった》。この男女、たがひに七八十になるまで栄えて、男子《をのこご》、

一 『今昔物語集』一六―七に、「此レヲ聞テ、貴ビ不《カナ》悲《シマ》ズト云フ事无《ナ》シ」とある。

二 諸本には、「さる物やある」とある。

＊『今昔物語集』一六―七をはじめ、『古本説話集』五四、七巻本『宝物集』三（九巻本『宝物集』四）に、これと同話に当るものが収められている。『今昔物語集』一六―七では、「此レ偏《ヒトヘ》ニ、観音ノ誓《チカヒ》ヲ不誤給《アヤマチタマハ》ザルガ至ス故也。世ノ人、此レヲ聞テ専《モハラ》ニ観音ニ可仕《ツカマツルベ》シトゾ云ケルトナム語リ伝タルトヤ」と結ばれている。『今昔物語集』一六―八、一六―九なども、孤独な貧女が、観音の利益によって、幸福な結婚をするというもので、やはりこれと通ずる説話といえよう。

女子産《をんなご》みなどして、死の別れにぞ別れにける。

〔一〇九〕 くうすけ[三]が仏供養の事

仏師に対する嘘言《きよげん》

くうすけといひて、兵《つはもの》だつる《勇者めかしくふるまう》法師ありき。親しかりし僧のもとにぞありし。その法師の、「仏を造り、供養《くやう》[四]し奉らばや」と言ひわた《言いふらした》りければ《ので》、うち聞く人《それを聞き及んだ人が》、仏師《ぶつし》[五]に物取らせて《物を与えて》、造り奉らんずるにこそ《お造り申し上げるのであろうと》と思ひて、仏師を家に呼びたれば、「三尺の仏造り奉らんとするなり。奉らんずる物どもはこれなり《お礼にさし上げようとする物はこれこれです》」とて、取り出でて見せければ、仏師よきことと思ひて、取りて去《い》なんとするに、言ふやう、「仏師に物奉りて〔先に〕、遅く造り奉れば、わが身も腹立たしく思ふことも出でく、[六]責め言はれ給ふ仏師も《遅いといって責められなさる仏師も》、むつかしう《不快になるでしょうし》なれば、功徳《くどく》[七]つくるもかひなく覚ゆるに、この物ども《ここにある品々は》はいとよき物どもなり、封《ふう》つけて《封印をして》ここに

三 伝未詳。『宇治拾遺物語私註』には、「空輔」という字をあてている。

四 「供養」は、仏法僧の三宝または死者の霊などに対して、香花や飲食などを供え、読経や礼拝をすること。

五 仏像を彫刻する工人。

六 底本に「せめいわれ給」とあるが、諸本によって改めた。

七 現世・来世の幸福をもたらすもとになるよい行い。

置き給ひて、やがて《そのまま》、仏をもここにて造り給へ。仏造り出《いだ》し奉り給[一]ひつらん日、みなながら取りておはすべきなり《みなそっくり持っておいでになるのがよいでしょう》」と言ひければ、仏《ぶつ》師《し》、うるさきことかなとは思ひけれど《面倒なことだなとは思ったけれども》、物多く取らせたりければ《与えるということであったので》、言ふままに、仏造り奉るほどに、「仏師のもとにて造り奉らましかば《お造り申し上げるならば》、そこにてこそは物は参らましか《そちらで食事はなさるでしょうが》、ここにいまして《おいでになって》、物食はんと《食事をしようと》やはのたまはまし《はまさかおっしゃいますまい》」とて、物も食はせざりければ、「さることなり《それももっともなことだ》」とて、わが家にて物うち食ひては、つとめて《早朝に》来て、一日造り奉りて、夜さりは《夜は》帰りつつ、日ごろ経て《幾日もかかって》造り奉りて、「この得んずる物をつのりて《いただくはずの物を抵当にして》、人に物を借りて、漆《うるし》塗らせ奉り、薄《はく》[二]買[三]ひなどして、えもいはず造り奉らんとす《いいようもなくりっぱにお造り申そうと思います》。かく人に物を借るよりは、漆の価《あたひ》の程は《値段の分は》、まづ得て《いただいて》、薄も着せ、漆塗りにも取らせん《与えましょう》」と言ひけれども、「など《どうして》かくのたまふぞ《こうおっしゃるのですか》。はじめみな申ししたためたることにはあらずや《取りきめたことではありませんか》。物は[四]むれらかに得たるこそよけれ《一度にまとめてもらうのがよいのです》。こまごまに得んとのたまふ《こまかにわけてもらおうとおっしゃるのは》、悪《わろ》きことなり」と言ひて、取らせねば《与えないので》、人に物をば借りたりけり。

一 諸本には、「給へらん」とある。

二 金箔。金を打ちのばして、薄紙のようにしたもの。

三 底本・伊達本・陽明本に、「かいなとして」とあるが、古活字本などによって改めた。

四 ひとつに集まるさま。

仏師に対する脅迫

かくて造り果て奉りて、仏の御眼[五]など入れ奉りて、「物得て帰ら《お礼をいただいて》ん」と言ひければ、いかにせましと思ひまはして《どうしようかと思いめぐらして》、小女子どもの二人ありけるをば、「今日《けふ》だに《今日だけでも》、この仏師に物して参らせん《何かふるまってさし上げよう》。何も取りて来《こ》《何でももってこい》」とて、出《いだ》しやりつ。われもまた、物取りて来んずるやうに《来ようとするふりをして》て、太刀《たち》[六]引きはきて《おびて》出でにけり。ただ妻一人《ひとり》、仏師に向かはせて置きたりけり《仏師の相手をさせておいた》。仏師、仏の御眼入れ果てて、男の《夫の》僧帰り来たらば、物よく食ひて、封《ふう》つけて置きたりし《封印をしておいた》物ども得[七]て、家に持て行きて、その物はかのことに《あのことに》使はん、かの物はそのことに使はんと仕度《したく》[八]し思ひ《心づもりし》けるほどに、法師、こそこそとして入りくるままに《入ってくるとともに》、目をいからかして《いからして》、「人の妻まく者ありやありや《人の妻に通ずる者がいるぞ》、をうをう」と言ひて、太刀を抜きて、仏師を斬らんとて、走りかかりければ、仏師、頭《かしら》うち破《わ》られぬと思ひて《わられてしまうと思って》、立ち走り逃げけるを、追ひつきて、斬りはづし斬りはづしつつ、追ひ逃がして、言ふやうは、「妬《ねた》きやつ《にくい》を逃がしつる。しや[九]頭《やつの》うち破《わ》らんと思ひつるものを。仏師は、かならず人の妻やま《人の妻と通じた》

五 新作の仏像の供養には、開眼と称して、眼を入れて霊を迎えることが行われる。

六 腰におびる長い刀。

七 底本に「はて」とあるが、伊達本・陽明本によって改めた。

八 伊達本・陽明本に、「しゝくし」とある。

九 「しや」は、相手を卑しめののしる接頭語。

一 二人称の代名詞で、相手をののしっていう語。
二 はじめに出た「親しかりし僧」か。
三 法会などで、仏典の講説をする僧。
四 伊達本・陽明本に、「おもて」とある。

講師に対する詐偽

きける《のだ》。おれ[一]《おのれ》、後《のち》に逢はざらむやは《あわずにおこうか》」と、ねめかけて《にらみつけて》帰りにければ、仏師、逃げ退《の》きて《逃げのびて》、息つきたちて《息をつき立ちどまって》思ふやう、かしこく《さいわいに》頭をうち《打》破《わ》られずなりぬる《ちわられないですんだ》、「後に逢はざらんやは」と、ねめずばこそ《にらみつけなかったら》、腹の立つほど《腹立ちまぎれに》、かくしつるかとも思はめ《こうしたのかとも思うだろうが》、見えあはば《出あったならば》、また「頭破らむ」ともこそ言へ《いうかもしれないし》、千万の物、命にます《まさる》物なしと思ひて、物の具をだに《道具さえも》取らず、深く隠れにけり。薄《はく》・漆《うるし》の料《れう》に《ために》物借りたりし人、使ひをつ《や》けて《って》責めければ、仏師、とかくして《何とかして》返しけり。

　かくて、くうすけ、「かしこき《ありがたい》仏を造り奉りたる。いかで《何とかして》供養し奉らん」など言ひければ、このことを聞きたる人々、笑ふもあり、憎むもありけるに、「よき日取りて《えらんで》、仏供養し奉らん」とて、主[二]にも乞《こ》ひ《頼み》、知りたる人にも物乞ひ取りて、講師[三]《こうじ》の前《膳部を》、人にあつらへさせ《注文させたりし》などして《て》、その日になりて、講師呼びければ、来にけり。おりて[四]入るに、この法師、出でむかひて《出迎えて》、土を掃《は》きてゐたり。「こはいかにし給ふことぞ《これはどうなさったことですか》」と言へば、「いかでかく仕らでは候はん《どうしてこのようにお仕えしないでおれましょうか》」とて、名簿《みやうぶ》[五]を書きて取らせたりければ、講師は、「思ひがけぬことなり」と言へば、「今日よりのちは、つかまつらんずれば《お仕えしようと思うので》、参らせ候ふなり《さし上げるのです》」とて、よき馬を引き出《いだ》して、「異物《こともの》は候はねば《ほかの物はありませんので》、この馬を御布《ふ》[六]施《せ》には奉り候はんずるなり《さし上げようとするのです》」と言ふ。また、鈍色《にぶいろ》[七]なる絹のいとよきを包みて、取り出して、「これは、女の奉る御布施なり」とて見すれば、講師笑《ゑ》みまけて《笑いこぼれて》、よしと思ひたり。前の物設《まう》けて《膳部をととのえて》据《す》ゑたり。講師食はんとするに、言ふやうは、「まづ仏を供養してのち、物を召すべきなり《召しあがるべきです》」と言ひければ、「さることなり《もっともなことだ》」とて、高座[八]に上《のぼ》りぬ。布施よき物どもなりとて、講師、心に入れてしければ、聞く人も貴がり、この法師も、はらはらと泣きけり。講果《は》てて《終って》、鐘打ちて、高座よりおりて、物食はんとするに、法師、寄りきて言ふやう、手を摺《す》りて、「いみじく候ひつるものかな《まことに結構なことでございましたよ》。今日よりは、長く頼み参らせんずるなり。つかまつり人と《お仕えする人と》なりたれば、御まかり[九]に候へば、御まかりたべ候ひなん《いただきましょう》」とて、箸をだに立てさせずして、取りて持

五 底本・伊達本・陽明本に、「名□を」とあるが、古活字本などによって補った。「名簿」は、自分の姓名などをしるした名札で、家人や門弟などになるために、主人や師匠などにさし出すもの。
六 梵語の dāna に当り、「檀那」と記される。仏や僧に喜捨する金銭や品物。
七 濃い鼠色。僧服に用いられる。
八 論議や説法の僧があがる高い席。
九 膳部を取りさげること、または取りさげた膳部。

ちて去《い》ぬ。これをだに、怪し（変だと）と思ふほどに、馬を引き出《いだ》して、「この馬、[一]端乗《はしの》りに賜《たま》ひ候はん」とて引き返して去ぬ。衣《きぬ》を取りて来れば、さりとも（いくら何でも）、これは得させんずらん（与えるだろうと）と思ふほどに、「[二]冬そぶつに[三]賜《たま》ひ候はん」とて取りて、「さらば（それでは）、帰らせ給へ」と言ひければ、夢に富《とび》したる（金持になったような）らんここちして、出でて去にけり。

異所《ことどころ》（別の所で呼ぶものがあったのだが）に呼ぶありけれど、これは（こちらのほうは）、よき馬など布施《ふせ》に取らせんとすと、かねて聞きければ、人の（他の人の）呼ぶ所には行かずして、ここに来けるとぞ聞きし。かかりとも（このようにしていても）、少しの功徳《くどく》は得てんや（得られるであろうか）、いかがあるべからん（どのようなものであろうか）。

〔一一〇〕[四]つねまさが郎等《らうどう》、仏供養《ほとけくやう》の事

仏の供養の膳部

昔、兵藤大夫《ひやうどうたいふ》つねまさといふ者ありき。それは、[五]筑前《ちくぜん》の国山鹿《やまが》の

一 すこし乗ること。前駆の意ともいう。

二 未詳。「そぶつ」は、西日本の方言によって、「しきせ」の意に解される。

三 伊達本・陽明本・古活字本に、「給はり候はん」とある。

＊ 詐偽や脅迫によって、仏像の供養を行っても、やはり善根をつむことになると信じられたのであろうか。「くらすけといひて、兵だつる法師ありき。親しかりし僧のもとにぞありし」という書きぶりによると、作者の身近な見聞によるものと思われる。

四 伝未詳。『宇治拾遺物語私註』に、「恒政」とあてられる。

五 福岡県遠賀郡芦屋町の近辺。遠賀川河口の右岸に当る。

六　家来、従者。
七　伝未詳。
八　仏法僧の三宝や死者の霊などに対して、香花や飲食などを供えて、読経や礼拝をすること。
九　饗応の膳百人前。

庄《しやう》といひし所に住みし。また、そこにあからさまに《かりそめにとどまっていた》ゐたる人ありけり。つねまさが郎等《らうどう》[六]に、まさゆき[七]とてありしをのこの、仏造り奉りて、供養《くやう》[八]し奉らんとすと聞きわたりて《聞き伝えて》、つねまさがゐたる方に《住む家のほうで》、物食ひ、酒飲み、ののしるを《騒ぐのを》、〔仮居の者が〕「こは何事するぞ」と言はすれば、「まさゆきといふ者の、仏供養し奉らんとて、主《しゆう》のもとに、かうつかま《このようにいたし》つりたるを《ましたので》、かたへの《仲間の》郎等どもの、食べののしるなり《食べて騒ぐのです》。今日、饗《きやう》百膳[九]ばかりぞつかまつる。明日《あす》、そこの御前《おまえのご主人の》の御料《ごれう》には《御ためには》、つねまさ、やがて《すぐに》具して参るべく候ふなる《もってまいるはずになっています》」と言へば、「仏供養し奉る人は、かならずかくやはする《このようにするのですか》」。「田舎《ゐなか》の者は、仏供養し奉らんとて、かねて四五日より《あらかじめ四五日前から》、かかることどもをし奉るなり。昨日《きのふ》、一昨日《をととひ》は、おのが私《わたくし》に《自分の私事に》、里隣《さとどなり》、私の者ども《親類縁者の人々を》、呼び集めて候ひつる」と言へば、「をかしかりけることかな」と言ひて、「明日を待つべきなめり《待つことにしよう》」と言ひてやみぬ《おわった》。

明けぬれば、いつしかと《今か今かと》待ちゐたるほどに、つねまさ出で来にたり。さなめり《そうらしいと》と思ふほどに、「いづら《さあ》、これ参らせよ《これを召しあがれ》」と言ふ。さればよ《やはりそうだと》と思ふに、させることはなけれど《大したことはないが》、高く大きに盛りたる物ども、持て来つつ据《す》[一]ゆめり。侍《さぶらひ》の料《れう》とて《分というので》、あしくもあらぬ《悪くもない》饗《きやう》一二膳ばかり据ゑつ。雑色《ざふしき》[二]、女どもの料にいたるまで、数多く持て来たり。講師《こうじ》[三]の御こころみとて《お食事というので》[四]、古代《古風な》[五]なる物据ゑたり。講師には、この旅なる人の具《ぐ》したる僧をせんとしけるなりけり《連れている僧をあてようとしたのであった》。

供養の仏の名

かくて、物食ひ、酒飲みなどするほどに、この講師に請《しやう》ぜられんずる《招かれようとする》僧の言ふやうは、「明日《あす》の講師とは承れども、その仏を供養せんずるぞとこそ《これこれの仏を供養しようとするのだとは》、え承らね[六]。何仏《なにほとけ》を供養し奉るにかあらん《何という仏をご供養申し上げるのでしょうか》。仏はあまたおはしますなり《多くおいでになるのです》。承りて《伺っておいて》説経をもせばや《したいものです》」と言へば、つねまさ聞きて、さることなりとて《もっともなことだと思って》、「まさゆきや候ふ《まさゆきはおるのか》」と言へば、この仏供養し奉らんとするをのこなるべし、長《たけ》高く、をせくみたる《背のすこしまがった》[七]者、赤《あか》髭《ひげ》にて、年五十ばかりなる、太刀《たち》[八]はき、股貫《ももぬき》[九]はきて出で来たり。「こ[一〇]なたへ参れ」と言へば、庭中に参りてゐたるに、つねまさ、「かのま

一 「据ゆ」は、「据う」の転。
二 雑役に従事する下男。本来は、蔵人所や院の御所などに属して、雑役をつとめた無官の役。
三 法会などで、仏典の講説をする僧。
四 「こころみ」は、食事の意味。『名義抄』には、「嘗」は、「ナメミル、心ミル」と訓ぜられている。
五 「小台」「巨大」などとも解されている。
六 底本に「えかけたまはらね」とあるが、諸本によって改めた。
七 「せくむ」は、「セククマル（跼）」の意か。『名義抄』に、「跼　ククマル、セククマル」「踡　セククマル」「踡跼　セククマル」「傴　クグセ、セククマル」とある。「を」は、接頭語か。
八 腰におびる長い刀。
九 底本に「もえぬき」とあり、伊達本に、「もし（えイ）ぬき」とあり、陽明本に、「もしぬき」とあるが、古活字本などによって改めた。「股貫」は、股貫沓《ももぬきぐつ》。

うとは、何仏を供養し奉らんずるぞ」と言へば、「いかでか知り奉《どうして存じ上げまし》らんずる《ょうか》」と言ふ。「とはいかに《というのはどうしたことか》、誰《た》が知るべき《誰が知っていようか》。そもそも、異人《ことひと》の供養《ほかの人が》し奉るを、ただ供養のことの《ことだけを》[一一]かぎりをするか」と問へば、「さも候はず《そうでもございません》。まさゆき[一二]まろが、供養し奉るなり」といふ。「さては、いかでか、何仏とは知り奉らぬぞ《存じ上げないのか》」と言へば、「[一三]仏師《ぶつし》こそは知りて候ふらめ」と言ふ。

怪《あや》しけれど《変ではあるが》、げにさもあるらん《いかにもそうかもしれない》、この男、仏の御名を忘れたるならんと思ひて、「その仏師はいづくにかある《どこにいるか》」と問へば、「[一四]ゑいめいぢに候ふ」と言へば、「さては、近かんなり《近いのだ》。呼べ」と言へば、この男、帰り入りて呼びて来たり。平面《ひらづら》なる《平たい顔の》法師の太りたるが、六十ばかりなるにてあり、ものに心得たるらんかしと見えず《ものごとを心得ているだろうとも見えないのが》、出で来て、まさゆきに並びてゐたるに、「この僧は仏師か」と問へば、「さに候《さようでご》ふ《ざいます》」と言ふ。「まさゆきが仏や造りたる」と問へば、「造り奉りたり」と言ふ。「幾頭《いくかしら》《何体》造り奉りたるや」と問へば、「五頭造り奉れり」

股まではいるような皮製のくつ。
一〇「まひと（真人）」の音便。敬意を含む二人称の代名詞。
一一 底本に「かきを」とあるが、諸本によって改めた。
一二「まろ」は、人名にそえる接尾語。
一三 仏像を彫刻する工人。
一四 未詳。万治二年整板本に、「叡明寺」とあてられている。

と言ふ。「さて、それは何仏を造り奉りたるぞ」と問へば、「え知り《分りません》候はず」と答ふ。「とはいかに《というのはどうしたことか》。まさゆき『知らず』と言ふ。仏師知らずは、誰が知らんぞ《誰が知ろうか》」と言へば、「仏師は、いかでか知り候はん。仏師の知るやうは候はず《知るはずはございません》」と言へば、「さは《それでは》、誰《た》が知るべきぞ《知っているであろうか》」と言へば、「講師《こうじ》の御房こそ知らせ給はめ《知っていらっしゃるでしょう》」と言ふ。「こはいかに《これはどうしたことか》」とて、集まりて笑ひののしれば《笑い騒ぐと》、仏師は腹立ちて、「物の《このことの》様体《やうだい》《事情》も知らせ給はざりけり《もよくご存知ないのだ》」とて立ちぬ。

「こはいかなることぞ」とて尋ぬれば、はやう《実は》「ただ《〔まさゆきが〕》仏造り奉れ」と言へば、ただ円頭《まろがしら》にて、さい《一》の神の冠《かぶり》もなきやうなる物を、五頭刻《きざ》み立てて《彫りあげて》、供養し奉らん講師して、その仏、かの仏と名をつけ奉る《おつけするの》なりけり《であった》。それを問ひ聞きて、をかしかりし中にも《〔それでもやはり〕》、同じ功徳《くどく》にもなればと《なるならばと》聞きし。あやし《賤しい》の者どもは、かく希有《けう》《珍しい》のことどもをし侍りけるなり。

一 サエノカミとも呼ばれ、道祖神に当ると認められる。境界を守る神。二一頁注七参照。

＊ 仏教の側では、経典や儀軌によって、仏像の形態が、こまかに定められていたが、庶民の間では、偶像の崇拝が、おくれて入ってきたために、その形状についても、あまりかえりみられなかったのかもしれない。ここでも、供養主や仏師が、新造の仏が何かを知らなかっただけでなく、それが当然のことであるように思っていたのである。

〔一一二〕歌詠《よ》みて罪を免《まぬか》るる事

今は昔、[二]大隅守《おほすみのかみ》なる人、国の政《まつりごと》をしたためおこなひ給ふあひだ《とりしきっていらっしゃったが》、[三]郡司のしどけなかりければ《だらしなかったので》、「召しにやりて戒めん《呼びにやって罰しよう》」と言ひて、[四]さきざきのやうに、しどけなきことありけるには、罪に任《まか》せて、重く《あるいは重く》軽く戒むる《あるいは軽く罰する》ことありければ、〔それも〕一度にあらず、たびたびしどけなきことあれば、重く戒めんとて、召すなりけり。「ここに召して率《ゐ》[五]て参りたり《連れて参りました》」と、人の申しければ、さきざきするやうにし伏せて《うつ伏せにして》、[六]尻頭《しりかしら》にのぼりゐたる人《のっかっている人》、[七]笞《しもと》を設《まう》けて《用意して》、打つべき人設けて、さきに人二人《ふたり》引き張りて出で来たるを見れば、頭は、黒髪もまじらず、いと《たいそう》白く、年老いたり。

〔それを〕見るに打《ちやう》ぜんこと《打つことも》、いとほしく《かわいそうに》覚えければ、何事につけてか《何かにかこつけて》、これを許さん《これを許そうと》と思ふに、事つくべき《口実にするような》ことなし。過《あやま》ちどもを片端より問

郡司の罪

二 大隅の国司。大隅の国は、鹿児島県の東部。『拾遺集』九に、「大隅守桜島忠信」とある。桜島忠信は、『本朝文粋』一二によると、応和二年（九六二）に、播磨少掾《はりまのしょうじょう》であったが、落書によって、大隅守に任ぜられた。没年未詳。

三 郡を治める官。二九頁注一〇参照。

四 『今昔物語集』二四―五五に、「前々《サキザキ》、此様《カクヤウ》ニ四度《シド》ケ无《ナ》キ事有ル時ニハ、罪ノ軽重ニ随《シタガヒ》テ誡ムル事常ノ例也」、『古本説話集』四四に、「さきざき、かくしどけなきことある折は、罪に任せて、重く軽くいましむることあり」とある。

五 底本・伊達本・陽明本に、「いて」とあるが、古活字本などによって改めた。

六 『今昔物語集』二四―五五に、「尻頭ニ上《ノボ》リ可居《ヰルベ》キ人、可打《ウツベ》キ様《ヤウ》ナド儲《マウケ》テ待ツニ、人二人シテ引張《ヒキハリ》テ将来《ヰテキタリ》タリ」とある。

七 罪人を打つためのむち。

詠歌の徳

ふに、ただ老いを高家《かうけ》一にていらへをる《頼みにして答えている》。いかにして《何とかして》これを許さんと思ひて、「おのれはいみじき盗人かな《おまえはまったくしようのないやつだな》。歌は詠《よ》みてんや《詠めるだろうか》」と言へば、「さらば《それでは》「はかばかしからず候へども《たいしたことはございませんが》、詠み候ひなん」と申しければ、「さらば仕《つかまつ》れ《詠め》」と言はれて、程もなく、わななき声にて《ふるえ声で》うち出《いだ》す《詠みあげる》。

二年を経て頭《かしら》の雪はつもれども

しもと見るにぞ身は冷えにける

と言ひければ、いみじう《たいそう》あはれがりて、感じて許しけり。人はいかにも情《なさけ》はあるべし《風流の心はあってほしい》。

〔一一二〕大安寺《だいあんじの》三別当《べつたう》四の女《むすめ》嫁する男、夢見る事

今は昔、奈良の大安寺の別当なりける僧の女のもとに、蔵人《くらうど》五なりける人、忍びて通ふほどに、せめて思はしかりければ《切にいとしく思われたので》、時々は昼も

一 権勢のある家から転じて、頼みとする所の意。

二 私は年をとって、頭の雪（白髪）が積って白くなっているが、しもと見るにつけて、体はこおってしまった。「雪」の縁語で「霜」を出して、「霜と」に「笞」を掛けたもの。『拾遺集』九に、上句が「おいはてて雪の山をばいただけど」とあり、『今昔物語集』二四—五五に、「トシヲヘテカシラニ雪ハツモレドモシモトミルコソミハヒヘニケレ」とあり、『古本説話集』四四に、上句が「年を経てかしらに雪はつもれども」とある。

＊『拾遺集』九には、「大隅守桜島忠信が国に侍りける時、郡の司、かしら白き翁《おきな》の侍りけるを、めしかんがへむとし侍りにける時、翁のよみ侍りける」とあって、前記のような歌が収められている。『俊頼髄脳』上、『奥義抄』上、『十訓抄』一〇などにも、この歌のことが掲げられているが、『俊頼髄脳』の場合には、まったく別の話として伝えられている。それに対して、『今昔物語集』二四—五五、『古本説話集』四四には、これと同話に当るものが掲げられている。特に『今昔』の方では、「然レバ、云フ甲斐无《ナ》キ下臈ノ田舎人ノ中ニモ、此《カ》ク歌読ム者モ有ル也ケリ。努々《ユメユメ》不《アナヅ》可《ルベ》蔑《カラズ》トナム語リ伝ヘタルトヤ」と結ばれている。そのように、思いがけなく賤しい者が、気のきいた歌を詠んで、危いところをのがれたというのであって、本書四

銅の湯の責め苦

〇・四三などと通ずるものといえよう。
三 奈良市大安寺町にある古義真言宗の別格本山。古くは南都七大寺の一つとして栄えた。
四 大寺や大社の長官で、その事務の総轄に当る者。
五 蔵人所の職員。一三五頁注八参照。
六 ここでは、妻の父をさす。また、夫の父をもいう。
七 『今昔物語集』一九―二〇に、「姑《シウトメ》ノ尼君」とある。
八 うわぐすりをかけない素焼きの器。
九 伊達本・陽明本・古活字本に、「さゝけて」とある。
一〇 底本に「まう人」とあるが、諸本によって改めた。

とまりけり。あるとき、昼寝したりける夢に、にはかに、この家の内に、上下の人、とよみて《大騒ぎして》泣きあひけるを、いかなることやらんと《どうしたことであろうかと》、怪しければ《不思議であったので》、立ち出でて見れば、[六]舅《しうと》の僧、妻の[七]尼公より始めて、ありとある人《かぎりの人が》、みな大きなる[八]土器《かはらけ》を捧げて泣きけり。いかなれば《どういうわけで》、この土器を捧げ[九]泣くやらんと思ひて、よくよく見れば、銅《あかがね》の湯を土器ごとに盛れり。打ちはりて《打ちたたいて》、鬼の飲ません《鬼が飲ませようとして》にだにも、飲むべくもな《飲めそうもない》き湯を、心と《自分から》泣く泣く飲むなりけり。からくして《やっとのことで》飲み果てつれば《飲みおわってしまうと》、また乞ひそへて《もう一杯ついでもらって》飲む者もあり。下臈《げらふ》に《賤しい召使に》いたるまでも、飲まぬ者なし。わが傍《かたはら》に臥《ふ》したる君を、女房来て呼ぶ。起きて去《い》ぬるを《行ったのを》、おぼつかなさに《気がかりなので》また見れば、この女も、大きなる銀《しろがね》の土器に、銅の湯を一《ひと》土器入れて《いっぱいに入れて》、女房取らすれば、この女取りて、細くらうたげなる《かわいらしい》声をさしあげて《はりあげて》、泣く泣く飲む。目鼻より煙くゆり出づ《くすぶり出る》。あさましと《あきれたことだと》見て立てるほどに、また、「[一〇]客人《まらうど》に参らせよ《お客様にさし上げよ》」と言ひて、土器を台に据《す》ゑて、女房持て来たり。われもかかる物を飲まんずるかと《飲もうとするのかと》思ふに、あさましくて《あきれたことで》、惑《まど》ふ《あわてると》と思ふほどに、夢さめぬ。おどろきて《目がさめて》見れば、女房食ひ物を持て来たり。舅《しうと》の方にも、物食ふ音してののしる《騒いでいる》。[一]寺の物を食ふにこそあるらめ、それがかくは見ゆるなりと、ゆゆしく《うとましく》心憂《こころう》く《情なく思われて》覚えて、女《むすめ》の思はしさ《いとしさも》も失《う》せぬ。さて、ここちの悪しきよしをいひて、[二]物も食はずして出でぬ。そののちは、つひにかしこ《あの所へ》へ行かずなりにけり。

〔一一三〕 [三]博打《ばくち》の子、聟入《むこいり》の事

昔、博打の子の年若きが、目鼻一所《ひとところ》にとり寄せたる《とり集めたようで》やうにて、世の人にも似ぬ《「醜い男が」》ありけり。二人の親、これいかにして世にあらせんずる《人なみに世渡りをさせよう》と思ひてありけるところに、[四]長者の家にかしづく《大切にしている》[五]女《むすめ》のありけるに、顔よからん聟取らむと、母の求めけるを伝へ聞きて、「天《あめ》の下《天下にまたと》の顔

仏物盗用の罪

一 仏物盗用の罪に当る。『今昔物語集』一九―二〇に、「寺ノ別当ナルハ、寺ノ物ヲ心ニ任セテ仕《ツカ》フ、寺ノ物ヲ食《クフ》ニコソハ有ラメ」とある。

二 底本に「ものゝ」とあるが、諸本によって改めた。

＊『今昔物語集』一九―二〇に、これと同話に当るものが収められている。それによると、別当の一家が、個人の用に寺の財物をあてたために、その罪の報いで銅の湯を飲まされたというのである。『日本霊異記』や『今昔物語集』などには、この説話と同じように、仏物盗用の罪に関することが、繰り返し取りあげられている。

醜い博打の子

三 賭博を職とする者。ばくち打ち。

四 富豪。金持。

五 伊達本・陽明本に、「ありけるか」とある。

よしといふ人《ない美男子という人が》、聟にならんとのたまふ」と言ひければ、長者悦《よろこ》びて、聟に取らんとて、日をとりて契りてけり《吉日を選んで約束をした》。その夜になりて、装束など人に借りて、月は明《あか》かりけれど《明るかったが》、顔見えぬやうにもてなして《こしらえて》、博《［仲間の］》打ども集まりてありければ、人々しく《一人前のものらしく》覚《おぼ》えて《思われて》、心にくく思ふ《おくゆかしく思う》。

さて、夜々行くに《通っていると》、[六]昼ゐるべきほどになりぬ《住まなければならないことになった》。いかがせんと思ひめぐらして《どうしようかと思案して》、博打一人、長者の家の天井に上《のぼ》りて、二人寝たる上の天井を、ひしひしと《みしみしと》踏み鳴らして、いかめしく《おごそかに》恐ろしげなる声にて、「天の下の顔よし」と呼ぶ。家の内の者ども、「いかなることぞ《どうしたことか》」と聞き惑《まど》ふ。聟いみじく《ひどく》怖《お》ぢて《恐れて》、「[七]おのれをこそ《自分のことを》、世の人、『天の下の顔よし』と言ふと聞け《言っていると聞く》。いかなることならん《どういうことだろうか》」と言ふに、三度まで呼べば、いらへつ《返事をした》。「これはいかにいらへつるぞ《どうして答えたのか》」と言へば、「心にもあらで《何ということもなく》、いらへつるなり」と言ふ。鬼の言ふやう、「この家の女《むすめ》は、わが《自分の》領《りやう》じて《ものにして》三年になりぬるを、なんぢ《おまえは》、いかに思ひて《どういうつもりで》、かくは通《かよ》ふぞ」と言ふ。「さる《そのような》御事とも[八]知らで、通ひ候ひつるなり。ただ

六 正式に聟入りすることをさす。

七 底本に「をのれのれをこそ」とあるが、諸本によって改めた。

八 底本に「しゝて」とあるが、諸本によって改めた。

御助け候へ」と言へば、鬼「いといと憎きことなり。一言《ひとこと》して帰らん。なんぢ、命とかたちと《顔かたちと》、いづれか惜しき《どちらが惜しいか》」と言ふ。聟、「いかがいらふべき《どう答えたらよいか》」と言ふに、舅《しうと》、姑《しうとめ》、「何ぞの御かたちぞ《お顔かたちなど何でしょうか》。命だにおはせば《命さえご無事でいらっしゃるなら》、『ただかたちを』とのたまへ《ただ顔かたちをお召し下さいとお言いなさい》」と言へば、教へのごとく言ふに、鬼、「さらば《それでは》、吸ふ吸ふ」と言ふときに、聟、顔をかかへて、「あらあら」と言ひて、臥《ふ》し転《まろ》ぶ《ころげまわる》。鬼はあよび帰りぬ。

さて、「顔はいかがなりたる《どうなっただろうか》、見ん」とて、人々紙《し》燭《そく》をさして、見れば、目鼻一つ所にとり据《す》ゑたるやうなり。聟は泣きて、「ただ命とこそ申すべかりけれ《申したらよかった》。かかるかたちにて、世の中にありては何かせん《いてもどうなるというのか》。かからざりつるさきに《こうならなかった前に》、顔を一度見え奉らで《顔を一度もお目にかけないで》、おほかたは、かく恐ろしきものに領ぜられたりける《鬼のものになっていた》ところに参りける《〔女の〕ところに〔知らずに〕》、過《あやま》ちなり」とかこちければ《嘆いたので》、舅、いとほし《気の毒に》と思ひて、「このかはりには、わが持ちたる宝を奉らん《さし上げよう》」と言ひて、めでたくかしづきければ《すばらしく大切にしたので》、嬉しくてぞありける。「所の《場所が》悪《あ》しきか《悪いのか》」とて、別によき家を造りて住ま

一 「あよぶ」は、「あゆむ」と同じ。「あゆむ」から、「あよむ」「あよぶ」と転じたもの。

二 室内用の照明具。一尺五寸ほどに松の木を削って、その先の方を炭火で焦がし、その上に油を塗って火をつける。手もとを紙で巻いて持つ。

聟のしあわせ

＊ 醜いばくち打ちの男が、悪がしこいたくらみによって、うまく長者の聟に納まり、末長くしあわせに栄えるというものである。これと同じ系統の昔話は、広く日本の各地に伝えられ、柳田国男氏監修の『日本昔話名彙』には、完形昔話の「隣の寝太郎」として取りあげられ、関敬吾氏の『日本昔話大成』には、本格昔話の「一二五 博徒聟入」および「一二六 鳩提灯」として取りあげられている。この「博徒聟入」というのは、長者が神に祈って、一人娘によい聟をとろうとしていると、怠け者が神をよそおって、「この男を聟にとれ」と言うことによって、うまくその聟に迎えられたというものである。また「鳩提灯」というのは、怠け者が神をよそおうのに、鳩に提灯をつけて放したというものである。本書と完全に一致するのは、「博徒聟入」の亜型の一つで、その主人公の怠け者が、何か身体上の欠陥をもって現れるものであろう。徳島県海部郡の例によると、醜男が美男子と偽って、美女との縁組をまとめるが、床入りの夜に、仲人が屋根に上って、出雲の神と名のり、「命がほしけ

せければ、いみじくてぞありける（結構な暮しであった）。

〔一一四〕 伴大納言《ばんのだいなごん》[三]、応天門《おうてんもん》[四]を焼く事

信の大臣の冤罪《えんざい》

今は昔、水尾《みのを》[五]の帝《みかど》の御時に、応天門焼けぬ。人のつけたるになん（放火したのであった）ありける。それを伴善男《よしを》といふ大納言、「これは信《まこと》[六]の大臣《おとど》のしわざなり」と、おほやけに（朝廷に）申しければ、その大臣を罪せんとせさせ給ひけるに、忠仁公[七]、世の政《まつりごと》は、御弟の西三条[八]の右大臣に譲りて、白川[九]に籠《こも》りゐ給へるときにて、このことを聞き驚き給ひて、御烏帽子《えぼし》[一〇]、直衣《なほし》[一一]ながら、移《うつ》[一二]しの馬に乗り給ひて、乗りながら北の陣[一三]までおはし（おいでになって）て、御前に参り給ひて、「このこと、申す人の讒言《ざんげん》にも侍らん。大（〔大臣を罰するような〕）事になさせ給ふこと、いと異様《ことやう》（普通と違った）のことなり。かかることは（このようなことは）、かへすがへすよく糺《ただ》して（本当とうそとをはっきりさせて）、まことそらごと顕《あらは》して、行はせ給ふべきなり（ご処置なさるべきことです）」

れば、醜い顔に取り替える」と告げるので、「醜い顔はこらえるが、命だけは許してほしい」と答えた。男の顔は醜いが、命が無事なことを喜んで、夫婦仲よく暮したと語られている（『浅川・川東昔話集』）。

三 伴大納言善男。二九頁注九参照。「大納言」は、太政官の次官で、右大臣の次位。

四 平安京の大内裏の正門。南方の朱雀門と相対する。貞観八年（八六六）に焼失、同一三年（八七一）に再建。

五 第五六代清和天皇。文徳天皇の皇子。天安二年（八五八）から貞観一八年（八七六）まで在位。元慶四年（八八〇）に、三一歳で崩御。山城の国葛野郡の水尾山陵に葬る。

六 源信。嵯峨天皇の皇子。左大臣、正二位。貞観一〇年（八六八）に、五九歳で没。龍笛に巧みで、草《そう》隷《れい》・絵画にも長じていた。

七 藤原良房。冬嗣の子。摂政、太政大臣、従一位。貞観一四年（八七二）に、六九歳で没。

八 藤原良相。冬嗣の子。右大臣、正二位。貞観九年（八六七）に、五七歳で没。

九 京都の東北部。鴨川より東、東山より西に当る。

一〇 元服した男のかぶりもの。二六頁注四参照。

一一 貴人の通常の服。

一二 移し馬。一八八頁注一参照。

一三 内裏の北の朔平門《さくへいもん》。兵衛府の陣の設けられた所。

と奏し給ひければ《ご奏上なさったので》、まことにもと《もっともなことだと》おぼしめして、糺《ただ》させ給ふに、一《いち》定《ぢやう》もなきことなれば《確かでもないことなので》、「許し給ふよし仰せよ」とある宣旨《せんじ》一承りてぞ、大臣は帰り給ひける。

［いっぽう］左の大臣は、過《すぐ》したることもなきに《あやまちをしたのでもないのに》、かかる横ざまの罪にあたる《無実の罪をうけるのを》を、おぼし嘆きて、二日の装束して、庭に三荒薦《あらごも》を敷きて出でて、四天道《てんたう》に訴《うた》へ申し給ひけるに、許し給ふ御使ひに、五頭中将《とうのちゆうじやう》、馬に乗りながら、馳《は》せまうでければ《かけつけてきたので》、急ぎ罪せらるる使ひぞと心得て、ひと家《家じゅう》泣きののしるに《泣き騒いだが》、許し給ふよし仰せかけて《仰せになって》、帰りぬれば、また悦《よろこ》び泣きおびたたしかりけり《泣くさまははなはだしかった》。許され給ひにけれど、「おほやけにつかうまつりては《朝廷にお仕え申していると》、横さまの罪出で来ぬべかりけり《思いもよらない罪がおこってくることになるのだ》」と言ひて、ことにもとのやうに、宮仕《みやづか》へもし給はざりけり《なさらなかった》。

伴大納言の放火

このことは《この放火の事は》、六過ぎにし秋の頃、七右兵衛の舎人《とねり》なる者、東の七条に住みけるが、八司《つかさ》に参りて、夜更けて、家に帰るとて、応天門の前を通りけるに、人のけはひしてささめく《ささやいている》。廊《らう》の脇《わき》に隠れ立ちて見れば、

一 天皇の勅をしるした文書。
二 昼間の装束で、束帯姿。宿直《とのゐ》の装束に対していう。朝廷の公事に着用する正装。
三 目をあらく編んだ薦《こも》。
四 天地を支配する神。
五 蔵人頭で近衛中将を兼ねるもの。この頭中将は、藤原良世か。
六 『三代実録』によると、貞観八年（八六六）閏《うるう》三月一〇日に、応天門の放火の事件がおこっている。
七 右兵衛府の舎人。「舎人」は、五六頁注一一参照。
八 役所すなわち右兵衛府。殷富門《いんぷもん》の内、右近衛府の

柱よりかかぐりおるるものあり《すがりおりてくるものがある》。怪しくて見れば《怪しく思ってよく見ると》、伴大納言なり。つぎに、子なる人おる。九 またつぎに、雑色《ざふしき》一〇 とよ清といふ者おる。何《何を》わざして《するために》、おるるにかあらんと《おりるのだろうかと》、つゆ心も得で《まったくわけもわからないで》見るに、この三人お《おり》り果つるままに《てしまうとともに》、走ること限りなし。南の朱雀門《すざくもん》一一 ざまに《朱雀門の方に》走りて去《い》ぬれば、この舎人も、家ざまに《家の方に》行くほどに、二条一二 堀川のほど行くに、「大内の方に火あり《皇居の方で火事だ》」とて、大路ののしる《大路を通る人が騒ぐ》。見返りて見れば、内裏《だいり》の方と見ゆ。走り帰りたれば、応天門の上のなから《半分ほど》ばかり燃えたるなりけり。このありつる《さきほどの》人どもは、この火つくるとて、のぼりたり一三 けると心得てあれども、人のきはめたる《この上ない》大事なれば、あへて《けっして》口よりほかに出《いだ》さず。そののち、左の大臣《おとど》のし給へることとて、「罪かうぶり給ふべし」と言ひののしる《言い騒ぐ》。あはれ《ああ》、したる人のあるものを《本当にした人がいるのに》、いみじきことかなと《ひどいことだなと》思へど、言ひ出すべきことならねば、いとほし《気の毒に思っ》と思ひありくに《て過ごすうちに》、「大臣許されぬ」と聞けば、罪なきことは、つひに逃《のが》るるものなりけりとなん思ひける。

南にある。

九 伴中庸《なかつね》。右衛門佐。貞観八年に、隠岐《おき》に流された。

一〇 雑役をする無官の者。五六頁注一二参照。『三代実録』貞観八年九月二二日の条に、善男の同謀者または同謀従者として、紀豊城の名があげられており、これに当るか。

一一 大内裏の南面の正門。内は応天門に対して、外は羅城門に通ずる。

一二 二条大路と堀川小路との交叉するあたり。

一三 伊達本に、「のぼりたりける也と」、陽明本・古活字本に、「のぼりたりけるなりと」とある。

こどもの喧嘩

かくて、九月ばかりになりぬ。かかるほどに《こうしているうちに》、伴大納言の出納《しゅつなふ》[一]の家の幼き子と、舎人が小童《こわらは》といさかひをして《けんかをして》、出納ののしれば《騒ぐので》、〔舎人が〕出でて取りさへんとするに《なだめてやめさせようとすると》、この出納、同じく出でて、〔舎人が〕見るに、〔出納は〕寄りて引き放ちて、わが子をば家に入れて、この舎人が子の髪を取りて、打ち伏せて、死ぬばかり踏む。舎人思ふやう、わが子も、人の子も、ともに童部《わらはべ》いさかひなり《子供の喧嘩なのだ》、ただ、さてはあらで《そのままにしておかないで》、わが子をしも《自分の子だけを》、かく情なく《ひどく》踏むは、いと《まったく》[二]あらきことなりと《乱暴なことだと》腹立たしうて、「[三]まうとは《あなたは》、いかで情なく、幼き者をかくはするぞ」と言へば、出納言ふやう「[四]おれは《おまえは》何事言ふぞ。[五]舎人だつる《舎人らしくふるまう》、おればかりのおほやけ人を《おまえぐらいの役人を》、わが打ちたらんに《打ったといって》、何事のあるべきぞ《どういうことがあろうか》。わが君大納言殿のおはしませば《いらっしゃるからには》、いみじき過ちをしたりとも《どんなにひどいあやまちをしたとしても》、何事の出で来べきぞ《おころうか》。しれごと言ふ《ばかなことを言う》乞児《かたゐ》かな《乞食め》」と言ふに、舎人おほきに腹立ちて、「おれは《おまえは》何事言ふぞ。わが主《しゅう》の《おまえの主人の》大納言を高家《かうけ》に思ふか《頼みにしていばるのか》。おのが主は《おまえの主人は》、わが口によりて《自分の口しだいで》、人にてもおはするは《人並みにしていらっしゃるのを》知らぬか。わが口あけては《自分が口をあけてしゃべると》、おのが主は、人に《人並み》

一 蔵人所に属して、雑事の宰領、雑具の出納などにあたるもの。ここでは、伴大納言家で、そのような役を務めるもの。
二 伊達本・陽明本・古活字本に、「あしき」とある。
三 二人称の代名詞で、尊敬の意を含む。
四 二人称の代名詞で、軽蔑の意を含む。
五 「だつ」は、ほかの語について、その状態を表す。

てはありなんや《にしていられようか》」と言ひければ、出納は腹立ちさして《腹を立てかけたままやめて》、家に這《は》ひ入りにけり。

このいさかひを見るとて、里隣《さとどなり》の人《隣近所の人は》、市をなして《群れをなして》聞きければ、いかに言ふことにかあらんと《どういうつもりで言うのであろうかと》思ひて、あるは妻子《めこ》に語り、あるはつぎつぎ語り散らして、言ひ騒ぎければ、世に広ごりて《広がって》、おほやけまで《朝廷まで》きこしめして《お聞きになって》、舎人を召して問はれければ、はじめはあらがひけれ《抗弁したが》ども、われも罪蒙《かうぶ》りぬべく《うけなければならないように》問はれければ、ありのくだりのことを《ありのままのことを》申してけり。そののち、大納言も問はれなどして、六事顕《あらは》れてののちなん流されける。

応天門を焼きて、信《まこと》の大臣に負《お》ほせて《罪を負わせて》、かの大臣を罪せさせて《罪に陥れて》、一の《首席の》大納言なれば、大臣にならんと構《かま》へけることの《計画したことが》、かへりてわが身罪せられけん、いかにくやしかりけん《どんなにくやしかったことであろうか》。

六 『三代実録』によると、貞観八年（八六六）九月二二日に、伴大納言などの処罰が行われている。

事件の真相

＊『伴大納言絵詞』には、これと同話に当るものが認められるが、その上巻の詞書が欠けており、本書の記事によって補われる。『大鏡』裏書、『愚管抄』三、『沙石集』六などにも、この事件の顚末《てんまつ》が取りあげられている。さかのぼって、『三代実録』では、貞観八年八月三日の条に、「左京人備中権史生大初位下大宅首鷹取、告下大納言伴宿禰善男、右衛門佐伴宿禰中庸等同レ謀行レ火焼中応天門上」というように、この事件の発覚について記され、同年九月二二日の条に、「大納言伴宿禰善男、善男男右衛門佐伴宿禰中庸、同レ謀者紀豊城、伴秋実、伴清縄等五人、坐レ焼二応天門一当レ斬。詔降二死一等一、並処二之遠流一、善男配二伊豆国一、中庸隠岐国、豊城安房国、秋実壱岐島、浄縄佐渡国。相坐配流者八人」などというように、その関係者の処罰についても記され、その詳細な経歴についても示されている。

〔一一五〕放鷹楽《はうようらく》[一]、明暹《みやうせん》に是季《これすゑ》[二]が習ふ事

これも今は昔、放鷹楽といふ楽《がく》をば、明暹已講《いこう》[三]、ただ一人習ひ伝へたりけり。白河院[四]野行幸[五]、明後日《あさて》と言ひけるに、山階寺《やましなでら》[六]の三面[七]の僧坊にありけるが、「今宵《こよひ》は門《かど》なさしそ《門をしめるな》。尋ぬる人あらんもの《あるだろうに》か」と言ひて待ちけるが、案のごとく、入り来たる人あり。これを問ふに、「是季なり」と言ふ。「放鷹楽習ひにか」と言ひければ、「しかなり《そうです》」と答ふ。すなはち、坊中に入れて、くだんの《例の》楽を伝へけり。

〔一一六〕堀河院[八]、明暹に笛吹かさせ給ふ事

秘曲の伝授

一 唐楽の一曲。放鷹の体を模したもので、野の行幸に奏したという。『龍鳴抄』上に、この楽について、「舞のてい、鷹のていとぞいひ伝へたる」とある。
二 『教訓抄』四に、「大判官惟季」とある。大神惟季。晴遠の子。南都の笛師。右近衛将監。寛治八年（一〇九四）に、六九歳で没。
三 藤原明衡の子。興福寺の僧。笛の名手。没年不詳。「已講」は、三会已講師の略で、三大勅会、すなわち興福寺の維摩会、薬師寺の最勝会、禁中の御斎会で、講師をつとめた僧。
四 第七二代の天皇。一八一頁注一八参照。
五 天皇が鷹狩をご覧になるために、紫野・嵯峨野・大原野などに行幸になること。『扶桑略記』承保三年（一〇七六）一〇月二四日の条に、大井川行幸の記事がみられる。
六 興福寺。二七八頁注七参照。
七 未詳。『今昔物語集』一二―二一に、山階寺の建物について、「西室東室中室ノ各《オノオノ》ガ大小ノ房」とあって、それをさすともいう。「僧坊」は、僧侶の住む所。
＊ 『古事談』六に、これと同話に当るものが収められている。『教訓抄』四によると、大判官惟季は、白河院の野行幸に、放鷹楽を奏するように命ぜられ、一夜の間に、浄明院得業円憲に習って、この曲を奏することができたと伝えられる。『体源抄』などによると、本話の明暹は、この円憲の弟子に当るという。

明暹の吹笛

これも今は昔、堀河院の御時、奈良の僧どもを召して、大般若《だいはんにや》(九)の御読経《どきやう》行はれけるに、明暹この中に参る。そのときに、主上《天皇は》、御笛を遊ばしけるが《お吹きになったが》、やうやう《さまざまに》に調子を変へて、吹かせ給ひけるに、明暹、調子ごとに、声違《たが》へず上げければ《調子を上げたので》、主上、怪しみ給ひて、この僧を召しければ、明暹、ひざまづきて庭に候ふ《伺候する》。仰せによりて、上《のぼ》りて簀子《すのこ》(一〇)に候ふに、「笛や吹く《笛を吹くか》」と問はせおはしましければ《お尋ねになったので》、「かた(一一)のごとく《規則どおりに》仕《つかまつ》り候ふ《いたします》」と申しければ、「さればこそ《やはりそうか》」とて、御笛賜《た》び《下さ》て吹かせられけるに《ってお吹かせになったところが》、万歳楽《まんざいらく》(一二)をえもいはず《いいようもなくみごとに》吹きたりければ、御感あ《ご感動に》りて《なって》、やがて《そのまま》、その笛を賜びてけり。くだんの《例の》笛伝はりて、今八幡《やはた》(一三)別当《べつたう》幸清がもとにありとか。(一四)件笛、幸清進二上当今一、建保三年也。

〔一一七〕浄蔵《じやうざう》(一五)が八坂《やさか》(一六)の坊に強盗入る事

八 第七三代の天皇。一九一頁注一七参照。
九 『大般若波羅蜜多経』六〇〇巻。ここでは、その転読をさす。六九頁注九参照。
一〇 寝殿造りの廂《ひさし》の外側に、細い板を横に並べて、間をすこしずつあけてうちつけた縁。
一一 『古事談』六に、「オロオロ吹候」とある。
一二 舞楽の一曲。皇帝の万歳を賀する楽曲という。
一三 紀氏。成清の子。第三三代の石清水八幡宮の別当。文暦二年（一二三五）に、五九歳で没。『新古今集』などの作者。「別当」は、もともと大寺にあって、寺務の統轄に当るもの。
一四 『古事談』六にも、同じ注が記されている。「当今」は、順徳天皇をさす。建保三年は、一二一五年。
＊ 前の説話に続いて、笛の名手の明暹を讃えたもの。『古事談』六に、これと同話に当るものがみられる。その結末には、「件笛般若丸ト付テ、秘蔵シテ持タリケリ、伝伝シテ、今在二八幡別当幸清之許一」と記されている。
一五 三善清行の子。玄昭の弟子。相人、験者としてすぐれ、天慶三年（九四〇）には、将門の降伏のために、横川で修法を行った。康保元年（九六四）に、七四歳で没。
一六 京都市東山区八坂上町の法観寺で、八坂寺ともいう。臨済宗建仁寺派。『拾遺往生伝』中などによると、この寺の塔が傾きかかったので、浄蔵が祈って直したと伝えられる。

これも今は昔、天暦《てんりやく》[一]のころほひ、浄蔵《じやうざう》が八坂《やさか》の坊に、強盗《がうたう》[二]その数入り乱れたり。しかるに、火を燈《とも》し[三]、太刀《たち》[四]を抜き、目を見張りて、おのおの立ちすくみて《「その場に」》、さらにすることなし《何もすることができない》。かくて、数刻を経《ふ》。夜やうやう明けんとするとき、ここに、浄蔵、本尊に啓白《けいびやく》して《うやまって申し上げて》、「早く許し遣《つか》はすべし《許してやりなさるがよい》」と申しけり。そのときに、盗人[五]ども、いたづらにて《何もしないで》逃げ帰りけるとか。

〔一一八〕播磨守《はりまのかみ》[六]の子佐大夫《さたいふ》[七]が事

今は昔、播磨守公行《きんゆき》が子に、佐大夫とて、五条[八]わたりにありし者は、この頃ある顕宗《あきむね》[九]といふ者の父なり。その佐大夫は、阿波守《あはのかみ》[一〇]さとなりが供に、阿波へ下りけるに、道にて《途中で》[一一]死にけり。その佐大夫は、

一 村上天皇の時代の年号。九四七年から九五七年まで。

強盗の退散

二 『古事談』三に、「強盗数輩乱入」とある。

三 『古事談』三に、「燃レ炬抜レ剣瞋レ目、各徒立更無二其所作一」とある。

四 腰におびる長い刀。

五 『古事談』三に、「賊徒適復二尋常一、致レ礼出去了」とある。

＊ 『古事談』三に、これと同話に当るものが収められている。『拾遺往生伝』中、『元亨釈書』一〇、『本朝高僧伝』四八などにも、浄蔵の伝記について説かれており、これと通ずる説話も含まれている。『拾遺往生伝』によると、「天暦年中、大法師住八坂寺。強盗数十、忽以入来。大法師以レ音叱之。強盗等徒然而立、木強不レ動。夜更已明、縛除解脱。強盗等作レ礼而去」というように、本尊に啓白することなく、自身で一喝するだけで、強盗を呪縛したと伝えられる。

力の強い牛

六 『今昔物語集』二七―二六に、「播磨守佐伯公行」とある。蔵人所出納、権少外記、大外記、能登権介、遠江守、信濃守、播磨守などを経て、伊予守、正四位下にいたる。没年未詳。「播磨」は、兵庫県南部。

あの世で借りた牛

一二 河内前司《かはちのぜんじ》といひし人の類《るい》《一族で》にてぞありける。その河内前司がもとに、一三 黄斑《あめまだら》なる牛ありけり。その牛を人の借りて、車掛けて、一四 淀《よど》へやりけるに、一五 樋爪《ひづめ》の橋にて、牛飼あしくやりて《へたに》、片輪を橋より落したりけるに、引かれて《ひっぱられて》、車の橋より下に落ちけるを、車の落つると心得て、牛の踏み広ごりて《四足をひろげ踏んばって》立てりければ、一六 鞅《むながい》切れて、車は落ちて砕けにけり。牛は《牛だけは》一つ、橋の上にとどまりてぞありける。人も乗らぬ車なりければ、そこなはるる《怪我をする》人もなかりけり。えせ牛ならましかば《つまらない牛であったならば》、引かれて落ちて、牛もそこなはれまし。「いみじき《すばらしい》牛の力かな」とて、その辺の人言ひ賞《ほ》めける。

かくて、この牛をいたはり《大事にして》飼ふほどに、この牛、いかにして失《う》せ《い》たるといふこともなくて《なくなったのか分らないうちに》、失せにけり。「こはいかなることぞ《これはどうしたことか》」と、求め騒げどなし《騒いで探したが見当らない》。「離れて出《い》でたるか」とて、近くより遠くまで尋ね求めさすれどもなければ、「いみじかりつる牛を失ひつる」と歎くほどに、河内前司が夢に見るやう、この佐大夫が《〔死んだはずの〕》来たりければ、

七 未詳。
八 『今昔物語集』二七―二六に、「四条ト高倉トニ有《アリ》シ者ハ」とある。
九 『今昔物語集』二七―二六に、「近来《コノゴロ》有ル顕宗ト云フガ父也」とある。未詳。
一〇 『今昔物語集』二七―二六に、「阿波ノ守《カミ》藤原ノ定成ノ朝臣」とある。季随の子の定成か。この定成は、斎院長官、能登守、河内守、越前守、従四位下となっているが、阿波守となったかどうか、確かではない。「阿波」は、徳島県。
一一 『今昔物語集』二七―二六に、「其ノ船ニテ守ト共ニ海ニ入テ死ニケリ」とある。
一二 『今昔物語集』二七―二六に、「河内禅師」とある。未詳。「河内」は、大阪府の東部。
一三 牛の毛色。暗黄色でまだらのあるもの。
一四 京都市伏見区。賀茂・桂・宇治・木津の諸川の合流点。
一五 京都市伏見区淀樋爪町。
一六 馬や牛の胸から鞍《くら》にかけ渡す組み緒。

海に落ち入りて死にけると聞く人は《死んだと伝え聞いた人が》、いかに《どうして》来たるにかと、思ひ思ひ《思いながら》出であひたりければ、佐大夫が言ふやう、「われは、この丑寅《うしとら》[一]の隅《すみ》にあり。それより《そこから》日に一度、樋爪《ひづめ》の橋のもとにまかりて《参って》、苦を受け侍るなり。それに《それにしても》、おのれ《自分の》が罪の深くて《〔そのために〕》、身のきはめて重く侍れば、乗物の耐へずして《乗物のほうがたえられないので》、徒《かち》より《徒歩で》まかるが苦しきに、この黄斑《あめまだら》の御車牛の力の強くて、《〔その牛に〕》[二]乗りて侍るに《乗っておりますが》、いみじく求めさせ給へば《たいそうお探しになっているので》、いま五日《もう五日》日ありて《たって》、六日と申さん巳《み》[三]の時ばかりには返し奉らん《お返しいたしましょう》。いたくな求め給ひそ《ひどくお探しなさいますな》」と見て、さめにけり。「かかる夢をこそ見つれ」と言ひて過ぎぬ。

その夢見つるより六日といふ巳の時ばかりに、そぞろに《どこからともなく》この牛歩《あゆ》み入りたりけるが、いみじく大事したりげにて《ひどく大変なことをしてきた様子で》、苦しげに舌垂れ、汗水にてぞ入り来たりける。「この樋爪の橋にて、車落ち入り、牛はとまりたりけるを《落ちずに残っていた》りなんどに行きあひて、力強き牛かなと見て、借りて乗りてありきけるにやありけんと《乗ってまわっていたのであろうかと》思ひけるも、恐ろしかりけ

一 東北。

二 『今昔物語集』一七―二六に、「乗リ侍ルニ堪タレバ、暫ク借申シテ乗《ノリ》テ罷行《マカリアル》クヲ」とある。

三 午前十時ごろ。

この世に帰った牛

＊『今昔物語集』一七―二六に、これと同話に当るものが収められている。あの世で苦しみをうける者が、この世からよい牛を借りていたという話

る」と、河内前司語りしなり。

〔一一九〕東人《あづまびと》、生贄《いけにへ》[四]を止むる事

今は昔、山陽道《さんやうだう》[五]美作《みまさか》[六]の国に、中山《ちゆうさん》[七]・高野《かうや》[八]と申す神おはします。高[九]野は蛇《くちなは》、中山は猿丸にてなんおはする。その神、年ごとの祭りに、かならず生贄を奉る。人[一〇]の女《むすめ》の、かたちよく、髪長く、色白く、身なりをかしげに《きれいで》、姿らうたげなるをぞ《かわいらしいのを》、選び求めて、奉りける。昔より今にいたるまで、その祭り怠り侍らず。それに《ところで》、ある人の女、生贄にさしあてられにけり《指名されてしまった》[一一]。親ども、泣き悲しむこと限りなし。人の親子となることは、前の世の《前世からの》契《ちぎ》りなりければ《約束であったので》、あやしきをだにも《みにくい子でさえも》、おろかにやは思ふ《おろそかに思うだろうか》。まして、よろづにめでたければ《すべてにすぐれているので》、身にも《わが身にも》まさりて、おろかならず思へども《なおざりでなくいとしく》、さりとて、逃《のが》るべからねば《のがれることができないので》、嘆きなが

で、「河内前司語りしなり」と結ばれているように、世間には事実譚として広まったようである。

四 神に供物として、動物を生きたまま供えること。

五 八道の一つで、播磨《はりま》・美作《みまさか》・備前・備中・備後・安芸《あき》・周防《すおう》・長門《ながと》の八カ国をさす。

生贄の美女

六 岡山県の北部。

七 岡山県津山市の中山神社。美作の国の一宮。貞観一七年（八七五）に、正三位を授けられた。

八 岡山県津山市の高野神社。美作の国の二宮。貞観一七年に、正五位下を授けられた。

九 『今昔物語集』二六―七に、「其神ノ体《カタチ》ハ、中参ハ猿、高野ハ蛇《クチナハ》ニテゾ在《マシ》マシケル」とある。「くちなは」は、蛇、「猿丸」は、猿をいう。「丸」は、人の名などにそえる接尾語。

一〇 『今昔物語集』二六―七に、「其生贄ニハ国人ノ娘ノ未ダ不嫁《トツガヌ》ヲゾ立《タテ》ケル」とある。

一一 『今昔物語集』二六―七には、これに続いて、「此ハ今年ノ祭ノ日被差《ササレ》ヌレバ、其日ヨリ一年ノ間ニ養ヒ肥《コヤ》シテゾ、次ノ年ノ祭ニハ立ケリ」とある。

ら、月日を過《すぐ》すほどに、やうやう命つづまるを《しだいに寿命もちぢまる思いなのに》、親子と逢ひ見ん《親子としていっしょに暮》こと《すのは》、いまいくばくならずと《もうどれほどもないと》思ふにつけて、日を数へて、明け暮れは、ただねをのみ泣く《声をあげて泣く》。

東国の荒武者

かかるほどに、東《あづま》[一]の人の、[二]狩といふことをのみ役として《仕事として》、〔例えば〕猪のししといふものの、腹立ち叱りたるは《怒った時は》、いと恐ろしきものなり、それをだに、何とも思ひたらず《思っておらず》、心に任せて《思うままに》、殺し取り、食ふことを役とする者の、いみじう身の力強く、心猛《たけ》う、むくつけき《恐ろしい》荒武者の、おのづから出で来て《たまたまやってきて》、そのわたりに立ちめぐるほどに《立ちまわるうちに》、この女《むすめ》の父母のもとに来にけり。

東人の申し出

[三]物語するついでに、女の父の言ふやう、「おのれが《私の》女のただ一人侍るをなん、かうからの《これこれの》生贄《いけにへ》にさしあてられ侍れば《指名されておりますので》、思ひ暮らし、嘆き明かしてなむ、月日を過し侍る。世にはかかることも侍りけり。前《さき》の世にいかなる罪を作りて、この国に生れて、かかる目を見《見る》侍るらん《のでしょう》。かの女子《をなご》も、『心にもあらず《自分の心からでもなく》、あさましき死をし侍りなん《情けない死に方をしようとしているので》

一 東国。東日本の諸国。

二 『今昔物語集』二六—七に、「此人、犬山ト云事ヲシテ、数《アマタ》ノ犬ヲ飼テ、山ニ入テ猪・鹿ヲ犬ニ令噉殺《クヒコロサシメ》テ取事ヲ業トシケル人也」とある。

三 『今昔物語集』二六—七には、東人が娘をかいま見る記事があって、「此東人哀《アハレ》ニ思《オボエ》、糸惜《イトホシ》ク思フ事无限《カギリナシ》。既ニ祖《オヤ》ニ会《アヒ》ヌレバ、物語ナド為《セリ》」とある。

ずるかな《すね》』と申す。いとあはれに悲しう《まことにかわいそうで》侍るなり。さるは《というのは》、おのれが女《自分の娘》とも申さじ《だからというのではありませんが》、いみじう《たいそう》美しげに侍るなり」と言へば、東の人、「さて、その人は、いまは死に給ひなんずる人にこそはおはすなれ《まもなくおなくなりになろうとするお方でいらっしゃるのですね》。四人は命にまさることなし。身の《わが身の》ためにこそ、神も恐ろしけれ。このたびの生贄を出《いだ》さずして、その女君をみづからに預けたぶ《私に預けて下さい》べし。死に給はんも、同じことにこそおはすれ。いかでか《どうして》、ただ一人持ち奉り給へらん御女を、目の前に、生きながら五膾《なます》に作り、切り広げさせては見給はん《ご覧になれましょうか》、ゆゆしかるべきことなり《大変おそろしいことです》。さる目見給はんも《そんな目におあいになるのも》、同じことなり。ただその君をわれに預け給へ」と、ねんごろに《熱心に》言ひければ、「げに《いかにも》、前に《目の前で》、ゆゆしきさまにて《ひどい様子で》、死なむを見んよりは」とて、六取らせつ《結婚させた》。

かくて、東人、この女のもとに行きてみれば、かたち姿をかしげなり《顔かたちや姿も美しい様子で》、七愛敬めでたし《魅力があってすばらしい》。もの思ひたる姿にて、寄り臥《ふ》して、手習ひをするに、涙の袖の上にかかりて濡れたり。かかるほどに、人のけは《様子が》

四『今昔物語集』二六—七に、「世ニ有人、命ニ増《マサル》物无《ナシ》。亦、人ノ財《タカラ》ニ為《スル》物、子ニ増ル物无。……仏神モ命ノ為ニコソ怖シケレ。子ノ為ニコソ身モ惜ケレ」とある。

五 魚や貝などの肉を生のまま細かく切ったもの。『和名抄』に、「唐韻云、鱠、音会、和名奈万須、細切肉也」とある。

六『今昔物語集』二六—七に、「此ノ東ノ人ニ忍テ娘ヲ合セ、東人、此ヲ妻トシテ過ル程ニ」とある。

美女のいとしさ

七 仏教語の「愛敬相」から出た言葉。容姿のかわいらしさ、性格のやさしさの両面にわたって用いられる。

ひのすれば、髪を顔にふりかくるを見れば、髪も濡れ、顔も涙にあらはれて、思ひ入りたる《沈みこんでいる》さまなるに、人の来たれば、いとどつつましげに《いっそう恥ずかしそうに》思ひたるけはひして、すこしそば向きたる《脇を向いた》姿、まことにらうたげなり《愛らしそうである》。およそ、けだかく、しなじなしうをかしげなること《品がよくて美しい様子である》、田舎人《ゐなかびと》の子といふべからず《いうことはできない》。東人《あづまびと》、これを見るに、かなしきこと言はんかたなし《いとしいことはいいようもない》。

身代りの決意

されば、いかにもいかにも《どうなりとも》、わが身なくはならばなれ《死ぬことがあればそれでもかまわない》、ただこれにかはりなん《この娘にかわって死のうと》と思ひて、この女の父母に言ふやう、「思ひ構ふる《思案する》ことこそ侍れ。もしこの君の御事によりて〔あなた方が〕、滅びなどし給はば、苦しとやおぼさるべき《つらいと思われるでしょうか》」と問へば、「このために、みづからは、いたづらにもならばなれ《役にもたたないで死ぬならばそれでもかまわない》。さらに苦しからず《いっこうにさしつかえない》。生きても何にかはし侍らんずる《何になりましょうか》。ただおぼされんままに《お考えになるとおりに》、いかにもいかにもし給へ《どうなりともして下さい》」といらふれば《答えるので》、「さらば《それでは》、この御祭りの御清めするなりとて、しめ[一]引きめぐらして《引きまわして》、いかにもいかにも《どんなことがあっても》、人な寄せ給ひそ《人を寄らせないで下さい》。また、これにみづから《ここに私がおりますと》

一　しめ縄。内外の境界を示すために、また不浄の侵入を防ぐために張りまわす縄。特に神事の場を区切るのに用いられる。

祭りまでの用意

侍ると、な人にゆめゆめ知らせ給ひそ《けっして人にお知らせなさいますな》」と言ふ。さて《そこで》、日ごろ《幾日も》籠りゐて、この女房と思ひ住む《仲よく暮す》こといみじ。

かかるほどに《こうしているうちに》、年ごろ《長年》山に使ひならはしたる《使いなれている》犬の、いみじき中に《すぐれた中で》かしこきを、二つ選《え》りて《えらんで》、それに生きたる猿丸を捕へて、明け暮れは、役々《やくやく》《もっぱら》と食ひ殺させてならはす《なれさせる》。さらぬだに《そうでなくても》、猿と犬とは敵《かたき》[二]なるに、いとかうのみ《まことにこのようにばかり》ならはせば、猿を見ては躍りかかりて、食ひ殺すこと限りなし。さて、明け暮れは、いらなき《鋭い》太刀《たち》[三]を磨《みが》き、刀を研《と》ぎ、剣《つるぎ》を設《まう》けつつ《用意しては》、ただこの女《め》の君と言種《ことぐさ》にするやう《口ぐせに言うには》、「あはれ《ああ》、前《さき》の世にいかなる契《ちぎ》りをして《約束をして》、御命にかはりて、いたづらになり侍りなんとすらん《むなしく死のうとするのでしょう》。されど《しかし》、御かはりと《お身がわりと》思へば、命はさらに《いっこうに》惜しからず。ただ別れ聞えなんずと思ひ給ふるが《お別れ申し上げようと存じますのが》、いと《たいそう》心細くあはれなる」など言へば、女も、「まことに、いかなる人のかくおはして《このようにおいでになって》、思ひものし給ふにか《思いをおかけ下さるのでしょうか》」と言ひ続けられて、悲しうあはれなることいみじ《はなはだしい》。

生贄の献上

さて過ぎ行くほどに、その祭りの日になりて、宮司《みやづかさ》[四]よりはじめ、

二 憎みあう相手。
三 腰におびる長い刀。
四 神社の宮司《ぐうじ》。

万《よろづ》の人々こぞり集まりて、迎へにののしり来て《騒ぎながら》、新しき長櫃《ながびつ》[一]を、この女のゐたる所にさし入れて言ふやう、「例のやうに、これに入れて、その生贄出《いけにへいだ》されよ」と言へば、この東人《あづまびと》、「ただこのたびのことは、みづからの申さんままに《私の申すとおりに》し給へ」とて、この櫃にみそかに《ひそかに》入り伏して、左右の側《そば》に、この犬どもを取り入れて言ふやう、「おのれら《おまえら》、この日ごろ《ここ幾日も》、いたはり飼ひつる《大事に飼ってきた》かひありて、このたびのわが命にかはれ、おのれらよ」と言ひて、かきなづれば、うちうめきて《うなって》、脇にかい添ひて《より添って》、みな伏しぬ。また日ごろ、研《と》ぎ磨《みが》きつる太刀、刀みな取り入れつ。さて、櫃の蓋《ふた》を掩《おほ》ひて、布《布で》して結《ゆ》ひて《しばって》、封《ふう》[二]つけて、わが女《むすめ》を入れたるやうに思はせて、さし出したれば、桙《ほこ》[三]・榊《さかき》・鈴《すず》・鏡《かがみ》をふり合はせて、先追《さきお》ひののしりて《先払いして騒ぎたてて》、持て参るさま、いといみじ《まことにものものしい》。さて、女、これを聞くに、われにかはりて、この男のかくして《こうして》去《い》ぬる《行ってしまうのは》こそ、いとあはれなれと《まことにかわいそうだと》思ふに、また、無為《ぶゐ》に事出で来ば《おのずから事がおこるならば》、わが親たちいかにおはせんと《どのようになさるだろうかと》、かたがたに《あれこれと》嘆きゐたり。されども、父母

一 衣服や調度などを入れる大きな箱で、長い形のもの。二人で棒を通して担ぐ。
二 他人に開かせないように、櫃や袋などの口につけるしるし。
三 両刃の剣に長い柄をつけた武器。ここでは、榊《さかき》・鈴・鏡などとともに、祭器として用いられている。

の言ふやうは、「身のためにこそ《わが身が生きるためにこそ》、神も仏も恐ろしけれ。死ぬる君のことなれば、今は恐ろしきこともなし。〔生きていても〕四 同じことを《同じことだから》、かくて《こうして》を、なくなりなん《なくなってしまおう》。今は滅びんも苦しからず《何とも思わない》」と言ひゐたり。かくて、生贄を御社《やしろ》に持て参り、神主、五 祝詞《のと》いみじく申して、神の御前の戸をあけて、この長櫃をさし入れて、戸をもとのやうにさして、それより外《と》の方《かた》に、宮司《みやづかさ》をはじめて、つぎつぎの司ども、次第にみな並びゐたり。

猿神の登場

さるほどに、この櫃を刀の先して、みそかに《ひそかに》穴をあけて、東人見《のぞ》ければ《いてみると》、まことにえもいはず《いいようもなく》大きなる猿の、長《たけ》七八尺ばかりなる、顔と尻とは赤くして、むしり綿《むしった綿を》を着たるやうに、いらなく《きわだって》白きが、毛は生ひあがりたる《逆だって生えている》さまにて、六 横座によりゐたり。七 つぎつぎの猿ども、左右に二百ばかり並みゐて、さまざまに顔を赤くなし、眉《まゆ》をあげ、声々に啼《な》き叫びののしる《騒ぎたてる》。いと大きなるまな板に、長やかなる八 庖丁刀《はうちやうがたな》を具《ぐ》して《そえて》置きたり。めぐりには《まわりには》、酢《す》・酒・塩入りたる瓶《かめ》《瓶》ど

四『今昔物語集』二六―七に、「同ジ无ク成ラムヲ、此《カク》テ止《ヤミ》ナム」とある。「を」は、感動を表す助詞。

五 神に申し上げる言葉。のりと。

六 正面の座、上座。

七『今昔物語集』二六―七に、「次々ノ左右ニ猿百許居《キ》並《ナミ》テ」とある。

八 料理用の刃物。「庖丁」は、料理人、料理することとの意。

もなめりと見ゆる《の数々であろうと見えるものが》、あまた置きたり《たくさん置いてある》。

猿神の敗北

さて、しばしばかりあるほどに、この横座にゐたるをけ[一]猿寄り来て、長櫃《ながびつ》の結《ゆ》ひ緒《を》をときて《結び目をといて》、蓋《ふた》をあけんとすれば、つぎつぎの猿ども、みな寄らんとするほどに、この男、「犬ども食《くら》へ《食いつけ》、おのれ《それ》」と言へば、二つの犬躍り出でて、中に大きなる猿を食ひて《猿にくらいついて》、うち伏せて《うち倒して》、ひき張りて、食ひ殺さんとするほどに、この男髪を乱りて、櫃より躍り出でて、氷のやうなる刀を抜きて、その猿をまな板の上に引き伏せて、首に刀をあてて言ふやうは、「おのれが《おまえら》、人の命を絶ち、その[二]肉《しし》むらを食ひなどするものは、かくぞある《こうなるぞ》。おのれら、承れ。たしかに[三]しや首斬りて、犬に飼《か》ひてん《食わせよう》」と言へば、顔を赤くなして、目をしばたたきて《しきりにまたたきして》、歯をま白にくひ出して《むき出して》、目より血の涙を流して、まことにあさましき《情けない》顔つきして、手を摺《す》り、悲しめども、さらに《すこしも》許さずして、「おのれが、[四]そこばくの多くの年ごろ、人の子どもを食ひ、人の種を絶《た》つかはりに、[五]しや首斬りて捨てんこと、ただ今にこ《まさに今なのだ》

一 大猿、年功を経た猿。

二 肉のかたまり。

三 「しや」は、相手の身体などに関する名詞にかぶせて、卑しめののしる意味を表す。

四 数量を明示しないでいう語。多く、あまた。

五 陽明本・古活字本に、「しや頭」とある。

猿神の誓約

そあめれ。おのれが身《おまえ自身》、さらば《〔殺せるものならば〕》、われを殺せ。さらに苦しからず《いっこうにかまわないぞ》」と言ひながら、さすがに《そうはいうものの》首をば、とみに斬りやらず《急に斬ってしまわない》。さるほどに《そのうちに》、この二つの犬どもに追はれて、多くの猿ども、みな木の上に逃げ登り、惑《まど》ひ騒ぎ、叫びののしるに《わめくので》、山も響きて、地も返りぬべし《ひっくり返りそうである》。

かかるほどに、一人の神主に神憑《つ》き[六]て《のりうつって》言ふやう、「今日よりのち、さらにさらに《けっしてけっして》この生贄《いけにへ》をせじ。長くとどめてん《やめてしまおう》。人を殺すこと、懲《こ》りとも懲りぬ《まったくこりてしまった》。命を絶つこと、今より長くし侍らじ《これからはもういつまでもしますまい》。また、われをかくしつとて《こうしたからといって》、この男とかくし《男に仕返しをし》、また、[七]今日の生贄にあたりつる人のゆかりを《縁者を》、捩《れう》[八]じ煩《わづら》はすべからず。[九]あやまりて、その人の子孫の末末にいたるまで、われ、守りと《守り神と》ならん。ただ、とくとく《早く早く》、このたびのわが命を乞ひ受けよ《ゆるしてもらってくれ》。いと悲し。われを助けよ」とのたまへば《おっしゃるので》、宮司、神主よりはじめて、多くの人ども、驚きをなして、みな社《やしろ》の内に入り立ちて、騒ぎあわて[一〇]て、手を摺りて、「理《ことわり》おのづからさぞ侍る《道理は当然そのとおりです》。ただ御神に許し給へ《神様に免じて》。御神もよくぞ仰せらるる」と言[一一]へども、

六 神がかりの状態で、託宣を下したことをさす。

七 『今昔物語集』二六―七に、「生贄ノ女ヨリ始テ、其父母・類親《ルイシン》ヲ云不可捩《イヒレウズベカラ》ズ」とある。

八 「捩ず」は、「凌《りよう》ず」と同じ意味で、苦しめこらしめる、ひどい目に合わせること。

九 言葉の続き方が自然でないが、「ゆかりを」の下におくと、「誤りて」の意に解される。『大系』の注では、『名義抄』の「更」の訓に、「アヤマル、アラタム」とあることから、「あらためて」の意かという。『全集』の注では、『名義抄』の「行」の注に、「ツトム、アヤマル」とあることから、「つとめて」の意かという。

一〇 底本をはじめ、諸本には、「あはてて」とある。

一一 伊達本・陽明本・古活字本に、「いへるも」とある。

この東人、「一さなすかされそ《そのようにおだまされなさるな》。人の命を絶ち、殺すものなれば、き《あい》やつに《つに》、もののわびしさ《ものの悲しさを》知らせんと思ふなり。わが身こそあなれ《自分自身はどうでもよい》、ただ殺されん《殺されても》、苦しからず《さしつかえない》」と言ひて、さらに《けっして》許さず。かかるほど《こうしているう》に《ちには》、この猿の首は、斬り放たれぬ《斬りはなされてしまうと》と見ゆれば、宮司も二手惑《てまど》ひして、まことにすべき方なければ《どうしようもないので》、いみじき誓言《ちかごと》どもを立てて《誓いのことばの数々を立てて》、祈り申して、「今よりのちは、かかること、さらにさらにすべからず《しないつもりだ》」など、神も言へば、「さらば、よしよし、今よりのちは、かかることなせ《しては》そ《ならない》」と言ひ含《ふく》めて、許しつ。さて、それよりのちは、すべて人を生《いけ》贄《にへ》にせずなりにけり《しないようになった》。さて、その男、家に帰りて、いみじう《まことに》男女あ《思》ひ思ひて《いかわして》、年ごろ《末長い》の妻夫《めをと》になりて過《す》ぐしけり。男はもとより故《ゆゑ》あり《由緒》ける人の末なりければ《のある人の子孫だったので》、口惜《くちを》しからぬ《粗略にされない》さまにて侍りけり。そののちは、かの国に猪《ゐのしし》、鹿をなん生贄にし侍りけるとぞ。

一 底本に、「さなするされそ」とあるが、伊達本・陽明本などによって改めた。

二 「手惑ひ」は、あわてふためくこと、うろたえること。

＊『今昔物語集』二六―七に、これと同話に当るものが収められている。『今昔物語集』二六―八にも、やはり同じような猿神退治について記されているが、本話と違って犬の活躍については触れられていない。この「猿神退治」の昔話は、日本の各地に伝えられており、永田典子氏の「『猿神退治』の特性」（『昔話―研究と資料』一一号）には、二五八例の類話があげられている。それらの資料によると、日本の東北部を中心に、「しっぺい太郎」などという犬のはたらきで、恐ろしい化物の猿を滅ぼしたように語られており、本話の記事とも一致するものといえよう。

〔一二〇〕 [三]豊前王《とよさきの》の事

任官の予言

今は昔、[四]柏原《かしはばら》の帝《みかど》の御子の五の御子にて、豊前の大君といふ人ありけり。四位にて、司《つかさ》は[五]刑部卿《ぎやうぶきやう》、[六]大和守《やまとのかみ》にてなんありける。世のことをよく知り、心ばへ《気だてが》すなほにて、おほやけ《朝廷の》の御政《まつりごと》をも、よきあしきよく知りて、[七]除目《ぢもく》のあらんとても、まづ、国のあまたあきたる《欠員のあるのを》、望む人あるをも、[八]国の程にあてつつ《程度にあてはめては》、「その人は、その国の守にぞなさるらん。その人は、道理立てて《理由を申し立てて》望むとも、えならじ《とてもなれないだろう》」など、国ごとに言ひゐたりけることを、人聞きて、[九]除目の朝に、この大君の推《お》し量《はか》りごとに言ふことは、つゆ《すこしも》違《たが》はねば、「この大君の推し量り除目かしこし《大したものだ》」と言ひて、除目の前《さき》には、この大君の家に行き集《つど》ひてなん、「なりぬべし《きっとなるだろう》」と言ふ人は、手を摺《す》りて悦《よろこ》び、「えならじ」と言ふを聞きつる人々は、「何事言ひをる古大君ぞ《老いぼれ大君め》。[一〇]さえの神祭り

三 天武天皇の皇子の舎人親王の後裔《こうえい》、栄井王の子。式部大丞、備中守、大蔵少輔、安芸守、伊予守、大和守、左京権大夫、民部大輔、従四位上。貞観七年（八六五）に、六一歳で没。

四 第五〇代の桓武天皇。光仁天皇の皇子。天応元年（七八一）に即位、延暦一三年（七九四）に、平安京に遷都。在位二五年。延暦二五年（八〇六）に、七〇歳で崩御。山城国の柏原陵に葬られて、柏原天皇と呼ばれる。『今昔物語集』三一―二五に、「柏原ノ天皇ノ五郎ノ御子ノ御孫ニテナム有ケル程ニ」とある。

五 刑部省の長官。刑部省は、刑罰や訴訟をつかさどる役所。

六 大和の国司の長官。「大和」は奈良県。

七 大臣以外の諸臣を任官する儀式。春には県召《あがためし》の除目といって、国司などの地方官を任命し、秋には司召《つかさめし》の除目といって、在京の官吏を任命した。ここでは、県召の除目。

八 国の等級。本州の六六国が、大・上・中・下の四等に分けられていた。

九 『今昔物語集』三一―二五に、「除目ノ後朝ニハ」とある。

一〇 境を守る神。ここでは、下級の神霊としてあげられている。二一頁注七参照。

て、狂《くる》ふにこそあめれ《狂うのであろう》」など、つぶやきてなん帰りける。「かくな《こうなる》るべし《であろう》」と言ふ人のならで《ならないで》、不慮《ふりよ》[一]に異人《ことひと》なりたるをば、「悪《あ》しくなされたり」となん、世にはそしりける《悪口を言った》。されば、おほやけも、「豊前の大君は、いかが《どのように》除目《ぢもく》をば言ひける」となん、親しく候ふ《仕える》人には、「行きて問へ」となん仰せられける。

これは田村[二]、水尾《みのを》[三]などの御時になんありけるにや。

〔一二一〕蔵人頓死《くらうどとんし》の事

蔵人の急死

今は昔、円融院《ゑんゆうゐん》[四]の御時、内裏《だいり》[五]焼けにければ、後院《こうゐん》[六]になむおはしましける。殿上《てんじやう》[七]の台盤《だいばん》[八]に、人々あまた来て、物食ひけるに、蔵人貞高《さだたか》[九]、[一〇]ちばんに額をあてて、眠り入りて《眠りこんで》、いびきをするなめりと思ふに、ややしばしになれば《しばらくになるので》、あやしと《変だと》思ふほどに、台盤に額をあてて、喉《のど》

一 思いがけなく。意外に。

二 第五五代の文徳天皇。仁明天皇の皇子。嘉祥三年(八五〇)に即位。在位八年。天安二年(八五八)に、三二歳で崩御。田村の山陵に葬られた。

三 第五六代の清和天皇。三三一頁注五参照。

＊ 『今昔物語集』三一—二五に、これと同話に当るものがみられる。天武天皇の後裔《こうえい》では、この豊前王だけが、その才能のために、かなりの高位に進んだといえよう。『三代実録』貞観七年二月の条に、「豊前為レ性簡傲、言語夸浪、接レ物之道、為二人所一レ避。尋常直二於侍従局一。品二薄人物一、以為二己任一。談咲消レ日、放縦不レ拘」と記されている。

四 第六四代の円融天皇。村上天皇の皇子。安和二年(九六九)から永観二年(九八四)まで在位。正暦二年(九九一)に、三三歳で崩御。

五 円融天皇の代には、貞元元年(九七六)、天元三年(九八〇)、天元五年(九八二)と、三度にわたって、内裏の焼亡のことが知られている。ここでは、蔵人の頓死の前であるから、天元三年一一月二二日の火事をさすか。

六 天皇譲位後の御所をいう。ここでは、太政大臣頼忠の邸をさす。

七 一般には、清涼殿の殿上の間。ここでは、後院における殿上の間をさす。

八 清涼殿内の台盤所。二一〇頁注五参照。

九 藤原貞高(貞孝)。実光の子。蔵人、式部丞、従

五位上。『日本紀略』によると、天元四年（九八一）九月四日に、殿上の間で鬼に殺されたという。蔵人は、蔵人所の職員。一三五頁注八参照。

一〇『今昔物語集』三一—二九に、「大盤ニ顔ヲ充テ」とある。

一一 くつくつと鳴ること。

一二 藤原実資。斉敏の子。祖父の実頼の養子。蔵人頭、大納言を経て、右大臣、従一位に至る。永承元年（一〇四六）に、九〇歳で没。祖父の実頼が、小野宮と号したので、この実資は、後小野宮と称した。

一三 蔵人頭で近衛中将を兼ねるもの。『公卿補任』によると、この実資は、天元四年二月一四日に、蔵人頭、右近少将に任ぜられ、永観元年（九八三）一二月一三日に、左中将を兼ねた。この事件の当時は、頭中将ではなかった。

一四 主殿寮の役人。主殿寮は、清掃や燈燭などをつかさどる役所。

一五 式部省の三等官。式部省は、八省の一つで、朝廷の儀式、文官の考課、選叙などをつかさどる役所。

一六 多くの役所。

一七 衛府の官人のつめている所。

一八 宣陽門。左兵衛の陣のあった所。

一九 宜秋門。右衛門の陣のあった所。

二〇 うすべり、むしろの類。

二一 貞高の父の実光は、従五位下で、この記事とあわない。

をくつくつと、[一一]くつめくやうに鳴らせば、[一二]小野宮大臣殿、いまだ[一三]頭《とうの》中将《ちゅうじゃう》にておはしけるが、[一四]主殿司《とのもりづかさ》に、「その[一五]式部丞《しきぶのじょう》の寝様《ねざま》こそ心得ね《合点がゆかない》。それ起せ」とのたまひければ、主殿司、寄りて起すに、すくみたるやうにて《縮んだようになって》動かず。あやしさにかい探りて《変に思ってかき探って》、「はや《もはや》死に給ひにたり。いみじきわざかな《大変なことですよ》」と言ふを聞きて、ありとある《いるかぎりの》殿上人、蔵人、ものも覚えず、もの恐ろしかりければ、やがて向きたる方ざまに《そのまま足の向いた方角に》、みな走り散る。

遺骸の処理

頭中将、「さりとて《そうかといって》、あるべきことならず《このままにしておくわけにはゆかない》。これ、[一六]諸司《しょし》の下部《しもべ》召して、かき出でよ《かつぎ出せ》」と行ひ給ふ《指図をなさる》。「いづ方の《どちらの》[一七]陣よりか、出すべき《出したらよいか》」と申せば、「[一八]東の陣より出すべきなり」とのたまふを聞きて、内の人《宮中の人》あるかぎり《人はすべて》、東の陣にかく出で行く《〔遺体が〕このようにして》を見んとて、つどひ集まりたるほどに、違《たが》へて、[一九]西の陣より、殿上の[二〇]畳ながら《敷物とともに》、かき出でて出でぬれば《かつぎ出して出てしまったので》、人々も見ずなりぬ。陣の口かき出づるほどに《口からかついで出るときに》、[二一]父の三位来て、迎へ取りて去りぬ。「かしこく《うまく》、人々に見あはずなりぬるものかな《顔をあわせないですませてしまったよ》」

となん、人々言ひける。

さて、二十日ばかりありて、頭中将の夢に、ありしやうにて《〔貞高が〕生前の姿で》、いみじう泣きて、寄りてものを言ふ。聞けば、「いと嬉しく、おのれ《私の》が死の恥を隠させ給ひたることは《お隠し下さったことは》、世々に忘れ申すまじ《いついつまでもお忘れいたしますまい》。はかりごち《はかりごとを》て《めぐらして》、西より出《いだ》させ給はざらましかば《出して下さらなかったならば》、多くの人に面《おもて》をこそは見えて《顔を見られて》、死の恥にて候はましか《死に恥をかいたことでしょうに》」とて、泣く泣く手を摺《す》りて悦《よろこ》ぶとなん、夢に見えたりける。

〔一一三〕[一]小槻当平《をつきまさひら》の事

今は昔、[二]主計頭《かずへのかみ》小槻当平といふ人ありけり。その子に[三]算博士《さんはかせ》なる者あり、名は[四]茂助となん言ひける。主計頭[五]忠臣《ただおみ》が父、[六]淡路守《あはぢのかみ》[七]大夫史《たいふのし》[八]奉親《ともちか》が祖父《おほぢ》なり。生きたらば《生きていると》、やんごとなく《高貴の身になるはずの者であるので》なりぬべき者なれば、

＊『今昔物語集』三一―二九に、これと同話に当るものが収められている。この蔵人の急死は、おそらく脳溢血または心筋梗塞のためかと思われる。『日本紀略』の天元四年（九八一）九月四日の条には、「蔵人式部丞藤原貞孝候₂殿上₁間、為₂鬼物₁被ₗ殺、後院」とあって、鬼のしわざのように記されている。

死の恥辱

一 今雄の子。左大史、主計助、算博士、従五位下。延長七年（九二九）に没。
二 主計寮の長官。主計寮は、民部省に属して、租税の計量、国費の支弁をつかさどった役所。
三 大学寮の職名。算術を教授するもの。定員二名で、三善・小槻二氏の世職。
四 当平の子。修理属、左少史、算博士。天徳二年（九五八）に没。
五 茂助の子。左大史、算博士、従四位下。寛弘六年（一〇〇九）に、七七歳で没。
六 淡路国の長官。「淡路」は、兵庫県の一部。
七 「大夫」は、五位の称。「史」は、太政官の四等官。太政官の文書をつかさどり、諸司・諸国の庶務を扱う。正六位上に当るが、従五位下で勤めると、大夫史とか史大夫とか呼ばれる。
八 忠臣の子。左大史、主税権助、算博士、淡路守、従五位下。寛仁四年（一〇二〇）に、五八歳で没。

主計頭の子

陰陽師ののろい

いかでなくもなりなん《何とかしてないものにしよう》。これが出で立ちなば《出仕したならば》、主計頭《かずへのかみ》・主税頭《ちからのかみ》[九]・助《すけ》[一〇]・大夫史には、異人《ことひと》は《ほかの人は》、きしろふべきやうもなかんめり《競いあうことができそうもないのである》。なり伝はりたる《代々うけつがれてきた》職なるうへに、才《ざえ》かしこく《学才も》、心ばへもうるせかりければ《気だてもすぐれていたので》、六位ながら、世覚え《世間の人望も》、やうやう聞え高くなりもてゆけば《しだいに評判が高くなってゆくので》、なくてもありなん《なくなってほしいと》と思ふ人々もあるに、この人の家にさとし[一一]をしたりければ、そのときの陰陽師《おんやうじ》[一二]にものを問ふに、いみじく重く慎むべき日どもを書き出でて、取らせたりければ《与えたので》、そのままに門《かど》を強くさして《閉じて》、物忌《ものいみ》[一三]してゐたるに、敵《かたき》の人、隠れて[一四]、陰陽師に死ぬべきわざどもをせさせければ、そのまじわざ[一五]する陰陽師の言はく、「物忌してゐたるは、慎むべき日にこそあらめ、その日のろひ合はせば《のろいあわせるならばきっと》ぞ、験《しるし》あるべき。されば、おのれを具《ぐ》して《私を連れて》、その家におはして、呼び出で給へ。門は物忌ならば、よもあけじ《よもや開けまい》。ただ声をだに聞きて《声だけでも聞けば》ば、かならずのろふ験ありなん」と言ひければ、陰陽師を具して、それが家に行きて、門をおびたたしく《はげしく》叩《たた》きければ、下種《げす》出で来て《下人が》、

九 主税寮の長官。主税寮は、民部省に属して、倉庫の出納、諸国の田租などをつかさどる役所。
一〇 次官。
一一 神仏のお告げ、神託。
一二 陰陽寮に属して、日時や方角などの吉凶をうらなうもの。
一三 ある期間、飲食や行為を慎み、身心を清めて、家内に籠っていること。
一四 『今昔物語集』二四―一八に、「験《シル》シ有ケル隠レ陰陽師ヲ吉《ヨ》ク語《カタラ》ヒテ」とある。
一五 「まじわざ」は、まじないのろうこと。

「誰《た》そ、この門叩くは」と言ひければ、「それがし《私が》が、とみのことに《急の用でうかがった》て参れる《のです》なり。いみじき《はなはだしい》堅き物忌なりとも、細めにあけて入れ給へ。大切《たいせつ》のことなり」と言はすれば、この下種《げす》男、帰り入りて、か《こう》くなん《こうです》と言へば、「いとわりなき《ひどく無理な》ことなり。世にある人のこと[一]思はぬやはある《思わないものがあろうか》。え入れ奉らじ《お入れ申すことはできまい》。さらに不用なり《まったくむだなことだ》。とく帰り給ひね《はやくお帰り下さい》」と言はすれば、また言ふやう、「さらば、門をばあけ給はずとも、その[二]遣戸《やりど》から顔を差し出で給へ。みづから聞えん《自分で申し上げよう》」と言へば、死ぬべき[三]宿世《すくせ》にやありけん《運命であったのだろうか》、「何事ぞ」とて、遣戸から顔を差し出でたりければ、陰陽師、その声を聞き、顔を見て、[四]すべきかぎり《できるかぎり》のろひつ。このあはんといふ人は、「いみじき大事言はん」と言ひつれども、言ふべきことも覚えねば、「ただ今、田舎《ゐなか》へまかれば《参るので》、そのよし申さんと思ひて、まうで来つるなり《やって参りました》。はや入り給ひね《もうお入り下さい》」と言へば、「大事にもあらざりけることにより、かく人を呼び出でて、ものも覚えぬ主かな《わけのわからない人だな》」と言ひて入りぬ。それより、やがて《すぐに》、頭《かしら》痛くなりて、

一 古活字本などに、「身」とある。
二 左右に開閉する戸。引き戸。
三 前世の因縁。宿縁。
四 『今昔物語集』二四—一八に、「可死《シヌベ》キ態《ワザ》ヲ可為《スベ》キ限リ咀《ノロ》ヒツ」とある。

三日といふに死にけり。

されば、物忌には、[五]声高く、よその人にはあふまじきなり。かやうにまじわざする人のためには、それにつけて、かかるわざをすれば、いと恐ろしきことなり。さて、そののろひごとせさせし人も、いくほどなく《まもなく》て、[六]殃《わざはひ》にあひて死にけりとぞ。「身に負ひけるにや《わが身に罪を負ったのだろうか》。あさましきことなり」となん人の語りし。

〔一二三〕海賊、発心出家の事

今は昔、[七]摂津《せっつ》の国に、いみじく老いたる[八]入道の、行ひうちして《修行にはげんでいたが》ありけるが、人の、「[九]海賊にあひたり」といふ物語するついでに言ふやう、「われは、若かりしをりは、まことにたのしくてありし《裕福に暮していた》身なり。着る物、食物《くひもの》に飽《あ》き満ちて《満ちたりて》、明け暮れ、海に浮びて、世をば過《すぐ》

物忌の戒め

五 『今昔物語集』二四―一八に、「音《コヱ》ヲ高クシテ人ニ不可令聞《（キカシムベカラズ）》カ、亦外ヨリ来ラム人ニハ努々《ユメユメ》不可会《アフベカラズ》」とある。

六 凶事。禍。

＊『今昔物語集』二四―一八に、これと同話に当るものが収められている。算道の名手が、同輩のねたみをうけ、陰陽師ののろいによって殺されたというもの。ただし、『今昔物語集』の方では、のろいをかけた敵が、わざわいにあって死ぬということはなく、「宿報《スクホウ》トハ云乍ラ吉可慎《ツツシムベ》シトナム語リ伝ヘタルトヤ」と結ばれている。

入道の懺悔

七 大阪府の北西部と兵庫県の南東部。

八 出家して修行する人。特に在家のまま剃髪《ていはつ》するものをいう。

九 海上を横行して、往来の船を侵して、その財貨を奪う賊。

ししなり。[一]淡路の六郎追捕使《ついぶくし》となんいひし。それに、[二]安芸《あき》の島にて、異舟《ことふね》もことになかりしに《ほかの舟も特になかったのに》、舟一艘《いつさう》近く漕ぎ寄す。見れば、二十五六ばかりの男の清げなるぞ、主とおぼしくてある《主人と思われるさまで乗っている》。さては《そのほかに》、若き男、二三ばかりにて、わづかに見ゆ。さては、女どものよきなどあるべし。おのづから《たまたま》簾《すだれ》の隙《ひま》より見れば、[三]皮籠《かはご》などあまた見ゆ。物はよく積みたるに、はかばかしき人《きわだって頼もしい》もなくて、ただ[四]このわが舟につき《ついて》てありく《まわる》。

後に従う舟

[五]屋形《やかた》の上に、若き僧一人ゐて《坐って》、経読みてあり。下れば、同じやうに下り、島へ寄れば、同じやうに寄る。とまれば、またとまりなどすれば、この舟をえ見も知らぬなりけり《海賊船とは気がつかないのであった》。あやしと《変だと》思ひて、問ひてんと思ひて、『こは《これは》いかなる人の、かく《このように》この舟にのみ具しておはするぞ《ついていらっしゃるのか》。いづくにおはする人にか《どこにいらっしゃる人か》』と問へば、『[六]周防《すはう》の国より、急ぐことありてまかるが《参りますが》、さるべき頼もしき人も《しかるべき頼りになる人も》具《ぐ》せねば《連れていないので》、恐ろしくて、この御舟を頼みて、かくつき申したるなり』と言へば、いとを《ひどくば》

一 海賊としての通称。「淡路」は、兵庫県の淡路島。「追捕使」は、賊徒を捕えるために、諸国におかれた官。国司や郡司の中で、武芸に長じたものが任ぜられた。ここでは、勝手に自称したものか。

二 広島県の西部。

三 皮で張った籠。後には、紙張りや竹製のものをもいう。

四 底本に「二の」とあるが、諸本によって改めた。

五 船の上に屋根の形をもうけたもの。

六 山口県の東部。

七 伊達本・陽明本に、「猶も」とある。

八 底本に「よそ時なめれ」とあるが、諸本によって改めた。

九 水晶。

一〇 底本に「命一度」とあるが、諸本によって改めた。

情けを知らぬ海賊

こがましと《からしいと》思ひて、『これは、京にまかるにもあらず《参るのでもありません》、ここに人待つなり。待ちつけて《待ちうけて》、周防の方へ下らんずるは《下ろうとするのですよ》。いかで具してとはあるぞ《どうして連れだってとはいわれますか》。京に上らん舟に具してこそおはせめ《ついておいでなさい》』といへば、『さらば、明日《あす》こそは、さもいかにもせめ《そのようにどうにかしましょう》。今宵《こよひ》はなほ[七]、御舟に具してあらん』とて、島隠れなる所に具して泊りぬ。

人ども、『ただ今こそよき時なめれ《時機のようだ》[八]。いざこの舟移してん《さあこの舟の物を移してしまおう》』とて、この舟にみな乗るときに、ものも覚えず《わけもわからず》、あきれ惑ひたり《あわてふためいていた》。物のあるかぎり、わが舟に取り入れつ。人どもは、みな男女海に取り入るるに《放りこんだが》、主人手をこそこそと摺《す》りて、水精《すいしやう》[九]の数珠《ずず》の緒切れたらんやうなる涙を、はらはらとこぼして言はく、『万《よろづ》の物はみな取り給へ。ただわが命のかぎりは《命だけは》、助け給へ。京に老いたる親のかぎりにわづらひて《今にも死にそうに》、[一〇]いま一度見んと《もう一度あおうと》申したれば、夜を昼にて《夜を日についで》、告《つ》げに遣はしたれば《しらせによこしたので》、急ぎまかり上るなり』ともえ言ひやらで《言いやりもできないで》、われに《自分と》目を見合はせて、手を摺るさまいみじ《はなはだしい》。『これ《こいつに》、かくな言はせそ《このように言わせるな》。例のごとく《いつものとおり》、とく《はやく》』と言ふに、目を見合はせて、泣き惑《まど》ふさま、いといといみじ《本当にまったくすごい》。あはれに無慙《むざう》に覚えしかども《いたましく思われたが》、さ言ひていかがせんと《そう言ったところでどうしようかと》思ひなして、海に入れつ《投げこんだ》。

海に浮ぶ僧

屋形の上に、二十《はたち》ばかりにて、ひわづなる《弱々しそうな》僧の、経袋[一]首にかけて、夜昼経読みつるを取りて、海にうち入れつ。時に、手惑ひ《うろたえて》して、経袋を取りて、水の上に浮びながら、手を捧げて《さしあげて》、この経を捧げて、浮き出で浮き出でするときに、希有《けう》《不思議な》の法師の、今まで死なぬとて、舟の櫂《かい》して、頭《かしら》をはたと打ち、背中を突き入れなどすれど、浮き出で浮き出でしつつ、この経を捧ぐ。あやしと《変だと》思ひて、よく見れば、この僧の水に浮びたる跡枕《あとまくら》[二]に、うつくしげなる《端麗な》童の、びづら[三]結ひたるが、白き楉《すはえ》[四]を持ちたる、二三人ばかり見ゆ。僧の頭に手をかけ、一人は、経を捧げたる腕《かひな》をとらへたりと《つかまえていると》見ゆ。かたへの《かたわらの》者どもに、『あれ見よ。この僧につきたる童部《わらはべ》は何ぞ』と言へば、『いづら《どこか》、さらに《いっこうに》人なし』と言ふ。わが目にはたしかに見ゆ。この童部添

一　経文を入れる袋。

二　あとさきにの意。「跡」は、足の方。「枕」は、頭の方をいう。

三　「みづら」ともいう。髪を左右に分けて、耳のあたりでたばねたもの。古代の男の髪の結い方。後には、おもに少年の髪型となった。

四　木の枝や幹の細く長くのびたもの。

法華経のしるし

ひて、あへて《まったく》海に沈むことなし。浮びてあり《浮んでいる》。あやしければ、見んと思ひて、『これに取りつきて来《こ》《取りついてこい》』とて、棹《さを》をさしやりたれば、取りつきたるを引き寄せたれば、人々、『などかくはするぞ《どうしてこのようにするのか》。五よしなしわざする《つまらないことをする》』と言へど、『さはれ《とにかく》、この僧一人は生けん《生かそう》』とて、舟に乗せつ。近くなれば、この《〔僧についていた〕》童部は見えず。

この僧に問ふ、『われは《おまえは》京の人か。いづこへおはするぞ《おいでになるのか》』と問へば、『六田舎の人に候ふ。法師になりて、久しく七受戒をえ仕らねば《いたすことができないので》、「いかで《何とかして》京に上りて受戒せん」と申ししかば、「いざ《さあ》、われに具して《連れだって》、八山に知りたる人のあるに申しつけて《頼みこんで》、せさせん《させよう》」と候ひしかば、まかり上りつるなり《上って参ったのです》』と言ふ。『九わ僧の頭や腕に取りつきたりつる児《ちご》どもは誰《た》ぞ。何ぞ』と問へば、『いつかさる者候ひつる《いつそのような者がおりましたか》。さらに《いっこうに》覚えず』と言へば、『さて、経捧げたりつる腕にも、童添ひたりつる《つきそっていたよ》は。そもそも《いったい》、何と思ひて、ただ今《今にも》死なんとするに、この経袋をば捧げつるぞ』と問へば、『死なんずるは思ひまうけたれば《覚悟していたので》、命は惜

五 底本に「よしわさ」とあるが、諸本によって改めた。

六 底本に「ゐ中のに候」とあるが、諸本によって改めた。

七 仏弟子が師匠から戒律をうけること。二七三頁注一五参照。

八 比叡山延暦寺。四四頁注五参照。

九 二人称の代名詞。同輩または目下の者に対して用いられる。三六頁注三参照。

しくもあらず。われは死ぬとも、経をしばしが程《しばらくの間でも》も、濡らし奉らじと思ひて、捧げ奉りしに、腕《かひな》、たゆく《だるくもなく》もあらず、あやまりて[一]軽くて、腕も長くなるやうにて、高く捧げられ候ひつれば、御経の験《しるし》《ご利益》とこそ、死ぬべきここちにも覚え候ひつれ《死にそうな気持のときにも感じられました》。命生けさせ給はん《生かして下さるのは》は、嬉しきこと』とて泣くに、この婆羅門《ばらもん》[二]のやうなる心にも、あはれに貴く覚えて、『これより国へ帰らんとや思ふ《帰ろうと思うか》。また京に上りて、受戒遂げんの心あらば、送らん』と言へば、『さらに《いっこうに》受戒の心も今は候はず。ただ帰り候ひなん』と言へば、『これより返しやりてん《返してやろうと思う》とす。さても、うつくしかりつる《端麗であった》童部《わらはべ》は、何にか《何が》、かく見えつる《あのように見えたのか》』と語れば、この僧、あはれに貴く覚えて、ほろほろと泣かる。『七つより法華[三]経を読み奉りて、日ごろも異事《ことごと》なく《他念なく》、ものの恐ろしきままにも《何か恐ろしい折にも》読み奉りたれば、十羅刹《らせつ》[四]のおはしましけるにこそ《おいでになったのでしょう》』と言ふに、この婆羅門のやうなる者の心に、さは《それでは》、仏経は、めでたく《すぐれて》、貴くおはしますものなりと思ひて、この僧に具《ぐ》して《ついて》、山寺などへ去《い》なんと思ふ心つ

一『大系』の注では、『名義抄』の「錯」「載」「息」などの訓に、「アヤマル、ヤスシ」とあり、同書の「謬」の訓に、「アヤマル、心ヨシ」とあって、「楽で」の意かという。『全集』の注では、『名義抄』の「又」の訓に、「アヤマル、マタ」とあり、同書の「更」の訓に、「サラニ、アヤマル」とあって、「さらに」「また」の意かという。

二 梵語の brāhmana に当り、浄行と訳される。インドの四姓中の最高の僧族をさす。仏教以前には、婆羅門教という宗教が、その婆羅門族を中心に行われていた。ここでは、仏教の立場から、外道のものという意をもつ。

三『妙法蓮華経』。大乗経典の中で、もっとも高遠な妙法を説いたもの。

四 十羅刹女。すなわち、藍婆《らんば》、毗藍婆《びらんば》、曲歯《こくし》、華歯《けし》、黒歯《こくし》、多髪《たはつ》、無厭足《むえんそく》、持瓔珞《じようらく》、皐諦《こうたい》、奪一切衆生精気《だついっさいしゅじょうしょうけ》をいう。羅刹は、人の血肉を食う悪鬼。『法華経』陀羅尼品によると、法華経を受持するものを守るという。

にわかの道心

きぬ。

さて、この僧と二人具して（連れだって）、糧《かて》すこしを具して（食糧すこしをもって）、のこりの物どもは知らず（かまわず）、みなこの人々に（海賊の仲間に）預けて行けば、人々、『ものに狂ふか。こはいかに（これはどうしたのか）。にはかの道心[五]世にあらじ（本物ではあるまい）。もの[六]の憑きたるか』とて、制《せい》しとどむれども（おさえとめるが）、聞かで、弓・胡籙《やなぐひ》[七]・太刀《たち》[八]・刀もみな捨てて、この僧に具して、これが師の山寺なる所に行きて（この僧の師匠が山寺にいる所に）、法師になりて、そこにて経一部読み参らせて、行ひありくなり（修行してまわるのである）。かかる罪をのみ作りしが、無慚《むざう》に覚えて（いたわしく）、この男の手を摺《す》りて、はらはらと泣き惑《まど》ひしを、海に入れしより（入れたときから）、すこし道心おこりにき。それに（それに加えて）、いとど（さらに）、この僧に、十羅刹の添《そ》ひておはしましけると思ふに、法華経のめでたく（ありがたく）、読み奉らまほしく覚えて（〔自分も〕お読み申したく思って）、にはかにかくなりてあるなり（急にこのように入道になっているのです）」と語り侍りけり。

五　仏道に帰依する心。菩提心。
六　いわゆる憑《つ》き物に当り、何かの霊がのりうつったことをさす。
七　矢を入れて背に負う道具。
八　腰におびる長い刀。

＊海賊から入道となった男が、発心の因縁についてものがたるもので、回想の形式をとって記されている。さかのぼって、『日本霊異記』下―四にも、『方広経』を読む沙門が、海に沈んでも溺れなかったと伝えられる。くだって、『沙石集』九、『高野山通念集』の「蓮華谷誓願院縁起」などにも、盗賊の発心の物語があって、これと同じ系譜につながるものといえよう。

〔一二四〕 青常《あをつね》[一]の事

青常というあだ名

今は昔、村上[二]の御時、古き宮[三]の御子にて、左京大夫《さきやうのだいぶ》[四]なる人おはしけり（いらっしゃった）。長《たけ》（身長が）すこし細高[五]にて、いみじうあてやかなる（たいそう上品な）姿はしたれども、様体《やうだい》[六]などもをこなりけり（姿かたちなども間が抜けていて）、かたくなはしきさまぞしたりける（ぎごちない様子をしていた）。頭の鐙頭《あぶみかしら》[七]なりければ、纓《えい》[八]は背中にもつかず、離れてぞ振られける。色[九]は花を塗りたるやうに青白にて、まかぶら（まぶたは）窪《くぼ》く（くぼんでおり）、鼻あざやかに高く赤し（鼻はきわだって高く赤い）。唇薄くて、色もなく、笑《ゑ》めば歯がちなるものの[一〇]（歯がめだって見えるが）、歯肉《はしし》（歯ぐきは）赤くて、鬚《ひげ》も赤くて長かりけり。声は鼻声にて、高くてもの言へば、一うち（家じゅうに）響きてぞ聞えける。歩《あゆ》めば身を振り、尻を振りてぞありきける。色のせめて（ひどく）青かりければ、「青常の君」とぞ、殿上《てんじやう》[一一]の公達《きんだち》はつけて笑ひける。若き人たちの（〔青常の君の〕）、立居《たちゐ》につけて、やすからず笑ひののしりけれ（何ともひどく笑って騒いだので）

一 『今昔物語集』二八—二一に、「青経ノ君」とある。注四参照。
二 第六二代の天皇。八〇頁注六参照。
三 重明親王。醍醐天皇の第四皇子。二品式部卿。天暦八年（九五四）に、四九歳で没。
四 源邦正。重明親王の皇子。従四位下、侍従、左京大夫。『本朝皇胤紹運録』に、「号㆓青侍従㆒。世云㆓青常㆒」とあり、『尊卑分脈』に、「号㆓青侍従㆒、見㆓李了王記㆒」とも、「宇治大納言物語云、青常、鳴呼人歟」ともある。「左京大夫」は、左京職の長官。
五 底本に「ほそたるにて」とあり、「る」の傍注に「カ歟」とある。伊達本・陽明本・古活字本は、「ほそたかにて」とある。
六 底本に「やうたひなとも」とあり、「ひ」の傍注に、「い」とある。伊達本・陽明本・古活字本に、「やうたいなとも」とある。
七 後部の出ばった頭。さいづち頭。「鐙」は馬に乗るときに、足を踏みかける馬具。
八 冠の後ろに長く垂らすもの。両側に骨を入れ羅《うすもの》を張って、巾子《こじ》の後ろに挟んだ。もと巾子の根をしめた紐を垂らしたなごり。普通は背中に添って垂れ下がる。
九 『今昔物語集』二八—二一に、「色ハ露草ノ華《ハナ》ヲ塗《ヌリ》タル様ニ青白ニテ」とある。この「花」も、露草の花で、青色。
一〇 出っ歯をさす。「……がち」は、その方にかたよ

ば、帝《みかど》きこしめし余りて《お聞きになりもてあまされて》、「このをのこどもの、これをかく笑ふ、便《びん》なきことなり《ふびんなことだ》。父の[一二]御子、聞きて制《せい》せずとて《止めないといって》、われを恨みざらん《恨まないだろうか》や」など仰せられて、まめやかにさいなみ給へば《まじめにお叱りになるので》、殿上《てんじやう》の人々[一三]舌哭《したな》きをして、みな笑ふまじきよし言ひあへりけり《笑うまいということを相談しあった》。さて、言ひあへるやう、「かくさいなめば《このようにお叱りになるからには》、今より長く《これから先長く》[一四]起請《きしやう》す。もしかく《このように》起請してのち、青常の君と呼びたらん者をば、酒、[一五]果物《くだもの》など取り出《いだ》させて、あ《つぐ》がひせん《ないをしよう》」と言ひ固めて、起請してのち、いくばくもなくて《いくらもたたないうちに》、[一六]堀河《ほりかは》殿《どの》の殿上人にておはしけるが、[一七]あうなく《うっかりと》たちて行く後手《うしろで》を見て《後姿を見て》、忘れて、「あの[一八]青常丸《あをつねまる》はいづち行くぞ《どこへ行くのか》」とのたまひてけり《おっしゃってしまった》。殿上人ども、「かく起請を破りつるは、いと《まことに》便《びん》なきことなり《不都合な》」とて、「言ひ定めたるやうに、すみやかに酒、果物取りにやりて、このことあがへ《つぐなえ》」と集まりて、責めののしりければ《責めたてて騒いだので》、あらがひて《言い争って》、「せじ《するまい》」とすまひ《おことわり》給ひけれど《なさったが》、まめやかにまめやかに《大まじめに》責めければ、「さらば、明後日《あさて》ばかり、青常の君のあがひせん。殿上人、[一九]蔵人《くらうど》、その日集まり給へ」

るさま。

一一 殿上人。清涼殿の殿上の間に昇るのを許された人。「公達」は、皇族および貴族の子弟をいうが、広く殿上人などをさす。

一二 重明親王。村上天皇の兄。

一三 『今昔物語集』二八―二一に、「舌哭《シタナキ》ヲシテ」とある。舌を鳴らして、不満を表すことか。

一四 神仏に誓いをたてて約束をすること。

一五 草木の実で食用となるもの。

一六 藤原兼通。師輔の子。関白、太政大臣、正一位。貞元二年（九七七）に、五三歳で没。『今昔物語集』二八―二一に、「堀川ノ兼通ノ大臣《オトド》ノ中将ニテ御《オハシ》マシケルガ」とある。

一七 「あうなし」は、「奥無し」で、深い考えがないこと、不用意であること。ここでは、「のたまひてけり」に掛る。

一八 「丸」は、人名の下につける接尾語。

一九 蔵人所の職員。一三五頁注八参照。

青ずくめのもてなし

と言ひて、出で給ひぬ。

その日になりて、堀河中将の、青常の君のあがひすべしとて《つぐないをするだろうというので》、参らぬ人なし。殿上人ゐ並びて待つほどに、堀河中将直衣《なほし》[一]姿にて、か《容》たち《貌は》は光るやうなる人の、香はえもいはず《いいようもなく》香《かう》ばしくて、愛敬《あいぎやう》[二]こぼれ《魅力が》にこぼれて《いっぱいにあふれて》、参り給へり。直衣の長やかにめでたき《長めでりっぱな》裾《すそ》より、青き打[三]ちたる出《いだ》[四]し衵《あこめ》して、指貫《さしぬき》[五]も青色の指貫を着たり。随身《ずいじん》[六]三人に、青き狩衣《かりぎぬ》[七]・袴きせて、一人には、青く色どりたる折敷《をしき》[八]に、青磁《あをじ》[九]の皿に、獼猴桃《こくは》[一〇]を盛りて捧げたり。いま一人は、竹の枝に山鳩《やまばと》[一一]を四つ五つばかりつけて持たせたり。また一人には、青磁の瓶《かめ》に酒を入れて、青き薄様《うすやう》[一二]にて、〔瓶の〕口を包みたり。殿上《てんじやう》[一三]の前に、持ち続きて出でたれば《次々と並んで捧げもって出たので》、殿上人ども見て、もろ声に笑ひどよむことおびたたし《声をあわせて笑い騒ぐことははなはだしい》。帝聞かせ給ひて、「何事ぞ。殿上におびたたしく聞ゆるは」と、問はせ給へば、女房、「兼通が青常呼びて候へば《青常と呼びましたので》、そのことによりて、をのこどもに責められて、その罪あがひ候ふを《つぐないますのを》、笑ひ候ふなり」と申しければ、「い《どん》

一 高貴の人々の通常の服。二一〇頁注六参照。
二 容姿のかわいらしさと、性格のやさしさとをあわせていう。
三 砧《きぬた》で打って、艶《つや》を出した。
四 衵の裾をすこし見えるように出すこと。「衵」は、男子が束帯・直衣・衣冠などを着るときに、単衣《ひとえ》の上、下襲の下に着る衣。
五 袴《はかま》の一種。裾につけた紐で、足にくくってすぼめるもの。
六 貴人の外出のときに、護衛としてつき従った近衛府の舎人。
七 公家の略式の服。後に、武家の礼服となった。えりが丸くて、袖にくくりがある。
八 へぎを折りまげて四方を囲んだ盆。
九 青緑色の釉《うわぐすり》をかけた磁器。『今昔物語集』二八―二一に、「青瓷《アヲシ》ノ盤《サラ》」とある。
一〇 サルナシ。またはシラクチともいう。蔓草で、黄緑色の実をつける。
一一 『今昔物語集』二八―二一に、「青キ竹ノ枝ニ青キ小鳥五ツ六ツ許ヲ付テ」とある。ここでは、青鳩で、緑色の羽をもつ。
一二 薄手の紙。薄くすいた鳥子紙《とりのこがみ》または雁皮紙《がんぴし》。
一三 清涼殿の殿上の間。『今昔物語集』二八―二一に、「此等ヲ殿上口ヨリ持次《モテツヅ》キテ、殿上ノ前ニ参タレバ」とある。
一四 清涼殿の母屋で、天皇の日中の御座所。

かやうにあがふぞ《なつぐないをするのであろう》」とて、一四昼《ひ》の御座《おまし》に出でさせ給ひて、一五小部《こじとみ》より覗《のぞ》かせ給ひければ、われより始めて《自身をはじめとして》、ひた青なる《すべてまっ青な》装束にて、青き食物どもを持たせてあがひければ《つぐないをしたので》、これを笑ふなりけりと御覧じて、え《腹を》腹立たせ給はで《立てることもおできにならないで》、いみじう笑はせ給ひけり《「ご自身も」たいそうお笑いになった》。

そののちは、まめやかにさいなむ《本気になって戒める》人もなかりければ、いよいよ《いよいよもって》なん笑ひ嘲《あざけ》りける。

〔一二五〕一六保輔《やすすけ》、盗人たる事

今は昔、一七摂津守保昌《せつつのかみやすまさ》が弟に、一八兵衛尉《ひやうゑのじよう》にて一九冠《かうぶり》賜はりて、保輔といふ者ありけり。盗人の長《をさ》にてぞありける《大将であった》。家は二〇姉小路《あねがこうぢ》の南、高倉の東にゐたりけり。家の奥に蔵《くら》をつくりて、下を深う井のやうに掘りて、二一太刀《たち》・鞍《くら》・鎧《よろひ》・兜《かぶと》・絹・二二布など、万《よろづ》の売る者を呼び入れて、い

一五 殿上の間の東北隅、石灰壇《いしばいのだん》との間に設けられた格子の小窓。天皇が殿上の間を見る所。

＊『今昔物語集』二八―二一に、これと同話に当るものが収められている。『尊卑分脈』の「邦正」の項に、青経の名をあげて、「鳴呼人歟」と記されたように、身体上の欠陥が、嘲笑の対象とされていたのは、まことに心ないことである。しかも、天皇の禁令にそむきながら、青ずくめの趣向をこらして、一座の哄笑を誘ったということは、よくその悪趣味を示している。

一六 藤原致忠の子で、保昌の弟。『尊卑分脈』に、「右馬助正五下、右京亮、右兵尉、強盗張本、本朝第一武略、蒙追討宣旨事十五度、後禁獄自害」とある。九三頁注七参照。

一七 藤原保昌。九三頁注八参照。底本では、「摂津」の傍注に、「丹後歟」とあり、古活字本などに、「丹後守」とある。「摂津」は、大阪府北西部と兵庫県南東部。

一八 兵衛府の三等官。兵衛府は、宮門の守備、行幸の警固、左右両京の巡検などをつかさどった役所。「兵衛尉」は、従六位に当る。

一九 五位に叙せられて。

埋め殺される物売り

二〇 京都市中京区。「姉小路」は、三条大路の北。「高倉」は、東洞院大路の東。

二一 腰におびる長い刀。

二二 麻や葛などの繊維で織った織物。

ふままに買ひて、「値《あたひ》を取らせよ《代金を与えよ》」と言ひて、「奥の蔵《くら》の方《かた》へ具《ぐ》して《連れて》ゆけ《ゆけ》」と言ひければ、「値給はらん《いただこう》」とて行きたるを、蔵の内へ呼び入れつつ、掘りたる穴へ突き入れ突き入れして、持て来たる物をば取りけり《奪い取った》。この保輔《やすすけ》がり《保輔のもとへ》、物もて入りたる者の帰り行くなし《帰って来る者はいない》。この事を、物《〔他の〕》売り、怪しう《不審に》思へども《〔当人は〕》、埋《うづ》み殺しぬれば《埋め殺してしまったので》、このことを言ふものなかりけり。

これならず《これだけでなく》、京中押しありきて《のし歩いて》、盗みをして過ぎけり《暮した》。このことおろおろ聞えたりけれども《うすうす評判になったけれども》、いかなりけるにか《どういうわけか》、捕へからめらるることもなくて《捕えしばられることもなくて》ぞ過ぎにける。

〔一二六〕晴明《せいめい》を試みる僧の事

昔、晴明が土御門《つちみかど》の家に、老いしらみたる《老いぼれた》老僧来たりぬ。十歳ば

一 「がり」は、「かあり（処在）」からきたもので、その人のいる所をいう。

＊ 本書二八には、袴垂《はかまだれ》という盗人の大将軍が、摂津前司保昌に対して、手も足も出なかったように伝えられる。しかも、俗に「袴垂保輔」と称して、この袴垂という怪盗が、保昌の弟の保輔と結びつけられている。いずれにしても、相当の貴族が、盗賊の首領であったということは、格好の話題としてもてはやされたのであろう。『日本紀略』の永延二年六月一三日の条には、「権中納言顕光卿家、強盗首藤原朝臣保輔籠居云々。仍囲㆓彼家㆒捜㆓求之㆒。今日諸陣警固」と記され、一七日の条には、「左獄被㆓禁固㆒、強盗首保輔依㆓自害疵㆒死去了。右馬権頭藤原致忠三男也」と記されている。本話の結末に、この保輔について、「捕へからめらるることもなくてぞ過ぎにける」というのは、そのような記事とは異なるようである。

二 安倍晴明。著名な陰陽師。八六頁注一参照。

三 土御門大路。一条大路の南。『今昔物語集』二四ノ一六に、「此晴明ガ家ハ土御門ヨリハ北、西ノ洞院ヨリハ東也」とある。

隠された式神

かりなる童部《わらはべ》二人具《ぐ》したり《連れていた》。晴明、「何《なに》ぞの人にておはするぞ《どのような方でいらっしゃるか》」と問へば、「播磨《はりま》[四]の国の者にて候ふ。陰陽師《おんやうじ》[五]を習はん志にて候ふ《望みでございます》。この道に、ことにすぐれておはしますよしを承りて、少々習ひ参らせ《お習い申そうと》んとて《いうので》、参りたるなり」と言へば、晴明が思ふやう、この法師はかしこき者にこそあるめれ《あるようだ》、われを試みんとて来たる者なり、それに悪《わろ》く見えては悪かるべし《へたに見られてはよくないであろう》、この法師すこし引きまさぐらん《なぶってやろうと》と思ひて、供なる童《わらは》は、式神《しきじん》[六]を使ひて来たるなめり、もし式神ならば、召し隠せと心の中に念じて《祈念して》、袖の内にて印[七]を結びて、ひそかに呪《じゅ》[八]を唱ふ。さて、法師に言ふやう、「とく帰り給ひね《早くお帰りなさい》。のちに、よき日して《よい日をえらんで》、習はんとのたまはん《おっしゃる》ことどもは、教へ奉らん《お教えいたそう》」と言へば、法師、「あら《ああ》尊《たふと》《ありがたい》」と言ひて、手を摺《す》[九]りて額《ひたひ》にあてて、立ち走りぬ。今は《もう》去《い》ぬらんと思ふに《行ってしまったろうと思ったのに》、法師とまりて、さるべき《しかるべき》所々、車宿《くるまやどり》[一〇]など覗きありきて、［晴明の］また前に寄り来て言ふやう、「この《私の》供に候ひつる童の、二人ながら失ひて候ふ《二人ともいなくなってしまいました》。それ給はりて《いただいて》帰らん」と言へば、晴明、

四 兵庫県の西南部。
五 陰陽寮の職員で、日時や方角などについて、吉凶禍福をうらなうもの。
六 陰陽師の命によって、不思議な術を行う神。
七 さまざまな形に手指を組んで、仏菩薩の徳を顕《あらわ》すこと。特に密教では、口に呪を唱えながら、手指で印を結ぶと、仏菩薩の境界に入ると信じられた。
八 陀羅尼。梵語の経文を訳さないで、そのまま読みあげるもの。特に密教では、この文を読みあげると、さまざまな害を除いて、多くの功徳を得ることができるという。
九 恐縮してうやまうさま。
一〇 牛車を入れておく建物。寝殿造りの中門の外に設けられた。

「御坊は、希有《けう》のこと言ふ《珍しいことを言う》御坊かな。晴明《せいめい》は、何の故《ゆゑ》に、人の供ならん者をば、取らんずるぞ《取ろうとするものか》」と言へば、法師の言ふやう、「さらに《けっして》、[一]あが君《あなたさま》、大きなる《いかにも》理《ことわり》候ふ《もっともですが》。さりながら、ただ許し給はらん《どうぞお許し下さい》」と詫《わ》びければ、「よしよし、御坊の、人の試みんとて、式神使ひて来るが、うらやましきを、[二]ことに覚えつる《けしからんと思った》、異人《ことひと》をこそ《ほかの人ならば》、さやうに《そのように》は[三]試み給《お試み》はめ《なさるのもよかろうが》、晴明をば、いかでさることし給ふべき《どうしてそのようなことをなさってよいでしょうか》」と言ひて、ものよむやうにして、しばしばかりありければ《しばらくたったところが》、外の方より、童二人ながら走り入りて、法師の前に出で来ければ、そのをり、法師の申すやう、「まことに試み申しつるなり。《式神を》[四]使ふ事はやすく候ふ。人の使ひたるを隠すことは、さらにかなふべからず候ふ《とてもできないことです》。今よりは、ひとへに御弟子となりて候はん《お仕えしましょう》」と言ひて、懐《ふところ》より名簿《みやうぶ》[五]引き出でて取らせけり。

〔一二七〕晴明《せいめい》[六]、蛙《かへる》を殺す事

一 人を敬愛して言う言葉。

二 伊達本・陽明本に、「事におぼえつるか」とあり、古活字本に、「ことにおぼえつるか」とある。『今昔物語集』二四—一六に、「不安思《ヤスカラズ》ツル也」とある。

三 伊達本・陽明本に、「心え給はめ」とある。

四 底本・伊達本・陽明本に、「仕事は」とあり、古活字本に、「使ことは」とある。

五 弟子として入門したり、家人として帰服したりするときに、官位や姓名などを記してさしあげる名札。

＊『今昔物語集』二四—一六には、これと同話に当るものが含まれている。『今昔物語集』一四—四四、一九—三、本書一四〇などによっても、有力な陰陽師の一派が、播磨の国内に集まっていたと知られる。『今昔物語集』二四—一九には、同国の智徳という陰陽師が、海賊から貨財を取りかえして、みごとにその験力を示しながら、「晴明ニ会テゾ識神ヲ被隠タリケル」と伝えられる。

六 底本の目録では、「晴明ヲ心見ル僧事」に続けて、「付晴明殺蛙事」とある。

殺された蛙

この晴明[七]、あるとき、広沢[八]の僧正の御坊に参りてもの申し、承りけるあひだ、若き僧どもの晴明《はれあきら》[九]に言ふやう、「式神《しきじん》[一〇]を使ひ給ふなる《お使いになるということですが》は、たちまちに人をば殺し給ふや」と言ひければ、「やすくはえ殺さじ《たやすくは殺せますまい》。力を入れて《力を入れてやれば》、殺してん《殺せましょう》」と言ふ。「さて《ところで》、虫なんどをば、すこしのことせんに《ことをすると》、かならず殺しつべし《殺すことができましょう》。さて、生くるやうを知らねば《生かす方法を知りませんので》、罪を得《え》つべければ《犯すことになりますから》、さやうのことよしなし《つまりません》」と言ふほどに、庭に蛙の出で来て、五つ六つばかり躍《をど》りて、池の方ざまへ《方向へ》行きけるを、「あれ一つ、さらば殺し給へ。試《こころ》みん」と、僧の言ひければ、「罪を作り給ふ御坊かな。されども、試み給へば《〔私を〕お試しになるのですから》、殺して見せ奉らん《お見せいたしましょう》」とて、草の葉を摘み切りて、ものをよむやうにして、蛙の方へ投げやりければ、その草の葉の、蛙の上にかかりければ、蛙ま平《ひら》にひしげて《つぶれて》、死にたりけり。これを見て、僧どもの色変りて《顔色が変って》、恐ろしと思ひけり。

七 安倍晴明。著名な陰陽師。八六頁注一参照。

八 寛朝。宇多天皇の皇孫、敦実親王の皇子。遍照寺に住して、密学を興した。声明に通じて、音曲にすぐれていた。寛和二年（九八六）に、大僧正となった。長徳四年（九九八）に、八四歳で没。

九 底本をはじめ、諸本には、ここだけ「はれあきら」とある。

一〇 陰陽師の命によって、不思議な術を行う神。

家の中に人なきをりは、この式神《しきじん》を使ひけるにや《使ったのであろうか》、人もなき蔀《しとみ》を一上げおろし、門をさしなどしけり《閉めなどした》。

〔一二八〕河内守頼信《かはちのかみよりのぶ》、二平忠恒《たひらのただつね》三を攻むる事

忠恒の横暴

昔、河内守頼信、上野守《かうづけのかみ》四にてありしとき、坂東《ばんどう》五に平忠恒といふ兵《つはもの》ありき。六仰せらるること《上司の命ぜられることを》、なきがごとくにする《ないがしろにするので》、討たんとて《〔忠恒を〕》、多くの軍《いくさ》《軍勢を》おこして、かれがすみかの方《かた》へ行きむかふに、七岩海《いはうみ》のはるかにさし入りたるむかひに、家を造りてゐたり。八この岩海をまはるもの《〔陸地づたいに〕》ならば、七八日にめぐるべし《七八日はかかるだろう》。すぐに《まっすぐに〔海を〕》渡らば、その日の中に攻めつべければ《攻めることができるので》、忠恒、渡りの舟《渡しの》どもをみな取り隠してけり。されば、渡るべきやうもなし《すべもない》。

海中の通路

浜ばたに《浜辺に》うち立ちて、この浜のままに《浜に沿うて》、廻《めぐ》るべきにこそあれと《まわらなければならないのだと》、

一 格子の裏に板を張ったもの。六二頁注七参照。

＊『今昔物語集』二四―一六には、これと同話に当るものが含まれている。本書の諸本によると、もともと前話に続くものであって、やはり晴明の奇特について語られている。そのほかに、本書二六・一八四などにも、その神秘な呪力について伝えられている。

二 源頼信。満仲の子。左馬権守、伊勢・陸奥・甲斐・石見・美濃・河内などの守を経て、鎮守府将軍、従五位下。永承三年（一〇四八）に、八一歳で没。「河内守」は、河内の国司の長官。河内は、大阪府の東部。

三 「忠常」とも書く。良文の孫、忠頼の子。上総介、武蔵押領使、従五位下。長元元年（一〇二八）に、下総で叛乱。同四年（一〇三一）に、頼信に投降、病死。

四 上野の国司の長官。「上野」は、群馬県。

五 関東。足柄以東の諸国。

六 『今昔物語集』二五―九に、「上総下総《カムツサシモツサ》ヲ皆我ママニ進退シテ、公事《クジ》ヲモ事ニモ不為《セザ》リケリ。亦、常陸守ノ仰《オホセ》ヌル事ヲモ、事ニ触レテ忽緒《イルカセ》ニシケリ」とあり、この「常陸守」は、頼信をさす。

七 『今昔物語集』二五―九に、「彼忠恒ガ栖《スミカ》ハ内海ニ遙ニ入タル向ヒニ有ル也」とある。

八 『今昔物語集』二五―九に、「此ノ入海ヲ廻テ寄ナラバ、七日許可廻《バカリメグルベ》シ」とある。

兵ども思ひたるに、上野守の言ふやう、「この海のままに廻りて寄せば、日ごろ経なん《日数もかかろう》。そのあひだに逃げもし、また寄られぬ構へ《攻め込まれない防御もされる》もせられなん《であろう》。今日《けふ》のうちに寄せて攻めんこそ《攻めてこそ》、あのやつは存じの《あいつは不意をつかれて》外《ほか》にして、あわて《あわて》惑《まど》はんずれ《ふためくであろう》。しかるに、舟どもはみな取り隠したり。いかがはすべき《どうしたらよいか》」と、軍《いくさ》どもに《兵どもに》問はれけるに、軍ども、「さらに《とてもお渡》渡し給ふべきやうなし《りになることのできるすべはない》。廻《めぐ》りてこそ《陸地をまわって》、寄せさせ給ふべく候へ《お攻めになられるのがようございます》」と申しければ、「この軍どもの中に、さりとも、この道知りたるものはあるらん。頼信は〔というのは〕、坂東方《ばんどうがた》は、このたびこそはじめて見れ《見るのだが》、されども、わが家の伝へにて、聞き置きたることあり。この海の中には、堤のやうにて、広さ一丈ばかりして、すぐに渡りたる道あるなり《まっすぐに通じている道があるということだ》。深さは、馬の太腹《ふとばら》に立つと聞く《水がつくと聞いている》。この程にこそ《このあたりにこそ》、その道はあたりたるらめ。さりとも、この多くの軍どもの中に、知りたるも〔知っている者は〕あるらん。さらば、先に立ちて渡せ。頼信、続きて渡さむ」とて、馬をかき早めて寄りければ、九知りたる者にやありけん、四五騎ばかり、馬を海に

九 『今昔物語集』二五—九に、「真髪《マカミ》ノ高文ト云者有テ、『己レ度々罷リ行《アル》ク渡リ也。前馬《サキウマ》仕ラム』ト云テ、葦ヲ一束、従者《トモノ》ニ持セテ、打下シテ、尻ニ葦ヲ突差々渡リケレバ、此レヲ見テ他ノ軍兵共モ、悉ク渡リケルニ、游《オヨ》グ所二所《ツイデ》ゾ有ケル。軍共、五六百人計渡リニケレバ、其ノ次ニナム守ハ渡ケル」とある。

一　上野守、頼信。

忠恒の降伏

打ちおろして、ただ渡りに渡りければ《どんどん渡っていったので》、それにつきて《続いて》、五六百騎ばかりの軍どもも渡しけり。まことに、馬の太腹に立ちて渡る《水がつくほどの深さで渡る》。

多くの兵《つはもの》の中に、ただ三人ばかりぞ、この道は知りたりける。残りはつゆも《すこしも》知らざりけり。聞くことだにもなかりけり《聞くことさえもなかった》。しかるに、「この守殿《かうどの》[一]、この国をば《この国に来られたのは》、これこそは《この度が》、始めにておはするに《初めてでいらっしゃるのに》、われらは、これの重代《ぢゆうだい》の者どもにてあるに《この地の代々の住人であるが》、聞きだにもせず知らぬに《聞いたこともなく知らずにいたのに》、かく知り給へるは、げに《まったく》人にすぐれ給ひたる兵の道かな《武将の道であることよ》」と、みなささやき、怖《お》ぢて《恐れて》、渡り行くほどに、忠恒《ただつね》は、海をまはりてぞ、寄せ給はんずらん《攻めていらっしゃるであろうが》、舟はみな取り隠したれば、浅道《あさみち》をば《浅瀬の道をば》、わればかりこそ知りたれ、すぐには《まっすぐには》、え渡り給はじ《お渡りになることはできまい》、浜をまはり給はんあひだには、とかくもし《あれこれ準備もし》、逃げもしてん《逃げもできるであろう》、左右《さう》なくは《たやすくは》、え攻め給はじ《お攻めになることはできまいと》と思ひて、心静かに軍《いくさ》揃へゐたるに《準備していたところに》、家のめぐりなる《まわりにいる》郎等《らうどう》は《家来は》、あわて走り来て言はく、「上野殿《かうづけどの》は、この海の中に、浅き道の候ひけるより《浅い道がありましたのを通って》、多くの軍を引き具《ぐ》して《ひき連れて》、すでにここへ来給ひぬ。いかがせさせ給はん《どうなさいますか》」と、わななき声《ふるえ声で》に、あわてて言ひければ、忠恒、かねての《前々からの》支度《したく》《用意と》に違ひて、「われすでに攻められなんず《攻められようとしている》。かやうにしたて奉らん《名簿をかいてさし上げよう》」と言ひて、たちまちに名簿《みやうぶ》[二]をかきて、文挟《ふみばさ》[三]みに挟みて、さし上げて、小舟に郎《らう》等《どう》一人乗せて、持たせて、迎へて参らせたりければ《〔先方の使者を〕迎えてさし上げたので》、守殿見て、かの名簿を受け取らせて言はく、「かやうに、名簿に怠《おこた》り文《ぶみ》《謝り証文を》を添へて出《いだ》すは、すでに来たれるなり《降伏して来ているのだ》。されば、あながちに《しいて》攻むべきにあらず」とて、この文を取りて、馬を引き返しければ、軍《いくさ》どもみな帰りけり。

そののちより、いとど《いっそう》、守殿をば、「ことにすぐれて、いみじき人《りっぱなお方で》におはします」と、いよいよ言はれ給ひけり。

〔一二九〕白河法皇[四]、北面受領《ずりやう》[五]の下りのまねの事

二 弟子として入門したり、家人として帰服したりするときに、官位や姓名などをしるしてさし出す名札。

三 文書を挟んで貴人にさし出す白木の杖《つえ》。先端に鳥口という金具をつけて、その間に文書を挟むもの。

＊『今昔物語集』二五—九には、これと同話に当るものが収められている。ただし、左衛門大夫平惟基、大中臣成平、真髪高文など、本書にみられない人物も現れてくる。この平忠常の乱については、『日本紀略』『扶桑略記』『本朝世紀』などにもふれられており、『左経記』『小右記』『河内守源頼信告文案』などに取りあげられている。

四 第七二代の天皇。一八一頁注一八参照。

五 前任者から引き継ぎをうけて事務をとる意。任国にいって政務をとる国司の長官をさす。遙任・兼任の国司に対していう。

国司の下向のまね

これも今は昔、白河法皇、鳥羽《とば》[一]殿におはしましけるとき、北面《ほくめん》[二]の者どもに、受領《ずりやう》の、国へ下るまねせさせて、御覧あるべしとて《ご覧になろうというので》、玄《げん》[三]蕃頭久孝《ばのかみひさたか》といふ者をなして《国司にしたてて》、衣冠《いくわん》[四]に衣出《きぬいだ》[五]して、そのほかの五位どもをば前駆[六]せさせ、衛府《ゑふ》[七]どもをば、胡籙《やなぐひ》[八]負ひにして、御覧あるべしとて《ご覧に入れようというので》、おのおの錦《にしき》[九]、唐綾《からあや》[一〇]を着て、劣らじとしけるに《負けまいときそったが》、左衛門尉《さゑもんのじよう》[一一]源行遠、心ことに出で立ちて《念入りに支度して》、人にかねて見えなば《前もって見られたら》、目なれぬべしとて《見馴れておもしろくないであろうというので》、御所近かりける人の家に入りゐて、従者《ずさ》を呼びて、「やられ《おい》、御所の辺にて見て来《こ》」と言ひて、参らせてけり《見に遣わした》。

無期《むご》に見えざりければ《いつまでも》、「いかにかうは遅きにか」と、辰《たつ》[一二]の時とこそ催しはありしか《計画されていたのに》、さがるといふ定《ぢやう》《遅れるといいながら》、午未《うまひつじ》[一三]の時には、渡らんずらんものをと思ひて《行列が通るはずなのにと》、待ちゐたるに、門の方に声して、「あはれ《ああ》、ゆゆしかりつるものかな《みごとだったなあ》、ゆゆしかりつるものかな」と言へども、ただ参るものを言ふらんと思ふほどに《御所に参上するものについて言っているのだろうと思っていると》、「玄蕃殿の国司姿こそ、をかしかりつれ《すばらしかった》」と言ふ。「藤左衛門殿[一四]は、錦を着給ひつ。源兵衛殿[一五]は、

一 京都市伏見区鳥羽の離宮。鳥羽離宮とも、城南離宮ともいう。応徳三年（一〇八六）に、白河天皇が造営、さらに、鳥羽天皇が増修した。
二 北面の武士。院の御所を警固する武士。白河法皇のときに始まる。
三 伝未詳。『十訓抄』に、「玄蕃頭ひさのり」とある。「玄蕃頭」は、玄蕃寮の長官。玄蕃寮は、治部省に属して、外国使節の接待、仏寺や僧尼の名籍をつかさどる役所。
四 束帯につぐ略式の礼装。冠・袍《うえのきぬ》・指貫《さしぬき》をつけて、笏《しやく》のかわりに檜扇《ひおうぎ》をもつ。
五 直衣《なおし》の下、指貫の上に衣の裾を出して。出《いだ》し衣と称する着方。
六 「前駆」は、馬に乗って先導すること。
七 平安時代に、宮中の警固に当った役所。六衛府と称して、左右の近衛府・左右の兵衛府・左右の衛門府からなる。
八 矢を盛って背に負う道具。
九 地質の厚い華麗な絹織物。
一〇 中国から伝えられた浮織りの綾。綸子《りんず》の類。
一一 師行の子。検非違使、左衛門尉、従五位下。生没年未詳。左衛門尉は、左衛門府の三等官。
一二 午前八時ごろ。
一三 「午」は、午前一二時ごろ、「未」は、午後二時ごろ。

[一六]縫物《ぬひもの》をして、金の文《もん》[一七]をつけて」など語る。

怪《あや》しう覚えて（不審に思って）、「やうれ（おい）」と呼べば、この「見て来」とてやりつ（遣わした）る男、笑《ゑ》みて出で来て、「おほかたかばかりの見物候はず（まったくこれほど見ごたえのあるものはございません）。[一八]賀茂《かも》祭りも、ものにても候はず（くらべものにはなりません）。院の御[一九]桟敷《さじき》の方《かた》へ、渡しあひ給ひたりつるさまは（渡っていかれたありさまは）、目も及び候はず（目もくらむほどです）」と言ふ。「さていかに（それでどうしたか）」と言へば、「早う（とっくに）果《は》て候ひぬ（終ってしまいました）」と言ふ。「こはいかに（これはどうしたことか）、来ては告《つ》げぬぞ（知らせないのか）」と言へば、「こはいかなることにか候ふらん（これはどうしたことでございましょうか）。『参りて見て来』と仰せ候へば、目もたたかず（目ばたきもしないで）、よく見て候ふぞかし（見ておりましたのですよ）」と言ふ。おほかたとかく言ふはかりなし（まったく何ともいいようがないことである）。

さるほどに、「行遠は[二〇]進奉不参《しんぶふさん》、かへすがへす奇怪《きくわい》なり（ふとどきである）。たしかに召し籠《こ》めよ（呼び出して押し込めよ）」と仰せ下されて、二十日あまり候ひけるほどに（そうしているうちに）、この次第《しだい》をきこしめして（事情をお聞きになって）、笑はせおはしましてぞ（お笑いになって）、召し籠めはゆりてけるとか（許されたとかいうことだ）。

様子を見とどけた従者

一四 未詳。
一五 未詳。
一六 縫い取り。刺繡。
一七 模様。
一八 京都市の賀茂別雷神社および賀茂御祖神社の祭り。古くは四月中の酉《とり》の日、今では五月一五日に行われる。葵《あおい》かずらを飾るので、葵祭りとして知られる。
一九 伊達本・陽明本に、「栈敷」とある。「栈敷」は、二二八頁注一参照。見物のために、床を高く構えたところ。
二〇 「進」も「奉」も、たてまつることであるが、ここでは、「供奉」と同じ意か。
＊『十訓抄』の第七「可レ専二思慮一事」には、これと同話に当るものが収められている。その後には、「主従ともに愚なりける物かな。すべてしかるべき所のみにかぎらず、ただうちある人のもとにつかへしたがはん類までも、物ごとに執し、よろづに付て情有やうに振舞べし」などとあって、「主の対面の座敷にて、従者のこざかしくさし過たるは、いと見ぐるしき事也。されば、とてとみの事などの出来たらんに、告しらせざらんは、又云がひなし。ことによりてよくきげんをはからふべき事也」とつけ加えられている。

〔一三〇〕蔵人得業《くらうどとくごふ》[一]、猿沢《さるさは》[二]の池の龍《りよう》[三]の事

これも今は昔、奈良に、蔵人得業恵《ゑ》[四]印《いん》といふ僧ありけり。鼻大きにて赤かりければ、「大鼻の蔵人得業」と言ひけるを、後《のち》ざまには《後々には》、ことながしとて《言葉が長すぎるといって》、「鼻蔵人」とぞ言ひける。なほ後々《のちのち》には、「鼻蔵鼻《はなくら》蔵」とのみ言ひけり。

それが若かりけるときに、猿沢の池の端《はた》に、「その月のその日、この池より龍の登らんずるなり《登ろうとするものだ》」といふ札を立てたりけるを、往来《ゆきき》の者、若き《若いものも》、老いたる《老いたものも》、さるべき人々《相当な人々も》、「ゆかしきことかな《見たいものだよ》」と、さ《ささ》さめきあひたり《やきあっていた》。この鼻蔵人、をかしきことかな、わがしたることを、人々騒ぎあひたり、をこのことかなと《ばかなことよと》、心中にをかしく思へども、すかしふせんとて《だまし通そうと思って》、そら知らずして過ぎ行くほどに《そ知らぬふりをして過しているうちに》、その月に

大鼻の蔵人得業

一 「蔵人」は、蔵人所の職員であるが、ここでは、在俗のときの官に当るか。一三五頁注八参照。「得業」は、僧の学階で、奈良の三会の竪義《りゅうぎ》を勤めおわったものをいう。奈良の三会は、興福寺の維摩会、法華会、薬師寺の最勝会をさす。竪義は、問者の出した論題について、理論をのべて批判を行うこと。

二 奈良市の興福寺南門の前、三条通りの南の池。

三 想像上の動物で、神秘な力をもつというもの。全体として爬虫《はちゅう》類の姿であるが、胴は蛇に、角は鹿に、目は鬼に、耳は牛に似るという。海・池・沼などにすむが、自由に空を飛んで、雲をおこし雨をよぶと考えられた。

龍の登る日

四 伝未詳。『三会定一記』によると、興福寺の僧恵印が、久安元年（一一四五）に竪者をつとめ、保元元年（一一五六）に講師をつとめたという。

なりぬ。おほかた、大和《やまと》[五]・河内《かはち》[六]・和泉《いづみ》[七]・摂津《せつつ》[八]の国の者まで聞き伝へて、集《つど》ひあひたり《集まってきた》。恵印、いかにかくは集まる《どうしてこのように集まるのか》、何かあらんやうのあるにこそ《何かわけのあることであろう》、怪《あや》しきことかな《変なことだなと》と思へども、さりげなくて《そ知らぬふりをして》過ぎ行くほどに、すでにその日になりぬれば、道もさりあへず《通れないほど》、ひしめき集まる《混雑して集まる》。

そのときになりて、この恵印思ふやう、ただごとにもあらじ《あるまい》、わがしたる《自分が》ことなれども、やうのあるにこそ《わけがあるのであろうと》と思ひければ、このこと、さもあらんずらん《本当にそのとおりになるかもしれない》、行きて見んと思ひて、頭裹《かしらつつ》[九]みて行く。おほかた《まったく》、近う寄りつくべきにもあらず《寄りつけそうにもない》。[一〇]興福寺の南大門の壇の上に登り立ちて、今や龍の登る登ると《今にも龍が登るか登るかと》、待ちたれども、何の登らんぞ《何で登るはずがあろうか》、日も入りぬ。

暗々《くらぐら》に《うす暗くなって》なりて、さりとては《それにしても》、かくてあるべきならねば《こうしてはいられないので》、帰りける道に、一つ橋に盲《めくら》が渡りあひたりけるを、この恵印、「あな、あぶなの目くらや」[一一]と言ひたりけるを、盲とりもあへず《すかさず》、「あらじ《そうではあるまい》、鼻[一二]

五 奈良県。
六 大阪府の東部。
七 大阪府の南部。
八 大阪府の北西部と兵庫県の南東部とにわたる。
九 僧徒が袈裟《けさ》などで頭をつつんで、目だけを出すこと。
一〇 奈良市登大路町にある法相宗の大本山。二七八頁注七参照。

目暗と鼻暗

一一「目暗」で、目先の暗いこと。目の見えない人は、自分のことを言われたと思うのである。
一二「鼻暗」で、鼻先の暗いこと。蔵人得業は、自分のことを言われたと思うのである。

くらななり《鼻くらなのだ》」と言ひたりける。この恵印を、「鼻くら」といふとも《鼻蔵というとは知らなかったの》知らざりけれども《だろうが》、「目くら」と言ふにつきて、「あらじ《そうではあるまい》、鼻《鼻先が》くらなり《くらいのであろうと〔いう意味で〕いったのが》」と言ひたるが、鼻蔵に言ひあはせたるが、をかしきことの一つなりとか。

〔一三一〕清水寺《きよみづでら》御帳《みちやう》賜《たま》はる女の事

今は昔、便《たよ》りなかりける女の《頼るものがなく貧しかった》、清水《きよみづ》にあながちに《熱心に》参るありけり。年月積りけれども、つゆばかり《すこしも》その験《しるし》と覚《おぼ》えたることなく、いとど《ますます》便りなくなりまさりて《不如意がつのって》、果《は》ては、年ごろありける所《長年住んでいた》をも、そのこと《何ということ》となくあくがれて《もなくさまよい出て》、寄りつく所もなかりけるままに《身の寄せどころもなくなってしまったので》、泣く泣く観音を恨み申して、「いかなる先世の報ひなりとも、ただすこしの便り《ご利益を》賜はり候はん《いただかせて下さい》」といりもみ申して《無理に願って》、御前にうつ臥《ぶ》しうつ臥したりけ

＊わが国の龍の観念は、おもに水神の信仰に基づくもので、また雷神の信仰とも結びついていた。そこで、龍というものは、しばしば龍巻《たつまき》にともなって、ただちに天に昇るものと信じられていたが、実際にはめったに見られるものではなかった。それだけに、龍の昇天のことが、ちょっとしたいたずらをきっかけに、すさまじいうわさとしてひろまったのである。ここでは、多くの人々が、その見物に集まったという話に、「鼻くら」というものが、「目くら」に出あったという話がそえられている。

一 京都市東山区の清水寺。一七五頁注六参照。

観音から賜る御帳

二 『今昔物語集』一六―三〇に、「貧キ事弥《イヨイ》ヨ増《マサリ》テ」とある。

三 『今昔物語集』一六―三〇に、「譬ヒ前世ノ宿報《スクホウ》拙《ツタナ》シト云フトモ」とある。先世、前世は、この世に生れてくる前の世。

る夜の夢に、「御前より」とて、「かくあながちに申せば《熱心にお願いするので》、いとほし《かわいそうに》くおぼしめせど、[四]すこしにても《ほんの少しでも》あるべき《〔おまえに〕授けるべき》便りのなければ、そのことをおぼしめし嘆くなり。これを賜はれ」とて、[五]御帳《みちやう》の[六]帷《かたびら》を、いとよく畳みて、前にうち置かる《お置きになったと》と見て、夢覚めて、御あかしの光に見れば、[七]夢のごとく、御帳の帷、畳まれて、前にあるを見るに、さは《それでは》、これよりほかに、賜《た》ぶべき物のなきにこそあんなれ《お授けになるはずの物がないのであろうと》と思ふに、身の《わが身の》程《ふしあわせの程が》の思ひ知られて、悲しくて申すやう、「これ《これは》、さらに賜はらじ《けっしていただきますまい》。すこしの便りも候はば《少しでも余裕がございましたならば》、[八]錦《にしき》をも、御帳には、縫ひて参らせん《縫ってさし上げようと》とこそ思ひ候ふに、この御帳ばかりを賜はりて《御帳だけを頂戴して》、まかり出づべきやう候はず《退出できるわけがございません》。返し参らせ候ひなん《お返し申し上げましょう》」と申して、[九]犬防《いぬふせ》ぎの内にさし入れて置きぬ。

またまどろみ入りたる《うとうとと眠りこんだ》夢に、「などさかしくはあるぞ《どうしてこざかしいことをするのか》。ただ賜《た》ば《授》ん物をば賜はらで《けようというものを頂戴しないで》、かく返し参らする、あやしき《けしからぬ》ことなり」とて、また賜はると見る。さて、覚めたるに、また同じやうに、前にあれ

四 『今昔物語集』一六—三〇に、「可給《タマハルベ》キ便リ无《ナ》ケレバ」とある。
五 とばりの敬称。
六 几帳やとばりなどに用いる一重の絹物。
七 『今昔物語集』一六—三〇に、「夢ニ給ハルト見ツル御帳」とある。
八 地質の厚い華麗な絹織物。
九 仏堂の内陣と外陣とを隔てている格子。

ば、泣く泣く返し参らせつ《お返し申し上げた》。かやうにしつつ、三たび返し奉るに、なほまた返し賜《た》びて《お返し下さって》、果てのたびは《最後のときは》、[一]このたび返し奉らば、無礼《むらい》《失礼》なるべきよしを《礼であるということを》、戒められければ、かかるとも知らざらん《こういういきさつであるとも知らない》寺僧は、[二]御《み》帳《ちやう》の帷《かたびら》を、盗みたるとや疑はんずらんと思ふも《疑うことであろうと思うのも》、苦しければ、まだ夜深く《まだ夜が深いうちに》、懐《ふところ》に入れて、まかり出でにけり。

願いのかなう衣

これをいかにとすべきならんと思ひて《どうしたらよいであろうかと》、引き広げて見て、着るべき衣《きぬ》もなきに《着物もないので》、さは《それでは》、これを衣にして着んと思ふ心つきぬ。これを衣にして、着てのち《着てからは》、見と見る男にもあれ《〔この女を〕見るかぎりの男でも》、女にもあれ《女でも》、あはれに《〔この女が〕しみじみ》いとほしきものに思はれて《といとしいものに思われて》、そぞろなる《何のゆかりもない》人の手より、物を多く得てけり。[三]大事なる人の愁《うれ》へ《訴訟をも》をも、その衣を着て、知らぬやんごとなき《高貴な》所にも参りて申させければ《申し上げさせたところが》、かならずなりけり《成就した》。かやうにしつつ、人の手より物を得、よき男にも《夫にも》思はれて、たのしくてぞありける《ゆたかに暮した》。

されば、その衣をば納めて、かならず[四]先途《せんど》と思ふことのをりにぞ、取り出でて着ける、かならずかなひけり。

一『今昔物語集』一六―三〇に、「其ノ度ハ、返シ奉ラバ无礼《ムライ》ナルベシト思フニ」とある。

二『今昔物語集』一六―三〇に、「御帳ヲ放チ取《トリ》タリヤト」、『古本説話集』五九に、「御ちやうのかたびらをはなちたるとやと」とある。

三『今昔物語集』一六―三〇に、「人ニ物ヲ云ハムトテモ」とある。

四 勝負、成否のきまる大事の場合。

＊『今昔物語集』一六―三〇、『古本説話集』五九に、これと同話に当るものがみられる。清水観音の霊験譚であって、『今昔』一六―三〇では、「其ノ後ハ、此レ偏《ヒトヘ》ニ観音ノ御助《タスケ》也ト知テ、弥《イヨイ》ヨ参テ礼拝シ奉ケリ。此ヲ聞ク人、皆、清水ノ観音ノ霊験ヲ貴ビケリトナム語リ伝ヘタルトヤ」と結ばれている。

〔一三二〕 則光《のりみつ》[五]、盗人を斬《き》る事

則光の三人斬り

今は昔、駿河前司《するがのぜんじ》[六] 橘季通《たちばなのすゑみち》が父に、陸奥前司《みちのくのぜんじ》[七]則光といふ人ありけり。兵《つはもの》の家にはあらねども（武士の家ではないが）、人に所置かれ（一目おかれ）、力などぞいみじう（たいそう）強かりける、世おぼえなどありけり（世間の評判などもよかった）。

若くて、衛府《ゑふ》[八]の蔵人《くらうど》にぞありけるとき、殿居所《とのゐどころ》[九]より女のもとへ、[一〇]太刀《たち》[一一]ばかりをはきて、小舎人童《こどねりわらは》[一二]をただ一人具《ぐ》して（連れて）、大宮[一三]を下《くだ》りに行きければ、大垣[一四]の内に、人の立てる気色《けしき》（様子が）のしければ、恐ろしと思ひて過ぎけるほどに、八九日[一五]の夜更《ふ》けて、月は西山に近くなりたれば、西の大垣の内は、影にて人の立てらんも（立っているのも）見えぬに、大垣の方より声ばかりして、「あの過ぐる人まかり[一六]止れ。公達《きんだち》[一七]のおはしますぞ。え過ぎじ（通すまいぞ）」と言ひければ、さればこそ（そら出たと）と思ひて、すすどく（すばやく）歩《あゆ》みて過ぐ

五 橘敏政の子。検非違使、左衛門尉を経て、能登守、土佐守、陸奥守、従四位上、歌人。

六 橘則光の子。駿河守、従五位上、歌人。康平三年（一〇六〇）に没。「駿河前司」は、前の駿河守。

七 前の陸奥守。

八 衛府の佐で、五位の蔵人を兼ねたもの。「衛府」は、宮中の警備に当る役所。左右の近衛府・兵衛府・衛門府をさす。「蔵人」は、蔵人所の職員。一三五頁注八参照。

九 大臣、納言、蔵人頭、近衛大将などが、宮中で宿直する所。

一〇 伊達本・陽明本・古活字本に、「女のもとへ行とて」とある。

一一 腰におびる長い刀。

一二 近衛の中将、少将が召しつれた少年であるが、一般に召使いの少年をもいう。

一三 東大宮大路。大内裏の東側。

一四 大内裏の外回りの垣。

一五 『今昔物語集』二三―一五には、「八月九日許ノ月ノ」とある。月の初旬には、月の出入りが早い。

一六 「まかり」は、下の動詞の意味を強める語。

一七 皇族または貴族の子弟。

るを、「おれは《おまえは》、さてはまかりなんや《そうして通ろうとするのか》」とて、走りかかりて、もの《誰かが》の来けれ《来たので》ば、うつぶきて《うつむいて》見るに、弓のかげは見えず、太刀のきらきらとして見えければ、[一]木にはあらざりけりと思ひて、かい伏して《うつむいて》逃ぐるを、追ひつきて来れば、頭打ち破《わ》られぬと覚ゆれば、にはかに傍《かたはら》ざまに《脇の方に》、ふと寄りたれば、追ふ者の走りはやまりて《勢いよく走って》、えとどま《とどまること》りあへず《ができず》、先に出《い》でたれば、過したてて《すぐやり過して》、太刀《たち》をぬきて打ちければ、頭を中より打ち破《わ》りたりければ、うつぶしに《うつぶせに》走り転《まろ》びぬ。[二]ようしんと思ふほどに、「あれはいかにしつるぞ《どうしたのか》」と言ひて、またもの《誰かが》の走りかかりて来れば、太刀をもえさしあへず《さすことができず》、脇に挟《はさ》みて逃ぐるを、「けやけきやつかな《こしゃくなやつめ》」と言ひて、走りかかりて来る者、初めのよりは、走りのとく《走るのが早く》覚《おぼ》えければ、これは、よもありつるやうには《まさか前のやつのようには》、謀《はか》られじ《だまされまいと》と思ひて、にはかにゐたり《急に坐ったので》ければ、走りはやまりたる者にて、われに《則光に》蹴つまづきて、うつぶしに倒れたりけるを、違ひて立ち《入れ違いに飛び》かかりて《かかって》、起し立てず《起き上がらせず》、頭をまた打ち破りてけり。

一　『今昔物語集』二三―一五に、「弓ニハ非ザリケリト心安ク思テ」とある。

二　「ようしぬ」または「ようしつ」の誤写で、うまくやったの意か。『今昔物語集』二三―一五に、「吉ク打《ウチ》ツト思フ程ニ」とある。

今はかくと《もうこれまでと》思ふほどに、三人ありければ、いま一人が、「さては《そのままでは》、えやらじ《逃がすまいぞ》。けやけくしていくやつかな《こしゃくなことをしていくやつめ》」とて、執念《しふね》く《しつこく》走りかかりて来ければ、このたびは、われはあやまたれなんず《殺されるであろう》、神仏助け給へと念じて《祈って》、太刀を桙《ほこ》[三]のやうに取りなして、走りはやまりたる者に《勢いよく走ってくる者に》、にはかに《急に》ふと立ちむかひければ《〔ふり向いて〕》、はるはる[四]とあはせて、走りあたりにけり。やつも斬りけれども《敵も切りつけたけれども》、あまりに近く走りあたりてければ、衣《きぬ》だに《着物すら》斬れざりけり。〔則光が〕桙のやうに持ちたりける太刀なりければ、受けられて《〔相手の身体が〕自然に受けとめられて》、中より通りたりけるを《身体の真中をさし通したのを》、太刀の柄《つか》を返しければ、のけざまに《あおむけに》[五]倒れたりけるを斬りてければ《倒れたところを切りつけたので》、太刀持ちたる腕《かひな》を、肩より打ち落してけり。

さて、走りのきて《走りさって》、また人やあると《ほかに人がいるかと》聞きけれども、人の音もせざりければ、走りまひて《走り回って》、中御門[六]の門より入りて、柱にかい沿ひて[七]立ちて《柱沿いに立って》、小舎人童《こどねりわらは》は、いかがしつらんと《どうしたのであろうかと》待ちければ、童は、大宮を上りに《大宮大路を北へと》、泣く泣く行きけるを呼びければ、悦《よろこ》びて走り来にけり。殿居所《とのゐどころ》

三 両刃の剣に長い柄をつけた武器。

四 『今昔物語集』二三—一五に、「腹ヲ合セテ」とある。

五 底本に、「たうれたりけるを」とある。

六 大内裏の東面の門。陽明門の南、郁芳門の北に当る。

七 底本・伊達本・陽明本・古活字本に、「かひそひて」とある。

下手人の名のり

にやりて、着替へ取り寄せて、着替へて、もと着たりける袍《うへのきぬ》[一]、指貫《さしぬき》[二]には、血のつきたりければ、童して深く隠させて、童の口よく固めて《童によく口止めして》、太刀《たち》に血のつきたる、洗ひなどしたためて《洗ったりしてとりつくろって》、殿居所《とのゐどころ》にさりげなくて入り臥しにけり。

夜もすがら、わがしたるなど、聞えやあらんずらん《評判がたちはしないだろうかと》と、胸うち騒ぎて《胸がどきどきして》思ふほどに、夜明けてのち、ものども言ひ騒ぐ《人々ががやがや騒いでいる》。「大宮[三]、大炊御門《おほひのみかど》辺に、大きなる男三人、いくほども《いくらも》隔てず斬り伏せたる。あさましく《あきれるほどみごとに》使ひたる太刀かな。かたみに《たがいに》斬りあひて死にたるかと見れば、同じ太刀の使ひざまなり。敵のしたりけるにや《したことであろうか》。されど、盗人と覚《おぼ》しきさまぞしたる《思われる様子をしている》」など言ひののしるを《言い騒ぐのを》、殿上人ども、「いざ《さぁ》行きて見て来ん」とて、誘ひて行けば、行かじはや[四]《行きたくないなと》と思へども、行かざらんもまた心得られぬさまなれば《不審に思われることなので》、しぶしぶに去《い》ぬ《出ていった》。

車に乗りこぼれて《あふれるほどに乗って》、やり寄せて《その場に寄せつかせて》見れば、いまだともかくもしなさで《まだ取りかたづけもしないで》、置きたりけるに、年四十あまりばかりなる男の鬘鬚《かつらひげ》[五]なるが、無《む》

一 束帯のときに用いる上衣。
二 直衣や狩衣のときにつける袴。
三 大宮大路と大炊御門大路との交わるあたり。「大炊御門」は、郁芳門のことで、大内裏の東面の南端にある。
四 この「はや」は、文末につけて強調を表す。
五 鬘をつけたように多く生えた鬚。

文《もん》の袴に《模様のない袴に》、紺の洗ひざらしの[六]襖《あを》着、[七]山吹《やまぶき》の絹の[八]衫《かざみ》よくさらされたる着たるが、猪の[九]さやつかの[一〇]尻鞘《しりざや》したる太刀はきて、[一一]牛の皮の足袋に、[一二]沓《くつ》きりはきなして《きりっとはいて》、[一三]脇を掻き《さすり》、指《および》をさして、と向きかう向き《〔得意そうに〕あちらを向きこちらを向き》、もの言ふ男立てり。

何男にかと見るほどに、[一四]雑色《ざふしき》の走り寄り来て、「あの男の、盗人敵《かたき》にあひて、つかうまつりたる《いたしましたといっております》と申す」と言ひければ、嬉しくも言ふなる男かなと思ふほどに、車の前に乗りたる殿上人《てんじやうびと》の、「かの男召し寄せよ。子細問はん《わけを尋ねよう》」と言へば、雑色走り寄りて、召しもて来たり《召しつれてきた》。見れば、[一五]高面鬚《たかづらひげ》にて、頤《おとがひ》反り《あごがそりかえり》、鼻下りたり、赤鬚なる男の、血目《血走った目で》に見なして、片膝つきて、太刀の柄《つか》に手をかけてゐたり。

「いかなりつる事ぞ」と問へば、「この夜中ばかりに、ものへまかるとて《ある所へ参ろうとして》、ここをまかり過ぎつるほどに、ものの三人《誰かが》、『おれは《おまえは》、まさにまかり過ぎなんや《どうして通り過ぎることができようかと》』と申して、走り続きてまうで来つるを《かかって来たのを》、盗人なめりと思ひ給へて《盗人のようだと存じまして》、[一六]あへ競べ伏せて候ふなり《負けずに争いたたき伏せたのです》。今朝見れば、な[一七]

六 狩襖で、狩衣をさす。「襖」は、もともと武官の朝服で、腋《わき》のあいた袍《ほう》の類をさした。一般には、袷《あわせ》または綿入れの衣をいう。
七 山吹色、黄色。
八 単衣《ひとえ》で、汗取りの服。
九 『今昔物語集』二三―一五に、「逆頬《サカヅラ》ノ」とある。「さかづら」は、猪などの毛並みを逆立つようにしたもの。
一〇 雨露をしのぐために、太刀の鞘にかける袋。熊や鹿などの毛皮が用いられる。
一一 『今昔物語集』二三―一五に、「鹿ノ皮ノ沓履《クツハキ》タル有リ」とある。
一二 不詳。きりっとはきなす意か。
一三 得意そうにものを言うさま。
一四 雑役に従事する下男。
一五 盛りあがるような頬ひげか。『今昔物語集』二三―一五に、「頬ガチニテ」とある。
一六 底本に「あへくらへませて候也」とあるが、諸本によって改めた。
一七 『今昔物語集』二三―一五に、「己《オノレ》ヲ年来《トシゴロ》便《タヨリ》有ラバト思フ者共ニテ候ケレバ」とある。「みなし」は、「便なし」で、けしからぬの意か。

にがしをみなしと思ひ給ふべきやつばらにて候ひければ（私をけしからんと思っているようなやつらでございましたので）、敵《かたき》にて仕《つかまつ》りたりけるなめりと思ひ給ふれば（討ちとったようなものだと存じますので）、[一]しや頭どもをまつて、かく候ふなり」と、立ちゐゐぬ（立ったり坐ったり）、指《および》をさしなど、語りをれば、人々、「[二]さてさて」と言ひて、問ひ聞けば、いとど（ますます）狂ふやうにして、語りをる。そのときにぞ、人に譲りえて、面もたげられて見ける（やっと下手人を他人に譲ることができて顔ももちあげられて見ることができた）。気色《けしき》やしるからんと（〔自分が殺した〕様子がはっきりするのであろうと）、人知れず思ひたりけれど、われと名のる者の出で来たりければ、それに譲りてやみにしと（おわってしまったと）、老いてのちに、子どもにぞ語りける。

〔一三三〕 そら入水《じゅすい》したる僧の事

百日の懺法

これも今は昔、[三]桂川《かつらがは》に身投げんずる聖《ひじり》とて、まづ[四]祇陀林寺《ぎだりんじ》にして、[五]百日懺法《せんぽふ》行ひければ、近き遠き者ども、道もさりあへず（避けられないほどに）、拝みに行

一 『今昔物語集』二三―一五に、「シヤ頸取ラムト思給テ候フ也」とある。「しや」は、卑しめののしって言う接頭語。「まつて」は、未詳であるが、「きつて」の誤か。
二 底本に、「さてさて」はないが、諸本によって補った。
＊ 『今昔物語集』二三―一五には、これと同話に当るものが収められている。陸奥前司の橘則光が、盗賊を三人も倒しながら、別の男にその功を譲ったというものである。この則光の名は、清少納言の『枕草子』にも出てくるが、その武勇については、『江談抄』三に、「橘則光搦㆑盗事。又被㆑命云、橘則光於㆓斉信大納言宅㆒自搦㆑盗、勇力軼㆑人云々」と記されている。また、『権記』長徳四年一一月八日に、「惟風朝臣来云、藤中納言法師狂悪者也与㆓宰相中将宅牧童㆒相闘。童被㆑疵北走、法師追㆑之入㆓中将宅㆒。童北而去。法師走㆓上廊㆒、更追㆓中将㆒。于㆑時中将在㆓廊間㆒也。則光朝臣慮外来会、捕㆓法師㆒、即令㆔忠親朝臣送㆓別当㆒云々」と記されている。
三 京都市右京区桂町を流れる川。その上流は大堰川で、その下流は淀川に当る。
四 京都市上京区中御門京極の東にあった寺。長保二年（一〇〇〇）に、源融の子の仁康が、河原院の丈六の釈迦像を移したという。
五 百日間の法華懺法。法華懺法は、『法華経』を読

き違ふ女房車など隙《ひま》なし。見れば、三十あまりばかりなる僧の細《ほそ》やかなる、目をも人に見合はせず、ねぶり目にて《ねむったような目で》、時々[六]阿弥陀仏《あみだぶつ》を申す。そのはざまは《間は》、唇《くちびる》ばかりはたらくは《動くのは》、念仏なんめりと《念仏なのだろうと》見ゆ。また時々、そそと息を放つやうにして《ふっと息をはくようにして》、集《つど》ひたる者どもの顔を見わたせば、その目に《〔視線を〕》見合はせんと、集ひたる者ども、こち押し、あち押し、ひしめき合ひたり。

さて、すでに《いよいよ》その日のつとめては《早朝には》、[七]堂へ入りて、先にさし入りた《入っていた》る僧ども、多く歩み続きたり。尻に《後に》[八]雑役車《ざふやくぐるま》に、この僧は紙の衣《ころも》、袈《け》裟《さ》など着て乗りたり。何と言ふにか《言っているのか》、唇はたらく《唇がうごく》。人に目も見合はせずして、時々大息《おほいき》をぞ放つ。行く道に立ち並《な》みたる見物の者ども、[九]打《う》ち撒《ま》きを霰《あられ》の降るやうに[一〇]なか道す。聖、「いかに《なんと》、かく目鼻に入る、堪へがたし。志あらば、紙袋などに入れて、わがゐたりつる所《私がいた寺へ》へ送れ」と、時々言ふ。これを、無下《むげ》の者は《下賤の者は》、手を摺《す》りて拝む。すこしものの心ある者は《分別のある者は》、「などかうは《どうしてこのように》、この聖は言ふぞ。ただ今水

誦して、罪障を懺悔する法。

六「南無阿弥陀仏」と念仏する。阿弥陀仏は、極楽浄土の教主。

七 底本に「たへ入て」とあり、「た」の傍注に、「堂歟」とあるが、諸本によって改めた。

八 雑用に使う車。

九 魔よけにまき散らす米。また、神前に供する米をもいう。

一〇『大系』の注に、「『中道す』で、道をへだてる意か」とあるが、未詳。国史大系所引の一本に、「まきちらす」とある。

入水の道中

に入《い》りなんずるに《入ろうとするのに》、『ぎんだりへやれ[一]、目鼻に入る、堪へがたし』など言ふこそ怪しけれ《おかしいことだ》」など、ささめく《ささやく》者もあり。

往生の刻限

さて、やりもて行きて《［牛車を］進めていって》、七条の末[二]にやり出《いだ》したれば、京よりはまさりて、入水《じゅすい》の聖《ひじり》拝まんとて、川原の石よりも多く、人集《つど》ひたり。川端へ車やり寄せて立てれば《車を進めよせてとめると》、聖、「ただ今は何時ぞ」と言ふ。供なる僧ども、「申《さる》の下《くだ》り[三]になり候ひにたり《なりました》」と言ふ。「往生《わうじやう》[四]の刻限《こくげん》にはまだしかんなるは《まだ早いようだな》。いますこし暮らせ《暮れるまで待て》」と言ふ。待ちかねて、遠くより来たる者は帰りなどして、川原人すくなになりぬ。これを見《見》はてん《とどけようと》と思ひたる者は、なほ立てり《やはり立っている》。それが中に《その中に》僧のあるが、「往生には刻限やは定むべき《時刻を定めなければならないだろうか》。心得ぬことかな」と言ふ。

入水の失敗

とかく《かれこれ》言ふほどに、この聖たふさぎにて《ふんどし一つになって》、西に向かひて、川にざんぶりと入るほどに《ざんぶりと入ると》、舟端なる縄に足をかけて、づぶりとも《どんぶりとも》入らで、ひしめくほどに《あわてふためくうちに》、弟子の聖はづしたれば、さかさまに入りて、ごぶごぶとする《ごぼごぼと》を、男の川へおり下りて、よく見んとて立てるが、この

一 「祇陀林」の俗称か。
二 七条大路の西の果て。桂川に近いあたり。
三 午後四時すぎ。
四 けがれたこの世を去り、極楽浄土にいって生れること。
五 阿弥陀仏の浄土。五一頁注一〇参照。
六 僧侶の敬称。天台宗とその分派の諸宗でいう。
＊ 聖の入水に関する話として、『発心集』三―八では、みごとに入水に成功したようで、実はもののけと化していたといい、『沙石集』四―八では、しばしば入水に失敗しながら、ついには往生を遂げることができたという。本話の場合には、まもなく水に入ろうというのに、「うちまきの米は、紙袋に入れて、寺に送れ」というのであるから、まさにたくんだ芝居にほかならない。しかも、人人の憎しみをかって、石で頭をうちわられながら、「前の入水の上人」と名のったというあたりは、本書の五・六などのいかさま聖と通ずるものである。にせの入定については、後代の例であるが、『醒睡笑』一に、「娑婆《しやば》で見た弥次郎」のいわれが掲げられている。それによると、生き仏と仰がれた聖が、土中入定と

聖の手を取りて、引き上げたれば、左右の手して、顔払ひて、くぐみたる《〔口に〕含んでいた》水を吐き捨てて、この引き上げたる男に向かひて、手を摺りて、「広大の御恩蒙《かうぶ》り候ひぬ。この御恩は、極楽《ごくらく》[五]にて申し候はん《お返し申しましょう》」と言ひて、陸《くが》へ走り上《のぼ》るを、そこら《おおぜい》集まりたる者ども、童部《わらはべ》、川原の石を取りて、まきかくる《撒きかけるように投げつける》やうに打つ。裸なる法師の、川原下りに走るを、集《つど》ひたる者ども、受け取り受け取り《ひきつぎひきつぎ》打ちければ、頭打ち破《わ》られにけり。

この法師にやありけむ《あったろうか》、大和より瓜《うり》を人のもとへやりける文《ふみ》の上《うは》書《が》きに、「前《さき》の入水《じゆすい》の上人《しやうにん》[六]」と書きたりけるとか。

〔一三四〕日蔵上人《にちざうしやうにん》[七]、吉野山[八]にて鬼に逢ふ事

昔、吉野山の日蔵の君、吉野の奥に、行ひありき給ひけるに《修行してまわっていらっしゃったときに》、長《たけ》

前の入水の上人

いうふれこみで、土の中に埋められながら、ぬけ道から逃げてしまったという。三年の後に、その信者の弥次郎と出あって、そしらぬ顔もできないで、「げにもげにもよく思ひあはすれば、娑婆で見た弥次郎か」と言いはなったのは、まことに苦しい言いのがれであった。民間の笑話では、土佐中村の泰作や、豊後野津市の吉右衛門《きっちょむ》など、評判のおどけ者をめぐって、にせの天昇りのことが伝えられている。苗代や麦畑を踏ませるために、または餞別《せんべつ》や賽銭《さいせん》を集めるために、天に昇るから見にこいと触れまわる。いよいよその場になると、「今日は曇っているから」とか、「天気がわるいから」とか、つまらない理窟をこねたり、わざわざ「天昇りはあぶないものよ」と囃《はや》させて、「そうあぶなければやめよう」と、ふざけたことを言ったりして、さっさと梯子《はしご》から下りてしまうというものである。

日蔵と鬼

七 三善氏吉の子。はじめ道賢と名のり、蔵王の託宣で、後に日蔵と改めた。延喜一六年（九一六）に、一二歳で金峰山に入り、きびしい修行を重ねた。その伝記は、さまざまな奇瑞に満ちている。寛和元年（九八五）に、百余歳で没したという。

八 奈良県吉野郡の山。大峰山の北方につらなって、修験道の根本道場として知られる。

鬼の嘆き

七尺ばかりの鬼、身の色は紺青《こんじやう》の色にて、髪は火のごとくに赤く、首細く、胸骨《むなぼね》はことにさし出でて、いらめき《角だち》、腹ふくれて、脛《はぎ》は細くありけるが、この行ひ人に《行者に》あひて、手をつかねて《こまぬいて》、[一]泣くこと限りなし。

「これは《おまえは》何事する鬼ぞ」と問へば、この鬼、涙にむせびながら申すやう、「われは、この四五百年を過ぎての昔人にて候ひしが《ここ四五百年も過ぎた昔の人でございましたが》、人の《ある人の》ために恨みを残して、今はかかる鬼の身となりて候ふ。さて、その敵《かたき》をば、思ひのごとくに、取り殺してき《取り殺してしまった》。それが《その》子・孫・[二]曾孫《ひこ》・[三]玄孫《やしはご》にいたるまで、残りなく殺し果《は》てて、今は殺すべき者なくなりぬ。されば、なほかれらが生れ変りまかるのちまでも知りて《生れ変ってゆく先の先まで承知して》、取り殺さんと思ひ候ふに、つぎつぎの生れ所、つゆも《すこしも》知らねば、取り殺すべきやうなし《すべもない》。[四]瞋恚《しんい》の炎《ほのほ》は、同じやうに燃ゆれども、敵の子孫は絶え果てたり。ただわれ一人、尽きせぬ瞋恚の炎に燃えこがれて、せん方なき《どうしようもない》苦をのみ受け侍り。かかる心をおこさざらましか《このような心をおこさなかったならば》

一 底本に「泣く」はないが、諸本によって補った。
二 孫の子。
三 曾孫の子。
四 怒り恨むこと。仏教で三毒というのは、貪欲《どんよく》・瞋《しん》恚《い》・愚痴をさす。

ば、五極楽《ごくらく》六天上にも生れなまし《生れたでしょうに》。ことに《ことのほかに》恨みをとどめて、かかる身となりて、七無量億劫《むりやうおくごふ》の苦を受けんとすることの、せん方なく《どうしようもなく》悲しく候ふ。人のために恨みを残すは、しかしながら《そのまますべて》、わが身のためにて《わが身に返ってくることで》こそありけれ《あったのです》。敵《かたき》の子孫は尽き果てぬ。わが命はきはまりもなし《はてしもありません》。かねて《前もって》、このやうを知らましかば《こんな子細を知っていたならば》、かかる恨みをば、残さざらまし《残さなかったでしように》」と言ひ続けて、涙を流して、泣くこと限りなし。そのあひだに、頭《かうべ》より、炎やうやう《しだいに》燃え出でけり。さて、山の奥ざまへ《奥の方へ》歩み入りけり。

さて、日蔵の君、あはれと思ひて、それがために、さまざまの罪《罪》滅ぶべきことども《滅ぼしになるような》をし給ひけるとぞ。

〔一三五〕八丹後守保昌《たんごのかみやすまさ》下向の時、致経《むねつね》の父に逢ふ事

五 阿弥陀仏の浄土。五一頁注一〇参照。

六 天上界。天界。地上より上方に当る清浄な世界。欲界の六天、色界の十八天、無色界の四天をあわせていう。

七 はかり知れない長い時間。「劫」は、梵語の kalpa に当り、きわめて長い時間をいう。

日蔵のあわれみ

＊『扶桑略記』二五には、「道賢上人冥途記」というものが収められている。それによると、道賢すなわち日蔵は、金峰山《きんぷせん》で修行に励んでいたが、天慶四年八月二日に、にわかに息絶えて、同年八月一三日に、ようやくよみがえったという。その間の見聞として、菅原道真が、金峰山浄土にあって、太政威徳天と仰がれていたのに、醍醐天皇は、三人の家臣とともに、鉄窟《てつくつ》地獄で苦しんでいたと記されている。『十訓抄』五、『元亨釈書』九などにも、この日蔵が、冥途におもむき、醍醐天皇にあって、その苦しみを見とどけたことが、かなりなまなましく取りあげられている。本話では、同じ上人が、吉野の奥で、別の鬼にあって、その苦しみを訴えられたというもので、その鬼の悲しみが、まことにしみじみと語られている。

八 藤原氏。致忠の子。九三頁注八参照。「丹後守」は、丹後国の長官。丹後は、京都府の北部。

勇士の馬の立て方

これも今は昔、丹後守保昌《たんごのかみやすまさ》、国へ下りけるとき、与佐《よさ》[一]の山に、白髪の武士一騎逢ひたり。路の傍《かたはら》なる木の下に、うち入りて《はいって》立てたりけるを、国司の郎等《らうどう》[二]ども、「この翁《おきな》、など《どうして》馬よりおりざるぞ。奇怪《きくわい》なり《けしからぬ》。咎めおろすべし《責めただしておろすがよい》」と言ふ。ここに国司の言はく、「一人当千[三]の馬の立てやうなり《立て方である》。ただにはあらぬ人ぞ《普通ではない人だ》。咎むべからず」と、制《せい》して《とめて》うち過ぐるほどに、三町ばかり行きて、大矢の左衛門尉致経《さゑもんのじようむねつね》[四]、あまたの兵を具《ぐ》してあへり《連れてくるのに逢った》。国司会釈《ゑしやく》する《あいさつする時に》あひだ、致経が言はく、「ここに老者や一人逢ひ奉りて候ひつらん《このあたりで老いぼれ者一人がお目にふれましたでしょうか》。致経が父、平五大夫[五]に候ふ。堅固《けんご》[六]の田舎人《ゐなかびと》にて、子細を知らず《どなたか存じ上げず》、無礼《むらい》を現し候ひつらん《いたしましたでしょう》」と言ふ。致経過ぎてのち、「さればこそ《やはりそうか》」とぞ言ひけるとか。

一 京都府与謝郡の普甲山。丹波から丹後に越える道中に当る。
二 家来。一三一頁注五参照。
三 一人で千人に当るような勇士。
四 平致頼の子。左衛門大尉。『尊卑分脈』によると、治承三年（一一七九）に、四二歳で没したというが、致頼の年齢からみて、誤りと思われる。字の「大矢」は、弓の名手につけたもの。「左衛門尉」は、左衛門府の三等官。衛門府は、皇居の諸門の守護、行幸の先駆などをつかさどる役所。
五 平致頼。公雅の子。備中丞、従五位下。長保元年（九九九）に、平維衡と争って、隠岐へ流されたが、同三年（一〇〇一）に、都へ返された。寛弘八年（一〇一一）に没。源頼信、藤原保昌、平維衡とともに、四天王と称された。「平五」は、平氏の五男。「大夫」は、五位の称。
六 まったくの意。一説に、頑固な、素朴なの意という。
＊『古事談』四、『十訓抄』三にも、これと同話に当るものが収められている。致頼の器量は、馬の立て方にも表れていたが、保昌の見識は、そのことを見ぬいてしまったというもので、英雄は英雄を知るということばにふさわしい。本書二八とあわせて、保昌という人物が、よく示されている。

〔一三六〕出家功徳の事

神々の問答

これも今は昔、筑紫《つくし》[七]にたうさかのさへ[八]と申す、さいの神[九]まします。その祠《ほこら》に、修行しける僧の宿りて、寝たりける夜、夜中ばかりにはなりぬらんと思ふほどに（なったろうかと思うころに）、馬の足音あまたして、人の過ぐると聞くほどに、「さいはましますか（おいでですか）」と問ふ声す。この宿りたる僧、怪しと聞くほどに、この祠の内より、「侍り」と答ふなり（答えるようである）。またあさまし（思いがけない）と（ことだと）聞けば、「明日《あす》、武蔵寺《むさしでら》[一〇]にや参り給ふ」と問ふなれば、「さも侍らず（参りませんよ）。何事の侍るぞ」と答ふ。「明日武蔵寺に新仏出で給ふべしとて、梵天《ぼんてん》[一一]・帝釈《たいしゃく》[一二]・諸天[一三]・諸神集まり給ふとは知り給はぬか（ご存じないのですか）」と言ふなれば、「さることも、え承らざりけり（お聞きしていませんでした）。嬉しく告げ給へるかな（お知らせ下さったことです）。いかでか参らでは侍りつらん（どうして参らないでおられましょうか）。かならず参らんずる（参るつもりです）」と言へば、「さらば、明日の巳《み》[一四]の時ばかりのことなり。かならず参り給へ。待ち申さん」とて過ぎぬ。

老人の出家

この僧、これを聞きて、希有《けう》（珍しい）のことをも聞きつるかな、明日はものへ《かへ》（どこ）行かんと思ひつれども、このこと見てこそ（確かめてから）、いづちも行かめ（どちらへでも行こう）と

七 筑前・筑後の古称。転じて、九州の総称。

八 未詳。『今昔物語集』一九—一二に、「□坂ト云フ所ニ」とあって、一字欠字となっている。『宇治拾遺物語全註解』などによると、「かうさか」の誤写で、豊後国大分郡の高坂駅かという。

九 サエノカミ。境を守る神。『今昔物語集』一九—一二に、「道祖神《サヘノカミ》」とある。二一頁注七参照。

一〇 福岡県筑紫野市の武蔵寺か。

一一 仏法の守護神。二一頁注一四参照。

一二 仏法の守護神。二一頁注一四参照。

一三 天上界の諸神。『今昔物語集』一九—一二に、「四大天王・龍神八部」とある。

一四 午前十時ごろ。

思ひて、明くるや遅きと《夜の明けるのももどかしく》、武蔵寺《むさしでら》に参りて見れども、さる《そのような》気色《けしき》もなし。例《れい》よりは《いつもよりは》、なかなか《かえって》静かに、人も見えず。あるやうあらんと《何かわけがあるのであろうと》思ひて、仏の御前に候ひて、巳《み》の時を待ちゐたるほどに、いましばしあらば《もうすこしたつと》、一午《うま》の時になりなんず《なろうとする》、いかなることにかと《どういうことであろうかと》思ひゐたるほどに、二年七十あまりばかりなる翁《おきな》の、髪も禿《は》げて、白きとてもおろおろある《白髪といってもわずかばかり》頭に、三袋の烏帽子をひき入れて《ひきかぶって》、四もとも小さきが《もともと小さいのが》、いとど《いっそう》腰かがまりたるが、杖《つゑ》にすがりて歩む。尻に《後に》尼立てり。小さく黒き桶《をけ》に、何にかあるらん《何であろうか》、物入れて、五ひき提げたり。御堂に参りて、男は仏の御前にて、額《ぬか》二三度ばかりつきて《二三度ばかり礼拝をして》、六木欒子《もくれんず》の七念珠《ねんず》の、大きに長き《大きく長いのを》、押しもみて候へば、尼、その持《も》たる八桶を、翁の傍《かたはら》に置きて、「御房呼び奉らん《お坊さまをお呼びしましょう》」とて、去《い》ぬ。

　しばしばかりあれば、六十ばかりなる僧参りて、仏拝み奉りて、「何せむに呼び給ふぞ《何のためにお呼びになるのですか》」と問へば、「今日明日《けふあす》とも知らぬ身にまかりなりにたれば《なってしまいましたので》、この白髪《しらが》のすこし九残りたる剃《そ》りて、御弟子にならん

一　正午ごろ。
二　『今昔物語集』一九―一二に、「年七八十許《バカリ》ナル翁ノ黒キ髪モ无《ナ》クテ、白シトテモ所々有ル頭《カシラ》ニ」とある。
三　『今昔物語集』一九―一二に、「袋ノ様ナル烏帽子」とある。『貞丈雑記』に、「綾精好ニテ作ルなしうちゑぼしトイフ物ハ、古ノ袋ノ烏帽子トイフ物ノ類ナルベシ」とあり、『松屋筆記』には、「袋のゑぼしとは、今世の浅黄の頭巾などやうの物なるべし」とある。
四　『今昔物語集』一九―一二に、「本ヨリモ小カリケル男ノ、弥《イヨイ》ヨ膂屈《コシカガマリ》ヲレバ」とある。
五　『今昔物語集』一九―一二に、「尼臂《ヒヂ》ニ提《ヒサゲ》タリ」とある。
六　ムクロジ科の落葉喬木。球形の種子が、数珠《じゅず》玉に用いられた。
七　数珠。念仏などにつまぐって、その回数を数える道具。
八　伊達本・陽明本・古活字本に、「小桶を」とある。
九　伊達本に、「残りたるを」、陽明本・古活字本に、「のこりたるを」とある。

と思ふなり」と言へば、僧、目押しすりて《目をこすって》、「いと《まことに》貴《たふと》きことかな。さらば《それでは》、とくとく《早く早く》」とて、小桶なりつるは《小桶にはいっていたのは》湯なりけり、その湯にて、頭洗ひて、剃りて[一〇]戒《かい》授けつれば、また仏拝み奉りて、まかり出でぬ《帰っていった》。

そののち《そのあとは》、また異事《ことごと》なし《変ったこともない》。

さは《それでは》、この翁の法師になるを[一一]随喜《ずいき》して、[一二]天衆《てんしゆう》も集まり給ひて、新仏の出でさせ給ふとはあるにこそありけれ《あらわれておいでになるということであったのだ》。[一三]出家随分《ずいぶん》の功徳《くどく》とは、今に始めたることにはあらねども、まして、若く盛りならん人の、よく[一四]道心おこして、随分にせん者《分に応じて修行をする》の功徳、これにて《このことで》、いよいよ推し量られたり。

〔一三七〕 [一五]達磨《だるま》、[一六]天竺《てんぢく》の僧の行ひ見る事

昔、天竺に一寺あり、住僧もつとも《ことのほか》多し。達磨[一七]和尚《をしやう》、この寺に入

一〇 仏教徒として守るべきおきて。
一一 他人の善行にしたがって、喜びの心を表すこと。
一二 四天王・梵天《ぼんてん》・帝釈天《たいしやくてん》など、天部に属する神々。
一三 俗界を出て、仏門に入ることは、それぞれの分限に応じて、現世・来世の幸福をもたらすということ。「功徳」は、現世・来世の幸福をもたらすもととなる善行。

出家の功徳

一四 仏果を求める心。仏教を信ずる心。
＊『今昔物語集』一九—一二に、これと同話に当るものがみられる。出家の功徳について説かれているが、その発端において、修行の僧が、サエの神の祠《ほこら》に泊って、神々の問答を聞くという趣向は、『今昔物語集』一二—三四などとくらべられ、「産神問答」の昔話とも通ずるものといえよう。
一五 梵語の Bodhidharma に当る。五〜六世紀の人で、禅宗の祖。南インドのバラモン国王の第三子。梁の武帝のときに、中国に渡って少林寺に住み、慧可に禅の奥儀を伝えた。
一六 インドの古称。
一七 梵語の khosa に当り、師の意。

老僧の囲碁

りて、僧どもの行ひ（修行を）を窺《うかが》ひ見給ふに、ある坊[一]には念仏し、経を読み、さまざまに行ふ（修行している）。ある坊[二]を見給ふに、八九十ばかりなる老僧の、ただ二人ゐて（坐って）、囲碁《ゐご》[三]を打つ。仏もなく、経も見えず、ただ囲碁を打つほかは、他事なし（別に何事もない）。達磨、くだんの坊を出でて、他の僧に問ふに、答へて言はく、「この老僧二人、若きより、囲碁のほかは、することなし。すべて、仏法の名をだに聞かず。よつて、寺僧憎みいやしみて、交会《けうくわい》することなし（交際することはない）。むなしく（むだに）僧供《そうぐ》[四]を受く。外道《げだう》[五]のごとく思へり」と云々。

和尚これを聞きて、定めて様《やう》あるらんと（わけがあるだろうと）思ひて、この老僧が傍《かたはら》にゐて、囲碁打つ有様を見れば、一人は立てり（立ちさり）、一人はをりと見るに（いると見えたのに）、忽然《こつぜん》（にわかに）として失せぬ（見えなくなった）。怪しく思ふほどに、立てる僧は帰りゐたり（帰って坐っていると）とみるほどに、またゐたる僧失せぬ。見れば、また出《い》できぬ。さればこそ（やはりそうか）と（と）思ひて、「囲碁のほか、他事なしと承るに、証果《しようくわ》[六]の上人《しやうにん》[七]にこそ（上人で）おはしけれ（いらっしゃったのだ）。その故を奉らん（お聞きしましょう）[八]」とのたまふに、老僧答へて言はく、

煩悩と菩提

一 底本に「式房にハ」とあるが、諸本によって改めた。「坊」は、僧の住む所。
二 底本に「式房を」とあるが、諸本によって改めた。
三『今昔物語集』四―九に、「碁ヲ打ツ」とある。
四 僧侶に供養される食物、金銭など。
五 仏教の立場から、仏教以外の教学をいう。邪説、邪法の意に解される。
六 修行によって、悟りの果を得ること。
七 僧侶の敬称。
八 古活字本などに、「問奉らん」とある。『今昔物語集』四―九に、「承ハラム」とある。

「年ごろ《長年の間》、このことよりほかは、他事なし。ただし、黒勝つときは、わが煩悩《ぼんなう》[九]勝ちぬと悲しみ、白勝つときは、菩提《ぼだい》[一〇]勝ちぬと悦《よろこ》ぶ。打つに随ひて、煩悩の黒を失ひ、菩提[一一]の白の勝たんことを思ふ。この功《く》徳《どく》[一二]によりて、たちまちに証果の身となり侍るなり」と云々。

和尚、坊を出でて、他僧に語り給ひければ、年ごろ、憎みいやしみつる人々、後悔して、みな貴みけりとなん《尊敬したということである》。

〔一三八〕 提婆菩薩《だいばぼさつ》[一三]、龍樹菩薩《りゆうじゆぼさつ》[一四]のもとに参る事

昔、西天竺《さいてんぢく》[一五]に、龍樹菩薩と申す上人まします。智恵甚深《じんしん》なり《まことに深い》。また、中天竺《ちゆうてんぢく》[一六]に、提婆菩薩と申す上人、龍樹の智恵深きよしを聞き給ひて、西天竺に行き向かひて、門外に立ちて、案内を申さんとし給《請おうと》ふところに、御弟子外《ほか》より来給ひて、「いかなる人にてましますぞ《どういうお方でいらっしゃいますか》」

九 梵語の klesa に当る。人間の心身を悩ますすべての欲望。

一〇 梵語の bodhi に当る。煩悩を断って、真理を悟りえた境地。

一一 底本に「𦬇」とあり、「菩薩」とよまれるが、諸本によって、「𦬀」の誤りで、「菩提」に当るものと認められる。

一二 現世・来世の幸福をもたらすもととなる善行。

＊『今昔物語集』四—九に、これと同話に当るものがみられる。囲碁の道によって、証果の身となったというもので、善悪の念と白黒の石との対比は、『賢愚経』一三—六〇から出ており、『法苑珠林』三四の摂念篇引証部にも引かれている。

一三 梵語の deva に当る。三世紀ごろの人で、三論宗の祖と仰がれる。南インドのバラモン族の出身。龍樹の弟子。

龍樹と提婆

一四 梵語の Nagarjuna に当る。二〜三世紀の人で、八宗の祖と仰がれる。南インドのバラモン族の出身。大龍菩薩について、大乗経典をきわめ、大乗仏教をひろめた。菩薩は、仏の次の位に当る。

一五 インドの西部。

一六 インドの中部。

と問ふ。提婆菩薩《だいばぼさつ》答へ給ふやう、「大師の智恵深くましますよし《おいでになることを》承りて、冷難《一》をしのぎて《のりこえて》、中天竺《ちゆうてんぢく》よりはるばる参りたり」、このよし申す《この旨を申し上げていただきたいということをおっしゃる》べきよしのたまふ。御弟子、龍樹《りゆうじゆ》に申しければ、小箱に水を入れて出《いだ》さる。提婆心得給ひて、衣の襟《えり》より針を一つ取り出《いだ》して、この水に入れて返し奉る。これを見て、龍樹おほきに驚きて、「早く入れ奉れ」とて、坊中《二》を掃《は》き清めて、入れ奉り給ふ。

水と針とのたとえ

御弟子怪しみ《三》思ふやう、水を与へ給ふことは、遠国よりはるばると来給へば、疲れ給ふらん、喉潤《のどうるほ》さんためと心得たれば、この人、針を入れて返し《四》給ふ、大師驚き給ひて、敬ひ給ふこと、心得ざることかなと思ひて、後に大師に問ひ申しければ、答へ給ふやう、「水を与へつるは、わが《五》智恵は、小箱の内の水のごとし、しかるに《ところで》、なんぢ、万里をしのぎて来る、智恵を浮かべよとて、水を与へつるなり。上人、そらに《暗にそのお心を知って》御心を知りて、針を水に入れて返すことは、わが《〔提婆の〕》針ばかりの智恵をもつて、なんぢが大海の底を極めんとなり《あなたの大海のような広い知恵の底を極めようというのだ》。なん

一 伊達本に、「冷難」とあって、「冷」の傍注に、「嶮歟」とあり、古活字本などに、「嶮難」とある。『今昔物語集』四―二五に、「道遠ク遥ニ峻《サガシ》クシテ、輙《タヤス》ク可趣《オモムクベ》キ所ニモ非ズ。加之《シカノミナラズ》、年老ヒ身羸《ツカ》レテ歩ヲ運ブト云ヘドモ、其ノ道難堪《タヘガタ》シ。雖然《シカリトイヘド》モ、只仏法ヲ習ヒ伝ヘム心深キニ依テ、仏法ヲ可伝《ツタフベ》キ縁有ラバ、自《オノ》然《ツカ》ラ参リ着キナムト思《オモヒ》テ、身命《シンミヤウ》ヲ不顧《カヘリミ》ズシテ参着《マヰリツキ》タル也」とある。

二 僧坊の中。「坊」は、僧の住む所。

三 伊達本・陽明本に、「あやしと」とある。

四 伊達本・陽明本・古活字本に、「返し給に」とある。

五 『今昔物語集』四―二五に、「水入レタル器物《ウツハモノ》ハ雖小《チヒサシトイヘド》モ万里ノ景《カゲ》ハ浮ブ事也。我ガ智恵ハ小キ箱ノ水ノ如クナレドモ、汝ガ万里ノ智恵ノ景ヲ此ノ小キ箱ニ浮べヨトテ、箱ニ水ヲ入レテ与フル也」とある。

ぢら、年ごろ随逐《ずいちく》すれども《つき従っているが》、この心を知らずして、これを問ふ。上人は、始めて来たれども、わが心を知る。これ、智恵のあるとなきとなり」云々。

すなはち《そこで》、瓶水《ひやうすい》を移すごとく、法文を習ひ伝へ給ひて、中天竺に帰り給ひけりとなん。

〔一三九〕慈恵僧正《じゑそうじやう》[六]、受戒《じゆかい》[七]の日延引《えんいん》の事

慈恵僧正良源 永観三年正月三日入滅、七十三歳、近江の国の人なり 座主《ざす》[八]のとき、受戒行ふべき定日《ぢやうにち》、例のごとく催し儲けて《用意をして》、座主の出仕を相待つの所に、途中よりにはかに帰り給へば、供の者ども、こはいかにと《これはどうしたことかと》、心得がたく思ひけり。衆徒《しゆと》[九]、諸職人《しよしきじん》[一〇]も、「これほどの大事、日の定まりたることを、今となりて、さしたる障りもなきに《たいした障害もないのに》、延引せしめ給ふこと《お延ばしになることは》、し

＊『今昔物語集』四—二五に、これと同話に当るものがみられる。『大唐西域記』一〇の「憍薩羅国」の条から出て、かなりよく知られている。本書一三五などと同じように、達人は達人を知るというものである。

慈恵僧正の通力

六 木津氏。第一八代天台座主。大僧正。永観三年（九八五）に、七四歳で没。

七 初めて仏門に入る者が、師から戒律を受けること。

八 寺の事務を総轄する僧職の首座。ここでは、天台座主で、延暦寺の貫主をいう。

九 寺院にあって雑務にあたった僧、僧兵の意にも用いられる。

一〇 法会にあたって梵唄《ぼんばい》や散華《さんげ》などの雑事に従う僧。

かるべからず《ろしくない》」と、謗《はう》する《そしる》こと限りなし。諸国の沙弥《しやみ》[一]らまでことごとく参り集まりて、受戒《じゆかい》すべきよし思ひゐたる所に《戒を受けようと思っていた所に》、横川《よかは》[二]の小綱《せうかう》[三]を使ひにて、「今日《けふ》の受戒は延引なり《延期となる》。重ねたる催しに《再度の計画によって》随《したが》ひて、行はるべきなり」と、仰せ下しければ、「何事によりてとどめ給ふぞ《どういうわけがあっておやめになったのか》」と問ふ。使ひ、「またく《まったく》その故《ゆゑ》を知らず。ただ早く走り向かひて、このよしを申せとばかりのたまひつるぞ」と言ふ。集まれる人々、おのおの心得ず思ひて、みな退散しぬ。

かかるほどに、未《ひつじ》[四]の時ばかりに、大風吹きて、南門[五]にはかに倒れぬ。そのとき、〔僧正は〕人々この事あるべしとかねて《前もって》悟《さと》りて、延引せられけると《延ばされたのだと》[六]思ひ合はせけり。受戒行はれましかば、そこばくの《多くの》人々、みな打ち殺されなましと《打ち殺されたのであろうと》、感じののしりけり《感動し評判した》。

〔一四〇〕内記上人《ないきしやうにん》[七]、法師陰陽師《ほふしおんやうじ》[八]の紙冠《しくわん》[九]を破る事

一 梵語の srāmanera に当る。仏門に入って、得度式を終えたばかりの未熟な僧。さらに、具足戒を受けて、比丘・比丘尼に進む。

二 比叡山三塔の一。その中堂は、首楞厳院《しゆりようごんいん》といって、円仁の建てたもの。

三 寺院の役僧の一であろうが、よく分らない。三綱の中の都維那で、僧衆の雑事をつかさどる役か。『二中歴』四「綱所」に、「中小綱（伝燈法師位）」とある。

四 午後二時ごろ。

五 『打聞集』一七に、「戒壇門」とある。

六 底本に「延引せられけせられけると」とあるが、諸本によって改めた。

＊『打聞集』一七に、「慈恵僧正、山座主御時、授戒行ずる日、頓延引有けり、戒者集けれど、帰了。衆人不ㇾ得ㇾ思処也云々。其日未時許戒壇門、風不ㇾ吹頓倒者、人々其故知云々」と記されている。良源の超人性については、本書六九で、みごとに炒り豆を挟んだことにも示されている。

七 慶滋保胤《よししげのやすたね》。賀茂忠行の子。菅原文時に学んで、その文才をうたわれた。大内記、近江掾、従五位下。寛和二年（九八六）に出家。増賀、源信に学んで、播磨の八徳山に住んだ。長徳三年（九九七）に、如意輪寺で没。その著には、『日本往生極楽記』などがある。「内記」は、中務省の官で、大内記、少内記にわかれ

法師陰陽師の罪業

内記上人寂心《じゃくしん》といふ人ありけり。一〇道心堅固《けんご》の人なり。「堂を造り、塔を建つる、最上の一一善根《ぜんこん》なり」とて、一二勧進《くわんじん》せられけり。材木をば、一三播磨の国に行きて、取られけり《買いつけられた》。ここに、法師陰陽師、紙冠を着て、一四祓《はらひ》するを見つけて、あわてて馬よりおりて、走り寄りて、「何わざ《何ごとをな》し給ふ《さる》御坊ぞ」と問へば、「祓し候ふなり」と言ふ。「何しに《何のために》紙冠をばしたるぞ《着けているのですか》」と問へば、「一五祓戸《はらひど》の神たちは、法師をば忌《い》み給へば、祓するほど《間は》、しばらくして侍るなり《しばらくは紙冠をつけるのです》」と言ふに、一六上人声をあげて、おほきに泣きて、陰陽師に取りかかれば《つかみかかると》、陰陽師心得ず仰天《ぎやうてん》《びっくり》して、祓をしさして《途中でやめて》、「これはいかに」と言ふ。祓せさする人も《祓いをさせる人も》、あきれてゐたり。上人、冠を取りて引き破りて、泣くこと限りなし。「い《何》かに知りて《と承知して》、御坊は仏弟子となりて、祓戸の神たち憎み給ふといひて、一七如来《にょらい》の忌み給ふ《お嫌いになる》ことを破りて、しばしも《しばらくでも》一八無間《むけん》地獄《ぢごく》の業《ごふ》をば《罪業をば》つくり給ふぞ。まことに悲しきことなり。ただ寂心を殺せ」と言ひて、

る。詔勅や宣命をつくり、また宮中の記録をつかさどる役。「上人」は、有徳の僧の敬称として用いられる。

八 僧の姿をした陰陽師。「陰陽師」は、陰陽寮に属して、日時や方角などの吉凶をうらなう者。
九 陰陽師などが額につける三角形の紙。
一〇 仏道に帰依する心。菩提心。
一一 よい結果をまねくもととなる行為。
一二 人に勧めて、金や物などを寄進させること。
一三 兵庫県の西南部。
一四 神に祈って、罪や穢《けが》れなどを除き去る儀式。
一五 祓をする所を守る神。大祓の祝詞によると、瀬織津比咩神《せおりつひめのかみ》・速開津比咩神《はやあきつひめのかみ》・気吹戸主神《いぶきどぬしのかみ》・速佐須良比咩神《はやさすらひめのかみ》の四神《かみ》が、この世の罪・穢れを流しはらうという。
一六 僧侶の敬称。
一七 梵語の tathāgata に当り、真如の世界からあらわれ出たものの意。仏陀の尊称。
一八 八大地獄の第八で、間断なく苦をうける地獄の意。五逆罪を犯したものがおちて、永遠の責め苦をうけるという。

取りつきて泣くことおびたたし《ひととおりでない》。陰陽師《おんやうじ》の言はく、「仰せらるること、もとも《もっとも》道理なり。世の過ぎがたければ《暮しにくいので》、さりとては《それはそれとして》とて、かく《このよ》のごとく《うに》仕る《つかまつ》なり。しからずは《そうしなければ》、何わざをしてかは《どのようなことをして》、妻子をば養ひ、わが命をも続ぎ《つ》侍らん《つなぎましょうか》。道心なければ《菩提心がないので》、上人にもならず。法師のかたちに侍れど、俗人のごとくなれば、後世《ごせ》のこといかがと、悲しく侍れど、世のならひにて侍れば、かやうに侍るなり《このようにしたのです》」と言ふ。上人の言ふやう、「それはさもあれ《それはそうとしても》、いかが三世《さんぜ》[一]如来の御首に、冠をば著《き》給ふ。不幸に堪へずして《貧乏に堪えられないで》、かやうのこととし給はば、堂造らん料に《堂をつくるために》、勧進《くわんじん》し集めたる物どもを、なんぢに与へん。一人《一人の人を》[二]菩提《ぼだい》に勧むれ《すす》ば、堂寺造るにすぐれたる《造るよりもまさった》功徳《くどく》[三]なり」と言ひて、弟子どもを遣はして、材木取らんとて、勧進し集めたる物を、みな運び寄せて、この陰陽師に取らせつ《与えた》。さて、わが身は、京に上り給ひにけり。

一 過去・現在・未来の三世にわたる一切の諸仏。僧も仏に属するので、仏の首についていう。

二 さまざまな煩悩を断って、不生不滅の真理をさとった境地。

三 現世・来世の幸福をもたらす源《もと》となるよい行い。

＊『今昔物語集』一九―三の前半に、これと同話に当るものがみられる。僧形の陰陽師としては、『日本書紀』持統天皇六年に、「陰陽博士沙門法蔵・道基」というものが現れる。『枕草子』の「見ぐるしきもの」にも、「法師陰陽師の紙かうぶりして祓へしたる」というのがあげられている。そして、『今昔』一九―三に示されたように、慶滋保胤すなわち寂心も、陰陽師の賀茂忠行の子であって、やはり陰陽道の方面に通じていたと思われる。また、そのおとずれた播磨国が、まさに陰陽師の拠点であったということは、『今昔物語集』一四―四四・二四―一六の法師陰陽師、同書二四―一九の智徳法師、本書一八四の道摩法師などの例からもうかがわれる。

四 つねに法華経を読誦する僧。

五 伝未詳。『続本朝往生伝』によると、延暦寺の僧。つねに法華経を誦して、験力にすぐれていたという。

六 『今昔物語集』一二―三五に、「閑院ノ大政大臣ト申ス人御《オハシ》ケリ。名ヲバ公季ト申ス」とある。冬嗣は誤りで、公季が正しい。藤原公季は、師輔の子。内大臣、左大臣、東宮傅などを経て、従一位太政大臣に至る。

〔一四一〕 持経者《ぢきやうしや》[四]叡実《えいじつ》[五]、効験の事

昔、閑院大臣殿《かんゐんの》[六]冬嗣《ふゆつぐ》、三位中将[七]におはしけるとき、わらは病み[八]重《や》く煩《わづら》ひ給ひけるが、「神名《じんみやう》[九]といふ所に、叡実といふ持経者なん、わらは病みはよく祈り落し給ふ」と申す人ありければ、「この持経者に祈らせん」とて行き給ふに、荒見川[一〇]の程にて、早うおこり給ひぬ。寺は近くなりければ、これより帰るべきやうなしとて、念じて神名におはして、坊[一一]の簷《のき》[一二]に車を寄せて、案内を言ひ入れ給ふに、「近ごろ、蒜《ひる》[一三]を食ひ侍り」と申す。しかれども、「ただ上人《しやうにん》[一四]を見奉らん。ただ今まかり帰ること、かなひ侍らじ」とありければ、「さらば、はや入り給へ」とて、坊の蔀《しとみ》[一五]、下し立てたるを取りて、新しき莚《むしろ》敷きて、「入り給へ」と申しければ、入り給ひぬ。

持経者沐浴《もくよく》して、とばかりありて、出で合ひぬ。長《たけ》高き僧の、瘦《や》

長元二年（一〇二九）に、七三歳で没。

七 近衛中将で、三位に昇った人。公季は、貞元元年（九七六）に近衛中将となり、天元四年（九八一）に従三位となった。

八 伊達本・陽明本に、「わらは病を」、古活字本に、「わらはやみを」とある。「わらは病み」は、瘧《ぎやく》、おこり。間歇熱《かんけつねつ》の一種、マラリヤの類。

瘧病《ぎやくびやう》の苦しみ

九 『本朝法華験記』に、「神明寺睿実法師」とあり、『今昔物語集』一二—三五に、「京ノ西ニ神明ト云フ山寺有リ。其ニ睿実ト云フ僧住ケリ」とある。『小右記』天元五年六月三日の条に、「伝聞、一昨夜左近少将惟章、右近将監遠理、密到二神名寺一、以三叡実二令レ剃レ頭」とある。神名は、神明と通ずるが、所在は未詳。

一〇 紙屋川。『今昔物語集』一二—三五に、「賀耶河」とある。京都市上京区の鷹ケ峯から発して、京都市の北西部を流れて、御室川に合して桂川に入る。

一一 僧のすむ所。

一二 「簷」は、軒に同じ。

一三 小蒜《こひる》と大蒜《おおひる》との総称。ここでは、大蒜すなわちニンニクをさす。臭みが強く、風邪の薬に用いられる。『今昔物語集』一二—三五に、「風病ノ重ク候ヘバ、医師ノ申スニ随テ蒜ヲ食テ候ヘドモ」とある。

一四 僧の敬称。

一五 格子の裏に板を張ったもの。六二頁注七参照。

叡実の祈り

せさらぼひて《やせこけて》、見るに《見るからに》貴《たふと》げなり。僧申すやう、「風重く侍るに《風邪がひどいので》、医《くす》師《し》の申すに随ひて、蒜《ひる》を食ひて候ふなり。それに《それなのに》、かやうにおはし《おいでにな》まし《りましたので》候へば、いかではとて《どうあってもと思って》、参りて候ふなり。[一]法華経は[二]浄不浄をきらはぬ経にてましませば、読み奉らん［蒜を食べたからとて］、何でふことか候はん《どういうことがございましょ》」とて《うか》、[三]念珠《ねんず》を押し摺《す》りて、そばへ寄り来たるほど、もとも頼もし《何とも頼もしいことだ》。御頸に手を入れて、わが膝を枕にせさせ申して、[四]寿量品《じゆりやうぼん》を打ち出して《高い声を出して》読む声、いと貴し。さばかり《これほどまでに》貴きこともありけりと覚ゆ。[五]すこしはがれて、高声《かうしやう》に誦《よ》む声、まことに[六]あはれなり。[七]持経者、目より大きなる涙をはらはらと落して、泣くこと限りなし。そのとき覚《さ》めて、御ここちいとさはやかに、残りなく《すっかり》よくなり給ひぬ。かへすがへす《繰り返し繰り返し》、後の世まで契《ちぎ》りて、帰り給ひぬ。それよりぞ、有験《うげん》の名は高く《効験があるという評判は高く》、広まりけるとか。

一　『妙法蓮華経』。大乗経典の中でも、もっとも高遠な妙法を説いたもの。
二　底本に「降不浄を」とあるが、諸本によって改めた。僧侶は蒜類を食べると、不浄に当るというので、肉食と同じように、これを禁じられていた。
三　数珠《じゅず》。
四　『法華経』第六巻第一六品の如来寿量品。病気平癒、延命息災のために読まれた。
五　未詳。「すこししはがれて」か。
六　底本に「裏也」とあるが、諸本によって改めた。
七　『今昔物語集』一二―三五に、「持経者、目ヨリ涙ヲ落シテ、泣《ナク》々《ナ》ク誦《ジユ》スルニ、其ノ涙、病メル者ノ温《アタタマリ》タル胷《ムネ》ニ氷《ヒヤ》ヤカニテ懸《カカレ》ルガ、其レヨリ氷《ヒ》エ弘ゴリテ、打チ振ヒ度々《ドド》為ル程ニ、寿量品三返許《バカリ》押シ返シ誦スルニ、醒《サ》メ給ヌ」とある。

＊　異本『紫明抄』若紫に、「宇治大納言物語、山寺へおはする事」として、これと同話に当るものが引かれている。『本朝法華験記』中―六六、『今昔物語集』一二―三五などにも、叡実に関する記事がみられる。それらの二書では、この人物の生涯をたどりながら、そのほかの奇跡や善行についても記されているが、本書では、法華経読誦の功によって、病者治療の霊験を顕したことだけが取りあげられている。

〔一四二〕 空也上人《こうやしやうにん》[八]の臂《ひぢ》、観音院の僧正祈り直す事

臂ののびる祈り

昔、空也上人申すべきことありて、一条大臣殿[九]に参りて、蔵人所《くらうどどころ》[一〇]に上りてゐたり。余慶《よけい》[一一]僧正、また参会し給ふ《来あわされる》。物語などし給ふほどに、僧正ののたまふ、「その臂は、いかにして折り給へるぞ」と。上人の言はく、「わが母[一二]、もの妬《ねた》みして《腹を立てて》、幼少のとき、片手を取りて投げ侍りしほどに、折りて侍るとぞ聞き侍りし。幼稚《えうち》のときのことなれば、覚え侍らず。かしこく左にて侍る《さいわいに左手でございました》。右手折り侍らましかば《折っておりましたら「さぞ不自由でしょうに」》」と言ふ。僧正のたまふ、「そこは《あなたは》貴き上人にておはす。天皇の御子とこそ人は申せ。いとかたじけなし《まことに恐れ多いことです》。御臂[一三]、試みに祈り直し申さんはいかに」。上人言はく、「もつとも悦《よろこ》び侍るべし《うれしゅうございます》。まことに貴く侍りなん。これ加持《かぢ》[一四]し給へ」とて、近く寄れば、殿中の人々集まりて、これを見る。そのとき、僧正、頂《いただき》より《頭上から》黒煙《くろけぶり》を出《いだ》して、加持し

八 醍醐《だいご》天皇の皇子とも、常康親王の子ともいう。二〇余歳で、尾張国分寺で剃髪《ていはつ》。天暦二年（九四八）に、比叡山に登って、大乗戒を受け、光勝と称した。市中で念仏を勧めて、市の聖とも阿弥陀聖とも呼ばれた。天禄三年（九七二）に、七〇歳で没。

九 源雅信。敦実親王の子。皇太子傅、左大臣、従一位。正暦四年（九九三）に、七四歳で没。

一〇 蔵人の詰所。ここでは、大臣家に属するもの。

一一 筑前早良の人。園城寺長吏、法性寺座主を経て、永祚元年（九八九）に、第二〇代天台座主となる。正暦二年（九九一）に、七三歳で没。

一二『打聞集』二六に、「母嫉物シテ子ナリケルヲリ、片枝ヲ取テ投ラレテ地落テ切」とあり、『撰集抄』八に、「これは幼くて高き所より落ちて打折て侍り」とあり、『元亨釈書』一一に、「我稚孩時、父母相娼《ネタム》。母恚捉㆑我投㆑地。自㆑爾左臂不㆑順」とある。

一三『打聞集』二六に、「ミ臂心見ニ加持セム、何思給フベキ」とある。

一四 真言宗の密教で、印を結び、陀羅尼《だらに》を唱え、観念をこらして、仏神を念ずること。

給ふに、しばらくありて、曲れる臂《ひぢ》、はたとなりて（パシリと鳴って）延《の》びぬ。すなはち、右の臂のごとくに延びたり。上人、涙を落して、三度礼拝す。見る人みな、ののめき（騒ぎたてて感心し）感じ、[一]あるいは泣きけり。

その日、上人、供に若き[二]聖《ひじり》三人具《ぐ》したり（連れていた）。一人は、縄をとり集むる聖なり。道に落ちたる古き縄を拾ひて、壁土に加へて、古堂の破れたる壁を塗ることをす。一人は、瓜《うり》の皮を取り集めて、水に洗ひて、[三]獄衆《ごくしゅう》に与へけり。一人は、[四]反古《ほうご》の[五]落ち散りたるを拾ひ集めて、紙にすきて、経を書写し奉る。その反古の聖を、臂直りたる[六]布施《ふせ》に、僧正に奉りければ、悦《よろこ》びて弟子になして、義観と名づけ給ふ。ありがたかりける（めったになく尊かった）ことなり。

〔一四三〕 [七]増賀上人《ぞうがしやうにん》、三条の宮に参りふるまひの事

一 底本に「式は」とあるが、諸本によって改めた。
二 ここでは、僧侶、出家をさす。
三 牢獄に入れられた囚人。
四 ほご紙。不用になった紙。『打聞集』二六に、この「ホグノ聖」について、「其ホグノ聖、名は起経《キキャウ》トナム云シ」とある。

三人の若い聖

五 底本に「落ち散りたるを拾ひ集めて、紙にすきて、経を書写し奉る。その反古の」はないが、諸本によって補った。
六 仏や僧に喜捨する金銭や品物。
＊『園城寺伝記』六所引の『宇治大納言物語』をはじめ、『打聞集』二六、『撰集抄』八、『元亨釈書』一一の余慶伝などに、これと同話に当るものがみられる。普通の人ではなく、空也という聖に対して、その法力を示したというところに、その偉大さをうかがうことができる。『元亨釈書』の余慶伝には、この奇特について、「時人曰二弥陀之病明王之医一」と記されている。
七 底本をはじめ、諸本にも、「僧賀」とあるが、諸記録によって改めた。橘恒平の子。良源の弟子。応和三年（九六三）に、多武峯に籠居。長保五年（一〇〇三）に、八七歳で没。

増賀の参上

昔、多武峯《たむのみね》[八]に増賀上人とて、貴き聖[九]おはしけり。きはめて心たけしく（気性が激しく）おはしけり。ひとへに名利《みやうり》[一〇]を厭《いと》ひて（きらって）、すこぶるもの狂はしく（まるで気がふれたように）なん、わざとふるまひ給ひけり。三条大后《おほきさい》[一一]の宮、尼にならせ給はんとて、戒師《かいし》[一二]のために、〔増賀を〕召しに遣《つか》はされければ、「もとも《もっとも》貴きことなり。増賀こそは、まことになし奉らめ[一三]」とて参りけり。弟子ども、この御使ひを嗔《いか》りて、打ち給ひなんどやせんずらん（お打ちなさりなどするのではないか）と思ふに、思ひのほかに心やすく参り給へば（ご参上になったので）、ありがたき（めったにない）ことに思ひあへり。

みだらな放言

かくて、宮に参りたるよし申しければ、〔宮では〕悦びて召し入れ給ひて、尼になり給ふに、上達部《かんだちめ》[一四]、僧ども、多く参り集まり、内裏《だいり》より御使ひなど参りたるに、この上人は、目は恐ろしげなるが、体《てい》も（様子も）貴げながら、煩《わづら》はしげになんおはしける（加減が悪そうでいらっしゃる）。さて、御前に召し入れて、〔御帳の内から〕御几《き》[一五]帳《ちやう》のもとに参りて、出家の作法して、めでたく（美しく）長き御髪《みぐし》をかき出して、この上人にはさませらる（鋏で切らせられる）。御簾《みす》の中に、女房たち見て、泣くこと限りなし。はさみ果てて、出でなんとするとき、上人、高声《かうしやう》に言

八 奈良県桜井市の南端。山上に多武峯寺（妙楽寺）があったが、鎌足の子定恵の建立にかかり、談山神社の前身に当る。

九 ここでは、高徳の僧をさす。

一〇 名誉と利益。

一一 「大后の宮」は、天皇の母后をさす。ここでは、藤原詮子、兼家の女。円融天皇の中宮。一条天皇の生母。正暦二年（九九一）に、出家して東三条院と号した。長保三年（一〇〇一）に、四〇歳（または四一歳）で没。『今昔物語集』一九―一八に、「三条ノ大皇大后宮ト申スハ、三条ノ関白大政大臣ト申ケル人ノ御娘也」とある。それによると、藤原遵子で、頼忠の女。円融天皇の皇后。長徳三年（九九七）に、出家。寛仁元年（一〇一七）に、六一歳で没。『小右記』によると、その出家にあたって、増賀の列席は認められない。

一二 戒を授ける法師。

一三 『今昔物語集』一九―一八には、「尼ニハ成シ奉ラメ」とある。

一四 公卿。三位以上および四位の参議。

一五 室内のしきりに用いた道具。

ふやう、「増賀《ぞうが》をしも、あながちに召すは何事ぞ《無理にお召しになったのはなぜですか》。心得られ候はず《納得がゆきません》。もし[一]きたなき物を、大きなりときこしめしたるか《お聞きなさったのか》。人のよりは大きに候へども、今は[二]練絹《ねりぎぬ》のやうにくたくたとなりたるものを」と言ふに、御簾《みす》の内近く候ふ女房たち、ほかには公卿《くぎやう》、[三]殿上人《てんじやうびと》、僧たち、これを聞くにあさましく《あきれたさまで》、目口はだかりて覚ゆ《目や口が開いたままふさがらないように思われる》。宮の御ここちもさらなり《いうまでもない》。貴さもみな失せて《すっかり吹きとんで》、おのおの身より汗あえて《冷汗が流れ出て》、われにもあらぬ《われを忘れた》ここちす。

さて、上人まかり出でなんとて《退出しようとして》、袖《そで》かき合はせて、「年まかりよりて《年をとりまして》、風重くなりて、今はただ[四]痢病《りびやう》のみ仕《つかま》つれば、参るまじく候ひつる《参上するまいと存じました》を《のを》、わざと召し候ひつれば《わざわざお呼び下さいましたので》、あひ構へて候ひつる《心がまえをしておりました》。堪へがたくなりて候へば、急ぎまかり出で候ふなり《退出いたします》」とて、出《い》でざまに、[五]西の対の[六]簀子《すのこ》についゐて《しゃがんで》、尻をかかげて《まくって》、[七]楾《はんざふ》の口より水を出《いだ》すやうに、ひり散らす、音高く、くさきことかぎりなし。御前まで聞ゆ。若き殿上人、笑ひののしる《笑い騒ぐ》ことおびたたし。僧たちは、「かかる物狂ひを

一　男根をさす。

二　練糸で織ったやわらかい絹布。

三　殿上の間に昇ることを許された人。四位、五位および六位の蔵人をいう。

きたなげな奇行

四　下痢の病。

五　底本をはじめ、諸本にも、「西臺」とあるが、『今昔物語集』一九―一八によって改めた。西の対屋。寝殿の西方の建物。

六　寝殿造りの庇《ひさし》の間の外側にある板敷の縁側。

七　湯や水を入れて、物に注ぐための器。柄の半分が器の中にあるので、「半挿」と呼ばれる。

＊　『今昔物語集』一九―一八に、これと同話に当るものが収められている。『私聚百因縁集《しじゆひやくいんねんしゆう》』八―一二、『発心集』一―五にも、きわめて簡略なものではあるが、これと通ずるような記事がみられる。『大日本国法華経験記《げんき》』下―八二に、「冷泉先皇請為㆓護持僧㆒、口唱㆓狂言㆒、身作㆓狂事㆒、更以出去。国母女院敬請為㆑師、於㆓女房中㆒発㆓禁忌麁言㆒、然

又罷出。如レ此背レ世方便甚多」（冷泉の先皇請じて護持僧となすに、口に狂言を唱へ、身に狂事を作して、更にもて出で去りぬ。国母の女院敬ひ請じて師となすに、女房の中にして、禁忌の麁言《そげん》を発して、然もまた罷り出でぬ。かくのごとく世を背くの方便甚だ多し）とあるように、増賀に関するさまざまな説話は、おおむねこの種の奇行をもって満たされている。名聞にとらわれない聖僧のイメージが、極端に誇張されて伝えられたものといえよう。

召したること」と、謗《そし》り申しけり。

かやうに事にふれて、物狂ひに《気がふれたように》わざとふるまひけれど、それにつけても、貴きおぼえは《評判は》、いよいよまさりけり《高まっていった》。

〔一四四〕聖宝僧正《しやうぼうそうじやう》[八]、一条大路《いちでうおほぢ》渡る事

上座の僧の難題

昔、東大寺[九]に、上座法師《じやうざほふし》[一〇]の、いみじく《たいそう》たのもしき[一一]ありけり《ゆたかな人があった》。つゆばかりも《ごくわずかでも》、人に物与ふることをせず、慳貪《けんどん》[一二]に罪深く見えければ、そのとき、聖宝僧正の、若き僧にておはしけるが、この上座の、惜しむ罪のあさましきにとて《あまりにひどいからというので》、わざとあらがひをせられけり《争いごとをしかけられた》。「御坊、何《［私が］》事したらんに《何をしたならば》、大衆《だいしゅ》[一三]に僧供《そうぐ》[一四]引かん[一五]」と言ひければ、上座思ふやう、ものあらがひして、もし負けたらんに、僧供引かんも、よしなし《つまらない》。さりながら、衆中にて《大勢の中で》、かく言ふことを何とも答へざらんも口惜《くちを》し《こういうことに何とも答えないのも残念なことだ》

八 俗名は恒蔭王。葛声王の子。貞観末年に、醍醐寺を開く。延喜四年（九〇四）に、僧正に任ぜられる。同九年（九〇九）に、七八歳で没。

九 奈良市雑司町にある華厳宗の総本山。

一〇 諸大寺における別当につぐ僧官。三綱《さんごう》の上席で、僧尼の監督、寺務の総轄に当る。三綱とは、上座、寺主、都維那《ついな》をいう。

一一 伊達本・陽明本・古活字本に、「たのしき」とある。

一二 欲が深いこと。物を惜しみむさぼること。

一三 多くの僧徒。衆徒。

一四 僧侶に供養する物。

一五 「引く」は、引出物をする、施すの意。

裸の法師の通行

と思ひて、かれがえすまじきこと《できそうもない》を思ひめぐらして言ふやう、「賀《か》[一]茂《も》祭の日、ま裸にて、たふさぎ[二]ばかりをして、干鮭《からざけ》[三]太刀[四]にはきて《太刀としてさして》、やせたる牝牛《めうし》に乗りて、[五]一条大路を[六]大宮より[七]河原まで、『われは東大寺の聖宝《しやうほう》なり』と、高く名のりて、渡り給へ《お通り下さい》。しからば、この御寺の大衆《だいしゆ》より下部《しもべ》にいたるまで、大僧供《だいそうぐ》引かん」と言ふ《〔上座は〕》。心中に、さりとも《そうはいっても》、よもせじと《まさか実行しないだろうと》思ひければ、かたくあらがふ《賭をして言いあらそう》。聖宝、大衆みな催《もよほ》し集めて《呼び集めて》、大仏の御前にて、鐘《かね》[八]打ちて、仏に申して去りぬ。

その期《ご》《期日が》近くなりて、[九]一条富小路に桟敷《さじき》[一〇]うちて、聖宝が渡らん見んとて、大衆みな集まりぬ。上座《じやうざ》もありけり。しばらくありて、大路の見物の者ども、おびたたしくののしる《ひどく騒ぎたてる》。何事かあらんと思ひて、頭[一一]さし出《いだ》して、西の方を見やれば、牝牛に乗りたる法師の裸なるが、干鮭を太刀にはきて、牛の尻をはたはたと打ちて、尻に百千の童部《わらはべ》つきて、「東大寺の聖宝こそ、上座とあらがひして渡れ《通るぞ》」と、高く言ひけり。その年の祭りには、これを詮《せん》にてぞ《第一の見ものとしていた》ありける。

一 京都の賀茂別雷神社および賀茂御祖神社の祭り。古くは四月中の酉《とり》の日、今では五月一五日に行われる。葵《あおい》かずらを飾るので、葵祭りとして知られる。
二 陰部をおおう布。ふんどし。
三 鮭の腸《はらわた》を除いて素乾《しらぼし》にしたもの。
四 腰に帯びる長い刀。
五 平安京の最北に東西に通じる道。
六 大宮大路。東大宮大路は、大内裏の東側に接して、西大宮大路は、大内裏の西側に接して、いずれも南北に通じていた。
七 賀茂川の河原。
八 仏前で鐘を打って、誓いを立てること。
九 京都市上京区。一条大路と富小路との交わる所。
一〇 見物のために高く構えた席。
一一 伊達本・陽明本に、「頸」とある。
一二 最高の僧官。
一三 醍醐寺は、京都市伏見区醍醐にあって、古義真言宗醍醐派の総本山。貞観一六年（八七四）に、聖宝の開山によると伝えられる。山上の諸堂すなわち上の醍醐と、山麓の金堂すなわち下の醍醐とからなる。
＊ 増賀の奇行に続いて、聖宝の奇行が取りあげら

さて、大衆、おのおの寺に帰りて、上座に大僧供引かせたりけり。このこと、帝《みかど》きこしめして、「聖宝はわが身を捨てて、人を導く者にこそありけれ。今の世に、いかでかかる貴き人ありけん《どうしてこのような尊い人がいたのだろうか》」とて、召し出して、僧正[一二]までなしあげさせ給ひけり《ご昇任させなさった》。上[一三]《うへ》の醍醐《だいご》は、この僧正の建立なり。

〔一四五〕 穀断《こくだち》の聖《ひじり》、不実露顕《ろけん》の事

昔[一四]、久しく行ふ《修行する》上人[一五]《しやうにん》ありけり。五穀[一六]《ごこく》を断ちて、年ごろになりぬ《何年にもなった》。帝きこしめして、神泉[一七]《しんせん》に崇《あが》め据ゑて、ことに貴み給ふ。木の葉をのみ食ひける。もの笑ひする《いたずらずきの》若公達[一八]《きんだち》集まりて、この聖[一九]の心みんとて、行きむかひて見るに、いと《いかにも》貴げに見ゆれば、「穀断ち、幾年ばかりになり給ふ」と問はれければ、「若き[二〇]より断ち侍れば、五十余年に

れ、やはり賛嘆の言葉で結ばれている。それについて、『古事談』三には、「加茂祭ニ聖人渡事者、聖宝僧正渡始ケリ。其後増賀上人被渡」と記されている。『続本朝往生伝』をはじめ、『発心集』一、『私聚百因縁集』八には、師の僧正の慶賀にあたって、増賀がやせ牛に乗って、鮭の太刀を帯びたと伝えられるが、自分の名利を捨てるために、聖宝の行為をしたったものといえよう。

一四『今昔物語集』二八—二四に、「文徳天皇ノ御代ニ波太岐《ハタキ》ノ山ト云フ所ニ聖人有ケリ」とあって、『文徳実録』斉衡元年七月二二日の条に対応する。

一五 知徳を兼ねそなえた僧。

一六 五種の主要な穀物。諸説があって、米・麦・粟・豆・黍《きび》、または稗《ひえ》などという。ここでは、穀類の総称。

一七 神泉苑。京都市中京区御池通神泉苑町にある名苑。平安京の大内裏の造営とともに創設された。しばしば天皇の遊宴が行われ、また請雨の祈禱も行われた。

穀断の聖

一八 貴族の子息をいう。

一九『今昔物語集』二八—二四に、「彼ノ穀断ノ聖人見ム」とある。

二〇『今昔物語集』二八—二四に、「年既ニ七十ニ罷成《マカリナリ》タルニ若《ワカク》ヨリ穀ヲ断タレバ五十余年ニハ罷リ成ヌ」とある。

まかりなりぬ《なりました》」と言ふを聞きて、一人の殿上人《てんじやうびと》の言はく、「穀断《こくだ》ちの糞《くそ》はいかやうにかあるらん。例の人には変りたるらん《普通の人とは違っているだろう》。いで《さあ》行きて見ん」と言へば、二三人連れて《連れだって》行きて見れば、穀糞《こくくそ》を多くひりおきたり。怪しと思ひて、上人の出でたる隙《ひま》に、「ゐたる《坐っている》下を見ん」と言ひて、畳の下を引きあけて見れば、土をすこし掘りて、布袋に米を入れて置きたり。公達見て、手をたたきて、「穀糞の聖《ひじり》、穀糞の聖」と呼ばはりて、ののしり《騒ぎたて》笑ひければ、〔穀断ちの聖は〕逃げ去りにけり。そののちは、行方も知らず、長く失《う》せにけりとなん。

〔一四六〕 季直《すゑなほ》少将、歌の事

今日を限りの歌

今は昔、季直少将といふ人ありけり。病《やまひ》つきてのち、すこしおこたりて《病気がよくなって》、内《内裏に》に参りたり。公忠《きんただ》の弁《べん》の掃部助《かもんのすけ》にて、蔵人《くらうど》なりけるころ

一 殿上の間へ昇ることを許された人。四位、五位および六位の蔵人。

二 伊達本・陽明本に、「あやしう」とある。

＊『今昔物語集』二八―二四に、これと同話に当るものが収められている。『文徳実録』の斉衡《さいこう》元年(八五四)には、その原拠に当るものが認められる。すなわち、一人の穀断ちの伊蒲塞《うばそく》(優婆塞)が、備前国から朝廷にさしだされ、京都の神泉苑にすえおかれて、多数の男女に崇められていた。やがて、本書と同じように、米の糞が見つけられて、化けの皮がはがされたが、その後もなお、婦女の間では、「米糞の聖人」と呼ばれたという。『今昔物語集』では、この説話の後に、「早ウ人ヲ謀《タバカ》リテ貴バレムトテ思ヒテ、ミソカニ米《ヨネ》ヲ隠シテ持タリケルヲ知ラズシテ、穀断ト知リテ天皇モ帰依セサセ給ヒ、人モ貴ビケルナリケリトナム語リ伝ヘタルトヤ」と記されている。それによると、この米糞の聖人が、五・六話などのいかさま聖と同じように取りあげられているといえよう。

三 『大和物語』一〇一、『新古今集』八などに、「季縄」とあるのが正しい。藤原季縄は、千乗の子。右近衛少将、従五位上。延喜一九年(九一九)没。

四 源公忠。国紀の子。蔵人、右大弁、従四位上。三六歌仙の一人。天暦二年(九四八)、六〇歳で没。一説に、天慶九年(九四六)没。弁は、太政官の職員で、左右に分れる。左

のことなり。「みだりここち《病気らしい気分が》、まだよくもおこたり侍らね《なおっておりませんが》ども、〔職務が〕心もとなくて《気がかりで》参り侍りつる。後は《後のことは》[七]知らねど《分りませんが》、かくまで侍れば《このような具合ですから》、明後日《あさて》ばかりにまた参り侍らん。よきに申させ給へ《ご奏上申して下さい》」とて、まかり出でぬ《退出した》。

三日ばかりありて、少将のもとより、

悔《くや》[八]しくぞ後にあはんと契《ちぎ》りける
今日を限りといはましものを

さて、その日失《う》せにけり《亡くなってしまった》。あはれなることのさまなり。

〔一四七〕樵夫《きこり》の小童《こわらは》、隠《かく》[九]し題《だい》の歌詠む事

今は昔、隠し題をいみじく興ぜさせ給ひける帝《みかど》の、篳篥《ひちりき》[一〇]を詠ませられけるに、人々わろく《へたに》詠みたりけるに、木こる《木をきる》童の、暁《あかつき》、山へ行くとて言ひける、「このころ、篳篥を詠ませさせ給ふなる《お詠ませなさるというが》を、人の

は、中務・式部・治部・民部の四省を管し、右は兵部・刑部・大蔵・宮内の四省を管する。

五 掃部寮の次官。掃部寮は、宮内省に属して、宮中の施設や清掃などをつかさどった。延喜一三年（九一三）に、公忠は掃部助に任ぜられた。

六 蔵人所の職員。機密の文書をあずかり、天皇の側近に仕えた者。延喜一八年（九一八）に、公忠は蔵人に補せられた。

七 伊達本・陽明本に、「しらねとも」とある。

八 くやしく残念なことに、後にまた逢おうと約束したことです。このような病状ならば、今日を限りと申して、お別れすればよかったのにと存じます。

＊『大和物語』一〇一では、これと同話に当るものが、いっそう詳しく記されている。『古本説話集』一一、『宇治大納言物語』（小世継）には、これとほぼ同文で記されたものもみられる。『新古今集』八に、「やまひにしづみて、久しくこもりゐて侍りけるが、たまたまよろしくなりて、うちにまゐりて、右大弁公忠蔵人に侍りけるにあひて、又あさてばかりまゐるべきよし申して、まかりいでにけるままに、やまひおもくなりてかぎりに侍りければ」とあって、この「悔しくぞ」の歌が収められている。

篳篥の隠し題の歌

九 「物名」と同じで、和歌の中に物の名を隠して詠みこむこと。

一〇 雅楽に用いられる管楽器の一。

え詠み給はざんなる《お詠みになれないそうだが》、童《わらは》こそ詠みたれ」と言ひければ、具して行く《連れだってゆく》童部《わらはべ》、「あな《ああ》、おほけな《身の程知らずな》、かかることな言ひそ《このようなことを言うな》。さまにも似ず《柄にも似合わず》、いや《い》まいまし《らしい》」と言ひければ、「などか《どうして》、かならずさまに似ることか《すべてがかならず柄に似るときまったことか》」とて、

[一]めぐりくる春々ごとに桜花
　いくたびちりき人に問はばや

と、言ひたりける。さまにも似ず、思ひかけずぞ《思いがけなくうまかったことだ》。

〔一四八〕高忠《たかただ》[二]の侍《さぶらひ》、歌詠む事

今は昔、高忠といひける越前守[三]のときに、いみじく不幸なりける《非常に貧しかった》[四]侍の、夜昼まめなるが《忠実に勤めていたが》、冬なれど、帷《かたびら》[五]をなん着たりける《単衣を着ていた》。雪のいみじく降る日、この侍、清めすとて《掃除をするといって》、[六]ものの憑《つ》きたるやうに震《ふる》ふを見

一 毎年めぐってくる春ごとに、桜の花は幾度散ったことか、誰かに聞きたいものだ。第四句に「ひちりき」を隠して詠んだもの。

＊『古本説話集』三八に、これと同話に当るものが収められている。桂宮本の『藤六集』には、「ひちりき」という題で、「めくりくるはるはることにさく花はいくたひちりきふく風やしる」と記されている。藤六すなわち藤原輔相は、物名歌の名手として知られるので、この歌の作者にもふさわしかったといえよう。それにもかかわらず、この隠し題の歌が、木こりの小童の作というのも、意外でおもしろく感じられる。『醒睡笑』五にも、これと同じ歌が、やはり小童の作としてあげられている。

二『今昔物語集』一九―一三に、「越前ノ守藤原ノ孝忠」とある。『権記』長保二年六月二〇日の条に、「今月所㆓卒去㆒、民部大夫国幹、前因幡守孝忠等也、近日疫癘漸以延蔓、此災年来連々無㆑絶」とある。この孝忠は、斯生の子、因幡守、従五位上。長保二年（一〇〇〇）没。別の孝忠もあって、永頼の子。蔵人、伊勢守、従四位下。天延二年（九七四）に、七九歳で没という。ただし、両者ともに、越前守に任ぜられたかどうか、あきらかではない。

三 越前の国司の長官。「越前」は、福井県の東部。

四『今昔物語集』一九―一三に、「極テ身貧《ヒン》ナリケル侍《サブラヒ》ノ、夜《ヨ》ル昼《ヒ》ル勲《ネムゴロ》ニ被仕《ツカハレ》ケル有ケリ」とある。

て、守、「歌詠め。をかしう降る雪かな」と言へば、この侍、「何を題にて仕《つかまつ》るべきぞ《詠みましょうか》」と申せば、「裸なるよしを詠め[七]」と言ふに、程もなく、震ふ声をささげて《ふるえる声をはりあげて》、詠みあぐ。

[八]裸なるわが身にかかる白雪は
　うちふるへども消えせざりけり

と、詠みければ、守いみじく《たいそう》ほめて、着たりける衣《きぬ》を脱ぎて取らす《与える》。[九]北の方もあはれがりて、薄色《うすいろ》[一〇]の衣の、いみじう香《かう》ばしきを、取らせたりければ、二つながら取りて《頂戴して》、かいわぐみて《まるめてたたんで》、脇に挟みて、立ち去りぬ。侍[一一]に行きたれば、ゐ並みたる侍ども、見て驚き怪しがりて問ひけるに、かくと聞きて、あさましがりけり[一二]《あきれ感心していた》。

高忠の侍の出家

さて、この侍、そののち、見えざりければ、怪しがりて、守尋ね[一三]させければ、北山[一四]に貴き聖《ひじり》[一五]ありけり、そこへ行きて、この得たる《もらった》衣を二つながら取らせて、言ひけるやう、「年まかり老いぬ《年をとってしまいました》。身の不幸、年を追ひてまさる《ふえてゆきます》。この生《しやう》《現世では》のことは、益《やく》もなき身に候ふめり《役にもたたない身であるようです》。

五 ひとえもの。裏をつけない絹もの。
六 『今昔物語集』一九―一三に、「護法ノ付タル者ノ様ニ振《フルヒ》ケルヲ守《カミ》見テ」とある。
七 底本に「めといふに」とあるが、諸本によって改めた。
八 裸でいる自分の身にかかる白雪は、いくら振り払っても消えないことです。「白雪」は、白髪の意をこめる。「うちふるへども」は、雪を振り払うことと、寒さにうち震えることとを掛ける。
九 貴人の妻の敬称。
一〇 薄紫の染色、または二藍《ふたあい》の薄い染色。二藍は、紅花と藍とで染めた色で、やや青みのある紫色。
一一 侍所。家人の詰所。
一二 『今昔物語集』一九―一三に、「集《アツマリ》テ讃メ感ジケリ」とある。
一三 『今昔物語集』一九―一三に、「守聞テ恠《アヤシ》ビテ尋サセケルニ、更ニ尋得ル事无《ナ》カリケレバ、此ノ衣ヲ得テ迯《ニゲ》ニケルナメリト疑ケルニ」とある。
一四 京都の北方の山。
一五 高徳の僧。

[一]後生《ごしやう》をだに、いかでと（何とかしたいと）覚《おぼ》えて（思われて）、法師にまかりならん（なろうと）と思ひ侍れど、[二]戒《かい》の師に奉るべき（さし上げるべき）物の候はねば、[三]今に過し候ひつるに（今までそのまま過しておりましたが）、かく思ひがけぬ物を賜ひたれば、限りなく嬉しく思ひ給へて（存じまして）、これを[四]布施《ふせ》に参らするなり」とて、「法師になさせ給へ」と、涙にむせかへりて、泣く泣く言ひければ、聖、いみじう貴がりて、法師になしてけり。さて、そこより、行く方もなくて、失《う》せにけり（いなくなってしまった）。あり所も知らずなりにけるとか。

〔一四九〕貫之《つらゆき》[五]、歌の事

今は昔、貫之が[六]土左守《とさのかみ》になりて、下りてありけるほどに、[七]任果《は》てての年、七つ八つばかりの子の、えもいはずをかしげなるを（いいようもなく美しい子を）、限りなくかなしうしける（かわいがっていたが）が、とかく煩《わづら》ひて、失《う》せにければ（亡くなってしまったので）、泣き惑《まど》ひて、

一 『今昔物語集』一九—一三に、「後生ヲダニ助ラムト思ヒ給テ」とある。「後生」は、後の世、来世。
二 戒を授ける師の僧。
三 『今昔物語集』一九—一三に、「今マデ不㆓罷成《マカリナラズ》㆒シテ」、『古本説話集』四〇に、「いまにえまかりならぬに」とある。
四 仏や僧に喜捨する金品。
＊『今昔物語集』一九—一三、『古本説話集』四〇に、これと同話に当るものが収められている。いずれも、前半で和歌を詠むくだりと、後半で法師になるくだりと、二つの部分に分けられる。『今昔物語集』では、この侍の志について、「実《マコト》ニ年来《トシゴロ》深ク思ヒ取タリケル事ヲ、露其ノ気色ヲ人ニ不見令《ミシメ》ザリケム、極テ有難キ心也シトゾ、聞ク人讃《ホメ》貴ビケルトナム語リ伝ヘタルトヤ」と結ばれている。
五 紀氏、望行の子。御書所預、少内記、大内記、土佐守、玄蕃頭などを経て、木工権頭、従五位上。天慶九年（九四六）没。一説に、天慶八年没。『古今集』の撰者で、『土左日記』の著者。
六 土佐国司の長官。土佐は、現在の高知県。貫之は、延長八年（九三〇）に、土佐守に任ぜられた。
七 貫之は、承平四年（九三四）に、土佐守の任期四年を終えた。
なき子を思う歌
八 『今昔物語集』二四—四三に、「此彼《トカク》遊ビシ事ナド」とある。
九 都へ帰ろうと思うにつけても悲しいのは、ともに

病《やまひ》づくばかり《病気になるほど》思ひこがるるほどに、月ごろになりぬれば《幾月もたってしまったので》、かくての《こうしてばか》みあるべきことかは《りいることができようか》、〔都に〕上《のぼ》りなんと思ふに、児《ちご》のここにて《ここでは》、何とあり《八どのようで》しはやなど《あったなあなどと》、思ひ出でられて、いみじう悲しかりければ、柱に書き付けける。

　九都へと思ふにつけて悲しきは
　　帰らぬ人のあればなりけり

と書きつけたりける歌なん、今までありける。

〔一五〇〕一〇東人《あづまうど》の歌の事

今は昔、東人の一一、歌いみじう《たいそう》好み詠みけるが、螢《ほたる》を見て、

　一二あなてりや虫のしや尻に火のつきて
　　小《こ》人玉《ひとだま》とも見えわたるかな

帰らないわが子があるからです。

＊『今昔物語集』二四—四三、『古本説話集』四一に、これと同話に当るものが収められている。『土左日記』の承平四年一二月二七日の条に、「大津より浦戸をさしてこぎいづ。かくあるうちに、京にてうまれたりしをんなご、くににてにはかにうせにしかば、このごろのいでたちいそぎをみれど、なにごともいはず。京へかへるに、をんなごのなきのみぞかなしびこふる。あるひとびともえたへず。このあひだに、あるひとのかきていだせるうた、『みやこへとおもふをもののかなしきはかへらぬひとのあればなりけり』。また、あるときには、『あるものとわすれつつなほなきひとをいづらととふぞかなしかりける』といひけるあひだに」と記されている。この記事に基づくものではあるが、かなり異なる発想をとっている。

一〇 東国の人。

一一 底本・伊達本・陽明本に、「あつまことの」とあるが、古活字本などによって改めた。

東人のふりをまねた歌

一二 ああ光ることよ。虫の尻っぺたに火がついて、小さな人魂のように、ずっと飛んでゆくのが見えるよ。「しや」は、卑しめののしって言う接頭語で、ここでは語勢を強める表現と認められる。「小人玉」は、小さい人魂。人魂は、夜間に空中を飛ぶ火の玉で、人の体から離れた魂と考えられた。

東人《あづまうど》のやうに詠まんとて、まことは貫之《つらゆき》[一]が詠みたりけるとぞ。

〔一五一〕河原《かはら》[二]の院《ゐん》、融公《とほるこう》[三]の霊住む事

宇多院と融の霊

今は昔、河原の院は、融の左大臣の家なり。陸奥《みちのく》の塩竈《しほがま》[四]の形《かた》を作りて、潮《うしほ》[五]を汲み寄せて、塩を焼かせなど、さまざまのをかしきこと《風雅なことを》を尽して、住み給ひける。大臣《おとど》失せてのち、宇多院《うだのゐん》[六]には奉りたるな《さしあげたので》り《ある》。延喜《えんぎ》[七]の帝《みかど》、たびたび行幸ありけり。

また、院《宇多院が》の住ませ給ひけるをりに、夜中ばかりに、西の対《たい》[八]の塗籠《ぬりごめ》[九]をあけて、そよめきて《そよそよと音をたてて》、人の参るやうにおぼされければ《お思いになったので》、見させ給へば、[一〇]日の装束うるはしく《きちんとつけた》したる人の、太刀《たち》[一一]はき、笏《しやく》[一二]取りて、二間[一三]ばかり退《の》きて《さがって》、かしこまりてゐたり。「あれは《おまえは》誰《た》そ」と問はせ給へ《お聞きになると》ば、「ここの主に候ふ翁《おきな》なり」と申す。「融の大臣か」と問はせ給へ

一 紀貫之。四一八頁注五参照。

＊『古本説話集』二二には、これと同話に当るものが収められている。古くから和歌というのは、文学のジャンルとして、相当の権威をもつものと考えられていた。その和歌が、優雅な和語によらないで、粗野な俗語によるというので、東人の作に仮託されたものであろう。

二 源融の邸宅であったが、後に宇多法皇の御所となって、さらに仁康上人の寺となった。『拾芥抄《しゆうがいしよう》』諸名所部に、「六条坊門南、万里小路東八町云々、融大臣家。後寛平《かんぴやう》法皇御所。本四町。京極西。号二東六条院一」とある。

三 源融。嵯峨天皇の皇子。左大臣、皇太子傅、従一位。寛平七年（八九五）に、七四歳で没。東六条に河原院を営んで、河原左大臣と呼ばれる。

四 宮城県塩釜市の塩釜の浦。

五 顕昭の『古今和歌集鈔』に、「毎月難波ノ潮二十斛《コク》ヲ汲マシメテ、日ニ塩ヲ煮テ、以テ陸奥ノ塩釜浦ノ勝槩《ショウガイ》ヲ模ス」とある。

六 第五九代の天皇。光孝天皇の皇子。仁和三年（八八七）から寛平九年（八九七）まで在位。承平元年（九三一）に、六五歳で崩。亭子院《ていじのいん》、寛平法皇と号する。

七 第六〇代の醍醐天皇。宇多天皇の皇子。寛平九年に即位。その治世は、理想の聖代としてたたえられた。延長八年（九三〇）に、四六歳で崩。

ば、「しかに候ふ」《さようでございます》と申す。「さはなんぞ」《それでは何事か》と仰せらるれば、「家なれば住み候ふに、〔帝が〕おはしますが《おいでになるのが》、かたじけなく所せく候ふなり《気づまりに存ずるのです》。いかが仕《つかまつ》るべからん《いたしましょうか》」と申せば、「それは、いとい《まったく》と異様《ことやう》のことなり《話が違う》。故大臣の子孫の、われに取らせたれば《私にくれたので》、住むにこそあれ《住んでいるのだ》。わが押しとりて《私が無理に奪い取って》、ゐたらばこそあらめ《住んでいるのならばともかく》、礼も知らず《礼儀もわきまえず》、いかにかくは恨むる《どうしてこのように恨むのか》ぞ」と、高やかに《大声で》仰せられければ、かい消つやうに《かき消すように》失《う》せぬ。

そのをりの人々、「なほ帝は、かたことには一四おはします者なり。ただの《普通の》人は、その大臣に逢ひて、さやうにすくよかには《ものおじせずには》、言ひてん《言えるだろうか》や」とぞ言ひける。

〔一五二〕八歳の童《わらは》、孔子《こうし》一五問答の事

今は昔、唐《もろこし》に、孔子、道を行き給ふに、八つばかりなる童逢ひぬ。

八 寝殿造りの西方の対屋。

九 寝殿造りの室の名。周囲を壁で塗りこめ、明り取りをつけて、妻戸から出入するもの。調度を納めて、寝室にも用いる。

一〇 朝廷の公事に着用する正装。束帯姿。宿直《とのゐ》の装束に対していう。

一一 腰におびる長い刀。

一二 束帯を着るときに、右手にもつもの。二〇一頁注九参照。

一三 柱と柱との間。

一四 『今昔物語集』二七―二に、「猶只人ニハ似サセ不給《タマハ》ザリケリ」とある。「かたこと」は、未詳であるが、「方異」に当り、あり方が違う意か。

＊『今昔物語集』二七―二、『古本説話集』二七の前半に、これと同話に当るものが収められている。『江談抄』三、『古事談』一には、宇多法皇が河原院に泊って、融の霊に京極御息所《みやすどころ》をとられようとしたとあって、その異伝に当るものと認められる。『今昔物語集』二七―一七には、東人が河原院に泊って、鬼にその妻をとられたと伝えられている。当時の河原院は、霊鬼の巣窟《そうくつ》のように思われていたといえよう。

一五 中国春秋時代の思想家。名は丘、字《あざな》は仲尼。儒家の祖で、政治の基として、仁の道を説いた。周敬王四一年（前四七九）に、七四歳で没。

孔子と八歳の童

孔子に問ひ申すやう、「日の入る所と洛陽《らくやう》と、いづれか遠き《どちらが遠いのですか》」と。孔子いらへ給ふやう《お答えになるには》、「日の入る所は遠し。洛陽は近し」。童の申すやう、「日の出で入る所は見ゆ。洛陽はまだ見ず。されば、日の出づる所は近し。洛陽は遠しと思ふ」と申しければ、孔子かしこき童なりと感じ給ひける。「孔子には、かくもの問ひかくる人もなきに、かく問ひけるは、ただ者にはあらぬなりけり」とぞ、人言ひける。

〔一五三〕 鄭太尉《ていたいゐ》の事

今は昔、親に孝《けう》する者ありけり。朝夕に木をこりて《きって》、親を養ふ。孝養《けうやう》の心、空に知られぬ《天に通じた》。梶《かぢ》もなき舟に乗りて、むかひの島に行くに、朝には、南の風吹きて、北の島に吹きつけつ。夕には、また舟に木をこり入れてゐたれば、北の風吹きて、家に吹きつけつ。かく

一 中国河南省の古都。北に邙山《ぼうざん》を負い、南に洛水を控えた景勝の地。

＊ この説話の構成は、『世説新語』夙慧篇と『列子』湯問篇とを合わせたものとみられる。『世説新語』によると、晋の明帝の幼時に、「目を挙ぐれば、日を見れども、長安を見ず」といって、元帝を驚かしたといい、『列子』によると、二人の小児の論争で、日出の時と日中の時と、どちらの日が近くて、どちらの日が遠いかを争って、孔子にもきめられなかったという。『今昔物語集』一〇―九には、この『列子』の記事が、いくらか改めて収められている。

二 鄭弘、字《あざな》は巨君。後漢の顕宗に仕えて、元和元年(八四)に、太尉にいたった。太尉は、武事をつかさどる官で、丞相の位と等しく、三公の首に当る。

三 孝行する。親によく仕える。

孝行の木こり

のごとくするほどに、年ごろ《長い年月がたって》になりて、おほやけにきこしめして《朝廷でお聞きになって》、大臣になして、召し使はる。その名を鄭大尉とぞいひける。

〔一五四〕貧しき俗、仏性《ぶつしやう》を観じて富める事

まことの信心

今は昔、唐《もろこし》の辺州[四]に、一人の男あり。家貧しくして、宝なし《財産がない》。妻子を養ふに、力なし。〔財宝を〕求むれども、得ることなし《得ることができなかった》。かくて年月を経《ふ》。思ひわびて《思いあぐねて》、ある僧にあひて、宝を得べきこと《得られる方法を》を問ふ。智恵ある僧にて、答ふるやう、「なんぢ、宝を得んと思はば、ただまことの心をおこすべし。さらば、宝もゆたかに、後世《ごせ》[五]はよき所に生れなん《生れるだろう》」と言ふ。この人、「まことの心とはいかが《何か》」と問へば、僧の言はく、「まことの心をおこすといふは、他のことにあらず、仏法を信ずるなり」と言ふに、また問ひて言はく、「それはいかに《それはどうすればよいのですか》。たしかに承《お聞き》

* 『後漢書』列伝二三の鄭弘伝の注に、孔霊符の『会稽記』というものを引いて、この説話の原拠に当るものが掲げられている。それによると、鄭弘がたまたま矢を拾って、仙人にこれを返すときに、朝には南風を吹かせ、暮には北風を吹かせてほしいと願ってかなえられたという。

四 辺土、片田舎。

五 死後に生れるところ。後生。

りて《して》、心を得て《納得をして》頼み思ひて、二なく信をなし《二心なく仏法を信心し》、頼み申さん。承る《お聞きし》べし《たいのです》」と言へば、僧の言はく、「わが心はこれ仏なり《自分の心がすなわち仏なのです》。わが心を離れては、仏なしと。しかれば、わが心の故に、仏はいますなり《おいでになるのです》」と言へば、手を摺《す》りて、泣く泣く拝みて、それよりこのことを心にかけて、夜昼思ひければ、梵釈《ぼんしやく》[一]諸天来たりて、守り給ひければ、はから《思いもか》ざるに《けずに》宝出で来て、家の内ゆたかになりぬ。命終るに、いよいよ心、仏を念じ入りて、浄土[二]にすみやかに参りてけり。このことを聞き見る人、貴み、あはれみける《感動したということである》となん。

人食い虎の騒動

〔一五五〕宗行《むねゆき》[三]の郎等《らうどう》、虎《とら》を射る事

今は昔、壱岐守《いきのかみ》[四]宗行が郎等[五]を、はかなきことにより《つまらないことのために》て、主《主人が》の殺さんとしければ、〔郎等は〕小舟に乗りて逃げて、新羅《しらぎ》[六]の国へ渡りて、隠れてゐ

一　梵天《ぼんてん》・帝釈《たいしやく》など、もろもろの天神。二一一頁注一四参照。

二　煩悩の束縛から離れた清浄の国土。ここでは、阿弥陀仏の極楽浄土をさす。

＊　貧しい男が、すなおな心をもって、ひたすら仏を信じていると、今の世の幸福とともに、後の世の安楽を得たというものである。『観無量寿経』の第八観に、「諸仏如来是法界身、入二一切衆生心想中。是故汝等心想レ仏時、是心即是三十二相八十随形好。是心作仏是心是仏」とあって、平易にその趣旨を説いたものとみられる。

三　伝未詳。

四　壱岐国の国司の長官。壱岐国は、長崎県壱岐郡。

五　従者、家来。

六　朝鮮半島の東南部の古い国。一二三頁注七参照。

たりけるほどに、新羅の金海《きんかい》[七]といふ所の、いみじうののしり騒ぐ《ひどくがやがやと騒いでいる》。「何事ぞ」と問へば、「虎の国府《こふ》[八]に入りて、人を食《くら》ふなり」と言ふ。この男問ふ、「虎はいくつばかりあるぞ」と。「ただ一つあるが《ただの一匹ではあるが》、にはかに出で来て、人を食《くら》ひて、逃げて行き行きするなり」と言ふを聞きて、この男の言ふやう、「あの虎にあひて《あの虎と戦って》、一矢を射て死なば《死にたい》や。虎かしこくば《すぐれているならば》、ともにこそ死なめ。ただむなしうは《いたずらには》、いかでか《どうして》食《くら》はれん《食われてよいものか》。この国の人は、兵《つはもの》の道わろきにこそはあめれ《武芸が劣っているのであろう》」と言ひけるを、人聞きて、国《くに》の守《かみ》に、「かうかうのことをこそ、この日本人申せ」と言ひければ、「かしこきことかな《大変なことだな》。呼べ」と言へば、人来て、「召しあり」と言へば、参りぬ。

虎退治の決意

「まことにや《本当なのか》、この虎の人食《く》ふを、やすく射んとは申すなる《たやすく射ようと申しているそうだが》」と問はれければ、「しか《そのように》申し候ひぬ」と答ふ。守、「いかでかかることを《どうしてこのようなことを申》ば申すぞ《すのか》」と問へば、この男の申すやう、「この国の人は、わが身《自分の身》をば《は》、またくして《安全にしておいて》、敵をば害せん《殺そうと》と思ひたれば、おぼろけにて《よいかげんなことではこ》、か

七 慶尚南道金海郡の古都。四世紀から六世紀にかけて、任那《みまな》の日本府がおかれたが、新羅《しらぎ》の後期に、金海の名に改められた。
八 諸国の国司の役所。

やうのたけき《のように獰猛な》獣などには、わが身の損ぜられぬべければ《自分の身がやられてしまうに違いないので》、まかりあ《たちうちでき》はぬにこそ候ふめれ《ないのでしょう》。日本の人は、いかにも《まったく》わが身をば、なきにな《ないものにし》して《て》、まかりあへば《たちむかうので》、よきことも候ふめり《うまくゆくこともあるのです》。弓矢に携《たづさ》はらん者、何《どう》しかは《して》、わが身を思はんことは候はん《惜しむことはありましょうか》」と申しければ、守《かみ》、「[一]さて、虎をば、かならず射殺してんや《射殺してしまえようか》」と言ひければ、「わが身の生き、《生きるか》生[二]かずは知らず《死ぬかは分りませんが》、かならずかれをば《あいつをば》、射取り侍りなん《射取っておみせいたしましょう》」と申せば、「いといみじうかしこきことかな《まことにすばらしく大変なことだな》。さらば、かならずかまへて《用心して》射よ。いみじき《たくさんの》悦《よろこ》びせん《謝礼をしよう》」と言へば、をのこ申すやう、「さても《それにしても》、いづくに《〔虎は〕》候ふぞ。人をば、いかやうにて、食《く》ひ侍るぞ」と申せば、守の言はく、「いかなるをりにかあるらん《どのようなおりであったか》、国府《こふ》の中に入り来て、人一人を、頭を食《く》ひて、肩にうち掛けて《ひっかけて》去るなり」と。この男申すやう、「さても、いかにしてか、食《く》ひ候ふ」と問へば、人の言ふやう、「虎は、まづ人を食はんとては《食おうとするときには》、猫《ねこ》の鼠《ねずみ》を窺《うかが》ふやうに《ねらうように身を伏せて》ひれ伏して、しばしば《しばらくたっ》かりありて《て》、大口をあきて、飛びかかりて、頭を食《く》ひ[三]、肩に打ち掛

一　底本に「みて」とあるが、諸本によって改めた。
二　四段活用の未然形。「生く」の古い形。
三　伊達本・陽明本・古活字本に、「くひて」とある。

けて、走り去る」と言ふ。「とてもかくても《とにもかくにも》、さはれ《ままよ》、一矢射てこそは、食《くら》はれ侍らめ。その虎のあり所教へよ」と言へば、「これより西に二十余町退《の》きて《離れて》、麻《を》[四]の畠《はたけ》あり。それになん伏すなり。人怖《お》ぢて《恐れて》、あへてそのわたりに《決してそのあたりに》行かず」と言ふ。「おのれ、ただ知り侍らずとも《自分は〔その所を〕よくは知らないが》、そなたをさしてまからん《そちらをめざして参ろう》」と言ひて、調度《てうど》[五]負ひて去《い》ぬ。新《しら》羅《ぎ》の人々「日本の人ははかなし《おろかだ》。虎に食《くら》はれなん」と、集まりてそしりけり《非難した》。

虎退治の成功

かくて、この男は、虎のあり所問ひ聞きて、行きて見れば、まことに、麻の畠はるばると生《お》ひわたりたり《生いしげっている》。麻の長《たけ》四五尺ばかりなり。その中を分け行きて見れば、まことに虎臥《ふ》したり。尖《とが》[六]り矢をはげて《つがえて》、片膝《かたひざ》を立ててゐたり。虎、人の香を嗅《か》ぎて、ついひらがりて《平たくひれ伏して》、猫の鼠窺ふやうにてあるを、をのこ、矢をはげて、音もせでゐたれば《じっとしていると》、虎、大口をあきて、躍《をど》りて、をのこの上にかかるを《とびかかるのを》、をのこ弓を強く引きて、上にかかるをりに、やがて《ただちに》矢を放ちたれば、頤《おとがひ》《あごの》の下より項《うなじ》に

四 麻《あさ》・苧《からむし》。その繊維で衣服などを作る。

五 手まわりの道具。ここでは、弓矢の類。

六 鏃《やじり》のとがっている矢。鏃は矢柄の先につけ、物に突きささる部分。

七八寸ばかり《首の後ろに》、尖《とが》り矢を射出《いだ》しつ。虎《とら》、さかさまに伏して、倒れてあがくを《もがくのを》、雁股《かりまた》[一]をつがひて、二度《ふたたび》腹を射る。二度ながら、土に射つけて《土まで射ぬいて》、つひに殺して、矢も抜かで、国府《こふ》に帰りて、守《かみ》にかうかう射殺しつるよしを言ふに、守、感じののしりて《感心して騒いで》、多くの人を具《ぐ》して《連れて》、虎のもとへ行きてみれば、まことに、箭《や》三つながら《三本ともに》射通されたり。見るに、いといみじ《まことにすさまじい》。まことに、百千の虎おこりて《たちあがって》かかるとも、日本の人十人ばかり、馬にて押し向かひて射ば、虎何わざをかせん《何事ができるだろうか》、この国の人は、一尺ばかりの矢に、錐《きり》のやうなる鏃《やじり》をすげて《つけて》、それに毒を塗りて射れば、つひにはその毒の故《ゆゑ》に《結局はその毒のために》死ぬれども《死にはするが》、たちまちに、その庭《その場で》に射伏することはえせず《射倒すことはできない》。日本の人は、わが命死なんをもつゆ《死ぬことをすこしも》惜しまず、大きなる矢にて射れば、その庭に射殺しつ。なほ兵《つはもの》の道は、日本の人にはあたるべくもあらず《かないそうもない》。されば、いよいよいみじう恐ろしくおぼゆる国《ひどく恐ろしく思われる国であると》なりとて、怖《お》ぢけり《恐れた》。

日本人の面目

さて、このをのこをば、なほ惜しみとどめて、いたはりけれど《丁重にもてなしたが》、妻

一 雁股の鏃《やじり》をつけた矢。「雁股」は、蛙の股を開いたような形をした鏃。

子を恋ひて、筑紫《つくし》[二]に帰りて、宗行がもとに行きて、そのよしを語りければ、「日本の面興《おもておこ》したる者なり《名誉を高めた》」とて、勘当《かんだう》[三]も許してけり。多くの物ども、禄《ろく》に得たりける《ほうびとしてもらったのを》、宗行にも取らす。多くの商人《あきびと》ども、新《し》羅《ぎ》の人言ふを聞き継ぎて語りければ、筑紫にも、この国の人の《日本人の》兵《つはもの》は、いみじき者にぞしけるとか《すばらしいものともてはやしたとかいうことだ》。

〔一五六〕遣唐使《けんたうし》[四]の子、虎に食はるる事

今は昔、遣唐使にて、唐《もろこし》に渡りける人の、十ばかりなる子を、え《傍にお》見であるまじかりければ《かないではいられそうもなかったので》、具《ぐ》して《連れて》渡りぬ。さて《そうして》、過《す》しけるほどに、雪の高く降りたりける日、ありきもせで《外出もしないで》ゐたりけるに、この児《ちご》の遊びに出でて去《い》ぬるが《いってしまったが》、遅く帰りければ《なかなか帰らなかったので》、怪しと思ひて、出でて見れば、足形《あしがた》《足跡が》、後《うしろ》の方から、踏みて行きたるにそひて、大きなる犬の足

二　筑前・筑後の古称。転じて、九州をさす。

三　罪をかんがえて法にあてて罰すること。叱り懲らしめること。

＊　日本から朝鮮に渡ったものが、人食い虎を退治したということは、『日本書紀』欽明天皇六年の条をはじめ、いくつかの文献に取りあげられている。ここでは、その虎退治を通じて、日本の武道が、新羅のそれよりも、いっそうすぐれていることが説かれている。

四　舒明天皇二年（六三〇）から一三回にわたって、日本から唐朝に遣わされた使節。図書や物品を贈与するとともに、留学生や学問僧を同行して、唐文化の摂取に貢献した。寛平六年（八九四）に、菅原道真の建議によって中止された。

人食い虎の退治

形ありて、それより、この児《ちご》の足形見えず。山ざまに《山の方に》行きたるを見[一]て、これは虎《とら》の食《く》ひて行きけるなめりと《くわえていったのであろうと》思ふに、せん方《かた》なく《どうしようもなく》悲しくて、太刀《たち》[二]を抜きて、足形を尋ねて、山の方に行きて見れば、岩屋の口に、この児を食ひ殺して、腹をねぶりて《なめて》臥《ふ》せり《寝ている》。太刀を持ちて走り寄れば、え逃げてもいかで《逃げてもいかれないで》、かい屈《かが》まりてゐたるを《うずくまっているのを》、太刀にて頭を打てば、鯉《こひ》の頭《かしら》割るやうに割れぬ。つぎに、またそばざまに食はんとて《わきの方に食いつこうとして》、走り寄る背中を打てば、背骨を打ち切りて、くたくたとなしつ《ぐにゃぐにゃにしてしまった》。

　さて、子をば死にたれども《子供は死んでしまったけれども》、脇にかい挟みて、家に帰りたれば、その国の人々、見て怖《お》ぢあさむ《恐れあきれる》こと限りなし。

　唐《もろこし》の人は、虎にあひては逃ぐることだにかたきに《逃げることすらむずかしいのに》[三]、かく虎をば打ち殺して、子を取り返して来たれば、唐の人は、いみじきことに《たいしたことと》言ひて、「なほ日本の国には、兵《つはもの》の方は《武術の方では》、ならびなき国なり」と、めでけれど《たたえたが》、子死にければ、何にかはせん《何になろうか》。

一　伊達本に、「見れは」、陽明本に、「みれは」とある。

二　腰におびる長い刀。

三　「きに」から「来たれば」まで、底本にはなく、諸本によって補った。

＊　前話と同じように、日本の人が大陸に渡って、人食い虎を退治するというものである。『日本書紀』欽明天皇六年の条には、膳臣巴提便《かしわでのおみはすひ》が百済に遣わされ、虎に子を食われて、その仇を討ったと記されており、その記事とよく似ている。

〔一五七〕ある上達部《かんだちめ》[四]、中将[五]の時、召人《めしうど》[六]に逢ふ事

心やさしい中将

今は昔、上達部のまだ中将と申しける、内へ《宮中へ》参り給ふ道に、法師を捕へて、率《ゐ》て行きける《連れていったのを》を、「こは《これは》、何法師ぞ」と問はせければ《聞かせたので》、「年ごろ使はれて候ふ《長年お仕えしてきた》、主を殺して候ふ者なり」と言ひければ、「まことに罪重きわざしたる者にこそ、心憂きわざしけるものかな《ひどい罪をおかしたものだな》」と、何となくうち言ひて《つぶやいて》、過[七]ぎ給ひけるに、この法師、赤き眼《まなこ》[八]なる目の、ゆゆしくあしげなるして《ひどくけわしい目つきで》、にらみあげたりければ、よしなきこと《つまらないことを》をも言ひてけるかな《言ってしまったものだと》と、けうとく《気味わるく思われて》おぼして、過ぎ給ひけるに、また男《〔別の〕》をからめて《つかまえて》行きけるを、「こは何事したる者ぞ」と、懲《こ》りずまに《しょうこりもな》問ひければ、「人の家に追ひ入れられて候ひつる《追いこめられておりました》。男は逃げてまかりぬれば《追った男は逃げていってしまったので》、これを捕へてまかるなり」と言ひければ、「別のことも《たいしたこともない》な

四　公卿。関白・大臣・大納言・中納言・参議をいう。原則として三位以上で、参議は四位をも含む。
五　近衛中将。近衛府の次官。従四位下に当る。
六　召し捕えられて、牢獄に入れられている人。囚人。
七　伊達本・陽明本に、「過行けるに」とある。
八　目の玉、ひとみ。

きものにこそ《のであろう》」とて、その捕へたる人を見知りたれば、乞《こ》ひ許して《頼んで許して》やり給ふ《おやりになる》。おほかた《およそ》、この心ざまして《このような気だてで》、人の悲しきめを見るに随《したが》ひて、助け給ひける人にて、はじめの法師も、事よろしくば《事情がたいしたことでなければ》、乞ひ許さんとて、問ひ給ひけるに、罪のことのほかに重ければ、さのたまひけるを《そのようにおっしゃったのを》、法師はやすからず《心おだやかでなく》思ひける。さて、程なく、大赦《たいしゃ》[一]のありければ、法師もゆりにけり《許された》。

法師のし返し

さて月明《あか》かりける《明るかった》夜、みな人はまかで《退出し》、あるは寝入りなどしけるを、この中将、月にめでて、たたずみ給ひけるほどに、ものの《何者かが》築地《ついぢ》[二]を越えておりけると見給ふほどに、後《うしろ》よりかきすくひて《抱き上げるようにさらって》、飛ぶやうにして出でぬ。あきれ惑《まど》ひて、いかにもおぼしわかぬほどに《何もかも分別がおつきにならないうちに》、恐ろしげなる者来集《つど》ひて、はるかなる山の、険《けは》しく恐ろしき所へ率《ゐ》て行きて《連れて行って》、柴《しば》の編みたるやうなる物を、高く造りたるに、さし置きて、「さかしらする人をば《こざかしいことをするやつをば》、かくぞする。やすきことは《たいしたことでもないことを》、ひとへに罪重く言ひなして《言いこしらえて》、悲しき目見せしかば、その答《たふ》に《し返しに》、あぶり殺さんずる《あぶり殺してやるぞ》

一　恩赦の一種。朝廷の慶事や凶事にあたって、特に重い罪を赦すこと。

二　泥土で築き固めた垣。

三 矢の先に鏑《かぶら》をつけて、その先に雁股《かりまた》をつけたもの。「鏑」は、角または木で蕪《かぶら》の形に作り、中を空にしていくつかの孔《あな》をあけたもの。この矢を射ると、その孔に風が入って、高い音を立てる。

男の恩返し

ぞ」とて、火を山のごとく焼《た》きければ、夢などをみるここちして、若くきびはなるほどにてはあり《かよわい時分のことではあり》、もの覚え給はず。熱さはただ熱《あつ》になりて《もうひどい熱さに》、ただ片時《かたとき》に《ほんのしばらくの間に》、死ぬべく覚え給ひけるに、山の上より、ゆゆしき《すごい》鏑矢《かぶらや》三を射おこせければ《射てよこしたので》、ある者ども《そこにいる者どもは》、「こはいかに《これはどうしたことか》」と騒ぎけるほどに、雨の降るやうに射ければ、これら、しばしはこなたより《こちらからも》も射けれど、あなたには人の数多く、え射あふべくもなかりけるに《射て戦うことができそうもなかったのか》や、火のゆくへも知らず《かまわず》、射散らされて、逃げて去《い》にけり。

そのをり、男一人出で来て、「いかに恐ろしくおぼしめしつらん《お思いになったことでしょう》。おのれは《私は》、その月のその日、からめられてまかりしを《捕えられて参りましたのを》、御徳に《あなたのお蔭で》許されて、よに《まことに》嬉しく、この御恩報ひ参らせばやと《お報い申したいと》、思ひ候ひつるに、法師のことは、あしく仰せられたりとて、日ごろ窺《うかが》ひ参らせ候ひつるを《おねらい申しておりましたのを》見て候ふほどに、告げ参らせばやと《おしらせ申したいと》思ひながら、わが身かくて候へばと思ひ候ひつるほどに《私自身がこうしてついておりますので大丈夫でしょうと思っていましたところが》、あからさまにきと《かりそめにふと》立ち離れ〔お側を〕参らせ候ひつるほどに、かく候ひつれば、築地を越えて、出で候ひつるに、あひ参らせ候ひつれども《おあいいたしましたけれども》、そこにて取り参らせ候ひつつ《そこでお取り返し申しましては》、殿も御傷《お傷》などもや候はんずらんと《などもお受けになるかもしれないと》思ひて、ここにて、かく射払ひて《射て追い払って》、取り参らせ候ひつるなり《お取り返し申したのです》」とて、それより馬にかき乗せ申して、たしかにもとの所へ送り申してんげり。ほのぼのと明くるほどにぞ帰り給ひける。

年おとなになり給ひて《年をおとりになって》、「かかることにこそあひたりしか《出あいました》」と、人に語り給ひけるなり。〔それが〕[一]四条大納言のことと申すは、まことやらん。

〔一五八〕 陽成院《やうぜいゐん》[二]、妖物《ばけもの》の事

今は昔、陽成院おりゐさせ給ひての《ご譲位になってからの》御所[三]は、宮[四]よりは北、西洞院《にしのとうゐん》よりは西、油の小路よりは東にてなんありける。そこはもの[五]住む所にてなんありける。大きなる池のありける釣殿《つりどの》[六]に、番の者寝たりけ

一 藤原公任。四二頁注一参照。

＊ 一人のとらわれ人を助けてやって、かえってその人に助けてもらったという話で、藤原公任という人の名と結びつけられている。『大鏡』一、『袋草紙』三などによると、道長が大堰《おおい》川で遊んで、作文・和歌・管絃の三つの船を浮べたときに、公任は和歌の船に乗って、「小倉山嵐の風の寒ければ紅葉の錦着ぬ人ぞなき」と詠んだが、作文の船に乗って、このような詩を作ったら、いっそうすばらしい名を得たであろうと言ったという。そのように、公任は才気と自負心とに満ちていたが、それとともに、このようなやさしい人柄をもそなえていたのであろうか。

二 第五七代の天皇。二九六頁注二参照。

三 二条院をさす。『河海抄』には、「陽成院を二条院と号す。脱履の後、御二此院一、二条以北、大炊御門以南、油小路以東、西洞院以西」とある。『拾芥抄《しゅうがいしょう》』には、この院について、「二条北、堀川東」とある。

四 どの宮をさすか、不明。

一口に人を食う化物

五 もののけ。鬼や霊の類。

六 寝殿造りで、東西の廊の南端にあって、池に臨んだ建物。

七 腰におびる長い刀。

れば、夜中ばかりに、細々《ほそぼそ》とある手にて、この男が顔を、そとそと《そっとそっと》撫《な》でけり。けむつかし《うす気味わるいと》と思ひて、太刀《たち》[七]を抜きて、片手にてつかみたりければ、浅葱《あさぎ》[八]の上下《かみしも》[九]着たる翁《おきな》の、ことのほかに、ものわびしげな《みすぼらしそうな》るが言ふやう、「われはこれ、昔住みし主《ぬし》なり。浦島の子[一〇]が弟なり。古《いにしへ》よりこの所に住みて、千二百余年になるなり。願《どうぞ》はくは許し給へ。ここに社《やしろ》を造りて、いはひ給へ《まつって下さい》。さらば、いかにもまもり奉らん《お守り申しましょう》」と言ひけるを、「わが心一つにてはかなはじ《自分の考えだけではきめられない》。このよしを院へ申してこそは」と言ひければ、「憎き男の言ひごとかな《言い分よ》」とて、三度上《みたびかみ》ざまへ、蹴上《けあ》げ蹴上げして、なへなへくたくたとなして[一一]、落つるところを、口をあきて食ひたりけり。なべての人ほど《普通の人間ほどの》なる男と見るほどに、おびたたしく《ものすごく》大きになりて、この男をただ一口に食ひてけり。

〔一五九〕水無瀬殿《みなせどの》[一二]、むささび[一三]の事

八 薄い青色、水色。

九 狩衣《かりぎぬ》・直垂《ひたたれ》・素襖《すおう》などの上衣と袴《はかま》とが、同じ地質や染色によるもの。

一〇 伝説上の人物。『日本書紀』『丹後国風土記』『万葉集』『浦島子伝』『続浦島子伝』などによると、丹後国の水江または管川《つつかわ》の漁夫で、海のかなたの異郷に渡ったと伝えられる。お伽草子の『浦島太郎』などでは、これに当る人物が、浦島太郎と呼ばれる。

一一 身体の力がぬけて、自由を失ったさま。

＊『愚管抄』三に、「コノ陽成院、九歳ニテ位ニツキテ八年十六マデノアヒダ、昔ノ武烈天皇ノゴトクナノメナラズアサマシクオハシマシケレバ、オヂニテ昭宣公基経ハ摂政ニテ諸卿群儀有テ、『是ハ御モノヽケノカクアレテオハシマセバ、イカガ国主トテ国ヲモオサメオハシマスベキ』トテナン、ヲロシマイラセントテヤウ〳〵ニ沙汰有リケルニ」と記されている。そのように、この陽成天皇は、一七歳で天皇の地位から退いて、六五年間も不遇の生活を送らなければならなかった。それだけに、その退位後の御所に、恐ろしい妖怪《ようかい》の出現が伝えられたのも、あやしむに足りないのである。

一二 後鳥羽上皇の離宮。大阪府三島郡島本町にあって、後代の水無瀬神宮の所在地に当る。

一三 鼯鼠目《げっしもく》リス科の獣。肢間に皮膜があって、木から木へと飛ぶ。夜間に樹上に登って、若芽などを食す。

一 第八二代の天皇。高倉天皇の皇子。寿永二年（一一八三）から建久九年（一一九八）まで在位。承久の乱によって、隠岐《おき》に流されて、延応元年（一二三九）に、六〇歳で崩。

二 西面の武士。院の御所を守護する武士。後鳥羽上皇のときにはじまる。

三 北面の武士。院の御所を警固する武士。白河法皇のときに始まる。

四 古活字本に、「かけかたゝひとり」とある。『明月記』正治二年（一二〇〇）一一月一日の条に、「右兵衛尉大神景賢」という名がみられる。

＊『古今著聞集』一七には、仲俊という北面の武士が、水無瀬山の奥の池で、古い狸《たぬき》の変化《へんげ》を捕えたと伝えられる。それによると、「夜ふくる程に、池のおもて振動して、浪ゆはめきて、おそろしきことかぎりなし。弓矢うちはげてまつに、しばしばかりありて、池の中ひかりて、其体はみえねども、仲俊がゐたる所の松のうへに、とびうつりけり。弓をひかんとすれば、池へととびかへり、矢をさしはづせば、又もとのごとく松へうつりけり。かくする事たび／＼になりければ、この物射とめむ事はかなはじと思て、弓をうちをきて、太刀をぬきてまつ所に、又松にうつりて、やがて仲俊がゐたるそばへきたりけり。はじめはたゞ光ものとこそ見つるに、ちかづきたるをみれば、光の中に、としよりたるうばの、ゑみ／＼としたる形

むささびの怪

後鳥羽院《ごとばのゐん》[一]の御時、水無瀬殿《みなせどの》に、夜々《よるよる》山より、傘《からかさ》ほどなる物の光りて、御堂へ飛び入ること侍りけり。西面《さいめん》[二]、北面《ほくめん》[三]の者ども、面々に、これを見あらはして《この正体を見やぶって》高名《かうみやう》せんと《手柄をたてようと》、心にかけて、用心し侍りけれども、むなしくてのみ過ぎけるに、ある夜、景かた[四]ただ一人、中島に寝て待ちけるに、例の光りもの、山より池の上を飛び行きけるに、起きんも心もとなくて《起きるのももどかしくて》、あふのきに寝ながら《あおむけに寝たままで》、（弓を）よく引きて射たりければ、手ごたへして、池へ落ち入るものありけり。そののち、人々に告げて、火ともして、面々《おのおの》見ければ、ゆゆしく大きなる《気味のわるいほど大きな》むささびの、年ふり、毛なども禿げ、しぶとげなるにて《ふてぶてしげなやつであった》ぞ侍りける。

〔一六〇〕[五]一条桟敷屋《さじきや》、鬼の事

今は昔、一条の桟敷屋に、ある男泊りて、[六]傾城《けいせい》と臥《ふ》したりけるに、夜中ばかりに、風吹き雨降りて、すさまじかりけるに（ものすごかったときに）、大路に「[七]諸行無常」と詠じて、過ぐる者あり。何者ならんと思ひて、[八]蔀《しとみ》をすこし押しあけて見ければ、長《たけ》は軒と等しくて、馬の頭なる鬼なりけり。恐ろしさに、蔀を掛けて、奥の方へ入りたれば、この鬼、格子押しあけて、顔をさし入れて、「よく御覧じつるな、御覧じつるな」（よくもご覧になったな）と申しければ、太刀《たち》を抜きて、入らば斬《き》らんと構へて、女をば、そばに置きて待ちけるに、「よくよく御覧ぜよ」と言ひて、去《い》にけり（去っていった）。[九]百鬼夜行《ひやくきやぎやう》にてあるやらんと、恐ろしかりけり。それより、一条の桟敷屋には、またも泊らざりけるとなん（二度と泊らなかったということだ）。

〔一六一〕[一〇]上緒《あげを》の主《ぬし》、金を得る事

をあらはしてみえけり。ぬきたる太刀にてきらんと思ふに、むげにまぢかきを、よくみれば、物がらあんぺいにおぼえければ、太刀うちすてゝ、むずととらへてけり。とられて、池へ引いれんとしけれど、松の根をつよくふみはりて、ひき入られず、しばしからかいて、腰刀を抜てさしあてければ、さゝれては力もよはり光もうせぬ。毛むく〳〵とある物、さしころされてあり、みれば狸なりけり」とある。

馬の頭の鬼

五 一条大路に設けられた床の高い建物。

六 本来は美人の意で、転じて遊女をさす。

七 万物は流転して、常住ではないこと。『涅槃経《ねはんぎよう》』の偈《げ》に、「諸行無常、是生滅法、生滅滅已、寂滅為楽」とあって、その一句に当る。

八 格子の裏に板を張ったもの。六二頁注七参照。

九 さまざまな妖怪《ようかい》が、夜中に通行するというもの。

＊ 京都の市中でも、百鬼夜行にあったという例は、『大鏡』三、『江談抄』三、『今昔物語集』一四―四二、『打聞集』二三、『古本説話集』五一などにみえているが、この馬の頭の鬼は、ただ恐ろしいだけではなくて、むしろユーモラスに感じられる。

一〇 冠をもとどりにくくりつけるひも。後《のち》には、巾子《こじ》の根の前に作りつけた。巾子は、冠の頂上の後に高くつき出ているもの。

金の石の買い取り

今は昔、兵衛佐《ひやうゑのすけ》[一]なる人ありけり。冠の上緒《あげを》の長かりければ、世の人、「上緒の主」となんつけたりける《あだ名をつけていた》。西[二]の八条と京極《きやうごく》との畠の中に、あやしの《粗末な》小家一つあり。その前を行くほどに、夕立のしければ、この家に、馬よりおりて入りぬ。見れば、女[三]一人あり。馬を引き入れて、夕立を過《すぐ》すとて、平《ひら》[四]なる小唐櫃《こからびつ》のやうなる石のあるに、尻をうちかけてゐたり。小石をもちて、この石を手まさぐりに《手なぐさみに》、叩きゐたれば、打たれて窪《くぼ》みたる所をみれば、金色[五]になりぬ。希有《けう》《珍しい》のことかなと思ひて、はげ[六]たる所に、土を塗り隠して、女に問ふやう、「この石はなぞの《どのような》石ぞ」。女の言ふやう、「何の石にか侍らん。昔よりかくて侍るなり。昔、長者[七]の家なん侍りける。この屋《や》は、倉どもの跡にて候ふなり」と。まことに見れ[八]ば、大きなる礎《いしずゑ》の石どもあり。さて、「その尻、かけさせ給へる石は、その倉の跡を畠に作るとて、畝《うね》掘るあひだに、土の下より掘り出《いだ》されて侍るなり。それが、かく屋の内に侍れば、かき退《の》けん《どけようと》と思ひ侍れど、女は力弱し。かき退く

一 兵衛府の次官。『大系』の注では、平貞文すなわち平中にあてられている。一四九頁注七参照。

二 西の八条大路と京極大路との交わるあたり。都の西南のはずれに当る。

三 『今昔物語集』二六—一三に、「嫗《オウナ》一人」とある。

四 「唐櫃」は、左右に一本ずつ、前後に二本ずつ、あわせて六本の脚がついて、かぶせ蓋がある長方形の入れ物。『今昔物語集』二六—一三に、「平ナル石ノ碁《ゴ》杯《バン》ノ様ナル有」とある。

五 『今昔物語集』二六—一三に、「銀《シロカネ》ニコソ有ケレト見ツレバ」とある。

六 底本に「はたる」とあるが、諸本によって改めた。

七 金持。富豪。

八 底本に「すれは」とあるが、諸本によって改めた。

べきやうもなければ、憎む憎む《しゃくにさわりながら》、かくて置きて侍るなり」と言ひければ、われ、この石取りてん、〔そうでないと〕のちに、目《め》癖《くせ》ある者もぞ見つくると思ひて《目のきいた者が見つけるかもしれないと思って》、女に言ふやう、「この石われ取りてんよ《取ってやろうよ》」と言ひければ、「よきことに侍り《ありがたいことです》」と言ひければ、その辺に知りたる下人《賤しい者の》の九をんな車を借りにやりて、積みて出でんとするほどに、綿衣《わたぎぬ》一〇を脱ぎて、ただに《ただで》取らんが、罪得がましければ《うしろめたいので》、この女に取らせつ。心も得で《わけもわからないで》、騒ぎ惑《まど》ふ。「この石は、女どもこそよしなし《つまらない》物と思ひたれども、わが家に持て行きて、使ふべきやう一一のあるなり。されば、ただに取らんが《ただでもらっていっては》、罪得がましければ、〔代償として〕かく衣を取らするなり」と言へば、「思ひかけぬことなり。不用の《役にたたない》石のかはりに、いみじき《りっぱな》宝の御衣《おんぞ》の綿のいみじき《お召し物で綿の結構なものを》、賜はらんものとは、あな恐ろし《ああもったいない》」と言ひて、棹《さを》のあるにかけて拝む。

一二さてさて、車にかき載《の》せて、家に帰りて、うち欠《か》きうち欠き売りて、物どもを買ふに、米・銭・絹・綾《あや》一三など、あまたに売り得て《多くの物に換えることができて》、お

九 伊達本・陽明本に、「下人のむな車をかりに」、古活字本に、「下人をむな車をかりに」とある。「むな車」で、から車の意か。
一〇 綿を入れた衣。
一一 底本・伊達本・陽明本に、「よう」とあるが、古活字本などによって改めた。『今昔物語集』二六—一三に、「要」とある。
一二 伊達本・陽明本・古活字本に、「さて」とある。
一三 斜めにうち違えになった模様を織り出した織物。

うき沼の埋め立て

びたたしき徳人《とくにん》[一]になりぬれば、西の四条[二]よりは北、皇嘉門《くわうかもん》[三]よりは西、人も住まぬ、うき[四]のゆふゆふ《ゆらゆらとした》[五]としたる、一町ばかりなるうきあり、そこは買ふとも、価《あたひ》もせじ《値も高くあるまいと》と思ひて、ただすこしに《わずかの金で》買ひつ。主《ぬし》は、不用のうきなれば、畠にも作らるまじ、家もえ建つまじ《建てられまい》、益《やく》なき所《役にたたない》と思ふに、価すこしにても買はんといふ人を、いみじきすき者《大変なものずきと》と思ひて、売りつ。上緒《あげを》の主、このうきを買ひ取りて、津《つ》の国[六]に行きぬ。舟四五艘《さう》ばかり具《ぐ》して《ひき連れて》、難波《なには》[七]わたりに去《い》ぬ。酒、粥《かゆ》など、多く設けて《用意して》、鎌また多う設けたり。行きかふ人を招き集めて、「この酒、粥参れ《召しあがれ》」と言ひて、「そのかはりに、この葦《あし》[八]刈りて、すこしづつ得させよ《私に下さい》」と言ひければ、悦《よろこ》びて集まりつつ、四五束《そく》、十束、二三十束[九]など、刈りて取らす《与える》。かくのごとく三四日刈らすれば、山のごとく刈りつ。舟十艘ばかりに積みて、京へ上る。酒多く設けたれば、上るままに、この下人ども[一〇]に、「ただに《何もしないで》行かんよりは、この綱手《つなで》[一一]引け」と言ひければ、この酒を飲みつつ、綱手[一二]を引きて、いととく《たいそう早く》賀茂川《かもがは》[一三]

一 金持。
二 四条大路の西部。
三 底本に「皇喜門」とあるが、諸本によって改めた。ここでは、皇嘉門大路。この大路の北端の皇嘉門は、大内裏の南西の三門中の西端に当る。
四 湿地。沼地。
五 土地が固まらないで揺れ動くさま。
六 摂津の国。大阪府の西北部と兵庫県の東南部。
七 今日の大阪市とその周辺。
八 イネ科の多年草。水辺に生えて、高さ二メートルに達する。難波の葦は、歌にも詠まれて、よく知られる。
九 『今昔物語集』二六―一三に、「二三束」とある。
一〇 『今昔物語集』二六―一三に、「往還ノ下衆共ニ」とある。
一一 底本・伊達本・陽明本に、「縄手」とあるが、古活字本によって改めた。「綱手」は、舟にかけて引く綱。陸地で川と平行してその綱を引き、舟の運行を促す。
一二 底本に「縄手を」とあるが、諸本によって改めた。
一三 賀茂川の下流。賀茂川は、京都市の東部を流れて、桂川に入る。
一四 車で物を運んで賃金を取る人。
一五 太政官の次官。右大臣の次位。

尻《じり》に引きつけつ。それより、[一四]車借《くるまかし》に物を取らせつつ《与えては》、その葦にて、このうき《沼地に》に敷きて、下人どもを雇ひて、その上に土はねかけて、家を思ふままに造りてけり。

南の町は、[一五]大納言[一六]源貞《みなもとのさだ》といひける人の家、北の町は、この上緒の主の、埋めて造れる家なり。それをこの貞の大納言の買ひ取りて、二町にはなしたるなりけり《ひろげたのであった》。それ、いはゆるこのごろの西の宮[一七]なり。かくいふ女の家なりける《家にあった》金の石を取りて、それを本体として《元手として》、造りたりける家なり。

〔一六二〕[一八]元輔《もとすけ》、落馬の事

今は昔、歌よみの元輔[一九]、[二〇]内蔵助《くらのすけ》になりて、賀茂祭り[二一]の使ひしけるに、一条大路渡りけるほどに、[二二]殿上人《てんじやうびと》の車多く並べ立てて、物見け

一六『今昔物語集』二六―一三に、「源定」とある。源定は、嵯峨天皇の皇子。大納言、右大将、正三位。貞観五年（八六三）に、四九歳で没。

一七『二中歴』には、「四条北、大宮東、高明公家。一本云錦小路南、朱雀西」とあり、『拾芥抄』には、「四条北、朱雀西」とある。

＊『今昔物語集』二六―一三に、これと同話に当るものが収められている。上緒の主と呼ばれる主人公が、偶然の幸運によって、大きな金の石を見つけ、生来の才覚によって、沼地の埋め立てを行って、すばらしい長者の身となったというもの。『乾臊子《けんそうし》』所収の竇乂《とうがい》の致富譚が、この説話の形成に何らかの役割を果したのかもしれない。

一八 清原元輔。深養父《ふかやぶ》の孫、春光の子。肥後守、従五位。永祚二年（九九〇）に、八三歳で没。和歌にすぐれ、梨壺の五人、三六歌仙の中に数えられる。

一九 底本に「基輔」とあり、「基」の傍注に「元歟」とあるが、諸本によって改めた。

二〇 内蔵寮の次官。内蔵寮は、中務省に属して、皇室の財物や宝器などをつかさどった。

二一 賀茂祭りの勅使。賀茂祭りは、京都市の賀茂別雷神社および賀茂御祖神社の祭り。四一二頁注一参照。

二二 殿上の間に昇るのを許された人。四位、五位の人、および六位の蔵人をいう。

る前渡る程に、おいらかにては渡らで《おだやかには通らないで》、人見給ふにと思ひて、馬をいたくあふりければ《強くあぶみで蹴ったので》、馬一狂ひて《暴れて》落ちぬ。年老いたる者の、頭をさかさまにて落ちぬ。二君達《きんだち》、あないみじと《ああ大変だと》見るほどに、いととく《たいそう早く》起きぬれば、冠《かぶり》脱げにけり。三髻《もとどり》つゆなし《少しもない》。ただ四ほとぎを被《かづ》きたるやうにな《かぶったようにつるり》んありける《とはげていた》。

説き聞かせた道理

馬添《ぞ》ひ五、手まどひをして《あわてふためいて》、冠を取りて、着せさすれど《かぶらせるが》、後ざまに《後の方にかき》かきて《やって》、「あな《ああ》騒がし。しばし《しばらく》待て。君達に聞ゆべきことあり《申さなければならないことがある》」とて、殿上人《てんじやうびと》どもの車の前に歩《あゆ》み寄る。日のさしたるに、頭きらきらとして、いみじう《ひどく》見苦し。大路の者、市《いち》をなして《おおぜい集まって》、笑ひののしる《笑い騒ぐ》ことと限りなし。車、六桟敷《さじき》の者ども、笑ひののしるに、七一つの車の方ざまに《方に》歩み寄りて言ふやう、「八君達、この馬より落ちて、冠落したるをば、をこなりとや思ひ給ふ《おろかだと思われるのか》。しか思ひ給ふまじ《そのようには思われまい》。その故《ゆゑ》は、心ばせ《思慮》ある人だにも《深い人でさえも》、物につまづき倒るることは、常のことなり。まして、馬は心あるものにもあらず《分別のあるものではない》。この大路は、いみじう《まことに》石高し。

一 『今昔物語集』二八—六に、「元輔が乗タル狂馬《カザリウマ》大躓《オホキニツマヅキ》シテ、元輔頭ヲ逆様ニシテ落ヌ」とある。
二 貴族の子弟。
三 頭上に髪を束ねた部分。
四 湯水を入れる瓦製の器。胴が太く、口が小さい。
五 馬の口取り。
六 物見のための床の高い仮の建物。
七 『今昔物語集』二八—六に、「君達ノ車ノ許ニ」とある。
八 『今昔物語集』二八—六に、「君達ハ元輔ガ此ノ馬ヨリ落テ、冠落シタルヲバ嗚呼《ヲコ》也トヤ思給フ」とある。

馬は口を張りたれば《手綱で引っぱっているので》、歩まんと思ふだに歩まれず。と引き《ああ引き》、から引《こう引き》き、くるめかせば《ぐるぐると引きまわすと》、倒れなんとす。馬を悪《あ》しと思ふべきにあらず。唐鞍《からくら》[九]はさらなる《いうまでもなく》、鐙《あぶみ》[一〇]のかくうべくもあらず。それに、馬はいたく《ひどく》つまづけば落ちぬ。それ悪《わろ》からず。また冠の落つるは、物して結ふ《紐などで結びつける》ものにあらず《ものではない》。髪[一一]をよくかき入れたるに《〔冠のこじに〕さし入れてあるので》、とらへらるるものなり《〔頭に〕とめられているものだ》。それに、鬢《びん》[一二]は失せにたれば、ひたぶるに《まったく何もない》なし。されば、落ちん冠恨むべきやうなし。また例なきにあらず。何の《なにがしの》大臣は、大嘗会《だいじやうゑ》[一三]の御禊《ごけい》[一四]に落つ。何の中納言は、その時の行幸[一五]に落つ。かくのごとくの例も、考へやるべからず《考えきれないほどである》。しかれば、案内《あんない》も知り給はぬ《事情もおわかりにならない》この頃の若き君達、笑ひ給ふべきにあらず。笑ひ給はば、かへりてをこなるべし《かえっておろかなことであろうよ》」とて、車ごとに、手を折りつつ数へて、言ひ聞かす。

かくのごとく言ひ果《は》てて《言いおわって》、「冠持て来《こ》」と言ひて《いいつけて》なん、取りて《受けとってか》さし入れける《ぶった》。そのときに、とよみて笑ひののしること限りなし《どっと笑いざわめくことは一通りでない》。冠せさすとて《お着せしようと》、寄りて、馬添ひの言はく《馬の口取りがいうのには》、「落ち給ふ、すなはち《お落ちになるとすぐに》、冠

九 飾り馬に置いた鞍。唐風にまねて、雲珠《うず》、杏葉《ぎようよう》などの飾りをつける。御禊《ごけい》の行幸の供奉の公卿、春日祭りや賀茂祭りの勅使などが用いた。

一〇 「鐙」は、鞍の両脇にさげて、乗る人が両足を踏みかけるもの。『今昔物語集』二八―六に、「物可物《モノスベ》クモ非ズ」とある。鐙では体をつなぎとめることもできずの意か。

一一 冠をつける時は、髻《もとどり》を巾子《こじ》に入れて、根元にかんざしを挿す。巾子は、冠の頂上の後部に高くつき出たもの。

一二 結髪の左右の両側の部分。

一三 天皇が即位の後に、最初に行う新嘗祭。新穀をもって天神地祇を祭る。

一四 大嘗会の前の一〇月に、天皇が賀茂川原で行う禊《みそぎ》の式。

一五 『今昔物語集』二八―六に、「其ノ年ノ野ノ行幸《ミユキ》ニ」とある。

を奉らで《召さないで》、などかくよしなしことは《どうしてこのようにつまらないことをば》、仰せらるるぞ」と問ひければ、「しれごとな言ひそ《ばかなことを言うな》。かく道理を言ひ聞かせたらばこそ、この君達は、後々にも笑はざらめ《笑わないであろう》。さらずは《そうでなければ》、口さがなき《口のわるい》君達は、長く笑ひ《いつまでも笑い》なんものをや《ものにするだろうに》」とぞ言ひける。人笑はすること、役にするなりけり《役目にするのであった》。

〔一六三〕俊宣《としのぶ》[一]、迷《まど》[二]はし神にあふ事

今は昔、三[三]条院の八幡《やはた》[四]の行幸に、左京属《さきやうのさくわん》[五]にて、邦《くにの》俊宣といふ者の供奉《ぐぶ》したりけるに、長岡[六]に寺戸といふ所の程行きけるに、人どもの、「この辺には、迷《まよ》[七]ひ神あんなる《いるという》辺《へん》ぞかし」と言ひつつ渡る《通る》ほどに、「俊宣も、さ聞くは《そのように聞いているよ》」と、言ひてゆくほどに、過ぎもやらで《通り過ぎもしないで》、日もやうやうさがれば《しだいに傾くので》、今は山崎[八]のわたりには行き着きぬべきに《あたりには行き着くはずであるが》、あやしう《変なことに》同じ長岡の辺を過ぎて、乙訓川《おとくにがは》[九]の面《つら》を《ほとりを》行くと思へば、また寺戸

＊『今昔物語集』二八—六にも、これと同話に当るものが収められている。柳田国男氏の『不幸なる芸術』にも説かれたように、『今昔物語集』のこの巻には、さまざまな「をこ」に関する話が集められており、多くのものいいの巧みな人が現れてくる。この主人公の元輔は、清少納言の父親に当るが、それについても、「此ノ元輔ハ、馴者《なれ》ノ、物可咲《ヲカシ》ク云テ人咲《ワラ》ハスルヲ役《ヤク》ト為《ス》ル翁ニテナム有ケレバ、此《カク》モ面《オモ》無ク云也《イフナリ》ケリトナム語リ伝ヘタルトヤ」と記されている。

人に憑く迷わし神

一 『今昔物語集』二七—四二に、「邦《クニ》ノ利延《トシノブ》」とある。『平安遺文』二、長徳二年（九九六）一一月二五日の分に、「左史生国利□」とあり、『除目大成抄』七に、「長保二年（一〇〇〇）秋、左京少属従七位上国宿禰利述、左弁官庁直史生」とある。
二 人を錯乱させて道に迷わせる神。
三 第六七代の天皇。冷泉天皇の皇子。寛弘八年（一〇一一）から長和五年（一〇一六）まで在位。寛仁元年（一〇一七）に、四二歳で崩。
四 京都府八幡市男山の石清水八幡宮。貞観元年（八五九）に、行教によって宇佐から勧請されて、朝廷や貴族の崇敬をうけた。
五 左京職の四等官。「左京職」は、七五頁注七参照。
六 京都府向日市寺戸。

の岸を上《のぼ》る。寺戸過ぎて、また行きもてゆき《どんどん行って》て、乙訓川の面に来て渡るぞと思へば、またすこし[一〇]桂川《かつらがは》[一一]を渡る。やうやう《しだいに》日も暮れ方になりぬ。後先《しりさき》見れども、人一人も見えずなりぬ。後先にはるかにうち続きたりつる[一二]人も見えず。夜の更けぬれば、寺戸の西の方なる[一三]板屋の軒におりて、夜を明かして、つとめて《翌朝》思へば、われは左京の官人《くわんにん》[一四]なり、九条にてとまるべきに、かうまで《ここまで》来つらん《来てしまったとは》、きはまりてよしなし《まったくつまらないことだ》、それに《それにしても》、同じ所を、夜一夜《夜どおし》めぐりありきけるは、九条の程より、迷《まよ》はかし神の憑《つ》きて率《ゐ》[一五]てくるをし[一六]て、かうしてけるなめり《このようにしてしまったのであろうと思って》と思ひて、明けてなん《夜が明けてから》、西京《にしのきやう》[一七]の家には帰り来たりける。

俊宣が、まさしう《たしかに》語りしことなり。

〔一六四〕亀を買ひて放つ事

七 前出の「迷はし神」と同じ。注二参照。
八 京都府乙訓郡大山崎町。
九 京都市右京区大枝山から出て、向日市の西方を流れて、桂川に合流する川。通称を小畑川という。
一〇 『今昔物語集』二七―四二に、「過ニシ」とある。
一一 京都市右京区桂町を流れる川。三八八頁注三参照。
一二 底本には「人も」から「板屋の」までがなく、諸本によって補った。
一三 板葺きの家。
一四 太政官や各省などにおける、初位から六位までの官吏。
一五 底本に「いてくるを」とあるが、「出で来るを」ではなくて、「率て来るを」にあたり、「連れてくるのを」の意であろう。
一六 古活字本などに、「しらて」とある。
一七 大内裏から羅城門に至る朱雀大路より西の地。
＊『今昔物語集』二七―四二に、これと同話に当るものが収められている。その結末には、「然レバ、迷ハシ神ニ値《アヒ》ヌルハ、希《ケ》有《ウ》ノ事也。此《カ》ク心ヲモ□カシ、道ヲモ違《タガ》ヘテ謀《タバカ》ル也。狐ナドノ為《ス》ルニヤ有ラム」と記されている。今日でも、狐や狸などに憑《つ》かれて、道に迷ったということは、かなりよく聞かれる。

助けてもらった亀

昔、天竺《てんぢく》[一]の人、宝を買はんために、銭五十貫[二]を子に持たせてやる。大きなる川の端《はた》を行くに、舟に乗りたる人あり。舟の方《かた》を見やれば、舟より、亀[三]、首をさし出《いだ》したり。銭持ちたる人、立ち止りて、その亀をば、「何の料《れう》ぞ」《ためのものか》と問へば、「殺して物にせんずる」《何かにしようとするのだ》と言ふ。「その亀買はん」と言へば、この舟の人言はく、[四]いみじき大切の《非常に大事な》ことありて、設けたる《用意した》亀なれば、いみじき《たいそうな》価《あたひ》なりとも《値段であっても》、売るまじきよしを言へば、なほあながちに《無理やりに》手を摺《す》りて〔たのんで〕、この五十貫の銭にて、亀を買ひ取りて放ちつ。

返してこられた銭

心に思ふやう、親の、宝買ひに隣の国へやりつる銭を、亀にかへ[五]《替えて》てやみぬれば《しまったので》、親、いかに腹立ち給はんずらむ《どんなに腹を立てられるだろう》、さりとて《そうかといって》また、親のもとへ行かであるべきにあらねば《行かないですませるわけにもゆかないので》、親のもとへ帰り行くに、道に《途中で》人あひて言ふやう、「[六]ここに亀売りつる人は、この下の渡りにて、舟うち返して《ひっくり返して》死にぬ」となん語るを聞きて、親の家に帰り行きて、銭

一　インドの古称。『法苑珠林《ほうおんじゅりん》』一八によると、「陳暘州厳恭」とある。

二　『法苑珠林』一八に、「銭五万」、『今昔物語集』九―一三に、「銭五千両」、『打聞集《うちぎきしゅう》』二一に、「銭五千巻」とある。

三　『法苑珠林』一八に、「龜五十」、『今昔物語集』九―一三に、「亀五ツ」、『打聞集』二一に、「亀五」とある。

四　『今昔物語集』九―一三に、「无限《カギリナ》キ要有《エウアリ》テ、構《カマヘ》テ鈎《ツ》リ得タル亀也」とある。

五　『今昔物語集』九―一三に、「亀ヲ買テ」とある。

六　『今昔物語集』九―一三に、「ソコノ銭ヲ以テ亀買ヒ取リ給ヒツル人ハ」、『打聞集』二一に、「ソコニ銭ニ亀ウリツル人ハ」とある。「そこ」は、あなたの意。

七　『今昔物語集』九―一三に、「我レ、更ニ銭不返《カヘシ》奉《タテマツラ》ズ、其ノ銭ヲ以テ、亀ヲ買テ、然々《シカシカ》亀ヲバ放《ハナチ》ツ」、

は亀にかへつるよし語らんと思ふほどに、親の言ふやう、「何とて、この銭をば返しおこせたる《返してよこしたのか》ぞ」と問へば、子の言ふ、「さること[七]なし。その銭にては、しかじか《これこれで》亀にかへてゆるしつれば《放してやったので》、そのよしを申さんとて、参りつるなり」と言へば、親の言ふやう、「黒き衣《ころも》着たる人、同じやうなるが五人、おのおの十貫[八]づつ、持ちて来たりつる。これぞなり《これがそうだ》」とて見せければ、この銭、いまだ濡れながらあり。はや《実は》、買ひて放しつる亀の、その銭、川に落ち入るを見て、取り[九]持ち、親のもとに、子の帰らぬさきにやりけるなり。

〔一六五〕夢買ふ人の事

昔、備中《びつちゆう》[一〇]の国に郡司[一一]ありけり。それが子に、ひきのまき人[一二]といふありけり。若き男にてありけるとき、夢を見たりければ、あはせさ[一三]

『打聞集』二一に、「銭返奉ズ。銭ハ然々也」とある。
八 『今昔物語集』九―一三に、「銭千両」、『打聞集』二一に、「銭千巻」とある。
九 伊達本・陽明本・古活字本に、「とりもちて」とある。
* 『今昔物語集』九―一三、『打聞集』二一に、これと同話に当るものが収められている。特に『打聞集』の記事は、「亀ノ奇有事ニ注タルナリト有僧語シナリ」と結ばれている。『冥報記』上―一一には、その原拠に当るものがあって、『法苑珠林』一八「敬法篇感応縁」、『太平広記』一一八にも引かれている。それによると、主人公の一家は、この奇異に感じて、『法華経』の書写に励み、富貴の身となったとつけ加えられている。
一〇 岡山県の西部。古代の吉備国の一部に当る。
一一 国司の下にあって、郡を治める官吏。大領・少領・主政・主帳などに分れるが、特に大領をさす。
一二 吉備真備《きびのまきび》のことか。吉備真備は、奈良時代の学者。下道国勝《しもみちのくにかつ》の子。霊亀二年（七一六）に入唐。天平七年（七三五）に帰朝。天平勝宝四年（七五二）に入唐副使となり、大宰大弐《だざいのだいに》、造東大寺長官などを経て、従二位右大臣に至る。宝亀六年（七七五）に、八三歳で没。
一三 「夢をあはす」とは、夢を考えあわせて吉凶を占うこと。夢合せ、夢解きに当る。

夢解きの女

せんとて、夢解《と》[一]きの女のもとに行きて、夢あはせてのち、物語してゐたるほどに、人々あまた声して来なり《来るようである》。国守[二]の御子の太郎君[三]のおはするなりけり《おいでになるのであった》。年は十七八ばかりの男にておはしけり。心ばへは知らず《気だては知らないが》、かたちは清げなり。人四五人ばかり具《ぐ》したり《連れていた》。「これや夢解きの女のもと《ここが夢解きの女の家か》」と問へば、御供の侍《さぶらひ》、「これにて候ふ《ここでございます》」と言ひて来れば、まき人は上の方の内に入りて、部屋のあるに入りて、穴より覗《のぞ》きて見れば、この君、入り給ひて、「夢をしかじか《これこれと》見つる、いかなるぞ《どういうものか》」とて、語り聞かす。女、聞きて、「よにいみじき《本当にすばらしい》御夢なり。かならず大臣までなりあがり給ふべきなり《ご出世なさるはずです》。かへすがへす、めでたく御覧じて候ふ《結構な夢をご覧になりました》。あなかしこ、あなかしこ《決して決して》、人に語り給ふな」と申しければ、この君、嬉しげにて、衣《きぬ》を脱ぎて、女に取らせて《与えて》帰りぬ。

そのをり、まき人、部屋より出でて、女に《〔夢解きの〕》言ふやう、「夢は取る[四]といふことのあるなり《あるそうだ》。この君の御夢、われに取らせ給へ。国守は四年過ぎぬれば、帰り上《のぼ》りぬ《〔都へ〕》。われは国人なれば《私はこの国の者だから》、いつも長らへてあ《いつまでも長くいるであろ》

一 夢の吉凶を判断すること。
二 国司の長官。
三 長男。
四 他人の夢を、取ったり買ったりすることができると信じられていた。

夢の売り買い

夢取りの出世

らんずるうへに《うがそのうえに》、郡司の子にてあれば、われをこそ大事に思はめ《思うがよかろう》」と言へば、女「のたまはんままに《おっしゃるとおりにいたしましょう》侍るべし。さらば、おはしつる君《先程いらっしゃった》のごとくにして《若君のようにして》、入り給ひて《［この家に］》、その《若君の》語られつる夢を、つゆ《すこし》も違《たが》はず語り給へ」と言へば、まき人悦《よろこ》びて、かの君のありつるやうに《あの君がなさったように》、入り来て、夢語りをしたれば、女同じやうに言ふ。まき人、いと嬉しく思ひて、衣を脱ぎて、取らせて《与えて》去りぬ。

そののち、文[五]を習ひ読み[六]ければ、ただ通りに通りて《上達に上達を重ねて》、才《ざえ》ある人に《学識のある》なりぬ《人になった》。おほやけ[七]、きこしめして《お聞きになって》、試みらるるに、まことに才深くありければ、唐《もろこし》[八]へ、「ものよくよく習へ」とて、遣《つか》はして、久しく唐にありて、さまざまのことども習ひ伝へて、帰りたりければ、帝《みかど》、かしこき《すぐれた》者におぼしめして、次第《しだい》になしあげ給ひて《ご昇進させなさって》、大臣までになされにけり。

されば、夢取ることは、まことにかしこき《大した》ことなり。かの夢取られたりし備中守[九]の子は、司《つかさ》もなき者にてやみにけり《官職もない者でおわってしまった》。夢を取られざ《取られなかっ》

五 おもに漢詩文をさす。
六 伊達本・陽明本・古活字本に、「よみたれは」とある。
七 朝廷または天皇をいう。
八 吉備真備は、霊亀二年（七一六）に留学生として入唐、天平七年（七三五）に帰朝した。
九 底本に「侍中守の」とあるが、諸本によって改めた。

らましかば《たならば》、大臣までもなりなまし《なったであろうに》。されば、「夢を人に聞かす《聞かせて》まじきなり《はならないものだ》」と言ひ伝へたり。

〔一六六〕 大井光遠《おほゐのみつとほ》[一]の妹、強力《がうりき》の事

昔、甲斐《かひ》[二]の国の相撲《すまひ》[三]、大井光遠は、短太《ひきふと》にいかめしく《背が低く太ってがっしりしており》、力強く、足速《はや》く、みめ《顔つき》、ことがらよりはじめて《人柄をはじめとして》、いみじかりし《りっぱな》相撲なり。それが妹に、年[四]二十六七ばかりなる女の、みめ、ことがら、けはひ《様子も》もよく、姿も細《ほそ》やかなるありけり。それは退《の》きたる《離れた》家に住みけるに、それが門に、人に追はれたる男の、刀を抜きて走り入りて、この女を質《しち》に《人質に》取りて、腹に刀をさしあててゐぬ。

人走り行きて、兄《せうと》の光遠に、「姫君は質に取られ給ひぬ」と告げければ、光遠が言ふやう、「そのおもと《あの妹は》[五]は、薩摩《さつま》[六]の氏長《うぢなが》《氏長ぐらいであっ》ばかりこそは、

＊『三国遺事』一には、妹の文姫が姉の夢を買いとったというが、『曾我物語』二でも、時政の姉娘が妹の夢を買いとったために、頼朝の北の方として栄えたと語られている。そのときの夢は、「いづくともなくたかき峰にのぼり、月日を左右の袂《たもと》にをさめ、橘《たちばな》の三つなりたる枝をかざす」というものであった。このように、夢を買いとるということは、夢買い長者などの昔話としても伝えられており、『定本柳田国男集』六の「昔話と文学」などにも論じられている。

人質に取られた女

一 『続本朝往生伝』の一条天皇の条に、「異能」の一人としてあげられる。『権記』の長保二年（一〇〇〇）七月二七日の相撲の記事に、「三番、左大井光遠、右紀持堪、勝」とあり、同書の寛弘四年（一〇〇七）八月二〇日の相撲の記事に、「三番、左大井光遠、右秦常正、雖無勝負足為観、常正極神妙也、常正光遠相互申障被免」とある。

二 山梨県。

三 「相撲取り」の略。『今昔物語集』二三―二四に、「甲斐国大井ノ光遠ト云左ノ相撲人《スマヒビト》有キ」とあって、左近衛府に属する相撲取りとみられる。

四 『今昔物語集』二三―二四に、「年二十七八許《バカリ》ニテ」とある。

質に取らめ《てこそ》[七]《人質に取れよう》」と言ひて、何となくてゐたれば《気にもかけないでいたので》、告げつるをのこ、怪しと思ひて、立ち帰りて、物より覗《のぞ》けば、九月ばかりのことなれば、[八]薄色の衣《きぬ》一重ねに、紅の袴《はかま》を着て、《〔袖口で〕》[九]口おほひしてゐたり。男は大きなるをのこの恐ろしげなるが、大の刀を逆手《さかて》[一〇]に取りて、腹にさしあてて、足をもて《足で》、後《うしろ》より抱《いだ》きてゐたり。

矢竹を押し砕く女

この姫君、[一一]左の手しては、顔を塞《ふた》ぎて泣く。右の手しては、前に[一二]矢篦《やの》の荒作りたるが、二三十ばかりあるを取りて、手ずさみに《手なぐさみに》、節《ふし》の本《もと》を指にて、板敷に押しあててにじれば《押しつけすり動かすと》、朽木《くちき》の柔かなるを、押し砕くやうに砕くるを、この盗人、目をつけて見るに、あさましく《あまりのことに驚い》なりぬ《てしまった》。[一三]いみじからん《たいそう力の強い》兄《せうと》の主《ぬし》、鉄槌《かなづち》をもちて打ち砕くとも、かくは《こうはゆく》あらじ《まい》、ゆゆしかりける力かな《気味のわるいほど強い》、このやうにては《この有様では》、ただ今のまに《一瞬のうちに》、われは取り砕かれぬべし《自分など捻りつぶされてしまうだろう》、無益《むやく》なり《むだだ》、逃げなんと《逃げようと》思ひて、人目をはかりて《すきをうかがって》、飛び出でて、逃げ走るときに、末に《後から》人ども走りあひて捕へつ。縛《しば》りて、光遠がもとへ具《ぐ》して行きぬ《連れていった》。

五　二人称の代名詞で、敬意を含んで、女性に対して用いられる。
六　『二中歴』の一能歴では、相撲の項の筆頭に、薩摩氏長の名があげられている。『三代実録』の仁和二年（八八六）五月二八日の条に、天下無双の相撲として、阿刀根継とともに、伴氏長の名がみられる。『新猿楽記』や『太平記』八などには、薩摩氏長の子孫について記されている。薩摩は、鹿児島県の西部。
七　底本に「とゝめ」とあるが、諸本によって改めた。
八　薄紫色。または二藍の薄いもの。二藍は、紅花と藍とで染めた色。
九　女が恥ずかしそうに、袖などで口をおおって顔をかくすしぐさ。
一〇　刀の柄をさかさにもつこと。
一一　『今昔物語集』二三―二四に、「右ノ手シテ、男ノ刀抜テ差宛《サシアテ》タル手ヲ和《ヤハ》ラ捕《トラヘ》タル様ニシテ、左ノ手ニテ顔ノ塞《フサギ》タルヲ、泣々ク其ノ手ヲ以テ、前ニ箭篠《ノ》ノ荒造タルガ二三十許打散サレタルヲ、手マサグリニ節ノ程ヲ指ヲ以テ板敷ニ押蹉《ニジリ》ケレバ」とある。
一二　矢柄。矢の幹。
一三　『今昔物語集』二三―二四に、「此ノ睨《ノゾ》ク男モ、此ヲ見テ思ハク、兄ノ主ウベ騒ギ不給《タマハヌ》ハ也《ナリ》ケリ、極《イミジ》カラム兄ノ主、鉄槌《カナヅチ》ヲ以テ打砕カバコソ此ノ竹ハ此クハ成ラメ」とある。

光遠《みつとほ》、「[一]いかに思ひて逃げつるぞ」と問へば、申すやう、「大きなる矢《や》篦《の》の節《ふし》を、朽木《くちき》なんどのやうに、押し砕き給ひつるを、あさま《あきれた》し《ことだと思って》と思ひて、[二]恐ろしさに逃げ候ひつるなり」と申せば、光遠、うち笑ひて、「いかなりとも《どのようにしても》、その御もとは《妹は》よも突かれじ《よもや突かれまい》。突かんとせん手を取りて、[三]かいねぢて、上ざまへ《上の方へ》突かば、肩の骨は上ざまへ出でて、ねぢられなまし《ねじられてしまうだろう》。[四]かしこく《さいわいに》、おのれが《おまえの》腕抜《かひな》かれまじ、[五]宿世《すくせ》ありて、御もとはねぢざりけるなり《ねじらなかったのだ》。光遠だにも、おれをば《おまえをば》、手殺し《手にと》に殺してん《って殺してしまう》。腕をばねぢて、腹、胸を踏まむに、おのれは生きてん《生きていられ》や《ようか》。それに、かの《あの》御もとの力は、光遠二人ばかり合はせたる力にておはするものを。さこそ《あのように》細《ほそ》やかに、女めかしく《女らしく》おはすれども、光遠が手戯《たはぶ》れするに《手でいたずらすると》、捕へたる腕《うで》を捕へられぬれば、手ひろごりてゆる《手がひろがって放してしま》しつべきものを《うのに》。あはれ《ああ》、をのこ子にてあらましかば、あふ《敵対する》敵《かたき》もな《ない》くてぞあらまし《であろうのに》。口惜《くちを》しく《残念にも》女にてある」と言ふを聞くに、この盗人、死にぬべきここちす。女と思ひて、いみじき質《すばらしい人質を》を取りたると思ひて

一 『今昔物語集』二三—二四に、「汝、何《イカ》ニ思テ質ニ取許《トルバカリ》ニテハ棄逃《ステテ》ツルゾ」とある。

二 『今昔物語集』二三—二四に、「此許《カクバカリ》ノ力ニテハ腕折リ被砕《クダカ》レヌト思給《オモヒタマヘ》テ、逃候ツル也」とある。

三 「掻き捻ぢて」の音便。

四 『今昔物語集』二三—二四に、「賢ク己《オノレ》ガ肱《カヒナ》ノ不抜《ヌケ》ザシキ宿世ノ有テ、其ノ女房ハ不《セ》ザリケル也」とあり、「不抜ザシキ」は、「不抜マジキ」と解されている。

五 前世からの因縁。

六 『今昔物語集』二三—二四に、「其ノ女房、鹿ノ角ノ大ナルナドヲ膝宛テ、ソコラ細キ肱《カヒナ》ヲ以テ枯木ナド折ル様ニ打砕ク者ヲゾ。増テ己ヲバ可云《イフベ》キニモ非ズ」

とある。
＊『今昔物語集』二三—二四には、これと同話に当るものが収められている。『今昔』の二三という巻は、武勇や強力に関する話が集められているが、特に強力の女の話としては、この大井光遠の妹の話とともに、道場法師の子孫の話が収められており、『日本霊異記』中—四および二七に基づくものと認められる。『古今著聞集』一〇にも、「相撲強力」という項があって、大井子と金というような、二人の大力の女が取りあげられている。後代まで民間の伝承では、土佐の岩井のおかねなど、同じような大力の女について話されている。大力という特異な能力は、おもに女の血筋を通して伝えられると考えられたものであろう。

七『法苑珠林』七四に、「唐貞観中、魏王府長史京兆人韋慶植」とあり、『今昔物語集』九—一八に、「震旦《シンダン》ノ貞観ノ中《アヒダ》ニ、魏王府ノ長吏トシテ、京兆ノ人、韋ノ慶植ト云フ人有ケリ」とある。

若くて死んだ女

八『法苑珠林』七四に、「先亡」、『今昔物語集』九—一八に、「幼クシテ死ヌ」とある。

羊に生れ変った女

九 同族。同じ家系に属するもの。

あれども、その儀《ぎ》はなし。「おれをば殺すべけれども《おまえをば殺してもよいが》、御もとの死ぬ《死にそう》べくは《になったのならば》こそ殺さめ。おれ死ぬべかりけるに《おまえは死ぬべきはずであったのに》、かしこうとく《さいわいにも素早く》逃げて退《の》きたるよ。[六]大きなる鹿の角《つの》をば、膝にあてて、小さき枯木の細きなんどを、折るやうに折るものを」とて、追ひ放ちてやりけり。

〔一六七〕ある唐人《もろこしびと》、女《むすめ》の羊に生れたる知らずして殺す事

今は昔、唐[七]に、何とかやいふ司《つかさ》になりて、下らんとする者侍りき。名をば、慶植《けいそく》といふ。それが女《むすめ》一人ありけり。ならびなくをかしげ《愛らしかった》なりし《が》、[八]十余歳にして失《う》せにけり。父母、泣き悲しむこと限りなし。

さて二年ばかりありて、田舎《ゐなか》に下りて《下ろうとして》、親しき[九]一家《いっけ》の一類はらから《兄弟》集めて、国へ下るべきよしを言ひ侍らんとするに、市《いち》より羊を買ひ取りて、この人々に食はせんとするに、その母が夢にみるやう、

[一]失《う》せにし《亡くなった》女《むすめ》、青き衣を着て、白きさいでして《布切れで》、頭《かしら》を包みて、髪に玉の簪《かんざし》一よそひを《一そろいを》さして来たり。生きたりしをりに変らず、母に言ふやう、「わが生きて侍りしときに、父母、われをかなしうし給ひて《かわいがって下さって》、万《よろづ》を任《まか》せ給へりしかば《何でも好きなようにさせて下さったので》、親に申さで、物を取り使ひ、また人にも取らせ《与え》侍りき《ました》。盗みにはあらねど、申さでせし罪により《お許しをえないでした罪によって》、今羊の身を受けたり。来たりて《現世に来て》、[二]その報《ほう》を尽し侍らんとす《むくいをつぐなおうとしています》。明日、まさに首白き羊になりて、殺されんとす。願はくは《どうぞ》、わが命を許し給へ」と言ふと見つ。

ついに殺された羊

おどろきて《目をさまして》、つとめて《あくる朝》、[三]食物《くひもの》する所を見れば《調理する所にいって見ると》、まことに、青き羊の、首白きあり。脛《はぎ》、背中白くて候ふに[四]、二つの斑《まだら》あり、常の人の簪さす所なり。母、これを見て、「しばし、この羊な殺しそ《殺してはいけない》。[五]殿帰りおはしてのちに、案内申して許さんずるぞ《事情を申し上げて助けようと思う》」と言ふに、[六]守殿《かうのとの》、ものより《どこかから》帰りて、「など、人々参り物は遅き《食事がおそいのか》」とて、むつかる《叱りつける》。「され《「料理人が」》ば、この羊を調じ侍りて《調理しまして》、よそはんとするに《器にもろうとしますと》、うへの御前《奥様が》、『しば

一 『法苑珠林』七四に、「其亡女著青裙白衫、頭髪上有一双玉釵」とあり、『今昔物語集』九—一八に、「死ニシ娘、青キ衣ヲ着テ白キ衣ヲ以テ頭ヲ裹《ツツミ》テ、髪ノ上ニ玉ノ釵一双ヲ差テ来タリ」とある。

二 『今昔物語集』九—一八に、「其ノ報ヲ償《ツクノ》ハムガ為ニ」とある。

三 『今昔物語集』九—一八に、「飲食ヲ調フル所ヲ見レバ」とある。

四 古活字本などに、「頭に」とある。

五 『法苑珠林』七四に、「待慶植至放送之」とあり、『今昔物語集』九—一八に、「家ノ主出ヌレバ、還リ来テ後ニ告ゲテ免《ユル》サムト為ル也」とある。

六 国守の殿。慶植をさす。

し、な殺しそ。殿に申して許さん』とて、とどめ給へば」など言へ〔主人は〕ば、七腹立ちて、「僻事《ひがこと》なせさせそ」《道理にあわないことをさせるな》とて、殺さんとて、〔羊を〕つりつけたる《つり下げたが》に、この八客人《まらうど》ども、来て見れば、いとをかしげにて《まことに愛らしくて》、顔よき女子の、十余歳ばかりなるを、髪に縄つけて、つりつけたり。この女子の言ふやう、「わらはは《私は》、この守の女《むすめ》にて侍りしが、羊になりて侍るなり。今日の命を、御前たち《皆様がた》、助け給へ」と言ふに、この人々、「あなかしこ《ああそれはそれは》、あなかしこ。ゆめゆめ《けっして》殺すな。申して来ん」とて行くほどに、この食物《くひもの》する人は《料理人には》、例の《普通の》羊と見ゆ。「定めて《きっと》遅しと腹立ちなん」とて、うち殺しつ。その羊のなく声、この殺す者の耳には、ただ常の羊のなく声なり。さて、羊を殺して、炒《い》り、焼き、さまざまにしたりけれど、この客人どもは、物も食はで帰りにければ、怪《あや》しがりて、人々に問へば、しかじかなりと《これこれであると》、はじめより語りければ、悲しみて、惑《まど》ひけるほどに、病になりて死ににければ、田舎《ゐなか》にも下〔司として〕り侍らずなりにけりとぞ。

七『今昔物語集』九—一八に、「家主、専《モハラ》ニ飲食《オンジキ》ヲ速ニ勧メムガ為ニ、女主ニ不告ズシテ羊ヲ致《コロ》サムト為ル二、既ニ鈎《ツ》リ係《カ》ケツ」とある。

八 まれに来る人で、客の意。

＊『今昔物語集』九—一八に、これと同話に当るものが収められている。その原拠に当るものは、『冥報記』下—一三にあって、『法苑珠林』七四の「十悪篇偸盗部感応縁」にも引かれている。輪廻転生の思想に基づくものであるが、『今昔』の記事では、「此レヲ以テ思フニ、飲食に依テノ咎也。然レバ、飲食ハ、少シ持隠シテ調へ可備《ソナフベ》キ也、心ニ任セテ、迷ヒ調へ不可備《ソナフベカラ》ズトナム語リ伝へタルトヤ」と結ばれている。

〔一六八〕上《かみ》[一]つ出雲寺別当《いづもじのべつたう》[二]、父の鯰《なまづ》になりたるを知りながら殺して食ふ事

今は昔、王城の北《都の北》、上つ出雲寺といふ寺、建ててよりのち、年久しくなりて、御堂も傾《かたぶ》きて、はかばかしう《きちんと》修理する人もなし。この近う、別当侍りき。その名をば、上覚[三]となんいひける。[四]これぞ前《さき》の別当の子に侍りける。あひつぎつつ《〔この寺は〕つぎつぎに》、妻子もたる法師ぞ知り侍りける《寺務をつかさどっていた》。いよいよ寺はこぼれて《こわれて》、荒れ侍りける。さるは《実は》、伝教《でんげう》[五]大師の、唐《もろこし》にて、天台宗[六]立てん所を選び給ひけるには《お選びになったときには》、この寺の所をば、絵にかきて遣《つか》はしける。「高雄《たかを》[七]・比叡山《ひえいざん》・上《かむ》つ寺と、三つの中にいづれか《どれが》よかるべき《よいだろうか》」とあれば、「この寺の地は、人にすぐれてめでたけれど《よそよりもすぐれて結構であるが》、僧なん、乱《らう》がはしかるべき《みだりがわしくなるであろうということだったので》」とありければ、それによりて、とどめたる所なり《とりやめた所である》。いとやむごとなき《まことに尊い》所なれど、いかなるにか《どういうわけか》、さ[八]

一 京都市上京区鞍馬口通りの上御霊神社境内にあった寺。延暦年間に最澄の創建にかかり、御霊会の修法堂であった。
二 一山の寺務を総轄する役僧。

上つ出雲寺という寺

三 伝未詳。『今昔物語集』二〇―三四に、「浄覚」とある。
四 底本には「これぞ」から「侍りける」までがないが、諸本によって補った。
五 最澄。三津百枝の子。延暦二三年（八〇四）に入唐、同二四年（八〇五）に帰朝。日本における天台宗の開祖。弘仁一三年（八二二）に、五六歳で没。
六 大乗仏教の一派。『法華経』の教旨に基づいて、禅定と智恵との調和を説く。隋の智者大師智顗によって開かれ、日本には伝教大師最澄によって伝えられた。『今昔物語集』二〇―三四には、「達磨宗」とあって、禅宗の意。
七 「高雄」は、京都市右京区梅ケ畑にある山。その山上に、神護寺がある。「比叡山」は、京都市と滋賀県大津市との境に連なる山。その山上に、延暦寺がある。『今昔物語集』二〇―三四に、「高尾、比良、上津出雲寺ノ地」とある。
八 妻子をもつ法師が、寺務をつかさどるようになっ

たこと。

九 午後二時ごろ。

一〇『今昔物語集』二〇―三四に、「我レ地ニ落テ」とある。

一一 京都市の東部を流れる川。『今昔物語集』二〇―三四に、「桂河」とある。

一二 正午ごろ。

鯰に生れ変った父

なり果てて《このようになってしまって》、わろく侍るなり。

それに《ところが》、上覚が夢に見るやう、わが父の前別当、いみじう《たいそう》老《お》いて、杖つきて、出で来て言ふやう、「明後日《あさて》[九]未《ひつじ》の時に、大風吹きて、この寺倒れなんとす《倒れるであろう》。しかるに、われ、この寺の瓦《かはら》の下に、三尺ばかりの鯰《なまづ》にてなん《鯰になって》、行く方《かた》なく、水もすくなく、狭《せば》く暗き所にありて、あさましう苦しき目をなん見る《ひどく苦しい思いをしている》。寺倒れば、[一〇]こぼれて庭にはひありかば《あふれ出て庭にはいまわると》、〔私を〕童部《わらはべ》打ち殺してんとす《打ち殺そうとしよう》。そのとき、〔私は〕なんぢが前に行かんとす《おまえの前に出てゆこう》。童部に打たせずして、[一一]賀茂川《かもがは》に放ちてよ。さらば、広き目も見ん《のびのびとした思いもしよう》。大水に行きて、たのしくなんあるべき」と言ふ。夢覚めて、「かかる御夢をこそ見つれ」と語れば、「いかなることにか《どういうことなのか》」と言ひて、日暮れぬ。

殺されて食われた鯰

その日になりて、[一二]午《うま》の時の末より《正午も過ぎてから》、にはかに空かき曇りて、木を折り、家を破る風出で来ぬ。人々あわてて、家ども繕《つくろ》ひ騒げども、風いよいよ吹きまさりて《吹きつのって》、村里の家ども、みな吹き倒し、野山の竹木倒れ折れぬ。この寺、まことに未《ひつじ》の時ばかりに、吹き倒されぬ。柱折れ、棟《むね》崩れて、ずちなし《どうしようもない》。さるほどに、裏板の中に《屋根裏の板の中に》、年ごろの《長年の》雨水たまりける、［その水の中には］大きなる魚ども多かり。そのわたりの《あたりの》者ども、桶《をけ》をさげて、［魚を］みなかき入れ、騒ぐほどに、三尺ばかりなる鯰《なまづ》、ふたふ《ばたばた》たとして《として》、庭にはひ出でたり。夢のごとく、上覚が前に来ぬるを、上覚、[一]思ひもあへず《思いもよらず》、魚の大きにたのしげなるに《魚が大きくうまそうなのに夢中になって》耽《ふけ》りて、鉄杖《かなづゑ》の大きなるをもちて、頭につき立てて、わが太郎童《わらは》[二]を呼びて、「これ」と言ひければ、魚大きにてうち取られねば《大きくて捕えられないので》、草刈る鎌《かま》といふ物をもちて、鰓《あぎと》を《えらを》かき切りて、物[三]に包ませて、家に持て入りぬ。さて、異《こと》魚《うを》などしたためて《かたづけて》、桶に入れて、女どもにいただかせて《頭にのせさせて》、わが坊[四]に帰りたれば、妻の女、「この鯰は、夢に見えける魚にこそあめれ《魚なのでしょう》。何しに《どうして》殺し給へるぞ」と、心憂《う》がれど《嘆くが》、「異童部《ことわらはべ》の殺さましも《ほかのこどもが殺すとしても》、同じこと。敢へなん《まあいいだろう》、われは」などと言ひて、「異人《ことひと》交ぜず《他人を交えず》、太郎、次[五]郎童など、食ひたらんをぞ、故御房は嬉しとおぼさん《お思いなさるだろう》」とて、つぶ《ぶつぶ》

一 『今昔物語集』二〇—三四に、「浄覚慳貪《ケンドン》邪見深故ニ、夢ノ告ヲ思ヒモ不敢《アヘズ》」とある。
二 長男の少年。
三 『今昔物語集』二〇—三四に、「蔦《ホヤ》ニ貫《ヌキ》テ」とある。蔦は、やどり木であるが、ここでは適当でない。
四 僧の住む所。
五 次男の少年。

つぶと《つと》切り入れて、煮て食ひて、「怪《あや》しう《不思議に》、いかなるにか《どういうわけか》、異鯰《ことなまづ》よりも《ほかの鯰よりも》味はひのよきは、故御房の肉《しし》むらなれば《肉であるから》、よきなめり《うまいのだろう》。これが《この汁を》汁すすれ」など、愛して《うまがって》食ひけるほどに、大きなる骨、喉《のど》[六]に立てて、「ゑうゑう《げえげえ》」と言ひけるほどに、とみに出でざりければ《すぐに出てこなかったので》、苦痛《くつう》して、つひに死に侍りけり。妻はゆゆしがりて《気味わるがって》、鯰をば、食はずなりにけりとなん。

〔一六九〕念仏の僧、魔往生の事

阿弥陀仏の来迎

昔、美濃《みの》[七]の国伊吹《いぶき》[八]山に、久しく行ひける《長い間修行していた》聖《ひじり》[九]ありけり。阿弥陀仏《あみだぶつ》[一〇]よりほかのこと知らず、他事《たじ》なく《ひたすらに》、念仏申してぞ、年経《へ》にける。夜深く、仏の御前に、念仏申してゐたるに、空に声ありて、告げて言はく、「なんぢ、ねんごろにわれを頼めり《大切に私を頼っている》。今は念仏の数、多く積り

六 底本に「唯に」とあるが、諸本によって改めた。

＊『今昔物語集』二〇—三四に、これと同話に当るものがみられる。前話と同じように、輪廻転生の思想に基づきながら、それに現報譚をからませている。『因果物語』中—一二には、大鯰が夢枕に立って命乞いをしたので、依頼のとおりにこれを放ってやったと記されている。

七 岐阜県の南部。

八 岐阜・滋賀両県にまたがる山。海抜一三三七メートル。

九 民間の遊行《ゆぎよう》の僧。三三頁注一一参照。

一〇「阿弥陀仏」は、極楽浄土の教主。『今昔物語集』二〇—一二に、「心ニ智《サト》リ无《ナク》シテ、法文ヲ不学《マナバ》ズ、只弥陀ノ念仏ヲ唱《トナフル》ヨリ外ノ事不知。名ハ三修禅師トゾ云ケリ」とある。三修禅師は、菅野氏。少年にして出家を遂げ、諸国の霊山をめぐったのちに、仁寿年中に、この伊吹山に登った。元慶二年（八七八）には、その奏請によって、伊吹山の護国寺が、定額寺に列せられた。昌泰三年（九〇〇）に、七二歳で没。

たれば、明日の[一]未《ひつじ》の時に、かならずかならず来たりて迎ふべし《(おまえを)迎えにこよう》。ゆめゆめ《けっして》念仏怠るべからず」と言ふ。その声を聞きて、限りなく、ねんごろに念仏申して、水を浴《あ》み、香をたき、[二]花を散らして、弟子どもに、念仏もろともに申させて《いっしょに唱えさせて》、西に向かひてゐたり。やうやう《しだいに》ひらめくやうにする物あり。手を摺り、念仏を申して見れば、仏の御身より、金色《こんじき》の光を放ちて、さし入りたり。[三]秋の月の、雲間よりあらはれ出でたるがごとし。さまざまの花を降らし、[四]白毫《びゃくがう》の光、聖の身を照らす。このとき、聖、尻をさかさまになして、拝み入る。数《ず》珠《ず》の緒《を》も切れぬべし《切れそうにもむ》。[五]観音、[六]蓮台《れんだい》をさし上げて、聖《ひじり》の前に寄り給ふに、紫雲《しうん》あつくたなびく《紫色の雲が》。聖、はひ寄りて、蓮台に乗りぬ。さて《(そのまま)》、西の方《かた》へ去り給ひぬ。さて、[七]坊に残れる弟子ども、泣く泣く貴がりて、聖の後世をとぶらひけり。

かくて、七日八日過ぎてのち、坊の[八]下種《げす》法師ばら、念仏の僧に、湯わかして浴《あ》むせ奉らんとて《お入れしようとして》、木こりに《薪をとりに》、奥山に入りたりけるに、

一 午後二時ごろ。

二 散華《さんげ》に当る。仏に供養するために、花をまき散らすのである。

三 『今昔物語集』二〇―一二に、「眉間《ミケン》ハ秋ノ月ノ空ニ曜《カカヤ》クガ如ニテ」とある。

四 仏の三十二相の一。仏の眉間にある白い毫《け》で、光を発して無量の国を照らすという。仏像の額に珠玉をちりばめて、これを表す。

五 観世音菩薩。二二六頁注九参照。

六 蓮華の台座。極楽往生には、蓮台をもって迎えられると信じられた。

七 僧の住む所。

八 身分の低い下役の法師ども。

はるかなる滝《たき》[九]に、〔枝の〕さし掩《おほ》ひたる杉の木あり。その木の梢に、叫ぶ声しけり。怪しくて、見上げたれば、法師を裸になして、梢[一〇]に縛りつけたり。木登りよくする法師登りて見れば、極楽《ごくらく》[一一]へ迎へられ給ひしわが師の聖を、葛《かづら》にて縛り付けて置きたり。この法師、「いかに《どうして》わが師は、かかる目をば御覧ずるぞ《このような目におあいになるのですか》」とて、寄りて、縄を解きければ、「『今迎へんずるぞ《すぐに迎えにこようぞ》。そのほどしばしかくてゐたれ《その間しばらくこうしておれ》』とて、仏のおはしまししをば《お出かけになったのに》、何しに《どうして》、〔私を〕かく解きゆるすぞ《解き放すのか》」と言ひけれども、寄りて解きければ、「阿弥陀仏、われを殺す人あり、をうをう」とぞ叫びける。されども、法師ばら、〔かまわず〕あまた登りて、解きおろして、坊へ《宿坊へ》具《ぐ》して行きたれば、弟子ども、心憂《う》きことなりと《情けないことだと》、嘆き惑ひけり。

聖は、人心もなくて《正気もなくして》、二三日ばかりありて、死にけり。

智恵なき聖は、かく天狗《てんぐ》[一二]に欺《あざむ》かれけるなり。

九 『今昔物語集』二〇―一二に、「谷」とある。

一〇 底本・陽明本に、「抄に」とあるが、伊達本・古活字本によって改めた。

一一 阿弥陀仏の主宰する極楽浄土。西方の十万億土のかなたにあり、すべてが満ち足りて、苦しみのない安楽の世界。

一二 自在の通力をもって、仏法の修行を妨げる怪物。

＊『今昔物語集』二〇―一二をはじめ、『十訓抄』七―二、『真言伝』七―二四に、これと同話に当るものが収められている。『真言伝』などの記事によると、三善清行の『善家秘記』または『善家異記』に、その原拠に当るものが求められるかもしれない。無智な聖の失敗は、本書一〇四などにも通ずるものといえよう。

〔一七〇〕慈覚《じかく》大師[一]、纐纈城《かうけちじやう》[二]に入り給ふ事

昔、慈覚大師、仏法を習ひ伝へんとて、唐《もろこし》[三]へ渡り給ひておはしけるほどに、会昌《くわいしやう》[四]年中に、唐の武宗[五]、仏法を滅《ほろ》ぼして、堂塔をこぼち《こわし》、僧尼を捕へて失ひ《殺し》、あるいは還俗《げんぞく》[六]せしめ給ふ乱にあひ給へり。大師をも捕へんとしけるほどに、逃げて、ある堂の内へ入り給ひぬ。その使ひ、堂へ入りて捜《さが》しける《探したところが》あひだ、大師、すべき方なくて《どうしようもなくて》、仏の中に逃げ入りて、不動[七]を念じ給ひける《祈っておられるうちに》ほどに、使ひ求めけるに、新しき不動尊、仏の御中におはしけり。それを怪《あや》しがりて《不思議に思って》、抱《いだ》きおろして見るに、大師、もとの姿になり給ひぬ。使ひ、驚きて、帝にこのよしを奏《そう》す。帝、仰せられけるは、「他国の聖《ひじり》[八]なり。すみやかに追ひ放つべし」と仰せければ、放ちつ。

一 円仁。壬生氏。下野国都賀郡の人。一五歳で比叡山に登って、最澄に師事した。承和五年（八三八）に入唐、同一四年（八四七）に帰朝した。仁寿四年（八五四）に、延暦寺の第三世の座主となった。貞観六年（八六四）に、七一歳で没。『入唐求法巡礼行記《にっとうぐほうじゅんれいぎょうき》』など、多くの著作を残した。

二 「纐纈」は、古代の染め方の一種。布を結んで、浸《し》み染めにして、模様を出すもの。ここでは、人の血をもって、絞り染めにしたので、このように名づけた。

慈覚大師の渡唐

三 『今昔物語集』一一―一一に、「承和二年ト云フ年、唐ニ渡ヌ。天台山ニ登リ五台山ニ参リ、所々ニ遊行シテ聖跡ヲ礼シ、仏法流布ノ所ニ行テハ是ヲ習フ間」とある。

四 唐の武宗の年号。承和八年（八四一）〜一三年（八四六）に当る。

五 唐の第一五代の皇帝。会昌五年（八四五）に、仏寺四万を破壊して、僧尼二六万余を還俗せしめた。『今昔物語集』一一―一一に、「此ノ天皇、仏法ヲ亡ス宣旨ヲ下シテ、寺塔ヲ破リ壊《コボチ》テ正教《シヤウゲウ》ヲ焼キ失ヒ、法師ヲ捕テ令還俗《グヱンゾクセシ》ム」とある。

六 「還俗」は、僧尼となった者が、俗人にかえること。

七 不動明王。五一二頁注六参照。

八 高徳の僧。

纐纈城への入国

大師、喜びて、他国へ逃げ給ふに、はるかなる山を隔てて、人の家あり。築地《ついぢ》〔九〕高くつきめぐらして、一つの門あり。そこに、人立て《立って》り《いる》。悦《よろこ》びをなして、問ひ給ふに、「これは、一人の長者〔一〇〕の家なり。わ〔一一〕僧は何人ぞ」と問ふ。答へて言はく、「日本国より、仏法習ひ伝へんとて、渡れる僧なり。しかるに、かくあさましき《ひどい》乱れにあひて、しばし隠れてあらん《しばらく隠れていようと思うのです》と思ふなり」と言ふに、「これは〔一二〕、おぼろけに《むやみに》人の来たらぬ所なり。しばらくここにおはして、世しづまりてのち出でて、仏法も習ひ給へ」と言へば、大師、喜びをなして、内へ入りぬれば、門をさし固めて《よくとざして》、奥の方に入るに、尻に立ちて行きて《後について行って》見れば、さまざまの屋ども作り続けて、人多く騒がし。傍《かたはら》〔一三〕なる所に据《とめ》ゑつ《ておいた》。

纐纈城の実態

さて、仏法習ひつべき所やあると《習えそうな所があろうかと》、見ありき給ふに、仏経〔一四〕、僧侶等すべて見えず《まったく見当らない》。後《うしろ》の方、山に寄りて一宅《いったく》あり《一軒の家がある》。寄りて聞けば、人〔一五〕のうめく声、あまたす。怪しくて、垣の隙《ひま》より見給へば、人を縛り

九 泥土で築き固めた塀。
一〇 富豪。金持。
一一 「わ」は、「わ殿」「わ女」などと、名詞・代名詞につけて、親しみまたは卑しめる意を表す。
一二 『今昔物語集』一一—一一に、「門ニ立タル人ノ云ク、此ノ所ハ」とある。
一三 『今昔物語集』一一—一一に、「空《ムナシ》キ屋ノ有ルニ、大師ヲ令居《ヰシメ》ツ」とある。
一四 伊達本・陽明本に、「仏法」とある。
一五 『今昔物語集』一一—一一に、「人ノ病ム音《コヱ》共多ク聞ユ」とある。

て、上よりつり下げて、下に壺どもを据ゑて、血を垂らし入る。あさましくて《あきれたさまで》、故《ゆゑ》を問へども、いらへもせず《返事もしない》。大きに怪《あや》しくて、また異所《ことどころ》を聞けば《ほかの所を聞くと》、同じくによふ音す《うめく声がする》。覗《のぞ》きて見れば、色あさましう青びれたる《あきれるほどに青ざめた》者どもの、やせ損じたる《一やせ細ったのが》、あまた臥《ふ》せり。一人を招き寄せて、「これはいかなることぞ《どうしたことか》。かやうに堪《た》へがたげには、いかであるぞ《いったいどうしたというのだ》」と問へば、木の切れをもちて、細き腕《かひな》をさし出でて、土に書くを見れば、「これは纐纈城《からけちじやう》なり。これへ《ここへ》来たる人には、まづもの言はぬ《口のきけなくなる》薬を食はせて、つぎに肥《こ》ゆる薬を食はす。さて、そののち、高き所に、つり下げて、所々をさし切りて、血をあやして《したたらせて》、その血にて、纐纈を《絞り染めを》染めて、売り侍るなり。これを知らずして、かかる目を見るなり。食物《くひもの》の中に、胡麻《ごま》のやうにて、黒ばみたる《黒ずんだ》物あり。それはもの言はぬ薬なり。さる物参らせたらば《そのような物をさし上げたならば》、食ふまねをして、捨て給へ。さて、人のもの申さば《人がものを尋ねたならば》、うめきにのみうめき給へ《二 うめくだけうめいておいでなさい》。さてのちに、いかにもして逃ぐべき支度をして、逃げ給へ。門は固くさして《閉じてあって》、

一『今昔物語集』一一―一一に、「痩セ枯タル」とある。

二『今昔物語集』一一―一一に、「物ヲ不云《イハ》ヌ様ニテウメキテ、努々《ユメユメ》物宣フ事无カレ」とある。

三　伊達本・陽明本に、「此色のある物」とある。『今昔物語集』一一―一一に、「胡麻ノ様ナル物盛テ居《ス》ヘタリ」とある。

四　北東の方角。比叡山が、京都の北東に当るので、このように書いたものか。

五　比叡山延暦寺をさす。四四頁注五参照。御橋悳言氏の「曾我物語考」（『国漢』三二）に、『曾我物語』の用例を引いて、「わが山はもと比叡の住侶の其山にありてしか云ひける称なるを、其称の弘まりて、後には其山ならぬ人にもかく云ふ習のありしなるべく、此類の例は他にもあり」とある。

六　仏法僧の三種の宝。特に仏をいう。『今昔物語集』一一―一一に、「本山ノ三宝薬師仏、我レヲ助テ古郷ニ返ル事ヲ令得《エシ》メ給ヘ」とある。

七　底本・伊達本・陽明本に、「祈精し給に」とあるが、諸本によって改めた。

八　底本に、「出ぬれは犬は失ぬれは犬は失ぬ」とあるが、「れは犬は失ぬ」は、衍字《えんじ》と認められる。

纐纈城からの逃亡

おぼろけにて逃ぐべきやうなし《いいかげんなことで逃げられるすべはありません》」と、くはしく教へければ、ありつ《さきほど》る居所に《の居場所に》帰りゐ給ひぬ。

さるほどに、人、食物持ちて来たり。教へつるやうに《教えられたように》、[三]気色《けしき》のあ《いわ》る物中にあり《くのありげな物が中にある》。食ふやうにして、懐《ふところ》に入れて、のちに捨てつ。人来たりて、ものを問へば、うめきて、もののたまはず《何もおっしゃらない》。今はしお《〔相手は〕もうす》ほせたりと思ひて《っかりうまくいったと思って》、肥ゆべき薬をさまざまにして食はすれば、同じく、食ふまねして食はず。人の立ち去りたるひまに《すきに》、[四]丑寅《うしとら》の方に向かひて、「[五]わが山の[六]三宝、助け給へ」と、手を摺《す》りて、[七]祈請《きせい》し給ふ《ご祈願な》に《さると》、大きなる犬一疋出で来て、大師の御袖を食ひて引く《くわえてひっぱる》。様《やう》ありと《わけがあ》おぼえて《ると思われて》、引く方に出で給ふに、思ひかけぬ水門のあるより引き出《いだ》しつ。[八]外に出でぬれば、犬は失《う》せぬ。

今は、かうとおぼして《お思いなさって》、足の向きたる方へ走り給ふ。はるかに山を越えて、人里あり。人あひて、「これは、いづ方《かた》よりおはする人《どちらからおいでにな》の《った方が》、かくは走り給ふぞ」と問ひければ、「かかる所へ行きたりつるが、逃げてまかるなり《逃げて帰るのです》」とのたまふに、「あはれ《ああ》、あさましかりけることかな《おどろくべきことですね》。それは纐纈城《かうけちじやう》なり。かしこへ《あそこへ》行きぬる人の、帰ることなし。おぼろけ[一]の仏の御助けならでは《なみなみでない仏のお助けでなくては》、出づべきやうなし《出られるはずがありません》。あはれ、貴くおはしける人かな」とて、拝みて去りぬ。

それより、いよいよ逃げ退《の》きて、また都[二]へ入りて、忍びておはするに、会昌六年[三]に、武宗崩じ給ひぬ。翌年、大中元年[四]、宣宗《せんそう》[五]、位につき給ひて、仏法滅ぼすことやみぬれば、思ひのごとく、仏法習ひ給ひて、十年[六]といふに、日本へ帰り給ひて、真言[七]等広め給ひけりとなん。

〔一七一〕渡天[八]の僧、穴に入る事

穴に入った僧

今は昔、唐《もろこし》にありける僧の、天竺《てんぢく》に渡りて、他事《たじ》にあらず《格別のことはなく》、ただ

一 「おぼろけならぬ」と同じ意。
二 長安。現在の陝西省西安市。
三 底本に「会呂六年」とあるが、諸本によって改めた。会昌六年は、八四六年。
四 八四七年。
五 唐の第一六代の皇帝。八四六年から八五九年まで在位。
六 入唐後一〇年の意。『今昔物語集』一一―一一に、「承和十四年ト云フ年」、『打聞集』一八に、「十一年ト云ニ」とある。
七 真言宗をさす。大日経や金剛頂経などによって、胎蔵と金剛との両部を立て、陀羅尼の加持力をもって、即身成仏をさせる密教。『今昔物語集』一一―一一に、「顕蜜ノ法」、『打聞集』一八に、「真言宗」とある。

＊『今昔物語集』一一―一一の後半および『打聞集』一八に、これと同話に当るものが収められている。慈覚大師の伝記に関するものであるが、纐纈城の典拠はあきらかではない。『私聚百因縁集』七―七に、「抑慈覚渡唐唐文宗末ナリ。而顕密伝受スル事無レ限。但其後三箇年時ヨリ唐武宗治レ代六年、其会聖年中ニハ、破二仏法一失二宝名字一。仍出家形悉被二払捨一。故慈覚逃二長安一給隠二纐纈一タマフ。彼島群賊被レ計可レ失二身命一奉レ念二三宝一。故尒時白犬来可レ逃示二道路一。仍免二其難一タマフ」と記されてい

る。

八 天竺に渡ること。天竺は、インドの古称。

九 別世界。『打聞集』二〇に、「天竺ニモ不似花開タリ」とある。

一〇 梵語の amrta に当り、「不死」と訳される。忉利《とうり》天《てん》の甘味の霊薬。一度これを飲むと、飢渇をいやして、長寿を保つと信じられた。

一一 『打聞集』二〇に、「二房許食、クフママニ只肥ニ肥」とある。

穴から出られない僧

もののゆかしければ《ものを見聞きしたかったので》、物見にしありきければ《見物に歩きまわったので》、所々見行きけり。ある片山《山の片側に》に、大きなる穴ありけり。牛のありけるが、この穴に入りけるを見て、ゆかしく覚えければ《見たく思われたので》、牛の行くにつきて、僧も入りけり。はるかに行きて、明《あか》《明るい》き所へ出でぬ。見まはせば、[九]あらぬ世界と覚えて、見も知らぬ花の色いみじきが《美しいのが》、咲き乱れたり。牛、この花を食ひけり。試《こころ》みにこの花を一房取りて食ひたりければ、うまきこと、天の[一〇]甘露《かんろ》もかくやあらん《こうであろうかと》と覚えて、めでたかりければ《すばらしい味であったので》、[一一]多く食ひたりければ、ただ肥《こ》えに肥え太りけり。

心得ず《どうも不思議で》、恐ろしく思ひて、ありつる《さきほどの》穴の方へ帰り行くに、はじめはやすく《たやすく》通りつる穴、身の太くなりて、狭《せば》く覚えて、やうやうと《やっとのことで》して、穴の口までは出でたれども、え出でずして《〔外へ〕出ることができないで》、堪《た》へがたきこと限りなし。前を通る人に、「これ助けよ《私を助けてくれ》」と、呼ばはりけれど、耳に聞き入るる人もなし。助くる人もなかりけり。人の目にも、何と見《見え》えけるやらん《たのであろうか》、不思議なり。日ごろ重なりて《数日たって》死にぬ。のちは、石になりて、穴の口に頭をさし出《いだ》したるやうにてなんありける。

[一]玄奘三蔵《げんじやうさんざう》、天竺《てんぢく》に渡り給ひたりける日記に、このよし記されたり。

〔一七二〕寂昭《じやくせう》[二]上人、鉢を飛ばす事

今は昔、三河入道寂昭といふ人、唐《もろこし》に渡りてのち、唐の王[三]、やん《尊い》ごとなき聖どもを召し集めて、堂を飾り[四]て、僧膳[五]を設けて、経を講じ給ひけるに、王のたまはく、「今日の斎莚《さいえん》[六]は、手長《てなが》[七]の役あるべか《必要でない》らず。おのおのわが鉢を飛ばせやりて《自分の鉢を》、物は受くべし《食べ物を受けよ》」とのたまふ。その心は、日本僧を試《こころ》みんがためなり。

さて、諸僧、一座[八]より次第《つぎつぎに》に鉢を飛ばせて、物を受く。三河入道[九]、末座に着きたり。その番にあたりて、鉢を持ちて立たんとす。「いかで《したのか》、鉢をやりてこそ受けめ《受けるがよい》」とて、人々制《せい》しとどめけり。寂昭申

一 唐代の訳経家。貞観三年（六二九）に、インドにおもむき、同一九年（六四五）に、中国に帰った後には、太宗の勅をうけて、七五部一三三五巻の経論を訳した。また、『大唐西域記』一二巻を撰した。麟徳一年（六六四）に、六三歳（一説に六五歳）で没。「三蔵」は、経・律・論を兼ねた僧をいう。

＊『打聞集』二〇に、これと同話に当るものが収められている。『今昔物語集』五―三一にも、これと同話に当るものがあって、いっそう精細に記されている。『法苑珠林』五（六道篇修羅部感応縁）に、「西国志云」として引かれたものが、その原拠に当ると認められる。それによると、この大きな穴というのは、中インドの瞻波国の修羅窟とみられるのである。しかし、『大唐西域記』一〇、瞻波国の条には、この穴について記されていない。

寂昭の試練

二 大江定基。一七一頁注一一参照。

三 定基の在中の時期は、宋の三代真宗および四代仁宗の治世に当る。

四 『今昔物語集』一九―二に、「荘《カザ》リ」とあって、荘厳の意。すなわち、天蓋《てんがい》・幢幡・瓔珞《ようらく》などをもって、仏堂や仏像を飾ることをいう。

五 僧に供養する膳部。

飛鉢の奇蹟

六 僧尼を集めて、読経・供養する法会の座。『今昔物語集』一九―二に、「斎会《サイヱ》」とある。

七 饗宴などに、膳部を取りついで運ぶ役。

しけるは、「鉢を飛ばすることは、別《べつ》の法を行ひてするわざなり。しかるに、寂昭、いまだこの法を[一〇]伝へ行はず《伝受しておりません》。日本国においても、この法行ふ人ありけれど、末世には、行ふ人なし。いかでか飛ばさん《どうして飛ばせましょうか》」と言ひてゐたるに、「日本の聖、鉢遅し遅し」と責めければ、日本の方に向かひて、祈念して言はく、「わが国の[一一]三宝、[一二]神祇《じんぎ》、助け給へ。恥見せ給ふな《恥をお見せ下さるな》」と念じ入りてゐたるほどに、鉢、[一三]こまつぶりのやうにくるめきて《くるくると回って》、唐の僧の鉢よりも速く飛びて、物を受けて帰りぬ。そのとき、王よりはじめて、「やんごとなき人なり《尊い方である》」とて、拝みけるとぞ申し伝へたる。

〔一七三〕[一四]清滝川《きよたきがは》の[一五]聖《ひじり》の事

下の聖の慢心

今は昔、清滝川の奥に、柴《しば》の庵《いほり》造りて行ふ《修行する》僧ありけり。水ほしき

八 第一の上席。
九 『今昔物語集』一九―二に、「寂照ハ戒臈《カイラフ》ノ浅ケレバ最下《サイゲ》ニ着《ツキ》タルニ」とある。
一〇 底本に「伝給はす」とあるが、伊達本・陽明本によって改めた。
一一 仏宝僧の総称。
一二 天神地祇で、天地の神をいう。
一三 独楽《こま》。『和名抄』に、「独楽都无求里、…古間都玖利」とある。
＊『今昔物語集』一九―二の一部をはじめ、『続本朝往生伝』三三、『東斎随筆』仏法類にも、これと同話に当るものが収められている。『今昔物語集』一九―二では、この説話に続いて、文殊の化身に当る瘡の女に、食物を与えて湯を浴びさせたことが記されて、「此ノ事共ハ寂照ノ弟子ニ念救《ネング》ト云僧ノ、共ニ行タリケルガ、此ノ国ニ返テ語リ伝ヘタル也。彼ノ国ノ天皇寂照ヲ帰依シテ、大師号ヲ給テ、円通トゾ云ヒケル」とつけ加えられている。
一四 京都市の北部、栈敷ヶ嶽の西麓に発して、愛宕山《あたご》の東部を流れて、大堰川にそそぐ川。
一五 高徳の僧。三三頁注一一参照。

ときは、水瓶《すいびやう》[一]を飛ばして、汲みにやりて飲みけり。年経にければ、かばかりの《これほどの》行者《ぎやうじや》[二]はあらじと、時々慢心《まんしん》おこりけり《おごりたかぶる心が起った》。

上の聖の出現

かかりけるほどに、わがゐたる上ざまより、水瓶来て水を汲む。いかなる者の、またかくはするやらんと、そねましく覚えければ《ねたましく思われたので》、見あらはさんと《見とどけようと》思ふほどに、例の水瓶、飛び来て、水を汲みて行く。そのとき、水瓶につきて行きて見るに、水上に五六十町上りて、庵《いほり》見ゆ。行きて見れば、三間[三]ばかりなる庵あり。持仏堂《ぢぶつだう》[四]、別にいみじく造りたり《特別にりっぱに》。まことにいみじう貴し《たいそう尊い》。もの清く住まひたり《何となく清らかに》。庭に橘《たちばな》[五]の木あり。木の下に行道《ぎやうだう》[六]したる跡あり。閼伽棚《あかだな》[七]の下に、花がら[八]多く積れり。砌《みぎり》[九]に苔むしたり。神さびたること《こうごうしい》限りなし。窓の隙《ひま》《すきまか》より覗けば《ら覗くと》、机に経多く巻きさしたる《巻きかけたものなどがある》などあり。不断香《ふだんかう》[一〇]の煙満ちたり。よく見れば、歳七八十ばかりなる僧の貴げ[一一]なり、五鈷《ごこ》[一二]を握り、脇息《けふそく》[一三]に押しかかりて、眠りゐたり。

二人の聖の対決

この聖を試《こころ》みんと思ひて、やはら《そっと》寄りて、火界呪《くわかいじゆ》[一四]をもちて加持《かぢ》[一五]す。

一 水を入れる瓶。
二 仏教や修験道などの修行者。
三 「間」とは、柱と柱との間をいう。
四 持仏を安置する堂。
五 伊達本に、「庵に」とあり、「庵」の傍注に、「庭イ」とあって、陽明本にも、「庵に」とある。
六 僧が経を読みながらめぐり歩くこと。
七 仏に供える水や花などを置く棚。「閼伽」は、梵語の argha に当り、価値あるものの意で、神仏に捧げる供物、特に仏前に供える浄水をさす。
八 『今昔物語集』二〇—三九に、「花柄」とあるが、花のしおれたのを捨てたものか。
九 軒下や階下などの石だたみ。
一〇 昼夜絶え間なくたく香。
一一 伊達本・陽明本に、「貴けなる」とある。『今昔物語集』二〇—三九に、「極《キハメ》テ貴気《タフトゲ》ナル」とある。
一二 金剛杵《しよ》の一つで、両端が五股に分れているもの。金剛杵は、もと古代インドの武器であったが、後に密教の修法で、煩悩を砕いて菩提心を固めるのに用いられる。
一三 底本・伊達本・陽明本に、「脇足に」とあるが、古活字本によって改めた。「脇息」は、坐ったときに、ひじをかけて休む道具。
一四 密教の呪法の一つで、特定の印を結ぶことによって、無量の火焔を

火焔《くわえん》にはかにおこりて、庵につく。聖、眠りながら一六散杖《さんぢやう》を取りて、一七香水《かうずい》にさし浸して四方にそそく《そそぐ》。そのとき、庵の火は消えて、わが衣に火付きて、ただ焼きに焼く。下の聖、大声を放ちて《あげて》惑《まど》ふときに、上の聖、目を見上げて、散杖をもちて、下の聖の頭にそそく。そのとき、火消えぬ。上の聖の言はく、「何料《れう》にかかる目をば見るぞ《何のためにこのような目にあうのか》」と問ふ。答へて言はく、「これは《私は》、年ごろ《長年》、川の面《つら》に《ほとりに》庵を結びて行ひ《修行する》候ふ、修行者にて候ふ。このほど、水瓶の来て、水を汲み候ひつるときに、いかなる人のおはしますぞと《いらっしゃるのかと》思ひ候ひて、見あらはし奉らんとて《見とどけ申そうとして》参りたり。ちと《ちょっと》試み奉らんとて、加持《かぢ》しつるなり。御許し候へ。今日よりは、御弟子になりて仕へ侍らん」と言ふに、聖、人は何事言ふぞとも思はぬげにてありけりとぞ《この人は何事を言うのかとさえ思わない様子であったということだ》。

下の聖、「われはかり貴き者はあらじと、驕慢《けうまん》の一八心の《おごりたかぶる心が》ありければ、仏の憎みて、まさる《それ以上の》聖を設《まう》けて《こしらえて》、あはせられける《立ちあわせなさったのだ》なり」とぞ語り伝へたる。

出すのを観じながら唱える呪文。

一五 密教における祈禱。七一頁注一三参照。

一六 密教の加持のときに、壇や供物などに香水を散らしそそぐのに用いる棒。梅・柳・柏などで作る。

一七 仏に供える清浄な水。

一八 伊達本に、「心有ければ」、陽明本に、「心ありければ」とある。

＊『今昔物語集』二〇―三九に、これと同話に当るものが収められている。二人の聖が、験力を競いあう話であるが、水瓶を飛ばすことについては、本書一〇一、一七二などと通ずるものといえよう。

〔一七四〕優《う》[1]婆《ば》崛多《くった》弟子の事

弟子を戒める聖

今は昔、天竺《てんぢく》[2]に、仏の御弟子優婆崛多といふ聖《ひじり》[3]おはしき。如来《にょらい》[4]滅後百年ばかりありて、その聖に弟子ありき。いかなる心ばへをか見《どのような性質をご覧になったの》給ひたりけん《であろうか》、「女人《にょにん》に近づくことなかれ。女人に近づけば、生死《しゃうじ》[5]にめぐること、車輪のごとし」と、常にいさめ給ひければ、弟子の申さく、「いかなることを御覧じて、たびたびかやうに承るぞ。われも証果[6]の身にて侍れば《悟りを得た身ですから》、ゆめゆめ《けっして》女に近づくことあるべからず」と申す。

聖を犯す弟子

余の《ほかの》弟子どもも、この中には《この弟子たちの中では》ことに貴き人を、いかなればかく《このように》は、のたまふらんと《おっしゃるのであろうかと》、あやしく《不審に》思ひけるほどに、この弟子の僧、ものへ《ある所へ》行くとて、川を渡りけるとき、女人[7]出で来て、同じく渡りけるが、

一 仏滅後一〇〇年を経て、中インドの摩《ま》突羅《とつら》国《こく》に、毱多《きくた》長者の子として生れた。商那和《しょうなわ》修《しゅ》に師事、羅漢果を証して、阿《あ》育王《いくおう》に説法した。付法蔵《ふほうぞう》の第四祖。その功徳は仏と等しく、無相好仏と称せられた。

二 インドの古称。『今昔物語集』四―六に、「天竺《テンチク》ニ仏涅槃ニ入給テ後百年許有テ、優《ウ》婆《パ》崛多《クツタ》ト中証果《ショウクワ》ノ羅漢在《マシ》マス」とある。

三 高徳の僧。

四 釈迦の入滅の後をさす。釈迦の入滅については、紀元前九四九年、七一二年、四八六年、三八六年など、さまざまな説がたてられている。

五 六道に輪廻すること。地獄・餓鬼・畜生・修羅・人間・天の六道の間に、車輪のめぐるように生死を重ねるだけで、いつまでも涅槃に入ることができない。

六 修行の結果として、無智・煩悩を離れて、悟りの成果を得ること。『今昔物語集』四―六に、「既ニ羅漢果ヲ証セル身也」とある。

七 『今昔物語集』四―六に、「若キ女有テ」とある。

八ただ流れに流れて、「あら悲し。われを助け給へ。あの御坊九」と言ひければ、師ののたまひしことあり、耳に聞き入れじと思ひけるが、ただ流れに浮き沈み流れければ、いとほしく《かわいそうで》て、寄りて手を取りて引き渡しつ。手のいと白くふくやかに《ふっくらとして》て、いとよかりければ《たいへん気持がよいので》、この一〇手を放しえず。女、「今は手をはづし給へかし《お放し下さいよ》」、もの恐ろしき者かなと、思ひたる気色《けしき》にて《様子で》言ひければ、僧の言はく、「先世《せんぜ》の契り深《前世の因縁の深い》きことやらん《深いためでしょうか》、きはめて志深く思ひきこゆ《深い気持でお慕い申し上げます》。わが申さんこと聞き給《聞いて下さ》ひてんや《いますか》」と言ひければ、女答ふ、「ただ今死ぬべかりつる命を《死ぬはずであった命を》助け給ひたれば、いかなることなりとも、何しにかは《どうして》、いなみ申さん《おことわりいたしましょうか》」と言ひければ、嬉しと思ひて、萩薄《はぎすすき》の生《お》ひ茂りたる所へ手を取りて、「いざ給へ《さあいらっしゃい》」とて、引き入れつ。押し伏せて、一一ただ犯しに犯さんとて、股《また》に挟《はさ》まりてあるをり、この女を見れば、わが師の尊者《そんじゃ》一二なり。あさましく《おどろきあきれて》思ひて、ひき退《の》かんとすれば、優婆崛多《うばくった》、股に強く挟みて、「何の料に《何のために》この老法師をば、かくはせたむる《責めさいなむのか》ぞや。これや

八『今昔物語集』四―六に、「河ノ深キ所ニ至テ殆《ホトホド》流レテ顚《タフ》レヌベシ」とある。

九 僧侶の敬称。

一〇『今昔物語集』四―六に、「陸《クムガ》ニ曳上《ヒキアゲ》テ後モ猶捲《ニギリ》テ不免《ユルサ》ズ」とある。

一一『今昔物語集』四―六に、「女ノ前ヲ搔上テ我ガ前ヲモ搔上テ女ノ胯《マタ》ニ交《ハサ》マリテ」とある。

一二 智徳がそなわって、尊ぶべき人。

なんぢ、一女犯《にょぼん》の心なき証果の聖者なる」とのたまひければ、ものも覚えず、恥かしくなりて、挟まれたるを逃《のが》れんとすれども、すべて《まったく》強く挟みてはづさず、さて、二かくののしり給ひければ、道行く人集まりて見る、あさましく《見苦しくて》恥かしきこと限りなし。

（邪淫の戒を犯す心を持たぬ悟りを得た聖者なのか　とおっしゃったので）（このようにお騒ぎなさったので）

かやうに諸人に見せてのち、（師の僧は）起き給ひて、弟子を捕へて寺へおはして、鐘をつき、三衆会《しゅゑ》をなして、四大衆《だいしゅ》にこのよし語り給ふ、人々笑ふこと限りなし。（弟子の僧は）弟子の僧、生きたるにもあらず、死にたるにもあらず覚えけり。（生きたここちでもなく　また死んだここちでもなくてぼんやりしていた）かくのごとく罪を五懺悔《さんげ》してければ、六阿那含果《あなごんくゎ》を得つ。尊者、七方便《はうべん》をめぐらして、弟子をたばかりて、仏道に入らしめ給ひけり。

〔一七五〕八海雲比丘《かいうんびく》の弟子童《わらは》の事

一 僧が女人に対して邪淫の戒を犯すこと。

二 『今昔物語集』四―六に、「汝ヂ愛欲ヲ発《オコ》シテ如此《カ》為《セ》リ、速ニ我レヲ可娶《トツグベ》シ、若不然《モシシカラ》ズハ不可免《ユルスヘカラ》ズ、何《イカ》デ我レヲバ計ルゾト云テ、音《コヱ》ヲ高クシテ喤《ノノシ》リ給フ」とある。

三 衆僧の集会。

四 多くの僧徒。

五 過去の罪過を悔い改めること。

六 梵語の anāgāmin に当り、不還、不来の意。ふたたび欲界に生れてこない聖者。小乗仏教の四果の第三位で、阿羅漢果の前位。

七 仏菩薩が衆生を救済するために用いる巧みな手段。

弟子をたばかる聖

＊ 『阿育王経』一〇「江因縁」、『付法蔵因縁伝』四に基づくものと認められる。『今昔物語集』四―六にも、その類話に属するものが収められているが、『阿育王経』などの記事とくらべると、女犯の場面などは、いっそうなまなましくえがかれている。

八 唐の五台山の僧。文殊菩薩の応身とも伝えられる。「比丘」は、梵語の bhikṣu に当り、乞士、除士などと訳される。出家して具足戒を受けた者をいう。

海雲比丘の教え

今は昔、海雲比丘、道を行き給ふに、十余歳[九]ばかりなる童子、道に逢ひぬ。比丘、童に問ひて言ふ、「何[一〇]の料《れう》の童ぞ」とのたまふ。童答へて言ふ、「ただ道まかる者にて候ふ（道を参る者でございます）」と言ふ。比丘言ふ、「なんぢは法華経《ほけきやう》[一一]は読みたりや」と問へば、童言ふ、「法華経と申す（法華経などと）[一二]らんもの（うものは）こそ、いまだ名をだにも聞き候はね（まだ名前をさえも聞いておりません）」と申す。比丘また言ふ、「さらば、わが坊に具《ぐ》[一三]して行きて、法華経教へん」とのたまへば、童、「仰せに随《したが》ふべし」と申して、比丘の御供に行く（お供をしてゆく）。五台《ごだい》[一四]山《さん》の坊に行き着きて、法華経を教へ給ふ。経を習ふほどに、小僧常に来て物語を申す、誰人と知らず（どこの誰だか分らない）。比丘ののたまふ、「常に来たる小大徳《こだいとこ》[一五]をば、童は知りたりや」と。童「知らず」と申す。比丘の言ふ、「これこそこの山に住み給ふ文殊《もんじゅ》[一六]よ、われに物語しに来給ふなり」と。かやうに教へ給へども、童は文殊といふことも知らず候ふなり。されば、何とも思ひ奉らず。

文殊菩薩の試み

比丘、童にのたまふ、「なんぢ、ゆめゆめ（けっして）女人《にょにん》に近づくことなか

九 『古清涼伝』下「高守節」に、「年十六七」で、「高守節」という名とある。
一〇 どのような童か。「料」は、ため、分の意。
一一 正しくは『妙法蓮華経』。大乗経典の中で、最も高遠な妙法を説いたものとされる。
一二 伊達本・陽明本に、「中候はん」とある。
一三 僧の住む所。僧坊。
一四 中国の山西省代州五台県の東北に連なる山。多くの名僧知識が集まって、文殊菩薩の住み家になぞらえられ、清涼山という名でも呼ばれる。
一五 年の若い大徳。「大徳」は、徳の高い僧。
一六 梵語の Mañjuśrī に当り、妙徳・妙吉祥などと訳される。普賢菩薩と相対して、釈迦の左に侍して、智恵をつかさどる菩薩。

れ。あたりを払ひて《まわりの者を退けて》、馴るることなかれ《馴れ親しんではならない》」と。童《わらは》、ものへ《ある所へ》行くほどに、[一]葦毛《あしげ》なる馬に乗りたる女人の、いみじく《甚だしく》化粧《けしやう》して美しきが、道《途中》に逢ひぬ《で出あった》。この女の言ふ、「われ《[二]おまへさん》、この馬の口引きてたべ《引いて下さい》。道のゆゆしくあしくて《ひどく悪くて》、落ちぬべく覚ゆるに《落ちそうに思われますから》」と言ひけれども、童、耳にも聞き入れずして《耳もかさないで》行くに、この馬あらだちて《あばれて》、女さかさまに落ちぬ。恨みて言ふ、「われを《私を》助けよ。すでに死ぬべく覚ゆるなり《今にも死にそうに思われます》」と言ひけれども、なほ耳に聞き入れず、わが師の、「女人の傍《かたはら》へ寄ることなかれ」とのたまひしにと思ひて、五台山《ごだいさん》へ帰りて、女のありつるやうを《さきほどの様子を》比丘《びく》に語り申して、「されども《それでも》、耳にも聞き入れずして帰り候ひぬ」と申しければ、「いみじくしたり《よくやった》。その女は文殊《もんじゆ》の化して、なんぢが心を見給ふにこそあるなれ《お試しになるためにそうなさったのだ》」とて、ほめ給ひけり。

倫法師の授戒

[三]さるほどに、童は、法華経一部読み終へにけり。そのとき、比丘のたまはく、「なんぢ、法華経をば読み果てぬ《続み終った》。今は法師になりて[四]受戒《じゆかい》すべし」とて、法師になされぬ。「受戒をばわれは授くべか《私は（おまへに）授けることが》

一 馬の毛色。白色の毛に黒色などの毛の少し混じったもの。

二 二人称の代名詞。目下の人に対して用いられる。

三 底本に「程に」とあるが、諸本によって改めた。

四 仏門に入る者が、戒を受けること。「戒」とは、仏教徒として守るべき掟《おきて》。

らず《できない》。[五]東京《とうけい》の[六]禅定寺《ぜんぢやうじ》にいまする、[七]倫《りん》法師と申して、この頃、[八]おほやけの[九]宣旨《せんじ》を蒙《かうぶ》りて、[一〇]受戒行ひ給ふ人なり。その人のもとへ行きて受くべきなり。ただ今は、なんぢを見るまじきことのあるなり《もうおまえを見ることのできないわけがあるのだ》」とて、泣き給ふこと限りなし。童の申す、「受戒仕《つかまつ》りては、すなはち《すぐに》帰り参り候ふべし。いかにおぼしめして《何とお思いになって》、かくは仰せ候ふぞ」と。また、「いかなれば《どうして》、かく泣かせ給ふぞ」と申せば、「ただ悲しきことのあるなり」とて、泣き給ふ。さて、童に、「[一一]戒師のもとに行きたらんに、『いづ方より《どこから》来たる人ぞ』と問はば、『[一二]清涼山《せいりやうざん》の海雲比丘《かいうんびく》のもとより』と申すべきなり」と教へ給ひて、泣く泣く見送り給ひぬ。童、仰せに随ひて、倫法師のもとに行きて、受戒すべきよし申しければ《戒をお授けいただきたい旨を申し出ると》、案《あん》のごとく《思ったとおり》、「いづ方より来たる人ぞ」と問ひ給ひければ、教へ給ひつるやう申しければ、倫法師驚きて、「貴きことなり」とて、礼拝して言ふ、「五台山には文殊のかぎり《文殊だけが》住み給ふ所なり。なんぢ[一三]沙弥《しやみ》は、海雲比丘の[一四]善知識《ぜんちしき》に逢ひて、文殊をよく拝み奉りけるにこそあ

五 西都長安に対して、洛陽をさす。
六 未詳。
七 伊達本・陽明本に、「倫法師と申人」、古活字本に、「りん法師と申人」とある。「倫法師」は、伝未詳。『宋高僧伝』に、「臥倫禅師」とある。
八 朝廷または天子。
九 勅旨を伝えること。またはその文書。
一〇 伊達本・陽明本に、「受戒行人なり」、古活字本に、「受戒を行給人なり」とある。
一一 戒を授ける僧。
一二 底本・陽明本に、「清冷山の」とあるが、伊達本・古活字本によって改めた。「清涼山」は、五台山。四七五頁注一四参照。
一三 梵語の śrāmaṇera に当り、息慈、求寂などと訳される。仏門に入り、髪を剃って、十戒を受けた初心の修行者。
一四 人を導いて仏門に入らせる高徳の僧。

りけれ」とて、貴ぶこと限りなし。さて受戒して、五台山へ帰りて、日ごろゐたりつる坊[一]のあり所をみれば、すべて《まったく》人の住みたる気色《けしき》なし。泣く泣く、一山《ひとやま》《山じゅうを》を尋ねありけども、つひにあり所なし。

[二]これは、優婆崛多《うばくつた》[三]の弟子の僧、かしこけれども、心弱く、女に近づきけり。これは、いとけなけれども《年少ではあるが》、心強くて、女人に近づかず。かるがゆゑに《そういうわけで》、文殊《もんじゆ》、これを《童を》かしこき者なれば、教化《けうけ》して仏道に入らしめ給ふなり。されば、世の人、戒をば破るべからず。

〔一七六〕寛朝僧正《くわんてうそうじやう》[四]、勇力の事

今は昔、遍照寺《へんぜうじ》[五]僧正寛朝といふ人、仁和寺《にんなじ》[六]をも知りければ《治めていたので》、仁和寺の破れたる所修理《しゆり》せさすとて《させるというので》、番匠《ばんじやう》[七]どもあまた集《つど》ひて作りけり。日暮れて、番匠ども、おのおの出でてのちに、今日《けふ》の造作《ざうさく》はいかほ《どのくら》

一　僧のすむ所。僧坊。

二　前話すなわち一七四話をさす。

三　仏滅後一〇〇年に生れて、羅漢果を証したもの。四七二頁注一参照。

女犯の戒め

＊『古清涼伝』下「高守節」に基づくもので、『法華伝記』五、『弘賛法華伝』七などとも通ずるといえよう。女犯の戒律を中心に説かれており、本書の前話の一七四ともくらべられる。

四　宇多天皇の皇孫。三七一頁注八参照。僧正は、最上位の僧官。

五　遍照寺は、京都市右京区嵯峨広沢西裏町にある古義真言宗の寺院。永祚元年（九八九）に、寛朝の創建になり、東密広沢流の拠点として栄えた。

僧正に蹴られた盗人

六　京都市右京区御室《おむろ》大内町にある真言宗御室派の大本山。仁和二年（八八六）に、光孝天皇の遺志をうけて、宇多天皇が創建して、譲位後に入山した。その後は、門跡寺院となって、御室御所と呼ばれた。康保四年（九六七）には、寛朝が別当に任ぜられた。

七　大和や飛驒などから上京して勤番した大工。また、一般の大工をもいう。
八　衣の裾が邪魔にならないように、腰の中ほどに帯を結ぶこと。
九『今昔物語集』一三—二〇に、「麻柱《アナナヒ》」とあって、足場のことか。
一〇　すっかり暮れてしまわない薄暗がり。「なま」は、不充分、未熟の意。
一一　元服した男のかぶりもの。二六頁注四参照。
一二『今昔物語集』一三—二〇に、「刀ヲ抜テ逆様《サカサマ》ニ持テ」とある。

一三「おろす」は、おさがりをいただくこと。

どしたるぞと見んと思ひて《いしたかと見ようと思って》、僧正、[八]中結《なかゆ》ひうちして、高足駄《たかあしだ》はきて、杖つきて、ただ一人歩《あゆ》み来て、[九]あかるくいども結《ゆ》ひたるもとに立ちまはりて《組んである下を歩きまわって》、[一〇]なま夕暮に見られけるほどに《薄暗がりの中でご覧になっていると》、黒き装束したる男の、[一一]烏帽子《えぼし》引きたれて、顔たしかにも見えずして、僧正の前に出で来て、ついゐて《かしこまって》、刀[一二]をさかさまに抜きて、ひき隠したるやうにもてなして、ゐたりければ、僧正、「かれは《おまえは》何者ぞ」と問ひけり。男、片膝をつきて、「わび人に侍り《あわれな者でございます》。寒さの堪《た》へがたく侍るに、その奉りたる《お召しになっている》御衣《おんぞ》《お着物を》、一つ二つ[一三]おろし申さんと思ひ給ふるなり《さげ渡していただこうと存ずるのです》」と言ふままに《いいながら》、飛びかからんと思ひたる気色《けしき》なりければ、「事にもあらぬことにこそあんなれ《たいそうなことでもないことなのだ》。かく恐ろしげにおどさずとも《このように恐ろしそうにおびやかさなくともよいのに》、ただ乞《こ》はで《普通に願うことをしないで》、けしからぬ主《ぬし》の心ぎは《心底だな》かな」と言ふままに、ちうと立ちめぐりて《つっと立ちまわって》、尻をふたと《ぽんと》蹴《け》たりければ、蹴らるるままに《蹴られると同時に》、男かき消《け》ちて見えずなりにければ、やはら《ゆっくりと》歩み帰りて、坊のもと近く行きて、「人やある《誰かいるか》」と、高やかに呼びければ、坊より小法師走り来にけり。僧正、「行きて火とも

足場に挟まった盗人

一 『今昔物語集』二三―二〇に、「可咲《ヲカシ》キ事ヲモ」とある。
二 頭上で髪を束ねた部分。
＊ 『今昔物語集』二三―二〇、『真言伝』五―一八に、これと同話に当るものが認められる。黒装束の盗賊が、大力の僧正に蹴られて、足場の中に挟まっていたというのは、まことにユーモラスな表

して来よ。ここに、わが衣剝《きぬは》がんとしつる男の、にはかに失《う》せぬるが怪《あや》しければ、見んと思ふぞ《捜そうと思うのだ》。法師ばら《法師どもを》呼び具《ぐ》して《連れて》来《こ》《こい》」とのたまひければ、小法師走り帰りて、「御坊《僧正様が》引剝《ひは》ぎにあはせ給ひたり《追いはぎにお逢いになりました》。御坊たち《お坊さんがた》、参り給へ」と呼ばはりければ、坊々にありとある僧ども《宿坊という宿坊にいるかぎりの僧どもが》、火ともし、太刀さげて、七八人、十人と出で来にけり。

「いづくに盗人は候ふぞ」と問ひければ、「ここにゐたりつる盗人の《ここにいた盗人が》、わが衣を剝がんとしつれば、剝がれては寒かりぬべく《寒かろうと》覚えて、尻をほうと蹴《け》たれば、失せぬるなり《いなくなってしまった》。火を高くともして、隠れをるかと見よ」とのたまひければ、法師ばら、「[一]をかしくも仰せらるるかな」とて、火を打ち振りつつ、上《かみ》ざまを見るほどに、あかるくいの中に落ちつまりて《落ちこんで》、えはたらかぬ《動くことができない》男あり。「かしこに《あそこに》こそ人は見え侍りけれ。番匠《ばんじやう》にやあらんと思へども《大工であろうかと思うが》、黒き装束したり」と言ひて、上《のぼ》りて見れば、あかるくいの中に落ち挟まりて、みじろぐべきやうもなくて《身動きすることができそうもなくて》、倦《う》んじ顔作りてあり《困り果てた顔つきをしている》。逆手《さかて》に抜きたりける刀は、い

現であるが、それについて、『真言伝』には、「私云、此僧正盗人ケアゲ給ヘル事、力ツヨクヲハシケルト云タルトモ、サハ侍ラジ。護法ナンドノ守護シテ、治罸シ給ヒケルトゾ覚侍ル」と註せられている。

三 『今昔物語集』二三―二一に、「丹後ノ国ニ海《アマ》ノ恒《ツネ》世《ヨ》ト云右ノ相撲人《スマヒビト》有ケリ」とある。『二中歴』一三「一能歴」の相撲の項に、「常世」の名がみられる。『続本朝往生伝』の後一条天皇の条には、「異能」の者として、越智常世、公侯恒世の名があげられている。『御堂関白記』『権記』『小右記』などにも、越智常世のことが記されている。本書の「経頼」は、『今昔』の「海ノ恒世」に当るものであるが、この「越智常世」などと一致するものとはいいきれない。

四 蛇。朽ちた縄にたとえられたもの。

五 相撲人。相撲取り。

六 深く水をたたえてよどんだ所。

七 裏をつけない一重の衣服。

八 着物の裾をかかげるために、腰に帯や紐を結ぶこと。

九 二股になった木で作った杖《つえ》。

一〇 イネ科の多年草。湿地に生える。

一一 マコモ。イネ科の多年草。湿地に生える。

水の中の大蛇

まだ持ちたり。それを見つけて、法師ばら寄りて、刀も、髻《もとどり》[二]、腕《かひな》とを取りて引きあげて、おろして率《ゐ》て参りたり《連れてきた》。具して《ともに》坊に帰りて、「今よりのち、老法師とてな侮《あなづ》りそ《ばかにするな》。いと便《びん》なきことなり《かわいそうな奴だ》」と言ひて、着たりける衣《きぬ》の中に、綿厚かりけるを脱ぎて、取らせて、追ひ出《いだ》してやりてけり。

〔一七七〕経頼《つねより》[三]、蛇《くちなは》[四]に逢ふ事

昔、経頼といひける相撲《すまひ》[五]の家の傍《かたはら》に、古川のありけるが、深き淵《ふち》[六]なる所ありけるに、夏、その川近く、木陰《こかげ》のありければ、帷《かたびら》[七]ばかり着て、中結《なかゆ》[八]ひて、足駄《あしだ》はきて、またふり杖[九]といふ物つきて、小童《こわらは》一人供に具して《連れて》、とかく《あちらこちら》ありきけるが、涼《すず》まむとて、その淵の傍《かたはら》の木陰にゐにけり。淵青く恐ろしげにて、底も見えず。蘆《あし》[一〇]、菰《こも》[一一]などいふ

物、生《お》ひ茂りたりけるをみて、汀《みぎは》近く立てりけるに、あなたの岸は、一六七段《たん》ばかりは退きたるらんと見ゆるに、水のみなぎりて、こなたざまに来ければ、何のするにかあらんと思ふほどに、この方《かた》の汀近くなりて、蛇《くちなは》の頭をさし出でたりければ、この蛇大きならんかし、外ざまに上《のぼ》らんとするにやと、見立てりけるほどに、蛇頭《かしら》をもたげて、つくづくとまもりけり。

いかに思ふにかあらんと思ひて、汀二一尺ばかり退きて、三端《はた》近く立ちて見ければ、しばしばかりまもりまもりて、頭を引き入れてけり。さて、あなたの岸ざまに、水みなぎると見けるほどに、またこなたざまに水波立ちてのち、蛇の尾を汀よりさし上げて、わが立てる方ざまにさし寄せければ、この蛇思ふやうのあるにこそとて、まかせて見立てりければ、なほさし寄せて、経頼が足を三返り、四返りばかりまとひけり。いかにせんずるにかあらんと思ひて、立てるほどに、まとひ得て、四きしきしと引きければ、川に引き入れんとするに

一 「一段」は六間。『今昔物語集』二三―二二に、「三丈許《バカリ》ハ」とある。一間は約一・八メートル。

二 『今昔物語集』二三―二二に、「四五尺許ヲ」とある。一尺は約三〇センチメートル。

三 『今昔物語集』二三―二二に、「不動《ハタラカ》デ立《タチ》テ見ケレバ」とある。

四 きしり鳴るさま。

こそありけれと、そのをりに知りて《その時になって分って》、踏み強《つよ》り《力をこめて》て立てりければ《踏んばって立っていたところが》、いみじう強く引くと思ふほどに、はきたる足駄の歯を踏み折りつ。引き倒されぬべきを、かまへて踏み直りて立てれば《身構えて踏んばりなおして立っていると》、強く引くともおろかなり《強く引くというだけではいい尽せないほどで》、引き取られぬべく覚ゆるを《引き寄せられそうに思われるので》、足を強く踏み立てければ、五かたつらに、六五六寸足を踏み入れて立てりけり。よく引くなりと思ふほどに《よく強く引くものだと思っているうちに》、縄などの切るるやうに切るるままに《切れるとともに》、水中に血のさと沸《わ》き出づるやうに見えければ、切れぬるなりけりとて《切れてしまったのだと思って》、足を引きければ、蛇、引きさして《引きやめて》上《のぼ》りけり。

大蛇の大きさ

そのとき、足にまとひたる《からみついた》尾を引きほどきて、足を水に洗ひけれども、蛇の跡《蛇のしめた跡が》失《う》せざりければ《消えなかったので》、「酒にてぞ洗ふ《酒で洗うとよい》」と、人の言ひければ、酒取りにやりて、洗ひなどしてのちに、従者《ずさ》ども呼びて、尾の方を引き上げさせたりければ、大きなりなどもおろかなり《大きいなどといい尽せるものではなく》、切口《きりくち》の大きさ、径《わたり》一尺ばかりあるらんとぞ見えける。頭《かしら》の方の切れを見せにやりたりければ、あなた《むこうの》の岸に大きなる木の根のありけるに、頭

五 『今昔物語集』二三—二二に、「固キ土ニ」とある。「つら」は、「つち」の誤か。
六 伊達本・陽明本・古活字本に、「五六寸斗」とある。

経頼の力

の方を、あまた返《なんべんも巻きつけて》りまとひて、尾をさしおこして《こちらへよこして》、足をまとひて引くなりけり。力の劣りて、中より切れにけるなめり。わが身の切るをも知らず引きけん《引いたのであろうが》、あさましきことなりかし《それはあきれかえったことであるよ》。

そののち、蛇《くちなは》の力のほど《力の程度は》、幾人《いくたり》ばかりの力にかありしと試みんと《力であったのかと試してみようとして》て、大きなる縄を蛇の巻きたる所につけて、人十人ばかりして引かせけれども、「なほ足らず足らず」《〔経頼は〕まだ足りない足りない》と言ひて、六十人ばかりかかりて引きけるときにぞ、「かばかりぞ覚えし」《このくらいに感じられた》と言ひける。それを思ふに、経頼が力は、さは《それでは》百人ばかりが力を持たるにやと覚ゆるなり《持っているのかと思われるのである》。

海に投げ入れた子

〔一七八〕魚養《うをかひ》[一]の事

今は昔、遣唐使《けんたうし》[二]の、唐《もろこし》にあるあひだに、妻を設けて、子を生ませつ。その子いまだいとけなきほどに《幼い時分に》、〔遣唐使は〕日本に帰る。妻に契《ちぎ》りて《約束して》言は

＊『今昔物語集』二三—二二に、これと同話に当るものが収められている。相撲人の怪力について伝えられたもので、『今昔』の方では、「此レ希有《ケウ》ノ事也。昔ハ此《カカ》ル力有ル相撲人モ有ケリトナム語《カタ》リ伝ヘタルトヤ」と結ばれている。

一 朝野宿禰魚養。はじめ忍海原連《おしぬみはらのむらじ》と称した。葛城襲《かつらぎのそ》津《つ》彦《ひこ》の六男能道宿禰の末孫。播磨大掾《はりまのだいじょう》、典薬頭《てんやくのかみ》、外従五位下。能書をもって知られる。

二 舒明天皇二年（六三〇）から一三回にわたって、日本から唐朝に遣わされた使節。図書や物品を贈与するとともに、

留学生や学問僧を同行して、唐文化の摂取に貢献した。寛平六年（八九四）に、菅原道真の建議によって中止された。

三　母親に代って、乳児に母乳を与えて育てる女。

四　前世からの因縁。宿縁。

五　大阪市およびその付近。

魚に乗って来た子

く、「異《こと》遣唐使行かんにつけて《ほかの遣唐使が行くのにつけて》、消息《せうそこ》やるべし《便りをやろう》。また、この子、乳《めの》[三]母《と》離れんほどには《乳母の手を離れた頃には》、迎へ取るべし」と契りて、帰朝しぬ。母、遣唐使の来るごとに、「消息やある」と尋ぬれど、あへて音もなし《まったく音沙汰もない》。母大きに恨みて、この児《ちご》を抱《いだ》きて、日本へ向きて、児の首に、「遣唐使それがしが子《だれそれの子》」といふ札《ふだ》を書きて、結《ゆ》ひつけて、「宿世《すくせ》[四]あらば、親子の中は行き逢ひなん《親子どうし行き逢うでしょう》」と言ひて、海に投げ入れて帰りぬ。

父、あるとき、難波《なには》[五]の浦の辺を行くに、沖の方に鳥の浮かびたるやうにて、白き物見ゆ。近くなるままに《近くなるにつれて》見れば、童《わらは》に見なしつ《子供のようにみえた》。怪しければ《不思議なので》、馬を控《ひか》へて《ひきとめて》見れば、いと近く寄りくるに、四つばかりなる児の、白くをかしげなる《かわいらしいのが》、波につきて《波にのって》寄り来たり。馬をうち寄せて見れば、大きなる魚の背中に乗れり。従者をもちて《お供の者に命じて》、抱き取らせて見ければ、首に札あり、「遣唐使それがしが子」と書けり。さは《それでは》、わが子にこそありけれ、唐にて、言ひ契りし児を《〔迎え取ると〕約束した児を》、問はずとて《たずねないというので》、母が腹立ちて、海に投げ入れてけるが、しかるべき縁ありて、かく魚に乗りて来たるなめりと《来たのであろうかと》、あはれに覚えて、いみじうかなしくて養《たいそういとしく思って育てる》ふ。〔他の〕遣唐使の行きけるにつけて《行くのに託して》、このよしを〔唐の妻に〕書きやりたりければ、母も、今ははかなきものに思ひけるに《死んだものと思っていたのに》、かくと聞きてなん、希有《けう》の《珍》ことなりと《しいことだと》、悦《よろこ》びける。

さて、この子大人《おとな》になるままに《なるにつれて》、手をめでたく書きけり《字を上手に書いた》。魚に助けられたりければ、名をば魚養《うをかひ》とぞつけたりける。[一]七大寺の額《がく》どもは、これが書きたるなりけり。

〔一七九〕新羅《しらぎ》[二]の国の后《きさき》、金の榻《しぢ》[三]の事

これも今は昔、新羅の国に后おはしけり。その后、忍びて密男《みそかをとこ》[四]を設《まう》けてけり。帝、このよしを聞き給ひて、后を捕へて、髪に縄をつけて、[五]上へつりつけて、足を二三尺引きあげて置きたりければ、す《どう》

一 南都七大寺。すなわち、東大寺、興福寺、元興寺、大安寺、薬師寺、西大寺、法隆寺をさす。

魚養という名

＊「魚養」という名のいわれであるが、その珍しい名によって思いつかれたものであろう。その能書のことについて、『入木抄《じゅぼくしょう》』には、「本朝は魚養薬師寺の額を書。是用二能書一最初也、一筆にかくよし申伝たれども、今見レ之趁字のごとし。誠に不可説の躰也。其躰も只当時に不レ違」と記されている。また、『本朝能書伝』には、「朝野宿禰魚養は、忍海原連首麻呂の末なり。或は吉備大臣入唐して、彼国にてうませたる子にて、其母たよりせざりしをうらみて、海になげ入てけるが、魚にたすけられて渡り来しかば、魚養となづけけるともいへり、手をよく書ければ、七大寺の額ども書せ給ふ。これわが国能書を用ゐ給ふはじめなり。薬師寺の額は一筆に書るよし申伝ふ。大師はこの魚養に筆法をまなび給へりといへり」と記されている。

長谷観音の助け

二 新羅は、朝鮮半島の古代の国名。一二三頁注七参照。『長谷寺霊験記』上―一二に、「村上天皇御宇ニ新羅国ニ武王有、照明王ト名ク。百人ノ后坐ス。其ノ第一ノ后ニ、容顔ト云御心ト云世ニ無クレ双勝レ給ヘリ。見奉ル人モ及ヒナフ心動キケレハ、帝王ノ御寵愛理ニモ過タリ」とあって、「大樋皇后」の名があげられている。

三 牛車の牛をはずした時に、轅《ながえ》の軛《くびき》を支え、または

べきやう《しようもなくて》もなくて、心のうちに思ひ給ひけるやう、かかる悲しき目を見れども、助くる人もなし、伝へて聞けば、この国より東に、日本といふ国あなり《あるという》、その国に長谷観音《はせくわんおん》〔六〕と申す仏現《げん》じ給ふなり《おいでになるという》、菩薩《ぼさつ》〔七〕の御慈悲、この国まで聞えてはかりなし《はかり知れない》、頼みをかけ奉らば、など《どうし》てかは助け給はざらんとて《てお助けにならないであろうかというので》、目をひさぎて《ふさいで》、念じ入り給ふほどに《一心にお祈りなさるうちに》、金の榻、足の下に出で来ぬ。それを踏まへて立てるに、すべて《まったく》苦しみなし。人の見るには、この榻見えず。日ごろありて《何日もたって》、許され給ひぬ。

後に、后、持ち給へる宝どもを多く、使ひをさして《さし向けて》長谷寺に奉り給ふ。〔八〕その中に、大きなる鈴・鏡・金の簾《すだれ》、今にありとぞ。かの観音念じ奉れば、他国の人も、験《しるし》を《ご利益を》蒙《かうぶ》らずといふことなしとなん《いただかないということはないということだ》。

〔一八〇〕玉の価《あたひ》はかりなき事

乗降の踏台にしたもの。

四 間男。ひそかに人妻のもとに通う男。

五『今昔物語集』一六―一九に、「間木《マキ》ニ鈎《ツ》リ係《カケ》テ」とある。「間木」は、鴨居の上に横に渡した板。

六 奈良県桜井市の長谷寺の観音。二五五頁注八参照。

七 仏の次の位のもの。ここでは、長谷観音をさす。『今昔物語集』一六―一九に、「菩薩ノ慈悲ハ、深キ事大海《ダイカイ》ヨリモ深ク、広キ事世界ヨリモ広シ」とある。

八『長谷寺霊験記』上―一二には、「三十三ノ宝物」として、「花瓶、火舎、閼伽、錫杖、大鈴、大磬、大鏡、梅檀香、沈水香、蘇合香、麝香、金簾、銀花、瑠璃、燈炉、車渠盤、馬脳鉢、水玉、火玉、真珠瓔珞、豹皮虎皮、象牙、犀角、螺貝、龍鬚、師子頭、孔雀尾、羊毛莚、三枝竹、七穴石、二寸丁子、一寸米、土用桶」があげられており、この三種の宝物も含まれている。

新羅の后の宝

*『今昔物語集』一六―一九には、これと同話に当るものが収められている。『長谷寺霊験記』上―一二には、いっそうくわしく説かれており、「実ヲ至シテ念シ奉ル人ハ、異国他国マテモ如レ此。此山ノ流記ニ見タリ」と結ばれている。長谷寺の霊験譚として広められたものであろう。

さだしげの質物

これも今は昔、筑紫《つくし》[一]に大夫[二]さだしげと申す者ありけり。この頃ある箱崎《はこざき》[三]の大夫[四]のりしげが祖父《おほぢ》なり。そのさだしげ、京上《のぼ》りしけるに、故宇治殿[五]に参らせ（さし上げ）、またわたくしの知りたる人々にも心ざさんとて（個人として知っている人々にも贈ろうとして）、唐人《たうじん》に物を六七千疋《びき》[六]がほど借るとて、太刀《たち》[七]を十腰[八]ぞ質に置きける。

さて、京に上りて、宇治殿に参らせ、思ひのままにわたくしの人にやりなどして、帰り下りけるに、淀《よど》[九]にて舟に乗りけるほどに（舟に乗った折に）、端舟《はしぶね》にて商《あきなひ》する者ども寄りきて（小舟に乗って商売する者が近づいてきて）、人設《まう》けしたりければ（饗応したので）、[一〇]これぞ食ひなどしてゐたりけるほどに、「その物や買ふ（その物を買うか）、かの物や買ふ」など尋ね問ひける中に、「玉や買ふ（玉を買うか）」と言ひけるを、聞き入るる人もなかりけるに（耳を貸す人もいなかったなかに）、さだしげが舎人《とねり》[一一]に仕《つかまつ》りけるをのこ、舟の舳《へ》[一二]に立てりけるが、「ここへもておはせ（持っておいで）、見ん（見よう）」と言ひければ、袴《はかま》の腰より、あこや[一三]（真珠）の玉の大きなる豆ばかりありけるを取り出《いだ》して（の玉の大きな豆ほどもあるのを取り出して）、取らせたりければ（手渡したので）、着たりける水干《すいかん》[一四]を脱ぎて、「これにかへてんや（これと替えてくれるか）」と言ひければ、玉

一 古くは筑前・筑後の両国をさし、さらに九州の全体をいう。

二 伝未詳。大夫は、五位の称。『今昔物語集』二六―一六に、「鎮西《チンゼイ》ノ筑前ノ国ニ□ノ貞重ト云《イフ》勢徳《セイトク》ノ者有ケリ。字《アザナ》ヲバ京大夫トゾ云ケル。近来《コノゴロ》有ル筥崎《ハコザキ》ノ大夫則重ガ祖父也」とある。

三 福岡市東区箱崎。

四 秦則重。大宰府の官人。

五 藤原頼通。四〇頁注一参照。

舎人の買った玉

六 「一疋」は、古くは鳥目《ちようもく》一〇文、後には銭二五文をいう。四九一頁注一〇参照。

七 腰におびる長い刀。

八 「腰」は、腰につける物を数えるのに用いる言葉。

九 京都市伏見区。賀茂・桂・宇治・木津の諸川の合流点。

一〇 伊達本・陽明本・古活字本に、「これらくひなとして」とある。

一一 天皇や皇族などに仕えて、雑事をつかさどった者。

一二 船首。へさき。

一三 アコヤ貝からとれる玉。真珠。

一四 狩衣の一種。水干狩衣ともいう。菊とじという菊

形の飾りを、前に一個所、後に四個所つける。また、九組の紐を、前領《えり》の上部と、後領の中央とにつける。

唐人の買った玉

一五 福岡市の東半部。古くから交通の要衝として開け、貿易の拠点として栄えた。

一六 『今昔物語集』二六—一六に、「質ハ少クシテ、物ヲ多ク借シタリシ喜ビ」とある。

一七 身分の卑しい唐人。

一八 『今昔物語集』二六—一六に、「十疋ニ」とある。「一貫」は一〇〇疋。

の主《ぬし》の男、所得《せうとく》したりと思ひけるに（もうけものをしたと思ったので）、惑《まど》ひ取りて（あわてて受け取って）、舟をさし放ちて（つき放して）去《い》にければ（行ってしまったので）、舎人も、高く買ひたるにやと思ひけれども、〔玉売りが〕惑ひ去にければ、悔《くや》しと思ふ思ふ（思いながら）、袴の腰に包みて、異《こと》水干（別の水干に）着かへてぞありける。

かかるほどに（こうしているうちに）、日数積りて（日数が経って）、[一五]博多《はかた》といふ所に行き着きにけり。さだしげ、舟よりおるるままに（おりるとすぐに）、物貸したりし（品物を貸してくれた）唐人《たうじん》のもとに、「[一六]質《しち》は少なかりしに、物は多くありし」など〔礼を〕言はんとて、行きたりければ、唐人も待ち悦《よろこ》びて、酒飲ませなどして、物語しけるほどに、この玉持ちのをのこ、[一七]下種《げす》唐人にあひて、「玉や買ふ（玉を買うか）」と言ひて、袴の腰より玉を取り出でて取らせければ、唐人、玉を受け取りて、手の上に置きて、うち振りて見るままに、あさましと（意外だと）思ひたる顔気色《けしき》にて（顔つきで）、「これはいくらほど」と問ひければ、〔唐人の〕欲しと思ひたる顔気色を見て（欲しそうな顔色をうかがって）、「[一八]十貫」と言ひければ、惑ひて（あわてて）、「十貫に買はん（十貫で買おう）」と言ひけり。「まことは二十貫」と言ひければ、それをも惑ひ、「買はん」と言ひけり。さては、価高き物にやあらんと思ひて、〔男が〕「賜《た》べ、まづ《返して下さい》」と乞《こ》ひけるを、惜しみけれども、〔男が〕いたく乞ひければ《熱心に頼んだので》、われにもあらで《心ならずも》取らせたりければ《返し与えたところが》、「今よく定めて売らん《そのうちに〔価を〕よく定めてから売ろう》」とて、袴の腰に包みて、退《の》きにければ、唐人《たうじん》すべきやうもなくて《どうしようもなくて》、さだしげと向かひたる船頭がもとに来て、そのことともなく《何事とも分らず》[一]さへづりければ、この船頭うち頷《うなづ》きて、さだしげに言ふやう、「御[二]従者《ずんざ》の中に《お供の衆の中に》、玉持ちたる者あり。その玉取りて給はらん《取り上げていただきたい》」と言ひければ、さだしげ、人を呼びて、「この供なる者の中に、玉持ちたる者やある《者がいるか》、それ尋ねて呼べ」と言ひければ、このさへづる唐人走り出でて、やがて《すぐに》、そのをのこの袖を控《ひか》へて《引いて》、「くは《そりゃ》、これぞこれぞ」とて、引き出でたりければ、さだしげ、「まことに、玉や持ちたる」と問ひければ、しぶしぶに、候ふよしを言ひければ、「いで《さあ》、くれよ」と乞はれて、袴の腰より取り出でたりけるを、さだしげ、[三]郎等《らうどう》して取らせけり《受け取らせた》。それを取りて、向かひゐたる唐人、手に入れ受け取りて、うち振りてみて、立ち走

一 分りにくい言葉でしゃべること。中国語の発音が、鳥のさえずるように聞えて、何をいうのか分らなかったことをいう。

二 使用人、奉公人。

三 従者、家来。

四 『今昔物語集』二六—一六に、「彼《カノ》質ニ置タリシ大刀ヲ搔抱《カキイダキ》テ出来《イデキタリ》テ、十腰乍ラ貞重ニ返シ取《トラ》セテ、玉ノ直《アタヒ》、高シ、短也《ヒキナリ》ト云事モ不云《イハズ》、何《イカ》ニモ云事无《ナク》シテ止《ヤミ》ニケリ。貞重モ□テゾ有ケル」とある。
五 『今昔物語集』二六—一六に、「水干一領ニ買タリケル玉ヲ、十疋ニ売ムダニ高シト思ケルニ、若干《ソコバク》ノ物ニ補シテ止《ヤミ》ニキ。現《アラハ》ニ奇異《アヤシ》キ事也カシ」。
六 『法華経』五百弟子受記品第八に、「以㆓無価宝珠㆒、繫㆓汝衣裏㆒」とある。
七 未詳。
八 不用になった紙。
九 ムクロジ科の落葉喬木。球状の実は、数珠玉に用いられる。
一〇 この「疋」は、反物二反を単位として数える言葉。

しょうずの買った玉

り、内に入りぬ。何事にかあらんと見るほどに、四さだしげが七十貫が質に置きし太刀どもを、十ながら取らせたりければ《十本全部返してよこしたので》、さだしげは、あきれたるやうにてぞありける。〔最初は〕五古水干《ふるすいかん》一つにかへたる物を《一つで手に入れたものを》、そこばくの物にかへてやみにけん《これほどのものに替えてしまったというのは》、げにあきれぬべきことぞかし《まったくあきれかえるようなことであるよ》。

六玉の価は限りなきものといふことは、今始めたることにはあらず。筑紫に、七たうしせうずといふ者あり。それが語りけるは、ものへ行きける道に《どこかへ出かけた途中で》、をのこの、「玉や買ふ」と言ひて、八反古《ほうご》の端《はし》に包みたる玉を、懐《ふところ》より引き出でて、取らせたりけるを見れば、九木欒子《もくれんじ》よりも小さき玉にてぞありける。「これはいくら」と問ひければ、「絹二十一〇疋」と言ひければ、あさましと思ひて《驚いたことだと思って》、ものへ行きけるをとどめて《やめて》、玉持ちのをのこ具《ぐ》して《連れて》家に帰りて、絹のありけるままに、六十疋ぞ取らせたりける。「これは二十疋のみはすまじきものを《二十疋ばかりの値打ちではないであろうに》。少なく言ふがいとほしさに《気の毒なので》、六十疋を取らするなり」と言ひければ、をのこ悦《よろこ》びて去《い》にけり。

海に入れなかった玉

その玉を《〔しょうずは〕》持ちて、唐に渡りてけるに、道のほど《道中は》恐ろしかりけれども、身をも《〔玉を〕》放たず、守りなどのやうに、首にかけてぞありける。悪《あ》しき風の吹きければ、唐人《たうじん》は、悪しき波風に逢ひぬれば、船の内に《船の内で第一》一の宝と思ふ物を海に入るるなるに《の宝物と思う物を海に入れるということだが》、「このせうずが玉を海に入れん」と言ひければ、せうずが言ひけるやうは、「この玉を海に入れては、生きてもかひあるまじ《生きていても甲斐がないであろう》。ただわが身ながら《わが身とともに》入れば入れよ《〔海に〕投げ入れるなら入れてくれ》」とて、抱《かか》へてゐたりければ、さすがに人を入るべきやうもなかりければ《何といっても人を投げ入れるわけにもゆかなかったので》、とかく言ひけるほどに、玉失ふまじき《玉をなくさないという》報《ほう》やありけん《因縁があったのであろうか》、風直りにければ、悦《よろこ》びて入れずなりにけり。その船の一の《第一番の》船頭といふ者も、大きなる玉持ちたりけれども、それはすこし平《ひら》にて、この玉には劣りてぞありける。

道で落した玉

かくて、唐に行き着きて、「玉買はん」と言ひける人のもとに、船頭が玉を、このせうずに持たせてやりけるほどに、道に落してけり。あきれ騒ぎて、帰り求めけれども《引き返して捜したけれども》、[一]いづくにかあらんずる《どこにあるのだろうか》、思ひ《困りき》

一　底本に「いつくか」とあるが、諸本によって改めた。

遊女の見つけた玉

わびて《って》、わが玉を具《ぐ》して《持っていき》、「そこ[二]の玉《あなたの玉を》落しつれば、今はすべき方な《もうどうしようも》し《ない》。それがかはりにこれを見よ」とて、取らせたれば《与えたので》、「わが玉はこれには劣りたりつるなり。その玉のかはりに、この玉を得たらば《いただいては》、罪深かりなむ」とて、返しけるぞ、さすがにこの人には《やはり日本の人とは》違《たが》ひたり《違ってい》ける《た》。この国の人ならば、取らざらんやは《受け取らずにいるだろうか》。

かくて、この失ひつる玉のことを嘆くほどに、遊び[三]のもとに去《い》にけり。二人、物語しけるついでに、〔遊女が男の〕胸を探りて、「など胸は騒ぐぞ《どうしてこんなに胸が騒ぐの》」と問ひければ《ですか》、「しかじかの《これこれの》人の玉を落して、それが大事なることを思へば、胸騒ぐぞ」と言ひければ、「理《ことわり》なり《もっともです》」とぞ言ひける。

さて、帰りてのち、二日ばかりありて、この遊びのもとより、「さしたることなん言はんと思ふ《さしせまったことをお話したいと思います》。今のほどに《今のうちに》、時かはさず来《こ》《ただちに来て下さい》」と言ひければ、何事かあらんとて、急ぎ行きたりけるを、例《れい》の入る方《いつもの入》よりは《口からは》入れずして、隠れの方より《ものかげのほうから》呼び入れければ、いかなることにかあらんと、思ふ思ふ《思いながら》入りたりければ、「これは、もしそれに《あなたが》落し

二 二人称の代名詞で、やや下の者に対して用いられる。

三 遊女。うかれめ。『和名抄』に、「遊女宇加礼女又云阿曾比」とある。

たりけん玉か」とて、取り出でたるを見れば、違《たが》はず《まさしく》、その玉なり。「こはいかに《これはどうして》」と、あさましくて《驚きあきれて》問へば、「ここに玉売らんとて過ぎつるを、さること言ひしぞかし《〔あなたが〕そのようなことを言っていたぞと》と思ひて、呼び入れて見るに、玉の大きなりつれば《大きかったので》、もしさもやと思ひて《もしかしたらその玉ではないかと思って》、言ひとどめて《引きとめて》、呼びにやりつるなり」と言ふに、「事もおろかなり《言うまでもないことだ》。いづくぞ《どこだ》、その玉持ちたりつらん者は」と言へば、「かしこにゐたり《あそこにいます》」と言ふを、呼び取りてやりて、玉の主《ぬし》のもとに率《ゐ》て行きて《連れていって》、「これは、しかじかして《こうこういうわけで》、そのほどに《そのあたりで》落したりし玉なり」と言へば、えあらがはで《〔男は〕抗弁することができないで》、「そのほどに見つけたる玉なりけり」とぞ言ひける。いささかなる物取らせてぞやりける《わずかな謝礼を与えて帰した》。

さて、その玉を返してのち、唐綾《からあや》[一]一つをば、唐には《唐では》美濃《みの》[二]五疋が程《美濃絹五疋の》にぞ用ひるなる《値打ちで用いるというが》、せうずが玉をば、唐綾五千段《たん》[三]にぞかへたりける《換えたのである》。その価の程を思ふに、ここにては、絹六十疋にかへたる《換えて》玉を《〔手に入れた〕玉を》、五万貫に売りたるにこそあんなれ《売ったことになるという》。それを思へば、さだしげが七十貫が

一 中国から伝来した浮織りの綾。綸子《りんず》の類。
二 美濃絹。美濃八丈ともいう。
三 「一段」は、一着分の衣料に要する布。一般には鯨尺《くじら》で、長さ二丈八尺、幅九寸というが、時によって異なるようである。

すばらしい玉の価

＊ 価の知れない玉に関する説話であるが、「さだしげ」を中心とする前半と、「たらしせうず」を中心とする後半と、大きく二つの部分に分けられ

質を返したりけんも、驚くべくもなきことにてありけりと、人の語りしなり。

〔一八一〕北面《ほくめん》[四]の女雑仕《ざふし》[五]六[六]の事

これも今は昔、白河院[七]の御時、北面《きたおもて》[八]の雑仕[九]に、うるせき《気のきいた》女ありけり。名をば六とぞいひける。殿上人《てんじやうびと》[一〇]ども、もてなし興じける《もてはやしおもしろがっていたが》に、雨うちそぼ降りて《しとしとと降って》、つれづれなりける日《手もち無沙汰であった日に》、ある人、「六呼びてつれづれ慰めん」とて、使ひをやりて、「六呼びて来《こ》」と言ひけるに、程もなく《まもなく》、「六召して参りて《呼んで参りました》候ふ」と言ひければ、「あなたより内の[一一]出居《でゐ》の方へ具《ぐ》して来《連れて来い》」と言ひければ、侍《さぶらひ》、出で来て、「こなたへ《こちらへ》参り給へ《私がそちらへ参るなど》」と言へば、「便《びん》なく候ふ《不都合なことです》」など言へば、侍帰り来て、「召し候へば、『便なく候ふ』と申して、恐れ申し候ふなり《恐縮いたしております》」と言へば、

る。この前半部と同話に当るものが、『今昔物語集』二六―一六に収められているが、後半部と同話に当るものは、ほかの書物に見当らないようである。石田幹之助氏の『長安の春』に説かれたように、この説話の源流として、胡人が高価で玉を求めるというものが、『太平広記』などに少なからず収められている。さらに、そのような説話の類例として、旅人が高価で玉を求めるというものは、『日本昔話大成』補遺の「二八　魚石」としてあげられている。

雑仕女の六

四 北面の武士の伺候する所。三七六頁注二参照。
五 雑仕女。雑役に従事する下級の女官。
六 伝未詳。
七 第七二代の天皇。後三条天皇の皇子。延久二年（一〇七〇）から応徳三年（一〇八六）まで在位、大治四年（一一二九）に、七七歳で崩。
八 題目の「北面《ほくめん》」と同じ。注四参照。
九 底本に「さうし」とあって、「曹司《さうし》」と混用されたものか。
一〇 殿上の間に昇ることを許されたもの。四位・五位のものおよび六位の蔵人。
一一 院の御所の出居。「出居」は、寝殿造りの母屋の廂《ひさし》の間に設けて、客の接待などのために使った部屋。

一つきみて言ふにこそと思ひて《〔遠慮して〕断るのだろうと思って》、「などかくは言ふぞ、ただ《すぐに》来《こ》《来い》」と言へども、「僻事《ひがこと》にてこそ候ふらめ《まちがいでございましょう》。さきざき《今までにも》も内、御出居などへ参ることも候はぬに」と言ひければ、この多くゐたる人々、「ただ参り《かまわずおいで》給へ《なさい》。やうぞあるらん《〔それとも〕何かわけがあるのであろうか》」と責めければ、「ずちなき恐れに候へども《とんでもない恐れ多いことですが》、召しにて候へば《お召しですから》」とて参る。

この主《あるじ》見やりたれば《ご覧になると》、二刑部録《ぎやうぶのさくわん》といふ三庁官《ちやうくわん》、鬢鬚《びんひげ》に白髪交《まじ》りたるが、四とくさの五狩衣《かりぎぬ》に青袴着たるが、いとことうるはしく《たいそう端正で》、さやさやとなりて《絹ずれの音がして》、扇を六笏《しやく》に取りて《笏のように持って》、すこしうつぶして、うずくまりゐたり。おほかた《まったく》、いかに言ふべしとも覚えず、ものも言はれねば《〔主は〕言葉も出ないので》、この庁官、いよいよ恐れかしこまりて、うつぶしたり。主、さてあるべき《そうしているわけに》ならねば《もゆかないので》、「やや《おい》、庁にはまた何者か候ふ《ほかに誰がいるのか》」と言へば、「それがし《だれそれ》、かれがし《かれそれ》」と言ふ。いとげにげにしくも覚えずして《〔お召しの理由が〕まったくもっともらしく思われないので》、庁官、後ざま《後ろのほ》へすべり行く《うへそのままにじりさがってゆく》。この主、「かう宮仕へをするこそ、神妙《殊勝である》なれ。七見参《げんざん》にはかならず入れんずるぞ。とうまかりね《早く引きさがれよ》」とてこそやりてけれ《帰らせた》。

一「つきむ」は、断る、拒む意。
二 刑部省の第四等官。刑部省は、刑罰や訴訟を取り扱った役所。「録」は、大録と少録とにわかれ、大録は正七位上、少録は正八位上に当る。
三 院庁の官人。主典代の次席。一説に、検非違使庁の官人ともいう。
四 襲《かさね》の色目。表は黒ずんだ青、裏は白。
五 公家・武家の平服。五六頁注五。
六 束帯を着た時に、右手に持つもの。二〇一頁注九参照。
七 見参の文で、伺候した者の名を連ねて、御前にさし出すこと。

刑部省の録

＊ 同じ「ろく」という名のために、思いがけない人違いをするというもので、気のきいた女が現れないで、ものがたい男が現れてくるのも、いかにもユーモラスに感じられる。
八 藤原季仲の子。比叡山の僧。二三頁注一二参照。
九 行玄。藤原良実。師実の子。法務大僧正。天台座主。青蓮院の初祖。久寿二年（一一五五）に、五九歳で没。青蓮院は、京都市東山区粟田口にあって、天台宗延暦寺三門跡の一。「座主」は、天台座主で、延暦寺の住持として、天台宗を総監する職。

この六《女雑仕の六は》、後《のち》に聞きて笑ひけりとか。

〔一八二〕［八］仲胤僧都《ちゅういんそうづ》、連歌《れんが》の事

これも今は昔、［九］青蓮院《しやうれんゐん》の座主《ざす》のもとへ、［一〇］七宮わたらせ給ひたりけれ《おいでになったので》ば、御つれづれ《ご退屈を》慰め参らせんとて、若き僧綱《そうがう》［一一］、有職《いうそく》［一二］など、庚申《かうしん》［一三］して遊びけるに、上童《うへわらは》［一四］のいと憎さげなるが《ひどく憎たらしげなのが》、瓶子《へいし》［一五］取りなどしありきけるを《お酌などをしてまわっていたのを》、ある僧忍びやかに《こっそりと》、

上童大童子《だいどうじ》［一六］にも劣りたり

と連歌［一七］にしたりけるを、人々しばし案ずるほどに《しばらく〔付句を〕考えているうちに》、仲胤僧都、その座にありけるが、「やや《やあ》、胤、早う付きたり《もうつけましたぞ》」と言ひければ、若き僧たち、「いかに」と、顔をまもりあひ侍りけるに《互いに見守っていると》、仲胤、

祇園《ぎをん》［一八］の御会《ごゑ》を待つばかりなり

一〇 覚快法親王。鳥羽天皇の皇子。行玄の弟子。天台座主。養和元年（一一八一）に、四八歳で没。

一一 高位の僧官、すなわち僧正・僧都・律師をさす。後には、法印・法眼《ほうげん》・法橋《ほっきょう》をもいう。

一二 僧の職で、僧綱につぐもの。『拾芥抄《しゅうがいしょう》』に、「已《い》講《こう》・内供《ないぐ》・阿《あ》闍梨《じゃり》、これを有職と謂ふ」とある。

一三 庚申待ち。道教の説によると、庚申の夜に眠ると、人の体内にすむ三尸《さんし》という虫が、天帝のもとにいたり、人の罪過を告げるので、その寿命が短くなると伝えられた。その説をうけて、宮中や貴族の家では、庚申の夜には眠らないで、遊宴などをして過した。

つけようのない連歌

一四 宮中や貴族に召し使われる童男・童女。

一五 お酌。酒つぎ。「瓶子」は、酒を入れてつぐのに用いる具。

一六 寺院に召し使われる男で、年をとった者。四八頁注五参照。

一七 短歌を二人で合作したことから起った詩歌の形式。ここは短連歌で、一人が五七五を作ったものに、もう一人が七七を添えるもの。

一八 祇園会。八坂神社の祭礼で、六月七日に行われた。「御会」に「五位」を掛けて、このような上童では、せいぜい五位に叙せられるばかりだと解されているが、かならずしもたしかではない。あるいは、童子の姿をもって、祇園会に出てくるものが考えられたのかもしれない。

＊仲胤という僧が、説法の名手であって、頓才や機智にすぐれていたことは、本書の二話や八〇話によっても知られる。『古今著聞集』一八には、法勝寺の御八講におくれて慎んでいる間に、ある人からこぶしの花をおくられてきたので、「くびつかれ頭かかへていでしかどこぶしの花のなほいたきかな」というように、当意即妙の歌を詠んだと伝えられる。この連歌のつけ方は、まことに分りにくいものであるが、「連歌だに付かぬと付きたるぞかし」というのは、上童のあまりの憎らしさに、連歌さえつけようがないとつけたのだと解され、いかにも機智に富んだ言葉のように思われる。

一　近衛大将。注五参照。

二　謹慎。物忌み。

三　月が大将の星に侵入したの意。大将の星は、星座の名とみられるが、何の星座に当るのかは分らない。『今昔物語集』二〇―四三に、「朱雀院御代ニ、天慶《テンギヤウ》ノ比《コロホヒ》、天文博士、月、大将ノ星ヲ犯スト云フ勘文奉レバ」とある。『貞信公記』天慶二年一二月一五日の条に、「左丞相（仲平）参二入陣外一、召二斎主頼基一、佐（依カ）下天変可二慎給一之状上、令レ祈二平十二社一。…但明日辰時可二祈申一」とあって、これに当るものかと考えられる。

四　儒家や陰陽師が、朝廷の諸問に答えて、古例や故

と付きたりけり。これを、おのおの「この連歌はいかに付きたる《どのようにつけたのか》ぞ」と、忍びやかに《ひそやかに》言ひあひけるを、仲胤聞きて、「やや《やあ》、わたう《おまえたち》、連歌だに付かぬと付きたるぞかし《〔この上童には〕連歌さえつけられないとつけたのだぞ》」と言ひたりければ、これを聞き伝へたる者ども、一度に、はつと《どっと》、とよみ笑ひけりとか《声を上げて笑ったとかいうことだ》。

〔一八三〕大将《だいしやう》[一]、慎み[二]の事

右大将の慎み

これも今は昔、「月[三]の大将の星を犯す」といふ勘文《かんもん》[四]を奉れり。よりて、「近衛大将《このゑのだいしやう》[五]重く《厳重に》慎み給ふべし」とて、小野宮右大将《をののみやのうだいしやう》[六]は、さまざまの御祈りどもありて《ご祈禱をおさせになって》、春日社《かすがのやしろ》[七]、山階寺《やましなでら》[八]などにも、御祈りあまたせらる。

左大将の思いやり

そのときの左大将は、枇杷左大将《びはのさだいしやう》[九]仲平と申す人にてぞおはしける。

[一〇]東大寺の法蔵[一一]僧都は、この左大将の御祈りの師なり。さだめて《きっとお祈りのお頼》御祈

実を勘え、吉凶の判断を記して奉る文書。
五 左右の近衛府の長官。近衛府は、皇居の警備、行幸の護衛などをつかさどった役所。
六 藤原実頼。二六六頁注一参照。
七 奈良市春日野町の春日神社。藤原氏の氏神。
八 底本に「山階寺なにも」とあるが、諸本によって改めた。「山階寺」は、奈良市登大路町の興福寺。二七八頁注七参照。
九 藤原仲平。基経の子。実頼の伯父。左右大将、東宮傅、左大臣、正二位。天慶八年（九四五）に、出家して、同年に、七一歳で没。
一〇 奈良市雑司町にある華厳宗の総本山。
一一 藤原氏。東大寺の第四六代別当。安和二年（九六九）に、六三歳（一説に六五歳）で没。
一二 仲平の邸。
一三 陰陽寮に属して、天文の観測と天文生の教授とをつかさどった職。
一四 底本に「かかしこく」とあるが、諸本によって改めた。
一五 伊達本・陽明本に、「長く」はない。

りのことありなんと待つに、音もし給はねば《何の沙汰もなさらないので》、おぼつかなさ《気がかりで》に京に上りて、枇杷殿[一二]に参りぬ。殿あひ給ひて、「何事にて上られたるぞ」とのたまへば、僧都申しけるやう、「奈良にて承れば、『左右大将慎み給ふべし』と、天文博士[一三]勘《かんが》へ申したりとて《判断いたしたというので》、右大将殿は、春日社、山階寺などに、御祈りさまざまに候へば、殿よりも《殿様からも》、さだめて候ひなんと思ひ給へて《〔お頼みが〕あろうと存じまして》、案内つかうまつるに《ご様子をうかがってみますと》、『さることも承らず』と、みな申し候へば、おぼつかなく思ひ給へて《気がかりに存じまして》、参り候ひつるなり。なほ、御祈り候はんこそ、よく候はめ《ようございましょう》」と申しければ、左大将のたまふやう、「もともしかるべきことなり《いかにもそのとおりである》。されど、おのが思ふは、大将の慎むべしと申すなるに《申すそうであるが》、おのれも慎まば《自分も慎んだならば》、右大将のために悪《あ》しうもこそあれ《悪いことにもなる》。かの大将は、才も《学識も》かしこく[一四]いますかり《すぐれていらっしゃる》。年も若し。長く[一五]おほやけにつかうまつるべき人なり《朝廷にお仕え申さなければならないお人である》。おのれにおきては《自分については》、させることもなし《そのようなこともない》。年も老いたり。いかにもなれ《どのようになっても》、何でふ事かあらん《何ということがあろうか》と思へば、祈らぬなり」とのたまひければ、僧都ほろほろとうち泣きて、「一百千の御祈りにまさるらん。二この御心の《このお心の》定《ぢやう》三にては《とおりでおられるならば》、事の恐りさらに候はじ《恐れることもいっこうにありますまい》」と言ひてまかでぬ。

されば、実に事なくて、大臣になりて、七十余までなんおはしける。

〔一八四〕御《み》四堂関白《だうくわんぱく》の御犬、晴明《せいめい》五等、奇特《きどく》六の事

これも今は昔、御堂関白殿、法成寺《ほふじやうじ》七を建立《こんりふ》し給ひてのちは、日ごとに御堂へ参らせ給ひけるに、白き犬を愛してなん飼はせ給ひければ、〔犬は〕いつも御身を離れず御供しけり。ある日、例のごとく御供しけるが、門を入らんとし給へば、この犬、御先に塞《ふた》がるやうに吠《ほ》えまはりて、内へ入れ奉らじと《お入れ申すまいと》しければ、「何でふ」とて《何ということがあろうかと思って》、車より降りて入らんとし給へば、御衣《おんぞ》の裾《すそ》をくひて《くわえて》、引きとどめ申さんとしけ

一 古活字本に、「百万の」、『今昔物語集』二〇—四三に、「百千万ノ」とある。

二 『今昔物語集』二〇—四三に、「此ノ御心仏《ホトケ》ノ教ヘ也、我ガ身ヲ棄テ人ヲ哀ブハ、无限《カギリナ》キ善根也。三宝《サンボウ》必ズ加護シ給ヒナム。然《サレ》バ、御祈無《ナシ》ト云共、恐レ不可有《アルベカラ》ズ」とある。

三 底本に「定にて」とあるが、諸本によって改めた。

＊ 『今昔物語集』二〇—四三に、これと同話に当るものが収められている。天文博士の勘文に対して、左大将仲平は、右大将実頼の将来を案じて、自分自身の安否をかえりみなかったというものである。『今昔』の方では、「此ヲ思フニ、実《マコト》ニ天ノ加護必ズ在《マシ》マシケム。只、人ハ心ノ吉《ヨク》可《ベキ》直《ウルハシカル》也トナム語リ伝ヘタルトヤ」と結ばれている。

犬のしらせたのろい

四 藤原道長。兼家の子。関白、摂政、太政大臣。万寿四年（一〇二七）に、六二歳で没。

五 安倍晴明。八六頁注一参照。

六 不思議なしるしを顕《あらわ》すこと。

七 京都市左京区荒神口の北、賀茂川の西にあった天台宗の寺。治安二年（一〇二二）に、道長によって建てられ、伽藍《がらん》壮観をきわめて、京極御堂とも呼ばれたが、数度の火災にあって、文保元年（一三一七）に、ついに廃絶にいたった。

れば、いかさま《いかにも》、やうあることならんとて《わけがあることであろうと思って》、榻《しぢ》[八]を召し寄せて、御尻をかけて、晴明に、「きと参れ《すぐに》」と、召しに遣はしたりければ、晴明、すなはち《さっそく》参りたり。「かかることのあるはいかが」と尋ね給ひければ、晴明しばし占ひて申しけるは、「これは、君を[九]呪咀《じゅそ》し奉りて候ふ《おのろい申し上げる》ものを、道に埋《うづ》みて候ふ。御越しあらましかば《お越えになったならば》、あしく候ふべきに、[一〇]犬は通力のものにて《神通力のあるもので》、《〔それを〕》告げ申して候ふなり」と申せば、「さて、それはいづくにか埋みたる《どこに埋めてあるか》、あらはせ《見つけよ》」とのたまへば、「やすく候ふ」と申して、しばし占ひて、「ここにて候ふ」と申すところを、掘らせて見給ふに、土五尺ばかり掘りたりければ、案のごとく《はたして》物ありけり。[一一]土器《かはらけ》を二つうち合はせて、黄なる紙捻《かみより》[一二]にて十文字にからげたり。開きて見れば、中には物もなし。[一三]朱砂にて、一文字を土器の底にかきたるばかりなり。「晴明がほかには、知りたる者候はず。もし《もしや》[一四]道摩《だうま》法師や仕りたるらん《したのでしょうか》。糺《ただ》して見候はん」とて、懐[一五]より紙を取り出《いだ》し、鳥の姿に引き結びて、呪《じゅ》を誦《ずん》じかけて《となえかけて》、空へ投

八 牛車の牛をはずしたときに、轅《ながえ》の軛《くびき》を支え、また乗降の踏台としたもの。
九 『古事談』六に、「君ヲ奉二呪咀一之者埋二厭術於御路一、奉レ超サセ一ラムト構テ侍也」とある。
一〇 『古事談』六に、「犬者本自小神通之物也」とある。
一一 素焼の土器。
一二 こより。「こより」も、「かみより」の音便。
一三 辰砂《しんしゃ》。朱紅色の鉱石。水銀と硫黄との化合物。
一四 芦屋道満。陰陽道の大家。安倍晴明の弟子であったが、晴明と法力を争ったと伝えられる。
一五 『古事談』六に、「取二出懐紙一、彫二鳥形一」、『十訓抄』七に、「懐帋とり出して、鳥の形をゑりて」とある。

げ上げたれば、たちまちに白鷺《しらさぎ》になりて、南をさして飛[一]び行きけり。「この鳥の落ちつかん所を見て参れ」とて、下部《しもべ》を走らするに、六[二]条坊門《ばうもん》、万里小路《までのこうぢ》辺《へん》に、古《ふ》りたる家の諸折戸《もろをりど》[三]の中へ落ち入りにけり。すなはち、家主《家主が》、老法師《老法師であったのを》にてありける、搦《から》め取りて参りたり。呪咀《じゆそ》の故《ゆゑ》を問はるるに、「堀河左大臣顕光公《あきみつこう》[四]の語りを得て仕りたり《頼みによっていたしました》」とぞ申しける。「このうへは、流罪すべけれども、道摩が咎《とが》にはあらず」とて、「向後《きやうこう》、かかるわざすべからず」とて、本国播磨《はりま》[五]へ追ひ下されにけり。

この顕光公は、死後に怨霊《をんりやう》[六]となりて、御堂殿辺へは、たたりをなされけり。悪霊左府と名づく云々。犬はいよいよ不便《ふびん》にせさせ給ひ《大切におかわいがりなさったということである》けるとなん。

〔一八五〕高階俊平《たかしなしゆんぺい》[七]が弟の入道、算術《さんじゆつ》[八]の事

一　底本に「飛けり」とあるが、諸本によって改めた。
二　六条坊門小路と万里小路《までの》との交叉するあたり。『古事談』六、『十訓抄』七には、「川原院」とある。
三　左右に開く戸。片折戸に対していう。
四　藤原氏。兼通の子。左大臣、従一位。治安元年（一〇二一）に、七八歳で没。道長を呪咀したために、悪霊大臣とも称された。
五　兵庫県の西南部。本書一四〇をはじめ、『今昔物語集』一四―四四・二四―一六・二四―一九などにも、播磨国の陰陽師について記されている。
六　恨みを抱く死霊や生霊。

顕光の怨霊の祟《たた》り

＊『古事談』六、『十訓抄』七に、これと同話に当るものが収められている。道長と顕光とは、もともと従兄弟どうしであったが、それぞれの娘が、ともに小一条院の妃であったので、たがいに不穏な仲となった。顕光父娘は、ついに悪霊となって、道長一家に祟《たた》ったと伝えられる。『愚管抄』四には、この間の事情について、くわしく記されている。

七　『尊卑分脈』および「高階氏系図」には、俊平はなくて、信平に当るか。高階信平は、助順の子。丹後守、従四位下。『後拾遺集』『金葉集』の作者。
八　算木をおいて占いをする術。

算道の伝授

これも今は昔、丹後前司《たんごのぜんじ》[九]高階俊平といふ者ありけり。後には、法師になりて、丹後入道とてぞありける。それが弟《おとと》にて、司《つかさ》[一〇]もなくてある者ありけり。それが主[一一]のともに下りて、筑紫《つくし》[一二]にありけるほどに、新しく渡りたりける唐人《たうじん》の、算[一三]いみじく置くありけり《算木をたくみにおくものがあった》。それにあひて、「算置くこと習はん」と言ひけれども、はじめは心にも入れで《気にもとめず》、教へざりけるを、すこし置かせて見て、(唐人)「いみじく算置きつべかりけり《すぐれて算をおくことができるものだ》。日本にありては《いたのでは》、何にかはせん[一四]《どうしようもない》。日本に《日本では》、算置く道《算をおく道には》、いとし《とても》もかしこからぬ所なり《不適当な所である》。われに具《ぐ》して《ついて》唐[一五]に渡らんと言はば、教へん」と言ひければ、(俊平の弟)「よくだに教へて、その道にかしこくだにもなりなば《すぐれさえするならば》、言はんにこそ随はめ《言うとおりにしましょう》。唐に渡りても[一六]、用ひられてだにありぬべくは《用いられてさえいるならば》、言はんに随ひて、唐にも具せられて行かん《連れられて参りましょう》」なんど、こと《こと》よく言ひければ《ばたくみに返事をしたので》、それになむ引かれて、心に入れて教へける。教ふるに随ひて、一事を聞きては、十事を知るやうになりければ、唐

九 前の丹後の国司。「丹後」は、京都府の北部。
一〇 官職。
一一 『今昔物語集』二四—二二に、「閑院ノ実成ノ帥《ソツ》ノ共ニ鎮西ニ下テ有ケル程ニ」とある。
一二 筑前・筑後の古称。転じて、九州全体の異称。
一三 算木。易占に用いる道具。長さ二寸ほどの角棒で、六本からなる。
一四 伊達本・陽明本に、「なにゝかせん」とある。
一五 『今昔物語集』二四—二二に、「宋」とある。
一六 『今昔物語集』二四—二二には、「宋ニ渡テモ被用《モチヰラレ》テ可有《アルベ》クハ、日本ニ有テモ何ニカハセム。云ハムニ随テ具シ渡ナム」とある。

一『今昔物語集』二四―二二に、「而ル間、師、安楽寺ノ愁《ウレヘ》ニ依テ、俄ニ事有テ、京ニ上ケルニ、其ノ共ニ上ケルヲ」とある。

唐人の呪咀

人もいみじくめでて《たいそうほめて》、「わが国に算置くものは多かれど、なんぢばかりこの道に心得たる者はなきなり。かならずわれに具《ぐ》して《ついて》、唐へ渡れ」と言ひければ、「さらなり《もちろんです》。言はんに随《したが》はん」と言ひけり。「この算の道には、病《やまひ》する人を置きやむる術《病人を算をおいてなおす》もあり。また病せねども、憎《にく》し、妬《ねた》しと思ふ者を《恨めしいと思う者を》、たちどころに置き殺す術《その場で算をおいて殺す》などあるも、さらに惜しみ隠さじ《決して惜しんだり隠したりするまい》、君に伝へんとす《おまえに伝えようと思う》。たしかにわれに具せんといふ誓言《ちかごと》立てよ《誓いのことばを立てよ》」と言ひければ、まほには立てず《〔俊平の弟は〕完全には立てず》、すこし《適当に》は立てなどしければ、「なほ人殺す術をば、唐へ渡らん船の中にて伝へん」とて、異事《ことごと》どもをば、よく教へたりけれども、その一事をば控《ひか》へて、教へざりけり。

かかるほどに《こうしているうちに》、よく習ひ伝へてけり。一それに《ところが》、にはかに主の事ありて《突然に主人の用事ができて》上りければ、その供に上りけるを、唐人聞きてとどめけれども、「いかでか《どうして》、年ごろの君の《長年お仕えする主君が》、かかることありて、にはかに上り給はん、送りせではあらん《送らずにいられましょうか》。思ひ知り給へ《分って下さい》。約束をば違《たが》ふまじきぞ」など、すかしければ《なだめたので》、げにと《いかにもと》唐人思ひて、「さは、かならず帰りて来よ。今日明日《けふあす》にても、唐へ帰らんと思ふに、君の来たらんを待ちつ《待ちうけ》けて《て》渡らん」と言ひければ、その契《ちぎ》りを《約束を》深くして、京に上りにけり。世の中のすさまじきままには《暮しにくいままに》、やをら唐にや渡りなましと思ひけれども《そろそろ唐にでも渡ろうかと思っていたけれども》、京に上りにければ、親しき人々に言ひとどめられて、俊平入道など聞きて、制しとどめければ、筑紫へだに《「その弟は」》、え行かずなりにけり《行けなくなってしまった》。この唐人は、しばしは待ちけるに、音もせざりければ《便りもなかったので》、わざと《わざわざ》使ひおこせて《使いをよこして》、文を書きて、恨みおこせけれども《恨んで言ってよこしたが》、「年老いたる親のあるが、今日明日とも知らねば《今日死ぬとも明日死ぬとも分らないので》、それがならんやう見果てて《そのなりゆきを見とどけて》行かんと思ふなり」と言ひやりて、行かずなりにければ、しばしこそ《しばらくの間こそ》待ちけれども、謀《はか》りけるなりけり《だましたのだと》と思へば、唐人は、[二]唐に帰り渡りて、よく《「帰るにつけては」》のろひて行きにけり《十分に呪っていった》。はじめはいみじくかしこかりける者の、唐人にのろはれてのちには、いみじくほうけて《ひどくぼけて》、ものも覚《おぼ》えぬやう《よく分らぬ》にてありければ《ようになったので》、しわびて《途方にくれて》、法師になりてけり。入道の君とて、ほ[三]

二 『今昔物語集』二四—二一に、「吉《ヨ》ク咀《ノロヒ》テナム宋ニ返リ渡ニケル」とある。

三 ひどくぼけたさま。

うけほうけとして、させることなき者にて《何のとりえもない者になって》、俊平入道がもとと、山寺などに通ひてぞありける。

女房の笑い

あるとき、若き女房ども集まりて、庚申《かうしん》[一]しける夜、この入道の君、片隅に、ほうけたる体《てい》にて《ぼけた様子で》ゐたりけるを、夜更けけるままに、《〔女房たちは〕》眠《ねぶ》たがりて、中に若く誇りたる《若くていい気になっている》女房の言ひけるやう、「入道の君こそ[二]、かかる人はをかしき物語などもするぞかし《するものですよ》。人々笑ひぬべから《笑ってしまいそうな》ん物語し給へ。笑ひて目さまさん」と言ひければ、入道、「おのれは[三]口てづつにて《口下手で》、人の笑ひ給ふばかりの物語は、えし侍らじ《とてもできないでしょう》。さはありとも、笑はんとだにあらば《何でもよいから笑おうとでもおっしゃるならば》、笑はかし奉りてんかし《笑わせてあげましょうよ》」と言ひければ、「物語はせじ、ただ笑はかさんとあるは、猿楽《さるがく》[四]をし給ふか。それは物語よりは、まさることにてこそあらめ《もっとおもしろいことでしょうよ》」と、まだしきに《まだ何もしないのに》笑ひければ、「さも侍らず、ただ笑はかし奉らんと思ふなり」と言ひければ、「こは何事ぞ。とく《早く》笑はかし給へ。いづらいづら《さあさあ》」と責められて、何にかあらん、物持ちて、火の明《あ》かき《明るい》所へ出で来たりて、

一 庚申待ち。道教の説によると、庚申の夜に眠ると、人の体内にすむ三尸《さんし》という虫が、天帝のもとにいたって、人の罪過を告げるので、その寿命が短くなると伝えられた。その説をうけて、宮中や貴族の家では、庚申の夜には眠らないで、遊宴などをして過した。

二 「こそ」は、人名にそえて敬意を表す接尾語。

三 口下手、口不調法。「てづつ」は、下手の意。

四 唐の散楽から出たという芸能。平安時代の猿楽は、演者の即興によって滑稽な演技を行ったもので、後代の能狂言の源流をなしている。

何事《何事をしようとするのかと》せむずるぞと見れば、算の袋《算木を入れた袋を》を引き解《と》きて、算をさらさらと出《いだ》しければ、これを見て、女房ども、「これが、をかしきことにてあるかあるか」と、「いざいざ笑はん《さあさあ笑いましょうよ》」など嘲《あざけ》るを、いらへもせで《答えもしないで》、算をさらさらと置きゐたりけり。置き果てて、広さ七八分ばかりの算のありけるを一つ取り出でて、手に捧《ささ》げて、「御前《ごぜん》[五]たち、さは《それでは》、いたく《ひどく》笑ひ給ひて、わび給ふなよ《お苦しみになるなよ》。いざ《さあ》、笑はかし奉らん《笑わしてあげよう》」と言ひければ、「その算捧げ給へるこそ、をこがましくて《ばからしくて》をかしけれ。何《どう》事にて《して》、わぶばかりは笑はんぞ《苦しむほどに笑おうか》」など、言ひ合ひたりけるに、その八分ばかりの算を置き加ふると見たれば、ある人みなながら《そこにいる人すべて》、すずろに《何となく》[六]ゑつぼに入りにけり《笑い興じてしまった》。いたく《ひどく》笑ひて、とどまらんとすれどもかなはず《〔笑いを〕とめようとしてもとめられない》。腹のわた切るるここちして、死ぬべく覚えければ、涙をこぼし、すべき方なくて《どうしようもなくて》、ゑつぼに入りたる者ども、ものをだにえ言はで《ものも言えないで》、入道に向かひて《〔もう結構ですと〕》、手を摺《す》りければ、「さればこそ申しつれ《だからこそ申したのです》。笑ひ飽き給ひぬや《十分にお笑いになりましたか》」と言ひければ、うなづき騒ぎて、伏しかへり《ころげまわり》、

五 婦人に対する敬称。

六 「ゑつぼ」は、そこをつかれると笑わずにはいられない急所の意か。

笑ふ笑ふ手を摺りければ、よくわびしめてのちに《苦しませてのちに》[一]、置きたる算をさらさらと押しこぼちたりければ《おしこわしたので》、笑ひさめにけり《笑いやんでしまった》。「いましばしあらましかば《もうしばらく笑っていたら》、死なまし《死んだでしょう》。またかばかり堪へがたきことこそなかりつれ《これほどこらえきれないことは今までになかったことです》」とぞ言ひあひける。笑ひ困《こう》じて《苦しんで》、集まり伏して、病むやうにぞしける《病人のようになってしまった》。かかれば、「人を置き殺し《算木を置いて殺し》、置き生くる《算木を置いて生かす》術ありと言ひけるをも、伝へたらましかば《伝えていたならば》、いみじからまし《大変なことであったろう》」とぞ人も言ひける。算の道は恐ろしきことにてぞありけるとなん。

〔一八六〕清見原天皇《きよみはらのすめらみこと》[二]と大友皇子《おほとものみこ》[三]と合戦の事

今は昔、天智天皇[四]の御子に、大友皇子といふ人ありけり。太政大臣[五]になりて、世の政《まつりごと》《政治を》を行ひてなんありける。心の中に、帝《みかど》失せ給ひなば、次の帝にはわれならんと思ひ給ひけり。清見原天皇、そ

一 底本に「わらひしめてのちに」とあるが、諸本によって改めた。『今昔物語集』二四―二二に、「令侘テ《ワビシメ》後ニ《ノチ》」とある。

＊『今昔物語集』二四―二二に、これと同話に当るものが収められており、やはり算道の恐ろしさに関するものである。『北条九代記』一には、この後半と同話に当るものが、安倍晴明のしわざとして伝えられている。

二 第四〇代の天武天皇。舒明天皇の皇子。天智天皇の弟。大海人皇子。壬申の乱で大友皇子を破り、飛鳥《あすか》浄御原《きよみはら》に都を遷した。天武天皇二年（六七三）に即位。朱鳥元年（六八六）に、六五歳で崩。

三 第三九代の弘文天皇。天智天皇の皇子。伊賀皇子。太政大臣、皇太子を経て、天智天皇一〇年（六七一）に即位。弘文天皇元年（六七二）に、壬申の乱に敗れて、二五歳で崩。

四 第三八代の天智天皇。舒明天皇の皇子。天武天皇の兄。中大兄皇子。大化の改新をなしとげて、近江の大津に都を遷した。天智天皇七年（六六八）に即位。同一〇年に、四六歳で崩。

五 律令制による最高官で、太政官の長官。はじめて大友皇子が任ぜられた。

清見原の天皇の隠遁

六 皇太子。皇位の継承者。

七 奈良県吉野郡の山。三九一頁注八参照。

八 勢いのさかんなものに、さらに勢いをそえること。

のときは、春宮《とうぐう》[六]にておはしましけるが、この気色《けしき》を知らせ給ひければ、大友皇子は、時の政をし、世のおぼえも威勢も猛《まう》なり、われは春宮にてあれば、勢も及ぶべからず、あやまたれなんと、恐《おそ》りおぼして、帝病《やまひ》つき給ふ、すなはち、「吉野山[七]の奥に入りて、法師になりぬ」と言ひて、籠《こも》り給ひぬ。

そのとき、大友皇子に人申しけるは、「春宮を吉野山に籠《こ》めつるは、虎に羽[八]をつけて、野に放つものなり。同じ宮に据ゑてこそ、心のままにせめ」と申しければ、げにもとおぼして、軍《いくさ》を整《ととの》へて、迎へ奉るやうにして、殺し奉らんと謀《はか》り給ふ。この大友皇子[九]の妻にては、春宮の御女[一〇]ましましければ、父の殺され給はんことを悲しみ給ひて、いかでこのこと告《つ》げ申さんとおぼしけれど、すべきやうなかりけるに、思ひわび給ひて、鮒《ふな》[一一]の包《つつ》み焼《や》きのありける腹に、小さく文を書きて、押し入れて奉り給へり。

春宮、これを御覧じて、さらでだに、恐れおぼしけることなれば、

『日本書紀』天武天皇辛未年（六七一）一〇月一九日の条に、「壬午、入吉野宮。…或曰、虎著レ翼放レ之」とある。「虎に羽をつけて」については、『韓非子』難勢篇三八に、「周書曰、毋下為二虎傅一翼、将中飛入レ邑択レ人而食上。夫乗二不肖人於勢一、是為二虎傅一翼也」などとある。

九『上宮太子拾遺記』七に、『扶桑蒙求注』を引いて、「爰ニ妃御心賢クシテ、女ノ童ノアマメノ頸ニ文ヲカキテ、綴コメテ著シメテ、吉野ノ宮ヘ遣ス」とある。

一〇 天武天皇の皇女。弘文天皇の妃。十市皇女。天武天皇六年（六七七）に没。

大友皇子の謀計

一一 鮒の腹の中に五品を入れて、酒塩で味をつけて焼いたもの。『四条流庖丁書』に、「包焼事、鮒五六寸許ナルヲ能鱗ヲフイテ、腹ヲ明、能洗テ、扨結昆布、串柿、クルミ、ケシ、此四品ノ外ニ栗ヲ蒸シテ可レ入。五色入テ、腹ヲヌイクヽミテ薄タレニカツホ入テ、能ホドニ認テ、シホ酒シホ入テ、貴人ヘハ三ツ計、其外ヘハ一宛盛テ、胡椒入テ可レ参。此料理ノ事、四条家ニ秘スル也。御門出ニハ、尤目出度カルベキ事也。子細ハ、天武天皇ト大友王子ト、御代ヲ争給フ時ノ事ニヤ。天武天皇ヘ御敵ナスベキ事サマぐ〳〵書テ、鮒ノ腹ニ入テ参ラセラルル間、御覧有テ即御謀共有ケレバ、御敵ヲ亡シヱテ、御心ノ如ク成リシ事也。然間目出度御肴成ベシ」とある。

田原の栗の伝説

「さればこそ《やはりそうだったよ》」とて、急ぎ下種《げす》[一]の狩衣《かりぎぬ》[二]、袴を着給ひて、藁沓《わらぐつ》[三]をはきて、宮の人にも知られず、ただ一人山を越えて、北ざま《北のほう》におはしけるほどに、山城《やましろ》[四]の国田原《たはら》といふ所へ、道も知り給はねば、五六日にぞ《五六日もたって》、たどるたどるおはし着きにける《やっとのことでたどり着かれた》。その里人、怪しく《あや》《不思議に》、けはひの《ご様子が》けだかく覚えければ、高坏《たかつき》[五]に栗を焼き、またゆでなどして参らせたり。その二色の栗を、「思ふことかなふべくは、生《お》ひ出でて《生長して》木になれ」とて、片山のそへ《山の片側の》[六]に埋《うづ》み給ひぬ《埋められた》。里人、これを見て、怪しがりて《〔その場所に〕》、標《しるし》をさして置きつ。

そこを出で給ひて、志摩《しま》[七]の国ざまへ《国のほうへ》、山に沿ひて、出で給ひぬ。その国の人、怪しがりて、問ひ奉れば、「道に迷ひたる人なり。喉《のど》乾きたり。水飲ませよ」と仰せられければ、大きなる釣瓶《つるべ》[八]に、水を汲みて参らせたりければ《さし上げたので》、喜びて仰せられけるは、「なんぢが族《ぞう》《一族を》に、この国の守とはなさん《この国の守としようと仰せられて》」とて、美濃《みの》[九]の国へおはしぬ。

この国の洲俣《すのまた》[一〇]の渡りに《渡し場で》、舟もなくて《〔困って〕》立ち給ひたりけるに《お立ちになっていたときに》、女の大

一 身分の低いもの。下人。
二 公家の略式の服。九三頁注一二参照。
三 藁でつくった履物。藁草履の類。
四 京都府綴喜郡宇治田原町。『大日本地名辞書』山城国綴喜郡の条に、「田原栗栖宮《くるす》」をあげて、「社伝に天武帝の行宮にして御栗栖明神と称す、栗林あり、朝貢の御栗栖なりしが、近年開拓して茶園と為す」とある。
五 食物を盛る、高い脚のついた器。
六 主なものにそえること。ここでは、山などの斜面。
七 三重県の東南の半島部。

志摩の釣瓶の伝説

八 縄または竿の先につけて、井戸の水を汲みあげる桶《おけ》。
九 岐阜県の南部。
一〇 岐阜県安八郡墨俣町。長良川ぞいの交通の要地。

洲俣の女の伝説

きなる舟[一一]に布入れて洗ひけるに、「この渡り、何ともして渡してん《何とかして渡してくれないか》や」とのたまひければ、女申しけるは、「一昨日《をとつひ》、大友の大臣の御使ひといふ者来[一二]たりて、渡りの舟ども、みな取り隠させて去《い》にしかば、これを渡し奉りたりとも《ここをお渡し申しても》、多くの渡り、え過ぎさせ給ふまじ《とてもお通りになることはできますまい》。かく謀《はか》りぬることとなれば《たくらんだことですから》、今《今にも》、軍《いくさ》責め来たらんずらん《軍勢が攻めてくるでしょう》、いかがしてのがれ給ふべき《どうしておのがれになれましょうか》」と言ふ。「さては、いかがすべき《どうしたらよいか》」とのたまひければ、女[一三]申しけるは、「見奉るやうあり《お見うけ申す子細があって》、ただにはいませぬ人にこそ《ただ人ではいらっしゃらないお方のようです》。さらば、隠し奉らん」と言ひて、湯舟をうつ伏しになして《さかさまにして》、その下に伏せ奉りて《お隠しして》、上に布を多く置きて、水汲みかけて洗ひゐたり。しばしばかりありて《しばらくたって》、兵《つはもの》四五百人ばかり来たり。女に問ひて言はく、「これより人や渡りつる《ここから人が渡っていったか》」と言へば、女の言ふやう、「やごとなき人《高貴なお方が》の、軍千人ばかり具《ぐ》して《連れて》おはしつる。今は信濃《しなの》[一四]の国には入り給ひぬらん。いみじき《すばらしい》龍[一五]のやうなる馬に乗りて、飛ぶがごとくしておはしき。この少勢にては、追ひ付き給ひたりとも、みな殺され給ひなん。

一一 槽《ふね》。水を入れる器。

一二 底本に「きたりし」とあるが、諸本によって改めた。

一三『上宮太子拾遺記』七に、『扶桑蒙求注』を引いて、「伊賀国ノ阿金ノ山ノ明神、女ニ現シテ船ノ下ニ入レ奉テ、其上ニシテ布ヲ洗フ」とある。

一四 長野県。

一五 龍馬。きわめてすぐれた馬。『周礼』に、「馬八尺以上為レ龍」とある。

清見原の天皇の勝利

これより帰りて、軍《いくさ》を《軍勢を》多く整へてこそ追ひ給はめ《追われるのがよいでしょう》」と言ひければ、まことにと思ひて、大友皇子の兵《つはもの》、みな引き返しにけり。

そののち、女に仰せられけるは、「この辺に軍催《もよほ》さん《募ったら》に、出で来《集まって》なむや《くるだろうか》」と問ひ給ひければ、女走りまひて《走りまわって》、その国のむねと《おもだった》ある者どもを催しかたらふ《募って味方につけると》に、すなはち《たちまち》二三千人の兵出で来にけり。それを引き具《ぐ》して《引き連れて》、大友皇子を追ひ給ふに、近江《あふみ》[一]の国大津《おほつ》といふ所に追ひつきて、戦ふに、皇子の軍敗れて、散り散りに逃げけるほどに、大友皇子[二]、つひに山崎[三]にて討たれ給ひて、頭取られぬ。それより、春宮《とうぐう》[四]、大和《やまと》[五]の国に帰りおはしてなん、位につき給ひけり。

各地の伝説の実情

田原に埋み給ひし焼き栗、ゆで栗は《普通の栗と》、形も変らず生ひ出でけり。今に、田原[六]の御栗とて、奉る《〔宮中に〕》なり。志摩《しま》の国にて水召させたる《さし上げた》者は、高階《たかしな》[七]氏の者なり。されば、それが子孫、国守《くにのかみ》にてはあるなり。その水召したりし釣瓶《つるべ》は、今に薬師寺[八]にあり。洲俣《すのまた》の女は、不破《ふは》[九]の明神《不破の明神》にてましましけりとなん《の化身でいらっしゃったということだ》。

一 滋賀県大津市。大津宮の近辺。
二 『日本書紀』天武天皇元年（六七二）七月二二日の条に、「則大友皇子、左右大臣等、僅身免以逃之」とあり、同二三日の条に、「於是大友皇子、走無所入、乃還隠㆓山前㆒、以自縊焉」とある。
三 京都府乙訓郡大山崎町か。そのほかにも、滋賀県大津市、大阪府枚方市、同北河内郡交野町など、いくつかの説がある。
四 『日本書紀』天武天皇二年二月二七日に、「天皇命㆓有司㆒設㆓壇場㆒、即㆓帝位於飛鳥浄御原宮㆒」とある。
五 奈良県。
六 『大日本地名辞書』の「田原栗栖宮」の項には、「西宮記に田原御栗栖の長とあり、山槐記に『田原供御所献甘栗十籠』とありて、今も綴喜郡より例貢とす云々（倭訓栞）」とある。五一〇頁注四参照。
七 『高階氏系図』などによると、承和一一年（八四四）に、高市皇子の五代の孫の峯緒が、はじめて高階真人の姓を賜ったという。
八 法相宗の大本山。一五九頁注一一参照。
九 岐阜県不破郡垂井町宮代の仲山金山彦神社。美濃国の一宮。南宮と号した。
＊ 壬申の乱に関する説話であるが、『日本書紀』の記事と異なっている。ここでは、天武天皇潜幸のことが、田原の栗や志摩の釣瓶などの伝説としてあげられ、高階氏の家伝や不破明神の縁起と関《かか》わ

ってまとめられている。『上宮太子拾遺記』七には、『扶桑蒙求注』を引いて、壬申の乱について記され、この説話と通ずるものも含まれている。

一〇 安倍頼時。忠良の子。奥州の六郡を領して、朝廷の命に従わなかったが、天喜五年（一〇五七）に、源頼義によって誅せられた。

一一 胡国の人。注一二参照。

一二 中国の北方の蛮族の国。北狄《ほくてき》ともいう。ここでは、日本の北方の蝦夷《えぞ》の地。

胡国のありか

一三 陸奥《みちのく》の国。東北地方の一部。

一四 安倍宗任。頼時の子。康平年中に、源頼義と戦って敗れ、同七年（一〇六四）に、伊予に流され、治暦三年（一〇六七）に、太宰府に移された。

一五 筑前・筑後の古称。九州の異称。

頼時の島渡り

一六 『今昔物語集』三一―一一に、「陸奥ノ国ニ安倍ノ頼時ト云フ兵有ケリ。其ノ国ノ奥ニ夷《エビス》ト云フ者有テ公ニ随ヒ不奉《タテマツラ》ズシテ、『戦ヒ可奉シ』ト云テ陸奥ノ守《カミ》源頼義朝臣責ムトシケル程ニ、頼時其ノ夷ト同心ノ聞エ有テ」とある。

一七 未開の土地の人。またあらあらしい武士をいう。

一八 「過《あやま》たず」か。『今昔物語集』三一―一一に、「更ニ錯《アヤマ》ツ事无《ナ》シ」とある。

一九 底本に「はるゝへき」とあるが、諸本によって改めた。

二〇 安倍貞任。頼時の子。康平五年（一〇六二）に、源頼義によって討たれ、四四歳で没。

〔一八七〕頼時《よりとき》[10]が胡《こ》人《ひと》[11]見たる事

これも今は昔、胡《こ》国《こく》[12]といふは、唐よりもはるかに北と聞くを（遙かに北方にあると聞いているが）、奥《あう》[13]州《しう》の地にさし続きたるにやあらんとて（続いているのであろうかと）、宗任《むねたふ》[14]法師とて、筑紫《つくし》[15]にありしが、語り侍りけるなり。

[16]この宗任が父は、頼時とて、陸奥《みちのくに》の夷《えびす》[17]にて、おほやけに（朝廷に）随《したが》ひ奉らずとて、〔朝廷が〕攻めんとてせられけるほどに、「古《いにしへ》より今にいたるまで（昔から）、おほやけに勝ち奉るものなし。われは過《す》[18]ぐさずと思へども（過ちをしないと思うが）、責めをのみ蒙《かうぶ》れば（とがめばかりを）、晴るく[19]べき方なきを（無実をはらせるような方法もないし）、奥の地より北に見渡さるる地あんなり（地があるようだ）。そこに渡りて、有様を見て、さてもありぬべき所ならば（何とか住めそうな）、われに随ふ人のかぎりを、みな率《ゐ》て渡して住まん（連れていってそこに住もう）」と言ひて、まづ舟一つを整《ととの》へて、それに乗りて行きたりける人々、頼時、厨川《くりやがは》[20]の次

郎、[一]鳥海の三郎、[二]さてはまた、[三]睦《むつ》まじき郎等ども（親しい家来ども）二十人ばかり、食物、酒など多く入れて、舟を出《いだ》してければ、いくばくも（いくらも）走らぬほどに、[四]見渡しなりければ（見渡せる土地があったので）、渡りつきにけり（そこへ渡りついた）。

大きな葦原

左右ははるかなる[五]葦原《あしはら》ぞありける。大きなる川の湊《みなと》を見つけて、その湊にさし入れにけり〔舟を〕。「人や見ゆる（人が見えるか）」と見けれども、人気もなし。「陸《くが》に上りぬべき所やある（上れそうな所があるか）」と見けれども、葦原にて、道踏みたる方も（跡も）なかりければ、「もし人気する所やある（もしや人のけはいのする所があるか）」と、川を上《のぼ》りざまに（上るうちに）、七日まで上りにけり。それが、ただ同じやうなりければ（同じような有様だったので）、「あさましきわざかな（あきれたことだな）」とて、なほ二十日ばかり上りけれども、人のけはひもせざりけり。

胡人の川渡り

三十日ばかり上りたりけるに、地の響くやうにしければ（音がしたので）、いかなることのあるにかと、恐ろしくて、葦原にさし隠れて、響くやうにする方を覗《のぞ》きて見ければ、胡人《こひと》とて、絵にかきたる姿したる者の（絵にかいてあるような姿をした者が）、赤き物にて頭結《ゆ》ひたるが（結んだものが）、馬に乗りつれて打ち出でたり（幾人も馬に乗り続いて出てきた）。「これは

一 安倍宗任。五一三頁注一四参照。
二 底本に「さてはき」とあるが、諸本によって改めた。
三 『今昔物語集』三一―一一に、「親シク仕《ツカヒ》ケル郎等廿人許也、其ノ従者《トモノ》共、亦食物《ジキモツ》ナド為《ス》ル者取合セテ五十人許《バカリ》」とある。
四 『今昔物語集』三一―一一に、「其ノ被見渡《ミワタサ》ル地ニ行着ニケル」とある。
五 「葦」は、イネ科の多年草。水辺に生えて、高さ二メートルに達する。

いかなる者ぞ」とて見るほどに、うち続き、数知らず出で来にけり。河原のはたに集まり立ちて、聞きも知らぬことを《聞いたこともない言葉を》さへづり六あひて、川にはらはらとうち入りて《ばらばらと乗り入れて》渡りけるほどに、千騎ばかりやあらんとぞ見えわたる《見わたされる》。これ《この》が足音の響きにて、はるかに聞えけるなりけり。徒《かち》の者をば《歩いてゆく者を》、馬に乗りたる者のそばに、引きつけ引きつけして渡りけるをば、ただ徒渡《かちわた》りする所なめりと見けり《歩いて渡る所なのだろうと見えた》。三十日《［今まで］》ばかり上りつるに、一所も瀬七もなかりしに、川なれば、かれ《あそこが》こそ渡る瀬なりけれと見て、人《胡人たちが》過ぎてのちに、さし寄せてみれば、同じやうに、底ひも《限りなく》知らぬ《深い》淵《ふち》八にてなんありける。馬筏《うまいかだ》九を作りて、泳がせけるに、徒人《かちびと》は、それに取りつきて渡りけるなるべし。なほ上るとも《もっと上っても》、はかりもなく《きりもなく》覚えければ、恐ろしくて、それより帰りにけり。

さていくばくもなくて《いくらもたたないうちに》ぞ、頼時は失《う》せにける《亡くなった》。されば《そこで》、胡国と日本の昔の奥の地とは、さしあひてぞあんなると《向いあっているそうだということであった》申しける。

六 底本に「きえつりあひて」とあるが、諸本によって改めた。「さへづる」は、意味が分らないことをやかましく言うこと。

七 川の水が浅くて、人が徒歩で渡れる所。

八 水を深くたたえ、よどんでいる所。

九 馬を並べつないで、筏《いかだ》のようにして川を渡すこと。

＊『今昔物語集』三一―一一に、これと同話に当るものが収められている。日本の最北の地に関する説話であるが、当時の北海道のさまを伝えるものといえよう。御伽草子の『御曹司島渡』などよりも、いっそうこの地の現実に即するものと思われる。

〔一八八〕賀茂祭《かもまつり》[一]の帰さ[二]、武正《たけまさ》[三]・兼行《かねゆき》[四]御覧の事

これも今は昔、賀茂祭の供に、下野武正《しもつけのたけまさ》、秦兼行《はたのかねゆき》遣《つか》はしたりけり。その帰さ〔帰り道に〕、法性寺殿《ほふしやうじどの》[五]、紫野《むらさきの》[六]にて御覧じけるに、武正、兼行、殿下《てんが》[七]御覧ずと知りて、ことに引きつくろひて渡りけり〔特に装束をととのえて通りすぎた〕。武正、ことに気色《きしよく》して渡る〔気どって〕。次に、兼行また渡る。おのおの、とりどりに言ひ知らず〔いいようもなく立派である〕。殿御覧じて、「いま一度北へ渡れ」と仰せありければ、また北へ渡りぬ。さてあるべきならねば〔そのままでもいられないので〕、また南へ帰り渡るに、この度は、兼行、さきに南へ渡りぬ。次に、武正渡らんずらんと〔通るであろうと〕、人々待つほどに、武正やや久しく見えず。こはいかにと思ふほどに〔これはどうしたことかと〕、向かひに引きたる幔《まん》より〔幔幕より〕、東を渡るなりけり。〔皆が〕いかにいかにと待ちけるに、幔の上より冠の巾子《こじ》[八]ばかり見えて、南へ渡りたりけるを、人々、「な

一　京都の賀茂別雷神社・賀茂御祖神社の祭り。四一二頁注一参照。
二　帰り道。帰途。
三　下野武正。藤原忠通の家司。近衛舎人。右近衛将曹。一七八頁注五参照。
四　秦兼行。伝未詳。忠通の随身。右府生。平野祭や賀茂祭に、武正と組んで、引馬の役をつとめた。『長秋記』大治五年（一一三〇）四月一四日に、「龖《くちとり》武正、兼行引馬」とあり、天承元年（一一三一）四月一九日に、「龖関白左府生武正、…引馬関白右府生兼行」とある。

気のきいた心づかい

五　藤原忠通。忠実の子。太政大臣、摂政、関白、従一位。長寛二年（一一六四）に、六八歳で没。
六　京都市北区の船岡山の北方、大徳寺の近辺。
七　もと三后・皇太子の敬称。後に摂政・関白にも用いられた。
八　冠の頂上の後部に高く突き出た部分。その中に、髻《もとどり》を入れる。
九　『古事談』六には、「无レ術者也」とある。底本の「すちなき」は、「ずちなき」とも「すぢなき」とも訓じられている。ここでは、「術なき」で、どうしようもない意か。それによると、身分の卑しい者にしては、気のきいた心づかいであると解される。『大系』の注は、「名義抄『擬』に『ヨソフ、スチ』の訓があり、このヨソフが『比す』の意とすれば或は、比べようもないの意か」とする。

ほ術《ずち》[九]なき者の心ぎはなり《心遣いである》」となむ、ほめけりとか。

〔一八九〕門部府生《かどべのふしやう》[一〇]、海賊射返す事

家屋の焼失

これも今は昔、門部府生といふ舎人《とねり》[一一]ありけり。若く、身は貧しくてぞありけるに、細弓《まままき》[一二]を好みて射けり。夜も射ければ、わづかなる家の葺板《ふきいた》[一三]を抜きて、〔火を〕ともして射けり。妻もこのことをうけず《このことは承知しない》、近辺の人も、「あはれ《ああ》、よしなきことし《つまらないことを》給ふものかな」と言へども、「わが家もなくて惑《まど》[一四]はん《途方にくれても》は、誰も何か苦しかるべき《誰もいっこうにかまわないだろう》」とて、なほ葺板をともして射る。これをそしらぬ者、一人もなし。

かくするほどに、葺板みな失《う》せぬ。はてには、垂木《たるき》[一五]、木舞《こまひ》[一六]を割り《割って》たきつ《は焼いてしまった》。また後には、棟《むね》[一七]、梁《うつばり》[一八]焼きつ。後には、桁《けた》[一九]、柱みな割りたきつ。「これ、あさましきもののさまかな《あきれかえったしわざであるよ》」と言ひあひたるほどに、

＊『古事談』六には、これと同話に当るものが、いっそう簡略に記されており、「武正ミエザリケレバイカニト御尋之処、早幔ノ外ヨリ南へ通候ヌト申ケレバ、猶武正无レ術者也ト被レ仰ケリ」と結ばれている。いくらか分りにくいが、あからさまにその姿を見せないで、幕の上から巾子だけをのぞかせていったのが、気のきいた心づかいとほめられたようである。

一〇「門部」は、衛門府の下役で、内裏の諸門を守るもの、「府生」は、六衛府および検非違使の下役で、衛門府についてもいう。

一一 天皇・皇族・摂政・関白などに近く仕えて、雑事をつかさどったもの。

一二 木と竹とを継ぎ合せて作った弓。もっぱら的を射るのに用いられる。『和名抄』に、「細射、唐鹵簿令云細射弓箭、今案此間云ミ万々岐由美ニ」とあり、『字類抄』に、「細弓ママキ、ママキユミ」とある。

一三 屋根板。屋根を葺く板。

一四 古活字本などに、「まといむは」とあって、「的射むは」とも解される。

一五 屋根板や木舞などを支えるために、棟から軒に渡す木。

一六 軒の垂木に渡す細長い板。

一七 屋根のもっとも高い所に使う木。

一八 柱の上に渡して、棟をうける木。

一九 柱の上に渡して、ほかの材をうける木。

板敷《いたじき》、下桁《したげた》[一]まで、みな割りたきて、《〔住む所がなくなり〕》隣の人の家に宿りたりけるを、家主、この人の様体《やうだい》見るに、《様子を見ると》この家もこぼちたきなむず《壊してたくであろうと》と思ひて、いとへども、《いやがるが》「さのみこそあれ、待ち給へ」《いつまでもこうばかりではいません》など言ひて過ぐるほどに、《〔細弓を〕》よく射るよし聞えありて、《上手に射るということが評判になって》召し出《いだ》されて、賭弓《のりゆみ》[二]つかうまつる[三]に、《お仕えすると》めでたく《みごとに》射ければ、叡感《えいかん》ありて、《ご感服なさって》はてには相撲《すまひ》[四]の使ひに下りぬ。

海賊の射殺

よき相撲ども、多く催し出でぬ。《召し集めてきた》また数知らず物まうけて、《品物も手に入れて》上りけるに、かばね島[五]といふ所は、海賊の集まる所なり、過ぎ行くほどに、具《ぐ》したる者《供の者が》の言ふやう、「あれ御覧候へ。あの舟どもは、海賊の舟どもにこそ候ふめれ。《舟のようです》こは、いかがせさせ給ふべき」《どうなさいますか》と言へば、この門部府生言ふやう、「をのこ、な騒ぎそ。《騒ぐな》千万人の海賊ありとも、今見よ」《今に見ておれよ》と言ひて、皮籠《かはご》[六]より、賭弓のとき着たりける装束取り出でて、うるはしく《きちんと》装束《しやうぞ》きて、《身につけて》冠、老懸《おいかけ》[七]など、あるべき定《ぢやう》に《きまりどおりに》しければ、従者ども、「こは、《これは》ものに狂はせ給ふか。《気でもふれられましたか》かなはぬまでも、《かなわないにしても》楯《たて》づき《迎え》などし給へかし」《撃つぐらいなさって下さいよ》と、いりめきあひたり。《ひしめき騒ぎあっていた》《〔府生は〕》うるはしく取りつけて、《きちんと身づくろいをして》

一 床板の下に渡した横木。

二 朝廷の儀式の一。正月一八日、すなわち射礼の翌日に、近衛府、兵衛府の舎人が、左右にわかれて弓を射ると、天皇がこれをご覧になって、勝方に賭物を賜った。

三 底本・陽明本に、「つかふまつるに」とあるが、伊達本・古活字本によって改めた。

四 七月の相撲の節に先だって、相撲人を召し集めるために、諸国に遣わされる官人。部領使《ことりづかい》ともいう。

五 瀬戸内海の島の一つであるが、その所在は不明。『日本霊異記』上―七には、備前の骨島の辺で、弘済禅師が海賊にあったとある。

六 皮で張った籠。後には紙張りや竹製のものをもいう。

七 武官の冠の両側につけた飾り。馬の尾の毛で、菊の花を半切りにした形に作る。

肩脱ぎて、馬手《めて》（右手）、うしろ見まはして、屋形《やかた》[八]の上に立ちて、「今は四十六歩《ぶ》[九]に寄り来にたるか」（四十六歩に近付いてきたか）と言へば、従者ども、「おほかた（まったく）、とかく申すに及ばず」（とやかく申すまでもありません）とて、黄水《わうずい》[一〇]をつきあひたり（吐きあっていた）。「いかに（どうだ）、かく寄り来にたるか」（もう寄って参ったか）と言へば、「四十六歩に近づき候ひぬらん」と言ふときに、上屋形《うはやかた》へ出でて、あるべきやうに（〔細弓の時の〕きまりどおりに）弓立《ゆだ》[一一]ちして、弓をさしかざして、しばしありて、うち上げ[一二]たれば（頭上高くあげたので）、海賊がむねとの者（海賊のおもだった者は）、黒ばみたる（黒みがかった）物着て、赤き扇を開き使ひて、「とくとく（さっさと）漕ぎ寄せて、乗り移りて、移し取れ」と言へども、この府生騒がずして、引き固めて（〔弓を〕引きしぼって）、とろとろと放ちて（ゆっくりと矢を放って）、弓倒しして見やれば（弓を倒して眺めると）、この矢、目にも見えずして（目にもとまらない早さで）、むねとの海賊がゐたる所へ入りぬ。早く（早くも）左の目に、このいたつ[一三]き立ちにけり（いたつき矢が突きささった）。海賊、「や」と言ひて、扇を投げ捨てて、のけざま（あおむけに）に倒れぬ。矢を抜きて見るに、うるはしく（正式に）戦《たたかひ》などするときのやうにもあらず、ちりばかりの物なり（〔儀式用の〕小さなものである）。これをこの海賊ども見て、「やや、これは、うちある矢にもあらざりけり（普通の矢でもなかった）。神箭《かみや》なりけり」と言ひて、

八 船の上の屋根の形をした所。
九 長さの単位の「歩」は、不明。『宇治拾遺物語私註』に、「のり弓のやごろ也。およそ十五間ほど也」とある。
一〇 胃から吐きもどす液。
一一 弓を射るために、身がまえて立つこと。
一二 弓をひきしぼる前の動作。
一三 先の鋭くない鏃《やじり》。一般に弓の練習に用いられる。

「とくとく《早く早く》、おのおの《皆の者ども》、漕ぎもどりね《漕ぎもどれよ》」とて、逃げにけり。
　そのとき、門部府生《かどべのふしやう》うす笑ひて、「[一]なにがしら《わしを相手にするには》が前には、あぶなく立つ《あぶなっかしいやつらよ》奴ばらかな」と言ひて、袖うちおろして《〔肩脱ぎした〕袖をおろして》、小唾《こつばき》吐きてゐたりけり。海賊騒ぎ逃げけるほどに、袋一つなど、少々物ども落したりける。海に浮かびたりければ、この府生取りて、笑ひてゐたりけるとか。

〔一九〇〕[二]土佐判官代通清《とさのはうぐわんだいみちきよ》、人違《たが》ひして関白殿に参り合ふ事

　これも今は昔、土佐判官代通清といふ者ありけり。歌を詠み、[三]源氏、狭衣《さごろも》などをうかべ《そらんじ》、花の下、月の前と好《す》きありきけり《〔風流を〕好んで歩きまわった》。かかる[四]好《す》き者なれば、[五]後徳大寺《ごとくだいじの》左大臣、「[六]大内の花見んずるに、かならず《きっとおいで下さい》」といざなはれければ《誘われたので》、通清、めでたきことにあひたりと思ひて《ありがたいめぐりあわせになったものだと思って》、や

一 一人称の代名詞で、やや謙譲の意を含む。「ら」は、複数を表すが、卑下の意を含む。
＊『今昔物語集』二四―一九には、播磨国の智徳法師が、陰陽の術によって海賊をうち負かしたと伝えられる。この門部府生は、弓術によって海賊を射倒したというのであって、まさに神技に通ずるものとみられる。
二 醍醐源氏。清雅の子。蔵人、従五位下。『千載集』の作者。判官代は、院の庁の職であるが、国司の庁にもおかれたものか。
三 『源氏物語』と『狭衣物語』。平安時代の物語の代表としてあげられる。『十訓抄』一に、「源氏狭衣たてぬきにおぼえ、歌よみ連歌を好て、花のもと月の前すきありきけり」とある。
四 風流人。『十訓抄』一に、「色好にて」とある。

風流人の失敗

五 藤原実定。公能の子。内大臣、右大臣を経て、左大臣、正二位に至る。建久二年（一一九一）に、五三歳で没。
六 大内山。仁和寺に当る。四七八頁注六参照。
七 治承四年（一一八〇）に、藤原基通が関白をやめてから、建久二年に、藤原兼実が、関白となるまで、実際には、関白はおかれなかった。兼実は、忠通の子。太政大臣、摂政、関白、従一位。承元元年（一二

〇七）に、五九歳で没。
八 貴人の外出に、勅命をこうむり、護衛にあたった近衛の舎人。弓矢を負い、刀をおびた。
九 元服した男のかぶりもの。二六頁注四参照。
＊『十訓抄』一の「土佐判官代道清好色事」の後半に、これと同話に当るものが認められる。風流人の失敗に関するもので、『十訓抄』の方でも、「いたくすきするものはかく鳴呼の気すゝむにや」と結ばれている。
一〇 京都市伏見区深草にあった寺。藤原基経の創建にかかる。
一一 羅什訳の『仁王般若波羅蜜経』と不空訳の『仁王護国般若波羅蜜多経』とがあげられる。この経を護持すると、厄難をまぬかれて、万民豊楽であると信じられた。
一二 伊達本・陽明本などの傍注に、「兼通公」とある。『今昔物語集』一四―三五に、「堀川太政大臣ト申ス人ノ、……御名ヲバ基経ト申ス」とある。ここでは、兼通ではなくて、基経をさす。基経は、長良の子で、良房の養子。摂政、関白、太政大臣、従一位。寛平三年（八九一）に、五六歳で没。
一三 流行病、疫病。『今昔物語集』一四―三五に、「身ニ熱病ヲ受ケテ日来《ヒゴロ》重ク悩ミ煩ヒ給ヒケレバ」とある。

堀川太政大臣の病気

がて、破《や》れ車に乗りてゆくほどに、跡《あと》より車二つ三つばかりして人の来れば、疑ひなきこの左大臣のおはすると思ひて、尻《すだれ》の簾をかき上げて、「あなうたてうたて、とくとくおはせ」と、扇を開きて招きけり。はやう関白殿[七]のものへおはしますなりけり。招くを見て、御供の随身《ずいじん》[八]、馬を走らせて、駆け寄せて、車の尻の簾をかり落してけり。そのとき、通清あわて騒ぎて、前よりまろび落ちけるほどに、烏帽子《えぼし》[九]落ちにけり。いといと不便《ふびん》なりけりとか。好きぬる者は、すこしをこにもありけるにや。

〔一九一〕 極楽寺《ごくらくじ》[一〇]の僧、仁王経《にんわうぎやう》[一一]の験を施す事

これも今は昔、堀川太政大臣[一二]と申す人、世ごこち[一三]大事に煩《わづら》ひ給ふ。御祈りども、さまざまにせらる。世にある僧どもの、参らぬはなし。

参り集《つど》ひて、御祈りどもをす。[一]殿中騒ぐこと限りなし。

極楽寺の僧の祈禱

ここに、極楽寺《ごくらくじ》は、殿《基経が》の造り給へる寺なり。[二]その寺に住みける僧ども、「御祈りせよ」といふ仰せもなかりければ、人も召さず《誰もお呼びにもならない》。このときに、ある僧の思ひけるは、「御寺にやすく《安穏に》住むことは、殿の御徳にてこそあれ《おかげである》。殿失《う》せ給ひなば《お亡くなりになると》、世にあるべきやうなし《世に生きていけるすべもない》。召さずとも参らん」とて、仁王経《にんわうぎやう》を持ち奉りて、殿に参りて、もの騒がしかりければ、[三]中門の北の廊《らう》の隅にかがまりゐて《かがみ坐って》、つゆ目も見かく《すこしも気付いて見て》る人もなきに《くれる人もないのに》、仁王経を他念なく《一心に》読み奉る。

極楽寺の僧の験力

[四]二時ばかりありて、殿仰せらるるやう、「極楽寺の僧、なにがしの[五]大徳《だいとこ》や、これにある《ここに参っているか》」と尋ね給ふに、ある人、「中門の脇の廊に候ふ」と申しければ、「それ、こなたへ呼べ」と仰せらるるに、人怪《あや》しと思ふ《不審だと思う》。そこばくのやんごとなき僧をば召さずして《幾人もの貴い僧をお召しにならないで》、かく《こうして》参りたるをだに《〔自分から〕参上したのさえも》、よしなしと見ゐたるを《不都合なことだと思って見ていた僧を》、召しあれば、心も得ず《わけも分らず》思へども、行きて、召すよしを言へば、参る。高僧どもの着き《〔座に〕》並び

一 底本に「破中」とあるが、諸本によって改めた。

二 『今昔物語集』一四―三五に、「此ノ極楽寺ノ僧ハ、世ニ貴キ思《オボ》エモ无《ナ》ケレバ、此許《カクバカリ》ノ御祈共《ドモ》ニ召シモ无シ」とある。

三 寝殿造りで、表門と寝殿との間にある門。

四 「一時《ひととき》」は約二時間。

五 高徳の僧の意から、一般に僧の称に用いられる。

たる後の縁に、かがまりゐたり。「さて参りたるか」と問はせ給へば、南の簀子[六]《すのこ》に候ふ《伺候している旨を申し上げると》よし申せば、「内へ呼び入れよ」とて、臥《ふ》し給《おやす》へる所へ《みになっている所へ》召し入れらる。《〔それまで〕》むげに《いっこうに》ものも仰せられず、重く《〔ご病気が〕》おはしつるに、この僧召す《お召しになる際の》ほどの御気色《きしょく》《ご様子が》の、こよなく《この上なくよいように》よろしく見えければ、人あやしく《不審に》思ひけるに、のたまふやう、「寝たりつる夢に、恐ろしげなる鬼どもの、わが身をとりどりに打ち《さまざまに責め》捩《りょう》じつるに《さいなんだが》、びんづら[七]結《ゆ》ひたる童子の、楉[八]《ずはえ》持ちたるが、中門の方より入りきて、楉して、この鬼どもを打ち払へば、鬼どももみな逃げ散りぬ。『何ぞの童の《どこの童子がこのように》かくはするぞ《するのか》』と問ひしかば、『極楽寺のそれがし《なにがし》が、《〔殿様が〕》かく煩《わづら》はせ給ふこと、いみじう嘆き申して《たいそうお案じ申し上げて》、年ごろ《長年》読み奉る仁王経を、今朝《けさ》より中門の脇に候ひて、他念なく読み奉りて祈り申し侍る。その経の護法[九]の、かく病《や》ませ奉る《お悩ませしていた》悪鬼どもを、追ひ払ひ侍るなり』と申すと見て、夢覚めてより、ここちのかいのごふやうに《かきぬぐうように》よければ、その悦《よろこ》び言《お礼を》はんとて、呼びつるなり」とて、手を摺《す》りて拝ませ給ひて、棹《さを》にかか

六 寝殿造りの廂《ひさし》の外側にある板敷の縁側。竹簀のように横に板を並べて、わずかに間をすかしてつくる。

七 みずら。古代の男子の髪型。髪を左右に分けて、耳のあたりで丸く輪に結んだもの。

八 細く長くのびた若い枝。

九 護法童子。仏法の守護に当る童形の鬼神。四〇頁注一〇参照。

りたる御衣を召して、かづけ[一]給ふ。「寺に帰りて、なほなほ御祈りよく申せ」と仰せらるれば、悦《よろこ》びてまかり出づるほど《退出するその時に》、僧俗の見思へる《僧侶や俗人が見て思っている》気色《けしき》《様子は》、やんごとなし《尊いものである》。[二]中門の脇に、ひめもす[三]《一日じゅう》にかがみゐたりつる、おぼえなかりしに《注目されなかったのに》、ことのほか美々しくてぞまかり出でにける《面目をほどこして退出したのであった》。

されば、人の祈りは、僧の浄、不浄にはよらぬことなり。[四]ただ心《ま心を》に入りたるが《こめて勤めるのが》験《げん》[五]あるものなり。[六]「母の尼して祈りをばすべし」と、昔より言ひ伝へたるも、この心なり。

思いがけない食物

〔一九二〕伊良縁野世恒《いらえのよつね》[七]、毘沙門《びしやもん》[八]の御下《くだ》[九]し文《ぶみ》を給はる事

今は昔、越前《ゑちぜん》[一〇]の国に、伊良縁の世恒といふ者ありけり。とりわき《特に》てつかうまつる《ご信心申し上げる》毘沙門に、物も食はで《何も食べておらず》、物のほしかりければ《食物が欲しかったので》、「助け給へ」と申しけるほどに、「門にいとをかしげなる《たいそう美しい》女の、家主《いへあるじ》に

一 「かづく」は、賞として衣服を与えて、その人の肩にかけさせること。

二 『今昔物語集』一四―三五に、「中門ノ脇ニ終日《ヒネモス》居タリツル、思《オボエ》ノ无《ナ》カリツルニ思ヒ校《クラ》ブルニ、極《キハメ》テ哀レニ貴シ。寺ニ返ヘリタルニモ、寺ノ僧共ノ思ヒタル気色、事ノ外ニ止事无《ヤムゴトナ》シ」とあり、『古本説話集』五二に、「中門の脇に、ひめもすに眠りゐたりつる覚えなさに思ひ較ぶるに、いみじく尊し。寺に帰りたるに、僧、思ひたる気色、殊の外なり」とある。

三 「ひねもす」に同じ。朝から晩まで一日中。

四 『今昔物語集』一四―三五に、「只誠ノ心ヲ至セルガ」とあり、『古本説話集』五二に、「ただよく心に入りたるが」とある。

五 加持祈禱などのしるし。

六 母が子のために祈るように、ま心をこめて祈らなければならないという意か。『今昔物語集』一四―三五に、「母ノ尼君ヲ以テ可令祈《イノラシムベ》キ也」とある。『譬喩尽』にも、「母の尼にて祈りをすべし」とある。

＊ 『今昔物語集』一四―三五、『古本説話集』五二、『真言伝』二―一四にも、これと同話に当るものが収められている。『仁王経』の霊験とともに、至心の読経の功徳について説いたものである。

七 『今昔物語集』一七―四七に、「生江《イクエ》ノ世経《ヨツネ》」、『古本説話集』六一に、「伊曾へ野よつね」、『元亨釈書』二九に、「大江諸世」とある。『今昔』の同話に、「加

賀ノ掾ニテゾ有ケル」とあるが、伝未詳。
八 毘沙門天。四天王の一で、北方を守り、福徳を授ける神。『今昔物語集』一七―四七、『元亨釈書』二九では、毘沙門天のかわりに、吉祥天女があらわれる。これも福徳を授ける神で、毘沙門天の妻に当ると伝えられる。
九 官府や寺社などから下す文書。通達文、命令書。
一〇 福井県の東部。
一一 うわぐすりをかけない素焼きの食器。

毘沙門の下し文

一二 『今昔物語集』一七―四七に、「汝ヲ糸惜《イトホ》シト思フト云ヘドモ、何《イカ》ガハ可為《スベ》キ。然レバ、今度《コノタビ》ハ下文ヲ与フ」とあり、『古本説話集』六一に、「いかにかしあへんとするとて、下し文を取らす」とある。
一三 「一町」は六十間《けん》。約一〇九メートルに当る。
一四 『今昔物語集』一七―四七に、「修陀《シュダ》々々」とある。「修陀」は、梵語の sudhā または suta に当り、天上の霊妙な食物の意か。
一五 「一斗」は一〇升。約一八リットル。

もの言はん《お話し申し上げたい》とのたまふ」と言ひければ《〔人が〕》、「誰にかあらん《誰であろうか》」とて、出であひたれば、土器《かはらけ》[一一]に物を《食物を》一盛《ひとも》り、「これ食ひ給へ。物ほしとありつるに《何か欲しいということでしたので》」とて、取らせたれば《与えたので》、悦びて取りて入りて、ただすこし食ひたれば、やがて《すぐに》飽《あ》き満《み》ちたる《満腹した気持になって》ここちして、二三日は物もほしからねば、これを置きて《とっておいて》、物のほしきをりごとに、すこしづつ食ひてありけるほどに、月ごろ《幾月か》過ぎて、この物も失《う》せにけり。

いかがせむずる《どうしようかと思って》とて、また念じ奉りければ《お祈り申し上げたところが》、またありしやうに《いつぞやと同じように》、人の告《つ》げければ、始めにならひて、惑《まど》ひ出でて見れば《あわてて出て見ると》、ありし《いつぞやの》女房のたまふやう、「これ下し文奉らん《この命令書をさし上げましょう》[一二]。これより北の谷、峯《みね》百町[一三]を越えて、中に高き峯あり。それに立ちて、『なりた[一四]』と呼ばば、もの《誰か》出で来なん《出てくるでしょう》。それにこの文を見せて、奉らん物を受けよ」と言ひて去《い》ぬ。この下し文を見れば、「米二斗[一五]渡すべし」とあり。やがて《すぐに》、そのまま《そのとおり》行きて見ければ、まことに高き峯あり。それにて、「なりた」と呼べば、恐ろしげなる声にていらへて《答えて》、出で来たるものあり。

見れば、額に角おひて《角が生えていて》、目一つあるもの、あかきたふさぎ[一]したるもの出で来て、ひざまづきてゐたり。「これ御下し文なり。この米得《もら》させよ《いたい》」と言へば、「さること候ふ」とて、下し文をみて、「これは二斗と候へども《書いてございますが》、一斗を奉れとなん候ひつるなり《さし上げよということでした》」とて、一斗をぞ取らせたりける。そのままに請《う》け取りて帰りて、その入れたる袋[二]の米を使ふに、一斗尽きせざりけり。千万石取れども、ただ同じやうにて、一斗は失《う》せざりけり。

これを国守《くにのかみ》聞きて、この世《よ》恒《つね》を召して、「その袋、われに得させよ」と言ひければ、国の内にある身なれば《越前に生活する者なので》、えいなびずして《ことわりきれないで》、「米百石の分奉る」と言ひて、取らせたり。一斗取れば、また出で来出で来しければ、いみじき物まうけたり《すばらしい物を手に入れた》と思ひて、持たりけるほどに、百石取り果てたれば《取り終ったところで》、米失《う》せにけり。袋ばかりになりぬれば、本意《ほい》なくて返し取らせたり《残念ながら返してやった》。世恒がもとにては〔ところが〕、また米一斗出で来にけり。かくて、えもいはぬ長者にてぞありける《いいようもない大金持として過した》。

一 褌。陰部をおおう短い布。

二 『今昔物語集』一七—四七に、「此ノ米《ヨネ》ヲ取テ仕フニ、亦、袋ニ米自然《オノヅカ》ラ満テ、取レドモ取レドモ更ニ不《ツ》尽《キ》ザリケリ」とある。

取っても尽きない米袋

＊『今昔物語集』一七—四七、『古本説話集』六一に、これと同話に当るものが収められている。『元亨釈書』二九にも、その類話に当るものが認められる。『今昔』や『元亨釈書』では、毘沙門天ではなく、吉祥天女に祈ることによって、無尽蔵の米袋を授かったというものである。特に『今昔』では、国守の無法について、「守ノ心極テ愚也。世経ハ吉祥天女ニ仕《ツカマツリ》テ給《タマハリ》タル物ヲ、故無クシテ押取ラムニハ、当《マサ》ニ持《タモ》チナムヤハ」と記されている。

〔一九三〕相応和尚《さうおうくわしやう》[三]、都卒天《とそつてん》[四]に上る事、付染殿《そめどの》[五]の后《きさき》祈り奉る事

今は昔、叡山《えいざん》[六]無動寺《どうじ》に、相応和尚といふ人おはしけり。比良山《ひらやま》[七]の西に、葛川《かつらがは》[八]の三滝《さんたき》といふ所にも通ひて行ひ（ご修行なさった）給ひけり。その滝にて、[九]不動尊に申し給はく、「われを負ひて、都卒の内院、弥勒菩薩《みろくぼさつ》[一〇]の御もとに率《ゐ》て行き給へ（連れていって下さいと）」と、あながちに申しければ（無理にお願い申したので）、「きはめて難《かた》き（むずかしい）ことなれど、しひて申すことなれば、率て行くべし。その尻を洗へ」と仰せければ、滝の尻にて（端のほうで）水浴み、尻よく洗ひて、明王の頸に乗りて、都卒天に上り給ふ。

ここに、内院の門の額に、「妙法蓮華[一一]」と書かれたり。明王のたまはく、「これへ参入の者は、この経[一二]を誦《ず》して（そらんじて）入り、誦せざれば入らず」とのたまへば、はるかに見上げて、相応のたまはく、「われ、

三 櫟井氏。近江の国浅井郡の人。慈覚大師の弟子。貞観六年（八六四）または七年に、無動寺を創建。延喜一八年（九一八）に、八八歳で没。「和尚」は、受戒の人の師となる僧。

四 欲界の六天の第四に当り、その内院に弥勒菩薩が住むと伝えられる。

五 藤原明子。良房の子。文徳天皇の后、清和天皇の母。貞観六年に、皇太后となる。昌泰三年（九〇〇）に、七二歳で没。

都卒天への参入

六 比叡山東塔の別所。大乗院、不動堂、弁天堂などが残る。

七 滋賀県滋賀郡にある山で、比叡山の北に連なる。

八 滋賀県滋賀郡堅田町に属して、比良山の西、朽木谷の奥に当る。息障明王院葛川寺があって、相応の開基にかかる。『帝王編年記』貞観元年（八五九）の条に、「相応和尚、於葛川第三清流、拝生身不動、日域顕現之不動、叡岳留生身不動、是和尚霊徳也」とあって、葛川の三滝は、この第三清流に当るか。

九 不動明王。五二頁注六参照。

一〇 梵語の maitreya に当り、「慈氏」と訳される。大乗の菩薩で、当来仏。都卒天の内院に住んで、五六億七〇〇〇万年の後に、この世に降って、衆生を救うと信ぜられる。

一一 一乗の因果を蓮華にたとえた言葉で、『妙法蓮華経』（法華経）の題目とされている。

一二 『法華経』をさす。

この経読みは読み奉る《読むことはお読みいたします》。誦することは《そらんずることは》、いまだ《まだ》叶《かな》はず《できません》」と。明王、「さては口惜《くちを》しき《残念な》ことなり。その儀ならば、参入叶ふべからず《参入することはできない》。帰りて法華経を誦してのち、参り給へ」とて、かき負ひ給ひて、葛川《かつらがは》へ帰り給ひければ、泣き悲しみ給ふこと限りなし。さて、本尊の御前にて、経を誦し給ひてのち、本意《ほい》を遂げ給ひけりとなむ。その[一]不動尊は、今に無動寺におはします、[二]等身《とうじん》の像にてぞましましける。

染殿の后の加持

その和尚、かやうに奇特《きどく》の効験おはしければ《非常にすぐれた効験がおありなので》、染殿の后、[三]ものの怪《け》に悩み給ひけるを、ある人申しけるは、「[四]慈覚《じかく》大師の御弟子に、無動寺の相応和尚と申すこそ、いみじき行者にて侍れ《すぐれた修行者でございます》」と申しければ、召しに遣はす。すなはち《すぐに》、御使ひに連れて参りて、[五]中門《ちゆうもん》に立てり。人々見れば、長《たけ》高き僧の、鬼のごとくなるが、[六]信濃布《しなののぬの》を衣に着、椙《すぎ》の[七]平足駄《ひらあしだ》をはきて、[八]大木槵子《だいもくげんじ》の念珠《ねんず》を《数珠を》持てり。「その体《てい》、御前に召しあぐべき者にあらず。無下《むげ》の下種《げす》法師にこそ《ひどい下賤の法師である》」とて、「ただ[九]簀《すの》子《こ》の辺に立ちながら、[一〇]加持《かぢ》申すべし」と、おのおの申して、「[一一]御階《みはし》

一 『元亨釈書』一九に、「貞観五年、応等身長刻二不動像一。六年、創二一宇一安置。号二無動寺一」とあり、『相応和尚伝』に、「五年、等身不動明王像ヲ造リ奉リ、…同七年、仏堂ヲ造立、コノ明王ヲ中台ニ安置ス。一伽藍トナシ、無動寺ト号ス」とある。

二 身の丈と等しい高さ。

三 人について悩ます死霊や生霊など。

四 円仁。四六二頁注一参照。

五 寝殿造りで、表門と寝殿との間にある門。

六 シナの木（マダの木）の皮の繊維で織った布。目が粗くて、赤褐色。

七 今の普通の下駄。

八 「木槵子」は、ムクロジ科の落葉喬木。種子は数珠に用いられる。

九 寝殿造りの廂《ひさし》の外側にある板敷の縁側。竹簀《たけす》のように板を並べて、わずかに間をすかしてつくる。

一〇 印を結び、金剛杵《こんごうしょ》をもって、陀羅尼《だらに》を唱えながら、観念をこらして、仏神に祈ること。七一頁注一三参照。

一一 宮中などの「きざはし」の敬称。

の高欄《かうらん》[一二]のもとにて、立ちながら候へ《立ったままでおれ》」と仰せ下しければ、御階の東の脇の高欄に立ちながら、押しかかりて《よりかかって》祈り奉る。

宮は寝殿[一三]の母屋《もや》[一四]に臥《ふ》し給ふ。いと苦しげなる御声、時々、御簾《みす》の外《ほか》に聞ゆ。和尚、わづかにその御声を聞きて、高声《かうしやう》に加持し奉る、その声、明王も現じ給ひぬと《ご出現なさったと》、御前に候ふ人々、身の毛よだちて覚ゆ。しばしあれば《しばらくたつと》、宮、紅の御衣二つばかりに押し包まれて、鞠《まり》[一五]のごとく簾中《れんちゆう》よりころび出でさせ給ひて、和尚の前の簀子に〔お体を〕投げ置き奉る。人々騒ぎて、「いと見苦し。〔宮を〕内へ入れ奉りて、和尚も御前に候へ《伺候せよ》」と言へども、和尚、「かかる乞児《かたゐ》《乞食の》の身にて候へば、いかでか《どうして参上》まかり上るべき」とて《することができましょうかといって》、さらに上らず。はじめ召し上げられざりしを、やすからず憤り思ひて《心穏やかでなく憤慨していたので》、ただ簀子にて、宮を四五尺あげて《放りあげて》打ち奉る。人々しわびて《困りはてて》、御几帳《きちやう》[一六]どもをさし出して《引き出して》、立て隠し、中門をさして《とざして》、人を払へども《人々を追い払うが》、きはめて顕露《けんろ》《はっきりと見える》なり。四五度ばかり打ち奉りて、投げ入れ投げ入れ祈りければ、もとのごとく、内へ投げ入れつ。

一二 宮殿、廊下、橋などの端にめぐらす欄干で、端の反《そ》って曲ったもの。
一三 寝殿造りの主要な建物。
一四 廂の内の中央の間。
一五 蹴鞠《けまり》の鞠。
一六 室内に立てて内外の隔てとした具。

そののち、和尚《くわしやう》まかり出づ《退出する》。「しばし候へ《暫くお待ち下さい》」と留《とど》むれども、「久しく立ちて、腰痛く候ふ」とて、耳にも聞き入れずして出でぬ。

宮は投げ入れられてのち、御ものの怪《け》さめて、御ここちさはやかになり給ひぬ。一験徳《げんとく》あらたなりとて《あらたかであるというので》、二僧都《そうづ》に任ずべきよし、三宣下《せんげ》せらるれども、「かやうの乞児《かたゐ》は、何でふ《どうして》四僧綱《そうがう》になるべき」とて《なれましょうかといって「位を」》、返し奉る。そののちも召されけれど、「京は人を賤《いや》しうする所なり」とて、さらに参らざりけるとぞ《けっして参上しなかったということだ》。

〔一九四〕五仁戒上人、六往生《わうじやう》の事

これも今は昔、七南京に仁戒上人といふ人ありけり。八山階寺《やましなでら》の僧なり。才学、寺中に並ぶ輩《ともがら》なし《比べられる者がない》。しかるに、にはかに九道心をおこして、寺を出でんとしけるに、そのときの一〇別当、一一興正僧都《こうしやうそうづ》、いみじう惜し

一 加持祈禱などで霊験をえること。
二 僧正の次位の僧官。
三 天皇のおことばをのべ下すこと。
四 僧尼を統轄して、法務を綱持する意で、もっとも高位の僧官をさす。すなわち、僧正・僧都・律師の三官をいい、後に法印・法《ほう》眼《げん》・法橋《ほつきやう》の三位をもいう。

僧綱の返上

＊ 相応和尚と不動明王との験徳に関する説話で、前後の二段にわけられる。『本朝法華験記』上―五に、前段と同話に当るものがみられ、『天台南山無動寺建立和尚伝』『拾遺往生伝』下―一、『元亨釈書』一〇などに、後段と同話に当るものがみられる。それらの記録によると、西三条の女御（良相の女）の重病にあたって、下座でこれを加持したというのである。それとは別に、『天台南山無動寺建立和尚伝』『拾遺往生伝』下―一、『古事談』三、『元亨釈書』一〇などには、紀僧正真済の霊が天狗道に堕《お》ちて、染殿の后についたので、やはりこれを呪縛したとも記されている。さらに、『今昔物語集』二〇―七などに、金剛山の聖人が悪鬼と化して、染殿の后と通じたとあるのも、いっそうよく知られている。

仁戒上人の道心

五 「仁賀」の誤りかという。仁賀は、大和国の人で、増賀の弟子。ただし、後出の興正が、叡尊であるとすると、時代が合わない。

みて、制しとどめて《引きとめて〔寺から〕》出《いだ》し給はず。しわびて《〔上人は〕困り切って》、西の里なる人の女《むすめ》を妻にして通ひければ、人々やうやうささやき立ちけり《しだいに噂がたちはじめた》。人にあまねく《広く》知らせんとて、家の門に、この女の頸に抱《いだ》きつきて、後《うしろ》に立ちそひたり《くっついていた》。行き通る人見て、あさましがり《あきれかえり》、心憂《こころう》がる《いとわしく思う》こと限りなし。いたづら者《駄目な人間》になりぬと《になってしまったと》、人に知らせんためなり。さりながら、この妻とあひ具《ぐ》しながら《連れ添いながら》、さらに《いっこうに》近づくことなし《〔妻に〕親しむことがなかった》。堂に入りて、夜もすがら《一晩じゅう》眠らずして、涙を落して行ひけり《修行していた》。このことを別当僧都聞きて、いよいよ貴みて呼び寄せければ、しわびて逃げて、葛下郷《かづらきのしものさと》[一二]の郡[一三]司が聟になりにけり。念珠《ねんず》などをも《数珠なども》、わざと持たずして、ただ心中の道心は、いよいよ堅固に行ひけり。

郡司夫妻の奉仕

ここに、添下郡《そふのしものこほり》[一四]の郡司、この上人に目をとどめて、深く貴み思ひければ、跡も定めずありきける尻に立ちて《後ろにつき従って》、衣食沐浴《もくよく》[一五]等を営《いとな》みけり。上人思ふやう、いかに思ひて、この郡司夫妻は、ねんごろにわれを訪《とぶら》ふらんとて《見舞うのだろうと思って》、その心を尋ねければ、郡司答ふるやう、「何事《何のこと》

六 死後に、極楽浄土に往《い》って、蓮華の中に生れること。
七 奈良。
八 興福寺。二七八頁注七参照。
九 仏道に帰依する心。すでに出家の身でありながら、既成の教団の組織から離れて、自由な聖の境涯に入ったものも少なくない。
一〇 大寺の寺務を統轄する職。
一一 叡尊をさすか。叡尊は、大和の人で源氏。叡賢の弟子。西大寺の律僧。正応三年（一二九〇）に、九〇歳で没。正安二年（一三〇〇）に、興正菩薩と諡《おくりな》される。ただし、興福寺とかかわりなく、その諡号《しごう》の年時も、あまりに下りすぎる。『興福寺寺務次第』などによると、貞観元年（八五九）から同一三年まで、興昭という僧が、興福寺の別当をつとめている。この興昭は、元慶七年（八八三）に没しており、やはり適当でない。
一二 底本の「郷」の傍注に、「都歟」とあるが、「郡」の誤りか。「葛下郡」は、奈良県北葛城郡。『和名抄』大和国の条に、「葛下加豆良木乃之毛」とある。
一三 郡を治めた官。二九頁注一〇参照。
一四 奈良県生駒郡。『和名抄』大和国の条に、「添下曾不乃之毛」とある。
一五 衣服や食事、入浴などの世話をしていた。

か侍らん《がありましょうか》。ただ貴く思ひ侍れば、かやうに仕《つかまつ》るなり。ただし、一事申さんと思ふことあり」と言ふ。「何事ぞ」と問へば、「御臨終《りんじゆう》のとき、いかにしてかあひ申すべき《どうしたらおあいすることができましょうか》」と言ひければ、上人《しやうにん》、心に任せた《思いどおりにな》ることのやうに《ることのように》、「いとやすきことにありなん《まことにたやすいことであろう》」と答ふれば、郡司手をすりて悦《よろこ》びけり。

仁戒上人の臨終

さて、年ごろ過ぎて《幾年もたって》、ある冬、雪降りける日、暮方《くれがた》に、上人、郡司が家に来ぬ。郡司悦びて、例のことなれば《いつものことなので》、食物《くひもの》、下人どもにも営《いとな》ませず《ととのえさせず》、夫婦手づからみづからして《夫婦自身で手を下して作り》、召させけり《召し上がっていただいた》。湯など浴《あ》みて臥《ふ》しぬ。暁《あかつき》はまた、郡司夫妻とく《早く》起きて、食物種々に営むに《ととのえると》、上人の臥し給へる方、香《かう》[一]ばしき《よい匂いのする》こと限りなし。匂ひ、一家に宛[二]まり。これは、名香など焼《た》き給ふなめりと思ふ。「暁はとく出でん《早く出かけよう》」とのたまひつれども《おっしゃったが》、夜明くるまで起き給はず。郡司、「御粥《かゆ》出で来たり。このよし申せ」と御弟子に言へば、「腹あしくおはする《怒りっぽくていらっしゃる》上人なり。あしく申して打たれ申さん《へたなことを申し上げると打たれるでしょう》。今起き給ひなん《今にもお起きになるでしょう》」と言ひてゐたり。

一　阿弥陀の来迎にあたっては、虚空に花が降り、また異香が薫ずるものとされていた。

二　底本・伊達本・陽明本に、「宛まり」とあるが、古活字本などに、「充満り」とあって、「充《み》ち満《み》てり」に当るか。

さるほどに、日も出でぬれば、例は《普段は》、かやうに久しくは寝給はぬに、怪《あや》し《変だと》と思ひて、寄りておとなひけれど《近寄って呼んでみたが》、音なし《返事がない》。ひきあけて見ければ、西に向かひ、端座合掌《たんざがつしやう》して《きちんと坐り両手を合わせて》、はや死に給へり。あさましきこと限りなし。郡司夫婦、御弟子どもなど、悲しみ泣きみ《悲しんだり泣いたり》、かつは《または》貴み拝みけり。暁香ばしかりつるは、極楽《ごくらく》[三]の迎へなりけりと思ひあはす。終りにあひ申さんと《臨終におあいしようと》申ししかば、ここに来給ひてけるに《おいでになったのだと》こそと、郡司、泣く泣く葬送のこともとり沙汰《さた》しけるとなん《取り計らったとかいうことだ》。

仏弟子の幽閉

〔一九五〕秦《しん》[四]の始皇《しくわう》、天竺《てんぢく》[五]より来たる僧禁獄《きんごく》[六]の事

今は昔、唐《もろこし》の秦の始皇の代に、天竺より僧渡れり《渡ってきた》。帝《みかど》あやしみ給ひて《不審にお思いになって》、「これはいかなる者ぞ。何事によりて来たれるぞ」。僧申して言はく、「釈迦牟尼仏《さかむにぶつ》[七]の御弟子なり。仏法を伝へむために、はるか

三 阿弥陀仏の浄土。五一頁注一〇参照。

＊ 仁戒上人の極楽往生に関する説話であるが、前半の部分では、主人公の上人が、すでに出家をしながら、改めて道心をおこしたとされている。『続本朝往生伝』の「沙門仁賀」の項に、「或称レ嫁ニ寡婦一、或称レ有ニ狂病一、不レ随ニ寺役一」と記され、『古事談』三にも、同じ仁賀上人について、「相ニ語一人之寡婦一寄ニ宿于其宅一、披ニ露儲レ妻之由一。依レ之諸人惜悲之間、仁賀ハ偽称ニ堕落之由一、実ニハ片角ニテヨモスガラナキ居タルナリト聞テ、皈依弥倍」と記されている。本書の「仁戒」が、「仁賀」の誤りとはきめられないが、わざと堕落したようにふるまったというのは、まことによく似ている。

四 秦の初代の帝王。紀元前二二一年に、天下を統一して、皇帝と称した。即位三七年（紀元前二一〇年）に、五〇歳で没。

五 インドの古称。

六 牢獄に監禁すること。

七 釈迦如来《しやかにょらい》。紀元前四〜五世紀に、インドにあらわれて、仏教を開いた。浄飯王《じようぼん》の子。二九歳で出家、三五歳で成道、八〇歳で入滅と伝えられる。「牟尼」は、賢者の意。『今昔物語集』六―一では、ここで釈迦の略伝をのべる。

に[一]西天《さいてん》より来たり渡れるなり」と申しければ、帝《みかど》腹立ち給ひて、「その姿きはめて怪《あや》し《変だ》。頭の髪[二]禿《かぶろ》なり。衣の体《てい》、人に違《たが》へり。仏の御弟子と名のる。仏とは何者ぞ。これは怪しき者なり。ただに返す《そのまま帰して》べからず《はならない》。[三]人屋《ひとや》に籠《こ》めよ《閉じこめよ》。今よりのち、かくのごとく怪しきこと言はん者をば、殺さしむべきものなり《殺させるべきである》」と言ひて、人屋に据《す》ゑられぬ《とめおかれた》。「深く閉ぢ籠めて、重くいましめて置け《しっかりと縛っておけ》」と[四]宣旨《せんじ》下されぬ。

釈迦仏の救済

人屋の司《つかさ》の者《役人は》、宣旨のままに、重く罪ある者置く所に籠めて置きて、戸にあまた錠《ぢやう》さしつ《かけがねをかけた》。この僧、「悪王に逢ひて、かく悲しき目を見る。わが本師釈迦《さか》如来《にょらい》、[五]滅後なりとも、あらたに見給ふらん《霊験あらたかにご覧になるでしょう》。われを助け給へ」と、念じ入りたるに、釈迦仏、[六]丈六の御姿にて、[七]紫磨黄金《しまわうごん》の光を放ちて、空より飛び来たり給ひて、この獄門を踏み破りて、この僧を取りて去り給ひぬ。そのついでに、多くの盗人ども、みな逃げ去りぬ。獄《ひとや》の司、空に物の鳴りければ、出でて見るに、金の色したる僧の、光を放ちたるが、大きさ丈六なる《大きさ一丈六尺おありの方が》、空より飛び

一 西方の天竺《てんじく》。
二 はげ頭。『今昔物語集』六―一に、「頭ノ髪無クシテ禿《カブロ》也」とある。
三 牢屋。牢獄。
四 勅旨をのべ伝えること。また勅旨をしるした文書。
五 入滅の後であっても。『今昔物語集』六―一に、「涅槃《ネハン》ニ入《イリ》給テ後《ノチ》久ク成ヌト云ヘドモ」、『打聞集』二に、「失給テ後久成ヌレドモ」とある。
六 一丈六尺。
七 紫色をおびた最上の金。

八『今昔物語集』六―一に、「後漢ノ明帝ノ時ニ」とあり、『打聞集』二に、「サテクダリテ後漢ニハ」とある。

＊『今昔物語集』六―一、『打聞集』二に、これと同話に当るものが収められている。『法苑珠林《ほうおんじゅりん》』一二、『仏祖統記』三四には、その原拠に当るものが認められる。それによると、秦の始皇帝の代に、釈利房などの一八人の賢者が、仏経をもたらしたが、始皇帝によって閉じこめられ、金剛丈六によって救いだされたとされている。

九 せっかくの援助も、時機を逸すると、役にたたないことのたとえ。『譬喩尽《たとえづくし》』に、「後の千金より今の一飯（荘子轍鮒ノ語心）」とある。

一〇 中国の戦国時代の思想家。名は周。楚《そ》の蒙の人。老子の説をうけて、孔子の門徒と対立した。『荘子』の著者。

荘子の望み

一一『荘子』外物二六によると、「監河《かんか》侯《こう》」に当る。成玄英の『荘子疏』には、魏《ぎ》の文侯に当てられる。

一二『宇治拾遺物語私註』に、「あはにはあらず。ぞくといひて、いまだしらげざる米のことなり」とある。もともとはもみ米の意であったが、後に「あは」と解されたのであろう。

後の千金のたとえ

一三『荘子』外物二六に、「我将㆑得㆓邑金㆒。将㆑貸㆓子三百金㆒」とある。

来たりて、獄の門を踏み破りて、籠められたる天竺の僧を、取りて行く音なりければ、このよしを申すに、帝いみじく《ひどく》おぢ恐《おそ》り給ひけ《恐れられた》りとなん《ということだ》。

そのときに渡らんとしける仏法、世下りての漢には渡りけるなり。[八]

〔一九六〕後《のち》の千金《せんきん》の事[九]

今は昔、唐《もろこし》に荘子《さうじ》[一〇]といふ人ありけり。家いみじう《ひどく》貧しくて、今日《けふ》の食物絶えぬ《なくなった》。隣にかんあとう[一一]といふ人ありけり。それがもとへ、今日食ふべき《分の》料《れう》の粟《あは》[一二]を乞ふ。

あとうが言はく、「いま五日ありておはせよ《もう五日たっておいで下さい》。千両[一三]の金を得んとす。それを奉らん。いかでか、やんごとなき人に《高貴な方に》、今日参るばかり《召し上がるだけ》の《の》粟をば奉らん《さし上げられましょうか》。かへすがへすおのが恥なるべし《まったくもって私の恥になるでしょう》」と言へば、荘子の言はく、「昨日、道をまかりしに、跡《あと》に呼ばふ声あり《うしろで呼ぶ声がする》。顧《かへり》みれば、人なし。ただ車の輪跡《わあと》のくぼみたる所にたまりたる少水《せうすい》に《わずかな水に》、鮒《ふな》一つふためく《ばたばたしている》。何ぞの鮒にかあらん《どのような鮒であろうか》と思ひて、寄りて見れば、すこしばかりの水に、いみじう大きなる鮒あり。『何ぞの鮒ぞ《これはどういう鮒なのか》』と問へば、鮒の言はく、『われは[一]河《か》伯神《はくしん》の使ひに、[二]江湖《がうこ》へ行くなり。それが飛びそこなひて、この溝に落ち入りたるなり。喉《のど》乾き、死なんとす。われを助けよと思ひて、呼びつるなり』と言ふ。答へて言はく、『われ、いま二三日ありて、[三]江湖もとといふ所に、遊びしに行かんとす。そこにもて行きて放さん』と言ふに、魚の言はく、『さらに《とてもそれまでの間は》それまで、え待つまじ《待てないでしょう》。ただ今日[四]一提《ひとひさげ》ばかりの水をもて、喉をうるほへよ《うるおして下さい》』と言ひしかば、さてなん助けし《そのようにして助けた》。鮒の言ひしこと、わが身に知りぬ《思い知った》。さらに今日の命、物食はずは、生くべからず《生きていられない》。後の千の金《こがね》、さらに[五]益《やく》なし《いっこうに役に立たない》」とぞ言ひける。

それより、「後の千金」といふこと、名誉せり《有名になった》。

一 川の神。『和名抄』に、「河伯、一云二水伯一、河之神也、和名加波乃加美」とある。
二 川と湖。『今昔物語集』一〇—一一に、「高麗」とある。
三 「もと」の二字は、衍字《えんじ》か。『荘子』外物二六に、「我且下南遊二呉越之王一、激二西江之水一而迎上子、可乎」とある。
四 提一杯ばかりの水。「提」は、鉉《つる》のついた銚子《ちようし》。
五 底本に「答なし」とあるが、諸本によって改めた。
＊『今昔物語集』一〇—一一をはじめ、『説苑』一一善説にも、これと同話に当るものが収められているが、『荘子』外物二六に、その原拠に当るものが認められる。遠い先の理想を追うよりも、目の前の現実を見つめよという考え方は、「後の千金」という言葉とともに、多くの人々にうけいれられるであろう。

〔一九七〕盗跖《たうせき》[六]と孔子[七]と問答の事

賢人の兄と悪人の弟

これも今は昔、唐《もろこし》に、柳下恵《りうかくゑい》[八]といふ人ありき。世の賢き者にして、人に重くせらる《重んじられていた》。その弟《おとと》に、盗跖といふ者あり。一つの山懐《やまふところ》に住みて、もろもろの悪《あ》しき者を招き集めて、おのが伴侶《はんりよ》として《仲間として》、人の物をばわが物とす。ありくときは、この悪しき者どもを具《ぐ》すること《引き連れること》、二三千人なり。道に逢ふ人を滅《ほろぼ》し《殺し》、恥を見せ《辱めを与え》、よからぬことのかぎりを《よくないことばかりを》好みて過すに、柳下恵、道を行くときに、孔子に逢ひぬ。（孔子）「いづくへおはするぞ。みづから《私は》対面して《［あなたに］お目にかかって》、聞えんと思ふことのあるに《申し上げようと思うことがありますが》、かしこく《都合よく》逢ひ給へり」と言ふ。柳下恵、「いかなることぞ」と問ふ。「教訓し聞えんと思ふことは、そこの舎弟《しやてい》[九]《実弟は》、もろもろの悪しきことのかぎりを好みて、多くの人を嘆かする、など《どうして》制《せい》し給はぬぞ《おとめにならないのですか》」。柳下

六 中国古代の伝説上の大盗。『荘子』などによると、黄帝の代に、人の肉を膾《なます》にして、暴虐をきわめたと伝えられる。

七 中国の春秋時代の思想家。名は丘、字は仲尼。儒家の祖で、政治の基《もと》として、仁の道を説いた。周敬王四一年（前四七九）に、七四歳で没。

八 中国の春秋時代の魯《ろ》の大夫。姓は展。名は獲。僖《き》公に仕えて、高徳をうたわれた。柳樹の下に住んだので、柳下恵と呼ばれたという。

九 二人称の代名詞で、おおむね目下の者に対して用いられる。

恵答へて言はく、「おのれが申さんことを、あへて用ふべきにあらず《まったく用いようとはしません》。されば、歎きながら、年月を経《ふ》るなり《送るのです》」と言ふ。孔子の言はく、「そこ《そなたが》教へ給はずは、われ行きて教へん。いかがあるべき《どんなものでしょうか》」。柳下恵言はく、「さらにおはすべからず《けっしておいでになってはなりません》。いみじき《りっぱな》ことばを尽して教へ給ふとも、なびくべき《従うような》者にあらず。かへりて悪しきこと出で来なん《かえって悪い結果になることでしょう》。あるべきことにあらず《とんでもないことです》」。孔子言はく、「悪しけれど《悪人ではあっても》、人の身を得たる者は、おのづから《たまたま》よきことを言ふに、つくこともあるなり《つき従うこともあるのです》。[一]それに、『悪《あ》しかりなん、よも聞かじ《よもや聞きますまい》』といふことは、僻事《ひがこと》なり《道理にはずれたことです》。よし、見給へ《まあご覧なさい》、教へて見せ申さん」と、ことばを放ちて《[二]いい放って》、盗跖がもとへおはしぬ。

孔子の教訓の失敗

馬よりおり、門に立ちて見れば〔その場に〕、ありとある者《[三]いるものはみな》、獣《しし》[四]、鳥を殺し、もろもろの悪しきことを《いろいろの悪いことを》集《つど》へたり《し尽していた》。人を招きて、(孔子)「魯《ろ》[五]の孔子といふ者なん参りたる」と言ひ入るるに、すなはち《すぐに》、使ひ帰りて言はく、(盗跖)「音に聞く人なり《有名な人だ》。何事によりて来たれるぞ《どんな用事があって来たのだろうか》。人を教ふる人と聞く。

一 『今昔物語集』一〇—一五に、「其レヲ兼ネテ不承《ウケ》引《ヒカ》ジト云テ、君、兄トシテ不教《ヲシヘ》ズシテ不知《シラヌ》顔ヲ作《ツクリ》テ、任セテ見給フハ極メテ悪キ事也」とある。
二 底本に「こと葉はなちて」とあるが、諸本によって改めた。
三 『今昔物語集』一〇—一五に、「有ル者、皆、或ハ甲冑《カッチウ》ヲ着テ、弓箭《キウセン》ヲ帯セリ。或ハ刀釼ヲ横タヘ兵杖《ヒヤウチヤウ》ヲ取レリ。或ハ鹿・鳥等ノ諸《モロモロ》ノ獣ヲ致《コロ》ス物ノ具共ヲ隙《ヒマ》无ク置キ散セリ。如此《カクノゴト》クノ諸ノ悪キ事ノ限リヲ□タリ」とある。
四 すべて食用の獣をいう。「猪《ゐ》のしし」「鹿《か》のしし」など。
五 中国の春秋時代に、周の武王の弟周公旦の封ぜられた国。

われを教へに来たれるか。わが心にかなはば《わしの気に入れば》、用ひん《従おう》。かなはずは、肝膾《きもなます》[六]に作らん」と言ふ。そのときに、孔子進み出でて、庭に立ちて、まづ、盗跖を拝みて、上《のぼ》りて座に着く。[七]盗跖を見れば、頭の髪は、上ざまにして《上のほうに逆立って》、乱れたること、蓬《よもぎ》のごとし。目大きにして、[八]見くる《目玉を》べかす《ぎょろつかせる》。鼻をふきいからかし《ふくらませていからし》、牙《きば》をかみ《歯をくいしばり》、鬚《ひげ》をそらしてゐたり《そり返らせていた》。

盗跖が言はく、「なんぢ来たれる故《ゆゑ》はいかにぞ。たしかに申せ」と、怒《いか》れる声の、高く恐ろしげなるをもちて言ふ。孔子思ひ給ふ、かねても聞きしことなれど《前から耳にしていたことではあるが》、かくばかり恐ろしき者とは思はざりき、かたち《顔つき》、有様、声まで、人とは覚えず《人間とは思われない》。肝心《きもごころ》も砕けて《肝もつぶれて》、震《ふる》はるれど、思ひ念じて《じっとこらえて》言はく、「人の世にあるやうは《人の世に生きるありようは》、道理をもちて身の飾りとし、心の掟《おきて》とする《きまりと》ものなり。天をいただき、地を踏みて、四方を固めとし、おほやけ《朝廷を》に敬《うやま》ひ奉り、下《しも》を哀れみ、人に情をいたす《施すのを》を事とするものなり。しかるに、承れば、心のほしきままに《勝手気ままに》、悪しきことをのみ事とするは、当時《今は》は、心にかなふやうなれども《満足すべき状態のようだが》、終《を》はり悪し

六　肉を生《なま》のまま細かく切ったもの。『荘子』二九盗跖には、盗跖の様子をのべて、「膾二人肝一而餔レ之」とある。

七　『今昔物語集』一〇—一五に、「盗跖ヲ見レバ、甲冑ヲ着タリ、釰《ツルギ》ヲ帯シ鉾《ホコ》ヲ取レリ。頭《カシラ》ノ髪ハ三尺許ニ上《アガ》レリ、乱タル事、蓬《ヨモギ》ノ如シ。目ハ大ナル鈴ヲ付タルガ如シテ見廻《メグラ》シ、鼻ヲ吹キイラヽカシテ、歯ヲ上咋《ウハクヒ》テ鬚《ヒゲ》ヲイラヽカシテ居タリ」とある。

八　「くるべかす」は、くるくると回るようにすること。

きものなり。さればなほ《だからやはり》、人はよきに随ふをよしとす。しかれば、〔私の〕申すに随ひていますかるべきなり《いらっしゃるのがよい》。そのこと申さんと思ひて、参りつるなり」といふときに、盗跖、雷《いかづち》のやうなる声をあげて、笑ひて言はく、「なんぢがいふことども、一つも当らず。その故《ゆゑ》は、昔、一 堯《げう》・二 舜《しゆん》と申す二人の帝《みかど》、世に貴《たふと》まれ給ひき。しかれども、その子孫、世に三 針さすばかりの所を知らず《治めていない》。また世に賢き人は、四 伯夷《はくい》、叔斉《しゆくせい》なり。五 首陽山《しゆやうざん》に伏せりて、飢《う》ゑ死にき。また、そこの《おまえの》弟子に、六 顔回《がんくわい》といふ者ありき。賢く教へたてたりしかども《りっぱに教えを広めたけれども》、不幸にして命短し。また、同じき弟子にて、七 しみといふ者ありき。八 れいの門にして殺され《衛の門で殺された》き。しかあれば《そうしたわけで》、賢き輩は、つひに賢きこともなし。われまた悪《あ》しきことを好めど、災《わざはひ》身に来たらず。賞めらるるもの、四五日に過ぎず、そしらるるもの、また四五日に過ぎず。悪しきことも、よきことも、長く賞められ、長くそしられず。しかれば《だから》、わが好みに随ひてふるまふべきなり。なんぢまた、九 木を折りて冠にし、皮をもち

一 中国古代の伝説上の帝王。陶唐氏。「舜」とともに、理想の聖天子と仰がれる。

二 中国古代の伝説上の帝王。有虞氏。「堯」の知遇を得て、その没後に、帝位についた。「堯」とともに、理想の聖天子と仰がれる。

三 ごく狭い土地。

四 ともに殷《いん》末周初の人。黒胎氏《こくたい》。孤竹君の子。伯夷が兄、叔斉が弟に当る。父の没後に、互いに位を譲りあい、ともに国を出てしまった。周の武王が殷の紂王《ちゆうおう》をうつにあたって、その非を諫めて容れられず、その後は、周の禄を食《は》まないで、首陽山に隠れて餓死したという。

五 中国山西省永済県の南部にある山。

六 春秋時代の魯の賢人。字《あざな》は子淵。孔子の高弟で、学才徳行ともにすぐれていた。紀元前四九〇年に、三二歳で没。

七 「子路《しろ》」の誤りか。『今昔物語集』一〇—一五に、「子路《シロ》」とある。子路は、名は仲由。孔子の弟子。粗野で勇力を好んだが、孔子によく仕えた。

八 「衛の門」の誤りか。『今昔物語集』一〇—一五に、「衛《エイ》□ノ門ニシテ被致《コロサ》レニキ」とある。『荘子』二九盗跖には、「子路欲レ殺二衛君一、而事不レ成、身菹二於衛東門之上一」とある。衛は、周の一国で、周の武王の弟康叔の封ぜられた所。

九 『今昔物語集』一〇—一五に、「木ヲ刻《キザミ》テ冠トシ」とある。『荘子』二九盗跖には、「冠二枝木之冠一」とあ

て衣とし、世を恐《おそ》り〔恐れ〕、おほやけにおぢ奉るも〔朝廷をお恐れ申しても〕、[一〇]二度《ふたたび》魯に移され〔魯を追われ〕、跡を衛に削らる〔衛にもおられなくなる〕。など賢からぬ〔何という賢くないことか〕。なんぢが言ふところ、まことに愚かなり。すみやかに走り帰りね。一つも用ふるべからず」と言ふときに、孔子、また言ふべきこと覚えずして、座を立ちて、急ぎ出でて、馬に乗り給ふに、よく〔よくよく〕臆《おく》しけるにや〔気おくれしたのか〕、[一一]轡《くつわ》を二度取りはづし、[一二]鐙《あぶみ》をしきりに踏みはづす。

これを、世の人[一三]「孔子倒れす」といふなり。

る。

一〇『荘子』二九盗跖に、「再逐㆓於魯㆒、削㆓迹於衛㆒、窮㆓於斉㆒、囲㆓於陳蔡㆒、不㆑容㆓身於天下㆒」とある。

一一『荘子』二九盗跖に、「上㆑車執㆑轡三失」とある。

一二 馬に乗る人が、両足を踏みかけておくもの。

一三『源氏物語』胡蝶に、「恋の山には孔子の倒れまねびつべき気色」とある。『世俗諺文』に、「今案ズルニ孔子仆ノ諺、世ニ多ク好ム所」とあり、『譬喩尽《たとえづくし》』にも、「盗跖に遇ひて孔子倒れぬ」とあって、ことわざとしてよく知られたもの。

＊『今昔物語集』一〇―一五に、これと同話に当るものが収められており、『荘子』二九盗跖に、その原拠に当るものが認められる。それによると、孔子が盗跖の人物をほめて、諸侯にとりたてられるようにつとめようと申しでたが、盗跖は多くの例をあげて、名利に誘われるようなことは好まないと怒りしりぞけたとされている。いずれにしても、本書九〇とあわせて、孔子の権威をうち破るような説話が取りあげられている。

解説

大島建彦

一

一般に『今昔物語集』とあわせて、『宇治拾遺物語』という書物が、説話文学の代表のようにあつかわれている。しかし、それらの二つの書物は、かならずしも同じ性格をそなえたものとはいえない。むしろ、『今昔物語集』との対比によって、『宇治拾遺物語』の性格が、いっそうあきらかにとらえられるのではなかろうか。

いうまでもなく、『今昔物語集』というのは、三十一巻の大著であって、天竺・震旦・本朝の三部からなっており、明確な分類の意識に貫かれている。しかも、漢字片仮名交じり文という一般の記録の表記に従って、漢文訓読文にもとづく男性の実用の文体を守っている。その多彩な内容は、かならずしも近代の実証史学の批判にたえないかもしれないが、あくまでもノンフィクションの記録の集成として編まれたものといってよい。もとより、この『今昔物語集』が、ひろい意味の史書に属するということは、多くの読者の鑑賞にたえるということと、根本から矛盾しあうわけではない。

それに対して、『宇治拾遺物語』の方は、百九十七話という規模にとどまり、明確な類聚の意図をあらわしていない。もっとも、益田勝実氏の「中世諷刺家のおもかげ―『宇治拾遺物語』の作者―」(『文学』三十四巻十二号)、三木紀人氏の「背後の貴種たち―宇治拾遺物語第一〇話とその前後―」(『成蹊国文』七号)、宮田匡子氏の「宇治拾遺物語―構成とその世界―」(『国語国文』四十三巻二号)、小出素子氏の「『宇治拾遺物語』の説話配列について―全巻にわたる連関表示の試み―」(『平安文学研究』六十七輯)、西尾光一氏の「『宇治拾遺物語』における連纂《れんさん》の文学」(『清泉女子大学紀要』三十一号)など、近年の一聯の研究では、その説話の配列について、「連想の糸」をたどることが試みられ、かなり顕著な成果をあげている。しかし、『宇治拾遺物語』の場合には、そういう意味における連纂の文学と認められるとしても、『今昔物語集』のような類纂の形態をとっているとはいえない。さらに、表記や文体の上でも、平仮名中心の和文脈にやわらげられて、平安朝の物語の文体に近づいており、『今昔物語集』とは著しく異なっている。そういうわけで、単にノンフィクションの記録というよりも、むしろ物語風の読物としてつくられたものといってよい。

何よりも重要なのは、『今昔物語集』という書物が、かなり長い期間にわたって、それほどひろい範囲に流布しなかったということであろう。現存の写本の類は、一部の断簡を除くと、すべて鈴鹿本という祖本からわかれたものといえよう。そして、江戸中期の享保年間に、井沢長秀の校刊本が出てから、ようやく少数の有識者に取りあげられたにすぎない。

それに対して、『宇治拾遺物語』の方は、いっそう早い時期から、かなりひろい範囲に流布したものとみられる。鎌倉時代の『本朝書籍目録』に、「宇治拾遺物語廿巻源隆国作」としてあげられたのは、あとで改めてふれるように、散佚《さんいつ》の『宇治大納言物語』にあたるものかもしれない。『看聞御記』の永享十年十一月二十三日と十二月十日との条に、それぞれ「宇治大納言物語」と「宇治拾遺物語」としてあげられたのは、ともに同一の書物をさすようであり、『実隆公記』の文明七年十一月十一日から十九日にかけて、「宇治大納言物語」と「宇治拾遺物語」と「宇治亜相物語」としてあげられたのも、やはり同一の書物をさすようであって、いずれも散佚の『宇治大納言物語』にあたるというよりは、むしろ現行の『宇治拾遺物語』に近かったのではないかと思われる。江戸時代の書物の中には、『宇治拾遺物語』から引かれたものがすくなくないが、ただそれだけではなく、さまざまな分野にわたって、その影響をこうむったものがあらわれており、洒落《しやれ》本の『卯地臭意』や咄《はなし》本の『無事志有意』など、そのパロディのようなものさえつくられている。落語家の仲間で、落語の元祖として、宇治大納言隆国の名が伝えられるのも、やはりこの書物の流布によるものといえよう。

『宇治拾遺物語』の伝本はすくなくないが、その特別な異本は知られていない。小内一明氏の「『宇治拾遺物語』伝本の系統分類―付、冒頭語と同文的説話の関係―」(『宇治拾遺物語―説話文学の世界第二集―』)では、そのような『宇治拾遺物語』の諸本が、こまかに六つの系統にわけられているが、いっそう大まかにまとめると、やはり古本と流布本というように、ほぼ二つの系統にわけられるであろう。古本の系統に属するものでは、本書の底本の宮内庁書陵部蔵本をはじめ、吉田幸一氏蔵の伊達家旧蔵本、陽明文庫蔵本、龍門文庫蔵本などが、いずれも上下の二冊からなっており、この書物の古態をとどめたものとみられる。特に書陵部蔵本が、もともと「うちの大納言の物語」と題されて、見せ消ちで「宇治拾遺物語」と直されたほかに、伊達家旧蔵本や龍門文庫蔵本が、あきらかに「宇治大納言物語」と題されており、この『宇治拾遺物語』というものが、また「宇治大納言物語」という名でも伝えられたことを示している。東海大学図書館蔵の桃園文庫旧蔵本などは、いちおう五冊の形態をととのえているが、さきの二冊の形式をうけつぎながら、あらたに独自の分冊をつけ加えたものといえよう。流布本の系統に属するものでも、蓬左文庫蔵本や九州大学国文学研究室蔵本などは、同じように五冊の形態をそなえているが、一冊分の『小世継《こよつぎ》』をとりいれており、この『小世継』というものも、やはり「宇治大納言物語」という名で伝えられたものであった。さらに、無刊記の古活字本は、八冊の形態をそなえているが、これまた二冊の形式にもとづくものである。万治二年刊の整板本は、十五冊の形態をそなえているが、あくまでも便宜上の区分に従ったものにすぎない。そういうわけで、『宇治拾遺物語』の場合には、伝本の冊数は異なっていても、説話の配列などは異なるものではない。すでに江戸時代以前から、一定の形態をととのえたものが、かなりひろい範囲にゆきわたったものと知られる。

ところで、『今昔物語集』という書物は、かなり長い期間にわたって、ほとんど研究者からもかえりみられなかったが、明治末年から大正初年にかけて、ようやく説話文学として取りあげられるにいたった。それというのも、芳賀矢一氏のドイツ留学によって、アカデミックな国文学の研究が、ドイツ流の文献学を中心に進められたためとみられる。もともとドイツの本国では、フィロロギーすなわち文献学の研究が、フォルクスクンデすなわち民俗学の分野とあいまって、ゲルマニスティクすなわちゲルマン学の発展をささえてきたことは、グリム兄弟の偉大な業績によっても知られる。芳賀氏の『攷證《こうしょう》今昔物語集』などが、ひろく同話や類話をさぐって、比較研究の資料をととのえたのも、そのような昔話や伝説の研究にあたるものが求められたためといえよう。それよりおくれて、アカデミックな大学と異なる場で、新しい民俗学という学問がおこって、しきりに昔話や伝説の調査をおこなったのであるが、いわゆる国文学の主流の方では、ほとんどそのような分野の研究にあずからないで終っている。

今日では、この説話文学ということばが、一つの術語としてひろく学界に用いられているが、それぞれの研究者によってまちまちな意味に解されている。もとより、どのような見解をとるとしても、いちおう説話文学というからには、口承文芸としての説話とかかわりながら、文芸の一ジャンルをなしているものとみられるであろう。ただし、口承文芸とのかかわりのとらえ方は、それぞれの立場によって著しく異なるように思われる。実際には、多くの研究者の説話文学観は、何よりも『今昔物語集』という書物を中心にかたちづくられたといえよう。すなわち、この書物との関聯において、『宇治拾遺物語』『古事談』『古今著聞集《ここんちょもんじゅう》』『十訓抄』などがあげられ、『宝物集』『発心集』『撰集抄』『沙石集』なども加えられて、そのようないくつかの書物が、説話文学という一ジャンルをなすものと認められたようである。しかしながら、古くからの書物の分類によると、それらのいくつかの説話集は、雑抄あるいは仏書などとしてあつかわれてきた。さきにもふれたように、一口に説話文学と呼ばれても、ノンフィクションの記録にとどまるものから、物語風の読物にあたるものまで、さまざまな目的に応じたものを含んでいる。むしろ、説話文学という術語が用いられたために、それらのいくつかの書物が、すべて同じような性格をそなえたものとうけとられて、それぞれ別々の目的をもったものとは考えられなかったのかもしれない。さしあたり、もっとも大事なことは、それらの説話集の一つ一つが、どのようにつくりだされて、どのようにうけとられたのか、それぞれの成立と享受とについて、いっそう慎重な検討を加えることではなかろうか。

二

『宇治拾遺物語』という書物は、鎌倉時代の初期につくられたとみられるが、その明確な年時については、かならずしもよくわかっていない。すでに明治三十四年に、佐藤誠実氏の「宇治拾遺物語考」(『史学雑誌』十二巻二号)には、二つの説話の記事を引きながら、「今の宇治拾遺物語は何比の書ぞと云はんに、順徳天皇の建保年間の作なるべし」と説かれている。それ以後にも、『宇治拾遺物語』の成立については、おおむねこの所説の検討をふまえながら、おもにその書中の記述にもとづいて論じられてきた。ここでもまた、佐藤氏によって示された三つの記事について、ひととおり何らかの検討を加えることからはじめなければならない。

　まず、第百三話の「東大寺華厳会の事」に、「かの鯖の杖の木、三四十年がさきまでは、葉は青くて栄えたり。そののち、なほ枯木にて立てりしが、このたび、平家の炎上に焼けをはりぬ」とあって、この「平家の炎上」というのは、治承四年（一一八〇）に、平重衡が南都を攻めて、東大寺を焼いたことをさしている。佐藤氏によって引かれた本文では、おおらかに「三四十年」と書かれないで、きわやかに「三十四年」と書かれていたので、『宇治拾遺物語』そのものが、治承四年から三十四年後、すなわち建保四年（一二一六）につくられたと説かれたのである。実際には、治承四年から三十四年後にあたるのは、建保四年ではなくて建保二年（一二一四）であるが、多くの論著に、その誤りのままに引かれている。それに対して、後藤丹治氏の「建久御巡礼記を論じて宇治拾遺の著述年代に及ぶ」（『文学』四号）では、『宇治拾遺物語』のこの記事は、『建久御巡礼記』からそのままとられたもので、『宇治拾遺物語』の成立を考えるのに、直接の資料として役だたないと説かれている。それにしても、『建久御巡礼記』というのは、建久三年（一一九二）に撰ばれているので、『宇治拾遺物語』の方が、それ以後につくられたことは認められるであろう。

　つぎに、第百十六話の「堀河院、明暹に笛吹かさせ給ふ事」に、「くだんの笛伝はりて、今八幡別当幸清がもとにありとか」とあって、「件笛、幸清進二上当今一、建保三年也」と注せられている。ここにあらわれる幸清は、承元元年（一二〇七）に八幡宮別当となって、文暦二年（一二三五）に五十九歳で没しており、「当今《とうぎん》」すなわち順徳天皇は、承元四年（一二一〇）に皇位につかれて、承久三年（一二二一）に皇位から退かれている。しかも、ここにあげられた建保三年（一二一五）という年時は、さきの第百三話の記事とあわせて、やはり建保年間の成立を示すものと説かれたのである。それについても、後藤氏の前記の論文では、『宇治拾遺物語』のこの記事は、『古事談』からそのままとられたものと説かれている。それらの両者の関係については、後にくり返しふれるつもりであるが、『古事談』という書物が、建暦二年（一二一二）から建保三年（一二一五）までにつくられたとすると、『宇治拾遺物語』の方は、すくなくとも建暦二年以後につくられたといわなければならない。

さらに、第百五十九話の「水無瀬殿《みなせ》、むささびの事」には、「後鳥羽院の御時、水無瀬殿に、夜々山より、傘ほどなる物の光りて、御堂へ飛び入ること侍りけり」と記されている。『百錬抄』や『一代要記』などによると、この後鳥羽院という諡号《しごう》は、仁治三年（一二四二）に定められたものであった。そこで、佐藤氏の前記の論文では、「是は旧と本院とありしを、後に改めたるならん」と説かれている。後藤氏の前記の論文では、「後鳥羽院の御時」が、過去のようにあつかわれていることから、この第百五十九話は、承久三年（一二二一）以後に書かれたものと認められた。そして、さきの検討とあわせて、「宇治拾遺は建暦二年から承久三年までの或る時期に作られたが、更に承久三年以後に増補された」と説かれたのである。いずれにしても、『宇治拾遺物語』の成立の年代は、多くの研究者の論議を通じて、治承から仁治まで、かなりひろい範囲に求められているが、これまでの研究の大勢としては、やはり建保年間を中心に考えられてきたといえよう。ただし、そのような論議の前提として、現行の『宇治拾遺物語』というのは、一度に執筆されたものではなくて、何度も加筆されたものであったとみられたようである。

ところで、『宇治拾遺物語』の成立の問題は、ただその書中の記事だけではなくて、そのほかの書物との関係によっても論ぜられるであろう。日本古典文学大系の『宇治拾遺物語』の「説話目録」に示されたように、現行の『宇治拾遺物語』の百九十七話の中で、『今昔物語集』と共通するもの八十二話、『古本説話集』と共通するもの二十二話、『古事談』と共通するもの二十話、『打聞集《うちぎきしゅう》』と共通するもの七話、『十訓抄』と共通するもの七話をはじめ、『大和物語』『江談抄《ごうだんしょう》』『続本朝往生伝』『富家《ふけ》語《ご》』『小世継』『建久御巡礼記』『伴大納言絵詞』『信貴山縁起』『東斎随筆』など、何かほかの文献と共通するものをあわせて、実に百四十三話に及んでいる。それらの文献との関係は、かならずしも一概に論じられないであろうが、特に『古事談』との関係は、かなり明確にとらえられるようである。すなわち、益田勝実氏の「古事談と宇治拾遺物語の関係―徹底的究明の為に―」(『日本文学史研究』五号)では、二つの書物に共通してみられ、それぞれの文章まで符合している説話は、『扶桑略記《ふそうりゃっき》』や『江談抄』との対比によって、『古事談』から『宇治拾遺物語』にとられたものにちがいないと説かれている。もっとも、佐藤亮雄氏の「宇治拾遺物語覚書」(『宗教文化』二輯)は、二つの書物の小異をとらえ、それらの直接の関係を疑って、別の祖本の存在をも考えているが、それほどの説得力をもつものとはいえない。さしあたり、現行の『宇治拾遺物語』が、『古事談』からとられたものを含んで、建暦二年以後につくられたということは動かないのではなかろうか。

それに対して、『今昔物語集』や『古本説話集』などとの間には、多くの共通の説話があげられ、いくらかは精細な検討もおこなわれているが、それほど明確な結論は出ていないようである。国東文麿氏の「宇治拾遺物語と先行説話集」(『中世文芸』三号)では、『今昔物語集』と『古本説話集』と『宇治拾遺物語』とに共通する説話は、たがいに直接に出典の関係をもたないで、それぞれ別個に

「口語り説話」をうけたものであろうと説かれている。ただし、この「口語り説話」のとらえ方は、かなり重大な疑問をのこしており、しだいに修正の方向に向ったとみられる。また、高橋貢氏の「説話の二系列について—打聞集・今昔物語集・古本説話集・宇治拾遺物語の伝承関係—」(『国文学研究』二十一号、『中古説話文学研究序説』)では、四つの書物に重複する説話を取りあげて、『打聞集』および『今昔物語集』と『古本説話集』および『宇治拾遺物語』とが、それぞれ別個の説話の系列に属していたと説かれている。たしかに、『古本説話集』と『宇治拾遺物語』との間には、ほぼ同一の文章によるものもみられるが、それにもかかわらず、たがいに直接の関係をもつとはいえないようである。国東文麿氏の「宇治拾遺物語の評価についての一考察」(『早稲田大学大学院文学研究科紀要』十輯)では、『宇治拾遺物語』の出典として、『古本説話集』と似ていながら、それと異なるものが考えられている。また、野口博久氏の「古本説話集の成立と宇治拾遺物語」(『国文学言語と文芸』二十九号)では、『古本説話集』と『宇治拾遺物語』との間に、両者の共同の母胎として、『宇治大納言物語』の一本にあたるものがあげられている。いずれにしても、多くの研究者の関心は、『今昔物語集』『古本説話集』『宇治拾遺物語』など、いくつかの説話集の源流をたどりながら、散佚《さんいつ》の『宇治大納言物語』をさぐることに向けられている。

三

ここにいたって、『宇治拾遺物語』の序をかえりみながら、『宇治大納言物語』の存在についても考えなければならない。この『宇治拾遺物語』の序文と称するものは、おおむね現存の主要な諸本に、ほとんど同様の欠脱をともなって掲げられている。そして、これまでの研究の大勢としては、日本古典文学大系の『宇治拾遺物語』に示されたように、「宇治拾遺の成立から余り遠くない時期に、説話集の編成や伝本に関するかなり正確な知識をもった人によって付記されたものであろう」と認められてきた。もっとも、島津忠夫氏の「宇治拾遺物語の序文」（『中世文学』二十八号）では、この問題の序文が、はじめから『宇治拾遺物語』の作者によって書かれたものと説かれている。しかも、その文中の「俊貞」というのが、この説話集の作者に擬せられるという説は、かなり重大な示唆を含んでいるが、いっそう慎重な検討を要するように思われる。それに対して、吉田幸一氏の「『宇治拾遺物語』序文偽撰考」（『宇治大納言物語〈伊達本〉上』）では、この問題の序文が、書誌や内容の上から、後人の偽撰にかかるものであって、その成立論の資料として、それほどの信憑性《しんぴょうせい》をもっていないと説かれている。たしかに、『宇治拾遺物語』の序と称するものは、通常の序の体裁をそなえているとはいえない。漢詩や和歌の撰集は、あくまでも公の立場にたって、型どおりの序を求められるであろうが、物語の類ならば、むしろ私の立場にとどまって、そのような序を求められないようである。さまざまな説話集の中でも、現行の『今昔物語集』は、かならずしも完全にととのっていないために、ここで一概にいうことはできないのであるが、『古今著聞集』や『十訓抄』などは、それぞれ明確な意図をもって、あきらかに一定の構成をとっているために、それにふさわしい序をそえられたものであろう。しかし、『宇治拾遺物語』の場合には、『古本説話集』や『小世継』と同じように、それほど明確な意図をもたないで、むしろ物語の方向に傾いていただけに、もともとそのような序をそえられていなかったのかもしれない。それにしても、この序の作者が、一聯の説話集の実態に通じていたことは、現存の資料の検討によっても認められるであろう。

この『宇治拾遺物語』の序は、ほぼつぎのような記事を含んでいる。はじめには、「世に、宇治大納言物語といふものあり。この大納言は、隆国といふ人なり」と記されており、この書物の成立について、宇治大納言隆国が、通行の人々に昔物語を語らせて、それらを大きな双紙に書きとめたこと、この書物の内容について、天竺・大唐・日本の三国にわたって、「貴き事」「をかしき事」「恐ろしき事」「あはれなる事」「汚き事」「空物語」「利口なる事」というように、まことにさまざまなものを含んでいたこと、この書物の伝来について、世間におこなわれたものは、十四帖からなっており、正本にあたるものは、侍従俊貞のもとに伝えられていたことなどにふれられている。それにつづけて、「後に、さかしき人々書き入れたるあひだ、物語多くなれり」と記されており、この本の内容について、大納言より後のことも書き入れてあったと示されている。終りには、「今の世に、また物語書き入れたる出で来たれり」と記されており、この本の内容や題号について、大納言の物語に漏れたことを拾い集め、またその後のことなどを書き集めて、特に『宇治拾遺物語』と名づけられたとつけ加えられている。しかも、その題号のいわれについては、「宇治に遺れるを拾ふと付けたるにや、また侍従を拾遺といへば、宇治拾遺物語といへるにや」というように、まことにおぼつかない書きぶりで結ばれている。いずれにしても、この系統の説話集として、『宇治大納言物語』の正本すなわち原本と、後に書き入れた第一次の増補本と、今の世に書き入れた第二次の増補本というように、三つの種類の書物があげられているといえよう。

ところで、『宇治大納言物語』の原本はもとより、その第一次の増補本も、今日までそのまま残されているわけではない。享保五年刊の『今昔物語』の序では、さきの『宇治拾遺物語』の序を引きながら、源隆国の説話の集録にふれて、「其はじめに、今昔《いまハむかし》と出《いだ》せるをもつて、これを物語の号《な》とせり。

作者《さくしゃ》の名《な》によつて、又宇治物語とも唱《とな》ふ。しかりし後《のち》、其《その》のこれるをひろひたるを、宇治拾遺《しふゐ》といふとなむ」と記されている。『続本朝通鑑』第三十五でも、隆国の説話の集録について、「積至二三十余巻一。号二今昔《イマハムカシ》物語一。或称二宇治亜相物語一。又有二宇治拾遺一帖一」と記されている。『類聚名物考』巻二百六十九でも、『宇治拾遺物語』の序を引いた上で、「此序によりて見れハ、正本ハ十五帖なりしを、後書そへたる物出来て、巻数も多く成て、今昔物語六十巻とハ成たる成へし」と説かれ、『宇治拾遺物語』や『小世継』のことにも及んでいる。明治以後の研究によると、現行の『今昔物語集』は、隆国没後の記事を含んでいるので、隆国撰の『宇治大納言物語』と異なるものであると認められている。

今日では、『今昔物語集』の成立論は、ほぼ二つの立場にわかれて進められている。その一つの立場によると、現行の『今昔物語集』は、隆国撰の『宇治大納言物語』を増補してなったものと説かれ、もう一つの立場によると、現行の『今昔物語集』は、『宇治大納言物語』と別個の説話集ではあるが、有力な資料としてこれを用いたものと説かれており、いずれにしても、『宇治大納言物語』との関聯《かんれん》を中心に論ぜられているといえよう。そういうわけで、『宇治拾遺物語』の序に、第一次の増補本としてあげられたものが、ただちに『今昔物語集』にあたるとはきめられないようである。それとともに、第二次の増補本としてあげられたものは、そのまま『宇治拾遺物語』にあたると考えられがちであるが、これについても、いっそう慎重な検討を要するであろう。それにしても、これまでの研究では、この序の検討によって、『今昔物語集』『古本説話集』『宇治拾遺物語』『小世継』など、いくつかの説話集の源流が、散佚の『宇治大納言物語』に求められてきたといってよい。

『宇治拾遺物語』の序の中で、源隆国の伝記に関することは、ある程度まで正確な史実に即していたと認められる。すなわち、そのはじめには、隆国という人物について、「西宮殿の孫、俊賢大納言の第二の男なり」と記されているが、『尊卑分脈』などによると、その系譜の要点は、ほぼつぎのようにまとめられる。

醍醐天皇―高明―俊賢┬顕基
　　　　　　　　　└隆国┬隆俊
　　　　　　　　　　　　├隆綱
　　　　　　　　　　　　├俊明―能俊―俊雅―俊定
　　　　　　　　　　　　└覚猷

佐藤謙三氏の「宇治大納言隆国」（『国学院雑誌』四十五巻五号）、長野嘗一氏の「宇治大納言をめぐる」（『日本文学の諸相』）などに説かれたように、この隆国の家は、醍醐源氏の流れをくむものであるが、かなり激しい浮き沈みをへている。すなわち、その祖父の高明は、藤原氏の盛時にあって、正二位左大臣までのぼりながら、安和の政変のために、たちまち太宰権帥《だざいのごんのそつ》におとされて、ついに失意のままに終っている。その父の俊賢は、藤原道長の側近にあって、正二位権大納言までのぼり、四納言の一人にあげられている。そのあとをうけた隆国も、藤原頼通の側近にあって、正二位権大納言までのぼり、特異な才能をうたわれたものである。

『宇治拾遺物語』の序には、「年たかうなりては、暑さをわびて、暇を申して、五月より八月までは、平等院一切経蔵の南の山際に、南泉房といふ所に籠りゐられけり」と記されているが、実際にこの隆国も、五十八歳で権中納言をやめてから、六十四歳で権大納言にかえるまで、数年間はすべての政務を離れている。永井義憲氏の「今昔物語の作者と成立」（『大正大学研究紀要』五十号）に示されたように、隆国自身の『安養集』に、「南泉房大納言与延暦寺阿闍梨数十人共集」と記されており、やはり宇治の南泉房に籠っていたものとみられる。さらに、『宇治拾遺物語』の序には、「髻《もとどり》を結ひわげて、をかしげなる姿にて、莚《むしろ》を板に敷きて、涼みゐ侍りて、大きなる団扇《うちは》をもてあふがせなどして、往来《ゆきき》の者、上中下をいはず、呼び集め、昔物語をせさせて、われは、内にそひ臥して、語るにしたがひて、大きなる双紙《さうし》に書かれけり」と記されているが、この部分などは、かならずしも史実のとおりとは思われない。『江談抄』には、宇治民部卿忠文について、「炎暑之時、請レ暇、向二宇治別業一、以レ避レ暑為レ事、或時被髪浴二宇治川一云々」と記されているが、宇治大納言隆国の場合にも、宇治川で水を浴びた後に、くつろいで髪を乾かしていたのであって、一つの説話の類型にあてはまるものとみられる。また、『富家語《ふけご》』には、小野宮右大臣実資について、「小野宮殿ハ、大炊御門《おほひみかど》面ニハ波多板ヲ立テ、穴ヲアケタル所アリケリ。ソレニ菓子ナトヲオカセ給ケレハ、京童部集テ天下事ヲ語申ケリ。其中名事共聞食ケリ」と記されており、宇治大納言隆国が、往来の者を呼び集めて、昔物語を語らせたというのも、その説話の類例に属するものといえよう。

そうでなくても、いくつかの説話集の類に、この隆国という人物は、かなり珍しい逸話をとどめている。たとえば、『古事談』第一によると、後一条天皇の御更衣に奉仕して、主上の御玉茎をまさぐり奉り、自分の冠を打ち落されても、まったく気にもかけなかったと伝えられ、同書第二によると、頼通の宇治の別荘に参上するのに、乗馬のままでその邸門を出入して、「此馬ハ馬ニハ候ハズ、足駄ニテ候ヘバ可レ蒙二御免一」と言い放って、頼通にそれを認めさせてしまったと伝えられる。そのように、みずから説話の主人公にふさわしく、むしろ滑稽な人物として取りあげられている。『古今著聞集』の序にも、「夫著聞集者、宇県亜相巧語之遺類、江家都督清談之余波也」とあって、この説話集の源流が、『宇治大納言物語』と『江談抄』とに求められたようである。それによると、鎌倉時代の中期までには、この宇治大納言の名をもって、さまざまな説話が集められていたとみられる。

今日では、『宇治大納言物語』そのものは知られていないが、現存の記録の中にも、しばしばその題名があげられ、またその逸文が引かれている。すでに片寄正義氏の『今昔物語集の研究』には、これに関する資料の整理が進められていたが、牧野和夫氏の「『扶桑蒙求《ふそうもうぎゅう》私注』を通して見た一、二の問題」(『中世文学』三十号)では、『扶桑蒙求私注』における『宇治記』の引用が取りあげられており、これからも新しい資料の発見が望まれないわけではない。これまでの研究によると、『中外抄』『七大寺巡礼私記』『宝物集』『雑談集』『扶桑蒙求私注』などに、『宇治大納言物語』の逸文として引かれたものは、いずれも現行の『今昔物語集』に収められたものである。異本『紫明抄』には、同書から三ケ所も引かれているが、その一つの記事は、『今昔物語集』と『宇治拾遺物語』とに収められ、もう一つの記事は、『古本説話集』に収められたものである。『園城寺伝記』に引かれたものは、『打聞集』と『宇治拾遺物語』とに収められており、『花鳥余情』に引かれたものは、『小世継』だけに収められている。そして、『真言伝』に引かれたものは、『今昔物語集』『古本説話集』『宇治拾遺物語』など、現存の説話集のどれにも見あたらない。それらの検討のかぎりでは、『宇治大納言物語』と称するものは、『今昔物語集』をはじめ、いくつかの説話集とかかわっており、かなり大きな規模をそなえていたとみられるかもしれない。しかし、まったく同じ名によって、いくらか異なる内容をもったものが、つぎつぎにつくられていったとも考えられるので、さしあたりそれほど確かなことはいえないのである。

『中外抄』下巻によると、『大納言物語』というものが、女房によって読まれているが、また『和歌色葉』に、「在原中将の伊勢物語、在次が大和物語、宇治大納言、狭衣の大将、山蔭の中納言」などと記されたのをはじめ、『八雲御抄《やくもみしょう》』や『代集』でも、この書物の名が、ほかの物語とともにあげられている。それによると、もともと『宇治大納言物語』というのは、『今昔物語集』などと違って、漢字片仮名交じりの記録体ではなく、『古本説話集』や『宇治拾遺物語』などのように、平仮名中心の物語調で書かれていたと考えられる。現に『宇治大納言物語』と題するものが、写本や刊本としてすくなからず伝えられている。それらの諸本は、『宇治拾遺物語』と一致するもの、『小世継』にあたるもの、『雑々集』をさすものなど、いくつかの種類にわけられるが、いずれも物語調の説話集に属するものといえよう。そういうわけで、『宇治大納言物語』の流れをくむものが、何度も書きかえられていって、現に『宇治拾遺物語』と呼ばれるものも、その一本としてできあがったと思われる。

四

残念なことに、散佚の『宇治大納言物語』から現行の『宇治拾遺物語』まで、どのような増補や加筆がおこなわれたのか、それほどあきらかにとらえられるわけではない。今野達氏の「善家秘記と真言伝所引散佚物語」(『国語と国文学』三十五巻十一号)では、『真言伝』に引かれた散佚物語が、そのまま『宇治大納言物語』にあたるときめられないまでも、『今昔物語集』や『古本説話集』や『宇治拾遺物語』などにとって、有力な共同の母胎のようなものであったと説かれている。野口博久氏の「宇治拾遺物語の成立について—散佚宇治大納言物語・今昔物語集との関係—」(『国文学言語と文芸』二十六号）では、前記の「古本説話集の成立と宇治拾遺物語」（『国文学言語と文芸』二十九号）とあわせて、隆国作のα本『宇治大納言物語』の後に、簡略なβ本『宇治大納言物語』が出て、『古本説話集』と『宇治拾遺物語』とにとって、共同の母胎となったものであろうと論ぜられている。また、河内山清彦氏の「世継物語と古本説話集と―世継物語をめぐる諸問題の中から―」（『国文学言語と文芸』四十三号）と、同氏の「『宇治大納言物語』の潮流―世継物語をめぐる諸問題の中から―」（『国文学言語と文芸』四十九号）とを通じて、隆国の原作のほかにも、多くの『宇治大納言物語』がつくられており、その一つの『小世継』が、『古本説話集』にうけつがれ、この『古本説話集』が、『宇治拾遺物語』にうけつがれたと説かれるのである。さらに、小内一明氏の「『宇治大納言物語』をめぐって―室町期の記録を中心に―」（『国文学言語と文芸』七十五号）では、隆国の原著を増補したものに対して、別本の『宇治拾遺物語』というものがあげられ、その別本から抄出したものとして、現行の『宇治拾遺物語』ができあがったように説かれている。古本と流布本との別なく、現存の写本の類には、「宇治拾遺物語第一」という内題にそえて、「抄出之次第不同也」という文句が記されていたのも、そのような成立の過程を示すものかもしれない。いずれにしても、すでに散佚した書物を中心に論ずるかぎり、『宇治拾遺物語』の成立の過程について、それほど確実なことはいえないようである。

　それに対して、小峯和明氏の「宇治拾遺物語の成立と宇治大納言物語」（『国文学研究』五十五集）では、『宇治拾遺物語』の内容の検討によって、いっそう明快な結論に導かれている。それによると、現行の『宇治拾遺物語』の世界が、『宇治大納言物語』の説話をうけついだものと、それ以降の院政期の説話をとりこんだものと、大きく二つの相にわけてとらえられる。すなわち、『宇治拾遺物語』の百九十七話の中で、『今昔物語集』『古本説話集』『打聞集』『小世継』と共通する百二話は、おおむね『宇治大納言物語』に帰せられるものと認められる。そのほかの九十五話の中には、『古事談』や『十訓抄』と共通するものもあって、現存の説話集のどれとも共通しないものとともに、おおかた院政期の説話に属するものといえよう。そして、笑話ないし笑いの要素の著しい説話は、多くこの院政期の話群に含まれると説かれている。

『宇治拾遺物語』の説話の内容だけではなく、それぞれの冒頭の語句によっても、そのような二つの話群をわけることができよう。日本古典文学大系の『宇治拾遺物語』における西尾光一氏の解説には、「説話冒頭の形式句として、『今は昔』八三話、『是も今は昔』六五話、『昔』三三話、『是も昔』三話が用いられ、他に直接書き出したもの一三話があるが、その分布状態をみると、第一六―一二三話が『今は昔』、第一二四―一三九話が『昔』、第一三六―一二九話が『これも今は昔』という風に、大体群落をなしている場合が大多数であり、内容的・伝承的にもある程度の同質性が認められる。大胆に推測すれば、編者が説話を集録する際それぞれの群落を、ある一定の期間に、ある共通の伝承様式で収録したことと関係があるのではなかろうか」と説かれている。また、小内一明氏の「『宇治拾遺物語』伝本の系統分類―付、冒頭語と同文的説話の関係―」(『宇治拾遺物語―説話文学の世界第二集―』)には、「冒頭語とその配列のあり方は『宇治拾遺物語』の出典(または典拠となった作品の出典)との関係を暗示するものであり、かつ、同文的説話を所有する他説話集との共通母体との距離を示している。冒頭語はその説話の伝来過程を語る性質をもっているといえよう」と説かれるのである。山岡敬和氏の「宇治拾遺物語成立試論―冒頭語の考察を中心として」(『国学院雑誌』八十三巻九号)は、同氏の「宇治拾遺物語増補試論―冒頭語による古事談・十訓抄関係説話の考察―」(『国学院雑誌』八十四巻一号)とともに、それぞれの説話の冒頭語を中心に、『宇治拾遺物語』の成立の過程をさぐったものである。それによると、ほかの説話集などに同類話をもたない五十四話の中で、「昔」「今は昔」という冒頭語をもつものは、隆国の生前に生じたものとみられ、「是も今は昔」という冒頭語をもつものは、隆国の没後に生じたものとみられる。しかも、後者の説話のグループは、藤原忠通の周辺における「談笑の場」を経て、『宇治拾遺物語』にとりいれられたように考えられるという。さらに、同氏の「聖と俗への志向―宇治拾遺物語編者の採録意識をめぐって―」(『国学院雑誌』八十五巻三号)では、『宇治拾遺物語』の全説話が、『宇治大納言物語』の幻影を負った前期説話群と、隆国没後の採録にかかる後期説話群というように、大きく二つのグループにわけてとらえられる。そして、この後期説話群の採録にあたっては、「聖の世界」の憧憬と、「俗の世界」の凝視というように、二つの方面の志向をもっていたと論ぜられる。

それ以前の研究でも、院政期の貴族の中で、特に忠通周辺の人物が、『宇治拾遺物語』の成立とかかわって、かなり重要な役割をはたしたように説かれてきた。春田宣氏の「宇治拾遺物語の一面(その二)―法性寺殿の周辺―」(『国学院雑誌』六十六巻六号・『中世説話文学論序説』)では、法性寺殿忠通をめぐる下級官吏、特に下野武正という近衛舎人が、『宇治拾遺物語』のいくつかの説話にあらわれることによって、宇治殿に対する隆国と同じように、法性寺殿に対する武正というのが、それらの説話の管理者として考えられている。さきに、益田勝実氏の「貴族社会の説話と説話文学」(『国文学解釈と鑑賞』三十巻二号)では、「宮廷の下級官人の詰め所、摂関家の家司の控え所、広く貴族の邸宅の侍の詰め所、そういうわりに対等な座談の場」でおこなわれた「侍話」が、貴族社会における説話伝承の一形態としてあげられている。天野文雄氏の「家司階級と説話文学―『宇治拾遺物語』の伝承圏―」(『日本文学論究』三十六冊)では、そのような「侍話」の場の中で、摂関家の家司の控え所が、

『宇治拾遺物語』の説話の伝承圏にあてられている。さきにあげた小峯・山岡両氏の論考も、そのような春田・天野両氏の所説とかかわりながら、いっそう顕著な進展を遂げたものとして注目されるであろう。

なお、『宇治拾遺物語』の序にあらわれる「侍従俊貞」は、源隆国の玄孫で俊雅の子にあたる「右少弁俊定」か、または藤原俊忠の実子で知通の養子にあたる「従五位下常陸介俊貞」かと論ぜられている。これまでの研究の大勢としては、中島悦次氏の「宇治拾遺物語の序に沿うて」(『文学』二巻五号)、長野甞一氏の「今昔物語作者考」(『国語と国文学』十八巻十号)などに示されたように、源隆国の玄孫の俊定にあたると考えられがちであった。たしかに、『兵範記』『山槐記』などに、「侍従俊定」「源朝臣俊定」などと記されたものも、この隆国の玄孫と一致するものとみられる。それに対して、谷口耕一氏の「仲胤と俊貞と法性寺殿と—宇治拾遺物語の成立事情について—」(『語文論叢』一号)、志村有弘氏の「俊貞をめぐる説話伝承圏について」(『古典遺産』二十六号)では、むしろ藤原南家の俊貞にあたると説かれている。谷口氏の論考によると、その血縁につながる仲胤僧都が、『宇治拾遺物語』の三話にあらわれており、その原本の編者に近かったとみられるので、この藤原南家の俊貞が、やはり『宇治拾遺物語』の成立にあずかったのであろうと論ぜられる。また、志村氏の論考によると、その近親にあたる藤原実兼が、『江談抄』の筆録をおこなったと伝えられ、同じ「俊貞」という名が、『江談抄』第三の「伴大納言本縁事」に出てくるので、この藤原南家の一門は、深く説話伝承の世界とかかわっていたであろうと論ぜられるのである。いずれにしても、この「侍従俊貞」という人物は、何よりも院政期の貴族社会に即してとらえられ、特に忠通周辺の人間関係を中心に考えられなければならないであろう。

五

説話文学としての『宇治拾遺物語』の位置も、そのような成立の過程と結びつけられて、はじめて的確に見さだめられるのではなかろうか。くり返すまでもなく、『宇治拾遺物語』の場合には、その編纂《へんさん》の意図は、かならずしもあきらかには示されていないが、何よりも多様な内容を含みながら、全体として物語化の方向に向っていたといってよい。そのために、先行の説話の記録から、ほとんど同一の文章を引きながら、その物語化の方向にそって、かなり独自の選択をおこなっていたとみられる。たとえば、いわゆる仏教説話の類は、かなり多くとられているが、尊い仏の霊験、すぐれた聖の奇特だけではなく、第三十二話や第百四話のように、にせの仏の正体に関するもの、第百三十三話や第百四十五話のように、いかさまの聖の所行に関するものなどを含んでいる。いわゆる和歌説話に属するものでも、みやびやかな和歌の伝統にとらわれることなく、第四十三話や第百四十七話のように、おかしげな詠歌の才能に関するもの、第十話や第三十四話のように、隠された歌人の内情に関するものなどに及んでいる。小林保治氏の「清徳聖の奇特―『宇治拾遺物語』小考㈠―」(『学術研究』二十一号)では、第十九話の分析を通じて、「『宇治拾遺物語』は、男性のための読み物であった公算が大きいが、同時にまた地方人ならぬ都びとの興味に合わせて編述された読み物でもあった」と説かれている。

それぱかりではなく、『宇治拾遺物語』の場合には、説話そのもののあじわいが、もっともよく生かされていたともみられる。もとより、本来の説話というのは、口承のハナシにあたり、何よりもその場に応じて、自由にものを言うことをさすといってよい。一般に世間話とよばれるものが、著しくそのような性格をそなえており、特に事実とのつながりを認めさせることによって、しきりに聞き手の心をひきつけるものであったといえよう。おしなべて、『宇治拾遺物語』の文章は、できるだけむだなことばをきりすてたようであるが、それにもかかわらず、いくつかの説話の中では、「それが子どもにいたるまで、みな命長くて、下野氏の子孫は、舎人の中にもおぼえあるとぞ」（第二十四話）、「いかにしたることにか、塚の上に、神の社をぞ、一ついはひ据ゑてあなる。このごろも、今にありとなん」（第四十七話）、「この女、よにものよくなりて、この頃は、何とは知らず、大殿の下家司の、いみじく徳あるが妻になりて、よろづ事叶ひてぞありける。尋ねば、隠れあらじかしとぞ」（第五十七話）などというように、わざと身近な現実にひきつけるために、いくらか余分な文句までつけ加えている。

　いわゆる世間話の大部分は、珍奇な話題に関するもの、すなわち奇事異聞というようなものによって占められるのである。実際に、『宇治拾遺物語』の全編を通じて、第十八の「利仁、芋粥の事」、第二十九の「明衡、殃に逢はんと欲する事」、第三十七の「鳥羽僧正、国俊と戯れの事」、第五十四の「佐渡の国に金ある事」、第百二十五の「保輔、盗人たる事」、第百六十の「一条桟敷屋、鬼の事」、第百六十六の「大井光遠の妹、強力の事」などというように、さまざまな珍しい話題を取りあげたものがみられる。一般に笑話と呼ばれるものも、それらと共通の性格をもっており、やはり現実の生活に即して伝えられる。『宇治拾遺物語』の笑話は、第十一話や第十二話などのように、品のよいユーモラスなものから、第六話や第十五話などのように、えげつない下がかったものまで、きわめて多くの部面にわたっているが、おおむねあかるい笑いに包まれたものである。さらに、昔話の型に属するものは、第三の「鬼に瘤取らるる事」、第四十八の「雀、報恩の事」など、わずかしか収められていないが、この両話ともに、隣人どうしの葛藤にふれるというように、やはり現実との関聯を示しているといってよい。日本古典文学大系の『宇治拾遺物語』で、西尾光一氏の解説に示されたように、「『宇治拾遺』の編者は、さまざまの人間に深い興味をよせ、いわば寛容に人間を理解する」というのは、この説話集の特質について、もっとも穏当な見解であろうと思われる。そして、『宇治拾遺物語』という書物が、そのような人間の理解を示したというのも、複雑な成立の過程を経ながら、現実の生活との対応を通じて、本来の説話の性質をたもったためではないかと考えられる。

〔参考文献〕

宇治拾遺物語註釈　三木五百枝・三輪杉根　誠之堂　明治三七年
宇治拾遺物語私註　小島之茂　国文註釈全書第一五巻　国学院大学出版部　明治四三年
今昔物語集の新研究　坂井衡平　誠之堂　大正一二年（名著刊行会　昭和四〇年）
宇治拾遺物語新釈　中島悦次　大同館書店　昭和三年
宇治拾遺物語私記　矢野玄道　未刊国文古註釈大系第一四冊　帝国教育会出版部　昭和九年
近古時代説話文学論　野村八良　明治書院　昭和一〇年
今昔物語集の研究上　片寄正義　三省堂　昭和一八年（芸林舎　昭和四九年）
宇治拾遺物語上・下　野村八良　日本古典全書　朝日新聞社　昭和二四・二五年
宇治拾遺物語上・下　渡辺綱也　岩波文庫　昭和二六・二七年
中世文学の展望　永積安明　東京大学出版会　昭和三一年
今昔物語・宇治拾遺物語　佐藤謙三　日本古典鑑賞講座第八巻　角川書店　昭和三三年

宇治拾遺物語の探求　中島悦次　有朋堂　昭和三四年
宇治拾遺物語　中島悦次　角川文庫　昭和三五年
宇治拾遺物語　渡辺綱也・西尾光一　日本古典文学大系二七　岩波書店　昭和三五年
説話文学と絵巻　益田勝実　三一書房　昭和三五年
今昔物語集成立考　国東文麿　早稲田大学出版部　昭和三七年（増補版　昭和五三年）
中世説話文学論　西尾光一　塙書房　昭和三八年
宇治拾遺物語・打聞集全註解　中島悦次　有精堂　昭和四五年
今昔物語集　高橋貢編　日本文学研究資料叢書　有精堂　昭和四五年
説話文学　中野猛他編　日本文学研究資料叢書　有精堂　昭和四七年
御書本うち拾遺物語上・下　市古貞次編　笠間書院　昭和四八年
宇治拾遺物語　小林智昭　日本古典文学全集二八　小学館　昭和四八年
中古説話文学研究序説　高橋貢　桜楓社　昭和四九年
中世説話文学研究序説　志村有弘　桜楓社　昭和四九年
宇治拾遺物語　大島建彦・山本節編　三弥井書店　昭和五〇年〜
宇治拾遺物語上・下　長野甞一　校注古典叢書　明治書院　昭和五〇・五五年
中世説話文学論序説　春田宣　桜楓社　昭和五〇年
宇治拾遺物語　三木紀人・小林保治・原田行造編　桜楓社　昭和五一年
今昔物語集・宇治拾遺物語　佐藤謙三　鑑賞日本古典文学一三　角川書店　昭和五一年
宇治拾遺物語評釈　小林智昭・増古和子　武蔵野書院　昭和五一年
中世文学の可能性　永積安明　岩波書店　昭和五二年
宇治拾遺物語　陽明叢書国書篇第一三輯　陽明文庫編　思文閣出版　昭和五二年

宇治拾遺物語　説話と文学研究会編　説話文学の世界二　笠間書院　昭和五四年
説話文学論考　長野甞一著作集二　笠間叢書一四六　昭和五五年
説話文学の構想と伝承　志村有弘　明治書院　昭和五七年
中世説話文学の研究下　原田行造　桜楓社　昭和五七年
宇治拾遺物語㈠　小林智昭・小林保治・増古和子　完訳日本の古典第四〇巻　昭和五九年
宇治大納言物語〈伊達本〉上・下　吉田幸一　私家版「古典聚英」三　古典文庫　昭和六〇年

付録

昔話「瘤取爺」伝承分布表

つぎの二つの表には、それぞれ「瘤取爺」および「腰折雀」の話型に属する話例を取りあげて、一例ごとにその伝承地名や資料名などを示した。その備考の欄には、特に注意すべきモティーフを掲げた。

番号	伝承地	資料	備考
1	青森県下北郡佐井村	下北郡佐井村の昔話	天狗
2	〃　三戸郡五戸町	手っきり姉さま	天狗
3	〃　〃　田子町	上郷の民俗	天狗
4	岩手県花巻市	すねこたんぱこ	天狗
5	〃　北上市	聴耳草紙	天狗（祈願）
6	〃　遠野市	老媼夜譚	天狗
7	〃　江刺市	江刺郡昔話	鬼（祈願）
8	〃　二戸市	福岡の昔話・陸奥二戸の昔話	天狗
9	〃　西磐井郡花泉町	聴耳草紙	鬼
10	〃　東磐井郡大東町	旧中川村の民俗	鬼
11	〃　気仙郡住田町	岩手県南昔話集	鬼
12	〃　二戸郡一戸町	福岡の昔話・陸奥二戸の昔話	天狗（黄金の鉈）
13	宮城県柴田郡川崎町	陸前昔話集	天狗
14	〃　栗原郡金成町	普賢堂の民俗	鬼
15	〃　登米郡迫町	ひろば六	鬼
16	〃　〃　中田町	宮城ざっと昔九	鬼
17	〃　〃　南方町	むがすむがすあっとごぬ	鬼（祈願）
18	〃　本吉郡本吉町	小泉の民俗	鬼
19	秋田県北秋田郡上小阿仁村	上小阿仁の民俗	鬼
20	〃　由利郡鳥海町	秋田県の昔話伝説三・秋田の昔話	天狗（祈願）
21	〃　〃　東由利町	話の三番叟	天狗
22	〃　仙北郡南外村	秋田むがしこ	鬼（祈願）
23	〃　〃　西木村	秋田むがしこ	鬼（鬼博打）
24	山形県酒田市	酒田の昔話	鬼
25	〃　新庄市	荻野才兵衛昔話集・雀の仇討	貉
26	〃　〃	雀の仇討	天狗
27	〃　〃	雀の仇討	天狗（豆ころがし）
28	〃　〃	新庄のむかしばなし	天狗（祈願）
29	〃　上山市	天とひばり・佐藤家の昔話	鬼
30	〃　西村山郡大江町	山形県西村山郡大江町昔話調査第一回報告書	鬼
31	〃　〃　〃	山形県西村山郡大江町昔	鬼

		話調査第一回報告書	
32	山形県西村山郡大江町	山形県西村山郡大江町昔話調査第一回報告書	鬼
33	〃 最上郡最上町	小国郷のトント昔コ・羽前小国昔話集	天狗
34	〃 〃 真室川町	昔話研究二―四	猿・狼・狐・貉・貂・一目小僧・三目小僧・手長足長
35	〃 〃 〃	及位の昔話五	鬼（祈願）
36	〃 東置賜郡高畠町	田の中の田三郎・羽前の昔話	鬼
37	〃 西置賜郡小国町	お杉お玉・雪女房・飯豊山麓の昔話	鬼
38	〃 〃 〃	行けざんざん	天狗
39	〃 〃 白鷹町	牛方と山姥	鬼
40	〃 〃 飯豊町	中津川昔話集	鬼
41	〃 〃 〃	飯豊山麓の昔話・羽前の昔話	猫・貉・イタチ・狐（祈願）
42	〃 飽海郡遊佐町	飽海郡昔話集・池田鉄恵媼昔話集	鬼
43	〃 〃 平田町	飽海郡昔話集	天狗
44	福島県郡山市	猪苗代湖南の民俗	鬼
45	〃 〃	猪苗代湖南三代の昔話	鬼
46	〃 〃	かたひらの民話	天狗
47	〃 いわき市	磐城昔話集	鬼
48	〃 須賀川市	大栗狸森の民俗	狸（？）
49	〃 南会津郡檜枝岐村	河童火やろう	天狗（祈願）
50	〃 耶麻郡山都町	会津百話	鬼
51	〃 東白川郡塙町	奥州東白川の昔話	鬼
52	〃 石川郡平田村	小平の民俗	鬼
53	〃 田村郡船引町	ふねひきのざっと昔	鬼
54	茨城県高萩市	高萩の昔話と伝説	鬼
55	群馬県利根郡片品村	金の瓜	鬼
56	〃 〃 水上町	群馬の民話	鬼
57	〃 〃 〃	藤原の民話	鬼
58	〃 〃 新治村	利根昔話集	天狗
59	〃 〃 〃	とらみばあのむかしばなし	鬼
60	〃 〃 〃	おばあやんの昔話	鬼
61	埼玉県川越市	武蔵川越昔話集	鬼
62	〃 深谷市	武蔵の昔話	鬼
63	〃 入間郡大井町	大井町の口承文芸	鬼
64	〃 〃 越生町	武蔵川越昔話集	簑笠・唐傘・古大根
65	〃 比企郡小川町	武蔵川越昔話集	天狗
66	千葉県安房郡三芳村	房総の昔話	鬼
67	〃 〃 〃	房総の昔話	鬼
68	〃 〃 〃	房総の昔話	鬼
69	新潟県長岡市	昔あったてんがな・越後宮内昔話集	鬼
70	〃 〃	赤い聞耳ずきん	鬼
71	〃 見附市	加無波良夜譚	天狗

72	新潟県栃尾市	吹谷松兵衛昔話集	鬼
73	〃 両津市	両津市昔話集	鬼
74	〃 北蒲原郡豊浦町	ばばさのトントンむかし	鬼
75	〃 西蒲原郡巻町	犬に呑まれた嫁	鬼
76	〃 東頸城郡牧村	続牧村昔話集	鬼(握飯ころがし)
77	〃 〃 〃	続牧村昔話集	鬼(団子ころがし)
78	〃 〃 〃	続牧村昔話集	鬼(握飯ころがし)
79	〃 西頸城郡能生町	能生の民俗	鬼
80	〃 〃 〃	能生の民俗	鬼
81	富山県射水郡小杉町	越中射水の昔話	山の者
82	〃 〃 〃	越中射水の昔話	鬼
83	〃 東礪波郡利賀村	利賀坂上昔話集	鬼
84	石川県金沢市	加賀の昔話	鬼(握飯ころがし)
85	〃 〃	金沢の昔話と伝説	鬼
86	〃 珠洲市	奥能登地方昔話集	鬼
87	福井県勝山市	奥越地方昔話集	小人
88	山梨県北巨摩郡白州町	白州の民俗	鬼
89	長野県飯山市	飯山市昔話集	小人
90	〃 〃	飯山市昔話集	鬼
91	〃 南佐久郡八千穂村	小海町八千穂村昔話集	鬼
92	〃 〃 〃	小海町八千穂村昔話集	鬼
93	〃 小県郡	小県郡民譚集	鬼
94	〃 下伊那郡清内路村	民間伝承集成一	天狗
95	〃 下水内郡栄村	信濃の昔話	狐
96	岐阜県郡上郡	郡上むかしむかし	天狗
97	〃 吉城郡国府町	奥飛騨地方昔話集	異人
98	〃 吉城郡上宝村	奥飛騨地方昔話集	鬼
99	静岡県浜松市	静岡県伝説昔話集	鬼
100	〃 田方郡中伊豆町	伊豆の昔話・伊豆昔話集	鬼(握飯ころがし)
101	愛知県額田郡額田町	西三河の昔話	鬼
102	〃 〃 〃	西三河の昔話	鬼
103	〃 〃 〃	西三河の昔話	鬼
104	〃 北設楽郡東栄町	愛知県北設楽地方の生活文化昔話集	鬼
105	京都府与謝郡岩滝町	丹後の昔話	鳥・水
106	〃 中郡大宮町	丹後の民話三	鬼
107	兵庫県美方郡美方町	美方村岡昔話集	鬼
108	〃 養父郡大屋町	奥但馬の民俗	天狗
109	〃 朝来郡和田山町	糸井の昔話	鬼
110	〃 津名郡五色町	東瀬戸内の昔話	鬼(花咲爺)
111	和歌山県伊都郡高野町	口承文学九	鬼
112	鳥取県八頭郡郡家町	郡家町八東町の昔話	鬼
113	〃 〃 八東町	郡家町八東町の昔話	鼠(握飯ころがし)
114	〃 〃 用瀬町	安藤花媼のむかし	鬼
115	〃 〃 智頭町	因幡智頭の昔話	鬼
116	〃 〃 〃	因幡智頭の昔話	鬼(握飯ころがし)
117	〃 東伯郡関金町	鳥取県関金町の昔話	鬼
118	〃 〃 東伯町	大山北麓の昔話	鬼
119	〃 〃 赤碕町	鳥取県東伯郡赤碕町昔話集・大山北麓の昔話	鼠
120	〃 〃 〃	鳥取県東伯郡赤碕町昔話集	鬼

121	鳥取県日野郡日南町	日野日南町昔ばなし	天狗
122	〃 〃 溝口町	伯耆溝口町昔話集	鬼
123	島根県大田市	石見大田昔話集	鬼
124	〃 〃	石見大田昔話集	鬼（とっつこうか・ひっつこうか）
125	〃 〃	石見大田昔話集	鬼
126	〃 〃	島根県三瓶山麓民話集	鬼
127	〃 江津市	江津の昔ばなし	鬼
128	〃 仁多郡横田町	鼻きき甚兵衛	天狗
129	〃 大原郡木次町	とんとんむかし	鬼
130	〃 邑智郡大和村	島根県邑智郡大和村昔話集稿一	鬼
131	〃 〃 〃	島根県邑智郡大和村昔話集稿二	鬼
132	〃 〃 〃	島根県邑智郡大和村昔話集稿二	鬼
133	〃 〃 桜江町	石見昔話集	鬼
134	〃 美濃郡匹見町	島根県美濃郡匹見町昔話集	鬼
135	〃 〃 〃	島根県美濃郡匹見町昔話集	鬼（握飯ころがし）
136	〃 〃 〃	島根県美濃郡匹見町昔話集	鬼（握飯ころがし）
137	〃 〃 〃	島根県美濃郡匹見町昔話集	神（？）
138	〃 〃 〃	島根県美濃郡匹見町昔話集	殿様
139	〃 鹿足郡柿木村	小野寺賀智媼の昔話	神
140	〃 隠岐郡布施村	昔話研究と資料四	鬼
141	〃 〃 〃	布施村の民話と民謡	鬼
142	岡山県小田郡矢掛町	岡山県小田郡昔話集続篇	鬼
143	〃 川上郡備中町	奥備中の昔話	天狗
144	〃 阿哲郡哲西町	哲西神郷町昔話集・奥備中の昔話	鬼
145	〃 苫田郡上斎原村	かみさいのむかしばなし	鬼
146	〃 〃 阿波村	岡山県阿波村の昔話	鬼（握飯ころがし）
147	〃 勝田郡奈義町	美作の昔話	鬼（握飯ころがし）
148	〃 〃 〃	元結素麺	鬼（握飯ころがし）
149	広島県因島市	西瀬戸内の昔話	鬼（握飯ころがし）
150	〃 東広島市	安芸国昔話集	鬼
151	〃 佐伯郡湯来町	芸備昔話集	鬼
152	〃 山県郡加計町	芸北地方昔話集	鬼
153	〃 〃 大朝町	大朝町昔話集	鬼
154	〃 〃 千代田町	安芸国昔話集	鬼
155	愛媛県八幡浜市	伊予のとんと昔	鬼
156	高知県幡多郡西土佐村	高知西土佐村昔話集	小人
157	福岡県豊前市	豊前地方昔話集	鬼
158	佐賀県伊万里市	波多の民話	狐
159	〃 佐賀郡諸富町	諸富の民話	鬼
160	〃 〃 〃	諸富の民話	鬼
161	〃 〃 川副町	川副の口承文芸	鬼
162	〃 神埼郡神埼町	神埼町史	鬼（椎拾い）

番号	伝承地	資料	備考
163	佐賀県神埼郡千代田町	佐賀の昔話一	鬼
164	〃 〃 東背振村	続背振山麓の民俗	鬼
165	〃 某地	昔話研究二—七	鬼
166	長崎県下県郡厳原町	くったんじじいの話	天狗
167	熊本県玉名郡菊水町	肥後の昔話	天狗
168	〃 球磨郡	むかしばなし	天狗
169	〃 天草郡苓北町	肥後の昔話	山の者
170	大分県臼杵市	昔話研究一—三	天狗（握飯ころがし）
171	〃 竹田市	直入郡昔話集	鬼
172	〃 宇佐市	大分昔話集	鬼
173	鹿児島県川辺郡大浦町	葛山民俗九	鬼
174	〃 大島郡大和村	奄美諸島の昔話	ケンムン

昔話「腰折雀」伝承分布表

番号	伝承地	資料	備考
1	山形県上山市	蛤姫・佐藤家の昔話	ふくべ
2	〃 最上郡最上町	羽前小国昔話集	ふくべ
3	〃 西置賜郡白鷹町	牛方と山姥・飯豊山麓の昔話・羽前の昔話	ひょうたん
4	福島県石川郡平田村	小平の民俗	瓢簞
5	栃木県芳賀郡茂木町	下野昔話集	札
6	埼玉県所沢市	武蔵川越昔話集	瓢
7	神奈川県平塚市	神奈川県昔話集・武相昔話集	ひょうたん
8	新潟県長岡市	おばばの昔ばなし	ひょうたん
9	〃 〃	赤い聞耳ずきん	ユウゴウ
10	〃 十日町市	つまりの民話集大成版	ユウゴ
11	〃 見附市	加無波良夜譚	瓢（後半なし）
12	〃 北蒲原郡豊浦町	ばばさのトントンむかし	ひょうたん
13	〃 南魚沼郡六日町	越後の昔話	ひょうたん
14	〃 〃 大和町	雪国の夜語り	ひょうたん
15	〃 某地	雪国のおばばの昔	瓢簞
16	福井県小浜市	若狭の昔話	ひさご（舌切雀）
17	〃 大野郡和泉村	奥越地方昔話集	瓢
18	〃 遠敷郡名田庄村	丹波地方昔話集	瓢簞
19	長野県飯山市	飯山市昔話集・信濃の昔話	瓢簞（燕・火つけ）
20	岐阜県吉城郡上宝村	ひだびと五・しゃみしゃっきり	瓢（後半なし）

21	静岡県浜松市	静岡県伝説昔話集	瓢
22	滋賀県愛知郡愛知川町	近江愛知川町の昔話・近江の昔話	種（後半なし）
23	〃　坂田郡伊吹町	伊吹町の民話	瓢簞
24	京都府与謝郡伊根町	丹後伊根の昔話	かぼちゃ（燕）
25	〃　竹野郡弥栄町	丹後の昔話	ひょうたん
26	兵庫県美方郡村岡町	美方村岡昔話集	かぼちゃ
27	〃　多紀郡丹南町	浪速の昔話	瓢簞
28	〃　津名郡一宮町	東瀬戸内の昔話	ひょうたん
29	島根県飯石郡吉田村	出雲の昔話	西瓜（燕　後半なし）
30	〃　邑智郡桜江町	昔話研究二―一二	糸瓜（後半なし）
31	〃　隠岐郡布施村	昔話研究と資料四	小判（後半なし）
32	岡山県川上郡備中町	奥備中の昔話	ひょうたん
33	〃　〃　〃	奥備中の昔話	ひょうたん（舌切雀）
34	〃　川上郡備中町	奥備中の昔話	豆（舌切雀）
35	〃　苫田郡上斎原村	かみさいのむかしばなし	ひょうたん（舌切雀）
36	〃　勝田郡勝田町	美作の昔話	ひょうたん
37	広島県佐伯郡五日市町	安芸国昔話集	瓢簞（小盲）
38	〃　山県郡千代田町	千代田町昔話集	瓢簞
39	〃　世羅郡甲山町	芸備昔話集	かぼちゃ（燕　断片）
40	〃　甲奴郡総領町	備後の昔話	瓢簞（燕）
41	福岡県鞍手郡	福岡昔話集	瓢
42	〃　浮羽郡	福岡昔話集	瓢
43	佐賀県佐賀郡東与賀町	昔話研究二―七	瓢簞（鳥なし　断片）
44	熊本県山鹿市	昔話研究二―八	瓢簞
45	大分県宇佐市	大分昔話集	瓢

新潮日本古典集成〈新装版〉

宇《う》治《じ》拾《しゅう》遺《い》物《もの》語《がたり》

令和元年六月二十五日 発行

校注者 大《おお》島《しま》建《たて》彦《ひこ》

発行者 佐藤隆信

発行所 株式会社 新潮社

〒一六二-八七一一 東京都新宿区矢来町七一

電話 〇三-三二六六-五四一一（編集部）

〇三-三二六六-五一一一（読者係）

https://www.shinchosha.co.jp

印刷所 大日本印刷株式会社

製本所 加藤製本株式会社

装画 佐多芳郎／装幀 新潮社装幀室

組版 株式会社DNPメディア・アート

ISBN978-4-10-620839-3 C0393

源氏物語（全八巻）　石田穣二　清水好子　校注

一巻・桐壺〜末摘花　二巻・紅葉賀〜明石　三巻・澪標〜玉鬘　四巻・初音〜藤裏葉　五巻・若菜 上〜鈴虫　六巻・夕霧〜椎本　七巻・総角〜東屋　八巻・浮舟〜夢浮橋

伊勢物語　渡辺実　校注

引きさかれた恋の絶唱、流浪の空の望郷の思い——奔放な愛に生きた在原業平をめぐる珠玉の歌物語。磨きぬかれた表現に託された「みやび」の美意識を読み解く注釈。

方丈記　発心集　三木紀人　校注

痛切な生の軌跡、深遠な現世の思想——中世を代表する名文『方丈記』に、世捨て人の列伝『発心集』を併せ、鴨長明の魂の叫びを響かせる魅力の一巻。

無名草子　桑原博史　校注

『源氏物語』ほか、様々の物語や、小野小町・和泉式部などを論評しつつ、女の生き方を探る。批評文学の萌芽として特筆される、女流歌人による中世初期の異色評論。

説経集　室木弥太郎　校注

数奇な運命に操られる人間の苦しみを、心の琴線にふれる名文句に乗せて語り聞かせた大衆芸能。安寿と厨子王で知られる「山椒太夫」等六編。

とはずがたり　福田秀一　校注

初めて後深草院の愛を受けた十四歳の春から、様々な愛欲の世界をへて仏道修行に至るまで。波瀾に富んだ半生と、女という性の宿命を赤裸裸に綴った衝撃的な回想録。

今昔物語集 本朝世俗部（全四巻）

阪倉篤義・本田義憲・川端善明 校注

爛熟の公家文化の陰に、新興のつわものたちの息吹き。平安から中世へ、時代のはざまを生きる都鄙・聖俗の人間像を彫りあげた、わが国最大の説話集の核心。

古今著聞集（上・下）

西尾光一・小林保治 校注

貴族や武家、庶民の諸相を神祇・管絃・好色等に分類し、典雅な文章の中に人間のなまの姿を写して、人生の見事な鳥瞰図をなした鎌倉説話集。七二六話。

日本霊異記

小泉道 校注

仏教伝来によって地獄を知らされた時、さまざまな説話、奇譚が生れた。雷を捕える男、空飛ぶ仙女、冥界巡りと地獄の業苦——それは古代日本人の幽冥境。

平家物語（全三巻）

水原一 校注

祇園精舎の鐘のこゑ……生命を賭ける男たちの戦い、運命に浮き沈む女人たち、人の世の栄枯盛衰を語り伝える源平争覇の一部始終。八坂系百二十句本全三巻。

古事記

西宮一民 校注

千二百年前の上代人が、ここにいる。神々の哄笑は天にとどろき、ひとの息吹は狭霧となって野に立つ……。宣長以来の力作といわれる「八百万の神たちの系譜」を併録。

狭衣物語（上・下）

鈴木一雄 校注

運命は恋が織りなすのか？　妹同然の女性への思慕に苦しむ美貌の貴公子と五人の女性をめぐる愛のロマネスク——波瀾にとんだ展開が楽しい王朝文学の傑作。

新潮日本古典集成

作品名	校注者
古事記	西宮一民
萬葉集 一〜五	青木生子 井手至 伊藤博 清水克彦 橋本四郎
日本霊異記	小泉道
竹取物語	野口元大
伊勢物語	渡辺実
古今和歌集	奥村恆哉
土佐日記 貫之集	木村正中
蜻蛉日記	犬養廉
落窪物語	稲賀敬二
枕草子 上・下	萩谷朴
和泉式部日記 和泉式部集	野村精一
紫式部日記 紫式部集	山本利達
源氏物語 一〜八	石田穣二 清水好子
和漢朗詠集	大曽根章介 堀内秀晃
更級日記	秋山虔
狭衣物語 上・下	鈴木一雄
堤中納言物語	塚原鉄雄
大鏡	石川徹

作品名	校注者
今昔物語集 本朝世俗部 一〜四	阪倉篤義 本田義憲 川端善明
梁塵秘抄	榎克朗
山家集	後藤重郎
無名草子	桑原博史
宇治拾遺物語	大島建彦
新古今和歌集 上・下	久保田淳
方丈記 発心集	三木紀人
平家物語 上・中・下	水原一
金槐和歌集	樋口芳麻呂
建礼門院右京大夫集	糸賀きみ江
古今著聞集 上・下	西尾光一 小林保治
歎異抄 三帖和讃	伊藤博之
とはずがたり	福田秀一
徒然草	木藤才蔵
太平記 一〜五	山下宏明
謡曲集 上・中・下	伊藤正義
世阿弥芸術論集	田中裕
連歌集	島津忠夫
竹馬狂吟集 新撰犬筑波集	木村三四吾 井口壽

作品名	校注者
閑吟集 宗安小歌集	北川忠彦 松本隆信
御伽草子集	松田修 室木弥太郎
説経集	村田穣
好色一代男	村田穣
好色一代女	村田穣
日本永代蔵	松田修
世間胸算用	金井寅之助 松原秀江
芭蕉句集	今栄蔵
芭蕉文集	富山奏
近松門左衛門集	信多純一
浄瑠璃集	土田衛
雨月物語 癇癖談	浅野三平
春雨物語 書初機嫌海	美山靖
与謝蕪村集	清水孝之
本居宣長集	日野龍夫
誹風柳多留	宮田正信
浮世床 四十八癖	本田康雄
東海道四谷怪談	郡司正勝
三人吉三廓初買	今尾哲也